Mara
Meimaridi

Die Hexen von Smyrna

Roman

Aus dem Griechischen
von Michaela Prinzinger

Insel Verlag

Die Originalausgabe erschien 2001 unter dem Titel *Oi Magisses tis Smirnis* bei Kastaniotis Editions S.A., Athen, Griechenland.

Die Übersetzerin dankt Angelika Gravert und Athanassios Tsingas für die wertvolle Unterstützung.

Erste Auflage 2011

Satz: TypoForum GmbH, Seelbach
Druck: CPI – Ebner & Spiegel, Ulm
Printed in Germany
ISBN 978-3-458-17512-4

1 2 3 4 5 6 – 16 15 14 13 12 11

Die Hexen von Smyrna

MARIA

Das Erwachen der Hexe

Ägina, 1988, am Tag der Kreuzerhöhung Christi, 100 Jahre danach.

»Du musst auch mal was wegwerfen, Mama. Sonst kriegen wir noch Wanzen hier drin …«

Ich schob meinen Oberkörper in die kleine Abstellkammer unter der Treppe. Die alten Balken knarrten bedenklich.

»Tu mir bitte den Gefallen, Maria! Kümmere dich um deinen eigenen Haushalt. Lass meine Sachen in Ruhe. Die brauche ich noch!«

Unter den Spinnweben kam eine Waschschüssel mit gesprungenem Boden zutage.

»Wozu brauchst du die?« Ich wedelte mit der Schüssel und schubste sie, als keine Antwort kam, über den Boden ans Ende des Flurs.

»Was ist das denn?«

»Opas Urinflasche.«

»Opa ist seit zwanzig Jahren tot!« Ich kroch noch ein Stück weiter hinein. »Ich kann nichts finden!«

»Doch, ich habe es dort hineingetan. Schau mal weiter nach links.«

»Weißt du noch, was es war?«

»Eine kleine Truhe.«

Hier war weit und breit keine kleine Truhe.

»Gibt's hier drin vielleicht noch eine Geheimkammer? Wie ich dich kenne, ganz bestimmt!«

»Wenn ich tot bin, kannst du hier schalten und walten, wie du willst. Dann kannst du alles wegwerfen. Aber nicht, solange ich lebe.«

»Aber Mama, du und sterben! Wie Graf Dracula wirst du über

diesen ganzen Trödel wachen! Ha, da ist sie! Ich seh sie! Da hinten.«

In absoluter Dunkelheit, unter einem Stapel Zeitschriften aus dem Jahr 1965, zwischen Küchensieben, Mausefallen und Mottenkugeln versteckt stand Katinas kleine Truhe.

Ich zog sie hervor, klopfte mir die Spinnweben von der Kleidung, nahm das Kopftuch ab und atmete an der frischen Luft tief durch. Meine Mutter wischte die Truhe ehrfürchtig sauber.

»Bitte sehr, sie gehört dir. Das Erbe deiner Tante.«

Die kleine Truhe war granatfarben, hatte zwei Griffe und einen soliden Boden. Sie war sorgfältig verschnürt. Als ich die Knoten löste, ging ein Wachssiegel zu Bruch.

»Hast du sie niemals aufgemacht?«

»Nein.«

»Du weißt also nicht, was drin ist?«

»Nein. Sie hat sie ganz allein gepackt.«

»Bravo, Mama! Ich hätte sie sofort nach ihrem Begräbnis geöffnet … Vielleicht sind hier ja die Smaragde des Sultans drin! … War sie nicht reich und aus Smyrna, Mama?«

»Sehr reich.«

In der Truhe fand sich keine Spur von Edelsteinen oder anderen Wertgegenständen. Nur Hefte und Bücher, gebunden in festes, dunkles Leder. Meine Mutter warf einen kurzen Blick darauf und ging dann in die Küche. Ich begann zu blättern. Auf einem der Bände stand in geschwungener Schrift der griechische Buchstabe Rho. Darunter: *Verwünschungen, Liebe, Wasser.* Die Blätter waren vergilbt, rau und faserig, zusammengeheftet mit einem Faden, der dick war wie eine Darmsaite. Ich drehte den Band um. Auch die auf dem Kopf stehenden Seiten konnte man lesen, sie enthielten seltsame, handgemalte Abbildungen: Knoten, Sicheln, Blätter und Kräuter, Kreuzwege, Gräber, irgendwelche Nagetiere, unverständliche Worte.

»Was ist das? Zaubersprüche?«

Ich griff nach einem anderen Bändchen. Dies schien ein Heft jüngeren Datums zu sein. *Gurkenwasser fürs Gesicht. Coldcream.* Darunter die Rezepturen … Und noch so ein bizarres Buch. Riesengroß. Mit einem Metallschloss. Mühsam wuchtete ich es auf den Tisch. Waren da Ziegelsteine drin? Nein, bloß Namen. Eine ununterbrochene Folge von Namen und Stammbäumen. Die Seiten waren aus Pergament. Neben jedem Namen standen ein Symbol und ein Kommentar. Rätselhaft. Daneben waren Himmelskörper abgebildet, zwei Sonnen, eine Mondsichel, drei Planeten. So etwas wie Stichtage. Wer zählt mit Sternen die Jahre? In einigen Zeilen schimmerten die Namen in goldenen Lettern. Mit dem Nagel kratzte ich daran, um zu sehen, ob die Farbe abging. Wo war das Heft zu Ende? Ich blätterte bis zu den letzten Seiten. Sie waren leer, als warteten sie auf eine Fortsetzung. Sechs Zeilen vor dem Ende stand: *İzmirli Katina*. Das Symbol daneben bestand aus den zwei Linien des Buchstabens Chi – χ – und sah aus wie ein unvollendeter Stern.

Jedes einzelne Buch war für sich schon schwer. Wie hatte sie die nur alle aus Smyrna hierhergeschafft? Plötzlich fielen mir auch das Geschirr, die Betten mit den goldenen Engeln und Herzen ein, das Silberzeug, die Gemälde, die Anrichten, die Essgruppe, das umfangreiche Inventar, das jetzt in dem alten Haus auf Ägina stand. Alles hatte sie von dort mitgebracht. Sogar die Handtücher, die Tischdecken mit Ajourstickerei, Orientteppiche, Stehlampen … Wie bloß?

»Hallo, Mama!«, rief ich.

Aus der Küche war das Zischen bratender Zwiebeln zu hören. Meine Mutter bereitete Hühnergulasch zu.

»Kamen die Vertriebenen damals nicht nur mit dem, was sie am Leib hatten, nach Griechenland?«

»Was?«

»1922, meine ich, haben da die Leute nicht all ihr Vermögen verloren? Wurden sie nicht von den Türken aufs offene Meer hinausgejagt?«

»Ja.«

»Wie hat sie es dann geschafft, all das mitzunehmen?«

»Katina ist schon vor der ›Kleinasiatischen Katastrophe‹ abgereist. Einige Monate früher.«

»Na so was …! War sie Hellseherin?«
Meine Mutter tauchte kurz in der Tür auf, beugte sich dann auf der Suche nach Petersilie zum Kühlschrank hinunter und sagte ganz selbstverständlich: »Ja.«
»Also, hör mal!«
Heft Nummer sieben. *Hase in Knoblauchsoße. Für ein Oka Hase …*
Das war gut. Ich koche gern. Zumindest sammle ich Rezepte, selbst wenn ich dann doch nicht so oft koche … Weiter unten … *Sorbet.* Julias Rezept: *Ziegenmilch … eine Vanilleschote …*
»Was ist Sorbet?«, rief ich laut.
»Eiscreme.«
Speiseeis selber zu machen hat mir gerade noch gefehlt … Und was steht hier? … Kodex 14. Ein in Leder gebundenes Buch, der Buchrücken mit einem groben Pfriem genäht. Arabische Schriftzeichen, vielleicht auch osmanische. Teufelsillustrationen. Ein kopfloser Körper. Darunter ein Auge mit Punkten und Pfeilen. Noch ein Körper ohne Kopf, mit Nadeln gespickt und daneben Erläuterungen … Danke, Tante, für dein Erbe … Genau das, was ich brauche! …
»Beeil dich, Mama! Ist das Essen fertig? Ich hab Hunger!«
Wäre meine Mutter nicht genauso eine Trödelsammlerin, wie ihre Großtante Eftalia es gewesen war, dann gäbe es alle diese Schriften längst nicht mehr. Wären sie mir früher in die Hände gefallen, wären sie im Mülleimer gelandet, da ich alten Kram ohne langes Nachdenken wegwerfe.
Nach Tante Katinas Tod hatte es zum Glück meine Mutter übernommen, das Haus auf Ägina aufzuräumen und Katinas Hab und Gut zu sichten. Einmal kurz Reinemachen, und die Sache war erledigt. Die Kleider der Verstorbenen spendete sie dem Agios-Nektarios-Kloster für die Armen. Neben all dem anderen Krimskrams rettete sie auch Katinas Aufzeichnungen. Wie eine »Hüterin der Schriften« hielt sie alles beharrlich versteckt, bis sie mir die Truhe auf Katinas Wunsch hin heute, am 14. September, genau dreiundzwanzig Jahre nach deren Ableben übergab.
»Wie schnell die Ferien zu Ende gegangen sind«, meinte meine

Mutter, als wir auf dem kleinen Balkon unseren Mokka tranken. Vor uns lag das Meer, das bald im Sonnenuntergang aufleuchten würde. »Heute ist die Kreuzerhöhung Christi, ein hoher Feiertag.«

»Aha.«

Sie warf mir einen enttäuschten Blick zu. In den Augen meiner Mutter kam ich meinen religiösen Pflichten nur unzureichend nach. Besser also, ich wechselte das Thema.

»Alles, was recht ist, aber wieso solltest du mir das alles ausgerechnet heute übergeben?«

Sie zuckte die Achseln und blickte auf die Tauben, die in der Abenddämmerung heranflogen und sich auf das Dach hockten.

»Schon wieder diese Viecher«, ärgerte sie sich. Sie bekleckerten ihr die Treppen mit Taubendreck. »Können die nicht woanders hinfliegen … Erinnerst du dich überhaupt an Tante Katina?«

»Natürlich erinnere ich mich!«

»Du warst ja noch sehr klein, als sie starb.«

»Und hat sie dir gesagt, was ich damit anfangen soll?«

»Sie hat gesagt: *Sie wird schon wissen.*«

»Ich würde schon wissen?«

»Ja.«

»Was würde ich wissen?«

»Ach, keine Ahnung.« Sie nahm einen Schluck Mokka. »Weißt du was, Maria?«, fuhr sie fort. »Manchmal, wenn ich dich so anschaue, sehe ich sie richtig vor mir. Und vor allem hier, in ihrem Haus.«

»Sehen wir uns ähnlich?«

»Nicht die Spur! Ihr seid so verschieden wie Tag und Nacht … Sie war keine schöne Frau.«

»Sie war unansehnlich, das stimmt.«

»Aber trotzdem«, sagte sie stolz, »hat sie es geschafft, sich fünf Ehemänner zu angeln. Einer besser, schöner und reicher als der andere.«

»Komm schon! Wie hat sie das bloß gemacht? Und wir suchen ein Leben lang die Nadel im Heuhaufen!«

Meine Mutter deutete mit dem kleinen Finger auf die Truhe und blickte mich mit einem verschwörerischen Lächeln an.
Am Abend schlug ich die Hefte wieder auf. Ganz bestimmt waren das Zauberformeln. Aber das hier, wieso hatte ich das vorhin übersehen? Was war das? Ein Heftchen voll mit Notizen. Wie ein Tagebuch. Wenigstens etwas, das halbwegs verständlich war. Der Text war mit Kohlestift geschrieben. *Mutter Attarte hat gesagt … Mutter Attarte hat bestimmt …*, und weiter unten: *28. März 1891.*
»Wie hieß ihre Mutter?«
»Eftalia. Sie war die Tante meiner Mutter, unsere Großeltern waren Geschwister.«
Wenn sie jetzt mit dem Familienstammbaum anfing, fand sie kein Ende mehr.
»Hatte Katina keine Kinder?«
»Doch, Olga.«
»Wieso hat sie dann diese Schriften nicht ihrer Tochter, sondern mir vermacht?«
Anstelle einer Antwort fragte mich meine Mutter, ob ich meine Schwiegermutter angerufen hätte, um mich nach meiner Tochter zu erkundigen.
Weiter unten im Heft standen Zaubersprüche. Hexen nannte sie einmal »Magierinnen«, dann wieder »Illuminatinnen« und anderswo »Hüterinnen der Schriften«. Da musste es gewisse Unterschiede geben. Vielleicht eine Art Hierarchie. Dann schlug ich das Buch mit dem Metallschloss auf. Tatsächlich, neben jedem »goldenen« Namen befand sich eine merkwürdige Sonne, von der helle Strahlen ausgingen. Daneben waren eine Weizenähre und ein auf dem Kopf stehendes Dreieck gezeichnet.
Als ich zu Bett ging, nahm ich das kleine Heft mit und begann zu lesen. Wieder dasselbe auf dem Kopf stehende Dreieck. Hier wurde das Symbol erklärt. Es war Attartes Symbol … »Mutter Attarte« … Ich dachte angestrengt nach. Dieser Name erinnerte mich an etwas. Die Gestalt einer ganz in Schwarz gekleideten Frau kam mir in den Sinn.
Meine Mutter rieb sich gerade den Hals mit Nachtcreme ein, während sie ins Zimmer trat.

»Heute, am Tag der Kreuzerhöhung Christi, wird nicht gelesen.« Ich drehte mich etwas auf die Seite, um ihrem Genörgel zu entgehen. Doch sie ließ nicht locker: »Hast du dich auch eingecremt?«

Ich fuhr mit der Lektüre fort.

»Hör dir diese Tauben an! Dieses Gru-Gru bringt Unglück.«

Vom Dachfirst war ein fortgesetztes Gurren zu hören. Sie beschloss, ebenfalls zu Bett zu gehen.

»Aber vor zwölf machst du das Licht aus.«

»Wieso? Wegen der Kreuzerhöhung Christi?«

»Weil heute ihre Nacht ist. In so einer Nacht kommt sie jedes Mal in ihr Haus zurück.«

»Pah! Als Gespenst?«

»Schlaf jetzt!«

»Jetzt ist aber Schluss mit dem Unsinn, Mama! ... Hast du an die Mückenspirale gedacht? Sonst fressen uns die Mücken noch auf.«

»Dann mach das Licht aus.«

Die Worte meiner Mutter taten ihre Wirkung: Die ganze Nacht lag ich wach. Erst gegen Morgen schlief ich ein. Im Haus war kein Laut zu hören gewesen.

Das Fazit aus der Lektüre des Tagebuchs war spärlich, und die Erinnerungen meiner Mutter waren lückenhaft. Katina wurde in Kappadokien geboren, so um das Jahr 1878. Nach dem Tod ihres Vaters verließ sie mit ihrer Mutter Eftalia das Dorf und zog nach Smyrna, wo ein paar Verwandte lebten. Nur mit dem, was sie am Leib trugen, kamen sie 1887 dort an.

Und aus jener Zeit stammten die ersten Zaubersprüche, die im Heft eingetragen waren. Katina hatte dann noch Erläuterungen hinzugefügt. Zum Glück. Auch die Hexen haben ihre Rangordnung. An der Spitze steht die Auserwählte, ihr Feiertag ist der Freitag der Seelen. So wie heute. Jedes Hexengeschlecht wird von der Hexenmeisterin angeführt, die bereits als Kind ausgewählt wird und nur von Mutter Attarte in die Gemeinschaft eingeführt werden darf. Diese Hexenmeisterin wird »Illuminatin« genannt.

Dabei spielt es keine Rolle, ob sie Heidin, Muslimin, Atheistin, Buddhistin, Christin oder Jüdin ist. Katina wurde ebenfalls durch Attarte berufen.

Wenn meine Mutter nun eine »Hüterin der Schriften« war, was war ich dann? Da mir die Schriften doch übergeben wurden? Herrjemine!

Ja, ich hatte Katina kennengelernt. Als Kind damals. Und jedes Mal schlotterten mir die Knie, wenn ich sie treffen sollte. Aber meine Mutter liebte sie heiß und innig. Keine Gelegenheit ließ sie aus, keine Ferien oder Feiertage, um zu ihr zu fahren. Immer mit meinem Bruder und mir im Schlepptau.

Meinen Bruder, den armen Tropf, konnte Katina nicht besonders leiden. Jungs mochte sie nicht. Mich hingegen verwöhnte sie, da ich ein Mädchen war und somit ihre mögliche Nachfolgerin. Das Haus auf Ägina hatte einen langen Flur (das heißt, den gibt es natürlich immer noch). Gleich links vom Eingang lag unser Zimmer, geradeaus war ihre Kammer mit einem Fenster zum Innenhof, und am Ende des Flurs lagen Küche und Bad. In der größten Mittagshitze schickte uns meine Mutter ins Bett, weil die Tante ihr Mittagsschläfchen halten wollte. Um uns Respekt einzuflößen, erzählte sie uns, mittags ginge der böse Mann um und nähme die Kinder mit, die nicht schliefen. Doch die Furcht vor der Tante war größer als die vorm bösen Mann. Die Fußböden des Hauses bestanden aus breiten, knarrenden Dielen. Es war im Jahr 1903 erbaut worden. Lieber hätte ich mir in die Hose gemacht, als ins Badezimmer zu laufen und von Tante Katinas Adlerauge erspäht zu werden.

Katina starb im hohen Alter, zurückgezogen auf dem Land, angeekelt vom Leben, ausgelaugt von der Welt und ihrem Unglück. Aber selbst im Tod waren ihre Wangen straff und frisch. Stets achtete sie auf ihre »Schönheit«.

»Ich gehe auf die Reise, Eleni«, sagte sie zu meiner Mutter in jenem Sommer im Jahr 1965, als wir Ägina kurz vor Schulbeginn verließen. »Aber in dreiundzwanzig Jahren werde ich wiedergeboren, in einer Hexe, die dazu berufen ist.«

Und sie starb noch im selben Jahr.

Im heutigen Athen

Es ist schon seltsam! Dieses Buch hier wurde genau dreiundzwanzig Jahre nach ihrem Tod geschrieben. Und es entstand in drei Phasen. Und zwar nicht weil ich es so geplant hatte, sondern weil sie es so wollte.

Gleich nachdem ihre Hefte zwischen den Mottenkugeln aufgetaucht waren, erfasste mich der Drang, ihre Rezepte ins Reine zu schreiben. Diese Arbeit verrichtete ich vor allem nachts, wenn Ruhe eingekehrt war, wenn Kinder, Hunde und Katzen schlummerten und ich es mir gemütlich machen und mich meiner Passion widmen konnte.

Eines Abends, als ich wieder einmal niederschrieb, wie viel Öl und welche Gewürze als Zutaten für irgendein Gericht nötig waren, sprangen mir aus dem Text ein paar einzelne Wörter ins Auge – Namen, die unter die Rezepte gemengt waren. Damit fing alles an. So kam es, dass ich zu schreiben begann, doch auf dem Papier stand nicht das, was ich sagen wollte; ganz so, als hätte es mir jemand diktiert und ich wäre nur das Medium. Ihre Erzählung lief kreuz und quer. Einmal waren es Erinnerungen an damals, als sie ein kleines Mädchen war, dann wieder eilten wir Jahre voraus, zu ihrer dritten Ehe. Und dann, wieder zurück in der Kindheit, streiften wir durch die Armenviertel. Eines Nachts tauchte eine ganze Reihe von Namen auf, Straßen, Geschäfte, Plätze, die mir so lebhaft vor Augen standen, als wäre ich selbst dort entlanggeschlendert und hätte sie ein Leben lang aus der Nähe gesehen.

»Tsounoukas«. Dieses Wort »Tsounoukas« brachte mich fast um den Verstand. Obwohl es bloß ein Name war. Ein Name, der mir aus heiterem Himmel eingefallen war und den ich dann aufgeschrieben hatte.

Zwei Tage später ging ich die Solonos-Straße in Athen entlang und blieb vor dem Schaufenster der Buchhandlung Estia stehen. Dort waren Bücher über Smyrna ausgestellt. Ich ging ins Obergeschoss und blätterte aus purer Neugier in einigen Bänden. Damals sah ich zum ersten Mal Bilder von Smyrna aus jener Zeit.

Doch die Straßen und die Geschäfte auf den vergilbten Fotografien im Band *Erinnerungen an Smyrna* waren mir vertraut. Auf einer alten Aufnahme der Europäischen Straße legte ich meinen Finger auf ein Geschäft, dessen Ladenschild nur halb zu sehen war, und sofort kamen mir weiße Spitzenhöschen in den Sinn, zwei Marionettenpuppen und Garnrollen. Ich blätterte um. Eine weitere Ansicht der Europäischen Straße mit demselben Geschäft, das »Neuheiten« anbot. Ich war mir sicher … Von dort hatte ich meine hübsche Spitzenunterwäsche gekauft! … Aber wie war das möglich? Barer Unsinn!
Ich legte den Bildband beiseite und nahm eine historische Studie zur Hand. Auf Seite 130 stieß ich auf den Namen »Tsounoukas«. Ein Name, der mit Erinnerungen verknüpft war. Unvorstellbar, dass ich von selbst auf einen solch seltsamen Namen verfallen wäre. Tsounoukas war laut zeitgenössischen Berichten eine hohe Persönlichkeit, der damalige Direktor des Roten Kreuzes.
Im Gegensatz dazu sagten mir die Fotografien der zerstörten Stadt in dem Band *Smyrna in Flammen* gar nichts.
Ich durchforstete noch weitere Bildbände, und immer wieder stockte mir das Blut. Als ich die Trasson-Straße, das Vesestenika-Viertel und den Markt darin fand, und zwar genau so, wie ich sie in Erinnerung hatte, dachte ich, ich müsste verrückt werden. Sogar der Blumentopf, ja wirklich, er stand genau dort, wo ich ihn einst gesehen hatte!
Jeden Tag ging ich in die Buchhandlung. Dann wartete ich, dass es Nacht wurde, um zu sehen, was ich schreiben würde. Und am nächsten Tag lief ich wieder dorthin, um es zu überprüfen. Es war immer richtig, kein einziges Mal irrte ich mich.
Als ich schon befürchtete, langsam durchzudrehen, tauchte meine Mutter auf, die ganz trocken kommentierte, ja, richtig, das war hier, ja, stimmt, das war dort, obwohl sie aus Katinas Erzählungen gar nicht viel behalten hatte. Eines Morgens befahl sie mir ohne Umschweife, »sie« nach ihrer Meinung zur Behandlung von Ermionis Baby zu befragen, das mit einer Hasenscharte auf die Welt gekommen war.

In jener Nacht entwickelte meine Großtante eine nie gekannte Beredsamkeit. Ich schrieb und schrieb wie verrückt, bis mir die Augen zufielen und mein Kopf auf die Tischplatte sank. So schlief ich ein. Doch ich hatte mich anscheinend verkrampft und erwachte mit Nackenschmerzen. Dann beschloss ich, das Licht zu löschen und zu Bett zu gehen. Ich schob meine Aufzeichnungen zu einem Stapel zusammen, und als ich die oberste Seite mit einer Handbewegung glatt strich, sah ich, dass in der letzten Zeile, in einer lächerlich fehlerhaften Schreibweise, die meiner gar nicht entsprach, zu lesen stand: *Sag ihr, Elenis Lippe wird von selber heilen. Lippe* war nur mit einem *p* geschrieben, heilen mit *ai*, und bei *Eleni* fehlte das E.

Am Morgen kam meine Mutter wieder und fragte genauso schlicht und treuherzig wie am Vortag: »Hast du sie gefragt?«

»Ja«, sagte ich.

»Hat sie was gesagt?«

»Mh-mh!«, verneinte ich, da sonst Marikas ganze Sippschaft, Angelikis neuer Lover, die Uhr, die meine Mutter 1977 verloren hatte, die arthritischen Beschwerden aller Damen aus dem Christlichen Frauenverein, der Fleck auf Papas Gabardinemantel, der nicht mehr rausging, und ähnliche, ihrer Meinung nach lebenswichtige Fragen aufs Tapet gekommen wären.

Sie warf mir einen misstrauischen Blick zu, sagte aber nichts. Dann zog sie ihren Mantel über, um ihren Enkel vom Schulbus abzuholen. An der Tür blieb sie kurz stehen und blickte mich erneut mit Leidensmiene an. Es machte sie traurig, dass sie nicht selbst den Kontakt herstellen konnte.

Als ich allein war, rief ich Ermioni an, obwohl wir uns zwei Jahre lang nicht mehr gesprochen hatten, fragte nach dem Baby und gab beiläufig meine Meinung zum Besten.

In der Zwischenzeit ging das Diktat weiter.

… Smyrna, im September 1920

Hinten an der Wand breitete sich ein großer, feuchter Fleck aus, der auch mitten im September nicht trocknete, da Smyrnas sanfte Brise

nicht bis dorthin vordrang. An einer Stelle der Wand spross aus einem Riss im Kalkverputz Moos, und in der Spalte hatte sich ein Tausendfüßler eingenistet. Das dunkle Insekt mit seinen zahlreichen Beinchen kann an feuchten Mauerstellen unglaublich lange überleben.
Katina war mit den Mädchen zu Fuß zum Kai hinunterspaziert. An der Mole zischte die sanfte Brandung an die Felsen, und das Straßenpflaster verströmte denselben Glanz und denselben Geruch wie der grüne Tausendfüßler. Elenitsa lief an der Hand ihrer Mutter, und alle naselang änderte sie durch zwei zusätzliche Hüpfer ihre Schrittfolge. Dieses Spiel zeigte ihre Langeweile … Dieses Spiel zeigte ihre Langeweile … Dieses Spiel zeigte ihre Langeweile … Dieses Spiel zeigte ihre Langeweile …

Schlagartig hörte ich mit dem Schreiben auf. Stillschweigen. Tagelang, wochenlang. Die Erinnerungen an Smyrna trübten sich und schwanden aus meinen Gedanken. Die Tante sprach nicht mehr. Was war passiert?
»Habe ich sie vielleicht durch irgendetwas verletzt?«, fragte ich meine Mutter.
»Sie hält Siesta«, erwiderte sie.
»Und wenn sie hundert Jahre Siesta hält? Hat sie denn überhaupt ein Zeitgefühl? Was ist weiter geschehen?«
»Sie hält Siesta«, sagte meine Mutter im Brustton der Überzeugung. »Und wenn sie schläft, dann will ich keinen Mucks hören.«
Sechs Monate vergingen, acht Monate, ich hatte begonnen, die Tante, ihre Familie und mein Erbe zu vergessen. Ich beschäftigte mich mit den Dingen des Alltags, mit der Schule, den Haustieren, dem Haushalt. In diesen Monaten passierte viel. Unsere Katze war gestorben, und wir begruben sie im Garten. Der Großvater wurde krank. Ich beschäftigte mich mit dem Thema Pferde. Was war ich doch für eine Pferdenärrin! Und ich sorgte für meine Familie.
Es geschah ungefähr ein Jahr später, während ich gerade mit einer Vase aus der Küche ins Wohnzimmer ging.
Als das neue Kätzchen, das an die Stelle der verstorbenen Mieze-

katze getreten war, erst wenige Tage alt war, hatte ihm meine schlaue Tochter mit einer Nuckelflasche heiße Milch eingeflößt. Daher gab es selbst mit zwei Monaten kaum einen Laut von sich. Nur ein paar heisere Rufe, wie das Krächzen eines Hahns. Aber verspielt war es, folgte mir überallhin und lief mir ständig vor die Füße, besonders wenn ich etwas Zerbrechliches in der Hand hielt. Von überall her zerrte es die unwahrscheinlichsten Dinge hervor, wenn es, zartgliedrig wie es war, unter Küchenschränke und Sofas schlüpfte.

Als ich es nun sah, erfüllte mich plötzlich eine Todesahnung. Unmerklich presste ich die Vase an mich, damit sie mir nicht zu Boden fiel. Am selben Nachmittag starb das Kätzchen durch einen Autounfall. Ich war gerade nicht zu Hause, Nachbarn brachten es fort, das war's. Ich habe es nicht mehr wiedergesehen.

Am selben Abend beschloss ich, etwas zu tun. Doch schon beim bloßen Gedanken daran standen mir die Haare zu Berge. Ich beschloss, sie auf eigene Faust »zu kontaktieren«. Ich setzte mich in einen Sessel, schloss die Augen und versuchte mit aller Kraft, mich an ihr Gesicht zu erinnern. Stattdessen gelang es mir bloß, die Zimmer des Hauses auf Ägina vor mein geistiges Auge zu rufen. Alle meine Freunde aus der Kinderzeit fielen mir ein. Plötzlich stieg die Angst in mir hoch, ich könnte vergessen haben, vor unserer Abreise am Sonntag den Durchlauferhitzer in unserer Ferienwohnung abzuschalten. Ein heißer Schreck durchzuckte mich. Meine Gedanken kehrten zurück nach Ägina, zu einem wie immer leeren Haus. Dann sagte ich mir, ich dürfte auf keinen Fall vergessen, Orangen aus dem Supermarkt zu holen, und ich erinnerte mich an einen ärgerlichen Vorfall mit einer blöden Zicke. Nach dieser wirren Abfolge unzusammenhängender Gedanken fiel ich in einen traumlosen, nachmittäglichen Schlaf.

Bald kam ein neues Kätzchen ins Haus, diesmal war es eine andere Rasse. Ein ruhigeres Tier, ein kleiner Kater. Und eines Nachmittags passierte es, dass ich unwissentlich einen Wurm verspeiste. Das kam so: Dieser freche Kater jagte im Garten den Vögeln hinterher, und da er sie nicht erwischte, knöpfte er sich die Würmer vor. Alles, was kreuchte und fleuchte, schleppte er in die Küche und legte uns seine Beute vor die Füße. In seiner Verzweiflung muss einer dieser Würmer in mein Brötchen gekrochen sein, das ich dann zur Hälfte aufaß, weil ich die schlechte Angewohnheit habe, zwei bis drei Dinge gleichzeitig zu tun, also essen, telefonieren und in die auf dem Boden liegende, aufgeschlagene Zeitung linsen. Nachdem ich den Wurm verschluckt hatte, fühlte ich mich sterbenselend, ohne dass mir tatsächlich etwas fehlte. Die ganze Nacht lag ich angeekelt wach und wartete auf Übelkeit und Brechreiz, doch nichts dergleichen geschah. Dann rannte ich spontan zum Schrank und zog Katinas Schriften hervor, mit denen im Grunde alles begonnen hatte. Fieberhaft blätterte ich darin, als ahnte ich, dass man diesen Wurm für einen ganz bestimmten Zauber brauchte. Hier war er! Eine Federzeichnung. Ein glänzender Körper, ein gestreifter Rücken, augenlos. Ich hatte einen *Lumbricus* gegessen. Rasch suchte ich im Mülleimer nach der anderen Hälfte.

Danach las ich aufmerksam die Beschwörungsformel. Mittlerweile war es drei Uhr morgens, und gleich würde der Hahn dreimal krähen … Ich schlug im Türkisch-Wörterbuch nach. *Würmer essen Leichen* (oder so ähnlich). *Tausende Tote unter der Erde* (möglicherweise), und *der Lumbricus saugt ihre Seele aus*. Natürlich stand nirgends »Du sollst ihn essen«. Ekel stieg wieder in mir hoch. Ich versuchte immer noch mühsam, den Bannspruch zu übersetzen.

Würmer winden sich durch die Erde, der Lumbricus windet sich durch das Gedächtnis. Durch das Gedächtnis der Toten.

Ach, hätte ich bloß auch eine Eftalia an meiner Seite! Eine Attarte … Ein Glück für dich, dass du beide hattest. Ich spürte, dass ich ganz allein mit all diesen rätselhaften Dingen kämpfte.

Die drei ockerfarbenen Kerzen entzünden …

Also brauchten wir Kerzen. Da waren welche auf der Anrichte. Eigentlich mussten es gelbe wie beim Osterumzug sein, doch ich hatte nur ein paar ecrufarbene, die ich für besondere Gelegenheiten aufbewahrte. Egal, davon ging die Welt nicht unter.

Den Lumbricus auf das Kohlestückchen und das Weihrauchkorn legen, dann anzünden und seinen Leib in dich aufnehmen … Aha, er sollte sich in Rauch auflösen. Kohlestückchen? Ich blickte mich suchend um. Wo sollte ich mitten in der Nacht Kohlestückchen herbekommen? Doch meine Mutter war wie gesagt eine Trödelsammlerin und hatte bestimmt welche in der Waschküche auf der Dachterrasse. Ich warf mir den Mantel über das Nachthemd und ging hoch. Sowohl Kohlestückchen als auch Zündhölzer, Weihrauchkörner und Dochte fand ich in einem ölig verschmierten Nylonsäckchen, verschlossen mit einem brüchigen, roten Gummiband. Ich legte den halben *Lumbricus* auf das Kohlestück und zündete es an. Und was nun? Ich griff wieder nach dem Buch, um weiterzulesen.

Erstaunlicherweise hatte ich keine Angst. Ich legte meine Handflächen wie beschrieben über dem Rauch aneinander und atmete tief ein. Da ich an Zigaretten gewöhnt war, machte es mir nichts aus. Die Kohlestückchen meiner Mutter hatten vielleicht zwanzig Jahre dort gelegen. Ich nahm noch einen tiefen Atemzug und spürte ein Brennen in den Nasenschleimhäuten bis hoch in die Stirn.

Plötzlich musste ich lachen bei der Vorstellung, wie ich mich gerade mit offenem Mund über die Kohlestückchen beugte und den Rauch einsog, während die andere Hälfte des Wurms in meinem Magen lag. Aber das Lachen blieb mir im Halse stecken, als ich ein Flüstern vernahm.

»*Kız Attarti, Katina bize güler.*«

Ich richtete mich kerzengerade auf und blickte mich um. Die Tür quietschte.

»Bist du's, Mama?«, rief ich laut.

Keine Antwort. Die Kerzenflämmchen flackerten unter dem Hauch meiner Worte. Ich riss die Augen auf und hielt den Atem an. »Hab ich's doch gewusst, dumme Pute«, sagte ich zu mir selbst, »solche Dinge sind kein Spielzeug.« Auf einmal fing das andere Kohlestückchen Feuer, und mir stockte der Atem. Der *Lumbricus* begann über dem Feuer zu zischen. Jetzt brannten alle Kohlestücke und Weihrauchkörner gleichzeitig. Der Rauch stieg dicht, weiß und duftend in die Höhe.

Auf dem Stuhl gegenüber zeichnete sich im aufsteigenden Rauch eine Gestalt ab. Eine Frau, schwarz gekleidet. Jetzt drehe ich durch ... Jetzt drehe ich durch ... Der kleine Kater sprang auf den gegenüberliegenden Stuhl. Dort kauerte er nun schnurrend. Wieso schnurrte der kleine Strolch, ohne dass ihn jemand streichelte? Einige Sekunden verstrichen. Die friedliche Gelassenheit des Katers beruhigte mich. Mein Pulsrasen ließ nach. Die Zeit floss gemächlich dahin, und die mir gegenüber sitzende Frau wartete geduldig. Nichts geschah. Das Einzige, was ich in diesem Augenblick wollte, war ... noch einen Atemzug des sich in Rauch auflösenden *Lumbricus* zu mir zu nehmen. So verlief unser erster Kontakt. Bei jenem ersten Treffen wechselten wir kein einziges Wort ...

Katinas Schilderung beginnt …
In den Armenvierteln von Smyrna, im Jahr 1888

»Was für eine Hitze!«, seufzte Eftalia, während sie das Fenster öffnete. Eine Welle glühend heißer Luft schlug ihr entgegen. »Heute werden wir ja fast geröstet, kein Lüftchen regt sich!«
»Ganz schön heiß heute!«, rief Vassilia von gegenüber, die ebenfalls gerade ihre Fensterläden aufstieß. »Bei so einem Wetter gibt's oft Erdbeben, du wirst schon sehen. Dann gnade uns Gott! Hast du schon das Neueste von Sacharoula gehört?«
Sie deutete mit dem Kopf zu Sacharoulas Haus und schnupperte. Was heute dort wohl auf den Tisch kam?
»Aha, Hackfleischbällchen!«

Jeder neue Tag, der über Smyrna aufging, begann auf genau die gleiche Weise.
Die Frauen des Viertels öffneten die Fenster, ließen die Morgenluft hereinströmen und verjagten die schweren Atemzüge des Schlafes. Sie lüfteten das Bettzeug und genossen die Sonnenstrahlen. Dann schüttelten sie ihre Putztücher aus und machten sich an die Arbeit.
Das Aufräumen wurde von ihren Seufzern begleitet, während sie die Sachen ihrer Kinder auflasen. In alle Ecken verstreut lagen Hemden, Hosen, Gürtel, Stifte und Spielzeug. Gebückt und ihr Schicksal verfluchend machten sie ihre Runden durchs Haus.
»Jeden Tag dasselbe, ein ewiges Hinterherräumen. Und das lebenslänglich!«
Jüdinnen, Katholikinnen, Türkinnen, Armenierinnen und Griechinnen – die Frauen von Smyrna, und zwar aus allen Schichten und allen Vierteln – vollführten tagtäglich die gleichen morgendlichen Übungen.
Danach liefen sie eilig zum Krämer der Nachbarschaft, um ihren Einkauf zu erledigen. Sobald der Ruf des Muezzins vom Minarett erschallte, musste der Kochtopf auf dem Herd stehen und das Essen vor sich hin köcheln. Stand im Armenviertel ein besonde-

res Fleischgericht auf dem Speisezettel, so wurden die Fenster weit aufgestoßen, damit die Nachbarinnen den Luxus mitbekamen und vor Neid erblassten. Wenn die Hausfrau beim Ruf des Muezzins noch immer die Kartoffeln schälte, war zu befürchten, dass sie bis zum Abend mit ihren Aufgaben nicht fertig wurde – weder mit der Pflege der Basilikumtöpfe noch mit den Süßspeisen, noch mit den nachmittäglichen Handarbeitsrunden oder mit dem neuesten Klatsch und Tratsch. Unser Gässchen lag am Rande des Griechenviertels, in unmittelbarer Nähe der türkischen Nachbarschaft. Zwei Häuser weiter wohnte Sacharoula mit ihren drei Kindern, sie hatte zwei Töchter und einen Sohn. Frau Sacharoula hatte dafür gesorgt, dass Lefkothea, die Älteste, Französischunterricht bekam. Ein tüchtiges Mädchen. Darüber hinaus hatte sie ihr Spitzenklöppeln beigebracht, damit sie einmal ihr Auskommen in den Häusern der Reichen fand, wo Spitzendeckchen sehr begehrt waren. Fotini, die Jüngere, war zwar wegen ihrer Schönheit im ganzen Viertel berühmt, doch ansonsten strohdumm. Und leichtgläubig war sie auch …

»Weißt du, Fotini, warum die besten Ammen aus Aydın kommen?«, neckte sie ihr kleiner Bruder.

»Nein, warum denn?«, fragte Fotini.

»Weil sie drei Brüste haben!«

»Na so was!«, meinte Fotini und verabschiedete sich innerlich von dieser Profession, da sie ja leider Gottes nur zwei hatte.

Minas war einer von Vassilia Demes Söhnen. Von Vassilias insgesamt sieben Geburten hatten nur vier Kinder überlebt. Lauter Jungs.

Neben Vassilia, genau gegenüber von uns, wohnte Pinela mit ihrem Mann, dem Fischer, und ihren beiden Söhnen. Der Fischer und Pinela besaßen ein etwas größeres Haus mit zwei Kammern. In der einen lagen Bastmatten, und in der anderen stand vor dem Kochherd der Esstisch, an dem sie tagaus, tagein saßen. Sie legten sich abwechselnd schlafen, da der Mann nachts in den Golf von Smyrna zum Fischfang hinausfuhr. Der war nämlich reich an Meerestieren: Doraden, Rotbarben und Langusten, Meer- und Marmorbrassen, dazu Thunmakrelen im August und größere Wanderfische, die sich auf ihren abendlichen Raubzügen in Argyris' Netzen verfingen. Der eine Sohn war in die Fußstapfen des Vaters getreten und ebenfalls Fischer geworden. Der andere schlug sich als Installateur durch, gürtete jeden Tag den Werkzeugranzen um und durchstreifte die Viertel, um alles, was eigentlich nicht mehr zu reparieren war, doch noch zu flicken. Manchmal, wenn er Glück hatte, fand er Arbeit am Bau und ersparte sich die langen Fußmärsche. Dann brachte er zartes Kalbfleisch mit nach Hause, aus dem seine Mutter persisches Pilaw zubereitete.

Frau Pinela pries den Fischgenuss, damit die anderen Frauen die Butte leer kauften, mit der Argyris jeden Morgen durchs Viertel zog.

»Hmmm, nur Fisch kann so köstlich sein!«, schwärmte Frau Pinela auf dem Weg zum Krämer, wo sie die Beilagen kaufte: Rote Bete, Mangold und Möhrchen. »Kein anderes Essen erreicht dieses Aroma!«

Dabei fühlte sie Ekel aufsteigen, wenn sie nur an das Ausnehmen der Innereien dachte, und desgleichen ihre Kinder, die beim Nachhausekommen angesichts ihrer Teller stöhnten: »Schon wieder Fisch, Mutter?«

»Wie, schon wieder! Dankt lieber Gott auf den Knien, dass wir was zu beißen haben!«

In unserer Familie kam alles Mögliche auf den Tisch. Unsere ganze Haushaltskasse ging fürs Essen drauf. Eftalia ließ sich bei Tisch nicht lumpen. Bis auf die dringlichsten Ausgaben für Öllampe, Kohlebecken und Wechselwäsche für Katina – also mich – und Anneso gaben wir alles Übrige für Essbares aus. »Ein leerer Bauch studiert nicht gern!«, meinte Eftalia und kochte los. Sie zauberte wahre Delikatessen. Kein Bissen blieb auf den Tellern zurück, und das Brot, das sie im Ofen buk, tunkten wir in die Soße, bis nichts mehr übrig war.

Anneso hob ihren Teller hoch und hielt ihn ihrer Tante Eftalia mit einem breiten Lächeln hin.

»Siehst du«, sagte diese dann, »blitzeblank, kein Abwasch mehr nötig.«

Eftalia war stolz auf ihre Kochkünste, so wie alle Hausfrauen in Smyrna auf die Gerichte stolz waren, die sie ihren Männern servierten. Und auf die Süßspeisen. Was waren das für Leckereien!

Das Einzige, was uns fehlte, war ein Mann im Haus. Pinela hatte den Fischer, die Türkin nebenan ihren Osman. Nicht mal einen Bissen zu essen brachte Osman seinen Kindern und seiner Frau Ismar nach Hause, doch selbst sein Schatten verbreitete ein gewisses Gefühl von Sicherheit. Sacharoula hatte ihren Ehemann Lefteris. Immer wenn die Frauen nicht mehr weiterwussten, holten sie aus zum letzten schlagenden Argument: »Wenn dein Vater nach Hause kommt ... Ich erzähl ihm alles, und dann wehe dir! Wart's nur ab, du wirst schon sehen!«

Wir hatten keinen Vater im Haus. Seine sterblichen Überreste waren im Dorf in Kappadokien zurückgeblieben, und von dort waren wir ausgezogen, um bessere Tage zu sehen. Auch Eleni, meine Großmutter, hatten wir dort gelassen, da sie sich nicht zum Aufbruch hatte entschließen können. Das schmerzte mich besonders. Eleni hatte uns ein Bündel geschnürt, gefüllte Weinblätter als Wegzehrung zubereitet, hatte uns gesegnet und uns sämtliche guten Ratschläge, die ihr gerade einfielen, mit auf die Reise gegeben. Den ganzen Erlös vom Verkauf des noch verbliebenen Viehs hatte sie uns zugesteckt. Mit unserem Gepäck fanden wir Platz auf Bur Beys Karren, der mit einer Ladung von Ziegenhäuten und Hufeisen zum Tuz Gölü, dem Salzsee am Ende Kappadokiens, unterwegs war. Und so brachen wir auf. Wir wollten an die Küste, erst das Pflegekind Anneso zu ihrem Vater nach Çeşme bringen und dann nach Smyrna, in die Stadt der Griechen, wo Foula, die Cousine meiner Mutter, lebte. Foula war die Tochter von Frau Sappho, Großmutter Elenis Schwester. Wir ließen das Dorf also hinter uns, um in die weltoffene Stadt zu ziehen, die mich und meine Mutter aufnehmen sollte. Unsere Reise begann am 2. September 1887 um vier Uhr morgens. Gerade war ich neun geworden, ging ins zehnte Lebensjahr.

Warum bloß? Warum mussten wir aus unserem Dorf fort? Wieso mussten wir Eleni verlassen? Ich hatte noch eine andere Großmutter, die ich aber nur einmal, beim Begräbnis meines Vaters, zu Gesicht bekommen hatte. Sie hatte ganz vorne am Grab gestanden, eingehüllt in ihren Kaftan und tief verschleiert. Ich wusste nicht, ob sie weinte oder nur stumm dastand.

Sie hatte uns von Weitem gemustert, minutenlang, durchdringend und wortlos, dann hatte sie mit drei anderen, schwarz gekleideten Frauen kehrtgemacht.

Drei Wochen währte unsere Reise. Zum Teil auf Karren, zum Teil zu Fuß. Ich nahm das Bündel und Mutter die kleine Anneso auf den Rücken.

Anneso lernte nie Türkisch, denn sie war erst achtzehn Monate alt, als wir aus dem Dorf wegzogen. Hie und da warf sie uns ein »*Aaa, beni rahat bırak!*« an den Kopf: »Lass mich in Ruh!« Aber das war's auch schon. Zunächst hatte ich Schwierigkeiten mit dem Griechischen, doch nach und nach löste sich meine Zunge. Griechisch hatte ich im Dorf nur mit Großmutter geredet, mit Mutter und Vater sprach ich Türkisch.

Doch in Smyrna waren Griechischkenntnisse wichtig, um sich durchzuschlagen. Das galt auch für Türken und Armenier, Muslime, Juden und Katholiken. Alle konnten Griechisch. Auch die Schulen waren griechisch. Eftalia schickte mich drei Jahre lang auf die Mädchenschule, um Schreiben, Lesen und Rechnen zu lernen. Im ersten Jahr ging ich an die Heiliggeist-Mädchenschule, die von einer wohltätigen Stiftung geführt wurde. Doch als meine Mutter erfuhr, dass diese Schule von einer Freimaurerloge betrieben wurde, bekam sie einen gehörigen Schrecken. In ihrer Vorstellung zappelte ich schon in den Krallen des Teufels. »Freimaurer«, sagte sie, »Logen … das gefällt mir ganz und gar nicht.« In ihren Ohren klang all dies nach geheimen, finsteren Ritualen, und so setzte sie alle Hebel in Bewegung, um mich von dieser Schule zu nehmen. Unermüdlich hörte sie sich um, wurde immer wieder an anderen Instituten vorstellig, und schließlich gelang es ihr, mich in der »Centralen Mädchenschule« in der Meimaroglou-Straße unterzubringen. Das war viel besser, da bedürftige Kinder zudem gespeist wurden.

Unsere Gasse lag am Rand des Türkenviertels. Ein Stück weiter begannen die Armenviertel und das Brachland. Bog man links ab, traf man auf Juden, nahm man die Straße nach rechts, auf Armenier. Auf die »Paprikaschoten«, wie sie von den unteren griechischen Schichten spöttisch genannt wurden. Denn die Türken zwangen sie, einen spitz zulaufenden Fez zu tragen, der in der Tat einer Paprikaschote ähnelte. Die Armenierinnen, die dort lebten, waren eingemummt bis zum Hals. Sie trugen einen dreimal dichteren Schleier als die Türkinnen, den sie an einem zylinderförmigen Hut befestigten, welcher der Kopfbedeckung der griechischen Priester ganz ähnlich war. Die armenischen Mädchen wurden zum Spielen nicht auf die Straße gelassen. Nur alte Frauen waren unterwegs, und selbst die traf man nur selten. Wenn einem griechischen Mann eins der Mädchen wie durch ein Wunder allein über den Weg lief, brachte ihn ihr süßer Blick fast um den Verstand. Viele hatten meerblaue Augen, helle Haut und blondes Haar. Und je blonder sie waren, desto eifriger wurde ihre Schönheit von den Müttern unter den blickdichten Stoffbahnen verborgen.

»Hätte ich so viel Stoff, wie für so ein Kleid einer Armenierin draufgeht«, meinte Eftalia, »dann könnte ich Vorhänge daraus schneidern. Was für eine Verschwendung!«

In die kuttenartigen Gewänder wurden eigens Öffnungen eingenäht, in denen die Hände der Trägerinnen verschwanden. Und ihr Alter konnte man nur am Augenaufschlag erraten.

Es gab auch reiche Armenier, und zwar steinreiche. Deren Frauen trugen ebenfalls Schleier und Spitzhut und blieben im angestammten Stadtteil. Nur dass die Wohlhabenden an die größte und schönste Straße in der Nähe des Griechenviertels zogen.

Dort vorne, links vom Armenierviertel breiteten sich bis zum Markt an der Isaar-Moschee die Häuser der Juden aus, in denen vorwiegend Sephardim wohnten. Die Jüdinnen galten als sehr reinlich. Als Zeichen ihres Glaubens trugen sie ein Amulett mit dem Davidstern um den Hals, und ihre Männer widmeten sich dem Handel mit den unterschiedlichsten Waren.

Foula mochte die Juden nicht. Gleich nach unserer Ankunft in Smyrna beeilte sie sich, uns über Menschen und Dinge aufzuklären. Sie erzählte hahnebüchene Schauergeschichten von Juden, die zum Pessachfest kleine Kinder fingen, und warnte meine Mutter: »Gib gut auf deine Kinder acht, Eftalia«, sagte sie am Gründonnerstagmorgen an unserem ersten Osterfest in Smyrna, als wir alle zusammen in die Kirche zur Kommunion gingen.

Eftalia war fast verrückt vor Angst. Wie war Foula nur eingefallen, ihr solche Geschichten zu erzählen, noch dazu an den Feiertagen! Um sich selbst hatte sie keine Angst, die Gefahr war ihr egal. Starb ein Erwachsener, so war das nicht so schlimm. Aber ein Kind! Und zu allem Überfluss bestärkte auch noch ihre Nachbarin Vassilia Deme am Karfreitagmorgen ihre Befürchtungen; immer absurder wurden die Geschichten.

»Vor einigen Jahren«, sagte sie, »ist in der Nähe des Meli-Flusses ein griechisches Kind verschwunden. Wie verrückt hat man nach ihm gesucht. Alle waren auf den Beinen: die Polizei, die Eltern, die Nachbarn, der Pope. Es war und blieb verschwunden. Damals ging das Gerücht, die Juden hätten es geraubt. Fast hätte man sie bei lebendigem Leib in Stücke gerissen. Es kam beinah zum Pogrom.«

Das reichte. Nicht einmal in die Nähe des Fensters ließ sie uns. Dass der Junge unversehrt wieder aufgefunden wurde, konnte Eftalia ja nicht wissen.

Zur heiligen Kommunion hatte uns Eftalia an jenem ersten Osterfest bei »Diogenis« neue, weiße Schuhe gekauft. Gleich danach wollten wir zu Hause Eier rot färben und Osterbrot backen. Am Ostersonntag wollten wir dann zusehen, wie man in Smyrna das Lamm zubereitete. Auf dem Dorf hatte es stets der Vater übernommen, ein Zicklein auf althergebrachte türkische Art zu grillen. Doch wie sollte man hier, mitten in der Stadt, eine Grube ausheben!

Hinter unserem Haus begann das Türkenviertel: Moscheen und Minarette, Basare, aber auch schlammige Straßen, Elend und tiefste Armut. Es reichte vom Katsambas-Bahnhof bis zu den Gefäng-

nissen unten am Hafen. Hier lebten die Ärmsten Smyrnas. Fern von den Griechen und noch weiter weg von den Franzosen und Italienern, ganz zu schweigen von den Reichen, die in ihren Herrschaftspalästen ein ganz anderes Smyrna genossen – mit seinen Theatern, seinen blitzblanken Hospitälern, seinem Kai, seinen hochangesehenen Bildungsstätten, seinen mondänen Tanzcafés.
Auch dieses Smyrna gab es: das Smyrna der Reichen. Unsere Mutter führte uns manchmal an der Strandpromenade spazieren, um Pracht und Prunk ihrer Häuser zu bewundern. All diese Griechen, denen der Herr seine unermessliche Gnade erwiesen hatte, besaßen gewaltige Handelskontore und eindrucksvolle Geschäfte. Es waren Goldschmiede und Kaufleute, die mit Olivenöl, Roggen, Tabak und Weizenmehl regen Handel trieben und Kleider und andere Waren aus London und Paris einführten. Die vornehmsten von ihnen beschäftigten eine Dienerschaft, ließen sich in edlen Karossen herumkutschieren und ihre Kinder in den besten Schulen Smyrnas ausbilden. An den Sonnabenden flanierten sie mit ihren Privatlehrern den Kai entlang, mit steifen Krägen, mit sauberen Hälsen, wohlfrisiert und mit Hüten, an deren Stirnseite das Symbol der Eule prangte. Aus purem Gold. Wir starrten ihnen nach, wenn sie vorbeimarschierten.
Anneso wollte den Zweierreihen im Gleichschritt hinterherlaufen, eins, zwei, eins, zwei, doch Eftalia zog sie rasch beiseite.
In den berühmten Cafés an der Uferpromenade gab es viel zu sehen: im »Bellavista«, im »Café Meeresbrise« oder im »Café Chantant«. Die Kellner liefen in langen, weißen Schürzen hin und her, und das Orchester spielte italienische Weisen. Liebliche, europäische Melodien drangen nach draußen. Viel schöner und sanfter als unsere orientalischen, klagenden Liebeslieder. Da hatte man einiges zu bestaunen, sowohl bei den Frauen als auch bei den Karossen. Es waren alles Europäerinnen, hochgewachsen und herausgeputzt, mit Pomade im Haar und pompösen Hüten. Mit Brüsseler Spitzen. So saßen sie in den Cafés, mit Handschuhen und in Herrenbegleitung. Was für Damen!
In der Heiliggeist-Mädchenschule war einmal eine solche Dame

zu Besuch gewesen. Das war das erste Mal, dass ich eine so vornehme Dame zu Gesicht bekam. Der Lehrer ließ uns in Reih und Glied antreten, und sie strich mit einem Lächeln auf den Lippen einem winzigen Mädchen über den mit einer weißen Schleife verzierten Wuschelkopf. Als sie an mir vorüberging, senkte ich den Kopf, um ihrer Aufmerksamkeit möglichst zu entgehen. Ich dachte an meine Fingernägel. »Mein Gott, hoffentlich will sie nicht meine Hände sehen.« Doch sie würdigte mich keines Blickes.

Solche Damen verbreiteten ein zweifaches Flüstern – durch ihre Worte und durch ihre Kleider. Die ganze Nacht lang hatte ich noch das Rascheln ihres Rocks im Ohr. Die reinste Musik! Und wenn sie ihren Mund öffnete, drang wiederum Wohlklang heraus – so sanft und klar, so mild und honigsüß.

»Habt Ihr, werter Herr Direktor, unsere Spende zur Speisung der Schülerinnen entgegengenommen?«

Der Direktor verbeugte sich mühsam, denn er hatte ein Nierenleiden, und versicherte der Dame, dass alles zum Besten stehe.

»Sehr wohl, Madame Karamanou.«

Sechs Jahre lang bestaunte ich all dies nur aus der Ferne. Das war ein ganz anderes Leben. Für andere, für bessergestellte Leute. Aber wie das Schicksal so spielt! Auch ich habe all dies schließlich erfahren, ausgekostet und genossen – in vollen Zügen und bis zur Neige. Ganz Smyrna lag mir zu Füßen.

Von Kappadokierinnen zu … Smyrniotinnen

Wir hatten uns auf Anhieb eingewöhnt, obwohl im Februar des Jahres 1888 eine klirrende Kälte herrschte. »Tragen die Kiefern viele Zapfen, gibt's einen harten Winter«, sagte eine alte Bauernregel. Und tatsächlich folgte beißender Dauerfrost. Immer wenn sich die Sonne hervorstahl, atmeten wir auf und hofften auf ein paar wärmere Tage, bis wieder ein heftiger Regenguss folgte, der in Schneeschauer überging.

Ganz Smyrna bibberte vor Kälte, und die Frauen versuchten eilig, eine Extraportion Brennstoff für ihre Kohlebecken zu ergattern, um ja nicht zu frieren. So waren die Frauen aus Smyrna: vorausschauend und umsichtig. »Lieber sorge ich vor«, sagten sie sich, »und wenn die anderen frieren, ist mir und meinen Kindern schön warm. Und die anderen, die keine Kohlen mehr haben, frisst der Neid.«

Sie hofften sogar, dass es ordentlich kalt würde und ganz Smyrna ohne Brennstoff dastünde, nur damit ihr eigenes Kohlebecken umso wohliger wärmte. Das war ihre größte Befriedigung!

In den ersten Monaten ging es uns gut, da wir unter Foulas Schutz standen. Zu Fuß waren wir über die Karawanenbrücke nach Smyrna gekommen, doch dann entschloss sich Eftalia, sich in Unkosten zu stürzen, lud uns in eine Pferdekutsche und gab Anweisung, zum Haus ihrer Cousine Foula zu fahren.

»Zu Signora Foula Karpidou, der Frau des Barbiers!«, meinte sie großmäulig zum Kutscher.

»Adresse?«, gab der Mann zurück.

»Was für eine Adresse? Kennen Sie das Haus der Familie Karpidis nicht?«

Bei uns im Dorf hatte man sich tolle Dinge von der Cousine erzählt! Reich sei sie und einflussreich, sogar das stille Örtchen habe sie im Haus. Auf der Suche nach ihr irrten wir durch die Straßen und fragten an jeder Ecke. Endlich entdeckten wir sie im Fasoulas-Viertel.

Als wir vor Foulas Tür angelangt waren und unser Bündel abluden, hielt Eftalia den Kutscher mit Gewalt zurück, bis Foula aus dem Haus trat, damit sie ihn sah und sich die ganzen Unkosten auch wirklich lohnten.

Foula stürzte auf uns zu und umarmte meine Mutter stürmisch. Dass sie sich seit Kindertagen nicht mehr gesehen hatten, war dabei nebensächlich. Sofort führte sie uns in ihr Wohnzimmer, das über und über mit Spitzendeckchen geschmückt war. Wir kamen uns vor wie Eindringlinge. Sie servierte uns in Sirup eingelegte Früchte und begann uns auszufragen.

Zuerst nahm sie sich Anneso vor und entdeckte an ihr alle Züge ihrer verstorbenen Mutter.

»Als stünde Sinnefia selbst vor mir, meine liebe Eftalia, Gott hab sie selig«, meinte sie und bekreuzigte sich. »Sie ist ihrer Mutter wie aus dem Gesicht geschnitten.« Dann wandte sie sich mir zu: »Und das muss deine kleine Katina sein!«
Mit einem Lächeln beugte ich mich vor, und Foula wich einen Schritt zurück. Sie verzog den Mund, während sie mich musterte.
»Na ja!«, meinte sie, zog ihre Strickjacke über der Brust zusammen und schloss den obersten Knopf.
Als wir Kinder abends in der Mädchenkammer auf einem Matratzenlager eingeschlafen waren, plauderten Foula und Eftalia noch lange in der kleinen Küche. Nachdem sie ausgiebig über die Vergangenheit geredet hatten, war nun die Zukunft an der Reihe. Foula liebte es wohlorganisiert und wollte gerne alle gut untergebracht wissen.
»Eine Freundin von mir stellt Sesamkringel her, und sie sucht Helferinnen für das Formen des Teigs und das Bestreuen mit Sesam«, sagte Foula. »Eine gute Arbeit, und du darfst auch welche für die Kinder mitnehmen.«
Dann setzte sich ihr Sinn fürs Praktische durch.
»Wie bist du nur auf die Idee gekommen, die Kleine in die Stadt mitzunehmen!«
»Nun«, sagte Eftalia, »es ging nicht anders.«
»Konntest du sie nicht in Çeşme bei ihrem Vater lassen?«, fragte Foula.
»Nein«, meinte Eftalia wieder, »das ging nicht. Wie soll ein alleinstehender Tagelöhner für ein Kind sorgen?«
»Aber wie willst du arbeiten gehen, wenn dir ein Kleinkind am Rockzipfel hängt?«, fragte Foula erbost. »Heimarbeit wirst du nur schwer finden. Weißt du, wie viele Frauen als Wäscherinnen arbeiten wollen? Frauen aus ganz Smyrna rennen von Tür zu Tür und fragen: Habt ihr Wäsche? Habt ihr Wäsche?«
Einige Minuten herrschte Schweigen.
»Weißt du, wie man Spritzen gibt?«, fragte sie plötzlich.
»Nein.«

»Hm! Das lernt man auch nicht auf Anhieb ... Lassen wir das lieber. Was ist mit Näharbeiten? Die von gegenüber näht die Rocksäume der ganzen Stadt. Als sie damit anfing, hatte sie keinen blassen Schimmer, jetzt ist sie unschlagbar. Und was die für Geld verdient, kaum zu glauben. Alles nur durch ihre Änderungsschneiderei. Und weil sie ihren Mund hält. Sie ist nicht so wie Parthenopi, bei der ganz Fasoulas Bescheid wusste, wenn sie dir den alten Mantel gewendet hat. Stell dir vor, du gehst ganz stolz in eine Konditorei, und die Frau an der Kasse sagt zu dir: ›Hübsch ist Ihr Überzieher geworden, Frau Foula! Wenn ich nicht von Parthenopi wüsste, was das für eine Heidenarbeit mit dem heruntergekommenen Stück war, hätte ich ihn glatt für neu gehalten ...‹ Nein, so was! ... Als Schneiderin muss man den Mund halten. Darüber hinaus bräuchtest du nichts, auch kein Kapital.«

»Ich kann nicht nähen«, sagte Eftalia.

Foula wurde langsam ungehalten über die unnütze Person, die ihr gegenübersaß.

In den ersten Tagen, die wir in Smyrna verbrachten, kümmerte sich Eftalia um Foulas Haushalt, die sich auch gerne helfen ließ. Danach schlenderte Foula mit uns durch die Stadt, um uns Neuankömmlinge in Heimatkunde zu unterrichten.

Außerdem fragten sie bei jeder Gelegenheit nach Arbeit. Moumtzoglou, der Bäcker auf der Chatzistamou-Straße, suchte eine Frau für die Reinigung der Backbleche, die man bis zum Umfallen schrubben musste, um die verkohlten Reste zu entfernen. Er zahlte fünfundsiebzig Silbergroschen im Monat, dazu gab's täglich einen Laib Brot. Genug, um ein Kamel zu füttern, aber nicht, um eine dreiköpfige Familie zu ernähren.

Die Weißnäherei mittelloser Frauen in der Sardo-Straße suchte Näherinnen. Dorthin konnten Witwen auch ihre Kinder mitnehmen, die beim Aufrollen des Zwirns halfen. Das hätte uns schon gefallen, nur leider konnte Eftalia nicht mit der Nähmaschine umgehen.

Nachdem sie zwei Wochen lang ganz Smyrna abgeklappert hatten und ihnen die Beine vom vielen Laufen ganz angeschwollen

waren, fanden sie nur Arbeiten, die Foula »tödlich für den Rücken« nannte. Bei Foula machte sich Enttäuschung breit.
»So etwas! Das hätte ich nicht gedacht! Was für Hungerlöhne! Welche Einfaltspinsel arbeiten denn Tag und Nacht für einen Kanten Brot!«
Mehr als alle anderen hatte sie der Blumenhändler in der Europäischen Straße erbost, der sechzig polnische Kronen für Arbeiten, die »tödlich für den Rücken« waren, von sechs Uhr morgens bis sieben Uhr abends anbot.

Großmutter Eleni hatte recht behalten mit ihrer Vorhersage, dass uns in Smyrna die Augen aufgehen würden. Eftalia sog alles Neue auf wie ein Schwamm. Es war, als wäre sie in einen tiefen Brunnen voller neuer Dinge eingetaucht, die sie erst alle erfahren und erlernen musste. Hatte sie denn bislang gewusst, wie der König von Griechenland hieß? Dass Griechenland einen König hatte, wusste man auch in Kappadokien. Aber das war schon alles. Ob er ein schöner Mann war oder ein kränklicher Spross, ob er ein Held war oder ein Idiot, ob er seine Aufgabe gut oder schlecht erledigte, interessierte dort nicht weiter. Doch in Smyrna musste man im Bilde sein. Denn alle anderen Frauen wussten Bescheid. Und wie sollte man mitreden können, wenn man diese Dinge nicht wusste?
Kappadokien erreichten alle Nachrichten erst sehr spät. Oder auch nie. So war Krieg gewesen, und wir hatten nichts davon mitbekommen. In der Pfanne kurz gebratenes Fleisch kannte ich nicht, sondern lernte es zum ersten Mal in Smyrna kennen. In der alten Heimat hatten wir Joghurt, Brot, Schmorgerichte, Blätterteigkuchen, Lamm, Auberginen, Paprika, Knoblauch, Gewürze und Reis. Solcherlei Zutaten vermischten wir und bereiteten daraus unsere Speisen zu. So kochten wir *alinazik*, *yoğurtlu kebap* und *elbasan tavası*. Beim Krämer holte man sich dazu Würste aus Kamelfleisch, ein feines Gericht. Dort fand man auch Garn und Stoffe, Schuhe, Lippenstift und Stricknadeln. Am schönsten war, wenn der Wanderhändler ins Dorf kam. Den ganzen Monat lang hatte man sein

Geld gezählt und gespart, um es an einem einzigen Tag mit vollen Händen auszugeben. Und wehe, wenn einem etwas gefiel und man es nicht kaufen konnte, weil das »Notwendige« und das »Vernünftige« Vorrang hatten. Dann blieb man mit einer schmerzlichen Leere zurück, weil man das Ersehnte nie wiedergesehen hat.

Am 14. Juli 1884 kaufte Großmutter Eleni für teures Geld einen Spiegel. Man hielt ihn an einem Stiel in der Hand und kämmte sich das Haar. Viele Frauen erblickten zum ersten Mal in Elenis Spiegel ihr Ebenbild. Ich sah, dass ich schwarze Locken hatte, zwei olivendunkle Augen und schiefe Zähne. Ich sah, dass ich weder meiner Mutter noch Eleni ähnelte. Was ich sah, gefiel mir nicht, und so warf ich zunächst keinen weiteren Blick in den Spiegel.

Doch dann fing ich damit an, mein Augenmerk auf Kräuter und Milch zu legen, auf das flüssige Ziegenfett, auf das aus den Schweinshaxen gewonnene Gelee, womit sich die Frauen das Gesicht eincremten und das ihre Wangen rosig, zart, jung und frisch machen sollte, ihre Brust üppig, ihre Haut straff und faltenlos. Je schöner das Haus ist, in dem du lebst, desto größer sind die Spiegel, in denen du dich betrachten kannst.

Du spiegelst dich darin und sagst: Ich bin die Schönste. Ich bin die Beste. Keine ist schöner als ich.

Und als ich es oft genug gesagt hatte, glaubte ich es schließlich. Also wirklich: Was hatten die anderen mir voraus? Die Schönen wussten, dass sie schön waren. Mehr aber auch nicht. Großmutter Eleni hatte mich gelehrt, an meine Schönheit zu glauben.

Frisches Geld war noch nicht in unsere Taschen geflossen. Woher auch? Wer im hintersten Dorf die Vorstellung hatte, dass man in der Stadt mit offenen Armen empfangen wird, musste das ganz schnell vergessen. Geld gab man eben eher aus, als es zur Seite zu legen, und dabei zahlten wir nicht einmal Miete. Doch zurück konnten wir auch nicht.

Schließlich fand Eftalia bei Pirpiroglous Schuhmoden in der Vesesteni-Straße Arbeit. Doch bald schon bereute der Schuhhändler seine Wahl, obwohl er sich über seine Verkäuferin nicht beschweren konnte, und stellte eine männliche Kraft ein. Denn ein hübscher junger Mann, der den Frauen die Knöchel streichelt und mit Muskelkraft die Stiefel schnüren kann, war besser fürs Geschäft.

Da sagte Frau Pesmatzoglou ihrer Wäscherin, eine Freundin von ihr, Nina Serbetoglou, suche eine Haushaltshilfe für die Reinigung der Treppen und Bücherregale. Foula gab ihr zu verstehen, sie hätte da eine entfernte Bekannte, gerade frisch eingetroffen aus Anatolien, für deren Fleiß und Geschicklichkeit sie bürgen könne.

»Ich kenne die Familie«, erläuterte Foula Eftalia an jenem Nachmittag. »Wir nennen dich einfach Efkarpia, das fängt auch mit Ef an, daran gewöhnst du dich schnell.«

Am Abend erzählte uns Eftalia alles rund um ihre neue Arbeitsstelle.

»Was für ein Palast! Und die Dame des Hauses weiß nicht einmal, wo ihre Küche liegt. Wie vornehm!«

Sie war mit zwei Piastern zurückgekommen. Gutes Geld. Am nächsten Tag wollte sie wieder hingehen, wieder für zwei Piaster. Da Foula dieses Haus nie betreten hatte, obwohl sie sehr scharf darauf war, ließ sie Eftalia nicht zu Bett gehen, bevor sie ihr nicht alle Details offenbart hatte.

Nach den Treppenhäusern kam der Mezzanin mit den Kleiderschränken an die Reihe. Frau Nina wünschte sich die vergilbte Weißwäsche wieder blütenrein und frisch mit Lavendelsträußchen parfümiert. Sie war mit »Efkarpia« sehr zufrieden und lobte sie vor ihren Freundinnen.

»Ich kann sie euch wirklich empfehlen, obwohl ich sie nicht verlieren möchte. Sie gönnt sich keine ruhige Minute und ist ihr Geld wirklich wert. Sie ist so anstellig und so behände, dass sie selbst in die hintersten Winkel kommt. Selbst unseren Öl- und Weinkeller hat sie blitzblank geputzt!«

Aus den zwei Tagen wurden vier, und aus den vier wurden acht.

Dann erklärte »Efkarpia«, sie könne nicht mehr kommen, da sie keine Unterbringungsmöglichkeit für das Waisenkind Anneso habe. Frau Nina, die langsam Lust auf einen großen Hausputz bekam, fiel ihr ins Wort: »Die Kleine könnte doch wunderbar bei der Köchin in der Küche bleiben.«

Und so aß Anneso den ganzen Tag lang in dem prachtvollen Haushalt all das, was sie auf der Reise und im Dorf entbehrt hatte.

Die Familie Serbetoglou speiste zu Mittag und zu Abend vollzählig, wie es sich für die vornehmen Familien in Smyrna geziemte. Im Esszimmer hatte dann nur das Serviermädchen zu tun, das auf der Anrichte die warmen Speisen abstellte und die Platten auftrug. Zur Essenszeit wurde nicht gearbeitet, das Personal ließ das Schrubben und Scheuern sein und versammelte sich schweigend in der Küche. Viele arbeiteten schon jahrelang hier, doch den Hausherrn kannten sie nur von seinem Porträt im Wohnzimmer. Sobald Vater und Sohn Serbetoglou den letzten Schluck ihres Mokkas geschlürft hatten und in ihre Kontore zurückkehrten und die Töchter sich zur Siesta hinlegten, stürzte sich die Dienerschaft auf die verbleibenden Arbeiten.

»Efkarpia« säuberte an jenem Tag das Gemach der Hausherrin, da die Kammerzofe mit einem Liebhaber durchgebrannt war. Die Parfümflakons standen der Größe nach geordnet auf dem Toilettentisch. Zuvorderst die kleinen, dahinter die größeren, alle aus Kristall und mit Blütenmustern verziert. Die Schuhe wurden mit Schuhspannern in Form gebracht und ihre Bänder zu Schleifen gebunden. Die Seidenbändchen der Nachthemden wurden mit dem Dampfbügeleisen geplättet, ebenso die Bettlaken. Während die Flakons im Mittagslicht schimmerten, dachte Eftalia an ihre Kammer im Dorf zurück, die für die dortigen Verhältnisse groß und herrschaftlich gewesen war und in ihrer Erinnerung diesem Zimmer hier ähnelte, und sie dachte an ihr Bett, das so stabil, warm und behaglich gewesen war, dass man glauben konnte, es würde ewig halten. Sie seufzte.

Die Tür ging auf. Frau Nina trat gähnend ein, und »Efkarpia« rückte eilig die Haarbürsten zurecht, sammelte die Seidenbänder ein und zog sich zurück.

Zwei Wochen Arbeit hatten insgesamt vierundsechzig Piaster eingebracht. Gar nicht übel. Und gutes Essen dazu. Anneso hatte ihre anfängliche Schüchternheit abgelegt, und bald schon wurde ihr die Küche zu eng. Sie war zwar kein Kind, das schnell Schaden anrichtete, doch die Köchin, deren Gesicht gelb wie ein Kürbis war, hatte drei eigene Kinder, die sie nie hatte mitbringen dürfen. Darüber war sie so erbittert, dass sie anfing zu nörgeln und »Efkarpia« hinterherspionierte. Als ihr dabei das Halva anbrannte und Frau Nina sie deswegen ausschimpfte, musste die kleine Waise den Kopf dafür hinhalten. Anneso bekam nichts zu essen, bis sie sich lautstark beschwerte und nach Brot heulte. Da war es Zeit, dass sich Eftalia mit ihr auf den Nachhauseweg machte.

Das Viertel, in dem Foula wohnte, lud zum Flanieren und Einkaufen ein. Hübsche Straßen, europäische Modegeschäfte, prächtige, zweistöckige Häuser – alles für Leute, die keine Tagelöhner waren. Mit knapper Not konnte Foulas Ehemann, der Barbier, die Großmannssucht seiner Frau im Zaum halten: Ja, eigentlich müsse man ja in Mortakia wohnen und nicht in Fasoulas.

Auf dem Weg zum Schuhgeschäft lag Misirlis Parfümerie. Beim Vorübergehen duftete es nach einer köstlichen Mischung aus Narzissen, Jasmin, Amber und Veilchen. Eftalia blieb jeden Tag davor stehen, wenn der Parfümeur die Rollläden hochzog. Dort hätte sie lieber gearbeitet als irgendwo sonst. Schließlich hatten sie und ihre Mutter sich in Kappadokien mit genau solchen Dingen beschäftigt. Alle Frauen im Dorf hatten um Großmutter Elenis Kräuter gebettelt, sobald sie hörten, dass eine Mischung fertig war.

Die Parfümerie war stadtbekannt, und im Hinterzimmer des Verkaufsraums lag eine Werkstatt zur Destillation der Duftstoffe. Ohne lange zu überlegen, fragte sie dort nach Arbeit, und – o Wunder! – man sagte ihr, gerade sei man drauf und dran gewesen, ein Schild hinauszuhängen: »Verkäuferin gesucht«.

Bei Destillaten und Elixieren war Eftalia in ihrem Element. Sie stürzte sich in die Arbeit, und innerhalb kürzester Zeit war sie eine wahre Meisterverkäuferin. Passend zu ihrer neuen Anstellung machte sie sich mit Wimperntusche und Lippenstift zurecht und achtete auf tadellos gepflegte Hände, die ihr Foula mit heißen Tüchern und Ebenholzöl pflegte. Sie warf das alte Schuhwerk fort und trug Ballerinas aus Kalbsleder, die sie sich von Foulas einziger Tochter Despina lieh, da sie die gleiche Schuhgröße hatten. Aus der Bäuerin aus Kappadokien war eine verführerische Städterin mit braunen Locken und üppigem Dekolleté geworden. Nach einer Woche hinter der Verkaufstheke hatte sie den Kundinnen, die bloß kurz durch den Laden flanieren wollten, jede Menge Schönheitsessenzen aufgeschwatzt.

»Haben Sie kein Lavendelwasser? Aber Signora, wie wollen Sie bei den Abendgesellschaften ohne ein paar Tropfen dieses Wundermittels erscheinen? Darf denn eine Dame, elegant wie Sie, Schweißflecken unter den Achseln haben? Nehmen Sie unbedingt auch die Zahncreme Rigaud. Ich schwöre Ihnen, die wirkt Wunder. Bei Ihrem schönen Teint sollte doch auch Ihr Lächeln strahlen, nicht wahr?« Und den alten Jungfern schwatzte sie die Anti-Falten-Crème Pinard auf.

An den Abenden lachten Foula und sie sich ins Fäustchen.

»Foula, stell dir vor, alle diese alten Hopfenstangen mit ihren runzligen Wangen glauben, mit Coldcream werden sie wieder junge Täubchen! Hihihi! Heute war eine im Laden … Die hättest du sehen sollen, ein Gesicht wie ein Kamel. Und ich hab's mir nicht nehmen lassen, sie ganz auf neu zu trimmen. Sogar Pomade für ihren Damenbart habe ich ihr angedreht! Hahaha! Jetzt steht nächtelangen Orgien nichts mehr im Wege!«

Sowie die Rollläden heruntergelassen wurden und sie die Verkaufstheke verlassen konnte, eilte Eftalia ins Hinterzimmer, um mit Feuereifer die Zubereitung der Duftessenzen zu erlernen. Und so war sie in der Parfümerie schon bald unentbehrlich geworden.

Wir zogen in ein Zimmerchen am Stadtrand um, obwohl wir auch weiterhin bei Familie Karpidis hätten wohnen können. Die Verwandten behandelten uns zwar gut, aber besser war es, uns selbstständig zu machen. Wir konnten sie ja besuchen, wann immer wir Lust dazu hatten. So geschah es dann auch. Anneso wurde bei einer Nachbarin untergebracht, die neben ihren drei eigenen Kindern noch drei weitere gegen geringe Bezahlung tagsüber in Pflege nahm. Anneso konnte es gar nicht besser treffen, denn obwohl sie klein und pummelig war, war sie ein Wildfang und hatte auf dem Dorf gelernt, sich mit Fausthieben durchzusetzen, so dass kein anderes Kind wagte, ihr in die Quere zu kommen.

In den besseren Kreisen von Smyrna

»Also«, meinte Foula eines Nachmittags, als sich alle bei der Arztgattin trafen, »all diese blaublütigen Herzoginnen und Prinzessinnen kriegen ja ihre Kinder nur, um sie eines Tages auf dem Totenbett zu beweinen. Immer wieder finden sie ein schlimmes, ein gewaltsames Ende. Was für ein Schicksal haben all diese Frauen! Sie bringen Kinder auf die Welt, ziehen sie groß, umhätscheln sie, lassen sie alles Mögliche studieren, um aus ihnen Könige und Regenten zu machen. Und wozu? Rechnet mal nach und sagt mir dann, wer von all denen noch am Leben und wer seinem Mörder ins Messer gelaufen ist! *Eksik olsun!* Darauf kann ich gerne verzichten! Da verkneife ich mir lieber Adelstitel, Luxus und Hermelin. Da habe ich lieber Kinder, die keinen großen Namen haben, dafür aber quicklebendig sind. Hundertmal besser, als wenn sie im Mittelpunkt stehen und alle ihnen an den Kragen wollen.«
Nachmittag für Nachmittag fanden sie sich einmal bei der einen, einmal bei der anderen ein. Süßigkeiten wurden hervorgeholt, Tee und Ölgebäck, Stickereien und ein reicher Erfahrungsschatz. Foula, die stets zu den vornehmeren Klassen aufschaute, hielt große Stücke auf die Gattin des Arztes. Eines Tages hatte sie auch Eftalia und ihre Töchter zu ihr mitgenommen. Und zwar aus keinem anderen Grund, als Eftalia unter die Nase zu reiben, in welchen Kreisen sie in Smyrna verkehrte und in welchen Häusern man auf ihre Gesellschaft Wert legte. Foula und die Arztfrau hatten sich per Zufall beim Kirchweihfest des heiligen Panteleimon

kennengelernt, als sie zusammen die Messe besuchten. Sie hatten nebeneinander gesessen, der Arztfrau war kalt gewesen, und Foula hatte ihr eine Jacke angeboten. Dabei waren sie ins Gespräch gekommen und hatten sich gegenseitig zum Tee eingeladen.
Die Arztgattin hatte eine Tochter, die eine riesige Seidenschleife im Haar trug. Dieses Mädchen war das Musterbeispiel einer wohlgesitteten höheren Tochter. Wir waren zwar gleich alt, aber verschieden wie Tag und Nacht!
»Spiel uns etwas vor, Ermioni«, sagte die Mutter zu ihr.
Bereitwillig nahm sie am Klavier Platz, klimperte »Für Elise« und wurde über den grünen Klee gelobt. In der Woche darauf kamen wir wieder zu Besuch, und die Tochter klimperte dieselbe Melodie.
»Ermioni, sag uns eins der Gedichte auf, die ihr in der Schule gelernt habt.«
Sofort baute sie sich auf und leierte irgendwelche Reime herunter. Mamas ganzer Stolz! Sie sprach sogar Französisch, malte Flusslandschaften und übte Gesang an der Musikschule.
Die Arztfrau und Ermioni waren die ersten echten Smyrniotinnen, die ich in meinem bislang zehnjährigen Leben kennengelernt hatte: in adrette, weiße Taftkleider gehüllt, mit einem schönen mehrstöckigen Haus voller Vorhänge, Lochstickereien, Häkeldeckchen und mit Burschen- und Mädchenkammern für das Personal.
Die Arztfrau und Ermioni servierten – wie Foula übrigens auch – den Tee in Porzellantassen, die Süßigkeiten wurden auf Silbertellerchen und mit Silberlöffelchen gereicht.
»Als Allererstes kaufe ich mir ein Porzellanservice«, malte sich Eftalia aus. »Das ist mein Herzenswunsch. Gleich morgen gehe ich in die Europäische Straße.«
Doch als wir von der Arztgattin ins Armenviertel zurückkehrten und Foulas Haus betraten, erlosch der Wunsch nach einem Teeservice. Dort schien er irgendwie unangemessen.
»Zunächst einmal brauchen wir eine passende Wohnung.«

Foula bereitete Dolmadakia zu. Sie holte den Kochtopf vom Regal, legte die Kohlblätter ganz nach unten, gab die Hackfleischfüllung darauf und fügte Lamm-Innereien hinzu. Foulas Kohlrouladen und ihre in Sirup eingelegten Früchte waren unerreicht.
Foula und Vassilia waren enge Freundinnen, und Vassilia hatte Foula ein Zimmer zugesagt, das bei ihr gegenüber zu mieten war. So zogen wir dorthin. Foula gab uns einige ausrangierte Sachen aus dem alten Barbierladen mit: einen Diwan, Decken und ein altes Kohlebecken. Das war unser erstes Mobiliar.
Vassilia Deme hatte ihre Ohren überall. »Deme« war ihr Spitzname und hieß so viel wie »Was du nicht sagst!«. Wenn man erfahren wollte, was in Smyrna gerade los war, war Vassilia genau die Richtige. Wollte man wissen, was im Viertel lief, konnte sie die Fakten haarklein aufzählen. Doch wollte man noch dazu wissen, was sich in den Betten abspielte, lief Vassilia zur Höchstform auf.
»Wo war die denn gestern Abend, dass sie heute Morgen ihre Monatsbinden auf die Wäscheleine hängt? Vor wem will sie die Unschuld vom Lande spielen?«
Sogar die Mauer hinter dem Hühnerstall hatte sie abreißen lassen, damit ihr auch in dem dortigen Viertel nichts entging. Vassilia hielt alle anderen Frauen durchweg für provinziell und gewöhnlich. Kaum gelang es ihr, ihre Zunge im Zaum zu halten, was die eine betraf, schlug ihre Phantasie Kapriolen wegen der nächsten.
Wollte sie mit ihrem Intellekt auftrumpfen, griff sie zur Zeitung vom letzten Jahr, für die sie sich einzig und allein deshalb in Unkosten gestürzt hatte, weil auf dem Titelblatt ihr Lieblingsthema, nämlich Raubüberfälle, abgehandelt wurde. So setzte sie sich auf den Treppenabsatz vor ihrer Haustür, schlug die Zeitung auf und tat so, als interessiere sie gar nicht, wer von den Frauen gerade vorüberging, sondern sei ernsthaft damit beschäftigt, die Lokalnachrichten zu studieren. Mit der Zeit wies die Zeitung Fettflecke

auf und die traurigen Überreste mehrerer Fliegen, die ihr in die Quere gekommen waren. Doch Vassilia kümmerte das wenig.
»Hört mal, was hier steht: Leider müssen wir die geneigten Leser informieren, dass erneut nächtliche Diebe zugeschlagen haben. In der Abenddämmerung des Monatsdreizehnten rissen hinter der Agia-Ekaterini-Kirche zwei gutgekleidete, aber nichtsnutzige Schufte einen Greis zu Boden, um ihm mit Waffengewalt einen Ranzen mit 50 Silbermünzen zu entreißen. Zu seinem Glück konnte der Greis rechtzeitig um Hilfe rufen, so dass das Geschrei einer Nachbarin die elenden Lumpen unverrichteter Dinge in die Flucht schlug …«
Das ganze Viertel sprach damals von dieser Geschichte. Die Nachbarin, deren Gezeter die Räuber in Panik versetzt hatte, war von den Behörden für ihre Tapferkeit und ihr aufopferndes Einschreiten belobigt worden.
»Na, kein Wunder!«, ärgerte sich Vassilia. Einer der Räuber war nämlich an jenem Tag an ihr vorüberspaziert, ohne dass ihr selbst irgendein Verdacht gekommen wäre. »Wenn die den ganzen Tag durch die Spalten ihrer Fensterläden nach draußen schielt, muss sie den Räuber ja sehen, oder etwa nicht? Wir schuften uns Tag und Nacht im Haushalt krumm und bucklig, doch ihr macht es nichts aus, wenn ihre Zimmer vor Schmutz starren und zum Himmel stinken.«
Alles behielt sie wachsam im Auge, nur den Balken im eigenen Auge sah sie nicht: Ihr Sohn hatte hinter ihrem Rücken mit einer Türkin angebändelt, und Vassilia bot ihre ganzen Kräfte auf, um das unvorhergesehene Unglück von ihrer Familie abzuwenden.
»Heilige Jungfrau, o weh!«, rief sie im Tonfall einer Tragödin. »Was für eine Heimsuchung!« Sie raufte sich die Haare und las unablässig im Kaffeesatz, ob endlich ein Ende der Pechsträhne in Sicht sei, damit sie neuen Mut schöpfen könnte. Selbst meine Mutter bat sie um Beistand, obwohl sie damals gerade nicht sehr gut aufeinander zu sprechen waren.
»Tja, wie kann ich dir bloß helfen, Vassilia?«, sagte Eftalia und verbarg ihre Schadenfreude. »Bin ich vielleicht der mächtige Tsounoukas, der Direktor des Roten Kreuzes?«

»Recht geschieht ihr, der alten Beißzange«, dachte Eftalia befriedigt. »Alle Rechnungen werden im Diesseits beglichen.«
Denn eines Tages waren sie sich mächtig in die Haare geraten. Vassilia hatte frühmorgens einen fetten Masthahn für einen ihrer Söhne geschlachtet, der »in die Fremde« aufbrechen wollte. Für die Einwohner von Smyrna war Griechenland »die Fremde«: eine Steinwüste, die nur aus Felsen und Mastixbäumen bestand, ein Unglücksort. Und diese karge Gerölllandschaft galt als schön! Und dafür sollte man sein Blut vergießen? Währenddessen hier…! Was für ein reiches Land! Was für ein Geschenk Gottes! Jede Handbreit Boden brachte zwei- oder dreimal so viel Früchte hervor wie dort. Die Weinberge reichten bis ans Meer hinunter. Keinen Streifen Erde sah man ohne einen fruchttragenden, saftigen Schössling. Die Olivenbäume hingen voller dicker Früchte, die Weizenähren waren prall gefüllt mit Körnern, so dick wie Kinderfinger.
»Ach, soll er doch gleich dort bleiben, er hat's nicht besser verdient!«, schimpfte Vassilia schließlich.
Der Duft des Hähnchens auf dem Herd hatte Eftalias Katze angelockt, die hochsprang und den Kochtopf hinunterstieß. Schließlich wurde das köstliche Gericht den streunenden Hunden vor der Tür zum Fraß vorgeworfen. Und die streitsüchtige Vassilia marschierte sofort zu Eftalia – mit heftigen Anschuldigungen gegen den schwarzen Gottseibeiuns, das halbkahle heidnische Tier. Als »Wiedergutmachung« forderte sie drei zarte Poularden und besonders saftige Oliven aus der Tiefebene. Dabei hatte Eftalia keine besondere Schwäche für ihre Katze, sie fütterte sie aus reiner Bequemlichkeit. So musste sie nicht auf der Suche nach einer schwarzen Katze durchs Viertel laufen, deren Haare sie für *büyü*, ihre Hexenbeschwörungen, brauchte. So hatte sie ihre eigene Katze, der sie je nach Belieben und Bedarf das Fell rupfen konnte. Sie griff zur Katze wie die anderen Frauen zum Einmachglas mit dem Tomatenmus für die pikanten Hackfleischröllchen. So wie andere einen Löffel Tomatenmus in die Pfanne taten, holte Vassilia ihre Mieze unter dem Bett hervor und tat schwarzes Katzenhaar in ge-

köpfte Eier, wie es das Rezept des Zaubertranks zur Rückgewinnung abtrünniger Ehemänner vorschrieb.
Und dabei war es so ein kluges Tier! Nein, sie würde es verteidigen. »Da kannst du dich auf den Kopf stellen, das lasse ich mit mir nicht machen«, beschloss sie.
»Recht geschieht dir, dass sie dir das Essen ruiniert hat«, schrie Eftalia gestikulierend. »Schau lieber in deine eigene Pfanne und nicht ständig in die der Nachbarinnen.«
Ein Wort gab das andere, Beschimpfungen flogen hin und her. Der Streit eskalierte, das ganze Viertel lief zusammen, die Besen wurden hervorgeholt und Fronten gebildet. Alle, die Vassilia hassten, schlugen sich auf Eftalias Seite. Alle, die ihre scharfe Zunge fürchteten, traten zu ihrer Verteidigung an. Doch man konnte sich nicht einigen.
Vassilias Sohn hätte die Schiffsreise in die Fremde nur mit Brot und Käse im Gepäck angetreten, wenn Foula nicht noch schnell einen Teller mit Hackfleischbällchen in Zitronensoße vorbeigebracht hätte.
Über Vassilias Seelenzustand urteilte Eftalia dann abschließend ihrer Cousine gegenüber: »Siehst du, Foula, was so ein schlimmer Schock wie die Abreise eines Sohnes alles anrichten kann?«

Zum Kirchweihfest von Agia Triada hatte Eftalia zwei neue Jacken genäht und einen Korb mit Essen gepackt. Der Ausflug würde freilich einiges kosten, da man für die Kahnfahrt bezahlen musste. Anneso wünschte sich sehnlichst eine Laterne, und Eftalia kaufte ihr eine gelbe mit Quasten dran. Doch sie hielt sie so ungeschickt, dass die Papierhülle sofort Feuer fing. Daraufhin brach sie in Tränen aus. Ein fremder Herr drückte ihr seine Laterne in die Hand, doch auch die setzte sie sofort in Brand.
Eine große, malerische, aus armen und reichen Christen bunt zusammengewürfelte Menschenmenge hatte sich im Agia-Triada-Viertel versammelt. Am Abend saßen sie dicht an dicht in den Kähnen mit ihren Kerzen und Laternen, um den Gottesdienst in der Dorfkirche zu besuchen und anschließend zu feiern. Die

Boote, mit denen die Gläubigen ans andere Ufer übersetzten, brachen alle gleichzeitig auf. Ihr Schmuck aus Fähnchen, Lämpchen und Lampions spiegelte sich im glatten Wasser.

Schiffer gab es in Smyrna zahlreiche, doch Vassilia drängte uns zum Boot eines ihrer Söhne, um ihre Einnahmen ein wenig zu steigern. Sie hatte eine wichtigtuerische Miene aufgesetzt und benahm sich wie eine Schiffsherrin.

»Kommt hier rüber und setzt euch dorthin«, befahl Vassilia. Neben Anneso nahm eine Familie mit zwei Kindern Platz. Das eine war in meinem Alter. Der Vater, ein hochgewachsener Mann mit Stehkragen, kümmerte sich rührend darum, dass sie gut saßen, trug den Korb und die Kerzen und deutete auf die Silhouette der Stadt, die immer kleiner wurde. »Schaut, dort ist das Grand Hotel.« »Schaut mal, dort sieht man Nikos' Haus.« »Schaut euch die anderen Kähne vor uns an, wie schön sie im Dunkeln leuchten! Heute Abend werden sich jede Menge Fische auf dem Meeresgrund tummeln!«

Nachdem wir vom Kirchweihfest nach Hause zurückgekehrt waren, bemerkte ich, wie Eftalia in einer Ecke leise vor sich hin weinte. Der Kummer hatte sie übermannt. Ich verlor kurz die Fassung, denn bislang hatte ich geglaubt, meine Mutter sei ein Fels in der Brandung, fände für alles eine Lösung und nichts könne sie unterkriegen.

»*Anneciğım, nen var?*«

»Nichts ist los, geh schlafen. Ich habe nur ein Staubkorn im Auge.«

Ich fühlte mich zu schwach, um ihr zu helfen. Dann holte sie ein paarmal tief Luft, und seit damals habe ich sie nie wieder weinen sehen. Denn die Ziele, die sie sich gesetzt hatte, übertraf sie schließlich alle.

Eftalia und Katina stürzten sich ins Geschäftsleben und begannen, für den Schönheitssalon »La Beauté«, wie die sprachenkundige Lefkothea das Unternehmen nannte, Rezepturen herzustellen.
Anfangs war das »La Beauté« nichts weiter als ein Korb mit Cremes und Duftessenzen, die sie auf einem Tisch zubereiteten, der in der linken Zimmerecke direkt unter dem einzigen Fenster stand. Eftalia nannte das Ganze »Parfüm- und Kosmetikherstellung Eftalia Sampatzi«. Selbst wenn sie von ihrer Arbeit in der Parfümerie Misirli erschöpft nach Hause kam, stürzte sie sich mit Feuereifer in ihre neuen Pläne. Mit dem Korb unterm Arm zog sie durch die Viertel und nahm sich des Äußeren jeder einzelnen Kundin an.
»Tu dir nichts ins Gesicht, was du nicht auch essen würdest«, lautete ihr Wahlspruch. Und ihre fältchenfreien Wangen schienen ihr recht zu geben.
Nachdem sie alles verkauft hatte, kehrte sie in ihr »Laboratorium« zurück und gab sich nächtelang der Entwicklung neuer Produkte hin. Das Geschäft blühte, da ihre Cremes dreimal so gut wie Misirlis Kosmetika waren, obwohl sie nur ein Drittel davon kosteten. Den in Smyrna prominenten Namen ihres Brotherrn führte sie ohne sein Wissen dennoch ständig im Mund. Denn damit öffneten sich ihr – um bei der Wahrheit zu bleiben – zunächst einmal die Türen.
Mit feiner Klinge schälte sie Bitterorangen und verteilte die spärlichen wertvollen Tropfen, die sie aus der Schale presste, auf grünen, unreifen Mandeln, die sie im Mörser zerkleinerte. Dann vermengte sie die Mischung mit Rahmjoghurt aus Ziegenmilch zu einer seidigen Creme. Im Dorf hatten wir sie in der eiskalten Incer-Quelle gekühlt, in Smyrna wurde sie in einem Behälter mit frischem Schnee aufbewahrt und teuer an die hübschen Damen verkauft.
Der größte Markt- und Handelsplatz waren die sogenannten

»Dianabäder«. Alle jungen Mädchen pilgerten zu dieser Quelle, um sich darin zu waschen, weil das angeblich schön machte. Sie kamen aus Agia Fotini, aus Mortakia und aus den europäischen Wohnvierteln alle zum Wasser, dem Zauberkraft zugeschrieben wurde. Aus dem gurgelnden Quell stellte ich mit Eftalia Rosenwasser her, das die Haut unserer Kundinnen kühlen sollte. Der reinste Balsam!

Die frisch getrockneten Rosenblätter zerrieben wir genau so wie die Mohnblüten, die wir von den Feldern pflückten. Den feinen Staub vermengten wir mit Kernmehl, und die Wangen der Smyriotinnen färbten sich rosig mit dem von Lefkothea so getauften Puder »La Belle Femme«.

Reihenweise stellten wir Gläser mit Gurkenwasser und Maulbeerblüten ins Sonnenlicht. Im Mai sammelten wir auf den Feldern die ersten Kamillenblüten für die Augencremes. Dann liefen wir zu den Schaf- und Ziegenpferchen, um Schaffett und frische Ziegenmilch zu holen.

Die Geschäfte liefen gut, und wir hatten alle Hände voll zu tun. Ins Schaufenster unseres »Ladens« platzierten wir Fotini, Frau Sacharoulas Tochter, die ziemlich hübsch war mit ihrer frühlingszarten Haut, ihren mandelförmigen Augen und den dichten Wimpern, die ihren Blick schön, nachdenklich und tiefsinnig erscheinen ließen.

DIE BERUFUNG

Als Eftalia ihre morgendlichen Arbeiten in aller Eile erledigt hatte, rief sie aus: »Katina! Katiiina! Bring Tante Foula das Limettenblütenwasser zum Barbierladen rüber!«

Ich schnallte mir den Korb mit den Gläsern um und machte mich schnurstracks auf den Weg ins Griechenviertel. Dabei bog ich nach links ab, um die Abkürzung durch die menschenleeren Straßen des Türkenviertels zu nehmen.

Keine einzige Frau steckte ihre Nase an jenem Morgen aus der Tür. In der Hitze roch es nach Kamel- und Maultierdung. Aus den Samen, die dieser Dung enthielt, sprossen im Frühjahr riesige grüne Schösslinge, deren frischer Duft den Gestank der Türkenviertel übertönte.

Ach ja, die Türkenviertel! Die Türkinnen schienen bloß aus einem Augenpaar zu bestehen, das sich hinter den holzvergitterten Fensterchen stets im Verborgenen hielt. Wie war es nur möglich, dass sie trotzdem immer alles wussten? Schwer zu sagen. Die Türkinnen waren nicht dazu bestimmt, angeschaut zu werden. Sie bildeten keinen Blickfang, weil sie nichts fürs Auge boten. Ein paar gutmütige Frauen, die nach außen hin als Musliminnen auftraten, im Herzen jedoch am Christentum festhielten, benahmen sich ganz anders. Sie sprachen uns an und luden uns ein: »Kommt doch auch mal zu uns.« Zwar war das selten, aber es kam immerhin vor. Wenn einen die Politik trennt, schlägt man sich die Köpfe ein. Wenn einen die Religion trennt, scheint die Distanz unüberbrückbar.

An der Biegung kam mir Vassilia entgegen, beladen mit Gemüse, das gerade von einer Kamelkarawane geliefert worden war. Sie hatte sich zwei Knoblauchkränze über die eine Schulter und einen Beutel mit Einlegegurken über die andere gehängt. In ihren

Rocktaschen hatte die Naschkatze einige Aprikosen versteckt, um sie hinter dem Rücken ihrer unersättlichen Kinder allein auf der Hintertreppe zu essen.
Wir standen einander schräg gegenüber, sie auf der rechten, ich auf der linken Straßenseite, genau vor dem türkischen Eckhaus mit dem einsamen Fenster, das wie verbarrikadiert wirkte. Und obwohl Vassilia mit den Knoblauchkränzen beladen war, die über ihrem dicken Hintern tanzten, sprang sie quer über die Straße auf mich zu, packte mich am Arm und zog mich aus dem Bannkreis dieses Fensters fort.
»Halt dich bloß fern von hier!«, zischte sie mit weit aufgerissenen Augen. »Komm ja nicht mehr hierher, hörst du?«
Ich blickte sie verständnislos an, da ich keine Ahnung hatte, wovor ich mich eigentlich hüten sollte. Doch das verrammelte Fenster machte mir Angst. Zusammen mit meinem Arm hatte sie auch meinen Zopf gepackt und drohte, ihn erst loszulassen, wenn ich begriffen hätte, was sie mir sagen wollte.
»Dort drin wohnt die Hexe! Willst du bei lebendigem Leib von ihr verspeist werden?«
Ich schüttelte den Kopf und ging mit zu Tante Foula.
Auf dem Rückweg schlich ich an den gegenüberliegenden Häusermauern entlang und warf nur ein paar verstohlene Blicke auf das Eckhaus. Das Fenster war immer noch verschlossen und blieb es auch die nächsten Male, wenn ich daran – immer schön auf der anderen Straßenseite – vorüberging.
Das Haus der Hexe sah ganz gewöhnlich aus. Vor unserer Abreise aus Kappadokien, als wir unsere Übersiedelung nach Smyrna planten, versuchte ich, mir die Stadt vorzustellen. In meiner Phantasie sah sie zwar anders aus als unser Dorf, doch stets hatte ich genau so ein Haus vor Augen. Das Seltsame war, dass auch Eftalia erzählte, sie hätte sich in ihren Träumen genau so ein Haus ausgemalt, und als sie die Tür öffnete, seien dort lauter Reichtümer gewesen, für sie ganz allein. Schätze über Schätze hätten dort gelegen, und wenn man den Zauberspruch sagte – »Mit vereinten Kräften kann nichts uns besiegen« –, füllte sich das Haus prompt

mit neuen Reichtümern. Während der ganzen Reise stellte ich mir vor, nach unserer Ankunft in Smyrna ein solches Haus zu betreten und so reich zu sein wie damals, als Vater noch lebte.
In diesem Haus lebte eine Türkin, die ich – wie sich später herausstellte – schon kannte, weil sie mir immer wieder über den Weg gelaufen war. Ich glaubte sogar, sie in unserem Dorf schon mal gesehen zu haben. Mir war, als sei sie auch beim Begräbnis meines Vaters gewesen. Sie musste aus unserer Gegend stammen.
Zum ersten Mal traf ich sie an einem regnerischen Tag, als ich unterwegs ins Europäische Viertel war. Die Europäer wohnten in Smyrna in einer langgezogenen, belebten Geschäftsstraße, die vom britischen Royal-Mail-Postdienst bis zur Weggabelung nach Agia Fotini reichte. Hier wurde einem schwindelig vor lauter Pracht, von all den hübschen Dingen, von all der europäischen Finesse und den herrlichen Schaufenstern der noblen Adressen: Skoulikidis, Eastern, Chatinoglou, Schwatzmann, das Petit Louvre, das Paradis des Dames, in dem Fotini für kurze Zeit als Spitzenklöpplerin gearbeitet hatte. Zwölf Stunden saß sie unten im Souterrain über ihrer Arbeit, und Sacharoula schickte mich, ob ich wollte oder nicht, mit Brot und Käse oder warmem Essen zu ihr.
»Komm mal her, Katina! Bring Fotini schnell das Essen!«
Und Fotini, vier Jahre älter als ich, drückte mir eine Kupfermünze in die Hand und schickte mich gegenüber zum Händler, um ihr einen warmen Sesamkringel zu holen.
»Darauf bin ich ganz versessen«, sagte sie, und auch mir lief das Wasser im Mund zusammen. Ein Stückchen würde ich bestimmt auch abbekommen.
Am Morgen des 20. Januar trug ich also den Eintopf im Henkelmann aus Kastanienholz in der einen Hand und den Weidenkorb mit den Mittelchen gegen Damenbart in der anderen und kämpfte mich durch den Regen zu Tante Foula. Erst vor einigen Tagen hatten wir uns im Armenviertel niedergelassen. Es war kalt, die Nässe peitschte mir ins Gesicht, und die Straßen waren vol-

ler Schlamm, der mir durch die löchrigen Sohlen in die Schuhe drang. Die Strickjacke von Großmutter Eleni aus Schafwolle und schönem Ziegenhaar wurde nass und kratzte. Sie hatte zumindest weniger Löcher als alle anderen Kleidungsstücke. Mutter hatte mir versprochen, von ihrem ersten Lohn einen Umhang zu kaufen, den man auf- und zuknöpfen konnte.
In den Armeniervierteln war kein Durchkommen. Dort lagen die Ziegeleien, und man versank bis zu den Knöcheln im rötlichen Morast. Auch die Türkenviertel waren unpassierbar. Niemand kümmerte sich darum, den Dreck fortzuschaffen. Die Marktgässchen wurden durch den Regen vom ekligen Sardellenfett sauber gespült, nach dem die ganze Gegend erbärmlich stank. Und ausgerechnet ich hatte das Pech, in diesem öligen Gebräu auszugleiten und hinzufallen.
Zwar verletzte ich mich nicht, doch als ich die Fläschchen einsammelte, deren Etiketten durch den Sturz gelitten hatten, packte mich blanke Verzweiflung, und ich brach in Tränen aus. Nächtelang hatte meine Mutter an diesen Etiketten gearbeitet: »Rosenwasser« oder »Limettenblütenwasser« stand darauf in Schönschrift zu lesen. Doch nun prangte anstelle der »Limettenblüten« ein Schmutzfleck, und drei von den Gläsern waren zerbrochen.
Da stand plötzlich eine alte Türkin vor mir und half mir geduldig, die Scherben aufzulesen. Bedächtig legte sie alles in das Körbchen zurück und zog ein Taschentuch hervor, damit ich mir die Nase putzen konnte. Da weinte ich noch mehr. Auch der Henkelmann war aufgesprungen, und die Hälfte des Eintopfs schwamm in der Pfütze. Die Frau fischte den Behälter auf und verschloss ihn wieder, um wenigstens den Rest des Essens zu retten. Selbst als sie mir auf die Beine half, würdigte ich sie keines Blickes. Ich lief weiter zur Agios-Polykarpos-Kirche, und von dort wandte ich mich in Richtung der Glasbläsereien und zur Europäischen Straße. Auf dem ganzen Weg heulte ich vor mich hin. Kurz von der Agios-Polykarpos-Kirche hörte der Regen auf und ein leiser, Trockenheit bringender Nordwind erhob sich. Vor den erleuchteten Schaufenstern von »Diogenis« blieb ich stehen. Die Weihnachts-

geschenke der vergangenen Festtage lagen immer noch ganz vorne: Puppen mit karmesinroten Samtkleidchen und Spitzenkrägen, Eisenbahnen, die von ganz allein auf ihren Schienensträngen fuhren, Marionettenpüppchen, deren Ärmchen man mit Fäden hin und her bewegen konnte. Was für ein tolles Geschäft! Hunderte Angestellte arbeiteten neben dem Verkaufsgeschäft in den Lagern und Werkstätten. Ich hatte mich in einiger Entfernung hingesetzt, um nicht Gefahr zu laufen, von meinem Beobachtungsposten verjagt zu werden. Der widerliche Gestank meiner Kleider stieg mir in die Nase. Schützend zog ich die Jacke eng um den Körper, als könnte ich dadurch den Geruch verbergen, und blickte mich nach allen Seiten um, um niemandem zu nahe zu kommen.

Dann machte ich bei Fotini Halt und ließ mich auf dem Eisengitter über den Belüftungsschächten der Kellerräume auf alle viere nieder. In dieser düsteren Unterwelt konnte ich gerade noch Fotinis Schopf erkennen. Leise rief ich: »Fotini! Fotini!« Sie hob den Blick und winkte mich hinüber zur Hintertür. Wortlos überreichte ich ihr den Henkelmann aus Kastanienholz. Gierig öffnete sie ihn, da es schon weit nach Mittag war. Ein verführerischer Duft nach köstlicher, fetter Hühnersuppe mit schwarzem Pfeffer, jungen Möhrchen und Reis drang heraus. Die Suppe war heiß und dick, mit Couscous und großen Stücken zarter Hühnerbrust. Fotinis Gesicht leuchtete auf vor Freude. Sie holte einen Löffel hervor, wir setzten uns auf den nahen Treppenabsatz, und sie begann schlürfend die Suppe zu löffeln. Nach den ersten Bissen, die man braucht, um den Heißhunger zu stillen, begann sie, von den Widrigkeiten ihrer Arbeit zu erzählen und von den beiden Schuhnäherinnen, die sie anfeindeten. Als sie schon fast fertig war, fragte sie mich: »Willst du auch?« Und ich durfte den Rest aufessen.

Fotini unterdrückte ein Rülpsen. »Aber sag mal, was ist denn heute für ein Feiertag, dass wir ein Hähnchen schlachten? Ist vielleicht der Gedenktag von Johannes dem Täufer?« Sie zählte das Datum an den Fingern ab.

Als ich bei Tante Foula eintraf, waren die Gläser getrocknet und

auch die Aufschriften der Etiketten wie durch Zauberhand wieder lesbar, ja sogar noch schöner geschrieben.
Während der darauffolgenden Tage blieb das geheimnisvolle Fenster fest verschlossen. Mittlerweile blieb ich jedes Mal kurz davor stehen und wartete ab, ob es sich nicht doch irgendwann öffnete. Dort lebte – im selben Haushalt wie »die Hexe« – eine arme Familie. Keiner wusste, in welchem Verhältnis sie zueinander standen. Die Familie bestand aus Ismar, der Mutter, Osman, dem Vater, und zwei oder drei schmutzigen Kindern. Des Öfteren sahen wir Ismar, die Attartes Magd zu sein schien, verschleiert durch die Gassen wandern. Doch niemals sahen wir sie mit Einkäufen zurückkommen. Aß man denn in diesem Haus nichts? Auch beim Tratsch des Viertels überging man sie, nicht einmal Vassilia – ein seltenes Phänomen – zeigte Interesse.
Mein gesamtes persönliches Eigentum bestand aus einem hölzernen Kleiderbügel, auf den ich sorgsam meine neue Jacke hängte, und einem aus Lumpen handgenähten Hasen mit Knopfaugen, der in einem mit Heu gefüllten Körbchen unter einem Stück Filz schlief. Anneso und ich spielten mit ihm, wir fütterten ihn und legten ihn dann in sein Körbchen schlafen. Darüber hinaus besaß ich noch zwei Nachthemden, die meiner Cousine Despina zu klein geworden waren, und ein funkelnagelneues Metallkästchen, das ich irgendwo aufgelesen hatte. Darauf stand in osmanischer Schrift zu lesen: »Sag es mir«.
Als mir dieses Kästchen in die Hände fiel, begegnete ich der Hexe zum zweiten Mal. Doch diesmal nicht auf der Straße. Jenseits unseres Viertels und der Gassen mit den Fassbindereien erstreckte sich der Weg zum Meli-Fluss, dessen Auen immer grüner und dichter wurden, je mehr man sich dem Fluss näherte. Die Böschungen waren zuweilen steil, und das Wasser an den Ufern war tief. Dann wieder verbreiterte sich das Flussbett, so dass die Kinder bei schönem Wetter im seichten Wasser spielen konnten. Auch wir machten uns eines Morgens auf den Weg dorthin. Eftalia wollte Kräuter sammeln und entfernte sich – den Blick auf den Boden geheftet – langsam immer weiter von uns. Ich beschloss,

zum Wasser hinunterzuklettern und Frösche zu fangen. Plötzlich blinkte mir das Kästchen vom seichten Grund des Flusses entgegen, und ich streckte die Hand danach aus. Da spürte ich ihren Blick. Schnell zog ich meine Hand zurück – aus Angst, das Kästchen könnte vielleicht ihr gehören. Doch sie bedeutete mir, ruhig zuzugreifen. Das war nicht ganz einfach. Als es mir endlich gelang, war die Hexe verschwunden.
Das Kästchen wurde mein neues Spielzeug, mein neuer Schatz. Man konnte es öffnen und ihm all seinen Kummer anvertrauen, alle Sorgen und alles Herzeleid, das sich vorläufig ausschließlich aus der Sehnsucht nach materiellen Dingen speiste.
»Ach, liebes Kästchen, wenn du nur im Schaufenster diese Federmappe mit den Buntstiften und dem daumengroßen Radiergummi gesehen hättest! Ach, wenn du nur diese Puppe gesehen hättest! Mit goldenem Haar!«
Und als hätte mich das Kästchen erhört, rief uns ein paar Tage später der Lehrer zu sich, um die Pakete des Damenzirkels »Erato« in Empfang zu nehmen, die nicht mehr rechtzeitig vor den Weihnachtsfeiertagen eingetroffen waren. Mein Päckchen enthielt Süßigkeiten, ein Paar Schuhe, das mir zu klein und Anneso etwas zu groß war, ein noch gut erhaltenes blaues Kleid, drei weiße Haarschleifen, ein Püppchen mit blondem Haar und eine Federmappe mit Buntstiften und einem daumengroßen Radiergummi!
Ich suchte nach Mitteln und Wegen, die Hexe wiederzusehen, doch ohne Erfolg. Auf meinen Wunsch hin ließ mich meine Mutter kleine Aufträge erledigen. Das nutzte ich, um aufmerksam die Straßen zu beobachten. Auf meinem täglichen Weg ins Europäische Viertel ließ ich kurz vor der Mädchenschule meine Blicke gespannt durch die Gässchen schweifen, doch niemals tauchte sie auf.
Doch ich hatte nicht mit unserer Anneso gerechnet. »Was machst du denn da?«, schimpfte Eftalia die Kleine aus. »Du sollst doch nicht mit den Türkenkindern sprechen.«
Sorglos spielte sie mit ihrem kleinen türkischen Freund »Stein im

Korb« und »Plumpsack«. Diese Unbekümmertheit führte dazu, dass wir die alte Attarte schließlich kennenlernten. Denn die Kinder spielten verbotenerweise vor ihrem Haus. *Uğursuz gün*, der Tag stand unter keinem guten Stern. Auf der Straße herrschte ein geschäftiges Treiben, es war Marktzeit, und die Straßen waren stark befahren. Schon zwischen zwei und fünf Uhr morgens trafen die Karawanen ein und zogen nach dem Abladen weiter. Die Kinder hatten dem kleinen Türkenjungen die Augen verbunden und ließen sich von ihm suchen. »Gleich hab ich dich!«, rief er, »gleich hab ich dich!« Plötzlich erfasste seine Mutter eine Vorahnung. Sie trat auf die Türschwelle und schrie laut: »*Dikkat!*«
Das Unglück geschah genau vor ihren Augen. Ein Karren fuhr vorüber, das Kind stolperte, und das Pferd scheute. Anneso warf sich spontan über das Kind, und der Karren ratterte über die beiden hinweg. Der Eimer, der hinten am Karren baumelte, krachte ihnen am Schluss noch auf den Rücken. Anneso hatte es ziemlich schlimm erwischt, fast wäre ihr Bein unter die Räder gekommen. Doch dem kleinen Jungen war nichts passiert. Von diesem Tag an besuchten Ismar, die Mutter des Jungen, und die alte Türkin Anneso immer wieder. Wir fingen an, miteinander zu sprechen und uns aneinander zu gewöhnen.

Fünf Monate später legte sie zum ersten Mal den *çarşaf* ab. Als sie ihre Hand zum Ohr führte, dachten wir, sie wolle sich bloß ins Gesicht fassen oder den Stoff zurechtrücken, wie sie es sonst auch immer tat. Doch sie nahm ihren breitkrempigen Strohhut ab und entblößte ihren Scheitel. Ich glaubte immer noch, sie wolle sich bloß am Kopf kratzen.
Sie blickte sich um, vergewisserte sich, dass Tür und Fenster ja gut verschlossen waren – wie übermächtig die religiösen Vorschriften doch waren! –, und zog sich den Schleier vom Kopf. In ihrer Jugend musste sie eine schöne Frau gewesen sein. Sehr schön sogar. Doch wer durfte sich daran erfreuen? Sie öffnete ihre Handfläche und zeigte uns im Dämmerlicht ein paar Getreidekörner.

»Alles, was ich weiß, und alles, was du weißt«, sagte sie, »legen wir offen auf den Tisch.«
Eftalia hob die Augenbrauen, doch sie sagte nichts und wartete ab.
»Bring mir Feuer, Öl und ein Tuch. Und bring mir deine Schuhe.«
Ich besaß nur ein einziges Paar, ein teurer Spaß. Daher trug ich sie nur zu besonderen Anlässen. Dann blickte die Alte zu Ismar, ihrer Magd, hinüber. Die war einen Schritt zurückgewichen und hielt den Kopf gesenkt. Ob ihr jemals die alten Zaubersprüche anvertraut worden sind? So viele Jahre lebten wir Tür an Tür, doch niemals erfuhren wir, woher die Alte eigentlich stammte, nur ihren Namen kannten wir: Mutter Attarte.
»Ich habe das Wissen, doch ich werde bald gehen. Ismar besitzt die Gabe, doch sie will sie nicht haben. Du bist noch ein Kind, du hast das Leben noch vor dir. Nimm diese Gabe an, damit sie nicht verloren geht.«
Die alte Frau zündete das Öllämpchen an, setzte sich hin und betrachtete die kleine Flamme. Zwei Minuten vergingen, drei, fünf Minuten. Sie schienen uns wie eine kleine Ewigkeit. Als sie spürte, dass sie bereit war, rieb und wärmte sie die Körner zwischen ihren Fingern. Dann rieb sie auch ihre Zähne. Dabei murmelte sie nicht, sondern sprach die Worte deutlich aus.
Weizen-, Gersten-, Roggenkorn, hört mich an: Spendet Kraft, schenkt Erleuchtung, gebt dem Geschöpf hier Geistermacht.
Dann schlug sie das in Öl getauchte Tuch auseinander, legte die drei Körner in die Mitte des Tuchs und hielt alles in die Flamme. Danach lockerten sich ihre Hände, und sie öffnete die Augen. Weizen, Gerste und Roggen. Sie war wie in Trance. Dann ergriff sie Katinas Hände, ölte die Handflächen mit dem warmen Tuch ein und führte abwechselnd die linke und die rechte Hand des Kindes zu ihrer Stirn, während sie dieselben Worte wiederholte: *Weizen-, Gersten-, Roggenkorn, hört mich an …*

Ein Geschenk des Himmels

Die Geschäfte gingen blendend, und so konnten wir sogar ein wenig Geld zurücklegen. Eftalia wagte sich nun gar nicht mehr aus dem Haus und versteckte die Sparbüchse an immer neuen Orten – einmal unter der Matratze, dann hinter den Ikonen oder zwischen den Töpfen und Pfannen. Sie wälzte jede Menge Pläne, doch das Geld reichte hinten und vorne nicht aus, um ihre zahlreichen Wünsche zu erfüllen. Doch nun sollten uns die himmlischen Mächte selbst zu Hilfe kommen.

Als wir eines Morgens die Fenster öffneten, roch es nach Frühling. Das Ende meiner Schulzeit an der Mädchenschule näherte sich. Anneso hatte mittlerweile gelernt, mit ihren Händchen den Teig auszurollen, und ich zerkleinerte mit zwei Steinen die Mandeln, die im Mörser zerrieben werden sollten. Lefkothea kam des Öfteren vorbei und half bei der Herstellung der Schönheitscremes. Zudem übernahm sie auch den Verkauf und verdiente sich so ein Zubrot.

Jeden Abend murmelten wir in Attartes Zimmer zusammen mit Ismar, der Magd, die magischen Worte. Darüber hinaus erlernten wir die Kunst, das Schicksal aus den Karten zu lesen.

»Ein Dieb«, sagte die Türkin eines Tages beim Kartenlegen, als die Sonne gerade unterging. »Ein Dieb, Eftalia. In der Nacht wird ein Dieb kommen. Aber du wirst etwas gewinnen und nichts verlieren. Dir wird nichts genommen werden, sondern etwas gegeben.«

Über der Tarotkarte der »Wolken«, die auf der linken Position aufgedeckt wurde, lagen die »Mäuse«. Eilig kehrten wir nach Hause zurück, und Mutter stopfte die Ersparnisse in ihren Ausschnitt.

Der Dieb kam am nächsten Abend. Und zwar nicht, um zu stehlen, sondern auf der Suche nach einem Versteck. Auf der anderen Straßenseite schlug ein Hund an. Dann gackerten Vassilias Hühner aufgeregt los. Der Dieb kam also näher. Hinter ihm ertönte die Trillerpfeife des Nachtwächters, der ihm auf den Fersen war. Schwer landete ein dunkler Schatten am Fuß unseres Mäuerchens, der sich gleich darauf zusammenkauerte: der Dieb.

Kreischend stürmte Eftalia in den Hof hinaus. Der Nachtwächter kam herbeigelaufen, pfiff dreimal, doch der Dieb machte einen Riesensatz und entkam. Vor lauter Schreck ließ er den Sack mit dem Diebesgut fallen. Nachdem wir die Türen verriegelt hatten, schnürten wir ihn auf: Geldscheine, Goldstücke und Kandelaber kamen zum Vorschein, silberne Löffelchen, ein Seifenstück – wozu er das bloß mitgenommen hatte? –, ein Samtkästchen mit einem grünen Schmuckstein in der Mitte, eine Haarbürste mit Silbergriff und ein dazu passender Spiegel, ein Balltäschchen, zwei Taschenuhren samt Uhrketten und Geldmünzen. Fünfhundert Goldpfund insgesamt. Er musste in ein reiches Haus eingebrochen sein.

Was nun? Würde er zurückkehren und das Diebesgut zurückverlangen? Angst überkam uns. Sollten wir alles den Behörden übergeben? Würde man ihn fassen? Doch wann hatte ein Nachtwächter jemals einen Dieb dingfest gemacht? Schließlich fand Eftalia die Lösung.

»Gott«, sagte sie, »schickt uns das alles. Der Herr hat Erbarmen mit uns. Es ist ein Geschenk des Himmels.«

Diese Lösung kam ihr zupass, da man so viel Geld nicht einfach grundlos sausen lässt. Und dieser Schatz – fünfhundert Goldpfund und noch ein paar türkische Silbergroschen – verschaffte uns Eintritt in die wohlhabenden Kreise Smyrnas.

Wir zogen zwei Straßen weiter in Elmasoglous zweistöckiges Haus im Griechenviertel. Nun gehörten wir endlich dazu. Wir zahlten die Miete für ein Jahr im Voraus, damit uns der Vermieter Skonto gab. Wir kauften uns neue Schuhe, einen Teppich und ein Bett für jede von uns. Im Erdgeschoss des zweistöckigen Hauses wurde die Werkstatt des »La Beauté« für die Bedürfnisse der vornehmen Dame eingerichtet.

Zum Schluss machten wir uns auf nach Vesestenia, um ein Porzellanservice zu erstehen. Danach luden wir Foula, die Arztfrau, Vassilia, Gogo und Kalirroi, zwei junge Nachbarinnen, zu einer Teegesellschaft. Jetzt waren wir endgültig Smyrniotinnen geworden, doch wir tischten dreimal so viel Süßigkeiten auf wie die anderen Damen der Stadt.

Das »Geschenk des Himmels« behandelten wir pfleglich und respektvoll. Ein paar Dinge leisteten wir uns, und der Rest wanderte zu den Ersparnissen. Denn man wusste ja nie, was noch alles auf einen zukam.

Den Goldschmuck des Schatzes wagten wir weder öffentlich zu tragen noch zu verscherbeln. Wir behielten ihn für den Notfall. Darunter waren ein Kreuz mit kleinen Rubinen, zwei Ringe mit großen, violetten Edelsteinen, ein Perlencollier, Armreifen und ein Paar Ohrringe mit meerblauen Perlen. Daran erkannten wir, dass der Dieb in ein armenisches Haus eingedrungen sein musste.

Wir brachten Attarte einige Schmuckstücke als Mitbringsel vorbei. Sie war von unserer Geste gerührt, hob jedoch abwehrend die Hände.

»Das ist von mir für dich, Eftalia. Ich will es nicht zurück.«

»Wem gehört es?«, fragte Eftalia verwundert.

»Die frühere Besitzerin braucht es nicht mehr. Schon bald wird sie für immer von uns gehen.«

Zwei Monate später starb eine reiche Armenierin. Sie verließ diese eitle Welt für die himmlischen Gefilde und hinterließ Tausende Goldpfund, die sich diverse Leute unter den Nagel rissen. *Haram* – was für eine unbotmäßige Bereicherung!

Eftalia, die Gefallen am Geld gefunden hatte, fragte jeden Abend nach der Rezeptur des Zauberelixiers, durch das man den Willen einer Person beeinflussen konnte. Doch Attarte ließ sich nichts weiter entlocken.

»Sie hat alle Macht der Welt und nützt sie nicht! Wie eigenartig!«, sagte Eftalia, der Attartes Verhalten unverständlich war. Sie reagierte gereizt, ohne ihr wirklich böse zu sein. »Ist sie etwa eine Heilige? Wieso tut sie so, als stünde sie über den Dingen?«

Bei Attarte fühlte ich die Wärme einer wahren Mutter. Obwohl wir oft Stunden zusammen verbrachten, ohne einen Laut von uns zu geben, schien es mir, es wären gerade erst Minuten vergangen. Minuten voller Glückseligkeit. Und immer wieder sehnte ich mich nach ihrer Nähe.

»Du sollst nicht fragen«, sagte die türkische Mutter, »sondern beobachten und fühlen.«

Eines Morgens machte sich Katina auf den Weg nach Barma Kapı, um Musselin zu kaufen. Die Augencreme musste nämlich durch ein frisches Musselintuch gefiltert werden. In den Tuchhandlungen auf dem Markt priesen die Verkäufer die Filz- und Wollstoffe ellenweise an. An einer Ecke hatte sich ein Glücksspieler mit seinen Karten postiert und zog den Passanten das Geld aus der Tasche. Türkische Geldscheine – schmutzig, eingerissen und fluchbeladen – wurden auf seinem Tischchen verwettet. Gerade war einer von Vassilias Söhnen dabei, sein Geld auf die Karten des zahnlosen Glücksspielers zu setzen.

»Wo ist der König? Links, rechts oder in der Mitte?«, rief der Schlawiner.

Katina blickte auf die Karten und wusste mit einem Mal, dass der König in der Mitte liegen musste.

»In der Mitte«, wisperte sie.

Vassilias Sohn wandte sich zu ihr um.

»Hier«, meinte er dann und legte den Finger auf die mittlere Karte. »Das Mädchen hat gesagt, in der Mitte!«

Er lachte und nahm es in Kauf, seinen Einsatz zu verlieren. Doch der Pik-König lag tatsächlich in der Mitte.

»Wo ist der König? Links, rechts oder in der Mitte?«, fragte der Glücksspieler wieder, der nun seine Tricks zur Anwendung bringen wollte, um zu gewinnen.

»Links«, wisperte Katina.

»Hier«, sagte Vassilias Sohn und deutete auf die linke verdeckte Karte. Durch die Reihen der Zuschauer ging ein Raunen. Der König lag tatsächlich dort. Immer mehr Passanten blieben stehen.

Vassilias Sohn gewann in der dritten Runde noch einmal hundert Silbergroschen, in der vierten und fünften weitere achthundert. Der Glücksspieler winkte die Zuschauer herbei und rief: »Kommt, kommt! Das Glück ist heute auf eurer Seite!«

»Wo ist der König? Links, rechts oder in der Mitte?«, fuhr er lautstark fort. »Wo ist der König? Wo ist der König?«
Nun sagte Katina nichts, sie war verwirrt. Vassilias Sohn wollte schon auf die mittlere Karte tippen, als sie ihm in den Arm fiel.
»Es gibt keinen König«, sagte sie, »nur drei Asse.«
Und tatsächlich waren alle drei verdeckten Karten Asse.
Erbost stürzten sich die Leute auf den Glücksspieler, um ihm eine Abreibung zu verpassen. Katina rannte mit pochendem Herzen davon. Wie von Furien gehetzt lief sie quer durch die Stadt bis zum Türkenviertel. Mit beiden Fäusten hämmerte sie an Attartes Tür. Die Türkin selbst öffnete ihr. Zitternd wie Espenlaub fiel sie ihr um den Hals und brach in Tränen aus.
»Ich wusste es, Mutter«, sagte sie. »Ich wusste es! Ich habe die Vorderseite der Spielkarten vor mir gesehen. Ich hab sie gesehen!« Sie wurde von einem heftigen Schluchzen geschüttelt.
»*Korkuyorum, anne*«, gestand sie ihre Angst.
»*Biliyorum*«, erwiderte Attarte. »Ich weiß.«

Wenn es jemanden in Smyrna gab, der alles für Eftalia und ihre Kinder getan hätte, dann war es der Junge aus der Schankwirtschaft, der sich in Katina verguckt hatte.
»Ach, so ein Pech aber auch«, sagte Eftalia, als er wieder einmal vor der Tür stand.
Der junge Mann war im Alter von acht Jahren von einem barmherzigen Smyrnioten auf den Namen des antiken Geografen Strabon – »der Schielende« – getauft worden und hatte sich mit der Zeit den verballhornten Rufnamen Stravakias – »Schielauge« – erworben. Jedenfalls stand er nun herausgeputzt und mit einem Blumenstrauß in der Hand auf der Türschwelle. Anscheinend war er zu einem offiziellen Antrittsbesuch erschienen.
»Mein Dienstherr schickt mich«, meinte er, »denn er hält mein Gestöhne den ganzen Tag lang nicht mehr aus.«
»Du stöhnst?«
»Ja!«, sagte Schielauge.
»Wegen Katina?«

»Aber ja doch! Und das zerreißt ihm das Herz, sagt er. Geh, sagte er, zu ihrer Mutter, damit der Jammer ein Ende hat.«

»Dann stöhn ein bisschen.«

»Uaaah!«, machte Schielauge. Sein Liebesstöhnen ähnelte einem gewaltigen Rülpser.

»Aha, deshalb also hat er dich hergeschickt.«

Jeden Sonntagnachmittag wiederholte sich dieselbe Szene. Und jedes Mal, sobald es klopfte, rief Eftalia lachend aus: »Katina, mach dich hübsch, dein Bräutigam ist da!«

Und sie öffnete Stravakias, der immer mit den gleichen Blumen in der Hand dastand, die Tür. Es waren drei Nelken, die er aus den Blumentöpfen seiner Herrin rupfte, worauf die ihm jedes Mal hinterherjagte.

Doch mit der Zeit änderte sich die Lage.

»Schielauge, wenn du schon mal hier bist, dann lockere doch ein wenig die Erde im Kräutergarten, dort drüben bei den Minzstauden.«

Minze gehörte zu Eftalia wie die Milch zum Kleinkind und die Wasserpfeife zum türkischen Kaffeehaus. Zudem war für sie undenkbar, die Speisen mit Küchenkräutern zu würzen, die nicht aus ihrem eigenen Garten stammten.

Stravakias kam und pflegte das Kräutergärtchen, bis die Minzstauden eine wahre Augenweide wurden.

»Schielauge, wenn du schon mal hier bist, dann bieg doch die Türangel mit einem kräftigen Tritt wieder gerade.«

Oder: »Schielauge, wenn du schon mal hier bist, dann sieb doch das Mehl, dafür gebe ich dir …«

»Katina?«, meinte Schielauge.

»Einen Fünfer.«

»Ein Fünfer ist auch in Ordnung«, entgegnete er und siebte das Mehl.

So wurde Stravakias zu unserem Hausdiener. Alle Erledigungen des Haushalts übertrug Eftalia ihm, der seiner »Schwiegermutter« gern zu Diensten stand. Mit der Zeit traten seine Liebesgefühle ganz in den Hintergrund, und er hielt sich von morgens bis abends vorwiegend im Haus auf, um in den Genuss von Eftalias Hackfleischbällchen und Süßigkeiten zu kommen, für die er eine große Schwäche hatte.

»Frau Eftalia, gibt's etwas für mich zu tun?«

Auch auf den Markt ging er mit, vorneweg Eftalia und er hinterdrein die Einkaufskörbe schleppend.

Als sie eines Tages wieder so dahinzuckelten, blieb Eftalia stehen und fragte ihn: »Was ist eigentlich mit deiner Mutter? Wer ist sie?«

Als sich Schielauge anstelle einer Antwort am Kopf kratzte und ins Leere starrte, überkam Eftalia großes Mitleid mit dem Jungen.

Der Duft der Männer

Foula gebärdete sich wie toll, um herauszukriegen, woher Eftalia das ganze Geld hatte.

»Mit dem rechten Fuß zuerst, liebe Eftalia!«, rief Foula, als sie den Hof betrat. »Glückwunsch! Glückwunsch!«

Sie trat ins Haus und sah sich um. Mit Adleraugen prüfte sie alles: die Möbel, die Teppiche, die Küche, das Kochgeschirr. Alles Notwendige war vorhanden und in schönster Ordnung aufgereiht. Alles war einfach, aber gepflegt.

»Ich werd verrückt!«, dachte Foula. »Da bettelt sie mich um den alten Holzofen aus dem Barbierladen an, der nicht mal mehr streunende Katzen wärmt, und jetzt schläft jede von ihnen auf gleich drei Matratzen!«

Sogar den Vorhang unter dem Spültisch lüpfte Foula, um zu begutachten, wie voll der Ölkanister für den Winter war. Daneben stach ihr ein Weinfässchen ins Auge.

»Aha!«, rief Foula. »Wein also trinkt sie! Oder holt sie sich einen Mann ins Haus, der den Fasswein leert? Ah, Männergeruch liegt in der Luft!« In diesem Augenblick trat Eftalia in die Küche, um das Teeservice zu holen. Foula zuckte zusammen und rückte sich die Frisur zurecht. Auf einmal sah sie Eftalia mit ganz anderen Augen.

»Meine liebste Eftalia, schön hast du es hier! Und was für ein großes Haus! Ganz außer Atem bin ich vom Treppensteigen. Zeig mir doch auch die Zimmer!«

Foula folgte Eftalias Fingerzeig in ein geräumiges Zimmer, in dem Anneso auf dem Bett saß und mit einer Puppe spielte. Darin standen drei Betten mit schmiedeeisernem Gestell und Rosettenverzierungen am Kopfende. Annesoula hatte es sich auf Eftalias Bett bequem gemacht, da es das größte war. Wenn man wollte, konnte man einen roten Vorhang vorziehen, hinter dem sich die Kleine jetzt verbarg und schelmisch ihrer Tante Foula zulachte.

»Wo schläfst du denn, Annesoula?«, fragte Foula mit honigsüßer Stimme.

»Dort«, sagte Anneso.

»Schläfst du denn nicht bei der Tante?«

Anneso schüttelte den Kopf. »Der böse Wolf lässt mich nicht.«

In Foula erwachte ein gewisser Verdacht.

»Wer ist denn der böse Wolf?«

»Ein groooßer Wolf«, sagte das Kind und reckte die Arme in die Luft.

»Wann kommt denn der böse Wolf?«

»In der Nacht. Er packt die Kinder, die noch nicht schlafen.«

Foula war verwirrt.

»Wie heißt der Wolf?«, fragte sie die Kleine.

»Ich weiß nicht.«

»Hat er große Zähne?«

»Ja.«

»Hat er einen Bart?«

»Ja.«

»Was hat er an?«

Die Kleine blieb die Antwort schuldig. Foula ging zur nächsten Frage über.

»Wo hat der Wolf seine Sachen?«

Anneso deutete auf die Kommode, und Foula riss gierig die Schubladen auf. Doch darin befanden sich nur Blusen, Damenunterwäsche und ein Bild zum Märchen »Die drei kleinen Schweinchen«. Sie deutete auf die Zeichnung und fragte die Kleine: »Ist das der Wolf, der dich holt, wenn du nicht brav schläfst?«

»Ja.«

»Ach, vermaledeit, wieso lasse ich mich überhaupt auf eine Diskussion mit dir ein!«

Dennoch beschloss sie, noch einen letzten Versuch zu wagen. Sie setzte sich neben die Kleine aufs Bett und nahm die Puppe zur Hand. Die war auch nagelneu. Und sie hob zu einem neuerlichen Verhör an.

»Sag mal, Anneso, erzähl doch Tante Foula, wer euch Geld gibt.«

»Tante Eftalia.«

»Aber nein! Ich meine: Wer gibt Tante Eftalia Geld?«

»Hm …! Der, der aufs stille Örtchen geht.«

»Aufs stille Örtchen?!«

»Ja«, sagte die Kleine, die eines Tages gesehen hatte, wie der Klempnergehilfe Eftalia Restgeld zurückgab, da er die Abflussrohre günstiger als erwartet aufgetrieben hatte.

Dann fragte Foula, wo das Bad sei. Nachdem sie die Tür hinter sich verriegelt hatte, öffnete sie eilig die Kästchen, um zu sehen, was Eftalia dort für Männerutensilien aufbewahrte. Doch wieder wurde sie nicht fündig, bis sie endlich in einem Strohhut ein verschnürtes Päckchen fand. Darin lagen ein Paar Perlmuttmanschettenknöpfe und ein Hemdkragen.

»So, so!«, rieb sich Foula die Hände. Also doch ein Mann im Haus! Sie führte die Gegenstände zur Nase und hielt die Manschettenknöpfe ans Licht. Der Kragen roch verstaubt.

»Schönes Perlmutt!«, meinte Foula. »So läuft das also hier bei euch, werte Frau Eftalia! Hab ich's doch gewusst!«

Sie würde keine ruhige Minute mehr finden, bis sie herausbekam, welcher Mann dahintersteckte. Als sie in die Wohnstube zurückkehrte, platzierte sie ihren Hintern probeweise überall: zunächst einmal auf dem Diwan, dann auf dem Lehnstuhl. Danach hielt sie

mit Vassilia in Eftalias Anwesenheit ein Schwätzchen, um ihr Hinweise zu entlocken, durch die sie Eftalia überführen konnte.
»Den Mund hab ich mir fusselig geredet, liebe Vassilia«, stöhnte Foula in Richtung Vassilia. ›Nimm doch den Milchmann, Eftalia‹, habe ich ihr gesagt, ›so nimm ihn doch, damit du endlich bessere Tage siehst.‹ Aber nein, sie wollte nicht. ›Wie wirst du denn das alles schaffen, liebe Eftalia? Mit zwei Kindern, die jetzt, da der Winter vor der Tür steht, neue Kleider brauchen?‹ ›Wie es eben kommt‹, meinte sie dann, ›dann arbeite ich halt in der Fabrik oder in der Waschküche, aber ein Mann kommt mir nicht ins Haus. Wozu denn auch? Nachkommen habe ich schon‹, meinte sie. ›Wozu brauche ich ihn dann? Damit er an allem herumnörgelt? Damit ich seine Socken wasche und seine löchrigen Unterhosen stopfe? Damit er mich zum Dank dafür auch noch schlägt? Nein danke!‹«
Eftalia verfolgte das Gespräch zwar, doch sie war vollauf mit dem Servieren der Süßigkeiten beschäftigt und mischte sich nicht ein. An sich war Vassilia ganz und gar Eftalias Meinung, hatte andererseits aber auch ihre eigenen Nöte. Seit Jahren sehnte sie sich danach, einen Mann zu finden, doch es wollte ihr einfach nicht gelingen. Und wie sehr sie das wollte! Wie sehr! Dem Kaymak-Verkäufer Michalakis hatte Vassilia schöne Augen gemacht, und selbst Margellis, dem Gärtner, hatte sie nachgestellt, obwohl er ein künstliches Gebiss trug und sein Essen stundenlang mümmelte. Aber vergeblich!
»›Du bist doch noch eine junge Frau, Eftalia‹, hab ich zu ihr gesagt«, fuhr Foula fort, »›du solltest einen Mann finden, der für dich sorgt, der dir das Haus auf Vordermann bringt, der dich verwöhnt!‹ Doch, Vassilia, da war nichts zu machen!«
Foula war sicher, dass sie sich nicht getäuscht hatte. Das Geld für dieses Haus konnte nur von einem Mann stammen. Der Gedanke, dass Eftalia ihr das verheimlichte, gefiel ihr ganz und gar nicht.
Je länger sie darüber nachdachte, desto mehr geriet sie in Rage: »So lange habe ich sie bei mir zu Hause beherbergt, sie und ihre Blagen durchgefüttert! Und dann, was habe ich nicht alles in Be-

wegung gesetzt, um ein Zimmer für sie zu finden, all meine Beziehungen in die Waagschale geworfen, um sie ihren Arbeitgebern schmackhaft zu machen. Und sie verheimlicht mir solche Sachen! Ausgerechnet mir? Die Krätze soll sie kriegen …«

Als sich der Tisch vor lauter Köstlichkeiten bog, gab es für Foula kaum noch einen Zweifel, dass ihr Verdacht begründet war. Es gab Revani und Samali, beides Grießkuchen in Sirupsauce, das honigsüße Kadayıf, einen Savarin mit dem Aroma der Felsenkirsche und Mahallebi, den Reismehlpudding, erlesene Feigen, eisgekühlten Tee mit Nanaminze und einen herrlich feinen Blätterteigkuchen, bestreut mit einer dicken Schicht Puderzucker und Zimt.

An der Küchentür erschien Stravakias, der einen Eimer glühender Kohlen für das Kohlebecken brachte.

Durchdringend musterte Foula Schielauge, das hochherrschaftliche Dienstpersonal, das bei Einbruch der Dunkelheit mit großer Geschicklichkeit die Flügel der hölzernen Fensterläden schloss und lautlos verriegelte.

SIGNORA KATINA SERBETOGLOU

Als Katina sechzehn wurde, schlugen sich Mutter und Tochter so lange die Nächte um die Ohren, bis sie ein ganzes Büchlein mit den Namen von geeigneten Heiratskandidaten vollgeschrieben hatten. Die Liste war freilich nur so lang wie ihre eigene Bettdecke, nach der sie sich strecken mussten: Von der Familie Karamanos wagten sie damals noch nicht einmal zu träumen. Ihr höchster Ehrgeiz war die Eroberung von Tabakhändlern, Seifensiedern und Fährmännern. Eine gewisse Schwäche zeigten sie für Korinthenhändler, von denen sie gleich drei notierten. Ganz unten hielt Eftalia den Namen eines Arztes fest, da ihr in den letzten Tagen die Beine seltsam schwer geworden waren: »Wenn wir bei den anderen kein Glück haben, begnügen wir uns eben mit dem.«
So wurde die Liste zusammengestellt. Nachdem sie die Reihenfolge lang und breit besprochen hatten, luden sie eines Nachmittags Cousine Foula zu sich ein, deren Tochter Despina ebenfalls im heiratsfähigen Alter war. Aus diesem Grund wollte Foula mit ihr – neu ausstaffiert mit langen Spitzenunterhosen – aufs Land hinausfahren. Denn Foula hielt sich in Sachen Heiratsvermittlung für ein Ass. Eftalia wusste, wann sie ihren Mund halten musste, und verriet Foula nichts von ihren eigenen Plänen.
»Liebe Cousine, nimm doch Katina für ein paar Tage mit in dein Landhäuschen, damit sie auch ein bisschen unter Leute kommt.«
Foulas Haus war vornehmer als Eftalias Wohnung und die Leute, die dort verkehrten, auch. Foula hatte eben das Glück, eine gebürtige Smyrniotin zu sein.
Foula zuckte zusammen. »Jesus Maria! Wer wird denn dieses hässliche Entlein auch nur eines Blickes würdigen?«, dachte sie, doch sie beeilte sich zu antworten: »Aber selbstverständlich, liebe Cousine! Für Katina tun wir doch alles!«

Als hätte sie die Gedanken ihrer Cousine erahnt, bemühte sich Eftalia, die guten Eigenschaften ihrer Tochter hervorzuheben.
»Jeder Mensch, liebe Foula, wird wegen seiner Vorzüge geliebt, aber auch gehasst. Und Katina hat eine Menge Vorzüge.«
»Tja, vielleicht, und etwas Dunkles und Abgründiges«, setzte Foula böse in Gedanken hinzu. »Aber egal! Lassen wir's gut sein, ich nehme sie mit aufs Land, damit sie mir dort zur Hand geht. Meine Despina«, fiel ihr plötzlich ein, »hat von Katina ohnehin nicht das Geringste zu befürchten.«
Denn Despina war hübsch. Mit Ausnahme eines leicht säuerlichen Geruchs, den sie von klein auf verströmte und den sie mit Kölnischwasser zu übertünchen suchte, war sie im Vergleich zu Katina schön wie eine Göttin.
»Stell sie den besten jungen Männern vor«, fuhr Eftalia unverzagt fort, »auch … Serbetoglous Sohn.«
»Ach du meine Güte!« Foula schnappte nach Luft. »Will sie mich auf den Arm nehmen? Hält sie die Leute für so dumm? Hat ihre Tochter denn noch nie in einen Spiegel geschaut? Wo gibt's denn so was, dass grobe Baumwolle plötzlich für feinste Seide gilt? Serbetoglous Sohn? Gleich trifft mich der Schlag!«
Somit verlagerte sich die Szenerie des Geschehens in Foulas Landhäuschen in Kokaryalı, von dessen einem Balkon aus man sogar das Meer sehen konnte.

Inklusive aller Vorbereitungen benötigte Katina nur wenige Stunden, um sich bei Foula häuslich einzurichten. Bis auf ein paar Haarschleifen, zwei Seidenbänder, drei Paar Wechselwäsche und das grüne Kleid war ihr Köfferchen prall gefüllt mit Kräutern und Zaubermitteln.
»Pass bloß auf, du Unglückswurm«, hatte ihr die Mutter eingeschärft, »dass du die pulverisierten Kräuter nicht durcheinanderbringst und irgendeiner vorzeitig dran glauben muss.«
Am frühen Morgen war Katina noch bei der Türkin gewesen und hatte *Tosa*, das Liebesmittel aus Zucker und Monatsblut, und ein Bändchen geholt. »Nur eine kleine Prise ins Weinglas … Nur eine

kleine Prise … Nur eine kleine Prise!«, rief ihr Ismar immer noch hinterher, als sie schon längst aus der Tür war.

Foula hatte eine zweite Schlafstelle neben Despinas Bett gequetscht: ein hölzernes Feldbett mit einem Mückennetz, da die Insekten in Kokaryalı überaus angriffslustig waren.

Despina zog sich in der Kammer aus, um sich für den Nachmittagsspaziergang frisch zu machen.

»Wie viel Rosenwasser will sich das Flittchen denn noch unter die Achseln reiben?«

Katina beobachtete, wie sich ihre Cousine selbstverliebt vor dem Spiegel drehte und wendete: weiße Haut, schön geschwungene Hüften, praller Hintern. Und die Waden erst!

Die Landschaft in dieser bäuerlichen Gegend war hübsch. Das behaupteten zumindest alle, die aus Smyrna hierherkamen. Auf den benachbarten Landgütern verbrachten die reichen Familien den ganzen August, während des Jahres hingegen wurden die Häuser nur vom Dienstpersonal bewohnt. Foulas Haus lag ganz zentral, ein Stückchen hinter den Häusern der Reichen. So hatte Foula den Überblick: wer hineinging, wer herauskam und welche neuen Pärchen aus der Stadt anreisten. Die große Hitze trieb alle ans Meer, so dass die zahlreichen Zimmer der großen Herrenhäuser von Freunden und Verwandten belegt waren.

Foula hatte Serbetoglous Sohn für Despina ins Auge gefasst. Spyros Serbetoglou, der einzige Sohn der Familie, besaß Schiffe, Tabakplantagen, ein Stadthaus in Smyrna gleich neben der Ottomanischen Bank und unendlich viele Ländereien in Mavi. Dort führte sein Onkel das Regiment. Die Familie Serbetoglou lieferte den Tabak von den Plantagen nach Smyrna und verarbeitete ihn dort weiter für den Export. Viele Frauen machten ihm schöne Augen, und die Heiratsvermittler gingen bei ihm ein und aus.

Serbetoglous Villa lag unmittelbar vor Foulas Häuschen, und am 3. August war es so weit: Die ganze Familie reiste geschlossen an, samt Nichten und Neffen, Cousinen und Cousins.

»Sie sind da! Gott sei Dank sind sie gut angekommen!«, rief Foula. »Despina! Despina! Lauf schnell rüber und wünsche Frau

Serbetoglou einen guten Abend, und sag schöne Grüße von mir!«

Für Nina Serbetoglou war die Nachbarschaft mit Foula eher eine Last als ein Vergnügen. Wenn sie allein auf dem Landgut weilte, ließ sie sich Foulas Gesellschaft durchaus gefallen, denn mit ihrem Geplauder konnte man sich die Zeit gut vertreiben. Doch wenn ihre Freundinnen oder Verwandten kamen, dann wurde Foula Karpidou taktvoll wieder ausgeladen.

»Nun, jetzt hat die Barbiersfrau bis auf Weiteres ausgedient!«

Doch Foula nahm sich die Sache nicht zu Herzen. So leicht war sie nicht unterzukriegen.

»Meine liebste Nina, wie sehr du mir gefehlt hast! Aber muss es denn immer Sommer werden, bis wir uns wiedersehen? Wie geht es den Mädchen? Sind sie schon da? Du musst rüberkommen und das Quittengelee probieren, das Despina eigenhändig angerührt hat. Du musst uns unbedingt besuchen. Keine Widerrede!«

Seitdem hatte Foula ihren Beobachtungsposten auf der oberen kleinen Veranda bezogen und verfolgte alles, was im Herrenhaus geschah.

Als eine Kutsche vor der Haustür der Familie Serbetoglou hielt, reckte sich Foula auf die Zehenspitzen.

»Wenn diese Bäume bloß nicht wären! ... Schon wieder diese dumme Pute ... Zum Teufel noch mal, muss die denn jedes Jahr hier auftauchen?«

Die Dame, die der Kutsche entstieg, war die Ehefrau des französischen Konsuls, Madame Pierre Lafont. Antoinette Lafont lebte zwar als Mitglied der französischen Kolonie in den letzten Jahren in Stambul, doch sie war jeden Sommer ins Haus der Familie Serbetoglou in Kokaryalı eingeladen.

Am Mittwoch trafen Spyros, die Brüder Melidis, Bebekian und dessen Schwester ein. Im Haus standen alle Türen offen, die Mädchen lagen unter den Bäumen und hingen ihren eigenen Gedanken nach. Als sie die Neuankömmlinge erblickten, sprangen die weiblichen Mitglieder der Familie Serbetoglou auf und eilten zur

Begrüßung herbei. In angenehmer Gesellschaft war das Landleben einfach herrlich! Der Kiefernhain war mit fröhlichen Stimmen und Gelächter erfüllt, das sich mit dem Zirpen der Grillen vermischte.

Die freudige Erregung, die Mutter und Tochter Karpidou erfasst hatte, blieb Katina keine Sekunde lang verborgen. Auf der kleinen Veranda stellte sie sich auf die Zehenspitzen und warf zum ersten Mal heimliche, begehrliche Blicke auf das von ihr auserkorene »Opfer«, während sie sich die Hände an der Küchenschürze trocken wischte.

»Welcher ist es denn nun? Wer zum Kuckuck ist Spyros Serbetoglou?«

Rasch lief sie, hektisch vor sich hin murmelnd, die Treppen hinunter. Sie hatte völlig die gebratene Leber in der Pfanne vergessen. Foula und Despina blieben wie elektrisiert auf der Veranda zurück.

Derweil kühlte Katina ihr Mütchen an der abwesenden Despina: »Nicht genug damit, dass das Faultier keinen Finger rührt, sondern sie läuft mir auch noch ständig vor die Füße wie eine träge Katze: ›Ich kann nicht mehr! Mir wird schwindelig!‹«, äffte sie Despinas näselnde Stimme nach. »›Bringst du mir ein Glas Wasser? Reichst du mir die Zeitung, damit ich mir Luft zufächeln kann? Hach, eine lästige Fliege, wie eklig!‹« Erbost schwenkte sie die Pfanne hin und her, um die Leberstücke auch auf der anderen Seite anzubraten.

»*Hay aksi!*«, rief sie laut, »verflucht noch mal, jetzt habe ich mich wegen der Schlampe auch noch verbrannt!«

»Stinkfaules Stück!«, herrschte Foula von morgens bis abends ihre Tochter an, die – mit Ausnahme der Fähigkeit, ständig Siesta zu halten – keine weiteren Talente besaß. »Steh auf, dumme Pute, und hilf beim Wäschebleichen. Vom vielen Herumliegen kriegst du noch Kreislaufbeschwerden!«

Doch an Despina prallte jeder Vorwurf ab. Den lieben langen Tag beschäftigte sie sich nur mit ihrem Luxuskörper und dessen Erholung. Doch sobald der Nachmittag anbrach und die Sonne zu sinken begann, putzte sie sich heraus, bestäubte sich mit Parfüm und zog einen frischen Schlüpfer an. Dann lauerte sie auf der kleinen Veranda, bis erkennbar war, wohin das Besuchergrüppchen unterwegs war. Der tägliche Spaziergang fand stets zur selben Stunde statt. Despina pflegte dann eine Abkürzung durch die Dornbüsche zu nehmen und ihnen – hoppla! – ganz zufällig über den Weg zu laufen. Es folgten die üblichen Begrüßungsrituale und das Händeschütteln, Scherzworte flogen hin und her.

Sie wich Spyros nicht mehr von der Seite und passte sich dem langsamen Schlendern der übrigen Gesellschaft an, hob alle naselang den Kopf wie ein Hündchen und sog lustvoll die Landluft ein, um scheinbar die Natur zu genießen.

»Was für eine romantische Seele! Was für ein liebes Mädchen!«, sagte Sofoula, Spyros' Schwester, die sich keine Gedanken über Klassen- und Rangunterschiede machte und über niemanden je ein böses Wort sagte.

»Feind Nummer eins ist Despina«, dachte Katina, »und ihr Zerberus ist Foula.«

Tagelang verfolgte sie die Bewegungen um das Haus, um sich ein Bild über die Gesellschaft hüben und drüben zu machen. Schließlich kam sie zu dem Schluss, dass Sofoula ihr den Zugang zur Familie ermöglichen konnte.

Eines Abends wurde Sofoulas kleines Töchterchen krank. Die ganze Nacht lang blieben die Serbetoglou-Frauen unter Tränen und Gejammer wach. Alles wurde ausprobiert. Man versuchte, die Kleine zu füttern. Sie verweigerte das Essen. Man versuchte, ihr Wasser einzuflößen. Sie wandte sich ab. Kein Kamillentee, kein Lindenblütentee, keinerlei Kompressen halfen. »Der böse Blick«, schlossen sie dann. »Jemand hat das Kind verhext.« Eine nach der anderen schlug das Kreuzzeichen über der Kleinen, doch keinerlei Besserung trat ein. Toi, toi, toi, dreimal versuchte man sich am Gegenzauber, sagte die Bannsprüche auf, doch der böse Blick war immer noch nicht abgewehrt. Am Morgen sank die erschöpfte Kleine in einen unruhigen Schlaf, bekam jedoch kaum Luft vor lauter Schluchzen.

Foula wurde hinzugebeten, denn von ihr war bekannt, dass sie schon mehrmals erfolgreich den bösen Blick gebannt hatte. Da Despina schlief, begleitete Katina ihre Tante. Foula ließ sich eine Mokkatasse bringen, Wasser und ein Tellerchen mit etwas Olivenöl. Ununterbrochen murmelte sie den Bannzauber, zwischendurch tauchte sie ihren kleinen Finger ins Öl und ließ einen Tropfen auf die Wasseroberfläche fallen. Der Tropfen schwamm voll und rund obenauf. »Das Kind ist nicht mit dem bösen Blick belegt«, diagnostizierte Foula.

»O doch, und ich werde ihn bannen.«

Verwundert wandte man sich der jungen Frau zu, und Foula musste ihre Anwesenheit erläutern: »Das ist meine kleine Nichte.«

Auf eine Beschwörungsformel mehr oder weniger kam es der Familie nun auch nicht mehr an. Katina verlangte, sie mit Mutter und Kind allein zu lassen. Nachdem sie sich im Zimmer eingeschlossen hatten, wies sie die Mutter an, das Kind auszuziehen. Diese lockerte das Band der Windel, die den unglücklichen kleinen Körper dermaßen eingeschnürt hatte, dass er blau angelaufen war. Sie entfernte die – fast drei Meter lange! – Stoffbahn, in die man damals die Kinder wickelte, damit sie gerade Beinchen bekamen. Darunter wölbte sich das runde Bäuchlein, und endlich fand das Kind durch einen langgezogenen Rülpser von all der eingeflößten Milch Erleichterung.

Es war Allahs Wille, dass das Eine zum Anderen führte! In der Nacht zuvor hatte Katina sich ebenfalls eine Schärpe umgewickelt, um sich die Taille zu schnüren, und sie so eng zusammengezogen, dass sie kaum Luft bekam. Die Magensäure stieg ihr hoch, und die Hitze machte ihr zu schaffen. Doch wer schön sein will, muss leiden, dachte sie und nahm die Quälerei in Kauf. Als sie die Kleine erblickte, kam ihr sofort ein Verdacht. »Das Kind ist zu fest eingeschnürt«, sagte sie sich. »Foula ist eine Meisterin des Bannzaubers. Unmöglich, dass das Kind den bösen Blick hat und ihre Beschwörung nichts hilft. Arme Kleine, schon jetzt muss sie um der Schönheit willen leiden.« So kam sie auf die Idee, das Kind von der Windel zu befreien.

Dann begann sie in aller Ruhe mit den Bannsprüchen und den Kreuzzeichen. »Warf eine Stute ein Füllen … Verhexte es mit dem bösen Blick … Bespuckte es dreimal – toi, toi, toi – und hob den Zauber wieder auf … Jesus Christus, unser Held, besiegt die Übel dieser Welt …«

Das von der Windel erleichterte Kind war inzwischen zur Ruhe gekommen, sein Gesichtchen strahlte, und es nuckelte friedlich am Daumen.

»Mit Gottes Willen komme ich am Abend wieder«, sagte sie zur Mutter, »und wiederhole sicherheitshalber den Bannzauber.«

Der erste Blick, den sie beim Hinausgehen sah, war der ihrer Tante. Voller hysterischer Angst und Verwunderung. Ein gefährlicher Blick.

Am Nachmittag sah Katina vom kleinen Balkon aus, wie Sofoula die Kleine im Kinderwagen an der frischen Meeresluft spazieren führte. Sie ging ihr nach, schäkerte mit der Kleinen und begann mit der Mutter ein Schwätzchen. Sie plauderten über Smyrna und seine schönen Seiten, über die Tischdecken, die bei Marsad im Angebot waren, über die geklöppelten Spitzen von Burnova, und schließlich kamen sie auf das »La Beauté«.

Sofoula war übersät mit Sommersprossen und interessierte sich sehr für die Salbe aus Petersilienextrakt. Wenn du eine Frau als Freundin gewinnen willst, hör dir aufmerksam ihre Leiden an und mach ihr Hoffnung auf Linderung. Nach kaum einer Stunde standen die beiden schon in der Küche in Serbetoglous Villa, schlugen unter Gelächter Eiweiß mit Zitronensaft schaumig, zerstießen Petersilienblätter und cremten einander damit ein. Wie erfreulich, wenn man endlich etwas Interessantes zu tun fand. Sofoula hatte sich schon zu Tode gelangweilt.

Am nächsten Tag bereiteten sie eine Gesichtscreme zu, die auch Nina Serbetoglou ausprobierte und sich in der Tat erfrischt fühlte. Wie wäre es, ein Eau de Cologne zuzubereiten? Die Blumen im Garten waren nunmehr, im August, fast alle verblüht, doch zum Glück hatte Katina im Frühling geerntete Rosenblätter in ihrem Köfferchen mitgebracht. Für Spyros, Frau Ninas einzigen und einzigartigen Sohn, wollten sie einen Männerduft kreieren aus Zitrone und Lavendel, wobei Katina aus dem Fläschchen, das sie an einem Bändchen um den Hals trug, heimlich eine reichliche Menge vom Liebestrank *Esthir* zugoss. »Jetzt entkommst du mir nicht mehr«, murmelte sie.

Nach einer Woche wurden die ersten Vertraulichkeiten ausgetauscht. Katina erfuhr, wie schlecht es um Sofoulas Ehe bestellt war, dass es keine Liebesheirat war, dass Serbetoglou Senior die Heirat befohlen hatte und sie hatte gehorchen müssen. Katina hörte ihr mitfühlend zu. Sobald Frau Nina in der Nähe war, drehte sich das Gespräch schnell wieder um Schönheitspasten und Salben.

»So ein liebes Mädchen«, sagte Sofoula.

»Tja, gerade gut genug, um uns das Gesicht einzucremen«, erwiderte Frau Nina.

Und das tat sie dann auch. Katina war kaum mehr bei Foula anzutreffen, Tag für Tag trieb sie sich, zusammen mit Sofoula, in der Küche der Serbetoglous herum. Manchmal verabredeten sie sich bei dem kleinen Felsen am Strand und setzten dort ihr Geplauder fort.

Am kommenden Freitag, so hatte sie erlauscht, wollte Spyros aus geschäftlichen Gründen allein nach Smyrna zurückreisen. Sie bat, wenn möglich, in der Kutsche ein Plätzchen zu bekommen, da sie zu ihrer Mutter zurückkehren müsse.

»So sehr vermisst du deine Mutter?«, fragte Foula, die keine Ahnung hatte, dass auch Serbetoglou Junior mit im Wagen sitzen würde.

Liebesfahrt

Frühmorgens brachen die beiden auf, als alle anderen noch in tiefem Schlaf lagen. Leise schirrten sie hinten im Hof das Pferd an und luden Katinas Gepäck und ein Bündel Heu auf.

»Was für ein hübscher Bursche.« Sie beobachtete ihn aus der

Nähe. »Ein Bild von einem Mann! Kein Wunder, dass alle Weiber ein Auge auf ihn geworfen haben.«
Er half ihr auf den Kutschbock. Sie atmete tief ein. Ja, Spyros trug ihr Eau de Cologne! Allah sei Dank! Auch sie hatte sich am frühen Morgen mit dem Rest des Zaubermittels eingerieben, das sie, ob sie wollten oder nicht, von ganz allein zueinander führen würde. Er packte die Zügel, und mit einem »Hü!« schlug er leicht auf die Kruppe des Tieres. Knirschend setzte sich die Kutsche in Bewegung.
Unterwegs versuchte sie zunächst herauszufinden, für welche Themen er sich interessierte. Spyros traf zum ersten Mal eine Frau, die den Tabakanbau genauso spannend fand wie er selbst. Ständig stellte sie Fragen, das schmeichelte ihm. Die Kutsche zuckelte auf dem Güterweg jenseits der Hügel dahin. Bald würde die Hitze unerträglich sein. Dennoch war es günstiger, bei Tag zu reisen. Kurze Zeit später erzählte Spyros bereits leutselig von den Dingen, die ihn am meisten beschäftigten.
»Aber Katina, wenn wir nicht immer drei Tabakblätter zusammenbündeln, beschädigt der Wind die Einzelblätter.«
»Ach du liebes Bisschen, das bereitet mir wahrlich schlaflose Nächte«, kommentierte sie im Stillen.
»Am schwierigsten ist es mit den obersten Blättern der Tabakstaude«, meinte Spyros, »weil man sie nur mitten in der Nacht ernten darf.«
»Wieso?«
»Weil die zarten Triebe im Sonnenlicht sofort verwelken.«
Bei jeder Unebenheit hüpften Katinas sechzehnjährige Brüste, prall und fest wie frische Orangen, auf und ab und drohten das Seidenbändchen ihrer Bluse zu sprengen. Auf dem Kopf trug sie ein Strohhütchen mit einem dünnen Musselinschleier, der ihr Gesicht vor dem Staub schützte. Im Verlauf des Gesprächs über den Tabakanbau hob sie einmal kurz ihre Röcke bis zum Oberschenkel.
»Verflixte Kutsche! Gleich ist mein Unterrock zerrissen«, sagte sie laut und zupfte ihn zurecht.

»Mächtig …«, sagte Spyros, während er heimlich und verwirrt nach dem Unterrock schielte. »Mächtig viel Zeit geht dabei verloren, je vier Packen zu fünfundzwanzig Oka zusammenzustellen.« Er warf noch einen Blick auf Katina, und seine Erregung wuchs. »Fünf Arbeiter schaffen vier bis fünf Oka Tabak in fünf Tagen, weil man die Blätter ganz vorsichtig einzeln, der Größe nach und mit dem Stiel nach unten aufeinanderschichten muss, um minimalen Verlust zu haben. ›Blätter in Habtachtstellung‹, wie mein Vater immer sagt. Nur so lässt sich der Tabak über größere Strecken in gutem Zustand transportieren. Ich habe vor, einen langen Tisch für zweihundert Arbeiter aufzustellen, um die Blätter rascher zu bündeln.«

»Ein Tisch mit zweihundert Leuten? … Gute Idee!«

»Findest du?«

»Unbedingt.«

Die Sonne stand schon im Zenit, als sie die Straße nach Makaki erreichten. Auf den Feldern stand zu dieser Stunde die Arbeit still, kein Bauer war an seinem Pflug zu sehen. Nur ein paar Ochsen, die auf den unfruchtbaren, ausgetrockneten und von Steinen übersäten Böden reglos in der Sonne standen, starrten den Passanten hinterher.

Katina blieben nur noch wenige Stunden, dann war diese Gelegenheit vorbei. Es war unwahrscheinlich, dass sie ihn je wieder – und vor allem allein – treffen würde!

Plötzlich schlug das Pferd mit dem Hinterhuf gegen den Rahmen der Kutsche. »Hott!« Spyros zog die Zügel an. Das Tier stampfte mit dem Huf ein paarmal nervös auf die Erde. Dann bäumte es sich missbilligend auf. Spyros stieg ab und lockerte das Zaumzeug. Er begriff nicht, was mit dem Pferd los war. Dann fuhren sie erneut los, doch sie kamen nicht sehr weit. Das widerspenstige Tier weigerte sich weiterzugehen. Spyros beugte sich hinunter zum Bauch des Tieres und betastete den Mittelfuß.

»Es lahmt am Hinterhuf! Das hat uns gerade noch gefehlt. Zum Teufel noch mal!«

Er stemmte die Arme in die Hüften und blickte verzweifelt einmal

auf den schon zurückgelegten Weg, dann auf den noch vor ihnen liegenden. Sie hatten genau die Mitte der Strecke erreicht. Zu Fuß würden sie sowohl in die eine als auch in die andere Richtung viele Stunden brauchen, bis sie am Ziel waren.
»Lassen wir das Tier ein wenig rasten, bevor wir es noch einmal versuchen.«
Vor Makaki erstreckte sich der Strand von Ai Giorgis mit seinem goldfarbenen Sand und den Olivenbäumen mit ihren riesigen ausgehöhlten Baumstämmen, die bis zum Wasser hinunterreichten. Das Flüsschen, das dort ins Meer mündete, tränkte und kühlte ihre Wurzeln mit Süßwasser, so dass sie in den Himmel wuchsen.
»Was für ein hübscher Strand!«, sagte Katina mit ihrer leicht heiseren Stimme. »Ach, wie gern würde ich mich kurz erfrischen.«
Sie stiegen ab. Spyros spannte das Pferd aus und ließ es auf dem Acker unter den Olivenbäumen grasen. Kein Blatt regte sich, kein Windhauch. Die Zikaden saugten schrillend an den Bäumen. Das Meer lockte mit seinem kühlen Nass.
»Hier ist keine Menschenseele«, sagte sie. »Komm mit ins Wasser.«
Die Smyrnioten liebten das Baden im Meer über alles. Doch das ziemte sich nur getrennt: die Männer auf dieser, die Frauen auf jener Seite.
»Was kümmert uns das hier? Wer sieht uns schon?«
Dreimal musste sie ihn auffordern, bis er endlich Mut fasste.
»Du schwimmst auf der einen Seite des Felsens und ich auf der anderen. Ach, diese Hitze!«
Sie zog sich bis auf die Unterkleider aus und ließ alles auf dem Strand zurück. Mit dem Rücken zu Spyros streifte sie sich das Strohhütchen vom Kopf und stürzte sich ins Wasser. Spyros blickte sich um, während er sein Hemd aufknöpfte. Weit und breit keine Menschenseele. Nur die Grillen erfüllten die Luft mit ihrem Zirpen.
Zum Schwimmen behielt er die Hosen an. Wie herrlich kühl das Wasser war! Mit kräftigen Zügen schwamm er aufs Meer hinaus, bis ihn auf einmal Katinas Schreie aufschreckten.

»Aaah!«, brüllte sie. »Spyros! Aaah! Irgendetwas zieht an meinem Bein. Aaah!«
Schlagartig verstummten die Zikaden, doch als sie einsahen, dass die Gefahr nicht sie betraf, stimmten sie ihr Lied wieder an. So schnell er konnte, schwamm er zu ihr hinüber. Außer Atem erreichte er sie. Katina klammerte sich an ihn.
»Aaah, hier unten ist irgendetwas!«
Er tauchte den Kopf unter Wasser und suchte den Meeresgrund ab.
»Da ist nichts! Auch keine Strömung. Was war es denn?«
Er zog sie an Land. Auch als sie schon festen Boden unter den Füßen hatten, presste sie sich immer noch an ihn. Gemeinsam sanken sie in den Sand. Ihr Körper zeichnete sich unter der feuchten Bluse ab. Verwirrt blieben sie so liegen, bis sie wieder zu Atem kamen. Ihr Gesicht war so nah, dass es vor seinen Augen verschwamm. Ein betörender, jugendlicher Duft stieg von ihr auf, nach frischer Haut und salzigen Wassertropfen. Ein straffer Leib, noch kühl von der See. Spyros wurde schwindelig angesichts von so viel Weiblichkeit.
Sie fanden ein Lager unter den Olivenbäumen. Katina zog das Fläschchen hervor und rieb ihm den Oberkörper ein – angeblich, um ihn gegen die Sonne zu schützen. Und so erhielt er wiederum eine Dosis von dem Liebeszauber. Es war ihr erstes Mal mit einem Mann, doch ihre Finger kannten keine Scham. »Beim *sıkış* sollst du den Mann nicht zügeln, sondern ermuntern.« Jetzt ließ er sie nicht mehr los.
Als sie eine ganze Weile später den Wagen wieder bestiegen, wusste Spyros nicht recht, was er sagen sollte, doch Katina lenkte das Gespräch erneut auf die Tabakplantagen. Sie verlor kein Wort über das Geschehene. Sie ließ sich nicht anmerken, dass ihr Rücken von den Steinen in dem Olivenhain ganz zerkratzt war, da Spyros, durch ihre Zärtlichkeiten aufs Äußerste erregt, sie mit dem stürmischen Überschwang seiner zwanzig Jahre genommen hatte.
Nicht die leiseste Andeutung, dass sie ihre Unschuld verloren hatte, kam ihr über die Lippen: kein Lamentieren, kein Heulen,

keine Ziererereien, kein Seufzen. Nur ein aufmunterndes Lächeln umspielte ihren Mund.
Dieses Lächeln machte Katina unwiderstehlich. Sie zeigte ihm die Schönheiten der Natur, die Strände, die Felder mit den Lorbeerbäumen, die sich im sanften Windhauch zueinanderneigten. Alles malte sie in den schönsten Farben aus, um den Eindruck der eben geschehenen Vereinigung zu bestärken. Dann kletterte sie nach hinten und holte ein Glas und die Korbflasche.
»Jetzt trinkst du auch das noch«, dachte sie und blickte auf den mit *Tosa*, dem Liebesmittel, versetzten Wein. »Dann können sich die anderen auf den Kopf stellen. Keine wird dich mir mehr wegschnappen.«
Spyros leerte das Glas in einem Zug.
Sie passierten Makaki, Ai Lia, Vrysses, dann gelangten sie zu den Stränden von Kynos. Diesmal hielt Spyros von sich aus an. Durchdringend blickte er sie an und begann, sie leidenschaftlich zu küssen – er fand kein Ende mehr. Der Lümmel war anscheinend auf den Geschmack gekommen. Den ganzen Nachmittag hielten sie sich im Arm. Und auch die ganze Nacht trennten sie sich nicht. Selbst am Morgen hatten sie noch nicht genug. Kein einziges Mal dachte er an die junge Frau, die er bisher zu lieben geglaubt hatte, die in Smyrna auf ihn wartete und deren Hand er nicht einmal zu berühren wagte.
Schließlich machten sie sich auf den Weg nach Smyrna, nachdem Katina das Steinchen entfernt hatte, das sie selbst in den Hornstrahl des Hufes gezwängt hatte.
»Ich hoffe, du hast nicht den Fehler gemacht und nach dem *sıkış* von eurer Beziehung geredet und gedrängelt, wie es weitergehen soll. Denn dann hast du das Spiel schon verloren.« Mit diesen Worten begrüßte Eftalia ihre Tochter, als sie am folgenden Nachmittag zu Hause eintraf.

Am 13. September 1894 …

Die herausgeputzte Katina ging in Spyros' Kontor täglich ein und aus, und zwar unter dem Vorwand von Geschäften, denn wie sie behauptete, war einer ihrer Athener Onkel im Tabakhandel tätig. Mit der Zeit hatte sie Spyros' Lieblingsspeisen und Marotten herausgefunden. Spyros hatte damals eigentlich ein leidenschaftliches Verhältnis mit einer Schönheit aus Pounta. Doch während der Athener »Onkel« auf sich warten ließ, trieb sich Katina im Kontor herum – so lange, bis sich Spyros nach und nach an ihre Anwesenheit gewöhnt hatte. Ja, ja, die Macht der Gewohnheit!

… geschah das Malheur!

»Ich muss euch unbedingt etwas erzählen: Gerade war ich beim ›Café de Paris‹, und …«, begann Lefkothea, atmete tief durch und haspelte die Neuigkeit so schnell sie konnte herunter. »Da saß doch die Dingsda aus Pounta mit Serbetoglou, und zusammen bestaunten sie den Menschenauflauf am Kai. Was für ein Heiratsmarkt! Aus allen Dörfern war man angereist, um den König zu sehen. Überall duftete es nach Blumen oder nach Parfümschwaden, es war eine unüberschaubare Menschenmenge. Die beiden taten so, als hätten sie sich rein zufällig beim Spaziergang getroffen, als wollte sie sich kurz ausruhen und er hätte sie galanterweise auf ein Bitterorangengelee eingeladen. Aber der Blick, den er ihr zuwarf, war nicht zu verkennen: Es war der Blick eines Verliebten. Da täusche ich mich nicht. *Amoureux!*«

Die anderen beiden bemühten sich, diese Nachricht zu verdauen. Es folgte eine Pause, erfüllt von düsteren Gedanken.

»Wer ist sie?«, fragte Eftalia atemlos, nachdem sie alle Details zur Kenntnis genommen hatte.

»Ich hatte sie noch nie gesehen. Aber Kargio Karadoki saß zufällig neben den beiden. Sie hat mir erzählt, dass es Anestasia, die Müllerstochter aus Pounta, ist.«

»Deren Mutter die Kinder von ganz Smyrna entbindet?«
»Ja.«
»Die Tochter der Hebamme?«
»Ja.«
»Ach du heiliger Strohsack!«, seufzte Eftalia unhörbar. »Die Hebamme versteht sich auf Hexenkunst!«
Dann folgte eine weitere Pause, erfüllt von bestürzten Gedanken, die sich zur Schlussfolgerung verdichteten: »Da wir schon so viel Zeit in diese Sache gesteckt haben, dürfen unsere Bemühungen nicht umsonst gewesen sein.«
»Tja, wenn Braut und Bräutigam sich einig sind …«, meinte Lefkothea.
»Hör bloß damit auf, Unglückswurm«, rief Eftalia erbost. »Wenn Braut und Bräutigam sich einig sind …! Wer nimmt denn Rücksicht darauf, was die Braut will! Die hat ja gar keinen eigenen Willen. Ausschlaggebend ist, was die Hebamme im Schilde führt.«
Lefkothea hielt sich von nun an zurück. Im tiefsten Inneren tat ihr Serbetoglou leid. Wie man die Sache auch drehte und wendete: Wesentlich besser passte er zur Tochter der Hebamme. Darüber hinaus wären sie ein wunderschönes Paar. Dieses Mädchen war ein Engel, einfach bildhübsch.
Eftalias Plan trat sofort und ohne Verzögerung in Kraft. Je früher, desto besser. Katinas Besuche im Kontor fanden nunmehr noch häufiger statt. Als Spyros eines Tages kurz das Geschäft verließ, ergriff Katina die Gelegenheit und nähte ihm ein bei Vollmond hergestelltes Zaubergebinde ins Jackett, damit die Sehnsucht nach der anderen erlosch. Und tatsächlich herrschte bald Streit zwischen den beiden. Katina erwies sich in dieser Zeit als kluge Ratgeberin und fand tröstende Worte angesichts der zerbrochenen Beziehung.
»Nimm es dir nicht so zu Herzen, Spyros. Männer wie du verdienen Frauen, die sie verwöhnen, die sie bedienen, die ihnen zu Füßen liegen, mein lieber Spyros.«
Als Katina eines Tages die Wäsche von der Leine holte, entdeckte sie ein magisches Bündel aus Stoffresten, gut versteckt in einer

Holzlatte des Zauns. Die Latte war an dieser Stelle sorgsam ausgehöhlt und wieder mit Rinde bedeckt worden. Wie gut, dass die Wäsche durch einen Windstoß dagegen geflattert und ein Spalt sichtbar geworden war.

»Das Auge Allahs«, diagnostizierte Eftalia, nachdem sie die Stoffreste untersucht hatte.

Das Bündel bestand aus Resten von Katinas verschwundenen Unterhosen, wobei nun klar wurde, warum sie unauffindbar geblieben waren; sie waren angesengt und zerfetzt, umwunden von parallel verlaufenden Schnüren mit schmutzigen Enden. An drei Stellen waren die Fetzen von Holzstäben durchbohrt.

»Die Hebamme hat keine Zeit verloren«, zischte Eftalia empört. »Aber wer Wind sät, wird Sturm ernten.«

Am selben Tag noch stellten sie auf der Suche nach einer weiteren Hinterlassenschaft der Hebamme das ganze Haus auf den Kopf. Sie trennten die Steppnaht der Daunendecken auf, durchsuchten das Federkleid der Hühner, kletterten hoch aufs Dach, holten sämtliche Töpfe und Pfannen hervor, öffneten die Truhen mit der Aussteuer. Doch nichts war zu finden. Um kein Aufsehen zu erregen, gruben sie den ganzen Hof nachts beim Licht einer kleinen Funzel um.

Bestimmt würde sich die Hebamme jetzt erst einmal vergewissern, ob ihr Zauber gewirkt hatte. Daher tat Katina so, als wäre sie krank geworden.

»Also, liebe Lefkothea, in der letzten Zeit hat sie überhaupt keinen Appetit mehr«, jammerte Eftalia der vermeintlichen Spionin vor. »Ganz gelb und welk ist mein Herzblatt schon.«

Von da an legten sich Mutter und Tochter auf die Lauer, um die Hebamme bei ihrer nächsten Aktion auf frischer Tat zu ertappen. Das »Auge Allahs« musste nämlich bei abnehmendem Mond erneuert werden. Die Eine hielt Wache, während die Andere schlief. Nachdem sie das Haus mithilfe magischer Formeln gereinigt hatten, zogen sie einen schützenden Kreis aus Kreidepulver um das Gebäude.

Und siehe da … eines Nachts tauchte die Hebamme auf, kaum

hatte sich der Mond verfinstert. Lautlos wie eine Katze sprang sie über die Einfriedung und schlich in den Hof. Unglaublich, wie behände die Alte plötzlich war! Katina stieß ihre Mutter in die Seite, und gemeinsam pressten sie die Augen an die Spalten der Fensterläden, ohne einen Laut von sich zu geben. Als unverhofft eine Grille loszirpte, zuckte die Hebamme zusammen. Neben dem Toilettenhäuschen drückte sie den Zauber zusammen mit Seifenstückchen an die Sockelsteine des Hauses. Dann schritt sie dieselbe Strecke ab, die wir Tag für Tag von dort zum Haus zurücklegten. Uns fuhr der Schreck in die Glieder, als sie näher kam. Vor unserer Haustür beschrieb sie mit ihrer geschwärzten Hand einen Kreis.

Hinter den Basilikumtöpfen grub sie ein kleines Loch und holte dann aus ihrem Ausschnitt einen zusammengefalteten und verschnürten Gegenstand, den sie dort sorgfältig verscharrte. Dabei murmelte sie etwas, und zum Abschluss trat sie den Boden fest. Immer wieder richtete sie die Handflächen, Flüche und Verwünschungen ausstoßend, gegen das Haus. Dann verschwand sie.

Gleich darauf stürzten Eftalia und Katina aus ihrem Versteck, um den magischen Gegenstand wieder auszugraben. Dieser Beschwörungszauber war ihnen nicht vertraut, und sie hatten keine Ahnung, wie sie ihn bekämpfen sollten. Daher wandten sie sich an Attarte.

Sie mussten sie gar nicht aus dem Schlaf reißen, denn sie saß vor einer brennenden Kerze und erwartete die beiden schon. Was für eine wunderliche Frau! Wortlos musterte Attarte den Zauber. Dann winkte sie ihre Magd Ismar heran und versank wieder in den Anblick ihrer Kerze. Ismar nahm die beiden beiseite und gab ihnen folgenden Ratschlag: »Bringt es an den Fundort zurück. Die Hebamme wird wiederkommen, um es nachzuprüfen. Nehmt geweihtes Wasser eures Glaubens und reinigt eure Haustür damit. Dann öffnet ihr die Fenster und hängt vor jedes ein Öllämpchen, das seit sieben Tagen und Nächten ununterbrochen brennt. Und dann sprecht ihr die Worte, die auf diesem Zettel stehen.«

Eftalia starb fast vor Neugier, um was für einen Zauber es sich

handelte, doch sie verkniff sich die Frage. Katina hingegen konnte sich nicht beherrschen.
»Er lässt die Krankheit im Tod enden«, lautete die Antwort. Damit konnten sie sicher sein, dass Lefkothea alles ausgeplaudert hatte.

Der Krieg der Hebamme

Der erste Schritt bestand darin, den Feind zu täuschen. Schwieriger war es dann, ihn weiterhin im Dunkeln tappen zu lassen, doch es musste gelingen. Denn die Hebamme war keine Anfängerin, sie war eine Berufene, die ihr Metier beherrschte. Die über Jahre hinweg erworbene Macht und Erfahrung der Geburtshelferin verlieh ihr die selbstherrliche Aura einer Heilsbringerin. Darüber hinaus kam sie durch ihre Nähe zu den Wöchnerinnen leichter an Muttermilch, ein unabdingbarer Bestandteil vieler Zaubermittel. Den Frauen erschien sie als rettender Engel. Wenn die Stunde der Niederkunft nahte und die Wehen einsetzten, keimte Hoffnung auf, sobald sie auf der Türschwelle stand. »Die Hebamme!«, riefen sie, »Gott sei Dank, alles wird gut.« Doch wenn zuweilen nicht alles gut wurde, sagte die Hebamme angesichts der verstorbenen Säuglinge: »Es war Gottes Wille.« Jeden ihrer Misserfolge schrieb sie einer höheren Macht zu.
Nun begann der Krieg. Da Katina immer noch quicklebendig war, trieb die Hebamme die Sorge um, was mit ihrem Zauber passiert war. In den Nächten marschierten die Truppen mit Zauberbündeln und Amuletten zwischen den Hauptquartieren hin und her. Wie Festungen hatten sie ihre Häuser gesichert, und jeden Tag überprüften sie den Keller, den Hühnerstall, den Gemüsegarten und die Dachfirste. Eftalia fand eine mit schwarzen Käfern ausgestopfte tote Ratte. Die Hebamme wiederum zerrte ein besudeltes Stück Stoff aus dem Majoranstöckchen: »So eine vermaledeite Schlampe.«
Sie hatten sich dermaßen ins Schlachtgetümmel geworfen, dass

der eigentliche Anlass – der künftige Ehemann – völlig aus dem Blickfeld gerückt war. Gerade so, wie es in jedem Krieg passiert. Und die Scharmützel wären noch endlos weitergegangen, wenn Eftalia nicht die Idee gehabt hätte, die junge Schönheit einem lokalen Beau in die Arme laufen zu lassen. Aristidis war ein Adonis, der in den Gässchen seines Viertels viele gebrochene Herzen zurückließ. Alle Mädchen waren in Aristidis verliebt. Melpo, die Tochter des Fleischers, verging vor Sehnsucht nach ihm, und Domna, die Tochter des Schaustellers, der von Kirchweihfest zu Kirchweihfest zog, hätte beinah ihr nutzloses Leben wegen Aristidis' schön geschwungener Wimpern weggeworfen. Je mehr junge Frauen seiner Schönheit verfielen, desto eingebildeter wurde der Gockel. Zum Schluss glaubte er gar, kein weibliches Wesen unter der Sonne könnte seinem Charme widerstehen. Kurz entschlossen suchte Eftalia ihn auf. Hätte es in ihrer Macht gestanden, hätte sie ihm das Blaue vom Himmel und alle Schätze dieser Erde versprochen. Da sie nichts dergleichen besaß, tischte sie ihm ein paar Lügen auf über Anestasias heimliche Leidenschaft für ihn, die sie ihm angeblich nicht zu gestehen wagte. Sie band ihm den Bären auf, dass es sich um eine Tochter aus gutem Hause handele, deren Vater durch seine Getreidemühle ein reicher Mann geworden sei.
»Und, Aristidis, sieh zu, dass du dich ihr behutsam und nicht allzu stürmisch näherst. Aber was rede ich da! Ist dir, mein lieber Aristidis, schon jemals eine entgangen, die du herumkriegen wolltest? Du bist ein fescher Kerl, ein richtiger Mann, der beste von allen.«
Dessen war sich Aristidis durchaus bewusst.
»Schau mal, mein guter Aristidis, sei nicht traurig, wenn sie sich nicht erobern lässt. Was soll's? Einen einzigen Misserfolg unter so vielen Treffern kann man schon verdauen.«
Mit diesen Worten ließ sie ihn zurück. Schon am nächsten Tag heftete sich Aristidis an Anestasias Fersen, die ihn noch nie zuvor gesehen hatte. Ging Anestasia zur Mühle? Dann lief er ihr heimlich hinterher. Ging Anestasia zu den Gemüsegärten? Dann war auch er dort. War sie am Meer, dann war er ebenfalls nicht weit. Tag und

Nacht wandelte er auf ihren Spuren und wisperte ihr im Vorübergehen Liebesworte zu. In diesen Dingen hatte er Erfahrung. Der Kleinen gefiel es, dass ein so hübscher Bursche hinter ihr her war. Eftalia und die Hebamme steigerten sich dermaßen in ihre Auseinandersetzung hinein, dass die Hebamme ihre Tochter kurzfristig aus den Augen ließ.

»Mutter, ich bringe die Kräuter zur Nachbarin.«

»Geh nur, und stör mich nicht weiter«, antwortete die Hebamme und hob nicht einmal den Blick von ihren magischen Knäueln.

Und das Mädchen lief geradewegs zum heimlichen Stelldichein in die Arme ihres Galans, der ihr gehörig den Kopf verdreht hatte. Für beide war's die große Liebe, eine besessene, unwiderstehliche Leidenschaft. Eines Abends nahm er sie auf den Feldern hinter der Mühle unter dem Sternenhimmel, während eine leichte Brise vom Meer herüberwehte. Welchen Zauber doch die Liebe birgt! Was für eine unbändige Lebenslust in der Jugend steckt! Einen Monat später erfuhr die Hebamme, dass sie demnächst auch ihre Tochter entbinden würde.

Eftalia und Katina führten einen Freudentanz auf, sobald die Nebenbuhlerin aus dem Weg geräumt war. Als Foula, die von alledem nichts ahnte, zu Besuch kam, meinte Eftalia mit einem Augenzwinkern, leider Gottes hätte sich für ihre Tochter noch immer kein Bräutigam gefunden.

Foula waren die Heiratsaussichten ihrer Nichte herzlich egal. Konnte man denn von diesem »dummen Ding«, wie Foula sie immer heimlich nannte, etwas anderes erwarten? Sie selbst hatte genug Sorgen mit ihrer Tochter am Hals, die ständig auf der faulen Haut lag.

Nach wie vor duldeten sie Lefkotheas Besuche in ihrem Haus, um ja keine Neuigkeit über Anestasia und die Hebamme zu verpassen. Nur allzu gern hätten sie ihr die Augen ausgekratzt, doch sie sagten sich: Wiege deine Feindin in der Sicherheit deiner Freundschaft und nutze sie aus, solange es geht. Stell dich gut mit den Leuten, damit du deine Ruhe hast. Sag dem Nachbarn etwas Net-

tes, denn du weißt nie, wie sich die Dinge entwickeln. Selbst mit Vassilia, mit der sich Eftalia jeden Morgen in die Haare geriet, setzte sie sich am späten Nachmittag, wenn das Abendrot sich abzeichnete, vors Haus auf die Schwelle, und sie lasen sich gegenseitig den Kaffeesatz.
»Vergeben und vergessen, liebe Vassilia.«
»Vergeben und vergessen, liebe Eftalia.«
So lobte sie stets auch Vassilias Söhne, baumlange Matrosen, die auf chiotischen Schonern monatelang auf See waren und ihrer Mutter bei ihrer Rückkehr Halsketten, schöne Stoffe und Parfüms mitbrachten.
»Brave Jungs hast du, meine liebe Vassilia.«
»Mögen sie Glück haben im Leben«, erwiderte die Mutter.

Als Spyros eines Tages bei Katinas Anblick die Frage entfuhr: »Wo warst du denn gestern?«, war Eftalia klar, dass die Zeit reif war, ihn ein für alle Mal festzunageln.
In Katinas Aufzeichnungen stand über diesen Tag geschrieben:
Mütterchen, mach heute Köfte mit Joghurtsoße, mit Knoblauch gespickten Hasen und Halva. Wir haben Grund zum Feiern.
Die ganze Nacht lang waren Mutter und Tochter auf den Beinen, bis die ersten Vögel zu zwitschern begannen. Stundenlang saßen sie vor dem Ofen und murmelten Hexensprüche.
»Und jetzt der Zauberspruch für das Öl, Mutter, und beweg den Teller bloß nicht, sonst geht uns Spyros durch die Lappen.«
»Still jetzt, dummes Ding, und sag mir nicht, wie ich vorgehen soll. Nimm die Beine in die Hand und bring mir das Knäuel. Und kein Wort mehr! Fort mit dir, unnützes Ding!«
Sie nahm die Kerze und schmolz sie im Ofen. Dann vermengte sie das Knäuel, das aus einigen Haarsträhnen und Stückchen von Spyros' Kleidern bestand, mit dem Wachs und formte daraus eine kleine menschliche Gestalt. Bevor die Augen der kleinen Puppe hart wurden, drückte sie je eine von Katinas Wimpern in das noch weiche Wachs. Dann bedeckte sie die Augen mit einem Fetzen Stoff, band ihn gut fest und wiederholte dreimal den Hexen-

spruch: »Du siehst nur das, was ich dich sehen lassen will. Du hast nur mehr Augen für die, der diese Wimpern gehören.«
Dann ritzte sie der Puppe einen Mund und tupfte einen Tropfen von Katinas Speichel darauf.
»Spuck hier drauf«, befahl sie ihr.
»Toi«, spie Katina. Und noch einmal. Und ein drittes Mal.
Dann schloss sie die Ritze sorgfältig mit Wachs.
»Jetzt gib her.«
Katina zog ihre Unterhose aus. Dann wickelten sie die magische Puppe in die Unterhose und verschnürten das Päckchen mit drei Knoten.
»Leg es dir unters Kissen. Die Zeit ist reif!«, sagte Eftalia.
Am nächsten Tag kam Spyros pünktlich, um den mit Knoblauch gespickten Hasen, seine Lieblingsspeise, zu genießen.
Drei Monate später fand die Hochzeit statt.
»Verflucht sei die Stunde und der Augenblick«, zischte Foula, die zusammen mit ihrer Tochter eingeladen war. »*Çek arabanı!*«

Memeta

Frau Nina war sterbenselend zumute, nachdem ihr Spyros alles eröffnet hatte. Ausgerechnet Katina! Von allen Mädchen in ganz Smyrna musste er sich gerade in Katina verlieben? Sie konnte die Tränen nicht zurückhalten, denn andere Erleichterung fand sie nicht. Ihre Tochter Sofoula hatte sie mit einem standesgemäßen jungen Mann gut verheiratet, und das erste Enkelkind war bereits auf der Welt. Und auch die zweite Tochter hatte sie schon so gut wie unter der Haube. Die war umtriebiger als Sofoula, und um ein Haar hätte sie ihr durch ein Abenteuer mit dem Schuhmacher noch ein Schnippchen geschlagen. Die ganze Sache hatte sie dreißigtausend Goldpfund und ein Semester mehr Schulgeld in der Mädchenschule der beiden Fräulein Adam gekostet. Aber ihr Spyros! Ihr geliebter Jüngster! Ihr Herzensjunge! Ihr ganzer Stolz! Dass gerade Spyros ihr so eine Geschichte einbrockte!

»Es will mir einfach nicht in den Kopf. Mit diesem namenlosen Nichts gibt er sich ab! Mit so einer, die zu Hause Lehmboden statt Parkett hat! Allmächtiger!«, geiferte sie vor Frau Pesmatzoglou. »Drei Tage habe ich vor lauter Kummer keinen Bissen hinuntergekriegt.«

Noch betrübter wurde sie, als sie spürte, dass es sich um keine Jugendsünde handelte und es Spyros ernst mit der Sache war.
»Da war mir Anestasia ja noch tausendmal lieber«, sagte sie laut.
Tja, das sagte sie nun, obwohl sie sich, als er nur Augen für die Müllerstochter hatte, mütterlich herablassend über die arme Anestasia geäußert hatte. Schließlich hatte sie erreicht, was sie wollte: Spyros, der früher alles für Anestasia aufgegeben hätte, wollte nun nichts mehr von ihr wissen. Frau Nina spürte, wie verzweifelt ihre Lage war.
»Und was sage ich dem alten Serbetoglou? Der hat keine Lust, sich um so was zu kümmern«, vertraute sie ihren Kummer Frau Pesmatzoglou an.
Als sie am nächsten Morgen Spyros sah, kam es zum Wortwechsel. Wiederum bekräftigte der Sohn, sein Entschluss stehe fest und sei nicht mehr zu ändern. Erneut brach sie in Tränen aus, diesmal absichtsvoll und in seiner Gegenwart. Doch Spyros ließ sich nicht beeindrucken. In ihrer Verzweiflung klammerte sie sich an den Ratschlag der Familienamme wie an einen Rettungsring, nämlich eine Türkin in den Armenvierteln aufzusuchen, die etwas von Beschwörungen verstünde.
Damals empfing eine gewisse Memeta, eine lokale Berühmtheit und überaus einflussreiche Persönlichkeit, zahlreiche Hausbesuche von Hilfesuchenden. Frau Nina begab sich also zur Mittagszeit ins Türkenviertel. Memeta diagnostizierte eine wirkungsvolle Verhexung des Sohnes, von einer Könnerin ihres Fachs herbeigeführt und schwierig wieder aufzuheben. Ja, in der Tat, so Memeta, ihr Kind sei mit einem starken Zauber belegt, doch sie werde ihn lösen.
Wie ein Lauffeuer verbreitete sich unter den Türkinnen die Nachricht von Frau Ninas Besuch. Schließlich kam die Botschaft über

ihre Dienerin Ismar der alten Attarte zu Ohren. Die Greisin schritt zur Tat und übersandte Memeta ihrerseits eine Nachricht: Sie möge sich aus der Sache heraushalten, da die junge Braut unter ihrem Schutz stehe. Noch am selben Nachmittag eilte Memeta zu ihr und flehte Attarte auf Knien um Verzeihung an. Sie hätte ja keine Ahnung gehabt!

Am nächsten Tag erschien Frau Nina bereits im Morgengrauen bei Memeta mit Kleidern und Haarsträhnen von Spyros, mit Öl und Amuletten. Doch das Einzige, was Memeta ihr erwidern konnte, war: Sie habe sich geirrt!

»Geirrt? Wieso geirrt?«, fragte Frau Nina und erstarrte vor Schreck.

»Ein Missverständnis«, sagte sie. »Ein Missverständnis, *Hanımefendi*. Es gibt keinen Zauber. Nimm deine Amulette wieder mit und geh mit Allah.«

Doch das bereits einkassierte Goldpfund rückte sie nicht wieder heraus.

Der Schwiegersohn zieht ins Haus der Braut

»... Nimm volle Fahrt zum Schicksal auf, füll Wind in deine Segel, doch hübschen Frau'n geh aus dem Weg, *ach amaaan, amaaan«*, sang Katina lauthals, während sie ihre Wäsche auf die Leine hängte. »Hoppla, jetzt bist du dran, mein lieber Spyros! Du wirst mir nicht mehr mit anderen liebäugeln«, monologisierte sie. *»Amaan amaan amaaaan, yavruuuum!«*

Spyros' Speiseplan war genau dosiert: Morgens der Zaubertrank zur Rückgewinnung abtrünniger Verlobter, mittags Opium und bei Sonnenuntergang ein Gläschen Wein mit *Tosa*. Mittlerweile war der Bräutigam ins Haus der Braut gezogen und fand dort ungekannte Freuden vor. Morgens ging er mit frisch polierten Schuhen und akkurat gebügelten Kleidern aus dem Haus. Die Schuhe drückten ihn zwar ein wenig, doch darüber machte er sich keine Gedanken. Was er nicht wusste, war: Der *pabuç*-Zau-

ber wird mit Wachs im Schuh des ins Visier genommenen künftigen Ehemanns befestigt.
Nach dem letzten tränenreichen Streit mit seiner Mutter hatte er zwei Truhen wahllos mit Kleidern gefüllt, die ihm gerade in die Hände fielen, und war ins Haus der Braut im Griechenviertel gezogen. Mutter und Tochter rollten ihm zu Ehren Teppiche aus, bereiteten das Brautgemach vor und machten den Kleiderschrank frei für die Gewänder des Hausherrn, die sie zweimal täglich stärkten und bügelten. In der Türkei ist es üblich, dass der Mann die Miete bezahlt, und Spyros war einer der reichsten Heiratskandidaten. In der Gegend um Smyrna gedieh der Tabak besonders gut, und wer damit handelte – egal, ob Grieche oder Türke –, wurde ein reicher Mann. Als Spyros einzog, war gerade Hochsaison und die fertig getrockneten Tabakblätter wurden von einer ganzen Karawane von Maultierkarren nach Smyrna gebracht, gewogen und an die Händler verkauft, die die Ware ins Ausland verschifften. Auf Anhieb brachte Spyros eine Menge Geld ins Haus.
Das Viertel hallte jeden Morgen vom Lärm der Türkinnen wider, die wuschen und flickten, sich dabei zankten und schmachtende Liebeslieder sangen. Jeden Tag kam es zum Streit zwischen Katina, Eftalia und den Nachbarinnen, bis sie mit dem Besen aufeinander losgingen oder sich – im wahrsten Sinn des Wortes – in den Haaren lagen.
Doch immer wenn der Hausherr zur Siesta heimkam, eilten beide schnell nach Hause. Die Mutter übernahm das Servieren des Essens, und Katina schminkte sich mit Puder und Lippenstift. Spyros war im Viertel angesehen wie ein Fürst. Wenn man über seine Nachbarn redete, so benutzte man nicht die Namen, sondern die Berufsbezeichnung. Man sprach vom Goldschmied, vom Landrat oder vom Fischer. Eftalias Schwiegersohn hingegen war niemals der »Tabakhändler«, sondern von Anfang an nur »Serbetoglou«. Wie kam es, so fragten sich alle, dass diese Sternschnuppe in ihr Viertel gefallen war? Wie war es der unansehnlichen Katina nur gelungen, ihn sich zu angeln?
Täglich kamen würziges, gedörrtes Rindfleisch und Fleischspieß-

chen in Joghurtsoße auf den Tisch. Spyros stellte sogar einen Hausdiener ein, damit sich seine kleine Katina nicht überanstrengen musste. Ein Fleischwolf erleichterte ihnen die Arbeit, der Blätterteig wurde immer feiner, und die Kuchen füllte sie mit einer dicken Käseschicht. Es wurde an nichts gespart. Darüber hinaus kauften sie auf den Märkten und in den Einkaufsstraßen allerlei Firlefanz. Alle naselang unternahm das Pärchen eine Landpartie, um Liebesspiele auszukosten, für die das Bett zu wenig Spielraum bot.
Als Anestasia schließlich ihren Aristidis heiratete, lachte Eftalia, stolz wie ein General nach der gewonnenen Schlacht: »Na, endlich mal eine gute Nachricht.«
Der Müller baute dem jungen Paar ein neues Haus, und der Schwiegersohn nahm seine Arbeit in der Mühle auf. Tja, was hätte der Vater auch sonst tun sollen? Anestasia war schließlich seine einzige Tochter.
»Jetzt hat der arme Aristidis endlich einen Platz an der Sonne erobert«, sagte Vassilia, »... falls er sie vor lauter Mehlschwaden überhaupt zu Gesicht bekommt.« Und die Weiber klopften sich vor Lachen auf die Schenkel.
Frau Nina erfuhr nur über ihre Tochter Sofoula, die Kontakt zu Katina und Eftalia hielt, Neuigkeiten von ihrem Sohn. Und am 23. November 1895 war es dann so weit: Durch das ganze Griechenviertel wurde Katina in ihrem Brautkleid mit seinem golddurchwirkten Schleier zur Agia-Fotini-Kirche geleitet, wo die Hochzeit stattfand.
Dann zogen sie um ins »Quartier«, wie man die vornehmen Wohnviertel auf Französisch nannte. Für Eftalia war das Verhältnis zu Spyros' Mutter und Schwestern eine große Belastung. Wie sollte sie den Bruch mit der sturen Frau Nina kitten? Wie sollte sie Spyros gegenüber von seiner Mutter reden? Sollte sie sagen: »Lieber Spyros, geh doch zu deiner Mutter, damit die Arme auch etwas von dir hat?« Oder: »Hör mal, Spyros, dein Platz ist jetzt hier, und Katina ist deine Frau, und wenn deine Mutter das akzeptiert, gut, wenn nicht, dann eben nicht?« Schließlich tat sie weder das eine noch das andere. Mutter und Tochter nahmen sich vor, den Mund

zu halten und sich jede Anspielung auf die Serbetoglou-Familie zu verkneifen. Es kam ihnen kein gutes Wort über die Lippen, aber auch kein böses, als hätte die Familie nie existiert. Sie beschlossen, dass für Spyros ein neues Leben beginnen sollte – mit guten Freunden, fröhlichen Festen und guter Laune. Mit solchen Dingen würden sie ihn die ganze Zeit über unterhalten und beschäftigen und ihm das Leben in den schönsten Farben präsentieren. Und es gab eine Sache, die Mutter und Tochter Spyros voraushatten: Da er in Smyrna aufgewachsen war, konnte er kein Wort Türkisch.

Jedes Mal, wenn Sofoula mit ihrem Kind im »Quartier« auftauchte, eilte Eftalia herbei und säuselte dem Kleinen mit affektierter Stimme zu: »Mein Herzblatt, mein Täubchen, mein kleiner Liebling!«

Im Handumdrehen hatte sie sich eng mit der Schwester ihres Schwiegersohns angefreundet, die recht häufig zu Besuch kam und – das musste man zugeben – körbeweise Mitbringsel dabeihatte. Sogar nachdem, Jahre später, die Türken Spyros unten am Hafen erschlagen hatten und Katina ihre zweite Ehe mit Karamanos eingegangen war, kam Sofoula immer noch ins »La Beauté« in Bellavista. Eftalia sah sich nie genötigt, den Kontakt abzubrechen, da Karamanos keine weibliche Verwandtschaft mehr hatte, die sich dadurch hätte gestört fühlen können. Seine Mutter war nämlich bei der Geburt ihres letzten Kindes gestorben.

In Spyros' Augen stellte sich die Sache so dar: Das Haus in Bellavista blitzte vor Sauberkeit, er sah nur fröhliche Gesichter, der mit Knoblauch gespickte Hase mundete vorzüglich, seine Frau verlangte unersättlich nach seinen Umarmungen, seine Kleider knisterten frisch gestärkt und gebügelt, und seine Freunde waren stets willkommen.

Eftalias Credo lautete: »...Wenn der Ehemann von der Arbeit nach Hause kommt, lässt er seine geschäftlichen Sorgen vor der Tür, und private Sorgen haben keinen Platz. Du musst dich zurücknehmen. Immer nur lächeln! Er darf sein Zuhause nicht fürchten, denn es ist sein Hafen. Er darf bloß nicht denken: ›Oje,

jetzt muss ich nach Haus, was werde ich bloß vorfinden? Was werde ich nur wieder zu hören bekommen?‹«
Jeden Abend war es dasselbe Lied: Kapralos, die Melidis- und die Kontogeorgis-Brüder aßen und tranken nach Herzenslust. Und kaum waren sie fertig, ging es wieder von vorne los.
»Sie sollen ruhig kommen, sooft sie wollen«, sagte Eftalia, die tüchtiger als ein Schankwirt war, »damit sich unser Mann wie ein Fürst fühlt, der in seinem Haus Hof hält. Man darf ihn seinen Freunden nicht entfremden. Kann sein, dass er auf seine Mutter nicht gehört hat, doch auf seine Freunde wird er hören.«
Vor ihnen senkte Katina zwar verschämt den Blick, doch für alle Fälle bekamen auch sie ihre Dosis Opium ins Essen.
Spyros war der Erste aus dem Freundeskreis gewesen, der in den Hafen der Ehe eingelaufen war, und galt den anderen als leuchtendes Beispiel. Die Übrigen sollten nun folgen. Daher begann Eftalia darüber nachzudenken, wer am besten mit wem harmonierte: »Wenn wir sie mit jungen Frauen aus unseren Kreisen verkuppeln, haben wir alles schön unter Dach und Fach. Darüber hinaus haben alle ihren Spaß daran.«
Fotini, die aufgrund ihrer Schönheit am leichtesten an den Mann zu bringen war, könnte mit dem älteren Melidis zusammenpassen, dem schwierigsten Charakter der ganzen Truppe. Die großgewachsene und wohlgeformte Dionysia könnte mit Sotiris Tsiplakoglou, dem Weiberhelden, gut harmonieren, falls es ihr gelang, ihn für sich einzunehmen.
»Und was machen wir mit dem jüngeren Melidis, *anacığım*?«
»Ach, es reicht doch, einen aus jeder Familie zu verkuppeln.«
Schon am nächsten Tag begannen die Frauen aus den verschiedenen Vierteln herbeizuströmen und an den Gesellschaften im Haus in Bellavista teilzunehmen. Was für herrliche sonntägliche Gelage! Da man Foula einen Gefallen schuldete, hatte man für ihre Tochter Despina Spyros' reichsten Freund ins Auge gefasst.
»Ich bräuchte nur ein wenig Unterstützung, alles andere überlässt du mir«, sagte Eftalia zu Foula, die nunmehr behauptete, sie trüge ihrer Cousine nichts nach, sondern – ganz im Gegenteil –

sie freue sich über den Erfolg ihrer Nichte. Es war einfach wunderbar, wie sich der Kreis nun schloss!
Für den Schönheitssalon wurde ein Nachbarhaus dazugemietet: Dort entstand das neue »La Beauté«. Der Zulauf der Kundinnen, die ihre Schönheit auffrischen wollten, war groß. Warme Handtücher lagen bereit für die Reinigung der Gesichter, es gab Spülungen für die Haare, Duftessenzen aus Frankreich für die Herstellung von Eau de Cologne, verschiedene Hennasorten und ägyptisches Mandelöl für die Pflege der Wimpern. Und der großzügige Spyros, der nicht nein sagen konnte, zahlte. Wie wohl man sich bei Frau Eftalia fühlte! Wie man umsorgt wurde! Drei Bedienstete massierten den Kundinnen die Speckröllchen weg, und Lefkothea, deren Aussprache fremdartig wirkte, da sie kein rollendes r aussprechen konnte, trug das Körperöl auf.
Doch irgendwann kam Eftalia der lang aufgesparte Vorwurf über die Lippen: »Das war schäbig von dir, Lefkothea. Wenn wir dich nicht so gern hätten …«
»Bei allem, was mir heilig ist: Ich habe nichts ausgeplaudert«, weinte Lefkothea.
»Selber schuld, wenn du albernes Ding deinen Mund nicht halten kannst. Deine Zunge ist schneller als dein Verstand, du Schafsnase.«
Schließlich wurde Eftalia und Katina klar, dass die Hebamme Lefkothea ausgehorcht hatte, ohne dass die Gute etwas davon mitbekommen hatte.
Auch Ismar, Attartes Magd, ließ ihre Stelle in der Teppichknüpferei sein und kam ins »La Beauté«, da sie dort mehr Geld verdiente und die Arbeit leichter war. Ihre Finger erwiesen sich als äußerst geschickt beim Lockendrehen.
Katina stürzte sich ebenfalls Hals über Kopf in den Kampf um die Schönheit, als hätte sie plötzlich der unbändige Wunsch überkommen, den anderen um jeden Preis zu gefallen. Damals war es üblich, dass die Frauen ihr Haar mit Wicklern hochsteckten, sich Zöpfe flochten oder Bändchen in ihr nasses Haar wanden, um einen prächtigen Lockenkopf zu bekommen.

»Wehe dir, du trägst so etwas im Ehebett«, warnte Eftalia ihre Tochter, als sie sah, dass Katina den ganzen Tag lang so herumlief und erst spät auf dem Balkon das Haar löste, um es in der Sonne zu trocknen. Zum Haarewaschen nahm sie stets das weiche Regenwasser aus der Zisterne.

Die Wimpern salbte sie mit Öl aus Alexandria, damit sie schwarz und dicht wurden. Und damit ihre dunklen Locken luftiger fielen, kürzte sie Strähnen aus dem fülligen Haar. Die Wangen puderte sie rosenfarben, und tatsächlich wurde sie von Tag zu Tag hübscher.

»Könnte es sein, dass sie vielleicht einem anderen gefallen will?«, fragte sich ihre Mutter.

Ganz Smyrna gab sich im neuen »La Beauté« ein Stelldichein. Im Sommer besuchte man die Bäder der Aphrodite, in Winter Madame Eftalias Schönheitssalon. Das »La Beauté« wurde zu einer Art Nachrichtenagentur: Dort erfuhr man, wem was gehörte, wo, wann und wieso etwas passierte.

Nach dem Tod ihres Mannes und lange nach Despinas Hochzeit, als Katina schon längst mit Karamanos verheiratet war, sollte Foula schließlich mit Eftalia zusammen die oberen Räume des »La Beauté« beziehen.

Unvergesslich blieben den Freunden die ersten Frühlingstage, die sie zusammen verbrachten. Sie veranstalteten Landpartien, fuhren mit den Kutschen zu den Stränden und ließen sich unter fröhlichem Gelächter in den Kiefernhainen nieder. Es hatten sich Pärchen gebildet, zwar nicht haargenau so wie von Eftalia geplant, aber doch einigermaßen entsprechend. Dionysia hatte Sotiris, den Schürzenjäger, verführt.

»Wer hätte das gedacht!«, meinte Spyros über den neuesten Eheaspiranten. »Ausgerechnet du, Sotiris! Tja, mein Lieber, wie kam es bloß zu diesem Sinneswandel?«

Sotiris war die ganze Sache noch gar nicht richtig zu Bewusstsein gekommen. Die künftige Ehe sah er eher als eine Art Abenteuer und als eine Fortsetzung seiner Weibergeschichten.

Ein weiterer Freund, Arapoglou, hatte sich bis über beide Ohren

in Fotini verliebt, die sich allerdings zierte, da man ihr eingeredet hatte, die beste Partie von allen sei Melidis.
»Willst du den Chioten? Bitte sehr. Willst du Melidis? Meinetwegen. Da lassen wir uns keine grauen Haare wachsen. Entscheide dich für einen, und wir nehmen die Sache in die Hand.«
Es war das ewig gleiche Spiel: Vorneweg paradierten die Töchter, doch im Hintergrund betätigten sich die Mütter als Strippenzieherinnen.
»Also, mein Mädchen«, nahm Eftalia eines Tages Fotini beiseite, um ihr ins Gewissen zu reden. »Wenn du eine gute und glückliche Ehe führen willst, darfst du um Himmels willen nicht denjenigen nehmen, für den du leidenschaftlich schwärmst. Sobald die erste Verliebtheit verfliegt, gehen dir die Augen auf. Heirate den, den du jetzt schon mit nüchternem Blick beurteilen kannst. Einen Mann, den du schätzt und respektierst. Amouren gehören nicht in die Ehe, Leidenschaft erlebt man mit anderen, und zwar en passant.«
Über Kapralos und den jungen Kontogeorgis hatten sich die Zwillingsnichten von Eftalias Busenfreundin Vaitsa hergemacht.
Im Nachhinein besehen waren das die schönsten Jahre. Die Geschäfte florierten, die Ernten waren gut, überall gedieh der Reichtum. Denjenigen, die sich auf neue Gebiete vorwagten und große Pläne wälzten, boten die Melidis-Brüder verzinste Darlehen. Die Feste und Schlemmereien nahmen kein Ende, und kein Wölkchen trübte den Himmel.

Katina trat in die Küche, voll beladen mit einem großen Paket und einem Korb mit Leckereien, die sie vom Markt mitgebracht hatte. Sie hatte einen sehr hübschen englischen Gabardinemantel mit breitem Gürtel gekauft, der mit schottischem Wollstoff gefüttert war. Dann war sie durch das Marktviertel der Großen Tavernen flaniert, wo gerade Lämmer geschlachtet worden waren. Plötzlich überfiel sie Heißhunger auf gebratene Lammkoteletts. Sie kaufte eine große Keule schönsten Fleisches, um daraus Kebap zu bereiten.
Eftalia stand am Tresen und zerstieß im Mörser die Zutaten für

die Anti-Sommersprossen-Lotion. Tap … tap … tap. Schielauge träufelte langsam den Saft einer Zitrone dazu. »Halt, ein bisschen weniger … Ja, ein bisschen mehr«, ordnete Eftalia an. Die richtige Dosierung war nicht einfach zu finden.

»Mutter, ich habe dir den Morgenrock mitgebracht, der dir kürzlich so gut gefallen hat.«

Sie war zufrieden mit ihrem nicht ganz billigen Kauf. Eftalia hingegen war seit zwei Wochen mit einer Ausweitung ihres kosmetischen Angebots beschäftigt. Sie stockte ihren Vorrat auf, um das »La Beauté« für den großen Ansturm zu rüsten, und gönnte sich keine ruhige Minute.

»*Anne, söylesene bana!* Mutter, so sag doch endlich was! Mir ist unbegreiflich, was in dich gefahren ist und warum du um jeden Preis reich werden willst.«

Tap … tap … tap.

»Ach, Mutter, lass doch den Mörser in Ruhe und schau mich an, wenn ich mit dir rede.«

Eftalia warf ihr einen kurzen Blick zu und fuhr dann mit dem Zerreiben der Petersilie fort.

Tap … tap … tap.

»Warum steigerst du dich in diese Sache so hinein, Mutter? Vergiss doch die Lotionen und all die Speckröllchen der fremden Weiber! Wozu plagst du dich für ein paar Piaster? Geht uns denn irgendetwas ab?«

»Pinela aus unserem alten Viertel war heute da«, meinte Eftalia. »Ich habe ihr ein wenig Reis für die verrückte Katerina aus dem Türkenviertel mitgegeben. Kennst du die verrückte Katerina?«

»Ja, natürlich.«

»Weißt du, dass sie einmal die reichste Frau von ganz Çeşme war? Hast du eine Ahnung, was sie für ein Haus hatte? Eins mit Gemälden und Teppichen, mit Mann und Kindern, mit Kutschen und allem, was dazugehört! Hast du gewusst, dass sie freigebig war und allen Bedürftigen etwas gegeben hat? Falls nicht, dann weißt du's jetzt.«

Tap … tap … tap.

»Und wie ist es dann so weit mit ihr gekommen?«, fragte Katina, die auf einem Stuhl Platz genommen hatte.
»Nun, weil sie dachte, dass alles immer so weitergehen würde, dass jeder Tag besser sein würde als der vorherige. Aber dann starb ihr Mann, und ihre Schwägerinnen setzten sie auf die Straße. Und dummerweise hatte sie ihr ganzes Vermögen ihren Kindern überschrieben. Tja, da hat sie den Verstand verloren.«
Tap … tap … tap.
»Auch wenn dein Mann alles Geld der Welt hat und deine Kinder im Luxus baden, musst du darauf schauen, dass du dir etwas zur Seite legst. Und zwar ohne das Wissen deines Mannes. Du musst danach trachten, so viel Geld wie möglich zu sparen. Andernfalls klebst du dein Leben lang wie ein Blutegel am Körper irgendeines anderen und lebst davon, ihn auszusaugen. Und ein Blutegel ist und bleibt sein Leben lang ein Blutegel. Da musst du gehorsam sein, da musst du Prügel einstecken, da musst du die Abenteuer deines Mannes wortlos hinnehmen und für all das obendrein auch noch dankbar sein.«
Sie ließ den Stößel einen Moment lang ruhen und blickte ihrer Tochter in die Augen.
»Weißt du, wie viel Geld ich habe?«
»Was, du hast Geld?«, wunderte sich Katina.
»Pah! Siehst du, wie wenig Ahnung du hast?«
Tap … tap … tap.
»Weißt du, was zum Beispiel Pinela mit ihrem Argyris macht?«
»Was denn?«
Katina sog die Belehrungen gierig, doch mit gemischten Gefühlen in sich auf. Eine Ahnung erfasste sie, dass sie auf diese wichtige Sache bislang überhaupt nicht geachtet hatte und dass sie dringend und unbedingt etwas unternehmen musste. Es war allerhöchste Zeit!
»›Zwei Oka Fleisch hab ich eingekauft, mein lieber Argyris‹, erzählt sie ihm, ›und wir haben alles aufgegessen.‹ Das ist gelogen, sie hat nicht mal ein Oka gekauft. Im Ofen hat sie dann Kartoffeln und Zwiebeln dazugetan, damit es nach mehr aussah und

alle satt wurden, und den Rest hat sie in ihren Sparstrumpf gesteckt. Wie viel wird Pinela zurückgelegt haben, wenn sie das dreißig Jahre lang so macht? Gut hundert Goldpfund werden es schon sein. Hättest du das von ihr gedacht? Und als Argyris einmal für seine Arbeit Geld leihen musste, weil man ihm sonst den Lastkahn und das Fischerboot weggenommen hätte, ist der Ärmste fast verrückt geworden vor Angst und Sorge …«

»… und da hat ihm Pinela natürlich ihre Goldpfund gegeben«, warf die Schülerin eifrig ein.

»Ja, bist du denn von allen guten Geistern verlassen? Sie hat ihm natürlich kein Sterbenswörtchen gesagt. Sie hat es mit angesehen, wie er sich das Geld leihen und doppelt so viel arbeiten musste, um seine Schulden abzustottern.«

»Was für eine falsche Schlange!«

»Nein: Was für eine schlaue Füchsin!«, versetzte Eftalia ungeduldig. »Wer ist dieser Argyris denn?«

»Na, ihr Mann.«

»Nein, er ist nichts als ein Fremder.«

»Ja, aber er ist doch auch ihr Mann.«

»Tja, vorläufig. Morgen kann alles ganz anders sein. Vielleicht stirbt er, vielleicht wird er krank, vielleicht lässt er sich mit einer anderen ein.«

Hier musste Katina schwerwiegende Einwände vorbringen.

»Also wirklich, Mutter, Argyris soll sich mit einer anderen einlassen? Hast du ihn denn schon einmal genau angeschaut? Bei ihm kommt ein Übel zum anderen: Er ist uralt, stottert, und sein Gesicht ist so gelb wie ein überreifer Kürbis … Er hat mehr Falten im Gesicht als alle Kamele Smyrnas zusammengenommen. Im Grunde ist er selbst ein richtiges Kamel.«

»Ja, aber ein männliches Kamel«, erklärte die Mutter. »Meine liebe Katina, bisher hatten wir keine Gelegenheit für solch heimliche Aktionen. Wir konnten uns recht und schlecht selbst ernähren. Doch nun haben wir die Gelegenheit! So ein Glück fällt einem nicht jeden Tag in den Schoß.«

»Mutter, was redest du da für dummes Zeug? Ich würde dich nie vor die Tür setzen.«

»Ich weiß«, meinte Eftalia.
Und dann bearbeitete sie den Mörser mit noch größerer Inbrunst.

Fotinis Freier

Fotini konnte sich zwischen ihren Verehrern einfach nicht entscheiden, so war es an der Zeit, etwas nachzuhelfen.
Seit drei Tagen und drei Nächten hatte es ununterbrochen geregnet. Das Europäische Viertel war überschwemmt, und Fotini, die endlich eine Arbeit gefunden hatte, die ihren Fähigkeiten entsprach, lief auf dem Weg zur Hutmacherei durch die knöcheltiefen Pfützen. Zunächst hatte sie in Prokopis' Obsttrocknerei angefangen. Dort verpackten die Frauen die getrockneten Früchte in kleinen Schachteln, die als »Feigen aus Smyrna« zu hohen Preisen ins Ausland exportiert wurden. Doch Fotini bekam schon Juckreiz, wenn sie nur unter einem Feigenbaum stand, und es war abzusehen, dass ihr die Früchte Hautausschlag verursachen würden. Selbst unter den Smyrniotinnen, die als sehr hellhäutig galten, stach sie durch ihren klaren Teint hervor.
Nachdem sie drei Wochen Feigen sortiert und ständig Hautausschlag gehabt hatte, fand sie eine bessere Stelle in der Hutmacherei »Chapeau du Monde« unten im Marktviertel, gegenüber von Arapoglous Kolonialwarenhandlung. Über der Hutmacherei lagen die Geschäftsräume der Melidis-Brüder, und somit hatte Fotini einen Heiratskandidaten gleich vis-à-vis, den anderen in der oberen Etage.
Die Kolonialwarenhandlung wurde vom Senior, Herrn Adamantas Arapoglou geleitet, dann folgten in der Hierarchie der Junior als Stellvertreter und fünf oder sechs Gesellen, die unter ständigen Maulschellen Fässer mit Oliven, Räucherfisch und eingelegten Weinblättern durch den Laden rollten. Alle trugen lange, weiße Schürzen.
Die Arapoglous stammten aus Chios, und wehe dem, der mit

ihnen Geschäfte machte! Sie machten immer ihren Reibach. Der Vater berechnete die Preise aufs Hundertstel genau. Ein Pfennigfuchser vor dem Herrn!

»Was machst du denn da?«, schrie er den Gesellen an. »Siehst du nicht, dass Reiskörner auf den Boden gefallen sind? Zahlen uns vielleicht die Ameisen etwas dafür?«

»Nicht meine Schuld, Herr Adamantas, der Sack hat ein Loch.«

»Nicht meine Schuld! Nicht meine Schuld!«, äffte er den Gesellen nach. »Etwas Besseres fällt dir wohl nicht ein! Jetzt pickst du mir jedes Reiskorn einzeln auf!«

Durch seine Knauserei hatte er ein Vermögen gemacht. Abends zwang er seine Familie, schon um acht zu Bett zu gehen, um die kostspieligen Lampen zu sparen. Seine Kinder schickte er zwar auf teure Schulen, doch neue Bleistifte kaufte er ihnen erst, wenn die alten vom vielen Anspitzen so winzig wie sein Fingernagel waren. Eigenhändig las er im Viertel die alten Zeitungen auf, in die er seine Waren beim Verkauf einwickelte. Obwohl, liebend gerne hätte er den Kunden die Heringe geradewegs und unverpackt in den Einkaufskorb geworfen. Obst und Gemüse, das schon welk und ein wenig angefault war, warf er nicht fort, sondern schickte seine Gesellen mit Körben durch die Armenviertel, um sie wenigstens noch zu Schleuderpreisen loszuwerden.

Große Hoffnungen machte sich Herr Adamantas in Bezug auf die verwandtschaftlichen Verflechtungen, die durch die Verheiratung seiner Kinder entstehen würden. Seine Tochter plante er mit dem größten Butterimporteur Smyrnas zu verheiraten, um möglichst preisgünstig an diese neumodische Ware zu kommen, die sich bei den Kunden großer Nachfrage erfreute. Zwei Piaster nahm der Butterhändler je Oka. Seinen Jungen sah er schon als Schwiegersohn im benachbarten Kolonialwarengeschäft. Dessen Besitzer hatte nicht nur eine Tochter, sondern auch noch viel mehr Kundschaft als er selbst. Denn er hatte ein freundliches Wesen, ein zuvorkommendes und ergebenes Auftreten, er hatte bessere Preise, und die Kundinnen und vor allem die Kunden – denn im Marktviertel gingen im Gegensatz zu den Wohnvierteln vorwiegend die

Männer einkaufen – ließen ihr Geld viel lieber bei seinem Nachbarn. Er gab ihnen Kostproben aus, kümmerte sich um ihre Wünsche, hörte ihnen – auch wenn seine Zeit knapp war – geduldig zu, wenn sie von ihren Geschäften und von ihren Sorgen erzählten.

Und je besser die Geschäfte im benachbarten Laden liefen, desto mehr quollen die Körbe bei Herrn Adamantas über, deren Inhalt dann wiederum in den Armenvierteln unter die Leute gebracht werden musste, und desto brenzliger erschien ihm seine Lage.

Dreimal war Herr Adamantas schon beim Nachbarn vorstellig geworden, um ihm den Laden abzukaufen, doch der wollte nichts davon hören.

»Aha, wenn das so ist«, dachte sich Herr Adamantas, »dann sacke ich den Laden eben als Mitgift ein.« Und er beschloss, auf eigene Faust um die Hand der Braut anzuhalten, da er dachte, sein Sohn würde ihm blind gehorchen. Doch weder die Tochter noch der Sohn erfüllten Herrn Adamantas' Erwartungen. So endete alles damit, dass er schließlich auch deren Familien noch mit durchfüttern musste.

Arapoglou Junior verliebte sich unsterblich in Fotini, die er bei Spyros kennengelernt hatte. Was für ein Mädchen! Nach seinem Alltag zwischen Pökelfleisch und Sardellen kam ihm Fotini mit ihrer schneeweißen Haut wie ein Wesen aus einer anderen Welt vor, wie ein Sonnenstrahl, der unvermutet in sein Leben trat. Und als er sie dann, eingehüllt in die schönsten Tüllstoffe, in der Hutmacherei gegenüber sah, war es ganz um ihn geschehen. Dabei war er im Umgang mit Frauen keineswegs unerfahren; er hatte scharenweise junge Smyrniotinnen kennengelernt, allerdings nur bei offiziellen Besuchen und in aller Unschuld und nicht als Gespielinnen.

Fotini war das genaue Gegenteil der anderen Smyrniotinnen, die sich im Großen und Ganzen so beschreiben ließen: Sie hatten dunkle Lockenköpfe und spöttisch zwinkernde oder verheißungsvoll dreinblickende kohlrabenschwarze Augen. Sie bewegten sich ungezwungen, sie sprachen den levantinischen Singsang, flanierten kichernd vorzugsweise zu zweit Arm in Arm und wiegten sich beim Gehen aufreizend in den Hüften.

Den ganzen Tag belauerte er die Hutmacherei, um Fotini nach Hause zu begleiten, wenn er – was für ein Zufall! – gleichzeitig mit ihr auf die Straße trat.
Melidis hingegen verschwendete keinen einzigen Gedanken ans Heiraten. Im Grunde wäre er der ideale Sohn für Herrn Adamantas gewesen. Den ganzen Tag lang zählte er sein Geld, und in seinem Büro prangte ein großer, gut gefüllter Geldschrank. Jeden Taler, den er herausnahm, legte er doppelt und dreifach wieder zurück.
Ganz Smyrna hatte er in der Hand – wie eine richtige Bank. Wahrscheinlich verfügte er sogar über mehr Kapital als die Ottomanische Bank. Unten am Kai besaß er ein Hotel, das er am Anfang seiner Laufbahn von einem seiner Kunden als Sicherheit bekommen hatte, und er beschloss, es selbst weiterzubetreiben. Eine goldrichtige Entscheidung! Er setzte seinen jüngeren Bruder als Geschäftsführer ein, der den ganzen Tag in den Salons des Hotels Präsenz zeigte und seinem Bruder immer neue Kundschaft bescherte. Es war ein luxuriöses Haus mit weitläufigen Fluren und zahlreichen ausländischen Gästen. Jeder Kaufmann, der in Smyrna geschäftlich zu tun hatte, stieg dort ab. Von seinen Fenstern aus konnte man das Treiben im Hafen beobachten, und überallhin war es nur ein Katzensprung – zu den Banken, den Kaffeehäusern oder den Zollämtern.
Das Hotel war sein Vorzeigeunternehmen. Durch einen Notverkauf fiel ihm ein Dampfschiff in die Hände. Nachdem er sich vergeblich um einen Weiterverkauf bemüht hatte, behielt er es, ließ den Rost entfernen, alles neu streichen und zwischen Smyrna und Ephesos pendeln, um den ausländischen Gästen den Besuch der antiken Stätten zu ermöglichen. Das war ein kluger Schachzug. Für die Hotelgäste und die künftigen Opfer seiner Wucherzinsen war diese Ausflugsfahrt gratis. Melidis war kein Geizkragen – er wusste genau, wo und wann er etwas investieren musste. Und was das Heiraten betraf, so hatte er einfach noch keine Zeit gehabt, darüber nachzudenken. Für den älteren der beiden Melidis-Brüder war die Ehe bloß die aufwendigste Art und Weise, ein

sauberes Hemd im Schrank zu haben. Und sollte er jemals auf Brautschau gehen, dann würde er bestimmt eine stattliche Mitgift einfordern.

Nachdem die Frauen beschlossen hatten, dass er am besten zu Sacharoulas Tochter passte, gelang es Eftalia, ihm diesen Gedanken einzuimpfen. Bevor Arapoglous Liebe so machtvoll ans Licht trat, hatten sie eigentlich Fotini und Melidis im Auge gehabt. Doch nun hatte man sogar die Qual der Wahl! Zwei Kaffeekränzchen dauerte es, bis sie zu folgender Entscheidung kamen: Wer zuerst kommt, mahlt zuerst.

»Meine Rechnungen mache ich nie ohne den Wirt«, sagte Eftalia zu Sacharoula, die am Nachmittag zur Lagebesprechung vorbeigekommen war. »Eins muss dir klar sein: Das Schicksal pocht nur ein einziges Mal an deine Tür.«

»Ja, schon«, erwiderte Sacharoula. »Besser wäre es aber, das Schicksal würde zuerst bei meiner älteren Tochter anklopfen.«

»Ach was, die Reihenfolge ist doch jetzt egal. Also, dann überschlagen wir mal: Beide Kandidaten sind im besten Heiratsalter und bei guter Gesundheit. Familienkrankheiten sind keine bekannt. Arapoglou hat eine gute Position, dazu ist er der einzige Sohn. Die Familie wird zunächst die Tochter unter die Haube bringen wollen, und da sie recht ansehnlich ist, wird das nicht schwierig sein. Dann übernimmt der Sohn die renommierte Gemischtwarenhandlung. Petros Melidis' Ehefrau hingegen könnte das Leben einer großen Dame führen, da ihm das Geld locker sitzt und er es sich gern gutgehen lässt. Unserer hübschen Fotini würde der Luxus gut zu Gesicht stehen. Wie eine Prinzessin könnte sie in Samt und Seide gehen.«

»Ja, schon«, meinte Sacharoula wieder.

»Nur den Mund darf sie nicht aufmachen … So, und jetzt zu den Minuspunkten der Kandidaten«, fuhr Eftalia fort. »Arapoglou muss warten, bis der Alte in die Grube fährt, um den Laden zu übernehmen. Arapoglou hat zwar wesentlich weniger Vermögen, aber dafür wissen wir, woran wir sind: Sein Einkommen ist sicher und stabil. Von Melidis wissen wir so gut wie nichts. Heute schwimmt er in Geld, morgen geht er vielleicht schon am Bettelstab. Das gefällt mir ganz und gar nicht«, meinte Eftalia.

»Ja, schon«, sagte Sacharoula.

»Du mit deinem ›Ja, schon‹, Sacharoula! Die schlimmste aller Charakterschwächen ist der Geiz. Der höhlt jede Beziehung aus. Mir tun alle Frauen leid, die einen Geizknochen im Haus haben. Und der alte Arapoglou ist ein unverbesserlicher Erbsenzähler. Ganz Smyrna weiß das. Obwohl prallvolle Mehlsäcke im Laden stehen, wird er zu seiner Schwiegertochter in die Küche laufen und nachwiegen, wie viel sie für den Blätterteig verwendet hat. Damit wird er dem jungen Paar sogar das tägliche Brot vergällen. Was ist denn Fotinis Meinung? Welcher der beiden wäre ihr denn lieber?«

»Die Arme hat gar keine eigene Meinung«, erwiderte Sacharoula. »Immer sagt sie nur: ›Wie du meinst, Mama‹ und ›Wie du meinst, Tante‹.«

»Ach so, na dann machen wir weiter und kommen zur Familiensituation. Die Mutter des Kolonialwarenhändlers ist noch am Leben, ergo haben wir es mit einer Schwiegermutter zu tun. Melidis' Mutter gibt es zwar auch noch, aber sie wohnt auswärts und kann ihnen daher nicht in die Quere kommen.«

»Wo wohnt sie denn?«, fragte Sacharoula.

»Auf Mytilini, bei ihrer verheirateten Tochter. Ich habe Spyros ausgehorcht. Mit den Söhnen ist sie nicht so gut ausgekommen. Sie bekamen Streit, als die beiden einige Grundstücke ihres Vaters verkaufen wollten, weil sie eine größere Summe Bargeld benötigten. Weißt du, Sacharoula, das sind so die Dinge, die mir an den Melidis-Brüdern nicht gefallen. Um eines Vorteils willen setzen sie den Familienfrieden aufs Spiel. Gut, den Erlös aus dem Verkauf der Grundstücke haben sie verdoppelt und verdreifacht. Doch es war ihnen egal, dass ihre Mutter an den Ländereien hing. Dazu kommt: Der Jüngere ist noch unverheiratet, und wenn auch er eine Familie gründet, muss das Vermögen geteilt werden. Also, ich geb's dir mit Brief und Siegel: Sie heiratet Arapoglou.«

Nichtsdestotrotz nahm Fotini schließlich doch Melidis. Genauer gesagt: Sie wurde von Melidis richtiggehend entführt. Seinem

Schicksal kann man nicht entrinnen. Fotini war eben vorbestimmt, mit Glanz und Gloria Frau Melidi zu werden. Wie sehr sich Melidis auch wehrte, schließlich war er als einer der Ersten unter der Haube.

Eines Sonntags nämlich trudelte bei Anbruch der Dunkelheit Melidis in Serbetoglous Haus ein, äußerst zufrieden mit den Geschäften, die er in der vergangenen Woche mit britischen Kaufleuten abgeschlossen hatte. Er lud die ganze Truppe in ein Musiklokal zu einem Gelage ein, und alle kamen mit, da am nächsten Tag Pfingstmontag war. Mit von der Partie waren neben den Serbetoglous noch Dionysia, Sotiris Tsiplakoglou, Lefkothea und eine von Vaitsas Zwillingsnichten, da die andere eine Erkältung hatte – ein seltenes Phänomen, da sonst immer beide gleichzeitig krank wurden. Auch Arapoglou war in Bellavista, der keinen Fuß mehr vor die Tür setzte, um Fotini nicht zu verpassen. Doch schließlich war es Melidis, der Fotini zu den Serbetoglous begleitete.

Und das trug sich folgendermaßen zu: Melidis hatte eine Schwachstelle. Er wiegte sich in dem Glauben, dass ihm alles in den Schoß fiel. Da ihm in seinem Leben bisher alles gelungen war und er keine Misserfolge hinnehmen musste, glaubte er, dass ihm alles, was er ins Auge fasste, ohnehin schon gehörte. Seit einiger Zeit schon hatte er sich in den Kopf gesetzt, er sei der Größte und der Beste. Auch an Frauen litt er keinen Mangel. Dass sein bester Freund Spyros den übereilten Entschluss gefasst hatte, gerade Katina zu heiraten, war ihm schwer auf den Magen geschlagen. Doch eines Tages nahm ihn Eftalia, die seine Bedenken spürte, wie zufällig beiseite und machte einige diffuse Andeutungen, dass Katina durchaus vermögend sei und in Kappadokien eine Reihe von Gehöften besitze. Einen Beweis dafür blieb sie ihm allerdings schuldig. Da er Katina erst als Signora Serbetoglou kennengelernt hatte, schluckte er die Geschichte und war von nun an mit Spyros' Wahl versöhnt.

Seit ihm Eftalia dann auch noch zugeflüstert hatte, die zauberhafte Fotini würde gut zu ihm passen, da sie etwas Besonderes sei, ganz wie er selbst, betrachtete er Fotini insgeheim als sein Eigentum. Und er glaubte, um dieses Eigentum müsse er sich keine Gedanken mehr machen, da es ihm ohnehin keiner streitig machen würde.

»Wer sich diese exotische Rose entgehen lässt, wird es bereuen«, fuhr Eftalia fort. Wie gut sie ihn einschätzen konnte! Den größten Vorzug dieser »exotischen Rose« legte sie ihm besonders ans Herz: »Sie bringt allen Glück und Reichtum, Petros. Alle sind deswegen hinter ihr her. Wenn du mit ihr spazieren gehst, liegt das Gold nur so auf der Straße, du wirst schon sehen.«

Das stimmte tatsächlich. Dort, wo sich andere als Unglücksraben erwiesen, zeigte sich Fotini als Glücksfee. Sobald sie in der Hutmacherei angefangen hatte, schnellte der Umsatz in die Höhe. Auch das »La Beauté« erlebte mit ihr goldene Zeiten. Sobald sie über die Schwelle trat, strömte die Kundschaft herein. Das beeindruckte den abergläubischen Melidis am meisten.

Zwei Tage später traf er Fotini zufällig im Foyer seines Hotels, als sie gerade einen Hut ablieferte, den ein Hotelgast hatte reparieren lassen. Als sie die Treppe hinunterkam, stand Melidis am Eingang und lud sie auf ein Dessert ein. Fotini, die ein Süßschnabel war, nahm die Einladung an. Gemeinsam nahmen sie auf den zierlichen Baststühlen der hoteleigenen Konditorei Platz.

Melidis labte sich an Fotinis Anblick: Sie war bildhübsch, ihr Teint war frisch und ihre Gliedmaßen zart, sie bot einen Anblick, den man jeden Tag beim Aufwachen erblicken wollte. Zum Glück blieb sie einsilbig und verwirrte ihn nicht mit dummen Bemerkungen, sondern verspeiste ihre Süßigkeit mit einem rundum zufriedenen Lächeln.

Während Melidis und Fotini in der Konditorei saßen, betrat ein gutgekleideter Herr mit Koffern das Hotel. Als er Melidis erblickte, stutzte er kurz und kam dann auf ihn zu. Melidis erhob sich, um seinen Gruß zu erwidern. Und dieser Handschlag brachte ihn mit einem Mal in den Besitz von fünfzigtausend Piastern, die er schon abgeschrieben und mit deren Rückzahlung er seit drei Jahren nicht mehr gerechnet hatte. Diesem Mann, einem Archäologen, hatte er in einer schwachen Stunde aus Patriotismus diese nicht zu verachtende Summe geliehen, es jedoch im Nachhinein bitter bereut. »Wie konnte ich nur so dumm sein?«, haderte er damals mit sich und seinem Leichtsinn. »Ohne jede Sicherheit, ohne irgendeine Garantie!« Doch siehe da, nach drei Jahren bekam er das Geld aus heiterem Himmel doch noch zurück.

Erstaunt zog Melidis die Augenbrauen hoch, und plötzlich erschien ihm Fotini in ganz anderem Licht. Sie war gerade dabei, den Sirup aufzuschlecken, als sie seinen Blick bemerkte. Prompt verschluckte sie sich.

Melidis erbot sich, sie nach Hause zu bringen. Alle Mädchen hatten von Eftalia die ausdrückliche und ausnahmslos zu befolgende Anweisung erhalten: »Lasst euch von den jungen Männern immer nur nach Bellavista begleiten und nicht in die schäbigen Armenviertel. Und schon gar nicht, wenn sie ohne irgendein Zaubermittel bei euch angebissen haben!«

»Ja gut, aber nach Bellavista«, sagte Fotini zu Melidis. Als zufällig auch die anderen dort waren, schlug Melidis das Gelage im Musiklokal vor. Was alle jedoch am meisten beeindruckte, war Fotinis plötzliche Entscheidungsfreudigkeit. War sie vielleicht doch klüger als angenommen?

Im Musiklokal überkam Melidis langsam der Verdacht, dass Arapoglou mit »seiner Braut« liebäugelte. Und Melidis vertrug es ganz und gar nicht, wenn ihm jemand sein Eigentum streitig machte. Arapoglou gab eine Runde nach der anderen aus, warf Fotini immer wieder schmachtende Blicke zu und machte ihr gegenüber diffuse Andeutungen.

Der eifersüchtige Melidis reagierte prompt. Am nächsten Tag lud er die Freunde auf das Dampfschiff nach Ephesos ein. Wohlweislich sorgte er dafür, dass jeder – mit Ausnahme von Arapoglou – einzeln benachrichtigt wurde. Da die Sache immer mehr auf Melidis hinauszulaufen schien, schenkte Katina während der Fahrt Fotini ein Fläschchen des Liebesmittels *Esthir* und schärfte ihr ein, wie sie vorgehen und welchen Zauberspruch sie dazu sagen sollte. Dreimal musste sie ihr alles wiederholen, bis sie es sich endlich gemerkt hatte.

Und dort, unter den antiken Ruinen von Ephesos, in dieser riesigen Stadt mit ihren verfallenen Häusern, Arkadengängen und Tempeln und den ringsum verstreuten Epigrammen, lockte Melidis Fotini zur Stunde des Sonnenuntergangs von den anderen fort und schwor ihr ewige Treue.
Schon auf dem Rückweg zum Schiff wurde die Verlobung verkündet. Alle applaudierten und beglückwünschten das junge Paar zu seinem Entschluss und feierten ein ausgelassenes Fest. Drei Tage lang blieben sie in Ephesos.
Fotini lernte die Liebe unter den Säulen des Artemistempels von Ephesos kennen. Wie es schien, machte sie ihre Sache gut, denn Melidis war seitdem ganz verrückt nach ihr. Nach ihrer Rückkehr nach Smyrna brachte Melidis sie gar nicht mehr zu ihrer Mutter, sondern nahm sie gleich mit zu sich, schloss sich mit ihr ein und rührte sich tagelang nicht mehr aus dem Haus. Kein einziges Wäschestück durfte sie aus ihrem alten Viertel holen, sondern er kaufte ihr alles neu, flanierte mit ihr von Geschäft zu Geschäft, schenkte ihr Schmuck und Roben und freute sich an ihrer Schönheit.
Fotini und Melidis hatten sich gesucht und gefunden. Für Luxusartikel und Geschmeide interessierte sie sich wenig, einem Saphir zog sie jederzeit ein Backblech mit Baklava vor. Darüber hinaus war sie eine gute Hausfrau, und ihr neues Heim blitzte vor Sauberkeit. Darin war sie eine waschechte Smyrniotin, denn Smyrna bringt, wie man weiß, hervorragenden Tabak, das beste Olivenöl, die köstlichsten Feigen – und mustergültige Hausfrauen hervor.

Die Jepsimiros-Sippe

Die Familie Jepsimiros stammte aus Thessaloniki und hatte sich von alters her mit keiner anderen Volksgruppe vermischt. Seit Generationen galt die Jepsimiros-Sippe als ehrlich und rechtschaffen. Der Urgroßvater Agissilaos Jepsimiros war Dorfschulze in Achladia gewesen, und der Bau der dortigen Brücke ging auf

ihn zurück. Der Großvater Theofrastos Jepsimiros erfreute sich in Thessaloniki als Bankdirektor großer Wertschätzung. Alle waren sie hoch angesehen, alle bis auf Pavlakis – »Paulchen« – Jepsimiros, der ein Schürzenjäger und Spitzbube war. Wie hatte diese hochangesehene Familie bloß einen solchen Strolch hervorgebracht? Nicht nur, dass er überall Schulden hatte, er hatte darüber hinaus auch keine Ehre im Leib und landete alle naselang im Gefängnis. Da blieb der Familie nichts anderes übrig als auszuwandern. Von Thessaloniki reisten sie nach Thassos und von dort nach Halikarnassos und dann nach Smyrna. Und an jedem Ort wiederholten sich die gleichen Geschichten.
Doch in Smyrna fühlte sich Paulchen ganz in seinem Element. Hier gab es Juden, Armenier, Türken, Franzosen, Holländer, Genuesen und Anhänger der armenisch-katholischen Kirche, die er allesamt leicht in die Tasche stecken konnte. So erklärte er, Smyrna sei die Stadt seiner Träume und er würde sich von hier nicht mehr wegrühren, egal was die übrigen Familienmitglieder sagen würden. Und so wurden sie in Smyrna sesshaft.
Jahre später fanden sich seine drei mittellosen, verwitweten Schwestern ebenfalls in Smyrna ein, um sich vom einzig überlebenden männlichen Familienmitglied einen Kanten Brot zu sichern. Somit bestand die Sippe aus den drei Schwestern plus Jepsimiros' Ehefrau plus den beiden Zwillingstöchtern, also insgesamt sechs Frauen, die in drei Zimmern mit Außentoilette und einer winzigen Kombüse hausten, in der gerade mal eine Köchin Platz fand.
Paulchen putzte sich ausgesprochen geckenhaft heraus – mit Anzug, Hemd und elegantem Gilet, von dem kein Knopf fehlen durfte, sonst wurden die Frauen zu Hause ihres Lebens nicht mehr froh. Stets war er akkurat frisiert, doch die meiste Aufmerksamkeit widmete er seinem Schnurrbärtchen, das er immer dienstags und sonntags zwischen elf und zwölf Uhr mit allergrößter Sorgfalt stutzte. Auf eine Sache verstand er sich noch meisterhafter: Er besaß das einzigartige Talent, den anderen auch noch das wenige, was sie hatten, aus der Tasche zu ziehen.
Eines Tages suchte er in der Nähe des Marktviertels auf dem

Heimweg an einem Ochsenkarren Halt, um ein Steinchen aus seinem Schuh zu fischen. Der Wagen war mit prall gefüllten Säcken beladen, die seltsam modrig rochen. Dazu gesellte sich der Gestank von Dörrfischkonserven und schuf eine erbärmliche Mischung verschiedenster Ausdünstungen. Die vor den Karren gespannten Ochsen waren in einem jämmerlichen Zustand und kurz davor, endgültig zusammenzubrechen. Paulchen bereute es sehr, sich gerade diesen Halt ausgesucht zu haben, und er lockerte sein Halstuch, um seine Nase gegen den Gestank zu wappnen.
»Wie viel kostet der Sack? Ist das Zeug denn trocken?«
Paulchen hob den Blick von seinen Schuhen, richtete sich auf und musterte den Armenier, der mit einem leeren Sack über der Schulter vor ihm stand. Offenbar kam er gerade vom Markt der Isaar-Moschee, die an der großen Wegbiegung lag. Obwohl Paulchen nicht die geringste Ahnung hatte, was die Säcke auf dem Karren enthielten, und noch weniger, was das Ganze wert sein könnte, zögerte er nicht.
»Prima Ware«, sagte er. »Beim Preis werden wir uns schon einig. Schau selbst nach, wovon die Rede ist. Obwohl, ich wollte sie eigentlich nicht dem Erstbesten verkaufen, sondern sichergehen, dass sie in gute Hände kommt.«
»Pff!«, meinte der Armenier, während er ein kleines Messer aus seinem Gürtel zog. Als er damit einen der Säcke anstach, quollen verschimmelte schwarze Rosinen heraus, die in genauso einem erbärmlichen Zustand waren wie die vor den Karren gespannten Zugtiere.
»Ähäm, keine gute Ware«, meinte der Armenier und wich einen Schritt zurück.
»Aber nicht doch, prima Qualität, sag ich dir!«, legte sich Paulchen ins Zeug. »Alle Bauern bringen frische Rosinen auf den Markt und machen sich gegenseitig die Preise kaputt. Aber ich verkaufe diese hier, und in den Vierteln reißt man sie mir aus den Händen. Die Leute haben kein Geld und wollen preisgünstig einkaufen. Schließlich werden sie ohnehin nur zum Kochen verwendet, oder?«

»Hm, trotzdem keine gute Ware«, wiederholte der Armenier zwar, doch es schien, als sei er ins Grübeln gekommen, ob an den Worten vielleicht nicht doch etwas dran war. »Hast du schon gut verkauft? Wie viel?«

Paulchen hakte seine Daumen in den Achselausschnitt seines Gilets, stellte seinen Anzug zur Schau und drehte sich mit einem verschlagenen, siegessicheren Lächeln vor dem Armenier hin und her.

»Den Anzug da hast du vom Erlös der Rosinen gekauft?« Der Armenier schien beeindruckt.

»... nur vom heutigen Erlös«, betonte Paulchen. »Siehst du nicht, wie fix und fertig meine Ochsen sind? Zweimal haben wir die Tour durch die Viertel gemacht. Komm mit rüber ins Kaffeehaus, dann erzähl ich dir alles.«

Arm in Arm machten sie sich auf den Weg. Das Kaffeehaus verließ Paulchen dann als Erster, wobei er die Geldscheine in seiner Hand nachzählte. Es war ein ganzes Bündel, denn er hatte die fremden Säcke mit den verdorbenen Rosinen und den Karren samt Ochsen verkauft.

»O weh, so ein Unglück!«, kreischten Ehefrau und Töchter bei jedem neuen Gerichtsurteil, das gegen ihn gefällt wurde. Die häufigsten Besucher in ihrem Haus waren Polizisten und Gendarmen. Sie mussten so oft aufmarschieren, dass ihnen die vom Schicksal geschlagene Ehefrau schon leidtat. Mit den Jahren war man schon so vertraut miteinander, dass man sich herzlich begrüßte: »Na, Marigo, wo treibt sich dein Schatz schon wieder herum?«

In ganz Smyrna waren seine Gefängnisaufenthalte ein offenes Geheimnis, doch die armen Frauen versuchten die Schande zu vertuschen und schickten ihn deshalb offiziell »auf Reisen«. Als er seine erste Strafe in Smyrna antreten musste, verrammelten sie Türen und Fenster und taten so, als verbrächten sie den Sommer auf dem Lande.

»Unser Paulchen ist auf Geschäftsreise im Ausland«, ließen sie den Krämer beim nächsten Einkauf wissen.

Der Krämer war die Nachrichtenzentrale des Viertels. Vom Morgengrauen, wenn er den Laden öffnete, bis sieben oder acht Uhr abends, wenn die Kochtöpfe auf den Herd kamen, gaben sich die Frauen bei ihm die Klinke in die Hand und tauschten beim Einkauf die neuesten Geschichten aus.

Da bekam man mit, dass Evanthia heute süße Teigröllchen zubereiten würde und Rosa Auberginenеintopf, dass Soultana Appetit auf in Öl geschmortes Briam hatte und Rinoula Stachelmakrele mit Knoblauchpüree auftischen würde.

Fast zwei Jahre lang dauerte es, bis alle hinter seine Stutzerfassade geblickt und herausgefunden hatten, wo seine plötzlichen Reisen eigentlich hingingen. Und auch das kam beim Krämer – wo sonst – ans Tageslicht.

Vaitsa

Eine von Jepsimiros' Schwestern hieß Vaitsa. Sie und Eftalia waren sofort ein Herz und eine Seele, und die eine stand der anderen in Klugheit nicht nach. »*Tencere yuvarlandı kapağını buldu*. Jedes Töpfchen findet sein Deckelchen! Das gilt auf jeden Fall für euch beide, Mutter!«, lachte Katina. Sie schütteten einander ihr Herz aus und teilten all ihre Geheimnisse. Vaitsa hatte genug vom Elend der Jepsimiros-Sippe, das je nach Erlös des Diebesguts mal schlimmer, mal besser war. Daher warf sie ihre Netze aus, um einen neuen Ernährer zu finden, einen mit ausreichendem Vermögen, das ihr den Genuss von Schinken und Gruyère, eingelegten Sardellen, Makrelen auf Weinblättern und Fischrogengelee ermöglichte, so viel ihr Herz begehrte. Sie war eine grazile, durchaus begehrenswerte Witwe. Beim ersten Paar Männerhosen, das ihr über den Weg lief und einem als Ehemann akzeptablen Witwer gehörte, nahm sie sofort Witterung auf. Es waren die Hosen von Herrn Giannakis Bitsikokos, Schuhmachermeister aus Ioannina, die wie angegossen zu ihren Plänen passten. Sofort machte sie sich an ihn heran, im Handumdrehen waren sie verheiratet, und sie bezog

die eheliche Wohnung im Färber-Viertel nördlich des Fasoulas-Platzes.
Sobald sie auf den Geschmack gekommen war, täglich exquisites Weißbrot und auserlesenes Olivenöl aufzutischen, bildete sie sich gehörig etwas auf ihre neue Stellung ein und mimte die vornehme Dame. Ihr Haus schmückte sie mit einer Reihe zusammengewürfelter Gegenstände, alles teure Importware aus Europa. Sie wurde wählerisch, was ihren Umgang betraf, und die Auserkorenen lud sie dann zu sich nach Hause zu Abendgesellschaften ein. Zusammen mit den kandierten Früchten tischte sie auch ihre – frei erfundene – Familiengeschichte auf. So verwandelte sich ihr Schustergatte mit einem Mal in den »Direktor einer Schuhfabrik«, während sie behauptete, von den Ionischen Inseln abzustammen, was ihrer Herkunft einen edlen Anstrich verlieh. Diese Geschichten wiederholte sie so lange, bis sie schließlich selbst daran glaubte.
»Seht mal, Frau Bitsikokou!«, sagten die Frauen des Viertels. »Was für eine Dame! Was für ein imposantes Auftreten!«
So wurde sie zum leuchtenden Vorbild, und auch der Schuster war mächtig stolz auf seine Ehefrau. Ihren Schwestern und ihrer Schwägerin hingegen schlug sie die Tür vor der Nase zu. Einzig und allein ihre Nichten ließ sie gelten, da sie bei sich dachte: »Ach, zum Teufel mit der alten Garde: Neue Besen kehren gut!« Den Jepsimiros-Töchtern war nämlich durchaus zuzutrauen, in vornehme Häuser einzuheiraten und gesellschaftlich aufzusteigen. Daher brachte Vaitsa sie in Frau Eftalias Salon, um ihrer Schönheit ein wenig nachzuhelfen.

Vorsicht ist die Mutter der Porzellankiste

»Also, meine Liebe, die Smyrniotinnen«, begann Vaitsa im »La Beauté«, während sie sich die Augenbrauen färbte, »sind schamlose Geschöpfe.« Anlass für ihr philosophisches Diktum war eine Kundin, die sich mit einem verheirateten Mann eingelassen hatte. »Denen ist egal, ob sie eine Ehe oder eine Familie zerstören, selbst der Segen des Popen ist ihnen gleichgültig. Die machen jedem Mann, der ihnen über den Weg läuft, schöne Augen. Schon in ihrem Blick allein liegen hundert Versprechungen! Und wer hält den Mann dann im Zaum! Dann glaubt der Einfaltspinsel, dass er den Frauen gefällt. Im Tierreich geht die Sache auch nicht vom Männchen aus, sondern nur, wenn die Hündin mit dem Schwanz wedelt …« Vaitsa tauchte das Pinselchen in schwarze Farbe und fuhr fort: »An Meletis Baklavatzian hat sich doch eine auch so herangemacht, und was kam dabei heraus? Mit drei kleinen Kindern hat er seine Frau sitzenlassen.«

»Was du nicht sagst!«, rief Vassilia Deme.

»Diese Stavroula hat aber auch den ganzen Tag nur genörgelt. Einmal passte ihr dies, dann wieder jenes nicht. Ein Mann will in lächelnde Gesichter sehen, selbst wenn's verlogen ist. Ist er hässlich? Nenn ihn schön und stattlich. Ist er ein Schwächling und spielt den starken Mann? Dann nenn ihn tapfer und tüchtig.«

Im ganzen Viertel war Stavroulas Unglück in aller Munde.

»Sie ist selbst schuld«, warf Lefkothea dazwischen, während sie Frau Moustouxidis Oberschenkel massierte. »Die hat aber wieder Speck angesetzt!«, dachte sie im Stillen.

Die Zwillinge saßen daneben mit einer Moorpackung im Gesicht, nur noch die Nasenlöcher waren zu sehen.

»Das erste Anzeichen war«, fuhr Vaitsa mit der Erzählung fort, »dass der Ehemann immer später nach Hause kam. Am ersten Tag war's eine halbe Stunde, und beim Heimkommen rechtfertigte er sich damit, dass er in der Wachszieherei schnell noch die Abrechnung machen musste. Ganz ohne Widerrede legte er dann den Louisdor für Stavroulas neuen Mantel hin. Und beide Seiten waren zufrieden. In der nächsten Woche folgte eine ›Abrechnung‹ auf die nächste. Einmal war zu viel Geld in der Kasse, dann wieder zu wenig. Als diese Ausrede erschöpft war, hat er einen neuen Kunden vorgeschoben, der angeblich bei Bahri Baba draußen wohnte und den er ständig besuchen musste. Und immer war er frisch rasiert und wie aus dem Ei gepellt, wenn er losging. Je länger Stavroula die

Sache kommentarlos hinnahm, desto dreister wurde er. Dann fuhr er nach Ayvalık, wiederum angeblich wegen Geschäften.«

»Solche ›Geschäfte‹ kennen wir«, meinte Lefkothea wieder. »Drehen Sie sich um, Frau Moustouxidi, damit auch Nacken und Schultern an die Reihe kommen.«

»So ging's einmal, so ging's zweimal, und beim dritten Mal kam er nicht mehr wieder«, fuhr Vaitsa fort. »Erschießen sollte man den.«

»Und was für eine steckte schließlich dahinter?«

»Keiner kannte sie. Eine gewisse Syrmo aus dem Flüchtlingsviertel.«

»Aaah!«, schrie Frau Moustouxidi plötzlich auf.

»Was ist los? Kennst du sie?«

»Nein, mein Nacken …«

Als sich Spyros an diesem Abend prompt verspätete, fiel Katina und Eftalia die ganze Geschichte in allen Einzelheiten wieder ein. Wo war er? War er einer anderen ins Netz gegangen? Von diesen Sorgen getrieben machten sie sich auf die Suche nach Spyros. Eftalia lief zum Seiler-Viertel und Katina zum Marktviertel der Großen Tavernen.

Am Morgen war Schielauge mit einem riesigen blauen Auge zu uns gekommen. Er hatte auf seiner Arbeitsstelle Prügel kassiert und stöhnte auf seine unnachahmliche Art: »Uaaah!« Am Vortag hatte er nämlich nach dem Putzen spätabends die Tür der Schankwirtschaft geschlossen, um sich endlich auf seine Matratze zu Füßen der Fässer hinlegen zu können und von einem Prinzendasein zu träumen. Er nahm sein Abendessen – trockenes Brot –, tauchte seine Hand in das Glas mit den eingelegten Sardellen und fischte eine heraus. Chaido miaute, als ihr der Fischgeruch in die Nase stieg. Er hatte vergessen, sie auszusperren, und Frau Thodora duldete die Katze nicht in der Schankstube, da sie alle naselang Kätzchen warf, die einem dann um die Beine strichen. Er öffnete die Tür, um Chaido hinauszulassen, vergaß jedoch, den Riegel zu sichern. Gleich darauf hörte er ihn einschnappen, als die Tür hinter ihm ins Schloss fiel. Chaido und

Schielauge drehten sich um und starrten entgeistert auf die zugefallene Tür.
Rings im Viertel herrschte vollständige Stille. Während im oberen Stockwerk Herr Ilias und Frau Thodora selig schnarchten, würde Schielauge neben Schlaflosigkeit auch noch der Hunger plagen. Sein Abendessen lag einsam und verlassen auf dem Tresen. Die Februarnacht war mild, und Schielauge beschloss, eine Runde zu drehen, um sich eine Orange zu pflücken, und Chaido folgte dem Sardellengeruch seiner Finger.
Von der Oberstadt her waren die schweren Schritte des Nachtwächters zu hören. Sie entfernten sich langsam mit dem hallenden Klopfen der Hellebarde auf dem Straßenpflaster. Das Pärchen bog nach links in die Dunkelheit. Diese Straße führte in eine Gegend, in der die Lokale länger offen blieben, wo Licht, Lärm, Musik und Essensduft die Straßen erfüllten. Doch zunächst traf er auf verschlossene Läden.
In der kleinen Arapyan-Tarsi-Gasse im Malteser-Viertel, die das Pärchen mit ihrem Duft nach frischen Heringen anlockte, waren die Rollläden der Geschäfte geschlossen. Nur ein Obst- und Gemüseladen hatte stattdessen ein Drahtgitter heruntergelassen, damit Brokkoli und Kartoffeln im Nachtwind gut belüftet würden. Schielauge hielt kurz inne. Zwängte man die Hand durch den weitmaschigen Draht, war es durchaus möglich, ein Äpfelchen herauszuangeln. Linker Hand lag Karakostas' Kolonialwarenhandlung und zwei Häuser weiter das Geschäft der Gebrüder Iplixian, die Käse, Butter, Stock- und Klippfisch feilboten. Vor dem Fisch bezog Chaido Stellung.
Die Trillerpfeife des Nachtwächters näherte sich. Schielauge war hin und her gerissen, ob er den Apfel nehmen sollte oder nicht. Angst überkam ihn, er presste sein Gesicht gegen die Wand und schloss fest die Augen.
»Nimm!«, sagte eine Stimme. »Hier, nimm schon!«, zischte sie eindringlicher.
Aus einem Kellergeschoss zu seiner Rechten winkte eine Hand mit einer Rolle Nähgarn. Schielauge zögerte kurz, dann ergriff er die Garnrolle und starrte sie an.

»Pack zu, schnell!«
Dann schob die Hand Schuhe, Schuhe und nochmals Schuhe in allen Größen heraus. Erneut ertönte die Trillerpfeife. Schielauge sputete sich und nahm alles, was die Hand ihm überreichte, in Empfang. Der Nachtwächter näherte sich und blies genau über ihren Köpfen in seine Pfeife.
»Ich nicht, der da ist es!«, flüsterte Schielauge und deutete auf die Hand.
»Dalli, dalli!«, sagte der Nachtwächter bloß und entfernte sich mit seiner Trillerpfeife auf die andere Straßenseite.
Schielauge packte nun rasch alles, was die Hand aus dem Lagerraum herausreichte: Schachteln mit Seidenbändern und Knöpfen, Stoffballen, zwei kleine Teppiche und immer neue Schuhe und Schuhsohlen.
»Dalli, dalli!«, rief nun auch Schielauge und hüpfte vor Ungeduld von einem Bein auf das andere. Unversehens klemmte plötzlich eine ganze Nähmaschine in der Tür.
»Zieh! Ja, noch mal! Ja, ein wenig nach rechts«, befahl die Stimme aus dem Kellergeschoss.
Und Schielauge zerrte mit Feuereifer an der Nähmaschine.
»Ein Stückchen noch, dann ist sie durch«, ertönte die Stimme des Handlangers. »Ach, Jepsimiros, warum will deine Frau, verdammt noch mal, auch eine Nähmaschine?«
Mit den letzten Schuhen schwang sich schließlich der vor Anstrengung keuchende Handlanger aus dem Keller und stopfte sich alles Geld, das er aus der Kasse gefischt hatte, in die Taschen. An der Straßenecke hörte man immer noch das Pfeifen des Nachtwächters, der in den Nebengässchen patrouillierte.
Während er sich sein Gilet zuknöpfte, fragte der Handlanger Schielauge: »Mit wem bist du hier?«
»Mit Chaido«, erwiderte Schielauge.
»Mit Chaido!«, rief der Handlanger anerkennend und klopfte sich den Staub von den Kleidern. »Wie sich die Zeiten ändern! Meine Frau ist nicht einmal zum Schmiere-Stehen zu gebrauchen, geschweige denn zum Abtransport der Ware. Bravo!«

»Oh, danke«, sagte Schielauge stolz.
Der Handlanger fuhr sich mit einem Taschentuch über Hände und Gesicht.
»Packt das Zeug und haut ab.«
Nach diesen Worten eilte er in Riesensätzen dem Nachtwächter hinterher und verschwand mit ihm in der Dunkelheit.
Schielauge blieb zurück und starrte auf die diversen Gegenstände nebst Nähmaschine.
»Am besten bleibe ich hier sitzen und passe auf«, dachte er, »damit nichts wegkommt.«
Ein paar Gässchen weiter, fast schon im Marktviertel der Großen Tavernen, schlenderten Paulchen Jepsimiros und der »Handlanger« übers Straßenpflaster, als sei nichts geschehen. Paulchen steckte die Trillerpfeife, die er nun nicht mehr brauchte, in die Jackentasche. Für diesen Abend hatte er den Nachtwächter Liolios, der wegen seines silbrig glänzenden Gilets »Silberfischchen« genannt wurde, als Komplizen gewonnen.
Erneut war Schielauge hin und her gerissen, ob er den Apfel nun klauen sollte oder nicht. Dann blieb er doch sitzen und bewachte das Eigentum dieser netten Leute. Doch als Chaido vor Hunger miaute, wollte er aufbrechen. Aber was sollte mit den ganzen Sachen geschehen?
Er beschloss, sie in sein Viertel hinüberzutransportieren. Also lud er sich die Nähmaschine, die ziemlich schwer war, auf den Rücken. Dann band er die Garnrollen an seiner Hose fest. Das war die erste Tour. Darauf folgten eine zweite und noch eine dritte, bis er alles an die Hinterfront der Schankwirtschaft geschleppt hatte.
Als er seinem Dienstherrn am nächsten Morgen die ganze Sache berichtete, fing er sich eine Tracht Prügel ein. Und zwar von Frau Thodora persönlich, die ihn nach Strich und Faden eigenhändig vermöbelte.
»Dahin gehe ich nicht mehr zurück«, sagte er zu Eftalia.
Mit seinen Habseligkeiten war er ins »La Beauté« gekommen und hatte in der kleinen Vorratskammer im Hof Zuflucht gefunden.
»Er kann doch nichts dafür, dass er so wenig Grips im Kopf hat,

Frau Thodora«, sagte Eftalia, die in ihr altes Wohnviertel zurückgekehrt war, um die beiden miteinander zu versöhnen. Doch Frau Thodora hatte die Nase von ihrer Schankhilfe ein für alle Mal voll.

Und so blieb uns Schielauge als Unterpfand. Eftalia und er saßen einander wortlos im Esszimmer gegenüber. Schielauge blickte ratlos zu Boden, da er nicht wusste, wie er sich nun über Wasser halten sollte. Eftalia brauchte im Grunde keinen Knecht mehr.

»Wovon verstehst du denn überhaupt etwas?«, fragte ihn Eftalia schließlich mit verschränkten Armen.

Schielauge starrte immer noch unglücklich vor sich hin und zuckte die Achseln.

Dienstag, 26. Januar 1896

Vaitsa und Eftalia machten sich beim Kaffee über Chariklias Schicksal lustig.

»Ach, die gute Vaitsa«, sagte Eftalia, die ihre gemeinsamen Plauderstündchen kaum erwarten konnte. Mit Vaitsa kam sie blendend aus: Sie lasen sich gegenseitig den Kaffeesatz, tauschten Klatsch und Tratsch aus, halfen sich mit Lippenstift aus. Vaitsa hatte eine Menge in ihre Nichten investiert und setzte große Hoffnungen in sie. Wenn sie Probleme hatte, dann mit der Familie Bitsikokos, in die sie eingeheiratet hatte. Doch an Kummer und Sorgen hatte sie sich so sehr gewöhnt wie ein Berg an seine Schneedecke.

Ihr Ehemann und sein jüngerer Bruder arbeiteten zusammen in der Schuhmacherwerkstatt. Sie verstanden sich auf ihr Handwerk und flickten alle Arten von Schuhen: Stiefeletten mit Knöpfen, Schaftstiefel, Herrenhalbschuhe, Damenpumps und Pantoffeln. Doch der jüngere Bruder war ein unverbesserlicher Schürzenjäger, der ständig neue Liebschaften anfing und seine Schäferstündchen über ganz Smyrna verteilte. Seine Frau Chariklia, die sich vor Kummer die Augen ausweinte, hatte er der Lächerlichkeit preisgegeben.

»Wenn sie wenigstens hübsch wäre!«
Seine Familie war ihm einerlei, und seine Kinder mussten zu ihrer Tante Vaitsa laufen, um einen Teller anständiges Essen zu bekommen. Ihre Mutter war zu nichts mehr in der Lage, da sie den ganzen Tag lang ihrem Mann hinterherspionierte. Doch nur, um ihn in immer neuen Betten zu erwischen.
»Eftalia, wo, meinst du, hat er diesmal sein Liebchen versteckt? Wenn du das hörst, kriegst du dich vor Lachen nicht mehr ein.«
»Wo? Wo?«, fragte die.
»In Kordelio! Am anderen Ende der Stadt!«
Chariklia hatte ihrem Mann so lange tagtäglich nachgespürt, bis sie eines Tages kreidebleich nach Hause kam. Wieder einmal hatte sie ihn auf frischer Tat ertappt, aber nicht bloß in einem fremden Bett, sondern … in seinem eigenen Haus! Der Lump hatte in Kordelio eine zweite Familie mit Frau und Kindern gegründet. Neun Jahre war er schon mit Kourania aus der Oberstadt zusammen, und keinem war das Geringste aufgefallen.
Was Paulchen Jepsimiros' Zwillingstöchter betraf, so war abzusehen, dass sie – gebrandmarkt durch die väterlichen Schandtaten – nur schwer ihr Glück machen würden. Doch seltsam, wie das Leben manchmal so spielt: Die beiden ergänzten sich ganz vortrefflich. Die eine war belesen und gebildet, die andere eine hervorragende Köchin, die eine war eine blitzsaubere Hausfrau, die andere hatte ein Händchen für eine hübsche Inneneinrichtung.
»Könnte ein Mann beide heiraten, hätte er sein Glück gemacht«, waren sich Vaitsa und Eftalia einig.
Schon als die Töchter klein waren, hatte Paulchen vor, dieses Geschenk Gottes, das ihm die Natur in den Schoß gelegt hatte, für seine Zwecke auszunutzen. Er hatte auch schon Pläne geschmiedet: Die eine sollte in den Geschäften die Aufmerksamkeit auf sich lenken und die andere sich die Taschen füllen, während der Besitzer der ersten hinterhergejagt wäre. Erfolglos natürlich, da sie ja gar nichts an sich genommen hätte. Doch die Mutter ließ die beiden nicht aus ihren Fängen, damit sie nicht dem schlechten Beispiel ihres Vaters folgen konnten.

Bei den Gesellschaften im Hause Serbetoglou waren die Zwillingsschwestern nun zum einen auf Kapralos und zum anderen auf den jüngeren Kontogeorgis-Bruder gestoßen.
»Leben eure Eltern noch?«, fragten die jungen Männer.
»Wir haben nur noch eine Tante«, erwiderten die beiden gut gewappnet. »Signora Vaitsa Bitsikokou.«
»Die Frau des Schusters?«
»Ja«, sagten beide wie aus einem Munde.
»Den kennen wir, ein braver Mann.«
Bei der Tante wohnten sie schließlich auch und trugen Taftkleider und Handtäschchen und Schleifen im Haar. Vaitsa bestand darauf, dass sie sich nicht mehr, wie im Kindesalter, genau gleich anzogen. Die täuschende Ähnlichkeit war ja ohnehin nicht zu ändern. Paulchen beschwerte sich nie darüber, dass ihn seine Töchter verleugneten, doch die Mutter vergoss bittere Tränen deswegen, obwohl ihr im Grunde bewusst war, dass es für ihre Kinder so am besten war.
Kontogeorgis und Kapralos waren eng befreundet, der eine stammte aus Athen, der andere hatte italienische Vorfahren. So setzten die Zwillingsschwestern nun unter Vaitsas Anleitung alles daran, in den besten Häusern Smyrnas Fuß zu fassen, was Katina und Eftalia überhaupt nicht passte. Kontogeorgis war ein überaus tüchtiger Arzt mit einem großen Patientenkreis, Kapralos war Bankier. Kapralos' Vater war Landrat in Smyrna, und das Haus der Familie in Agia Fotini ein richtiger Palast. Dort war die Dienerschaft nicht in Kammern neben der Treppe untergebracht, sondern in kleinen Gartenhäuschen, wo der Kutscher, die Köchinnen und die Küchenhilfen wohnten. Kapralos' Mutter, eine Tochter aus der Familie Kafedopoulos, war eine vornehme Dame und hatte im Ausland studiert, und auch der Vater hatte sein Studium in Paris absolviert.
Solange sich Eftalia und Vaitsa bestens verstanden und sich auf jedes Wiedersehen freuten, unterstützte Eftalia die Nichten ihrer Freundin von ganzem Herzen.
»Wir schnappen einfach den anderen die besten Heiratskandida-

ten weg, meine liebe Vaitsa«, sagte Eftalia jeden Morgen im »La Beauté«, wenn sie über das besagte Thema sprachen. »Und die höheren Töchter gehen leer aus und müssen auf die Heiratsvermittlerinnen setzen, die ihnen dann nur das anbieten können, was wir übrig gelassen haben …«

Schließlich sollte sich herausstellen, dass sich Vaitsa nur so eng mit Eftalia befreundet hatte, um ihre Nichten unter die Haube zu bringen. Als sich die beiden dann in die Haare gerieten und es mit der Freundschaft aus und vorbei war, tat Eftalia alles, um Vaitsa zu schaden. Und tatsächlich bekamen die beiden Nichten weder Kapralos noch Kontogeorgis ab, sondern Eftalia jubelte ihnen einen Jeck und einen Hanswurst unter. Was für ein Glück, dass Eftalia – wie durch eine göttliche Eingebung – der vermaledeiten Vaitsa nichts von den Geheimnissen der Magie erzählt hatte! Um ein Haar hätte sie alles ausgeplaudert. So sehr hatte die verführerische Vertrautheit der Freundschaft sie eingelullt.

Die zwei Gesichter der Vaitsa Bitsikokou

Vaitsa hatte sich im »La Beauté« häuslich eingerichtet und bei den Kundinnen eingeschmeichelt.

»Ist Vaitsa heute da?«, fragten sie schon auf der Türschwelle.

Täglich traf sie sich zum Kaffeeklatsch mit Eftalias Kundschaft.

»Ach, die gute Vaitsa«, seufzte Eftalia zufrieden.

Doch in Wahrheit spionierte Vaitsa in aller Heimlichkeit alles aus und verfolgte ihre eigenen Pläne. Erst als die Sache aufflog, merkte Eftalia, welche Schlange sie an ihrem Busen genährt hatte. Eines Morgens suchte sie nämlich überall nach den Rezepten der Schönheitslotionen. Wo waren sie nur hingekommen? Sie waren wie vom Erdboden verschwunden. Schließlich stellte sich heraus, dass Vaitsa sie allesamt – sogar die Geheimrezepte – gestohlen hatte. Sie hatte Eftalia die Kundschaft abspenstig gemacht und einen eigenen Laden eröffnet: »Bei Vaitsa«. Und nicht genug damit: Sie ließ Eftalia auch noch eine amtliche Verfügung zustellen,

mit der sie sich die Herstellung der Kosmetika als uraltes Familienrezept hatte patentieren lassen. Im Falle einer Nachahmung, so drohte sie, würde sie jede Konkurrentin vor den Kadi zerren.
»Vaitsa, du Giftspritze! Jetzt geht's dir an den Kragen! Du wirst noch auf den Knien vor mir rutschen!«
Damit war die Freundschaft passé und machte einer Feindschaft erster Güte Platz.
»Wie konnte sie mir das bloß antun!«
Verzweifelt schlug sich Eftalia an die Brust. Doch nachdem sie sich die Augen ausgeheult hatte, begann sie auf Rache zu sinnen.
»Wenn du mir so kommst, du Dreckstück, dann werde ich's dir zeigen.«
Und flugs machte sie sich ans Werk – mit Wachspuppen, angesengten Haaren und Totengalle.
»Das soll sie mir büßen.«
Sie schäumte vor Wut und wollte das Böse so übereilt vergelten, dass sie Attarte nicht zu Rate zog. Ganz allein knöpfte sie sich Vaitsa vor. Mit drei kleinen Stöcken durchbohrte sie die Wachspuppe und besprach sie mit dämonischen Flüchen. Nach kaum zwei Wochen hallte Smyrna von der Mordnachricht wider.
»Habt ihr schon gehört? Spyros, der Stutzer, hat die Bitsikokou erstochen!«
»Vaitsa?«, fragte Eftalia.
»Nein, Kourania aus Kordelio. Die Ärmste ist mit den Namen ihrer Kinder auf den Lippen gestorben«, erzählte Vassilia, die frühmorgens die Neuigkeit als Allererste verbreitete. »Was für ein grausiges Schicksal die Bitsikokos-Familie ereilt hat!«
Als sich die Tür hinter Vassilia schloss, die zur nächsten Nachbarin weitereilte, blieb Eftalia wie vom Blitz getroffen zurück. Ihr war sofort klar, dass die magischen Verwünschungen eine Unschuldige getroffen hatten.
»Jetzt habe ich einen Mord auf dem Gewissen. Was habe ich bloß falsch gemacht?«

Katina schrieb in Heft 6 auf Seite 8:
19. Mai 1896
Keine besonderen Vorfälle heute.
Spyros ist zwar ein braver Mann, aber es ist ermüdend, ihn bei Laune zu halten. Zwei Jahre sind wir nun zusammen. Der alltägliche Kampf, den Überdruss zu verbergen, ist mühsam.
So steigerte Katina die Opium-Dosis, damit sie ihre Ruhe hatte …
Nur die heimliche Liebe schmeckt süß. Der wohlgelittene, von der Kirche abgesegnete Geschlechtsakt ist ohne Saft und Kraft.
In den letzten Tagen hatte Katina ein seltsames Gefühl überkommen. Es war Frühling geworden, und sie spürte, dass sie zu einer Frau erblüht war. Sie war mit Despina zum Strand gefahren. Von der Sonne ganz betäubt, warf sie einen Blick zu dem hübschen Jungen hinüber und spürte, wie eine wonnige Wärme ihre Schenkel hochstieg. Es war, als strömte ein betörender Wohlgeschmack in ihren Mund. Es war, als labte sie sich an süßen Weinbeeren. Bei ihm musste sie nicht das ganze Brimborium veranstalten, bei ihm musste sie sich nicht als Braut interessant machen. Sie war ja schon verheiratet, und sehr gut sogar.
Sie wünschte, sie läge schon in seinen Armen und schlüge ihre Röcke hoch, irgendwo ganz weit weg, in einem unbekannten Haus, in einem noch nie gesehenen Bett. Schon bei dem Gedanken verging sie vor Sehnsucht. Sie hatte jedes Interesse am gesellschaftlichen Leben von Smyrna und an all den Luxusgütern dieser Welt verloren. Nur noch diese Umarmung zählte, nur noch dieser Leib, und zwar jetzt sofort.
Sie ergriff die Initiative, und so begann die Affäre eine Woche später. Diesmal wusste selbst ihre Mutter, deren Reaktion sie fürchtete, nichts davon. Was würde geschehen, wenn Eftalia begriff, dass sie Gefahr lief, die Sicherheit, die ihr der Schwiegersohn bot, zu verlieren?
Katina notierte:
… *Lass das fromme Getue, die Ziererei und das jungfräuliche Ete-*

petete sein, sobald ihr alleine seid. Leg deinem Leib beim sıkış *keine Zügel an. Verdirb ihn nicht, jenen herrlichen Augenblick. Keiner sieht euch, keiner hört euch. Alles geschieht einzig und allein zwischen Mann und Frau. Lass dir die Gedanken nicht davon vergiften, ob deine Herkunft seinen Erwartungen entspricht. Männer kümmern sich nicht um solche Dinge. Für sie spielt es keine Rolle, wer unter ihnen liegt. Ihr Geist verwirrt sich, sie geben sich der süßen Lust ihrer Rute hin. Überlass die Ausrufe »Nicht!« und »Das schickt sich nicht!« den anderen. Öffne die Schenkel und folge der Lust des Augenblicks, dem rhythmischen Wiegen der Liebe.*

Wie von Sinnen verließ sie jeden Tag das Haus, um zu ihm zu eilen. Schon auf dem Weg zu ihm waren ihre Sehnsucht und ihr Körper entflammt. Diese Affäre war heiß und gefährlich. Was war, wenn irgendjemand sie sah? Darauf nahm sie keine Rücksicht. Wenn sie ihn nur zum Mann haben, ihm Kinder gebären, jeden Tag ihre Lust an ihm stillen konnte. Und Worte, Worte, Worte von Liebe und Leidenschaft, ohne jegliche Vernunft, die in solchen Momenten verstummt.

Als sie sich eines Abends kurz vor Sonnenaufgang und mit von der Liebe erhitzten Gliedern ins Haus schlich, sah sie, wie Eftalia wie der Geist einer Ahnfrau in der Finsternis stand und zu ihr herüberstarrte. Nur das Weiße in ihren Augen blitzte in der Dunkelheit. Ohne ein Wort wandte Eftalia sich ab und ging auf ihr Zimmer. Katina stieg die Treppen hoch und schlüpfte neben Spyros ins Bett.

Nachdem Spyros im Morgengrauen zum Kontor aufgebrochen war, kam Katina zum Frühstück hinunter. Während ihre Mutter die Dienerschaft anwies, die Böden zu bohnern, kreuzten sich ihre Blicke. Eftalia ging in die Küche und begann, ohne ein Sterbenswörtchen zu verlieren, Zwiebeln klein zu hacken. Aus den Augenwinkeln beobachtete sie, wie ihre Tochter Teewasser aufsetzte. Sie selbst warf – immer noch schweigend – Weinblätter in siedendes Wasser, das sich grün verfärbte. Die Mägde und Knechte liefen zwischen Haus und Hof hin und her, um frisches Wasser und Pottasche zu holen.

Was für eine Qual eine solche Stille sein kann, wenn den Beteiligten die Worte auf der Zunge brennen, da man die Dinge, die aus dem Ruder laufen, wieder ins Lot bringen möchte! Schließlich ergriff Katina das Wort.

»Weißt du, Mutter …«

Doch Eftalia hatte nur auf diese Eröffnung gewartet und fuhr dazwischen: »Wo warst du letzte Nacht?«

»…«

»Ich frage dich, wo du letzte Nacht warst?«

»Nirgendwo.«

»Aha! Aus dem Nirgendwo bist du also im Morgengrauen zurückgekehrt? … Lass die Finger von den Zwiebeln, ich brauche deine Hilfe beim Kochen nicht.«

»Was willst du eigentlich von mir?«

»Denkst du gar nicht an deine Familie? An deinen Mann? Genügt er dir nicht, so dass du anderswo rumvögeln musst? Schäm dich, du liederliches Weibsstück! Geh mir bloß aus den Augen! Du hast nur Blödsinn im Kopf! Nie wirst du es zu etwas bringen, du Flittchen!«

Sie packte die Gabel und tauchte die hochsteigenden Weinblätter ins kochende Wasser zurück.

»Was regst du dich auf? Ich bin doch zurückgekommen, oder?«

»Alles andere wäre ja noch schöner! Ach, lieber Gott, warum martert sie mich Tag für Tag? Und was passiert, du dummes Ding, wenn dein Mann dahinterkommt?«

»…«

»Was passiert, wenn er mitten in der Nacht aufsteht und dein Bett leer findet? …«

»…«

»Dazu fällt dir nichts ein, nicht wahr? Ach, ich reiß dir die Haare einzeln aus!«

»…«

»Vor mir schämst du dich gar nicht? Und deine Ehe, zählt die auch nichts? Hast du auch vor Attarte kein bisschen Respekt? Ich prügle dich windelweich! Los, wir gehen auf der Stelle zu ihr, damit du ihr alles beichtest. Du wirst schon sehen, was du ihr damit für eine Freude machst und was sie dann von dir denkt …«

Wutentbrannt zerrte sie den Kochtopf vom Feuer.
»Schlimmer als die Hündinnen im Hafen …«
Katina stellte den Tee vor sich hin und nahm einen kräftigen Schluck. Dann griff sie nach den in einer Serviette eingeschlagenen Keksen und tunkte sie ein. Ihr Blick blieb auf ihre Tasse geheftet, während sie zufrieden vor sich hin kaute.
»Na klar! Hunger haben wir jetzt auch noch. Von den nächtlichen Überstunden haben wir Appetit bekommen, was?«
Zornig packte Eftalia Katina am Schopf. Die Tochter, die einen Kopf größer als ihre Mutter war, fuhr in die Höhe. Das Teeglas kippte mitsamt seinem Metalluntersatz um, und sein Inhalt spritzte in alle Richtungen.
»Hör auf! Worauf willst du hinaus? Du und dein Serbetoglou, ihr könnt mir allesamt den Buckel runterrutschen! Den Anfänger kannst du behalten! Ich gehe, und dann sitzt du alleine mit ihm da. Wenn du ihm eine doppelte Opium-Dosis gibst, dann sieht er in dir die schönste Frau von ganz Smyrna. Alles, was recht ist, aber ich habe genug Opfer gebracht. Ich hab genug von euch, hörst du? Mir reicht's«
Die Dienerschaft kehrte in die Küche zurück, und schweigend wichen Mutter und Tochter auseinander, um sie durchzulassen. Eftalia setzte sich und fuhr etwas ruhiger fort: »Katina, hör mir zu. Bei uns im Dorf gab es eine Frau, die hatte ein wunderschönes Herrenhaus, Bienenstöcke, Viehherden und wasserreiche Ländereien. Armut kannte sie nicht. Darüber hinaus hatte sie einen stattlichen Mann und zwei prächtige Söhne. Nichtsdestotrotz ließ sie sich auf eine leidenschaftliche Liebschaft mit einem Viehhirten ein. Seinen schönen Augen zuliebe verzichtete sie auf all ihren Besitz. Zusammen mit den Ziegen zogen sie in die Berge. Und da, wo früher die Erde bebte, wenn sie vorüberging, und alle Frauen vor ihr auf die Knie fielen, gab es, nachdem sie ihre Stellung aufgegeben hatte, keine einzige mehr, die ihr das Recht auf Gefühle und eine beneidenswerte Leidenschaft zubilligte. Spöttisch tuschelnd zeigten alle Frauen auf sie. Das konnte sie nur schwer ertragen. Schließlich hat sie sich an einem Baum erhängt,

den man in Kappadokien heute noch den ›Ölbaum der Verrückten‹ nennt … Ich frage dich weder, wer es ist, noch interessiert mich das Wann, Wo und Warum. Nur eins weiß ich gewiss: In unserem Viertel wirst du keinen einzigen Olivenbaum finden.«

Eftalia hegte keinen Zweifel, dass der Liebhaber ihres Töchterchens ein gewöhnlicher Bursche von niedrigem Stand war. Andernfalls hätte die Herumtreiberin schon damit geprahlt, wen sie mit ihren Liebeskünsten eingewickelt hat. Katina entgegnete, vor nicht allzu langer Zeit sei Eftalia ihr voreheliches *sıkış* mit Serbetoglou durchaus willkommen gewesen.

»Oh, nicht doch!«, donnerte Eftalia. »Damit haben wir einen heiligen Zweck verfolgt! Und der Zweck heiligt die Mittel.« Sie verzog das Gesicht: »Und? Was für einen Zweck hast du hier verfolgt, du dumme Ziege? Sag mir bitte eins: Was ist der Grund dafür, dass du plötzlich den schönen, dicken Milchrahm verschmähst, den du hier im Hause isst? Nur weil du irgendeinem Kerl gefallen willst?«

Wortlos ging Katina in ihr Zimmer und warf die Tür lautstark hinter sich ins Schloss, während ihre Mutter weiter vor sich hin brummelte. Eftalia begann, Reis und Hackfleisch in die Weinblätter zu wickeln. Die schönen Ratschläge, die sie den anderen Frauen so gerne gab, wie etwa »Man muss die Dinge nehmen, wie sie kommen, in guten wie in schlechten Zeiten« oder »Der Mensch denkt und Allah lenkt«, hatten im eigenen Haus überhaupt nichts gefruchtet.

»Das ist die Strafe Gottes dafür, dass ich ihn in der letzten Zeit vernachlässigt habe. Sein Blitz wird uns treffen! Ach, Katina ist noch so ein junges Ding, erst achtzehn und in der Blüte ihrer Jahre. Ich kann mir gar nicht vorstellen«, dachte sie, »wie sie den Typen eingewickelt hat. Sie muss ihm auf jeden Fall ein Zaubermittelchen untergejubelt haben. Aber es könnte natürlich auch so sein: *Sıkış* ist und bleibt *sıkış*, und die Männer sagen nicht nein, wenn sich die entsprechende Gelegenheit bietet. Sogar dann, wenn sie bis über beide Ohren in eine andere verliebt sind.«

Für alle Fälle warf sie einen Blick auf das Regal mit den Pflanzenpasten und Zaubermitteln, die sie in der Waschküche hinter der Weißwäsche aufbewahrte. Die Brunnenkresse fehlte, und auch die Döschen mit Algen- und Jodpaste waren merklich weniger geworden.

»Also doch!«, rief sie aus, als hätte sie den Goldschatz des Sultans gefunden. »Jetzt hab ich dich, du infame kleine Lügnerin!«

Kurz nach zwei kam Spyros erschöpft von der Arbeit nach Hause, um zu essen und sich im Kreis seiner Lieben zu erholen. Als er die Tür öffnete, strömte ihm schon der köstliche Duft des Essens entgegen. Die Treppen glänzten und dufteten nach Bohnerwachs. Die Teppiche waren geklopft und mit einer Essiglösung gereinigt worden. Auch das Kupfergeschirr hinter dem gedeckten Tisch im Esszimmer blinkte.

»Katiiiina!«

Da kam sie in einem frisch gestärkten, weißen Kleid mit wiegenden Hüften die Treppe herunter. Zwei Seidenbändchen hingen ihr über das eine Ohr, und sie hatte ihren Ausschnitt mit Lavendelwasser parfümiert. Ihre Wangen waren zartrosa gepudert und die Lippen mit rotem Lippenstift betont. Strahlend stürmte sie auf ihren Ehemann zu und küsste ihn leidenschaftlich.

»Mein Herzblatt, mein Herr und Gebieter«, sagte sie. »Wenn ich dich verliere, sterbe ich«, fügte sie in Gedanken hinzu.

Voller Appetit verspeiste Spyros die gefüllten Weinblätter und meinte: »Dein allerbestes Gericht.« Dann trank er seinen Mokka, zog ein frisches Hemd an und eilte zurück an seine Arbeit, da er eine Menge Mäuler zu stopfen hatte: drei Frauen, Schielauge, die Dienerschaft und die Katze, die täglich ihre Fischmahlzeit bekam.

Um drei Uhr nachmittags schleppte Eftalia ihre Tochter gewaltsam zu Attarte, damit sie ihre Sünden beichtete. Fast schubste sie sie auf die Straße: »Los jetzt!«

Attarte war nicht zu Hause. Wo steckte sie bloß?

»Am Fluss«, sagte der Türkenjunge. »*Büyük Ana*, die Große Mutter, ist unten am Fluss.«

Eftalia, Anneso und Schielauge machten sich auf den Weg nach Çeşme. Seit Mitte März bereitete Annesos Vater sich darauf vor, einen neuen Hausstand zu gründen, und hatte Eftalia benachrichtigt, er könne nun seine Tochter zu sich nehmen. Dieser Vorschlag hatte Eftalias Skepsis geweckt: Sollte sie ihm das Kind nun geben oder nicht? Zuerst wollte sie die Neue kennenlernen. Die Geschichte von Frau Gethsemane aus der Oberstadt, die den Kindern ihres Mannes so lange Rhabarber zu essen gab, bis sie alle am Durchfall starben, ging ihr nicht aus dem Kopf.

»Die Neue trägt denselben Namen«, sagte Eftalia. »Das kann kein Zufall sein.«

Anneso war mittlerweile sieben Jahre alt und hatte ihren Vater seit ihrem dritten Geburtstag nicht mehr gesehen. Doch all die Jahre über hatte Eftalia die Erinnerung an ihn wachgehalten, so dass Anneso ihren Vater sehnsüchtig erwartete.

»Deine Mutter ist im Himmel«, so hatte Eftalia stets zu ihr gesagt. »Von dort oben schaut sie auf uns herunter und sieht, wie du heranwächst. Und dein Vater schreibt uns ständig Briefe und fragt nach dir. Der Arme rackert sich ab, damit er ein Haus bauen kann und ihr wieder alle zusammen seid.«

Anneso hatte ihren Vater zum ersten Mal gesehen, als sie von Kappadokien nach Çeşme fuhren. Damals arbeitete er als Fischer und konnte die Sorge für ein Kind und die Arbeit auf den Booten nicht unter einen Hut bringen. Eftalia hatte ohnehin nicht vorgehabt, die kleine Anneso dort zu lassen. Die Reise nach Çeşme hatte sie nur unternommen, um Annesos Mitnahme nach Smyrna zu besprechen. So vereinbarte man, dass Anneso so lange bei Eftalia bleiben sollte, bis sich das Schicksal ihres Vaters zum Besseren wendete. Er war ein braver Mann und schickte so viel Geld, wie er entbehren konnte.

Zwei Jahre später kam er nach Smyrna zu Besuch, während sein Fischerboot in Reparatur war, und brachte Anneso eine Puppe mit. Er nahm sie auf den Schoß und erzählte ihr, es dauere nicht mehr lang, dann würde er eine neue Familie gründen und Anneso zu sich nehmen.

Als Eftalia aus Çeşme zurückkehrte, war sie voll des Lobes über den Eindruck, den Frau Gethsemane bei ihr hinterlassen hatte.

»Sie liebt das Kind«, erzählte Eftalia. »Ich habe genau beobachtet, wie sie es umarmt und wie sie sich ihm gegenüber verhält. Dem Himmel sei Dank, dass sich meine Befürchtungen nicht bewahrheitet haben.«

Schielauge blieb in Çeşme zurück, um bei den Hochzeitsvorbereitungen und der Zusammenstellung der Aussteuer zu helfen, denn Frau Gethsemane brachte eine stattliche Mitgift mit in die Ehe. Sie hatte noch keine Kinder, hoffte aber auf baldigen Nachwuchs.

In der Nacht wälzte sich Katina, die in Smyrna geblieben war, in ihrem Bett hin und her und schreckte schließlich, schweißüberströmt und schwer atmend, aus einem Albtraum hoch. Doch mit dem Erwachen fand der Schrecken kein Ende. Sie schloss die Augen, dann schlug sie sie wieder auf. Immer noch sah sie die Bilder vor sich: In einem Zimmer mit niedrigen Diwanen zu beiden Seiten des Fensters stand eine Frau, die Anneso im Arm hielt. In der Mitte stand ein Esstisch, auf dessen reich besticktem Tischtuch Quittengelee und ein großer Teller mit *tavukgöğsü*, einer Süßspeise aus Milch und Hühnerbrust, lagen. Darunter befand sich ein Kohlebecken. Die Tür im Hintergrund führte in die Küche, und eine weitere, grau gestrichene führte zur Linken in den Flur und weiter zur Eingangstür. An den Wänden hingen Bilder, an der einen ein Frauenporträt und gegenüber die »Quellen von Burnabasi«. Plötzlich erblickte sie Schielauges Gesicht, der seine Hand nach einem Stück Süßigkeit ausstreckte. Da ließ die Frau Anneso los und trat auf Schielauge zu. Ihr engelsgleiches Gesicht verwandelte sich in eine hässliche Fratze mit stechenden Augen, derbem Kinn und dunkler Hautfarbe, und das Kohlebecken begann zu rauchen. Die Frau packte Schielauges Hand und presste sie an das glühend heiße Metall. Der brüllte auf vor Schmerz. Als Anneso ihm zu Hilfe kommen wollte, stieß die Frau sie heftig gegen die Wand. Anneso

schlug sich den Kopf an und brach in Tränen aus. Da begann die Frau, erbarmungslos auf die kleine Waise einzuschlagen.
Katina schrie gellend auf, und ihre Mutter stürzte im Nachthemd und mit Bändern im Haar herbei. Nachdenklich hörte Eftalia zu, als Katina ihren Traum erzählte, maß dem Ganzen jedoch keine weitere Bedeutung bei. »Träume sind Schäume«, meinte sie schließlich.
Am Nachmittag besuchten sie Attarte, da Spyros damit beschäftigt war, den Tabak zu wiegen und die hochwertigen Sorten zu mischen. Die Türkin blickte Katina eindringlich an. Katina war unruhig und Eftalia nach wie vor nachdenklich. Stunden vergingen, bis sich Eftalia endlich zum Gehen erhob. Doch Attarte bedeutete ihr, sich wieder zu setzen.
Sie holte ein kleines Lämpchen herbei, Tabak und das Fläschchen mit dem roten Brennspiritus. Dann stellte sie eine mit Wasser gefüllte gläserne Schale auf den Tisch. Sie zog eine kleine Gerte durch ihre Finger, tauchte sie dann ins Wasser und besprengte damit den Tisch. Drei Tropfen ließ sie in ein Glas fallen und gab es Katina zu trinken. Sieben Getreidekörner lagen brennend auf der Zinkplatte des Tisches. Das Wasser in der Glasschale begann zu leuchten, und gelbe, grüne und blaue Flämmchen spiegelten sich darin. Attarte deutete auf die Wasseroberfläche. Eftalia beugte sich über die Schale, doch sie konnte nichts erkennen. Katina hingegen wurde ganz bleich.
»Unter den Wassern der Erde«, hob Attarte auf Türkisch an, »gibt es eine sprudelnde Quelle, die kein lebendes Wesen, weder Mensch noch Tier, je zu Gesicht bekommen noch davon getrunken hat. Doch nach ihrem Tod erfrischen sich die Geister von Mensch und Tier an diesem Quell. Einmal, vor langer Zeit, verirrte sich eine Frau in den Wäldern der Götter. Am Abend suchte sie sich auf einer Lichtung ein Nachtlager. Das Mondlicht fiel auf eine Quelle, und sie trank daraus. Als sie sich darin waschen wollte, erblickte sie ihr ganzes Leben vor sich. Als sie ihr Antlitz darin betrachten wollte, blickte sie in ihre Seele. Da hörte sie die Worte der Quelle: ›Einsame Mutter, verlassene und einsame Mut-

ter, wo sind deine Kinder?‹ – ›Ich bin auf der Suche nach ihnen, mein Quell‹, antwortete die Frau. ›Einsame Mutter, verlassene und einsame Mutter, hier sind deine Kinder.‹ Und ihr Blick fiel auf zwei Kinder, die umschlungen unter einem Olivenbaum lagen. Da glaubte die Frau, ihre Kinder seien tot, und stürzte sich vor lauter Verzweiflung ins Wasser. In diesem Augenblick verschwand die Quelle spurlos vom Erdboden. Seit damals wandert die Frau mit der Quelle von Ort zu Ort, um ihre Enkel und Urenkel zu finden. Jedes Mal, wenn sie einen davon findet, freut sich ihre Seele, und der Himmel öffnet sich. Ihre Tränen tropfen aus den funkelnden Wassern der Quelle, und ganz sanft spricht sie zu ihm, segnet ihn und erfüllt ihn mit Weisheit. Von allen wird sie ›die Mutter der Quelle‹ genannt.«

Attarte hielt inne und blickte Katina an: »Wer die Mutter der Quelle erkennen will, muss sich nur über diese Schale beugen.«

Eftalia versuchte es erneut, doch auch diesmal sah sie nichts.

»Siehst du sie nicht, dann hast du in diesem Leben Glück. Siehst du sie, dann war sie auf der Suche nach dir.«

Attarte schlug das christliche Kreuzzeichen über dem Wasser und murmelte: »Götter werden geboren, Götter vergehen, Götter werden wiedergeboren. Doch stets sucht die Mutter der Quelle ihre Kinder.«

Als Katina und Eftalia aufbrachen, war es schon spät, und Spyros würde bald nach Hause kommen.

»Was ist heute nur in Attarte gefahren?«, fragte sich Eftalia, als sie die Haustür aufsperrten. »Was für ein Redeschwall von Flüssen und Strömen …«

Als sie abends zu Bett gingen, sah Katina, sobald sie die Augen schloss, wieder dasselbe Zimmer vor sich. Diesmal jedoch hatte sie keine Angst, und kein Schweiß brach ihr aus. Auch der Schmerz, der ihr zuletzt den Kopf zu sprengen drohte, war erträglich. Wieder sah sie die Szene mit der verbrannten Hand und den darauffolgenden Prügeln vor sich. Diesmal jedoch erblickte sie sich selbst im Traumzimmer, in dessen Mitte der Tisch mit den Süßigkeiten stand. Am einen Ende des Tisches saß Schielauge, wimmerte vor Schmerzen und beweinte sein Schicksal. Katina sah sich selbst auf Schielauge zugehen. Sie wollte, dass er sie hörte, denn sie musste ihm etwas Wichtiges sagen.

»Schielauge, Schielauge, hörst du mich?«

Er schluchzte.

»Schielauge, komm mit dem Kind nach Hause. Nimm es auf der Stelle bei der Hand und komm nach Hause.«

Sie rüttelte ihn an der Schulter. Immer noch war sein unterdrücktes Schluchzen zu hören.

Tage vergingen, doch eines Nachts, kurz nach drei, klopfte es an der Küchentür. Spyros ging hinunter, um zu öffnen. Auf der Schwelle stand Schielauge, Hand in Hand mit Anneso.

»Jesus Christus und alle heiligen Apostel!«, rief Eftalia, die mit den Bändchen, die als Lockenwickler dienten, im Haar die Treppe heruntergeeilt war. Weinend sank Anneso in Katinas und Schielauge in Spyros' Arme. Beide waren todmüde und zerschunden, sie konnten sich kaum auf den Beinen halten. Sie hatten den ganzen langen Weg von Çeşme nach Smyrna zu Fuß zurückgelegt und sich unterwegs von Früchten und Wurzeln ernährt. Schielauge trug einen Verband um die schwärende Wunde an seiner Hand, die bis auf den Knochen reichte. Immer noch waren die blauen Flecke in Annesos Gesicht zu sehen.

Mitten in der Nacht wurde nach dem Arzt geschickt, der – als Musterbeispiel seiner Zunft – trotz der späten Stunde bereitwillig in die Kutsche stieg. Erst mit der Zeit, so diagnostizierte er, werde sich herausstellen, ob Schielauges Hand geheilt werden könne oder verkrüppelt bleiben würde. Der Arzt reinigte die Wunde, legte einen Gaze-Verband an und verschrieb ihm eine Tinktur und Heilkräuter.

Am nächsten Morgen weckte Eftalia die kleine Anneso nicht, sondern ließ sie ausschlafen. Den Rest der Nacht hatten sie Arm in Arm verbracht, denn Anneso war, an die Brust ihrer Tante Eftalia geschmiegt, eingeschlafen.

Als sie in die Küche trat, tranken Spyros und Katina ihren Mokka im ersten Morgenlicht. Nachdem Spyros zum Kontor aufgebrochen war, saßen Mutter und Tochter zusammen.

»Zum Glück ist alles rechtzeitig vor der Hochzeit ans Tageslicht gekommen. Fast wäre es zu spät gewesen. Nicht auszudenken, wie alles geendet hätte, wenn Gethsemane ihre Hand noch einen Monat im Zaum gehalten hätte. Mit Gottes Hilfe aber …«

»Sie war wohl sicher, dass keiner der beiden aufmucken würde. Deshalb glaubte sie, sie könnte sie nach Herzenslust verprügeln. Damit, dass sie weglaufen würden, hat sie nicht gerechnet.«

In diesem Augenblick erschien Schielauge aus seinem kleinen Gelass und verkündete, dass seine Hand schon viel weniger wehtat.

»Da bist du ja«, sagte Eftalia. »Setz dich, ich bring dir ein Stück Brot. Und dann erzählst du mir alles haarklein.«

Schielauge zog die Kekse dem Brot vor und begann seinen Bericht. Eftalia standen die Haare zu Berge.

»So ein gefühlloser Trampel! So ein fieses Weibsstück! So ein brutales Biest!«, brach es immer wieder aus ihr heraus. »Im Höllenfeuer soll sie schmoren … So sind sie, die Stiefmütter!«

»Wie gut, dass du auf den Gedanken gekommen bist, wegzulaufen. Das war eine Eingebung! Gott hat dich erleuchtet!«

»Es war Katina, die mir gesagt hat, wir sollten weglaufen! Sie hat mich an der Schulter gerüttelt«, sagte Schielauge mit weit aufgerissenen Augen.

Eftalia ging über die Bemerkung hinweg, doch Katina hörte sie wohl. Und eine neue Angst beschlich ihr Herz.

Die neue Nachbarin

Am darauffolgenden Montag fiel uns auf, dass die Fenster des gegenüberliegenden Hauses offen standen. Jemand musste neu eingezogen sein.

»Seltsam«, meinte Foula bei einer abendlichen Zusammenkunft. »Sechs Jahre lang war es unbewohnt. Wer könnten die neuen Mieter sein?«

»He, Eftalia! Sag schon, wem gehört noch schnell das Haus gegenüber?«
»Rigas«, rief Eftalia aus der Küche herüber, wo sie Pitta mit würzigem Dörrfleisch zubereitete.
Katina tratschte gerade mit Despina: »Vorgestern gab's gefüllte Krautrouladen und gestern wieder, weil noch welche übrig waren. Nur Spyros bekam etwas anderes, weil ich mich nicht traue, ihm zweimal dasselbe vorzusetzen. Nicht dass Spyros sich beschweren würde! Sondern weil Eftalia, die ihn nach allen Regeln der Kunst verwöhnt, sonst schimpft!«
»Und heute … hatte er also Appetit auf Pitta.«
Am Freitag wurden Böden und Fenster des Nachbarhauses mit Aschenlauge und Seife gereinigt. Am Sonntag traf der Umzugswagen ein, und diesmal kam Foula schon morgens herüber, um die ganze Prozedur mit zu verfolgen. Sie machte es sich am Fenster bequem und unterzog jedes einzelne Möbelstück einer eingehenden Musterung.
»Hm! Eine sehr hübsche Anrichte.«
Dann wurden Sofa, Bett, Nachttischchen, Körbe mit Haushaltswaren, Blumenständer, Nähmaschine, Matratzen und Truhen ausgeladen. All das geschah unter der strengen Aufsicht einer Frau, lang wie eine Hopfenstange, die zum ersten Mal im Griechenviertel auftauchte und den Umzug mit Argusaugen überwachte.
So schnell konnten wir gar nicht schauen, da war Foula schon die Treppe hinuntergestürzt, drei Stufen auf einmal nehmend, und hinübergelaufen, um der Hopfenstange zu Hilfe zu eilen, die ein herabstürzender Bilderrahmen fast erschlagen hätte.
»Hier entlang, Madame, ins Haus meiner Cousine! Dort wird man sich um Sie kümmern!«
Mühsam kletterte die Frau die Treppe hoch. Wir lagerten sie aufs Sofa im Esszimmer. Zunächst kam man ihr mit zwei Kompressen und Talkpuder zu Hilfe, dann ging man zum zweiten Teil, der inquisitorischen Befragung, über: woher sie komme, wie viele Kinder sie habe, was ihr Mann arbeite, ob sie das Haus gekauft hätten.

Zwei Söhne und drei Töchter aus der Familie der Neuankömmlinge und dazu Eftalias Verwandtschaft brachten den Umzug von Frau Vlastou aus Athen schließlich zu Ende. So verlangten es die ungeschriebenen Gesetze guter Nachbarschaft. Die liebreizendste der drei Töchter war Pari, ein Bild von einem Mädchen. Wir waren uns auf Anhieb sympathisch und wurden schon bald Freundinnen.

Drei Tage nach ihrer Ankunft lud Frau Vlastou den neuen Brotherrn ihres Mannes zum Essen ein. Zu den Tellern aus edlem englischen Porzellan und dem schweren, glänzenden Silberbesteck hätten ein Hummer, ein Stück Rehrücken oder zwei Stückchen Rebhuhn gepasst. Doch Frau Vlastou servierte ein Hähnchen, und noch dazu im Ganzen, statt die besten Stücke von zwei oder drei Tieren aufzutischen. Dabei nimmt man die Hähnchenflügel doch lieber in die Hand und nagt deren spärliches Fleisch ab, anstatt es mühselig mit Messer und Gabel von den Knochen zu schaben.

In den Augen der anderen versuchte sie mit aller Macht, den Schein vom guten Namen der Familie Vlastos aufrechtzuerhalten, die früher einmal reiche Gutsherren gewesen waren. Nachdem Herr Efcharistos Vlastos, ein talentloser Pechvogel, bei diversen Geschäften erfolglos gewesen war, in Athen das Erbe seiner Eltern – Häuser, Ländereien, Unternehmen und Mietobjekte – und gemeinschaftlich mit seiner Frau die dürftige Mitgift durchgebracht hatte, war ihm kein Groschen in der Tasche verblieben. Ohne Einnahmen zwar, doch zum Glück mit Studien und Bildungswissen auf der Habenseite, wurde ihm ein Posten in Smyrna zugeschanzt – ein wohltätiges Angebot, das ihm ein Freund der Familie dezent und diskret vermittelt hatte: »Es würde uns sehr erleichtern, wenn ein guter, vertrauenswürdiger Bekannter unsere dortige Niederlassung leitete.«

Herr Vlastos war zwar nicht besonders klug, aber ordnungsliebend. Er achtete auf seine Kleidung, auf seine Gewohnheiten und auf seine Papiere, die er thematisch geordnet und penibel beschriftet in Aktenordnern verstaute. Fünfzehn Jahre lang konnten die beiden die Mär vom scheinbar nicht enden wollenden elterlichen Vermögen aufrechterhalten. Nachdem sie jedoch schließlich alles verprasst hatten, mussten sie zur Miete wohnen. Herr Efcharistos verfügte vielleicht über Bildung, doch ein Diplom, mit dem er sein Brot verdienen konnte, hatte er nicht. Er war weder Arzt, Rechtsanwalt, Ingenieur noch Lehrer, sondern Ethnologe. Das Studium der Ethnologie war ein Relikt aus der Zeit, als die Familie Vlastos noch vermögend gewesen war. Irgendjemand musste ja schließlich auch solche Wissenschaften betreiben, doch nur die Reichen können es sich leisten. Nur diejenigen, die von klein auf vor vollen Tellern saßen, konnten Philosophen, Historiker oder Theologen werden. Denn die Philosophen, so stellten es sich die Frauen aus dem Viertel vor, lagen tagein, tagaus faul in der Gegend herum und redeten unverständliches Zeug. Doch wenn sie das lang genug taten, kamen schließlich ab und zu doch ein paar Weisheiten heraus und trugen zum Fortschritt der Wissenschaft bei.

Pari wäre in Athen eine der begehrtesten Partien gewesen, doch sobald der Bankrott der Familie Vlastos ruchbar wurde, hatte sie als Heiratskandidatin keine Chance mehr. Frau Ioulia Vlastou, Tochter des nationalen Wohltäters und Stifters edler Werke Evgenios Karytsis, pflegte ihre Strümpfe fortzuwerfen, sobald sie löchrig wurden. Nun jedoch war sie darauf angewiesen, sie zu flicken. Doch sie ließ sich den gesellschaftlichen Niedergang nicht anmerken. Aus der Ferne besehen besaß sie immer noch die Aura einer Herrin.

Der Wechsel von Klima und Umfeld bildete für die Familie Vlastos einen erfrischenden Neuanfang. Hier war sie ein unbeschriebenes Blatt. Die Anrichte, die Foula aufgefallen war, die Esszimmergarnitur und die Teppiche strahlten den Charme einer vergangenen Epoche aus. Doch wenn man genau hinschaute, sah man, dass die Farbe der Möbel abgeblättert und die Türgriffe reparaturbedürftig waren. Für Instandhaltungsarbeiten reichte das Geld einfach nicht.

Die Kinder – mit Gottes Segen fünf an der Zahl – hätten sich an den besten Schulen Smyrnas einschreiben können, da die Stadt über jede Menge guter Ausbildungsstätten verfügte. Doch von Herrn Vlastos' Gehalt konnten sie das Schulgeld nicht bezahlen. So war Frau Vlastou gezwungen, Klavierunterricht zu geben. Pari hatte die Schule abgeschlossen und sollte demnächst eine Stelle antreten, damit sie zumindest ihre persönlichen Ausgaben selbst bestreiten konnte.

In Athen hatten sie vor der Abreise einen Familienrat abgehalten und den Kindern die Wahrheit über das finanzielle Desaster eröffnet. Die maßen anfänglich den Worten der Eltern keine große Bedeutung bei, ja, sie ignorierten sie sogar mehr oder weniger. Sie hatten nämlich noch keine Veränderung ihrer Lage bemerkt: »Wir wohnen doch immer noch im selben Haus und essen genauso viel und gut wie vorher.« Sie hielten das Ganze für einen Vorwand der Eltern, um die jungen Leute zu Mäßigung und Anstand anzuhalten. Nur Pari verstand, worum es wirklich ging. Gleich nach ihrer Ankunft in Smyrna machte sie sich auf Arbeitssuche.

Sobald die beiden Söhne die unerfreuliche Wahrheit erfassten, kehrten sie nach Athen zurück, nahmen Logis bei einer Tante und begannen ein Universitätsstudium. Sie setzten alles daran, die dafür benötigten Stipendien zu ergattern. Der eine wollte Architekt, der andere Ingenieur werden, und sie planten, gemeinsam ein Büro zu eröffnen.

Fotini legte für Pari ein gutes Wort ein, die ihre ehemalige Stelle in der Hutmacherei übernahm. Doch Frau Vlastou tat es in der Seele weh, ihre Tochter dort zu sehen. Die beiden jüngeren Mädchen wurden in der »Centralen Mädchenschule« angemeldet, um dort ihre Ausbildung zu beenden. Im Haushalt tummelten sich somit nur noch weibliche Wesen: Frau Ioulia, die drei Töchter und Frau Stella, die Großmutter mütterlicherseits.

Anfänglich war Frau Ioulia Vlastou keine sehr angenehme Gesellschafterin, da sie sehr reserviert blieb, sich kaum auf Gespräche einließ und auch vom Charakter her nicht sehr offenherzig war. »Hochnäsig«, so lautete mein Urteil. Doch mit der Zeit wurde sie umgänglicher, andererseits gewöhnten auch wir uns an ihre Art. Und nachdem wir uns alle näher gekommen waren, fand auch sie Spaß an den nachmittäglichen Kaffee- und Handarbeitsrunden. Was Serbetoglous Nachkommenschaft betraf, so kündigte sie sich zwar an, verlor sich dann aber jedes Mal in einem Strom von Blut.

»Schon wieder bleibt die Kinderwiege leer, meine arme Katina.«

Immer wieder verwies das Treff-Ass auf den Einfluss böser Verwünschungen. Attarte hätte kaum betrübter sein können, hätte das Unglück ihre eigene Tochter getroffen.

Das Haus der Serbetoglous in Bellavista war so geräumig, dass es Platz für drei oder vier Kinder bot. Nach den ersten drei Treppenstufen gelangte man im Erdgeschoss in Spyros' Büro und in die mit Sofas bestückten Empfangsräume, die vorwiegend für Bälle und Soireen gedacht waren. Hinter einer niedrigen Tür lag eine kleine Küche, die während der Feste genutzt wurde. Neben der Treppe lag eine verglaste Tür, die blau, rot und grün im Sonnenlicht schimmerte und zum Garten im Atrium führte. Im oberen Stockwerk lag das Esszimmer, der beliebteste Aufenthaltsraum des Hauses: Hier konnte man sich an mehreren Tischen zum Essen und zum Kaffeeklatsch niederlassen. Dahinter lag die eigentliche Küche mit ihrer Armada von Töpfen und Pfannen. Eine Treppe führte von dort zum Hinterhof mit dem Hühnerstall und der Sonnenterrasse. Vom Esszimmer verlief ein Flur zu den Schlafräumen, in denen pro Bewohnerin ein Schrank aus Rosenholz stand, mit diversen Schubladen und Fächern und einem großen Schlüssel, der im Türschloss in der Mitte des Kleiderschranks steckte. Je ordentlicher die Bewohnerin, desto herrlicher duftete die Wäsche darin nach den Lavendelsträußchen. Ganz oben, unter dem Dach, wurden *pastırma*, das würzige Dörrfleisch, Salami, Bratwürste und Räucherfleisch aufgehängt, während im Keller Öl und Wein gelagert wurden. Das war unser Haus, perfekt eingerichtet, penibel aufgeräumt und wohlbestallt. Doch selbst hier litt Eftalia, die ewige Trödelsammlerin, unter Platzmangel.

»Ach, Mutter, was willst du denn mit all dem Kram? Wirf ihn

doch endlich weg. Zehn Jahre schleppst du das alles mit dir herum und hast es doch noch nie wirklich gebraucht. Pari, pass bloß auf, dass du ja keine ihrer zahllosen Stecknadeln anrührst. Da geht sie auf die Barrikaden, wenn du dir an ihrem Hausrat zu schaffen machst.«

»Was sammelt sie denn so alles?«

»Pff! Altes Gerümpel, leere Zwirnrollen, kaputte Puderdöschen, verknitterte Geschenkschleifen, bis hin zu Marmorstückchen, die sie in irgendeiner Baugrube aufgelesen hat. Und dieses Sammelsurium nennt sie dann ›ordentlichen Haushalt‹. Von der Abstellkammer ganz zu schweigen! Das solltest du sehen: lauter übrig gebliebene, längst vertrocknete Farbeimer, die sie einfach nicht wegwerfen möchte. ›Tu das doch endlich weg, Mutter‹, sage ich ihr. ›Du wirst schon sehen‹, entgegnet sie mir dann, ›irgendwann brauchen wir sie noch, dann verdünne ich sie mit Terpentinöl, und die Farben sind wieder wie neu!‹ Und wie der Teufel es will, eines Tages habe ich wie verrückt nach irgendetwas gesucht, um eine glühend heiße Pfanne vom Feuer zu ziehen. Da lief meine Mutter flugs in die Abstellkammer und schleppte einen kleinen Henkel an, der zu einem anderen, zerbrochenen Topf gehörte, der ihr im Jahr 1887 aus der Hand gefallen war. ›Na, jetzt siehst du doch ein‹, meinte sie, ›warum ich das alles aufbewahre, oder?‹«

Es geschah am 6. Juni 1896

Jedes Jahr im Juni gingen die erleuchteten Frauen ans Meer, um die ganze Nacht lang zweimal hintereinander das Evangelium und die Beschwörungsformeln aufzusagen. Die Schatten in der Nähe des Strandes waren weitere Berufene, die sich derselben Aufgabe widmeten. Das Böse konnte nur von der vereinten Willenskraft vieler gebannt werden.

Eftalia bebte immer noch vor Zorn und konnte aufgrund des erlittenen Unrechts Tag und Nacht kein Auge zutun.

»Wie konnte mir die Dreckschleuder nur so etwas antun …« Mit

diesen Worten war sie, mit dem Evangelium unterm Arm, zum Strand hinuntergelaufen. Vaitsas Verhalten lag ihr immer noch auf der Seele. Sie hatte den Verrat noch nicht verwunden. »Wer nicht hören will, muss fühlen!«
Am Strand hatte sie sich auf einem kleinen Felsen niedergelassen. Tief atmete sie die jodhaltige Luft ein.
»Ausgerechnet von Vaitsa derartig reingelegt zu werden!« Die Sache wollte ihr nicht aus dem Kopf. »Das wird sie mir büßen! Und zwar so, dass sie sich ihr Lebtag nicht mehr davon erholt. Bis ans Ende der Welt würde ich laufen, wenn ich genau heute, am sechsten Tag des sechsten Monats, einen Sterbenden auftreiben könnte.«
Wenn wir in Kappadokien, woran ich mich nur noch schemenhaft erinnerte, an einem Totenbett standen, waren unsere Gedanken nicht bei den trauernden Angehörigen, sondern dabei, wie man dem Verstorbenen am besten ein paar Fingernägel oder ein paar Haare entwenden konnte, um seine Seele zu versklaven. Mit dem Taschentuch versuchten wir, den letzten Atemhauch des Sterbenden, seine Seele einzufangen …
Die Straßenjungs des Viertels balgten sich draußen in der Hitze.
»Christus ist größer.«
»Nein, Allah ist größer.«
»Nein, Christus ist so groß wie der Baum dort.«
»Und Allah reicht bis daaaahin«, sagte der Türkenjunge und reckte sich auf die Zehenspitzen.
»Und Christus steckt Allah in die Tasche.«
»Bloß nicht!«, rief der Türkenjunge, dem schon die bloße Vorstellung körperliches Unbehagen bereitete.

Die ganze Nacht lang murmelte Eftalia Zauber- und Segenssprüche über den Meereswellen, mit deren Wassertropfen sie jede Seite des Evangeliums netzte. Sie murmelte Bannformeln und beschwor das Seelenheil, sie studierte die Schriften des heiligen Vassilios und den Lauf der Sterne. In der Dunkelheit weinte sie vor sich hin und fühlte ihre Ohnmacht angesichts der Allmacht des Universums.

Sobald der Morgenstern aufblitzte, ging sie wie befreit nach Hause. Vor der Tür wartete in aller Herrgottsfrühe bereits Dionysia auf sie, die vor Schlaflosigkeit schwarze Ringe unter den Augen hatte.

»Du schon wieder! Was gibt's, Dionysia?«

»Ach!«

»Mit Gejammer kommt man nicht weiter. Sag schon, was los ist.«

»Ich lass mich scheiden.«

»Nur nichts übereilen, immer mit der Ruhe«, meinte Eftalia, während sie die Haustür aufschloss. »Komm mit rein.«

Spyros und sein Liebchen

Was uns Dionysia eröffnete, traf uns wie ein Keulenschlag. Ihr Mann, Sotiris Tsiplakoglou, stellte sich zwar als der Anstifter heraus, doch inwieweit war Spyros an der ganzen Sache beteiligt?

»Gestern hat Sotiris Spyros im Tabakkontor besucht«, begann Dionysia. »›Los!‹, sagte er zu ihm, ›machen wir einen drauf!‹ Und ab ging's zu den Tavernen. Sie aßen, tranken, bestellten Musiker und steckten ihnen Geldscheine zu, damit sie nur für sie spielten. Die ganze Chose war nach ihrem Geschmack, und gleich am nächsten Tag hatten sie wieder Lust darauf. Mittags schloss Sotiris die Käserei und Spyros das Tabakkontor, und sie machten sich auf den Weg ins Tavernenviertel. Und, Frau Eftalia, du weißt ja, wie das ist: Im Handumdrehen waren auch Frauen mit von der Partie. Freundinnen meines Mannes«, erläuterte Dionysia und presste mit einem Kopfschütteln die Lippen aufeinander. »Ein paar Ehemalige meines Mannes …! Doch Lügen haben kurze Beine. Von Pipitsa, der Tavernenwirtin, habe ich nämlich alles erfahren.« Sie schnaubte verächtlich durch die Nase. »Auf eine davon hatte es Spyros abgesehen«, fuhr Dionysia fort. »Und was ihr der Lümmel nicht alles erzählt hat! Dass er mit seiner Frau Katina in Scheidung lebe! Pipitsa hat das ganz genau gehört, während sie ihnen die Speisen serviert hat. Dass er unglücklich sei, weil sie nicht mehr gut miteinander auskämen. Und die andere hat ihm schöngetan. Und dann hat er noch gesagt, dass sie sich am nächsten Tag, heute also, zur selben Stunde wieder treffen würden. Und mein Mann, der Schlag soll ihn treffen, hat sich auf ihre Freundin eingelassen! Deshalb sage ich dir, Frau Eftalia«, schluchzte Dionysia, »ich halte das nicht mehr aus. Ich lasse mich scheiden, ich stell ihm den Koffer vor die Tür!«

»Beruhige dich erst mal, Dionysia.«

»So ein verfluchter Kerl, dieser Spyros«, zischte Katina, als sie später mit ihrer Mutter allein war.

Sie hatten am Tisch Platz genommen, auf dem eine Schüssel mit Zucchini stand, die geputzt und geschnitten werden sollten. Wortlos starrten die beiden auf das Gemüse.

»Wie sich die Menschen doch verändern«, meinte Eftalia.

»Von wem sprichst du?«

»Von Sotiris Tsiplakoglou.«

»Sotiris ist mir egal«, erwiderte Katina.

»Er ist ein geborener Weiberheld«, fuhr Eftalia fort. »Das wussten wir schon vorher. Da kann die arme Dionysia machen, was sie will, Weiberheld bleibt Weiberheld«, philosophierte sie. »Alle bleiben genau das, was sie sind: Pfennigfuchser, Herzensbrecher, Taugenichtse, Hurenböcke oder Versager. Wehe der Frau, die meint, ›das würde sich mit der Zeit schon geben‹. Für diesen Irrglauben wird sie mit ihren besten Jahren bezahlen.«

»Sotiris kümmert mich nicht«, sagte Katina wieder.

»Das sollte er aber«, empörte sich Eftalia. »Er ist ein Freund deines Mannes, und Spyros will vor ihm sein Gesicht nicht verlieren. Deswegen macht er mit, damit ihn der andere nicht für einen Schlappschwanz hält. Was für Neuigkeiten am frühen Morgen! Komm, zieh dich an, wir sehen uns das selbst einmal an.«

Und eilig machten sie sich auf den Weg zu Pipitsas Schenke unter den Arkaden. Zweimal mussten sie durch die Bogengänge laufen, bevor sie das Lokal fanden. Pipitsa war in der Küche gerade dabei, ihre Spezialität – Blätterteigkuchen mit Hähnchenfüllung – zuzubereiten. Die Holzscheite waren zu Glut zerfallen, und der Ofen hatte die richtige Backtemperatur erreicht. Dieses pikante Gericht war das Markenzeichen ihrer Schankwirtschaft. »Gehen wir zu Pipitsa auf eine Hähnchenpitta?«, sagte man in Smyrna, und die Wirtin hatte damit schon ein kleines Vermögen gemacht.

Sie engagierte auch Musiker, die in einer Ecke auf einer kleinen Bühne saßen. Anfänglich waren es Tambur-, Oud- und Geigenspieler – je nachdem, welche Künstler gerade auf der Durchreise waren. Nach und nach etablierte Pipitsa ein kleines Orchester mit einer Sängerin aus Çanakkale, bekannt als »Irene, die Sirene«, die zusammen mit Fotis, dem Lagoutospieler, auftrat, der sentimentale Liebeslieder für sie schrieb. Das war genau nach dem Geschmack der Leute.

Eftalia und Katina versuchten, Pipitsa beim Ehrgefühl zu packen: Die Tochter schluchzte herzzerreißend, die Mutter verlegte sich auf inständige Bitten.

»Diese ehrlose Hündin, wie kann sie sich nur zwischen die Eheleute drängeln«, sagte Eftalia, »und uns, meine gute Pipitsa, das Familienoberhaupt rauben und mit einem Kind unterm Herzen auf die Straße jagen!«

Pipitsa stiegen die Tränen in die Augen. Sie setzte sich hin und erzählte alles, was sich zugetragen hatte: »Tja, so stehen die Dinge.« Dann versteckte sie Mutter und Tochter hinter dem Vorhang neben dem Herd, wo sie die Teller aufbewahrte, und sobald Spyros' und Sotiris' hübsche Liebchen – geschminkt und mit Schmuck behängt – eintrafen, zeigte ihnen Pipitsa diejenige, die es auf Serbetoglou abgesehen hatte.

»Die ist es, die Linke.«

»Hui, was für ein Prachtweib!«, flüsterte Katina erschrocken. »Die ist ja einen Kopf größer als wir, Mutter.«

»Größer ist sie vielleicht, aber das Überraschungsmoment ist auf unserer Seite«, sagte Eftalia. »Jetzt wird die schwärende Wunde ausgebrannt. Jetzt, da der Wundbrand sich noch nicht ausgebreitet hat. Denn wenn wir warten, bis er beim Knie anlangt, sind wir verloren.«

»Schau dir das Flittchen an, Mutter! Wie sie sich aufplustert!«

Die kleine Kokotte ähnelte Anestasia, der Tochter des Müllers und der Hebamme, Spyros' ehemaliger Gespielin. Das waren also die Frauen, die ihm gefielen. Ständig lugte sie in Erwartung ihres »Liebsten« zur Tür, ständig straffte sie ihren Leib und steckte ihr Haar hoch. Jeden Moment mussten Tsiplakoglou und unser »Hahn im Korb« antanzen. Auf Eftalias Aufforderung hin näherte sich Pipitsa den beiden Gänsen und sagte: »Auf der Straße hinter der Küche wartet ein Mann auf dich, mein Täubchen. Er will dich treffen, hat er mir aufgetragen. Ein schöner, stattlicher Mann«, sagte Pipitsa mit Bewunderung in der Stimme. »Komm, ich zeig dir, wo's langgeht.«

Verblüfft folgte die junge Frau der Wirtin in den schmalen Küchenschlauch und ließ ihre Freundin allein zurück. Dort bekam sie einen Hieb von oben, dann einen Tritt von unten, so dass sie nicht mehr wusste, wie ihr geschah. Mutter und Tochter stürzten sich auf sie und prügelten sie windelweich. Katina packte sie an den Haaren und trat sie ans Schienbein, Eftalia verpasste ihr Fausthiebe auf Brust und Bauch, noch bevor die Liebesfee überhaupt ein Wort herausbringen konnte.

»Du kleine Hure! Uns willst du den Mann wegschnappen? Du Schnepfe!« Und die Hiebe hagelten nur so auf sie ein. Selbst Pipitsa schlug mit dem Joghurtnapf auf die junge Frau ein.

»Da! Damit du in meinem Laden keine Schweinereien gegen ehrbare Frauen mehr begehst, du Sumpfblüte!«

Dann bugsierte Pipitsa sie durch die Küchentür nach draußen, setzte sie auf einen Karren und schickte sie nach Hause.

»Wage ja nicht, meinem Mann Serbetoglou noch einmal schöne Augen zu machen, du Waschweib«, kreischte Katina ihr hinterher.

Doch schon bald war der Vorfall vergessen, und Spyros wurde von Neuem mit Liebeselixieren in Katinas Bann geschlagen.

»Nun, das musste ja so kommen. Wir waren zu nachlässig geworden«, kommentierten Mutter und Tochter.

Dionysia wurde durch den ganzen Vorfall bewusst, dass sie ihre Taktik ändern musste. Das heißt, sie suchte sich einen Liebhaber.

Das war der einzige Weg, um Sotiris aus seinem behaglichen Ehealltag aufzuschrecken.

»Es gibt zwar keine Garantie, dass es gelingt, und du weißt auch nicht, wie lange es vorhält«, erklärte ihr Eftalia, »doch wenn du deinen Mann behalten willst, dann probier es aus. Wenn er sich besinnt und zu dir zurückkehrt, hast du dein Ziel erreicht. Andernfalls läufst du ihm ein Leben lang hinterher und holst ihn ständig aus fremden Betten. Das Misstrauen wirkt wie ein schleichendes Gift, und bald kannst du an nichts anderes mehr denken als daran, mit welchem Weibsstück er gerade herummacht. Und was willst du tun? Willst du sie alle verprügeln? Frauenhelden schicken dann erst ihre Liebespfeile in alle Richtungen aus, wenn zu Hause alles wie am Schnürchen läuft. Familie und Amouren sind zwei völlig verschiedene Paar Schuhe. Aber du wirst sehen, was passiert, sobald du im trauten Hafen der Ehe ein bisschen ungewohnten Wind machst! Er soll ruhig Verdacht schöpfen, dass du auf andere heiße Blicke wirfst. Er soll ruhig spüren, dass unterschwellig irgendetwas läuft! Hoppla, dann ändert er sofort seine Taktik! Doch er darf keinen Beweis finden, nur der bloße Verdacht soll ihn quälen.«

Dionysia hatte genau verstanden, worauf es ankam. Sie war ja keine Unschuld vom Lande, nur ein wenig zu gutmütig. Den ganzen Abend lang quälte sie sich herum, während sie alle Möglichkeiten abwog. »Das Schlimmste, was passieren kann, ist, dass er sich von mir trennt statt umgekehrt«, dachte sie. »Schlussendlich läuft es ohnehin auf dasselbe heraus. Aber Sotiris' ewige Betrügereien ertrage ich nicht länger. Das muss ein Ende haben, basta.« Und sie entschloss sich, diesen Weg auszuprobieren.

»Aber wie soll ich nur einen Liebhaber finden?«, war ihr nächster Gedanke. »Hast du vielleicht jemanden bei der Hand, Katina? Aber er muss schon präsentabel sein, damit Sotiris richtig eifersüchtig wird.«

»Ach was! Das ist gar nicht notwendig, Dionysia. Wer, ist ganz egal, Hauptsache ein Mann. Aber nimm dich in acht: Du darfst nicht klein beigeben, dich dann bei Sotiris ausweinen und ihm gestehen, dass alles nur ein Schwindel war! Bloß nicht!«

»Nein«, erwiderte sie entschlossen und kämpferisch.
Zusammen mit Katina machte sie sich zurecht. Dionysias kleines Kind ließen sie bei Eftalia und gingen am Sonntagnachmittag, zur Stunde der Brautschau, hinunter zum Kai. Die Leute flanierten, nach links und rechts nickend und grüßend, den Hafenkai entlang. Katina und Dionysia brauchten nur einmal auf und ab zu spazieren, schon wurden sie fündig.
Doch es war ein Spiel mit dem Feuer, und prompt verliebte sich Dionysia in ihren Galan. Es war Sifis aus dem Kreterviertel, ein Freund von Vassilias Söhnen, mit denen er als Matrose auf denselben Schonern zur See fuhr.
Katina notierte:
22. Juli 1896
Keine besonderen Vorkommnisse heute ... Dionysia, die hochnäsige Gans, war wieder da, zusammen mit ihrem verwöhnten Balg. Ach, liebste Mutter! Wie richtig du sie eingeschätzt hast! Da sie vom Bilsenkraut gar nicht genug bekommen konnte, wurde ihre Leidenschaft für Sifis immer heftiger ...
»Wenn mein Mann mich erwischt, dann bringt er mich um«, schluchzte Dionysia.
»Dann sieh zu, dass er dich nicht erwischt«, erwiderte Eftalia. »Du musst Tag für Tag seine Sinne trüben. Streu ihm Tollgerste ins Essen, dann schläft er die ganze Zeit. Wenn er zu schnarchen beginnt, kannst du dir sogar deinen Liebhaber ins Ehebett holen, ohne dass er etwas merkt!«
Obwohl Dionysia von ihrem eifersüchtigen Ehemann grün und blau geschlagen wurde, wollte sie den Liebhaber nicht aufgeben.
»Halt ihn dir warm«, belehrte sie Eftalia, »und hör auf meinen Rat: Setz deinem Mann Hörner auf, dann brauchst du keine Hexenkünste, um ihn an dich zu fesseln.«
Je größer Sotiris' Verdacht wurde, dass bei seiner Frau etwas im Busch war, desto eifersüchtiger wurde er. Nun war es Sotiris, der Meisterstecher und Allerweltscasanova, der Dionysia hinterherlief.
»Soll er nur prügeln«, sagte Eftalia. »*Son gülen iyi güler.* Wer zuletzt lacht, lacht am besten.«

Die Rache ist ein Gericht, das niemals so heiß gegessen wird, wie es gekocht wird. Vaitsa hatte sich jedoch so sehr daran verschluckt, dass sie immer noch nach Luft rang: Die eine Zwillingsnichte wurde schließlich von einem Jeck entjungfert, die andere von einem Hanswurst.
Jede Familiengeschichte hat ihre dunklen Geheimnisse, die man zu verbergen trachtet. Doch bei Vaitsa kam das eine zum anderen: ihr Bruder Paulchen, der Langfinger, die Lügengeschichten, die sie über ihre Herkunft auftischte, und zuletzt der grausame Mord an Kourania, dem Kebsweib ihres Schwagers. Käme all das ans Licht, könnte sie sich ihr Lebtag nicht mehr im Viertel blicken lassen. Und die Aufdeckung war einfach: Man nahm alle Frauen einzeln beiseite, flüsterte ihnen die Wahrheit ins Ohr, und die Sache war gegessen. Doch damit gab sich Eftalia nicht zufrieden. Die Leute vergaßen einfach zu schnell. Unglücksfälle und Verbrechen verloren von einem Tag auf den anderen an Aktualität. War es das, was sie wollte? Sich kurz das Maul zerreißen, die Sache bei ein paar Krämern zum Tagesgespräch machen? Und dann wäre alles vergeben und vergessen? O nein, so nicht!
Wo war Vaitsa am verwundbarsten? Bei ihren Nichten. Bei deren standesgemäßem Umgang. Bei den reichen Familien, in die sie einheiraten sollten. Dort wollte Eftalia zuschlagen. Und dafür wurde eine richtige Intrige gesponnen und die Rollen auf talentierte Darstellerinnen verteilt: Vassilia, Foula, Katina und ein paar Komparsen. Als »Romeos« wurden der närrische Aristarchos, mit dem Beinamen »der Opernsänger«, und Nikolakis Abebas auserkoren, der frisch geröstete Pistazien auf seinem glänzenden Kupfertablett herumtrug und an die Huren verkaufte, die den Passanten auf der Suche nach Kundschaft »*Joli monsieur, joli monsieur*« zuriefen.
»*Joli* Pistazien, *joli* Pistazien«, rief auch Nikolakis Abebas. Sein eigentlicher Nachname war Stergiopoulos, der Beiname »Abebas« war an ihm hängen geblieben, da er vor den Huren mit seiner

Schulbildung prahlte, indem er die Leseübungen nachplapperte, die aus den Klassenräumen herausdrangen, wenn er mit seinen Pistazien vorbeiging: »A und b gleich ab, b und a gleich ba.« Auch der andere war hochgebildet, da er sich den schönen Künsten und vor allem der Musik gewidmet hatte. Irgendwann war ihm eine kaputte Gitarre in die Hände gefallen, die er sich um den Hals hängte und damit den jungen Männern folgte, die ihren Liebsten ein Ständchen bringen wollten.

»... Ach, meine braun gelockte Liebe, deine Wangen zart wie Rosentriebe ...«, sangen die von Amors Pfeil Getroffenen unter den Fenstern, bis Aristarchos mit seiner Gitarre als musikalischer Begleiter erschien.

»Esel, Esel, schrei nicht länger, wirst doch nie ein Opernsänger!« Aristarchos' Gesang ertönte im kläglichen Falsett. »Hör bloß auf!«, riefen die Verliebten und ließen die Fäuste tanzen.

Da zog Aristarchos ab und ging zum zweiten Akt der Aufführung über, der im Marktviertel der Großen Tavernen spielte. Er versuchte in den Weinschenken die Gäste in Stimmung zu bringen, doch für seine Bemühungen erntete er nur neue Prügel. Mit der Zeit war er in ganz Smyrna bekannt wie ein bunter Hund. Seiner Gitarre fehlte nun auch noch der Hals, nachdem sie ihm jemand über den Kopf geschlagen hatte. Immer wenn er auftauchte und sich an die Gäste heranmachte, hielt man schon ein paar Groschen für ihn bereit, um ihn so rasch wie möglich loszuwerden. Und Aristarchos, der Opernsänger, fand durchaus Gefallen an dieser Praxis. Schließlich setzte er den Gästen gleichsam die Pistole auf die Brust: »Gebt mir etwas, sonst ... spiele ich!«

Aristarchos und Nikolakis passten bestens zu Vaitsas ehrgeizigen Hochzeitsplänen.

Es gab den Allermannsharnisch, der an den verschiedensten Orten aus dem Kot wächst, den die Falken auf einsamen Felsen hinterlassen. Für diese Pflanze musste man die höchsten Berge erklimmen. Sie war sehr selten, weil auf den sturmgepeitschten Höhen nur schwer ein wenig fruchtbare Erde Halt fand. Besaß eine Hexe dieses Kraut, hütete sie es wie ihren Augapfel. Es war wertvoller als ein Talisman. Bei richtiger Anwendung wurden ihre Augen scharf wie die eines Falken, und sie sah gleichzeitig nach vorne, nach hinten und in die Ferne. Auch ein Blinder konnte dadurch wieder sehend werden.

Und es gab den Stabwurz, den die Maulwürfe unten in der Erde zu Brei zerkauen und in ihre Bauten speien. Fand eine Hexe dieses Kraut, musste sie dreimal ausspucken und eine Bannformel sprechen. Tat sie dies nicht, so stand das Schlimmste zu befürchten. Alles sah sie verkehrt herum, alles Falsche richtig und alles Richtige falsch. Fragte man sie: »Ist das grün?«, und deutete auf etwas Rotes, antwortete sie: »Ja, das ist grün.« Fragte man sie: »Kann der Esel fliegen?«, kam die Antwort: »Ja, er fliegt.« Sie wurde ganz wirr im Kopf und lachte die ganze Zeit. Den Stabwurz konnte man am besten mit Hilfe von Gänsen finden, die auf der Suche nach Wurzeln, Würmern und Insekten mit ihrem Schnabel die Erde aufwühlen. Finden sie ihn, flattern sie kreischend mit den Flügeln und schütteln beharrlich den Kopf. Der Stabwurz führt zu Schwindel und verrückten Träumen, vermischt mit Mohn und Anis wirkt er berauschend. Dosiert man genau nach Anleitung, so entsteht eine gefährliche, grünliche Salbe. Als Gegengift zum Stabwurz wirkt der Allermannsharnisch.

Am nächsten Tag ging Vassilia zum Krämer im Fasoulas-Viertel, um einen Krautkopf einzukaufen und ihn mit einer Fleischfüllung zu dünsten. Vassilia schnitt den Krautkopf entzwei, höhlte ihn aus und füllte ihn mit Schichten aus Kräutern, vorgebratenem, kleingeschnetzeltem Fleisch, Leber, Gewürzen und Reis. Danach schloss sie ihn wieder und steckte ihn als Ganzes in den

Kochtopf. Vassilias Geheimnis war, dass sie ihn auf kleiner Flamme weich dünstete. Da nur ein kleines Holzscheit unter dem Topf glühte, schmorte der Krautkopf einige Stunden vor sich hin. Vassilias zweites Geheimnis war, dass sie den Topf nicht wieder öffnete, nachdem sie ihn einmal verschlossen hatte. Mit ihrem fachmännischen Blick schätzte sie, wie viel Wasser das bestimmte Gericht zum Garkochen benötigte. Und genauso viel fügte sie hinzu. Noch nie war Vassilia ein Essen angebrannt. Ihre Erfahrung erlaubte ihr dann, zwei bis drei Stunden aus dem Haus zu gehen und das Geschehen im Viertel weiter zu verfolgen.

Als Vaitsa die Gemüsehandlung betrat, wog Vassilia gerade einen Krautkopf in ihrer Rechten. Dann ließ sie ihn wieder sinken und griff nach dem nächsten. Die beiden tauschten einen kurzen, herablassenden Morgengruß. Vaitsas gewohnt kühles Verhalten war wie weggeblasen, als Vassilia das Gespräch auf Eftalia brachte und wutentbrannt über sie herzog, wie unmöglich sich Eftalia ihr gegenüber benommen hätte.

Vaitsa fühlte sich bestätigt und schlussfolgerte: Der Feind meines Feindes ist mein Freund. Sie kamen ins Plaudern, und Vaitsa, verblendet von ihrem Hass, lud Vassilia zum Kaffee ein, um noch mehr zu erfahren. Seitdem ging Vassilia bei Vaitsa ein und aus mit allerlei süßen Gaben: Honig-Nuss-Taschen, Quittenmus, Feigen … und den neuesten Neuigkeiten. Vaitsas Lieblingsspeise waren Kourkoubinia, kleine, in Sirup getauchte Teigröllchen. Eines Tages, als der Schuhmachermeister nicht da war, brachte Vassilia eine tiefe Schüssel voller zarter, köstlicher Kourkoubinia mit, die man jeweils mit einem Bissen verzehrte. Dann setzten sie sich zum Kaffee hin, und Vassilia klagte über ihren faulen Zahn, von dem ihr die Backe angeschwollen sei. Sie gestand, sie hätte höllische Angst vor dem Zahnarzt. Vaitsas Zwillingsnichten konnten sich beim Anblick von Vassilias verbundener Backe vor Lachen gar nicht halten. Den Kaffee konnte die Ärmste zwar trinken, doch auf die Kourkoubinia musste sie leider verzichten, obwohl sie begehrliche Blicke darauf richtete. Vaitsa und ihre Nichten verputzten die ganze Süßigkeit, ohne dem Schuster auch nur ein

Stückchen übrig zu lassen. Für den Ausgang der Geschichte hätte es ohnehin keine Rolle gespielt, ob er davon aß oder nicht. Bei ihm sollte der Stabwurz ja nicht wirken.

Foula hatte sich den beiden »Auserkorenen« als Heiratsvermittlerin angedient und sie zu einer »Verlobungsfeier« ins Haus der Familie Bitsikokos eingeladen. Einen Strohkopf zu überzeugen ist eine wahre Herkulesarbeit! Nur unter größten Schwierigkeiten ließen sie sich dazu überreden. Aber schließlich kamen sie doch – in neuen Anzügen, frisch rasiert und mit Parfüm und Blumen in der Hand, um die schönen Bräute in Empfang zu nehmen.
Beim ersten Hahnenschrei am nächsten Morgen hallte ganz Smyrna von Frau Bitsikokous wütendem Wehgeschrei wider, als sie die armseligen Narren aus dem Haus jagte und ihnen Nikolakis Abebas' Pistazien hinterherwarf. Doch die Ehe war vollzogen, bloß die Hochzeit musste noch nachgeholt werden.

Das Tabakkontor

»Spyros, mein Herr und Gebieter! Gib mir dein Gilet und deine Hose. Setz dich doch, mein Lieber, dann bereite ich ein paar Häppchen vor. Ruh dich aus, genieße die Sonne, gleich bringe ich dir deine Wasserpfeife.«
Spyros tanzte ganz nach Katinas Pfeife und hatte eine ausgeprägte Vorliebe für seine Nargileh entwickelt. Was für ein Glück, eine solche Frau zu haben! Sie las ihm die Wünsche von den Augen ab, sie verwöhnte ihn nach Strich und Faden. Und ihre Kochkünste erst! Wie köstlich ihre pikanten Hackfleischröllchen schmeckten, wie herrlich ihr Lammfleisch auf Auberginenmus!
»Ich habe die tollste Frau von ganz Smyrna.«
Ob nun im Bett oder beim gemeinsamen Sonntagsspaziergang, so rundum befriedigt hatte er sich noch nie gefühlt. Diese Frau war stürmisch wie ein reißender Strom, feurig und leidenschaftlich.

Dazu kam, dass sie ihn bei seiner Arbeit unterstützte, da sie besser Türkisch sprach als alle anderen und den Tabakhandel mit den Türken fast ganz allein in der Hand hatte. Selbst der türkische Teilhaber, den jeder Ausländer pro forma haben musste, war von seiner Frau angetan. Als beim Kartenlegen die Tarotkarte des »Grabes« immer wieder neben Spyros auftauchte, hatte sie alarmiert begonnen, sich mit der Arbeit im Kontor zu beschäftigen.

»*Allah korusun!*«, hatte Katina aufgeschrien, als sie eines Freitags die Karten legte. »Schnell, Mutter, sieh dir das an! Heute ist sie mit dem Pik-Buben zusammengefallen.«

»Das Schicksal nimmt unabwendbar seinen Lauf.« Eftalia hatte nachdenklich auf die Tarotkarten gestarrt. »Wir müssen handeln. Ab morgen gehst du mit ins Kontor und siehst zu, dass du das Handwerk erlernst. Und zwar von der Pieke auf. Mach dich kundig, wie das Geschäft läuft. Finde heraus, was er aller Welt zeigt, aber auch, was er geheim hält. Denn bei dieser Karte gibt es kein Entrinnen. Wir müssen uns sputen.«

»... Pik-Bube und Pik-Acht. Pik-Bube und Pik-Acht.« Eftalia tat die ganze Nacht kein Auge zu. Als diese beiden Karten über Spyros' Blatt zu liegen kamen, fühlte sich Eftalia von grässlichen Schlangen umzingelt. »Er ist nicht zu retten. Dieses Schicksal kann man nicht bekämpfen, man muss es hinnehmen. Was ist es bloß für ein Unglück, das den armen Mann ereilen wird? Und was erwartet uns dann? Warum sind wir vom Pech verfolgt? Gütiger Gott, können wir nicht auch einmal Glück haben?«

Sie wälzte sich im Bett unruhig hin und her, ohne Schlaf zu finden.

Am nächsten Morgen gingen Mutter und Tochter in aller Frühe zum Büro des Advokaten im »Quartier«, der sie gegen einen Vorschuss in erklecklicher Höhe empfing. Er vertrat die wichtigsten Persönlichkeiten der Stadt, darunter auch die Familie Karamanos. Seine Finger spielten mit einem Radiergummi, legten ihn dann jedoch beiseite. Nachdem er sie verschränkt und wieder gelöst hatte, griff er erneut danach. Er trug eine runde Nickelbrille, hinter der die Knopfaugen eines Wiesels blitzten. Er erläuterte ihnen die Rechte und Pflichten eines Vermächtnisnehmers. Eine kinderlose Ehefrau habe bis auf einen kleinen Anteil des in der Ehe Erworbenen keinen Anspruch auf das Erbe, allerdings würden Bargeld und Kleinbeträge bei der Aufteilung des Erbes nicht überprüft.

»Wer will sich schon mit dem ›kleinen Anteil‹ begnügen«, sagte sich Katina, und bereits am nächsten Tag ging sie im Tabakkontor an die Arbeit.

»Lass mich mithelfen, mein Herzblatt, ich will es doch so gerne, mein Schatz. In der letzten Zeit bist du ganz schmal geworden. Nimmst du es dir so zu Herzen, dass die Tabaklieferung noch nicht eingetroffen ist? Sie wird schon kommen, mein Augenstern, mach dir keine Gedanken … Woher kommt sie eigentlich? Es stört dich doch nicht, wenn ich Fragen stelle, oder?«

Durch Nachfragen und Beobachtungen erlernte sie in kurzer Zeit den Umgang mit den Waagen, den unterschiedlichen Tabakqualitäten, den säumigen Kunden, den Rechnungssummen und der Buchhaltung. Um auf die Säcke und Ballen hochklettern zu können, trug sie Hosen und steckte ihr Haar unter einen kleinen Fez. Sie war jetzt achtzehn Jahre alt und eine tüchtige Händlerin. Die Türken verhandelten lieber mit der *Hanımefendi*, die ihre Sprache wie eine Einheimische sprach. »Sie wird eine Türkin sein«, dachten sie, »die sich in einen Christen verliebt hat.« Und sie machten ihr einen besseren Preis.

So verging die Zeit, doch die Tarotkarten deuteten keinerlei Wendung zum Besseren an.

»Pik-König, Pik-Bube und Pik-Acht bedeuten Blut, Grab und Tod.«

Die Frist, die ihr noch blieb, war fast abgelaufen. Wie sollte Katina da Zeit für Amouren bleiben! Der Galan war abserviert, nachdem sie sich ins Geschäftsleben gestürzt hatte. Dieses Jahr waren die Schiffe dreimal so schwer mit Tabak beladen wie sonst, und da Hochbetrieb herrschte, stand Katina an Spyros' Seite ihren Mann. Ein paarmal war der Galan noch vor dem Kontor aufgetaucht und hatte ihr, an der nächsten Häuserecke stehend, Blicke zugeworfen. Doch Katina hatte nun eine neue Leidenschaft entdeckt: »Ach, lass mich bloß in Ruh! Vor lauter Arbeit weiß ich gar nicht, wo mir der Kopf steht.«

Eines Tages stand sie plötzlich Frau Nina, ihrer Schwiegermutter, im Tabakkontor gegenüber. Die verlor kurz die Fassung, als sie Katina mit ausgetretenen Pantoffeln und einer selbstgedrehten Zigarette in der Hand bei den Waagen sitzen sah.

»Ich überprüfe gerade«, verkündete Katina ungerührt, »ob wir unser Geld gut angelegt haben.«

Doch dieses Geld gehörte der Familie Serbetoglou. Wenn man sich dafür abrackerte, hatte man am Schluss das Nachsehen, da es doch nur wieder den Serbetoglous zugutekommen würde. Das Einzige, worauf Katina Zugriff hatte, waren die Bareinnahmen und die Münzen, die unprotokolliert von Hand zu Hand wanderten. Auf die hatten Mutter und Tochter es abgesehen. Vorne in den Lagerhallen stapelten sich die Tabakblätter, während im Hinterzimmer die Kasse stand, deren Schlüssel Spyros stets mit einer dicken Goldkette am Hosenbund bei sich trug.

Am ersten August wurde Spyros schließlich zu Grabe getragen – von Blumengebinden bedeckt, um den von Messerstichen verunstalteten Leib zu verhüllen. Das Geld aus der Kasse, dreitausendachthundertunddreiundzwanzig Goldpfund, war der kleine Gewinn, den sie immerhin beiseitegeschafft hatten. Nun hieß es, wieder von vorn anfangen. Sie erwarben das Haus, in dem der Schönheitssalon untergebracht war, und hatten somit ein eigenes Dach über dem Kopf. Die beiden oberen Räume hatten sie in den letzten beiden Monaten vor Spyros' Tod heimlich mit Gegenständen gefüllt, die aus dem gemeinsamen Haushalt stammten: die Anrichte aus dem Esszimmer, das Essgeschirr, das Silberbesteck, die Desserttellerchen, Handtücher, handgewebte Überwürfe, geknüpfte Teppiche, zwei Truhen voll mit Bettlaken, Tischtüchern und Katinas Aussteuer und lauter Dinge, die im Keller lagerten und von denen Spyros nichts wusste.

»Wo ist die Kommode, Katina?«

»Beim Tischler in der Reparatur, mein Schatz.«

»Wo ist der Esszimmertisch, Katina?«
»Der wird gerade neu versiegelt, Liebster.«
Sie hatten das Wohnzimmer abgeschlossen und alle Möbel fortgeschafft, unter dem Vorwand, sie hätten die Maler bestellt, um die Wände frisch streichen zu lassen. Und so betrat Frau Nina zwei Stunden nach dem Begräbnis das ihr als Teil ihrer Mitgift zustehende Haus und gestattete ihnen nicht mehr als ihre Kleider mitzunehmen. Mehr war aber auch gar nicht mehr vorhanden! In den beiden letzten Monaten hatten sie sogar die Dienerschaft entlassen, um lästige Zeugen loszuwerden, und Spyros aß von ein und demselben Teller, der bloß immer wieder neu gespült wurde. Von Stunde zu Stunde, von Augenblick zu Augenblick erwarteten sie das Unheil. In aller Heimlichkeit beweinten sie ihn, obwohl er noch am Leben war: »Der Beklagenswerte! Der Unglückselige!«
Spyros' trauriges Schicksal war eine Folge der misslichen Reformen, die das Vermögen der Serbetoglous betrafen. Der Sultan hatte, so wie damals üblich, einen Firman zum Tabakbau erlassen, der die Regelungen des Tabakmonopols drastisch verschärfte. Die Tabakhändler versammelten sich, beratschlagten über die neuesten Entwicklungen und schalteten sogar den Bischof ein. Doch es war beschlossene Sache, dass die Türken im Tabakgeschäft, dem einträglichsten Wirtschaftszweig der Region, mitmischen wollten. Aus diesem Grund sollte das Tabakmonopol auch mit allen Mitteln durchgesetzt werden.
Tausende Goldpfund würden die Händler dadurch verlieren. Bei vielen war sogar die Existenz bedroht. Doch Spyros Serbetoglou wollte in seinem jugendlichen Überschwang nicht klein beigeben. Kein Wort wollte er vom Tabakmonopol hören, sollten die anderen Tabakhändler doch tun, was sie wollten, sollten sie doch den Kopf einziehen. Er jedenfalls wollte den Tabak genauso wie zuvor unverzollt und unversteuert auf die Schiffe laden. So ignorierte er das Tabakmonopol des Osmanischen Reiches, den Sultan und die Zollbehörde. Er war selbst beim Beladen der Schiffe dabei, um die Arbeiter zur Eile anzutreiben. Ach, Spyros! Der

Dummkopf wartete nicht erst ein wenig ab, bis das Gesetz seine Schlupflöcher ganz von selbst offenbarte! Gleich nach der Einführung des Gesetzes musste er mit dem Kopf durch die Wand! Man hätte die Zollwächter doch bald wieder mit Bakschisch gefüttert, so dass sie ein Auge zugedrückt hätten. Und bald wäre alles wieder beim Alten gewesen, vielleicht sogar noch besser geworden. Ach, Spyros! Das war doch nicht das erste Mal, dass so etwas passierte!

Am Montagmorgen klopfte es um Viertel nach sechs, kaum hatte Spyros das Haus verlassen, dreimal an der Seitentür: Attarte stand auf der Schwelle. Selten wagte sich eine Türkin in das Griechenviertel und noch weniger ins »Quartier« der Europäer. Ansonsten zogen nur türkische Markthändler durch diese Wohngegenden, um Milchrahm, Eier, Käse und Grünzeug zu verkaufen.

Im Gefolge eines beladenen Esels war sie ganz unauffällig ins Reichenviertel gelangt. Sie blieb im Vorraum stehen, fasste stumm in ihre Jackentasche und legte ein wenig Erde und ein christliches Amulett auf den Tisch. Dann ergriff sie Katina an den Schultern und drehte sie murmelnd dreimal hin und her. Nachdem sie das Ritual wiederholt hatte, ging sie wieder, die arme Mutter.

… Am selben Abend zündeten wir eine Kerze an und warteten. Es wurde zwölf, zwanzig nach zwölf, zwei, halb drei, Viertel vor vier. Um vier Uhr morgens brachten sie Spyros. Er war am Hafen durch Messerstiche gefallen, und sein Blut hatte die Tabakblätter rot gefärbt.

Ihm war ein frühes Ende bestimmt. So war sein Kismet. Von den Zollwächtern wurde er erstochen, weil das Gesetz noch so frisch war: Ach, Spyros, was für ein sinnloser Tod! Vor welchen Kadi willst du damit ziehen? Vor wem willst du das Unrecht herausschreien? Bei wem willst du dein Recht einklagen? Untertanen sind wir in unserer eigenen Heimat und versklavt, obwohl wir der Oberschicht angehören, elende Ameisen unter dem Stiefel des türkischen Beys.

DIE ZWEITE EHE

Jeder Neuanfang ist schwer

Katina schreibt:
Dann ließen wir die Armenviertel hinter uns, wohnten in Schlössern und Herrenhäusern, steckten uns Federn an die Hüte und trugen Seidenwäsche.
Doch noch saßen Eftalia und Katina da und sahen so unglücklich drein wie zwei zerrupfte Krähen. Daher wurde als Erstes eine Witwerliste angelegt.
»Vassilios Danelis, Sohn des Symeon. Was hältst du von dem? Seit drei Jahren verwitwet, drei Töchter, noch gut bei Kräften.«
»Ist er vital?«, fragte Katina.
»Ach was, dummes Ding! Auf diese Vitalität hier kommt's an.« Und Eftalia rieb die Finger aneinander, um Geld anzudeuten. Dann schob sie ihre Aufzeichnungen fein säuberlich zusammen: »Also, machen wir weiter: Viehbestand, Ölmühlen und Grundstücke in ganz Harlpaki.«
»Soso, in Harlpaki! Klingt ja nach einem reizenden Kaff«, rümpfte Katina die Nase.
Eftalia warf ihr einen strengen Blick zu.
»Iosif Regoulatos, Schiffseigner, zweifacher Witwer.«
»Beim dritten Mal erwischt es dann mich. Zwei hat er schon ins Grab gebracht. Der bringt nur Unglück, den heirate ich nicht.«
»Du hast recht, den streichen wir von der Liste. Der Nächste wäre dann Evgenios Kör«, fuhr Eftalia fort. »Grundbe...«
»Kör?! Das heißt doch ›blind‹! Ich will auf keinen Fall Signora Kör heißen! Den kannst du selber heiraten.«
Eftalia konnte ihre Tochter, die von Tag zu Tag frecher wurde, mittlerweile kaum noch bändigen. Sie begann zu bezweifeln, ob

sie die Situation noch im Griff hatte. Eines Tages erklärte Katina, einen gewissen Despotopoulos würde sie auch nicht heiraten, da er ungebildet sei, während ihr Großpapa doch an der »Hochschule der Griechischen Nation« studiert habe! Eftalia traute ihren Ohren nicht. Hatte sie sich vielleicht verhört? Was hatte Katina da eben behauptet?

»Also hör mal! Wollen wir uns jetzt gegenseitig auf den Arm nehmen? Welcher Großvater hat denn, um Himmels willen, die ›Hochschule der Griechischen Nation‹ besucht? Der gute Thanassis Xefrangos war Hausierer, Signora Serbetoglou, oder etwa nicht? Dein ›unvergesslicher Großpapa‹ ist mit Zwirnrollen und Miederbändchen über die Dörfer gezogen. Hat dir vielleicht die überspannte Lefkothea solche Flausen in den Kopf gesetzt? Dir ist ja keiner gut genug ... Hast du dich denn schon gefragt, ob du eigentlich gut genug für sie bist? Wir müssen sie schließlich bezirzen und behexen, damit sie dich überhaupt nehmen! Komm zur Vernunft! Und wenn du mir schon unbedingt etwas vorspielen willst, dann überzeuge mich von deiner Jungfräulichkeit, damit wir dich leichter an den Mann bringen!«

Zum Glück war Katinas »Anfall« nur von kurzer Dauer und am nächsten Tag schon wieder vorbei. Sie nahm die Liste und ging sie noch einmal durch. Am liebsten wäre ihr natürlich ein junger und temperamentvoller Ehemann gewesen. Aber da sie Witwe war, durfte sie nur wieder einen Witwer heiraten. Diesem ungeschriebenen Gesetz musste sie sich beugen. Schon allein, damit die anderen – allen voran Foula – nicht über sie herzogen.

Am Abend kam die Rede auf Karamanos' neue Karosse, die – wie es hieß – von zwei unvergleichlichen Rappen gezogen wurde. Die Familie Karamanos gehörte zu den mächtigsten und einflussreichsten der Stadt. In ihrem Haus gehe die internationale Crème de la Crème ein und aus und ohne ihre Zustimmung werde keine Entscheidung gefällt, und selbst der Sultan, so behauptete Lefkothea, hole ihre Meinung ein, wenn er wissen wolle, was in Smyrna los sei. Und im Theater hätten sie die besten Logenplätze.

Ein einziges Mal war sie mit Spyros im Theater gewesen und hatte mit Müh und Not bis zum Ende des Stücks durchgehalten. Die Worte der Dicken, die auf der Bühne herumschrie, konnte sie kaum verstehen. Wenn die mit diesem Gekreische in ihrem ehemaligen Wohnviertel aufträte, würde sie keinen Hund hinter dem Ofen hervorlocken. Mit größerem Interesse als die Bühne betrachtete sie die vorderste Loge. Dort saß eine Frau kerzengerade auf ihrem Stuhl und verfolgte die Vorstellung, ohne sich auch nur einmal zu rühren. Sie war so zartgliedrig und ihre Gesichtszüge so fein, dass sie der kleinste Lufthauch hätte umpusten können. In der Pause gelang es Katina, sie im Foyer aus der Nähe zu betrachten. Sie trug ein Kleid aus hauchdünnem Organza mit unzähligen winzigen Knöpfen und verströmte den Duft französischen Parfüms. Ihr sanfter Blick schien zu sagen: »Was auch immer du getan hast, alle deine Sünden seien dir vergeben.« Bei ihrem Anblick überkam einen der Wunsch, sie zu behüten und zu verwöhnen, ihr zu Hilfe zu eilen, einen Sitzplatz zu sichern und ein Glas Wasser zu bringen.

Die Dame war Violetta Karamanou, Konstantinos Karamanos' Ehefrau, aus einem der vornehmsten Häuser Smyrnas stammend, Absolventin der besten Mädchenschule und Tochter von Stefanos Krateros aus Konstantinopel, der mit Ölen und Stoffen handelte. War der Mann in ihrer Begleitung Karamanos? Vermutlich, doch als Katina versuchte, sich an ihn zu erinnern, gelang es ihr nicht.

Die Macht, die auf Reichtum und Wissen beruhte, so Lefkotheas Worte, hatte Katina in ihren Bann geschlagen. Daher wäre ihr selbst ein Ungeheuer schön wie ein junger Gott erschienen. Sie befeuchtete den Bleistift mit Spucke und notierte in dem Heft: Nummer sieben – Konstantinos Karamanos.

Am nächsten Tag fuhr sie mit einer Droschke zu Memeta und ließ sich von ihr die Karten legen. Die behäbige Türkin machte es sich auf dem Boden bequem. Der Herz-König und die Herz-Zwei vereinten sich über der Mitte. Neben der Karte des »Schlüssels« lag die einer unbekannten Frau, der »Helferin«. Die Karte mit dem Säbel trennte »Wasser« und »Sonne«. Sehr weit weg lagen das »Grab« und der »Turm«. Über Katina kam der »Mond« zu liegen.

»*Zorluk var*«, sagte die Türkin, die Lage sei schwierig.
Katina kümmerte es nicht, wie viel Mühe ihr Plan sie kosten würde. Sie hatte es sich in den Kopf gesetzt, in die hochherrschaftlichen Kreise aufzusteigen. Das war ihr erklärtes Ziel. Die Karte des Mannes und die Karo-Drei lagen genau vor ihren Füßen.
»*Başaracaksın*«, sagte die Türkin mit einem Lachen, Katina werde es schaffen.
Memeta übergab ihr ein Säckchen mit den »Ingredienzien«, und Katina machte sich mit einem Vorrat von Opium, Taumelkorn und Wolfskirsche und einem Stück roten Faden auf den Heimweg.
»Was habe ich denn zu verlieren? Großmutter Eleni sagte doch immer: ›Nur wer wagt, gewinnt!‹ Einen Versuch ist es wert!«
Auf dem Nachhauseweg verließ sie kurz der Mut, als sie an Violetta Karamanou dachte und sich mit ihr verglich. Diesen Vergleich würde ganz Smyrna ziehen …
»Ach, dieses verdammte Smyrna! Ist doch egal, mit wem du vögelst, ob es ein Evgenios Kör ist oder ein Konstantinos Karamanos. Der eine wie der andere dreht sich danach zur Seite und schnarcht.«
Da beschloss sie, dass es erfreulicher sei, den zu nehmen, der die schönste Karosse in ganz Smyrna besaß.
»Irgendein Manko hat jeder Mann. Gibt's denn mängelfreie Exemplare? Na also. Auf in den Kampf!«

… doch als Erste schließt Despina den Bund fürs Leben

Am Nachmittag kamen Foula, deren taube Mutter Frau Sappho, Dionysia, Frau Vlastou, die Hopfenstange von nebenan, und deren Tochter Pari sowie – ein wenig verspätet – auch Vassilia zum Kaffeeklatsch. Sie war ganz außer Atem und sorgte sich, ob während ihrer Abwesenheit nicht vielleicht über sie getratscht worden sei. Ihr spätes Eintreffen war keineswegs beabsichtigt, sie hatte einen Streit unter ihren Söhnen schlichten müssen.
»Meine Jungs gehen so liebevoll miteinander um«, erzählte Vassi-

lia nichtsdestotrotz, »und wie nett sich Minas um seinen Bruder Periklis kümmert!«
In Wahrheit verpasste Minas seinem Bruder bei jeder Gelegenheit ein paar kräftige Maulschellen. Doch das gehörte zu den privaten und häuslichen Dingen, die nicht nach außen dringen durften.
Von Vassilias Söhnen waren noch vier am Leben. An diesem Tag waren sie sich wegen des Kohlebeckens in die Haare geraten, das aufgrund der schneidenden Kälte angezündet worden war. Ein Wort gab das andere und führte alsbald zu einem heftigen Streit, denn sie gingen einander schon beim geringsten Anlass an die Gurgel. Der eine machte dem anderen so lange Vorwürfe, bis sie auf das Grundstück in Göztepe zu sprechen kamen. Und dabei kam es zum Eklat.
Vassilia hatte es eilig, zu Eftalias Gesellschaft zu kommen. Als sie sah, dass der Streit nicht so schnell enden würde, zog sie den Gürtel aus ihrer Pluderhose und ging laut kreischend dazwischen. Dann bewarf sie die Streithähne mit allem, was ihr in die Finger kam, mit Kleidungsstücken, Tellern und sogar mit dem Ascheneimer.
»So, jetzt gehe ich«, erklärte sie schließlich, »macht, was ihr wollt, von mir aus erfriert, ich weine euch keine Träne nach. Mit euch vermaledeiten Kerlen ärgert man sich ja krank! Ich wasche für euch, ich sorge dafür, dass ihr was zum Anziehen habt, ich stelle euch das Essen auf den Tisch. Ich schufte wie ein Ackergaul, um euch großzuziehen. Ach, zur Hölle mit euch, faule Bande! Verflucht sei die Stunde, in der ich euch geboren habe!«
Bei Eftalia kamen Baklava auf den Tisch und in Sirup eingelegte Pistazien, die in kleinen Gläschen zusammen mit Löffelchen serviert wurden.
»Was für brave Jungs du hast, Vassilia.«
»Ach ja, mögen sie Glück im Leben haben«, erwiderte sie.
Dann wandten sie sich wieder ihrem letzten Gesprächsthema zu, nämlich Melpo und ihrem Kind, und machten sich über das Los der armen Mutter lustig.
»Gestern hat Melpo das Dummchen gewaschen«, begann Vassi-

lia, »und dann auf die Straße zum Spielen geschickt! Wie soll der Wurm bloß mit den anderen spielen! Alle anderen haben ihm nur Tritte versetzt und ihn dann in den Dreck geschubst.«

»Ja, genau«, bestätigte Foula.

»Und dann musste es Melpo nochmals in die Badewanne stecken.«

Foula lachte aus vollem Hals.

»Hör auf«, meinte Eftalia, die mit dieser Unterhaltung nicht einverstanden war. »Wer den Schaden hat, braucht für den Spott nicht zu sorgen.«

»Na und? Mein Kind ist zum Glück kerngesund.«

»Aber denk an deine Kindeskinder …«

»Holz anfassen!«, rief Foula und klopfte mit einem »Toi, toi, toi« auf den Tisch. »Beschrei es bloß nicht. Und damit du es nur weißt: Wenn Despina ein krankes Kind zur Welt bringt, dann bist du schuld, weil du das Unglück herbeigeredet hast.«

Empört klopfte sie erneut dreimal auf den Tisch.

»Herein!«, rief Foulas schwerhörige Mutter dazwischen.

Foula konnte sich gar nicht beruhigen und fuhr fort, die Mutter des Krüppels zu beschuldigen.

»Ja, aber sie hat das Balg doch auf die Welt gebracht.«

»Aber was kann sie denn dafür, Foula? Glaubst du, sie hätte sich für den Krüppel entschieden, wenn sie die Wahl gehabt hätte? An der Fleischtheke zum Beispiel weiß sie, was am besten schmeckt, und wählt dementsprechend aus. Hätte sie einen Säugling wählen können, hätte sie sich auch den hübschesten ausgesucht, meinst du nicht? Aber solche Dinge sind gottgegeben. Wer weiß schon, was Sein Ratschluss, sie in diesem Leben so hart zu prüfen, zu bedeuten hat. Selbst wenn die Arme ihr Kind liebt, ist ihr Leben die Hölle.«

Dann drehte sich das Gespräch wieder um Foula und den Bräutigam, den sie für Despina ins Auge gefasst hatte. Isaidis war nicht mehr der Jüngste, sondern fast fünfzehn Jahre älter als ihre Tochter. Offensichtlich stammte der Kandidat aus dem Kundenkreis von Karpidis' Barbiersalon, wo eine Menge Männer im heirats-

fähigen Alter anzutreffen waren. Früher hatte der Barbierladen im Gerber-Viertel gelegen, ganz in der Nähe des Armenierbezirks, und dementsprechend war auch seine Kundschaft. Daher bestand die kluge und berechnende Foula darauf, dass er in ein kosmopolitischeres Viertel umzog, nicht gerade in eine teure Wohngegend, aber zumindest dorthin, wo die Büros und Kanzleien reicher und vornehmer Männer lagen. Sie hatte überlegt, dass es viel wahrscheinlicher war, dass jemand schnell von seiner Arbeit aus zum Barbier nebenan ging, als von zu Hause aus. Und so machte sie sich auf die Suche. Epaminondas Karpidis hatte sich jedoch an seinen Laden gewöhnt und seine Kundschaft so lieb gewonnen, dass er nur ungern den schrulligen Ideen seiner Frau zustimmte.
»Hier, wo wir sind, ist es doch gut.«
»Von wegen!«, entgegnete Foula. »Von früh bis spät liegst du auf der Lauer, um ein paar Armenier oder Schlachter zu rasieren. Das ist doch keine Kundschaft!«
Schließlich hatten Mutter und Tochter ihn überredet, und er stimmte zu – aber eher, um dem Genörgel zu entgehen, als aus Überzeugung. Es fand sich ein schöner und geräumiger Laden im Schmiede-Viertel, Eigentum der Witwe Karapanagioti, sonnig und mit preisgünstiger Miete. Doch Foula war das Schmiede-Viertel nicht gut genug.
»Wir lassen die Schlachter doch nicht hinter uns, nur um bei den Handwerkern zu landen, wo du dreißig Oka Terpentin brauchst, um denen die Malerfarbe aus dem Haar zu waschen!«
Sie begann, das Katholiken-Viertel, die Europäische Straße, das Glaser- und das Goldschmiede-Viertel abzuklappern. Dort fühlte sie sich in ihrem Element, dort lebten reiche und angesehene Kaufleute, dort gab es Geschäfte mit eleganten Vitrinen und akkurat gekleideten Ladenbesitzern, die englischen Kaschmir, Mode aus Paris, Hüte und Schuhe aus London verkauften. Hier lagen Papathomas' Kürschnerei und das Pelzgeschäft »Bon Marché« oder Marsads Stickereiwaren, und natürlich das Kaufhaus Xenopoulos, Smyrnas edelstes Warenhaus, das man vor lauter Ehrfurcht kaum

zu betreten wagte. Xenopoulos wäre für ihre Despina genau der Richtige, da er gleich drei Söhne im heiratsfähigen Alter hatte.
Am zwanzigsten August fanden sie einen Gewerbeladen an der Grenze zwischen Katholiken- und Goldschmiede-Viertel. Er war hundertzwanzig Ellen im Quadrat groß, hatte einen frisch versiegelten Fußboden und eine sieben Ellen lange Fensterfront. Foula war begeistert, obwohl der Laden nach dem Auszug des Vormieters, eines Herrenhemdenschneiders, ziemlich heruntergekommen wirkte. Doch in ihrer Phantasie sah sie ihn bereits frisch renoviert vor sich und malte sich aus, wie sie ihn einrichten würde.
»Das wird aber teuer«, meinte Karpidis.
»Mach dir keine Gedanken, das bezahle ich von meiner Mitgift.«
»Schon wieder deine Mitgift? Für wie viele Leben reicht diese Mitgift denn noch?«
Foulas so geringgeschätzte, doch gleichwohl viel zitierte »Mitgift« bestand aus einem Häuschen im Griechenviertel, das 1869 einem Kohlenhändler überlassen wurde, der den Kauf jedoch bald bereute, da seine Ware kaum in das kleine Lager passte. Der Erlös, genau sieben Goldpfund und einige Silberlinge, war einerseits für einen neuen Barbierstuhl und sechs Handtücher für Karpidis' Bruder und andererseits für eine Essgruppe im neu gegründeten Haushalt von Foula und Epaminondas draufgegangen. Innerhalb von zwei, höchstens drei Monaten war die Mitgift aufgebraucht. Doch jedes Mal, wenn Foula etwas ins Auge fasste, mit dessen Kauf Karpidis nicht einverstanden war, kam das Thema Mitgift mit Nachdruck auf den Tisch. Damit wurde das Landhäuschen in Kokaryalı gekauft, das silberne Teeservice mit den achtzehn, ebenfalls silbernen Desserttellerchen, deren Ränder wie gewirkte Spitze aussahen, und der Kaninchenpelz mit dem Silberfuchskragen …
»Hier braucht man aber viele Spiegel«, wandte Karpidis ein.
»Dann montieren wir eben welche.«
»Hier muss man aber für die benötigten Wasseranschlüsse auch eine Menge neuer Leitungen verlegen«, sagte Karpidis wieder.

»Dann montieren wir eben Wasseranschlüsse und verlegen neue Leitungen«, empörte sich Foula. »Pff! Du kannst immer nur nörgeln und findest kein gutes Wort für den Neubeginn! Das bringt Unglück.«

Sie stockte, als ihr einfiel, dass sie auf diesen »Unglücksraben« ja angewiesen war. So versuchte sie es mit sanfteren Tönen.

»Du bist der beste Friseur und Barbier in ganz Smyrna. Lass mich nur machen, dann bist du bald die größte Berühmtheit deiner Zunft. Dann geht in deinem Salon die vornehmste Kundschaft ein und aus, begegnet dir auf Augenhöhe und verwickelt dich in interessante Gespräche über geschäftliche Dinge und das gesellschaftliche Leben. Sag mir bitte schön, worüber hast du dich mit Miltos, dem Schlachter, unterhalten, wenn er sich bei dir den Schnurrbart stutzen ließ? Worüber habt ihr in Gottes Namen geredet, Epaminondas? Wie laut der Bulle beim Schlachten gestöhnt hat? Also, auf die Antwort bin ich wirklich gespannt.«

Schließlich nahmen sie einen Kredit auf und legten ihre wenigen Ersparnisse für die Kaution hin. »Drei Monatsmieten wollte die alte Fregatte im Voraus«, hatte Foula aufgeregt ihrer Cousine Eftalia erzählt. Das war damals, als Eftalia mit der zehnjährigen Katina und ihrer kleinen, erst achtzehn Monate alten Nichte Anneso gerade aus Kappadokien eingetroffen war. Es waren ihre ersten Monate in Smyrna gewesen, als sie alle noch bei Foula wohnten.

Im Schaufenster des Barbierladens wurden weiße Scheibengardinen mit Lochstickerei an einer kleinen Messingstange befestigt. Die Wände hatten sie weiß streichen und die Decken mit einer hellblauen Zierleiste schmücken lassen. Drei Goldpfund hatten die Spiegel und die marmornen Waschbecken gekostet, das Geld für die Stühle, die Wasserkrüge und die Garderoben blieben sie noch schuldig.

Vor der Unterzeichnung des Mietvertrags streifte Foula durch die Nebensträßchen, auf der Suche nach einer konkurrierenden Rasierstube, mit der sie sich möglicherweise um die Kundschaft streiten müssten. Doch zum Glück fand sich keine. Dann montierten sie ein großes Ladenschild mit der Aufschrift »Herrensalon Gebrüder Karpidis«, das über die ganze Fensterfront reichte. Montag in aller Frühe – es war kurz vor dem Festtag des heiligen Andreas, wenn die Kälte besonders schneidend wird – zog Foula ihren Pelz an und klapperte alle Geschäfte in der Umgebung ab. Überall führte sie sich als potenzielle Kundin ein, achtete darauf, die Leute nicht durch allzu gezwungenes Auftreten zu irritieren, und flocht immer wieder lockere Bemerkungen ein.

»Schauen Sie doch mal in unserem Herrensalon vorbei«, empfahl sie. »Dort wird man Sie verwöhnen, bei meinem Mann sind Sie in guten Händen. Der ganze Laden duftet nach Lavendelwasser, das wir eigens aus Paris kommen lassen.«

Am dritten Tag nahm sie Eftalia mit zum »Han de Madame«, der Einkaufsstraße des Goldschmiede-Viertels.

»Ich suche einen Ring für meine Tochter. Könnten Sie mich da beraten? Sie ist im besten heiratsfähigen Alter, taufrisch wie eine Rose«, sagte sie augenzwinkernd. »Und Sie? Sind Sie verheiratet? Ja oder nein?«, fragte sie scherzend. Bejahten die Ladenbesitzer, so empfahl sie ihnen den Herrensalon: »Zu einer jungen Ehefrau wollen Sie doch sicher frisch rasiert und wohlriechend nach Hause kommen, oder? Wir Frauen achten auf so etwas, nicht wahr, Eftalia?«

Erklärten sie sich für ledig, gab sie zwitschernd andere Details zum Besten. Nach und nach entstanden zwei Listen, eine für Karpidis, die ihm reiche Kundschaft bescheren sollte, und eine zweite mit sämtlichen Eheaspiranten für Despina, die am 8. März fünfzehn Jahre alt wurde.

Foula behielt recht: Der luxuriöse Herrensalon wurde zum allseits beliebten Treffpunkt. Schließlich stellten sie sogar Gehilfen ein, welche die Kunden schon mit vorgewärmten Handtüchern in Empfang nahmen. Mit Eftalia zusammen blätterte sie in den europäischen Magazinen, um sich zu informieren, über welche Ausstattung die Barbiere und Friseure in der großen weiten Welt verfügten. Sie beschafften einen speziellen Rasierapparat für Koteletten, sie erwarben einen weiteren, mit Gas betriebenen Badeofen, und sie stellten eine Kraft für die Fuß- und Handpflege ein. Foula höchstpersönlich traf die Auswahl: eine Vollbusige, deren Brüste ihre weiße Schürze zu sprengen schienen.

Aber als wahrer Meister seines Fachs entpuppte sich schließlich Karpidis selbst, den die neue Umgebung beflügelte und zu Höchstleistungen anspornte. Seine kundigen Hände entließen engelsgleiche Gestalten aus dem Herrensalon: Was für seidig glatt rasierte Nacken, elegant gestutzte Bärte, vorteilhaft gestaltete Koteletten, wie mit dem Zirkel gezogene Scheitel, was für akkurate Haarschnitte! Er selbst hatte sich vom Barbierstuhl ganz zurückgezogen und diesen Aufgabenbereich seinem Bruder anvertraut, der dort große Geschicklichkeit bewies. So hatte jeder sein Metier gefunden.

Neben den vorgewärmten Handtüchern, den diversen Eaux de Cologne und den Parfüms erstklassiger Qualität wurde den Gästen auch Foula Karpidous besondere Aufmerksamkeit zuteil. Sie saß an der Kasse, servierte Mokka, fand für jeden ein nettes Wort und verabschiedete die Kundschaft mit höflichen Komplimenten. Man fühlte sich wohl in Karpidis' Händen, und die Kunden empfahlen Freunden und Bekannten ihren Herrenfriseur weiter.

»Darf ich Ihnen Herrn Achmetoglou vorstellen, ihm gehört das Klaviergeschäft an der Ecke. Herr Epaminondas, ich lege Ihnen meinen Freund besonders ans Herz.«

Und Herr Epaminondas griff diensteifrig nach Kämmen und Scheren. Auch untereinander kamen die Herren ins Gespräch, und der Aufenthalt im Salon verlief angenehm und kurzweilig. Zuweilen wurden zwischen der Behandlung mit dampfenden Frotteetüchern und Massagen mit Eau de Cologne sogar Geschäfte abgeschlossen.

Foula hatte für jeden Wunsch ein offenes Ohr. Besonders vor den Feiertagen standen die Kunden Schlange. »Apostolis, bereite den Stuhl für Herr Moscholios vor. Er muss gleich hier sein.«

All das trug sich im Jahr 1888 zu. Drei Jahre später hatte die Familie Karpidis sämtliche Schulden abbezahlt, und ihre Spardose war gut gefüllt. Doch Despina hatte sich noch immer für keinen Bräu-

tigam entschieden, dabei war sie fast neunzehn. Spyros hatte es ihr angetan, doch leider war die vermaledeite Katina schneller gewesen. Monatelang sprachen sie kein Wort miteinander.
Despinas Vorwürfe zerrissen Foula das Herz. Wie konnte sie sich nur so hinters Licht führen lassen!
»Es ist deine Schuld, Mutter, weil du ihr nicht klipp und klar erklärt hast, dass wir ihn selber ins Auge gefasst haben. Dann hätte Katina nicht den Schneid gehabt, ihn vor unseren Augen zu umgarnen. Sie hätte sich anderweitig umgesehen.«
»Ja, mein Schätzchen, du hast ja recht«, sagte sie, »aber ich konnte mir beim besten Willen nicht vorstellen, dass so ein hässliches Ding einen Serbetoglou herumkriegen sollte. Nicht einmal im Traum!«

Isaidis war ein gewiefter Geschäftsmann und ein Großverdiener. Zweimal hatte er sich bereits verlobt, zum ersten Mal mit Zerbekians Tochter Marika, dann mit Foto, deren Brüder die größte Ouzo- und Tsipouro-Destillerie im Marktviertel der Großen Tavernen besaßen. Beide waren reiche Partien, doch beide Verlobungen gingen – weiß der Himmel, warum – in die Brüche.
»Könnte es vielleicht sein, Foula, dass bei ihm irgendetwas nicht stimmt?« Dieser Verdacht stieg in Eftalia hoch. »Man sollte die Ex-Verlobten aushorchen.«
»Pff!«, meine Foula. »Bei dem ist schon alles in Ordnung. Die höheren Töchter werden etwas überspannt gewesen sein. Für ihre Launen müssen die Luxusweibchen eben büßen.«
Die Jahre vergingen, und Isaidis wurde auch nicht jünger. Trotz seines Reichtums wurden ihm in den vornehmen Häusern die jüngeren und besser aussehenden Heiratskandidaten vorgezogen. Daher interessierten ihn mittlerweile Klassenzugehörigkeit und Herkunft der Braut immer weniger, sondern er sah zu, bald eine junge Frau zu finden, um endlich die ersehnte Familie zu gründen und nicht als alter Hagestolz zu enden.
Da er im Herrensalon der Gebrüder Karpidis Kunde war, erblickte er eines Tages beim Bezahlen Despinas Porträt an der Wand

hinter der Kasse. Damit hatte es genau den Zweck erfüllt, weswegen es dort platziert worden war. Jedes Mal, wenn einer der Kunden darauf aufmerksam werden sollte, tat Frau Foula so, als müsse sie den Rahmen geraderücken oder abstauben, oder sie fummelte an der Fotografie anderweitig herum, um den männlichen Blick auf Despinas hübsches Lächeln zu lenken. Es war aber auch wirklich eine gelungene Aufnahme!

In diesem Fall hatte Foula jedoch gar nichts unternommen. Aufgrund seines Alters hatte sie Herrn Isaidis gar nicht in Betracht gezogen. Foula war zwar erstaunt, als er sie auf ihre Tochter ansprach, fing sich jedoch schnell wieder. In den höchsten Tönen lobte sie ihre Despina: Sie spiele Klavier und könne Französisch und ihr Grießpudding sei unerreicht, kurzum sie sei ein prächtiges Mädchen und ihr künftiger Ehemann ein wahrer Glückspilz … Isaidis kam nun des Öfteren in den Herrensalon, bis er eines Tages Despina persönlich antraf. Sie wollte sich gerade auf den Heimweg machen, und er begleitete sie durch das Menschengewimmel des Katholiken-Viertels. Besonders gut aussehend war er zwar nicht, aber ein Gentleman.

Er bat sie wiederholt um ein Wiedersehen, und Despina willigte ein, da es keinem anderen gelungen war, ihr Interesse zu wecken. Aus purer Langeweile, sozusagen. Foula bemühte sich inzwischen, ihre Wissenslücken über Isaidis' Vermögensverhältnisse zu schließen. Was sie zutage brachte, sorgte für helle Begeisterung: ein dreistöckiges Haus, ein Kontor in Darağaç, das mit Eisenrohren, Kochtöpfen und Baumaterialien handelte, und ein Landhaus am Meer in Karataş. Und was die Familie betraf, so beschränkte sich seine ganze Verwandtschaft auf eine alte Mutter. Es gab weder Geschwister noch Cousins, also keinerlei störende Sippschaft.

»Ich kann es kaum fassen, Eftalia«, meinte Foula. »Was für ein unglaublicher Glücksfall!«

Die Angelegenheit entwickelte sich mit enormer Geschwindigkeit. Schon bald würde man Despina als Gattin des Eisenwarenhändlers bewundern können. Die feierliche Verlobung fand im dreistöckigen Haus des Bräutigams statt, wo die Brautmutter Despina voller Rührung ein mit grünen und blauen Edelsteinen besetztes Kreuz umhängte, um den bösen Blick zu bannen, den die beiden Vorgängerinnen offensichtlich auf sich gezogen hatten. Sobald die Verlobung bekannt wurde, gratulierten alle auch Eftalia zum Glück ihrer Nichte.

»Alles Gute für das junge Paar.« Die schlimmsten Drachen betonten besonders das »junge« Paar, um ihren Giftpfeil angesichts des reifen Alters des Bräutigams abzuschießen.

»Ähäm, zum ersten, zum zweiten und …«, hüstelte eine andere Schrapnelle in Anspielung auf die beiden geplatzten Verlobungen, als wolle sie sagen, Despina würde wohl als Dritte das Nachsehen haben.

»Da kriegst du lange Zähne, du alte Hexe, wie? Ein richtiges Haifischgebiss wünsch ich dir!«, gab Despina, ohne mit der Wimper zu zucken, zurück. Sie hatte nämlich ihrerseits Haare auf den Zähnen und konnte schimpfen wie ein Marktweib.

Dann wurden dem Verlobten die Brautgeschenke übergeben. Karpidis hatte dafür tief in die Tasche gegriffen, damit er sich neben dem Bräutigam nicht wie ein Habenichts ausnahm.

Am nächsten Tag eröffnete Katina ihrer Mutter, sie hätte sich zu einer Heirat entschlossen. Eftalia hatte ihr bei Despinas Verlobung nahegelegt, sich bald für einen der Kandidaten aus der Witwerliste zu entscheiden.

»Also, dann sehen wir zu, dass wir aus der Misere herauskommen. Was sagst du zu Despina? Die hat es geschafft!«

»Bist du neidisch?«

»Irgendwie schon.«

»Dann werde ich heiraten. Nur dir zuliebe.«

»Ach, du bist ein braves Mädchen. Wer ist es? Pessalaris?«

»*Yok*«, verneinte sie.

»Stravolemos?«

»*Yok canım*«, verneinte sie wieder.

»Dann Sfyroeras, der Metzger aus Kordelio, oder der Glatzkopf, wie heißt er noch schnell?«

»Weder noch.«

»Auf wen hast du es dann abgesehen? Mir fällt keiner mehr ein, mit dem du gesellschaftlich zusammenpasst.«

»Tja, wir passen gesellschaftlich auch nicht wirklich zusammen. Ich werde Karamanos heiraten.«

»Was! Syrios Karamanos, diesen Eigenbrötler?«

»Nein, den jüngeren Bruder. Konstantinos.«

»Aha! Du willst also Karamanos, den Jüngeren, ehelichen. Uff! Warum probierst du es nicht gleich mit Sultan Abdülhamid dem Zweiten? Da hast du wahrscheinlich mehr Glück.«

»Entweder der oder keiner. Mein Entschluss steht fest!«

»Du bist ja verrückt! Ganz der Vater!«

Aber ihr war klar, dass Katina nicht scherzte. Als Eftalia am Nachmittag Attarte aufsuchte, schüttete sie dort ihr Herz aus. Wem hätte sie sich sonst anvertrauen sollen? Es war Freitag und genau die Uhrzeit, zu der sie – egal, ob es stürmte oder schneite – seit Jahren die alte Türkin besuchte. Wie oft hatte sie schon zu Attarte gesagt: »Komm, *anne*, besuch auch du uns einmal.« Doch nie war die Alte ihrer Einladung gefolgt.

»Eftalia, lass dem Mädchen seinen Willen. Sie wird es schaffen. Karaman Efendi ist ein vornehmer Mann, und Katina wird eine vornehme Dame werden. Attarte verneigt sich vor Katina. Denn sie hat die innere Stärke. Und sie besitzt die Gabe. Katina besitzt das Licht meiner Augen, in ihr glüht das Feuer meiner Mutter und meiner Großmutter.«

Eftalia war von Attartes kryptischen Äußerungen beeindruckt. In Gedanken versunken trat sie auf die Straße hinaus. Von einem Straßenverkäufer erstand sie eine Tüte heißer, frisch gerösteter Kichererbsen. Während sie beim Knabbern nachdenklich die Spitzen ihrer Pantoffeln musterte, verhielt sie plötzlich den Schritt.

»Wenn Attarte das sagt, wird es stimmen. Dann werde ich alles daransetzen, dass Katina ihr Ziel erreicht, anstatt ihr weiter Steine in den Weg zu legen. Nicht übel: Meine Katina als Signora Karamanou! Und ich als Schwiegermutter von Karamanos, dem Jüngeren! Foula wird Augen machen! Sie heiratet ihn, ob sie will oder nicht. Das ist beschlossene Sache.«

Auf dem Nachhauseweg verspätete sie sich etwas, weil sie noch durch das Färber-Viertel spazierte. Die Häuser der Griechen auf dem Hauptplatz wirkten besonders prächtig. Ihre Bewohner, allesamt reiche Hausbesitzer und Familienväter, schienen Kummer und Sorgen nicht zu kennen. Aus einer imposanten Eingangstür traten eine Mutter und ihre Tochter im heiratsfähigen Alter in schönen, strahlend weißen Kleidern. Dann nahmen sie das Familienoberhaupt in die Mitte, bevor hinter ihnen ein Diener den Türflügel schloss. Die Familie verabschiedete sich voneinander, der Vater wandte sich nach rechts, Mutter und Tochter flanierten fröhlich plaudernd Arm in Arm bis zur Straßenecke. Eftalia folgte ihnen mit den Blicken. Dann holte sie ein paar geröstete Kichererbsen aus ihrer Jackentasche und steckte sie in den Mund.

»Auf uns liegt ein Fluch«, seufzte sie. »dass nie einer um unsere Hand anhält.«

Sie setzte sich auf ein Bänkchen, um die Kichererbsen fertig zu essen.

»Pfui, war das Stückchen bitter! Fast hätte ich mir daran die Zähne ausgebissen! Bei uns im Dorf konnte man ungeniert ausspucken, weil überall nur Sandboden war. Hier in der Stadt und in den besseren Vierteln ist nirgendwo mehr blanke Erde. Aber ich will mich nicht beschweren!«

Eftalia dachte an die harten Böden in Kappadokien, die man nur schwer beackern konnte. Ihr Vater hatte ihnen ein kleines, abschüssig gelegenes Feld hinterlassen. In dem einen Jahr pflanzten sie Getreide, im nächsten Grünzeug, dann wieder Kürbisse. Wenn er erschöpft von den Kirchweihfesten zurückkehrte, auf denen er Schneiderwaren feilgeboten hatte, half auch er bei der Feldarbeit mit. Danach war er wieder unterwegs, und die drei Frauen – Eftalia, ihre Schwester Sinnefia und ihre Mutter – mussten den Acker allein bestellen. Sinnefia war zwar älter als sie, litt jedoch an Blutarmut und kränkelte oft. Dann stand die Mutter der Kranken bei, um ihre Schmerzen und ihr Fieber zu lindern. Und so zog Eftalia allein los, um das Feld zu bewässern. Der Hinweg dauerte zwei Stunden und der Rückweg noch länger, da ihre Beine dann schwer und müde waren.

Jenseits des Ackers begannen die Weiden von Sabancı Bey, begrenzt von einem lebhaft sprudelnden Flüsschen. Die Pferde und Rinder des Beys, die frei herumliefen, kamen dort zur Tränke und witterten die Herrlichkeiten im Gemüsegarten der armen Nachbarn. Wäre der Fluss nicht so reißend gewesen, so hätten sie ihn sicherlich überquert und unser Hab und Gut zertrampelt.

»Wie ich diese Viecher hasse«, murmelte Eftalia.

Des Öfteren hatte sie sich einen Beutel um die Hüfte gebunden und so das Flüsschen durchquert, um von den gegenüberliegenden Weiden Dung für das Gemüsefeld zu sammeln. Eines Tages kehrte der Vater von seiner Tour über die Dörfer und Kirchweihfeste nicht mehr zurück. Doch ein Acker muss bestellt werden – egal, ob der Besitzer lebendig ist oder tot, ob er ein Mann ist oder eine Frau. Eftalia und Sinnefia bemühten sich redlich, damit ihre Mutter keine Not leiden musste. Mit Feuereifer gruben sie die Schollen um. Dafür brachen sie morgens sogar noch eine Stunde früher auf. Ihr einziges Erbe war ein Esel, beladen mit einem Korb voller Nähzeug, der ohne seinen Herrn zu ihnen zurückgekehrt war. Ihre Verwandtschaft hatte ihnen nach dem Begräbnis die kalte Schulter gezeigt.

»Nur Onkel Astydamon brachte uns danach noch einmal eine Portion Makkaroni vorbei, doch dann vergaß auch er uns. Damals wollte Mutter das Lämpchen, das so viel Öl verbrauchte, so gerne abends anzünden. Doch wenn es Nacht wurde, saßen wir stattdessen in völliger Dunkelheit. Es heißt, der Hunger macht die Menschen diebisch, streitsüchtig und kriegerisch. Aber ich glaube, den Hungrigen fehlen der Mut und die Kraft zum Kämpfen. In jener schweren Zeit war es, als Elya zum ersten Mal auftauchte.«

Eftalia erhob sich von dem Bänkchen und klopfte ihre Jacke aus.

»Wieso fällt mir all das gerade jetzt wieder ein? Ja – dort, auf dem kleinen Acker, habe ich Elya zum ersten Mal gesehen. Mein armer Mann! Immer wenn wir das Gemüsefeld bewässern wollten, ließen Sinnefia und ich den Eimer an einem Seil in das Flüsschen hinunter und zogen ihn – schwer vom Wasser – wieder heraus. Vater wusste, wie man es am geschicktesten anstellte, und war viel schneller als wir. Wir brauchten Stunden dafür, da bei uns der Eimer auf den Wellen tanzte und das Wasser herausspritzte. Etliche Male mussten wir unseren Versuch wiederholen. Von diesem Flüsschen hieß es, es sei eine bedeutende Grenzmarkierung. Diesseits liege Kappadokien und jenseits Karamanien. Anfangs blieb Elya immer auf der anderen Seite und warf uns nur einen kurzen Gruß zu. Wenn er aufbrach, blickte er verwundert zu uns herüber, da wir uns immer noch verzweifelt abmühten. In den folgenden beiden Monaten arbeitete ich wieder ganz allein auf dem Feld. Abends erklärte ich meiner Mutter, ich würde mich auf den Weg machen und die Kirchweihfeste abklappern, um etwas Geld zu verdienen. Einmal hatte ich meinen Vater nach Kaymaklı und Göreme begleitet, wo mich vor allem die großen Menschenmengen beeindruckten. Wir besuchten die berühmten Klöster, und mein größter Wunsch war, eines dieser bunten Püppchen zu besitzen, die dort feilgeboten wurden. Stattdessen kaufte mir mein Vater ein Paar Wollhandschuhe. Die habe ich im Dorf zurückgelassen. Obwohl die Wolle mit der Zeit rau und löchrig geworden war, war es ein guter Schutz für meine Hände beim Unkrautjäten. Doch meine Mutter Eleni wollte kein Wort von einer Wanderschaft über die Dörfer hören: ›Du bleibst schön hier.‹ Damals war ich vierzehn. Ihr muss durch den Kopf gegangen sein, selbst auf Tour zu gehen, weil sie uns tagelang immer wieder einbläute: ›Die Geiß müsst ihr jeden Tag melken, ohne dass ich euch jedes Mal daran erinnern muss … Den Hühnern gebt ihr nur ein halbes Tellerchen Kleie, das übrige Futter suchen sie sich selbst.‹ Doch als Sinnefia wieder Schmerzen bekam, war keine Rede mehr davon.«

Lachen und fröhliche Stimmen waren zu hören. Mutter und Tochter aus dem Haus gegenüber kehrten, munter plaudernd, mit einem Paket zu ihrem Palazzo zurück und verschwanden im Hauseingang. Kinder, die nach der Pause ins Schulhaus zurückkehrten, liefen an Eftalia vorüber. Einige von ihnen warfen begehrliche Blicke auf Eftalias Kichererbsen, so dass sie dem Kleinsten ein paar davon abgab.

»Die Hitze in Kappadokien war unerträglich, doch das Wasser im Wildbach war eisig. Ich tauchte ins Wasser, hielt mich an einem Ast fest und strampelte mit den Beinen. Obwohl sich mein Innerstes vor Kälte zusammenzog, hatte ich Spaß dabei. Irgendwann habe ich diese Geschichte Katina erzählt, und sie lauschte voll Bewunderung. Immer wieder sollte ich ihr dieses Abenteuer schildern: *Anne*, sag doch, wie du im Bach untergegangen bist und Vater dich gerettet hat!« Denn der Ast hatte nachgegeben, und ich war ins Wasser gefallen. Mein Kopf schlug auf die Steine am Flussgrund auf, und als ich wieder hochkam, schrie ich um Hilfe. Wäre Elya nicht gerade in der Nähe gewesen, wäre ich ertrunken. Kopfüber sprang er ins Wasser und erwischte mich gerade noch am Hemd. Zwei Stunden lang spuckte ich Wasser, und die ganze Zeit saß er neben mir. Am nächsten Tag kam er wieder und brachte ein festes Seil aus Pferdehaar mit, band das eine Ende um einen dicken Baumstamm, knotete am anderen eine Schlinge und warf sie in den Fluss. In diese Schlinge schlüpfte ich und zurrte sie um die Taille fest. Jetzt genoss ich mein Bad, ja, ich machte sogar Schwimmbewegungen mit den Armen. Immer öfter tauchte Elya bei unserem Acker auf, bis er schließlich jeden Tag kam. Eines Tages sah ich Elya im Dorf: Er war in Mourjalis' Kafenion eingekehrt. Die übrigen Gäste waren deutlich von ihm abgerückt. Die Familie Sabancı war nicht gerade beliebt. Immer wieder erzählte man von ihrer Brutalität. Wenn der alte Sabancı Bey zornig wurde, machte man sich am besten aus dem Staub. Einmal soll er sogar einen umgebracht haben, nur weil er ihm ein Schaf aus seinen Herden geklaut hatte. Der einzige Sohn stammte von seiner ersten Frau; die acht Töchter, die im Konak eingeschlossen lebten, von drei anderen Ehefrauen. Elya rauchte gleichmütig und nippte an seinem Tee. Als ich vorüberging, warf er mir einen zärtlichen Blick zu. Da wurde mir klar, dass er die ganze weite Strecke nur für mich zurückgelegt hatte. Die ganzen Augustnächte verbrachten wir in den Heuschobern. Tagelang kehrte ich nicht ins Dorf zurück und gab vor, ich wolle mir den langen Hin- und Rückweg ersparen. Eines Tages sagte er, er baue ein Haus hinter den Hügeln. Sobald es fertig sei, wolle er mich dorthin mitnehmen. Das neue Haus betrat ich ohne Aussteuer, ohne Brautkranz und auch ohne große Vorfreude. Wenn du Hunger hast, lebst du von der Hand in den Mund und hast keine Träume. Als meine Mutter Eleni davon erfuhr, sagte sie kein einziges Wort. Plötzlich fand sich das Geld, um einen Arzt aus Adana zu bezahlen, der Sinnefia untersuchte. Bald schon ging es ihr besser, und Eleni dankte dem Herrn. ›Egal, welcher Religion du angehörst, Gott gehört uns allen‹, erklärte meine Mutter dazu. Wir kauften eine Herde Schafe und einige Rinder, die uns ganz allein gehörten und die uns ein Türke für ein paar Piaster hütete. Meine Tochter brachte ich in demselben Bett, in dem ich auch schlief, ohne fremde Hilfe zur Welt. Keiner wagte es, Elya gegenüber irgendeine Andeutung zu machen. So lebten wir in unserem Haus, er als Herr und ich als seine Frau. Über Elya erzählten die Leute, er sei noch schlimmer als sein Vater. Und dieser Unmensch also hatte mich liebgewonnen. Er war der Einzige, den ich je geliebt habe. Ach, wäre doch alles nur so geblieben! Zu uns kam nie jemand zu Besuch. Ich wusste nicht, was es hieß, Freunde zu haben. Den Menschen ist Freundschaft ein Fremdwort, ständig leben sie in der Furcht vor den anderen. Sie lehnen ab, was ihnen andersartig oder ›unschicklich‹ erscheint. Zu unserem kleinen Acker kehrte ich nicht mehr zurück. Den bearbeitete jetzt auch ein Türke und brachte meiner Mutter die Feldfrüchte. Meine fleißigen, geschundenen Hände waren nun so zart, wie es meinem Alter entsprach. Meine Zwillingssöhne starben bei der Geburt. Der eine kam tot zur Welt, das blau angelaufene Körperchen des anderen lebte noch zwei Tage. Im Dorf murmelte man etwas von ›göttlicher Strafe‹. Ich wurde den Verdacht nicht los, die Hebamme habe sie vielleicht absichtlich ersticken lassen. Meine kleine Katina, mein einziger

Lichtblick, wuchs schnell heran. Auch ihr Vater liebte sie innig. Er nannte sie *kadın*, ›Frau‹, und so blieb ihr der Name Katina. Eines Tages nahm ich sie auf meinen Schoß und drückte sie so sehr, dass sie vor Schmerz aufstöhnte. Ich zog der Kleinen bunte Röcke an und kleidete sie so wie die Puppe, die ich so gerne von meinem Vater geschenkt bekommen hätte. ›Ich werde immer für dich da sein‹, sagte ich zu ihr. ›Ich schwöre dir, dass du nie hungern wirst. Und ich werde nicht zulassen, dass jemand dir wehtut.‹ Und dann weinte ich lange, während ich sie im Arm hielt, und auch die Kleine hatte Tränen in den Augen, weil ich sie so fest drückte.«

Eftalia suchte nach weiteren gerösteten Kichererbsen, doch sie waren alle. Dann zog sie ein Taschentuch heraus und putzte sich die Nase. Plötzlich überfiel sie eine untröstliche Traurigkeit.

»Es ist nicht auszuhalten! Mein ganzes Leben lang habe ich gekämpft! In unserem Haus habe ich acht Jahre gelebt. Dort war ich eine Herrin. Nur, dass ich nicht wagte, vor die Tür zu treten. Obwohl ich es hätte tun können … Ach, zum Teufel mit euch, ihr Menschen! Unmenschen seid ihr! Ich hasse euch … Immer wenn Elya von seinem Elternhaus zu uns zurückkam, herrschte Gewitterstimmung. Mir erzählte er, er hätte sich mit seinem Vater wegen der Grundstücke gestritten. Doch ich weiß, dass man ihn dort gegen uns aufhetzte. Sie wollten, dass er eine richtige Familie nach ihrem Geschmack gründete. Vielleicht hatten sie ja auch recht damit. Eines Abends sah ich vom Fenster aus, wie er nach Hause kam und im Hof sein Hemd auszog und auf den Stoß Brennholz schleuderte. Dann öffnete er die Tür, setzte sich ins Wohnzimmer und erklärte, der Bey sei tot. Ich fragte nicht nach, warum und wieso. Keiner wagte, Elya darauf anzusprechen. Am nächsten Tag sammelte ich im Morgengrauen seine Kleider auf, die von Blut getränkt waren. Nun hatte Elya das Sagen. Er übernahm die Verwaltung der Landgüter und des Viehbestands und hielt das Schicksal der ganzen Region in der Hand. Die Leute erschraken zunächst, doch mit der Zeit erkannten sie, dass sie keinen Grund zur Furcht hatten, und beruhigten sich. Die Zeit heilt alle Wunden, und ich begann, Mut zu schöpfen. Ich nahm die kleine Katina und ging zu Fuß ins Dorf. Da spürte ich, wie sich alle Blicke auf mich hefteten. Sie brannten wie Feuer auf meiner Haut. Als ein paar Türkinnen demonstrativ ihre Fensterläden schlossen, machte ich kehrt und lief nach Hause. Am Ende der Straße hielt ich inne und blickte auf die gegenüberliegenden Berge. Dann straffte ich mich und zerrte das Kind den ganzen Weg wieder zurück. Hocherhobenen Hauptes gingen wir bis zum Haus meiner Mutter. Seitdem besuchten wir zwei- bis dreimal in der Woche das Dorf. Da ich die Leute ignorierte, begannen sie, mich zu hassen. Doch aus Furcht vor Elya zeigten sie es nicht. Elya war der Gutsherr, und er tat und nahm sich, was er wollte. Solange Elya da war, waren wir in Sicherheit.«

Danach erinnerte sie sich an Vorfälle aus den späteren Jahren im Dorf, als ein Unglück nach dem anderen über sie hereinbrach.

»Nein, nein, daran möchte ich überhaupt nicht denken.«

Abrupt erhob sie sich und schlug den Nachhauseweg ein. Niemand war im Haus. Sie zog die Jacke aus und trat in die Badestube, öffnete eine kleine Lade und entnahm ihr zwei Manschettenknöpfe aus Elfenbein und einen vergilbten Stehkragen. Betrübt schnupperte sie daran und erinnerte sich, wie der blütenweiße Kragen um Elyas Hals gelegen hatte. Auch die Manschettenknöpfe, die er nur ein einziges Mal auf einer Reise nach Europa getragen hatte, lagen am gewohnten Platz. Sie legte sie in die Schachtel zurück. Dann erblickte sie ihr Bild im Spiegel: Sie war immer noch jung.

»Es sollte eben nicht sein. Als Elya tot war, kamen die Türken ins Haus und überbrachten die Hiobsbotschaft: ›*Kara haber, Hanımefendi*‹. Ich rannte hinaus auf die Felder: Man hatte ihm den Schädel zu Brei geschlagen, das Hirn war ringsum aufs Gras gespritzt. Nachdem man den Toten zu uns nach Hause geschafft hatte, verbreitete sich die Nachricht in Windeseile. Trotz der verschlammten Wege eilte meine besorgte Mutter herbei. Entschieden drängte sie mich, rasch ein Bündel zu schnüren. Von dem Erlös der letzten Viehverkäufe nahm sie nur die Hälfte und ließ den Rest gut sichtbar in der Kasse liegen. Dann kehrten wir zusammen in ihr Haus zurück und schoben hinter uns den Riegel ins Schloss. Das Begräbnis verfolgten wir aus der Ferne. Die anderen Familienmitglieder sahen uns zwar, sagten jedoch nichts. Auch wir sprachen sie nicht an. Unser Leben wurde erneut zu einem Gefängnis. Wer uns erniedrigen, verletzen oder schaden konnte, tat es unter dem Beifall der Übrigen. Wenn ich es wagte, aus dem Fenster zu blicken, schäumten die Nachbarinnen vor Wut: ›Pfui, die ordinäre Dirne, der Erdboden soll sich öffnen und sie und ihren Bankert verschlingen!‹ Wenn ich es wagte, Wasser zu holen, bewarfen mich die Dorfbewohner mit Steinen. Wochenlang phantasierte ich im Fieber, das die schwärenden Wunden hervorgerufen hatten. Drei Griechen dachten, sie könnten sich leicht und, ohne Folgen fürchten zu müssen, mit mir vergnügen. Volltrunken kamen sie vor unser Haus und riefen nach mir. Unter Geschrei und Geheule ergriff meine Mutter ein Holzscheit und trieb sie damit aus dem Haus. Ihr Kreischen war bis ans Ende von Karamanien zu hören, doch keiner kam uns zu Hilfe. Am schlimmsten war der Pope, der mir das Kind wegnehmen wollte, um es in ein Kloster zu sperren. Ein Türke, Mustafa, war unsere Rettung. Heimlich klopfte er an unser Fenster: ›Sie wollen das Kind die Felsen hinunterstürzen!‹ Noch in derselben Nacht ergriffen wir die Flucht. Mustafa packte uns auf einen Karren mit einer Ladung Schaffelle. Als wir aufbrachen, hob er die Decke, unter der wir uns verbargen, und gab mir einen Talisman. Hier, den habe ich immer noch.«

Eftalia zog ihn aus einer kleinen Schachtel. Sie strich ihr Haar hinters rechte Ohr zurück und besah sich im Spiegel die Narbe, die vom Ohr bis hinunter zum Hals reichte.

»Diese Narbe verheilt nie. Sie wird mich immer daran erinnern, wie böse Menschen sein können.«

Dann ging sie hinunter in die Küche und begann mit der Zubereitung des Abendessens. Sie ergriff den Stößel und zerstampfte mit inbrünstiger Wut zwei Knochenstücke im Mörser.

»Man muss den anderen zuvorkommen und zuerst zuschlagen.

Dann müssen sie den Angriff erst mal parieren. Das ist die Lehre, die ich aus meinem Leben gezogen habe.«

Wie heißt es so schön? »… Soll etwas bleiben geheim, so sag's keiner Freundin dein, denn dein Geheimnis geht von Mund zu Mund, und es wird dein Schaden nur sein …« Um Katina mit ihrem zweiten Mann zu verkuppeln, tat Eftalia genau das Gegenteil. Sie stattete Vassilia, der klatschsüchtigsten Nachbarin, einen Besuch ab und vertraute ihr unter dem Siegel der Verschwiegenheit Folgendes an:
»Was ich dir jetzt sage, darf die Schwelle deines Hauses nicht verlassen.«
»Ich werde schweigen wie ein Grab«, schwor Vassilia.
»Der selige Serbetoglou«, flüsterte ihr Eftalia vertraulich zu, »der ganz Smyrna abgeklappert hatte, der mit französischen Chansonnetten ins Bett ging und hübsche Frauen reihenweise betörte, sagte immer: ›An die Liebeskünste meiner Katina kommt keine heran.‹«
»Was du nicht sagst!«, rief Vassilia aus.
Am nächsten Tag machte in ganz Smyrna die Nachricht von Katinas erotischen Raffinessen und sinnlichen Kunstgriffen die Runde, und von Mal zu Mal wurden ihre Reize betörender und ihre Liebkosungen gewagter.
Katina putzte sich heraus und flanierte durch die vornehmen »Quartiers«, dann setzte sie sich in eine der Konditoreien an einen sonnigen Tisch und trank ihren Tee. »Da, seht nur, die Witwe des Tabakhändlers!« Alle deuteten mit den Fingern auf sie. Die Macht der Gerüchte ist unübertroffen!
Als sie Karamanos eines Mittags im »Café Fotis« zufällig in ihrer Nähe erblickte, gab sie vor, von einem plötzlichen Schwindel erfasst zu werden, und sank ihm in die Arme.
»Was haben Sie, Mademoiselle? Ist Ihnen nicht wohl?«
Karamanos wusste nicht, wie ihm geschah, als er plötzlich mit einer ohnmächtigen Frau in den Armen dastand.
»Mademoiselle, Mademoiselle!«

Ihm stieg der herrliche Duft des jungen Frauenkörpers in die Nase.
»*Vay vay vay*«, murmelte Katina verwirrt.
Das »Café Fotis« war zu dieser Stunde gut besucht. Auf der Bühne saß das Orchester, und Violine, Oud, Saz und Dümbelek spielten ein altes schmachtendes Liebeslied. Auf großen Tabletts wurden die Speisen hin und her getragen: Koteletts, Doraden, aber auch Süßes wie Kadayıf, Eiscreme und Obst. Die Gäste an den Nachbartischen wandten sich um. Die Kellner konferierten und versuchten, die Dame auf einen Stuhl zu setzen. Doch Katinas Arme hielten Karamanos fest wie ein Schraubstock, und ihre Brüste wogten, während sie nach Atem rang.
»Öffnen Sie der jungen Frau doch das Mieder«, sagte jemand. »Sie bekommt ja gar keine Luft.«
Man knöpfte ihr das eng anliegende, elegante Kleid auf: Darunter war sie splitterfasernackt, sie trug weder Korsett noch Unterwäsche. Der Kellner blickte sich ratlos um und beeilte sich, das Mieder wieder zuzuknöpfen. Dann ergriff er ein Serviertuch und begann hektisch, ihr Luft zuzufächeln.
»Die Witwe des Tabakhändlers hat die Besinnung verloren«, rief jemand. »Ein Glückspilz, wer sie im Arm hält.«
Die Kommentare über die berühmt-berüchtigte Witwe des Tabakhändlers waren auch an Karamanos' Ohren gedrungen. Er war einem Seitensprung generell nicht abgeneigt, und am vergangenen Abend hatte er beim Clubdiner im erlesenen Kreis die Ohren gespitzt, als sich die anderen Frauen über sie unterhielten.
»Mir ist völlig unbegreiflich«, sagte die Frau des Justiziars der Schweizer Versicherungssozietät, eine nicht mehr ganz taufrische Giftspritze, während sie vom Birnenzabaione naschte, »über was für Fähigkeiten dieses Weibsbild verfügt, dass allen Männern das Wasser im Mund zusammenläuft, wenn sie vorübergeht …«
Es entwickelte sich ein lebhaftes Gespräch über die Frau, von der es hieß, sie habe ganz Smyrna den Kopf verdreht.
»Das also ist die Witwe des Tabakhändlers!«
Karamanos' Neugier war geweckt, und er musterte Katina nun

noch interessierter. Sie erschien ihm wie eine Märchenfigur, wie ein dunkelhaariger, üppiger Engel. Die Frau des Justiziars sollte von Katina höchstpersönlich die gebührende Antwort erhalten, als sie beide acht Monate später – da war Katina schon mit Karamanos verheiratet – auf derselben Abendgesellschaft im Hause des Mehlfabrikanten Michail eingeladen waren. Der Drachen spuckte Gift und Galle und warf ihr vor allen anderen die bissige Bemerkung an den Kopf:
»Es fällt schwer, zu glauben, meine Liebe, dass erotische Attraktivität allein genügt, um eine gesicherte Existenz zu zerstören. Du hast großes Glück gehabt. Ich zumindest bin mir nicht sicher, ob ich einem Mann einzig und allein mit meinen Liebeskünsten den Kopf verdrehen könnte.«
Die Gattin des Botschafters, die zwei Stühle weiter saß, erbleichte und bedeutete Katina hinter ihrer Stoffserviette, hinter der sie sich verschanzt hatte, nicht darauf einzugehen.
»Doch, das kannst du schon«, erwiderte Katina. »Du darfst nur, wenn du die Beine breit machst, nicht daran denken, dass morgen die Schneiderin kommt oder welche Süßspeisen du am Sonntag zur Soiree vorbereiten willst.«
Alle am Tisch brachen in Gelächter aus, füllten ihre Gläser und tranken auf das Wohl von Karamanos und seiner neuen Ehefrau: »Eviva! Tja, wir leben nur einmal, Konstantinos!«

Aus Dankbarkeit dafür, dass Memeta Nina Serbetoglou abgewimmelt hatte, hatte Eftalia die Türkin mit einem großzügigen Bakschisch und königlichen Geschenken entlohnt: mit Zuckervorräten und Kleiderstoffen, mit der Schwarznessel und mit dem Drudenkraut, das Paare entzweit. Seit damals waren die beiden engstens befreundet.
Es stellte sich heraus, dass sie aus Nachbardörfern stammten, und so begannen sie, sich zum beidseitigen Vergnügen im kappadokischen Dialekt zu unterhalten. Gemeinsam fuhren sie zum Strand und studierten die Koranstellen, in denen vom Meer die Rede war. Obwohl Eftalia eine tiefgläubige Christin war, nahm sie kein

Schweinefleisch in den Mund, da Allah es so bestimmt hatte. »Wenn man ein Stück Schweinefleisch zwei Tage lang in der Sonne liegen lässt, dann ist es bald von Maden übersät. Bei Rindfleisch hingegen passiert überhaupt nichts«, gab sie Allah recht.
Die beiden lernten viel voneinander, und zwischen ihnen fiel nie ein böses Wort. Ganz anders ging Memeta mit ihren Kundinnen um, die sie ausschließlich nach ihrem Geldbeutel taxierte. Eftalia war mit einer solchen Einstellung und mit einem solchen Geschäftsgebaren nicht einverstanden. Magie war für sie eine Gabe und eine Berufung und kein Geschäft. Ganz zu schweigen von Attartes Meinung, die nur ein einziges Mal ihren Mund aufmachte und Memeta als »Falschspielerin« bezeichnete.
Doch Memeta, ob Falschspielerin oder nicht, war es gelungen, im Türkenviertel ein zweistöckiges Haus zu kaufen, dessen obere Fensterfront mit hübsch geschnitzten Holzgittern versehen waren. Dort lebte sie mit ihren sechs Kindern, auf deren Teller das Beste kam, was die türkischen Märkte hergaben: Fisch und Rindfleisch, Reis und Nudeln, Mirabellen, Aprikosen und Wildbirnen, ja sogar Süßspeisen, die Memeta ihren Kindern immer freitags mitbrachte. Daraufhin liefen sie auf die Straße und beschrieben den Bettelkindern, die mit offenem Mund zuhörten, was sie gerade gegessen hatten.
Als treibende Kraft der Familie hatte sie sich gegen die anderen beiden Frauen ihres Mannes durchgesetzt. Doch auch ihn ließ sie nur dann, wenn es ihr passte, in ihr Zimmer. Memeta war geselliger als andere Hexen, sie kannte Gott und die Welt und fand so auch Zutritt in die besseren Kreise der Stadt.
Memeta hatte ihre Spioninnen, die sie gut entlohnte, um alles zu erfahren, was sich in den vornehmen Häusern abspielte. Dienstmädchen, Küchenhilfen, Wäscherinnen und Stickerinnen kannten die Angelegenheiten der feinen Damen in- und auswendig. In den Zwischengeschossen, wo die Dienerschaft wohnte, in den Küchen, den Höfen und den Ställen hielten die Spioninnen Augen und Ohren offen und konnten über jeden, der Memeta interessierte, Auskunft geben.

»… Bei der Abendgesellschaft der Familie Charlaftis, als der junge Herr Rodokanakis unter der Klavierbegleitung der Hausherrin eine Baritonarie gesungen hat, schaute er ihr die ganze Zeit in die Augen. Und sie hat die Botschaft wohl begriffen …«

»Pass auf, wann sie sich treffen«, bestimmte Memeta und verfolgte die Fortsetzung der Geschichte. Manchmal waren die Dinge schon weiter gediehen: »Nachts, sag ich dir, ist sie mit der Kutsche weggefahren und hat sich zum Stelldichein mit dem Arzt im Goldschmiedeviertel hinten beim ›Han de Madame‹ getroffen.«

Dieses Wissen hütete Memeta gut, um es später beim Lesen des Kaffeesatzes, zusammen mit Kräutertinkturen und Zaubermitteln, teuer weiterzuverkaufen – entweder an die Ehefrau oder an die Geliebte des Arztes. Auf demselben Wege wusste sie von den Skandalen, schon bevor sie ausgebrochen waren. Immer wenn sie den Zeitpunkt für günstig hielt, sandte sie den Damen eine Einladung zum Treffen.

»Bei allem Guten, das ich Ihnen wünsche, *Hanımefendi*, rufen Sie Ihre jüngste Tochter zur Ordnung, denn sie ist dabei, sich mit Ihrem albanischen Fuhrmann einzulassen.«

Memeta war zu einem moralischen Felsen in der Brandung der Religionen geworden. Je weniger Rücksicht die Liebe auf Klassen oder Glaubensbekenntnisse, auf Geld oder Alter nahm, desto größeren Wert legte Memeta darauf. Und die feinen Damen beeilten sich, einer möglichen Mesalliance zuvorzukommen, und überschütteten Memeta dankbar mit Geschenken.

Um der Ehre Genüge zu tun, muss man sagen, dass Memeta das Hexenhandwerk solide beherrschte. Doch als sie immer mehr Aufträge bekam, hat das schnelle Geld sie verführt. Es blieb einfach keine Zeit, sich mit jedem einzelnen Fall ausgiebig zu beschäftigen und die ganze Nacht die erforderlichen Sprüche zu murmeln.

So begegneten sich in Memeta und Eftalia zwei Meisterinnen ihrer Zunft. Bei der Verkupplung von Karamanos und Katina half Memeta hingebungsvoll mit und tat alles, was in ihrer Macht

stand, und das sogar unentgeltlich! Eine Hexe hackt der anderen kein Auge aus. Oder etwa doch?
Tagtäglich gingen die Spioninnen mit Neuigkeiten bei ihnen ein und aus. So erfuhren Katina und Eftalia alles, was sie über Karamanos wissen mussten: seine Launen und Schrullen, seine Liebschaften und Heimlichkeiten, ja selbst seine allergrößten Geheimnisse. Sie erfuhren, was er plante, was er aß und worauf er Appetit hatte, wann er in welcher Stimmung und wie seine Gemütslage war. Darüber hinaus studierten sie die Ehefrau des Opfers mit ebenso großer Sorgfalt. Die Sache war schwierig, denn er war kein Witwer, sondern glücklich verheiratet, und kein Wölkchen schien den Himmel seiner Ehe zu trüben. Am eindrucksvollsten war für Eftalia und Katina, dass der Auserkorene zu den vornehmsten Mitgliedern des »Griechischen Clubs« zählte. Nach dieser Erkenntnis war Karamanos' Wahl über jeden Zweifel erhaben.

Der Liebeszauber, der zur Eheschließung führen sollte, setzte Folgendes voraus: »Nimm ein Stück Sohle von seinem Schuh …« Daraufhin wurde Eftalia regelmäßiger Gast beim Schuhmachermeister. Doch sie musste sich eine ganze Weile gedulden, bis sie zum Zuge kam, denn die Karamanos-Sippe war so reich, dass sie die Schuhe nicht flicken ließ, sondern einfach wegwarf. Eftalia gab vor, vor dem Schusterladen plötzlich müde zu werden und einen Stuhl zum Ausruhen zu brauchen, bis – »dem Herrn sei Dank« – der Schuster endlich kurz abgelenkt war und Eftalia in Windeseile die Schere aus der Schürze ziehen und ein Stück Sohle von Karamanos' Schuh abschneiden konnte. Wie sich später herausstellen sollte, war es der Schuh von Syrios Karamanos, dem älteren Bruder. Aber wie hätte sie das ahnen sollen!
In der Folge wurden verschiedene Zauber angewendet, um Violetta aus Karamanos' Leben zu verbannen. Rosa, Memetas beste Spionin im Karamanos-Haushalt, hatte Blätter von Violettas Brautkranz mitgebracht, den sie beim Staubwischen von der Schlafzimmerwand genommen hatte.

Drei Zitronenblätter davon wurden verbrannt, um dem Brautkranz und damit auch der Ehe jede Frische zu nehmen. Die Aschenreste wurden mit dämonischen Sprüchen über der Feuerstelle besprochen und in einen Gifttrank verwandelt. Rosa, eine äußerst tüchtige Kammerzofe, sorgte dafür, dass das Gift unauffällig und tröpfchenweise in Violettas Essen gelangte. Genauso hatte sie die Aufgabe übernommen, ein weiteres Zaubermittel in Violettas Bett und das Drudenkraut im Hof des Hauses zu platzieren. Beide Aufgaben erledigte sie zur vollsten Zufriedenheit ihrer Auftraggeberinnen.

»Die Herrin«, berichtete Rosa, »hat ahnungslos und mit großem Appetit ihren eigenen, zerstörten Brautkranz gegessen. Sie hat alles weggeputzt, ein wenig war in ihrem Mokka, ein wenig im Essen. Über den ganzen Tag verteilt hat sie den Trank eingenommen.«

»Aber doch nicht während der Vesper?«, fragte Memeta besorgt.

»Aber nein.«

Da waren Eftalia und Memeta, das muselmanisch-christliche Duo, erleichtert. Bei Zauberei und Hexenkunst waren sich die Religionen ausnahmsweise einig: Die Muslimin respektierte Christus und seine Leiden, die Christin Allah und seine Gebote. Daher machten sich Eftalia und Katina auch keine großen Gedanken darüber, dass Karamanos verheiratet war. Allah gestattete jedem Mann so viele Frauen, wie er wollte, und segnete alle seine Ehen. Der Lump würde seiner Frau nach der Hochzeit ohnehin nicht treu bleiben. Warum also nicht gleich den Segen der Religion einholen? Allah hatte da vollkommen recht.

Von Memetas Haus gingen sie zu »Craemers Eissalon« am Kai und genehmigten sich etwas Sorbet. Eftalia war auf den Geschmack gekommen und bestellte gleich noch eine Portion. Mit dem Dessertlöffelchen kratzte sie laut und vernehmlich das Tellerchen leer, um ja kein Tröpfchen Sirup zurückzulassen. Nachdem sie alles blitzschnell und gierig verschlungen hatte, leckte sie sich die Lippen und nippte von ihrem Wasserglas.

Katina ließ ein Stück Mastix-Süßigkeit genüsslich im Mund zergehen, und fast ehrfürchtig nahm sie das Löffelchen aus dem Wasserglas, in dem die Masse aus Zucker und Mastixharz schwamm. Ein Besuch in »Craemers Eissalon« war ein kostspieliges Vergnügen, das sich nur ein gutsituiertes Publikum aus eitlen Smyrniotinnen, Westeuropäern und Levantinern leisten konnte.
»*Anne*, schau nur! Da, hinter dir!«
Eftalia wandte sich abrupt um: »Wo? Wo?«
»Dreh dich doch nicht so auffällig um, Mutter! Dort hinten, meine ich. Weißt du, wer das ist?«
»Wer denn?«
»Violetta!«
Eftalia schnellte erneut herum.
»Die Blasse?«
»Ja, genau, *anne*. Aber starr sie nicht so an.«
Eftalia warf Violetta einen abschätzigen Blick zu.
»Hm! Das also ist sie, die gnädige Frau?«
Dann inspizierte sie, was Violetta, die mit einer betagten Dame an einem der Tischchen im hinteren Teil des Lokals saß, bestellt hatte. Sie war tatsächlich bleich. Nur eine kleine Tasse hatte sie vor sich stehen, was Eftalia umso mehr befremdete. Wie absurd, in so eine Konditorei zu kommen und anstelle der herrlichen Süßigkeiten nur ein Getränk zu bestellen! Was wollte sie damit signalisieren?
»Wer ist die alte Dame? Ihre Mutter vielleicht?«
»Ein schönes Kleid«, kommentierte Katina, die Violetta genau gegenübersaß.
In diesem Augenblick hob Violetta zufällig die Augen, und ihre Blicke kreuzten sich. Flüchtig nahm Violetta das Bild einer jungen, dunkelhaarigen Frau aus der Unterschicht wahr. Freilich hatte sie keine Ahnung, wer ihr da gegenübersaß. Katina spürte diesen Blick ganz genau, der ihre Kleidung, ihre Gestik und Mimik, ihr Aussehen in Sekundenschnelle taxierte, für uninteressant befand und instinktiv ablehnte. Dann schweifte Violettas Blick gleichgültig nach rechts, dann nach links und nahm die Konversation mit der alten Dame wieder auf.

»Wie gemein! Weißt du, wie sie uns angeschaut hat, *anne*? Wie zwei Dienstmägde.«

»Mit der brauchst du wirklich kein Mitleid zu haben«, sagte Eftalia. Dann leckte sie sich erneut die Lippen und drängte den Gedanken an eine dritte Portion zurück. »Wenn wir ein Haar von ihr oder ein bisschen Speichel hätten, könnten wir sie dreimal so stark behexen. Memeta wäre begeistert!«

Sie warf einen weiteren, heimlichen Blick zu Violetta hinüber, die gerade mit einer graziösen Handbewegung die Rechnung orderte. Eftalia ahmte die Handbewegung nach, und Katina musste laut auflachen.

»Pff! Was denkt die denn, wer sie ist? Guckt die denn nicht in den Spiegel? Was für eine scheinheilige Heuchlerin! Da wird einem ja übel. Da, schau! Der Kellner räumt ihre Tasse ab! Diesen Löffel können wir gebrauchen. Warte, er kommt mit dem Tablett zu uns herüber!«

Dann streckte sie unvermittelt ihre Stiefelette in den Zwischengang und stellte ihm ein Bein. Beinah schlug der Kellner einen Salto, und die Gegenstände auf dem Tablett flogen durch die Luft.

»Diesmal«, meinte Eftalia, während sie Tasse und Löffelchen in die Tasche steckte, »rühre ich mich keinen Schritt von der verrückten Memeta fort, damit sie mir ja keinen Fehler macht. Stell dir nur mal vor: Anstatt die andere aus dem Weg zu räumen, hext sie uns dicke Mumpsbacken! Kannst du dir vorstellen, wie ich mit Umschlägen gegen Ziegenpeter aussehe?«

Dann standen sie auf und verließen hocherhobenen Hauptes den Eissalon.

Wie Despina schwanger wurde

»O weh! Was für ein Unglück!« Foula war mit vor Aufregung geröteten Wangen herübergekommen. »Hört bloß, was ich erfahren habe! – Es geht um Despinas Bräutigam! Also, um meinen zukünftigen Schwiegersohn! Vor einer Stunde hat mich Maria Moutafi besucht und mir alles erzählt. Gestern Abend war die Moutafi bei Asvlanis' Soiree. Und wer war auch dort? Die zweite Verlobte meines Schwiegersohns, eine richtige Walküre, ganze zwei Meter groß. Zwei Jahre war sie mit Isaidis verlobt. Und warum, glaubst du, haben sie sich getrennt?«

»Na warum?«

»Er hat sie verlassen, weil sie nicht schwanger wurde. ›Wenn du kein Kind kriegst, heirate ich dich nicht‹, hat er zu ihr gesagt.«

»Warum nimmst du dir die Sache so zu Herzen? Die Geschichte ist doch längst passé.«

»Äh, darüber mach ich mir auch keine Gedanken«, sagte Foula, während sie ihren Mokka schlürfte. »Es geht darum, dass Despina … Na, du weißt schon. Ich merke, dass der Schwiegersohn anfängt, sich Sorgen zu machen. Sechs Monate sind nun schon um, und nichts hat sich getan. Keine Leibesfrucht in Sicht. Und er hat es Despina ganz deutlich zu verstehen gegeben: Er heiratet sie, weil er einen Sohn will. Aber den Nachfolger will er sozusagen auf Vorschuss.«

Schweigen machte sich zwischen ihnen breit.

»Einmal die Fehlanzeige bei der Walküre«, dachte Katina. »Und jetzt eine Fehlanzeige bei Despina, macht schon zwei erfolglose Versuche.«

»Jetzt sollten wir auch noch die Gründe für die Auflösung der ersten Verlobung in Erfahrung bringen, Tante«, bemerkte sie dann laut zu Foula.

Und das taten sie umgehend: Auch bei der ersten Braut hatte es während der dreijährigen Verlobungszeit mit einer Schwangerschaft nicht geklappt. Doch der Auserkorene durfte der Familie Karpidis auf keinen Fall durch die Lappen gehen: erstens, weil eine Frau, die keine Aussteuer hat, nach einer gelösten Verlobung kaum einen anderen Mann mehr zum Heiraten findet; und zweitens, weil Despina nicht einmal im Traum daran denken konnte, ein anderes Prachtexemplar gleicher Güte an Land zu ziehen. Und natürlich war ausgeschlossen, dass ein baumlanger Schnurr-

bartträger zugeben würde, die Schuld an der ungewollten Kinderlosigkeit läge bei ihm …
Despina musste also schnellstmöglich ein Kind gebären. Dafür gab es zwei Lösungen. Zum einen konnte man ein fremdes Neugeborenes auftreiben.
»Immer wieder wollen Frauen ihren Nachwuchs loswerden. Da werden wir schon fündig! Aber dann, Foula, ziehst du ein fremdes Kind groß, das weder von deinem zukünftigen Schwiegersohn stammt noch von deiner Tochter. Am besten ist die zweite Lösung: Wir finden einen Liebhaber für sie. So ist das Kind wenigstens von Despina und dein echtes Enkelkind.«
»Wo sollen wir denn einen Galan für sie finden? Die ist sogar zu träge, die Beine breit zu machen. Und wenn jemand die beiden zusammen sieht? Oder der Bursche alles ausplaudert? Oder sie erpresst? Dann haben wir keine ruhige Minute mehr.«
Eftalia zog die Augenbrauen zusammen und blickte sie durchdringend an.
»Das regeln wir schon«, sagte sie schließlich mit Bestimmtheit. »Sag ihr, sie soll die Kandidaten durchgehen und sich einen aussuchen, der ihr gefällt.«
»Aber …«
»Los, sag ihr das.«
Zwei Tage später hatte sich Despina für einen Postboten entschieden.
»Ausgerechnet den Postboten?«, rief Eftalia. »Könnte ihr nicht ein Gelehrter, ein Beamter oder ein Advokat gefallen? Dann käme etwas frisches Blut in die Familie.«
Jetzt nahm Eftalia, die dem Postboten nicht viel abgewinnen konnte, die Sache in die Hand. Kurz entschlossen schob sie Foula zur Tür hinaus: »Macht für die Kandidatenschau doch auch einen Abstecher zum griechisch-orthodoxen Gymnasium, Foula.«
Despina schaute sich gründlich in der ganzen Stadt um. Sie und Foula machten sich im griechisch-orthodoxen Gymnasium kundig, im Jagdclub, auf der Pferderennbahn, in den Thermalbädern und in den Cafés, in denen die gehobenen Kreise verkehrten.

Allen Kandidaten hatten sie diskret zwischen die Beine geschielt, bis sie sich schließlich – »Allmächtiger!« – für einen Schauspieler erwärmte, der mit einer italienischen Operetten-Kompanie im größten Theater Smyrnas auftrat.
»Na also«, sagte Eftalia zufrieden.
Die Edeldirne Bajeta, eine von Memetas Kundinnen, sollte gegen entsprechende Bezahlung dabei behilflich sein, den Auserwählten einzufangen. Als verschleierte Haremsdame lockte sie Riccardo Liochi nach der Vorstellung von seiner Truppe weg. Da er fremd in der Stadt war, kannte er sie nicht und dachte schon, er hätte sein Glück gemacht, als sie ihn in ihr Schlafzimmer führte. Das Schäferstündchen erfolgte bei gelöschtem Licht und mit einer tief verschleierten Despina. Foula schlug währenddessen hinter dem Paravent ein Kreuzzeichen nach dem anderen, damit das göttliche Werk gleich beim ersten Versuch gelingen möge. Denn die Bemühungen, ihrem Schwiegersohn in spe Hörner aufzusetzen, hatten sie – »Herr, erbarme dich!« – bislang schon sechs Goldpfund gekostet.
Despina wurde – »Dem Himmel sei Dank!« – tatsächlich schwanger. Sobald ihr Bauch anschwoll, stimmte der Verlobte endlich der Hochzeit zu. Foulas stolzer Schwiegersohn in spe schleppte Despina in sämtliche gutbesuchte Kaffeehäuser, um seine schwangere Braut zur Schau zu stellen – als Beweis für seine Manneskraft.
»Ein Junge! Ein Junge!«, rief Foula dann später bei der Niederkunft. »Der Herr sei gepriesen!«
Zwei Monate später brach erneut Panik aus, da der Schwiegersohn den Wunsch nach einer möglichst vielköpfigen Familie geäußert hatte.
»Das kriegen wir schon hin«, meinte Eftalia.

Zu Despinas Hochzeit kam wieder die schwerhörige Frau Sappho, Foulas Mutter, aus Bodrum angereist. Die hat uns ihr Leben lang ganz schön auf Trab gehalten. Aufgewachsen war sie in Smyrna und später als Karşılama-Tänzerin auf Kirchweihfesten aufgetreten.

Die größte Abneigung hegte sie gegen die italienischen Mandolinen-Orchester, die sie – als neuartige europäische Musikrichtung – fürchtete wie die Pest. Und wenn wir mit Despina »Wenn die Braut in Stimmung kommt« sangen, ein Riesenerfolg in ganz Smyrna, kreischte sie empört auf. Frau Sappho hörte eben genau das, was sie hören wollte …

Und was für eine Pfennigfuchserin sie war, heilige Madonna! Wenn man sie fragte »Oma, gib mir doch zwei Silberstücke, damit ich mir Zuckerwerk kaufen kann«, reagierte sie nicht. Doch wenn jemand in der Küche sagte »Essen fertig!«, saß sie als Erste am Tisch.

Als Katina und Despina klein waren, zeigte sie ihnen, wie man beim Bauchtanz Schlangenbewegungen mit den Händen macht und sich in den Hüften wiegt. Wenn sie an den Musiktavernen vorübergingen, tanzten die beiden Kleinen mit Frau Sappho in der Mitte direkt vor der Eingangstür ihren eigenen kleinen Bauchtanz. Doch im Grunde musste man den Hüftschwung im Blut haben. Als die beiden dann größer wurden, schimpfte sie: »Du musst die Melodie der Oud in deinen Adern spüren.« Wenn sich Despina allzu tollpatschig anstellte, schritt die Alte ein. »Du bist doch kein Tanzbär, sondern eine Frau. Beim Bauchtanz musst du Liebessehnsucht spüren. Stell dir einen kräftigen, jungen Burschen vor, nur für den tanzt du. Zeig ihm, was du zu bieten hast. Zuerst die Hand, ja, genau! Dann mit der Hüfte kreisen und dann die Hüfte liebkosen. Ja, genau!«

Manchmal fuhren wir mit Großmutter Sappho ans Meer. »Nehmt euch ein Beispiel, wie sanft eine Welle nach der anderen an den Strand rollt! Und hepp, hepp!« Und sie stimmte unsere Hüften auf den Rhythmus der Wellen ein.

Wegen ihrer Taubheit, die für alle Beteiligten anstrengend war, hatte Foula sie eine ganze Weile nach Bodrum zu ihrem Bruder und seiner Frau geschickt. Doch als sie wegen des Herrensalons ihren Hausfrauenpflichten nicht mehr hinterherkam, holte sie sie wieder zurück. Frau Sappho stürzte sich daraufhin in die Hausarbeit, um sich unentbehrlich zu machen: Sie kochte, wusch, bügelte, flickte, putzte Fenster … Doch sie übertrieb den Sauberkeitsfimmel und fiel den anderen erneut auf die Nerven. Sie scheuerte die bereits gescheuerten Spülbecken. Dann scheuerte sie die zweifach gescheuerten Spülbecken noch einmal. Sie leerte alle Schränke, nur um sie wieder von vorn bis in den letzten Winkel zu reinigen. Sie schleppte die weiß gestärkten Laken erneut zum Waschtrog, weil sie gelbe Flecken zu haben schienen. Sie hatte den Ehrgeiz, die ohnehin schon sauberen Sachen noch sauberer zu kriegen.

»Mama, lass doch den Putzlappen endlich in Ruhe!«, rief Foula laut.

»Was?«

»Mama, lass den Putzlappen!«, schrie Foula lauter.

»Was?«

Dann riss sie ihn ihr aus der Hand, brüllte: »Lass das!« und drohte ihr damit, sie nach Bodrum zurückzuschicken: »Sonst fährst du schnurstracks zurück zu Sultana.«

Frau Sapphos schlimmste Strafe war, bei Sultana, ihrer Schwiegertochter, wohnen zu müssen. Nicht einmal ihren Namen durfte man erwähnen. Doch da sie für Antonis, ihren Jüngsten, eine Schwäche hatte, musste sie Sultana ertragen. Am ärgsten, aber auch am lustigsten wurde es, wenn Frau Stella, die Mutter von Frau Vlastou, der Hopfenstange von gegenüber, zu Besuch kam. Diese war ein Fall für sich, denn sie war manchmal verwirrt. Zuweilen meinte sie, Frau Vlastou – ihre Tochter also – sei ihre eigene Mutter. Sie ging aus dem Haus und fand nicht mehr heim, und ihre Tochter musste die ganze Gegend nach ihr absuchen. Jeden Morgen verlangte sie Rechentafel und Bleistift, um in die Schule zu gehen. Manchmal nahm sie ihrer Enkelin die Puppe weg, weil sie dachte, sie wäre ihr Kind.

Frau Sappho und Frau Stella hatten sich angefreundet, und bei ihren Treffen konnten sie stundenlang aneinander vorbeireden.

»Lass uns einen Ausflug nach Burnova machen, solange ich in Smyrna bin«, sagte Frau Sappho. »Lass die Handarbeit liegen, Stella, dir fallen doch alle Maschen herunter. Schau, nimm doch diesen Stoffrest.«

»Wie heißt du noch mal?«, fragte die Verwirrte.
»Nein, heiß ist es nicht gerade, aber in Burnova ist es bestimmt kühler.«
Und noch schlimmer wurde es, wenn sich die alten Krähen jemanden vorknöpften und über ihn tratschten.
»Morgen kommt mein Neffe Artemis. Er hat eine Verlobte, eine wahre Augenweide: eine gute Hausfrau, ein heiteres Naturell und bildhübsch wie eine Bordsteinschwalbe, liebe Stella«, sagte die Schwerhörige, die manche Ausdrücke durcheinanderbrachte.
»Ja, Artemis ist groß gewachsen, und die Braut sieht auch gut aus. Sie werden bei Foula übernachten, deshalb hatten wir heute Großreinemachen. Wir freuen uns schon auf sie.«
»Mach das Kohlebecken an, es sieht nach Schnee aus.«
»Nein, sie bleiben nicht nur zum Kaffee, aber auch nicht länger als eine Woche. Der Gast ist, liebe Stella, wie ein Fisch: Am ersten Tag ist er frisch, am zweiten Tag noch erträglich, doch am dritten beginnt er zu stinken.«

Auf in den Kampf!

Eftalias Haus wurde einem Großreinemachen unterzogen. Die Laken wurden an der Sonne gelüftet, die Kilims auf der Veranda mit Teppichklopfern bearbeitet und die Matratzen gewendet. In einer kleinen Truhe tauchten plötzlich Kleider von Spyros auf. Durch den eiligen Umzug vom Haus in Bellavista ins »La Beauté« waren sie irrtümlich mitgenommen worden. Sie legten die Sachen auf einen Stapel und sahen die fast ungetragenen Hemden, Unterhemden und Pluderhosen aus schwarzem Filz durch.
»Gar kein Andenken ist mir von Spyros geblieben.« Katina zog ein Hemd aus dem Stapel und hielt es in die Höhe. Sie erinnerte sich, wann er es getragen hatte. »Das war damals im Jagdclub gewesen. Zu Essen gab's da …«
»Ein Andenken? Wozu denn?«
Eftalia nahm ihr das Kleidungsstück aus der Hand und legte es wieder auf den Stapel zurück.

»Kann man denn so schnell vergessen, Mutter?«
»Wenn du dich an etwas erinnern willst, dann daran, wie uns seine Mutter zugesetzt hat. Das ist unser Andenken an Spyros!«
»Was hast du mit den Kleidern vor?«
»Entweder spende ich sie unserem Kirchensprengel, oder ich bringe sie zum Kloster rüber. Ich weiß noch nicht genau. Aber fort kommen sie auf jeden Fall.«
Sie bückte sich und begann, die Kleider zu einem Bündel zu schnüren, wobei sie vor sich hin murmelte: »Wir hatten schon so viel erreicht, aber leider: aus und vorbei! Das Schicksal hat heimtückisch zugeschlagen. Aber so leicht lassen wir uns nicht unterkriegen. Jeder Schicksalsschlag macht uns nur stärker. Was heißt denn hier Jagdclub! Pah, Schicksal, soll ich mich vielleicht mit dem Club der Kaufleute begnügen? Nichts da! Jetzt erst recht: Ich werde es bis in den feinen ›Griechischen Club‹ schaffen! Und zwar nur, um dir, Schicksal, ein Schnippchen zu schlagen.«
»Was brummelst du vor dich hin, Mutter? Wem willst du schon wieder ein Schnippchen schlagen?«
»Ich brummele ja gar nicht. Ich sage nur: Jetzt haben wir uns ein neues Ziel gesetzt, und es gibt keinen Weg zurück. Wir werden unser Schicksal selbst in die Hand nehmen. Sonst wachen wir eines Tages auf und sind alt und verwelkt. Und wenn wir in unsere runzeligen Gesichter schauen, werden wir all die versäumten Jahre bitter bereuen. Aber dann ist es zu spät …«
Eftalia hob das Bündel hoch und brachte es hinunter in die Küche.
»Anneso«, fuhr Eftalia fort und blickte Katina an, »hatte ein Bilderbuch. Auf jeder Seite stand eine Geschichte. Auf der ersten Seite war die Erzählung von ›Fuchs und Hahn‹. Am Ende der Seite war die Geschichte zu Ende, und am Anfang der nächsten Seite begann eine neue: ›Der unersättliche Hase‹. Dann war auch die zu Ende. Ja, so ist das auch im Leben! Alles hat einmal ein Ende, das Schöne ebenso wie das Unangenehme. Für uns war etwas Schönes zu Ende, und das ist schade. Wäre es etwas Unangenehmes gewesen, hätten wir gesagt: ›Zum Glück ist's vorbei.‹

Und jetzt frage ich dich: Was hätte Anneso daraus gelernt, wenn das ganze Buch nur von dem Hahn gehandelt hätte? Wer ist weiser? Derjenige, der viele Geschichten liest, oder derjenige, der nur eine einzige kennt?«

»Du redest wie ein Mufti, lauter unverständliches Zeug. Ich habe doch nur gefragt, was du mit den Kleidern vorhast.«

»Ach, könnte ich dir doch all das ersparen! Wenn du irgendwann selbst Kinder hast, wirst du sehen, wie hart das Leben manchmal sein kann. Viele Eltern überlassen ihr Kind dann seinem Schicksal und sagen: ›Durch Schaden wird man klug.‹ Sie sehen tatenlos zu, wie ihre Kinder bittere Erfahrungen machen. Nur damit sie gestärkt daraus hervorgehen. Aber ich werde nicht zulassen, dass du dieselben Fehler machst wie ich. Irgendwann habe ich mir geschworen, dass dir niemand wehtun darf. Und mit ›niemand‹ meine ich auch den ungerechten Gott. Von den Menschen rede ich gar nicht. Sie sind nicht einmal dein Mitleid wert. Nur wenn du als Erster zuschlägst, gewinnst du ihren Respekt. Selbst der Beste und Gütigste wird dir eines Tages eins auswischen, auch wenn du ihm gar nichts getan hast. Mein Kind soll kein Schwächling werden, das von anderen untergebuttert wird. Diese Angst, dass es ›zu spät‹ sein könnte, die ich vorhin erwähnt habe, hat mir meine Mutter, deine Großmutter Eleni, eingepflanzt. Tag und Nacht hat sie es mir eingebläut. Wer weiß, was für eine bittere Lektion sie lernen musste und wie teuer sie dafür bezahlt hat. Auch ich habe meine Lektion lernen müssen. Das ist unser Erbe für dich. Deine Großmutter hat dafür mit ihrem Herzblut bezahlt.«

Eftalia erhob sich, holte das Kästchen mit dem Kragen und den Manschettenknöpfen ihres Mannes hervor und legte es ganz oben auf das Bündel.

»Bitte sehr, alle beide bringen wir ein Opfer.«

Sie umarmten sich unter Tränen, wobei jede ihr eigenes Unglück beweinte.

Der Plan lautete: Sobald ein Weg gefunden war, sich Karamanos zu nähern, sollte sich Katina im »Griechischen Club« oder auf anderem neutralen Boden an ihn heranmachen. Und dieser Plan war nach allen Regeln der Kunst ausgetüftelt. Nichts war dem Zufall überlassen worden.
Im »Café Fotis« hatte sie Karamanos das Zauberelixier *Esthir* in den Nacken einmassiert, während sie sich an ihn klammerte. Nun konnte er ihr nicht mehr entrinnen. Doch auch Allah – »gepriesen sei Sein Name« – trug Sein Scherflein dazu bei, wenn Er es wollte.
Von Rosa erhielten sie am Sonntag einen interessanten Hinweis: Eine große Viehherde mit mehreren tausend Rindern und Pferden, von der Familie Karamanos gerade angekauft, ziehe von Anatolien nach Smyrna. Zum Teil seien die Tiere zur Schlachtung, zum Teil zum Verkauf bestimmt und begleitet würden sie von etwa dreißig Turbanträgern der türkischen Gendarmerie. Sie sollten dem Fluss Melitas folgen und an der Karawanenbrücke die Ebene und das Binnenland unter der alten Festung erreichen. Von dort bräuchten sie nur noch eine, höchstens zwei Wochen bis Çeşme.
»Die ganze Nacht lang«, erzählte Rosa weiter, »hat der Familienrat der Karamanos getagt und besprochen, wie sie die Herde sicher zum Meer hinunterbringen können, um sie dort auf Schiffe zu verladen.«
»Vielleicht könnten wir ein paar Strauchdiebe zu einem Überfall anstiften«, überlegte Katina, »und dann so tun, als würden wir Karamanos einen großen Dienst erweisen, indem wir ihm Hinweise zu dem geplanten Überfall geben. Dank unserer Hilfe würde er sich den Verlust Tausender Goldpfund ersparen.«

Die Auswahl der Spießgesellen, die den Überfall ausführen sollten, war nicht einfach. Überließ man die Sache Dieben aus dem Türkenviertel, würden die türkischen Behörden nicht bloß keinen Finger rühren, sondern bereitwillig beide Augen zudrücken. Überließ man die Sache irgendwelchen anderen Straßenräubern,

würden die Gendarmen von Karamanos' Begleittruppe mit den Dieben kurzen Prozess machen.
Schließlich beschloss man, Evangelia anzusprechen, eine etwas einfältige Kleinkriminelle, die recht gute Verbindungen zu Papatatsis hatte, der den Beinamen ›der Wilde‹ trug und an keinem Haus vorübergehen konnte, ohne dessen Innenleben zu erkunden, und zu Stavrakis Kapsabelis, einem großen Talent in Sachen Wohnungseinbrüche – diese beiden hatten das Armenviertel fest im Griff. Evangelias Verlobter Manolakis, der den Beinamen »Pfiffikus« trug, war ein Viehdieb, genauer gesagt ein Hühnerdieb, und selbstverständlich war unter den Ganoven, die im Viertel den Ton angaben, auch Paulchen Jepsimiros. Wie hätte es auch anders sein können? Diese illustre Gesellschaft traf sich regelmäßig in der Schmuddeltaverne »Zur blinden Wirtin«.
»Müssen wir uns wirklich wieder mit Jepsimiros einlassen, *anne*?«
»Ja, es muss sein, und wir werden ihn äußerst zuvorkommend behandeln.«

Die Gaben der Schicksalsgöttin fallen einem stets unverhofft in den Schoß. Ganz außer Atem kam Memetas kleine Nichte angelaufen und meldete, ihre Tante wolle »das Signora Eftalia jetz' gleich« sprechen. Was hatte Memeta zu berichten? Natürlich Neuigkeiten über Karamanos. Eftalia zuliebe hatte sie sich Bajetas angenommen und in deren Galan ein neues Liebesfeuer entfacht. Daher fühlte sich Bajeta ihr nun zu ewigem Dank verpflichtet. Eines Tages war bei Mokka und Nargileh, als Bajeta über die Vorlieben ihrer ›speziellen‹ Kunden plauderte, plötzlich mitten im Weibergetratsche auch Karamanos' Name gefallen. Die schlaue Memeta horchte Bajeta geschickt aus, ohne dass diese etwas merkte. Katina und Eftalia wussten, dass Karamanos den Frauen schöne Augen machte und eine Schwäche für Seitensprünge hatte, aber etwas derart Frivoles hätten sie nun doch nicht erwartet! Bajeta hatte sich zweimal in einer Absteige außerhalb der Stadt – so sorgfältig traf er seine Vorkehrungen – mit ihm getroffen. Mehr

sagte Bajeta dazu nicht. Memeta hatte zunächst nicht darauf bestanden, weitere Einzelheiten zu hören. Die brachte sie am nächsten Tag in Erfahrung, ohne dabei Bajetas Verdacht zu erregen.
»Neunschwänzige Katze und Ochsenziemer, liebe Memeta, nimmt er zur Hand, um Genuss zu empfinden.«
»Was? Hat er dich grün und blau geschlagen?«, fragte Memeta. »Hat er dich gepeitscht?«
»Aber nein«, erwiderte Bajeta. »Er wird nicht aufdringlich oder rabiat. Er mag es, dich mit Handfesseln an die Bettpfosten zu ketten, und du musst seine Sklavin mimen. Es ist also alles nur ein Spiel. Er schlägt nicht wirklich zu, er tut nur so. Im Grunde streichelt er dich mit den Peitschen.«
Bajeta biss in eine Dattel.
»Tja, so sind sie, die reichen Kerle …! Kürzlich hat mir deine Berufskollegin Medrana erzählt«, fuhr Memeta fort, »einer hätte von ihr verlangt, wie ein Huhn zu gackern. Und weißt du, wer das war? Das errätst du im Leben nicht.«
»Wer? Der Kadi?«
»Was denn für ein Richter? Nein, jemand anderer.«
»Itzig, der Jude?«
»Auch nicht.«
»Also, ich komm nicht drauf. Spuck's aus.«
»Sigoris.«
»Was? Sigoris, der Arzt?«
»Richtig.«
»Der mit den acht Kindern, der keinen Kirchgang auslässt?«
»Genau der.«
»Na ja, es gibt Schlimmere«, meinte Bajeta und spuckte den Dattelkern aus.
»Also«, kehrte Memeta zum Thema zurück, »dieser Karamanos kann anders gar nicht?«
»Wie ›anders‹?«
»Na, ohne Ochsenziemer.«
»›Anders‹ macht er es mit seiner Frau, dieser schwindsüchtigen Scheintoten.«

»Stimmt. Zu dir kommt er ja zum Vergnügen!«, lachte Memeta.
Dann erzählte Bajeta von einem Genuesen aus Smyrna, der ein hohes Tier war, und Memeta ließ sie reden. Wenn man Bajeta so hörte, konnte man glauben, sämtliche Männer Smyrnas seien abartig veranlagt. Memeta ließ nicht locker: »Sag mal, wenn *du* sie nicht willst, wo finden sie dann eine Möglichkeit fürs *sıkış*? Mit welcher treibt es dann beispielsweise dieser Karamanos?«
Darauf wusste Bajeta keine Antwort.
Zwei Wochen später war Karneval, und ganz Smyrna stand in dieser milden Februarnacht kopf. In der durch Fackeln erleuchteten Trasson-Straße war der Teufel los, und im Gewühl der Maskierten regnete es Konfetti. Überall wurden Süßigkeiten und Wein angeboten, an allen Ecken ertönten Mandolinen. Alle tanzten, verkleidet als Pierrot, König oder Domino. Mit Glöckchen besetzte Kostüme und bunt bemalte Masken wirbelten durcheinander. Unter lautem Gelächter wurden riesige Scheiterhaufen aufgeschichtet und entzündet. Alle waren außer Rand und Band. Beim Bändertanz wurde einem ganz schwindelig vom Anblick all der ineinander verflochtenen Bänder, die vom Stab in der Mitte zu den maskierten, bunt gekleideten, vergnügten und angetrunkenen Tänzern und Tänzerinnen führten. Diese Lustbarkeit kannte keine Klassenunterschiede. Ob man reich war oder arm, ging in der Menschenmenge unter. Man wusste ja nicht, wer der andere war. Reiche waren als Bettler verkleidet und Arme als Könige, Huren als vornehme Damen und Männer als Frauen. Jeder nutzte die Gelegenheit, sich an diesem Abend auszutoben.
»Unser Herr wird heute einen roten Umhang, eine schwarze Augenmaske und einen glänzenden Hut tragen«, überbrachte Rosa die neuesten Informationen.
»Ilams Taverne«, in der Karamanos und seine Freunde feierten, war zum Bersten voll. Sie waren eine reine Männergesellschaft, ohne jegliche Frauenbegleitung. Sie wollten russischen Kaviar, doch es gab keinen. Also bestellten sie Stachelmakrelen und Käse, dazu den süßen Hauswein. Ein Lächeln breitete sich auf dem Gesicht des Schankwirts aus, als er die Bestellung aufnahm.

»Gehobene Kundschaft«, witterte er, »gutes Geld.«
Er brachte ihnen Kostproben der Speisen, die seine Mutter in der Küche zubereitete, auf einem Tablett herbei und hielt sie ihnen unter die Nase.
»Suchen Sie sich das Beste aus«, sagte er zu ihnen. »Das hier ist *karnıyarık*, gefüllte Aubergine, *güveç*, geschmortes Fleisch mit Reisnudeln, *tava yahnisi* und *domalanlı*, Ragout mit Gemüse und Teigwaren im Tontopf. Toll, was Frau Kalliopi heute wieder alles zubereitet hat!«
Die Herrenrunde bestellte von allem etwas, und der Wirt brachte ihnen den dreimal so teuren Wein von seinem guten Fass, das er für sich und seine Freunde reserviert hatte. Sie saßen Rücken an Rücken mit einer Gruppe junger Frauen, die ausgelassen lachten und sangen. Hier war das Volk unter sich, es gab weder erlesene Orchester noch ausgewiesene Tanzflächen wie im »English Club«. Wer in Stimmung war zu tanzen, tat dies direkt an seinem Platz.
Violetta saß an diesem Abend mit den übrigen Damen und einigen Herren beim Karnevalsbankett im »English Club«. Der Abend hatte für alle zunächst dort begonnen, und zwar auf die herrschaftliche Art – mit einem gepflegten Tanzorchester, mit Walzermelodien und teuren Kostümen mit Posamenten und Flittergold, mit Kleidern aus der Zeit Napoleons und Phantasieuniformen im Stil Ludwigs XIV., des Sonnenkönigs, mit Handschuhen, Fächern und goldenen Masken. Sie speisten, entkorkten den Champagner, wählten das Karnevalskomitee, und halbherzige Zustimmung kam auf, als jemand in die Runde warf: »Wollen wir nicht in die Trasson-Straße? Dort ist heute was los.«
Dem Vorschlag folgten Rafail, Violettas Cousin, überall nur als »der Ölhändler« bekannt, der britische Botschaftsattaché und der Konsul, der für solche Eskapaden immer zu haben war, Vater und Sohn Avramoglou – und Konstantinos Karamanos, der ohnehin jedes Jahr zu Karneval zur Trasson-Straße pilgerte.
Karamanos' Begleiter, lauter nur mäßig angetrunkene, vornehme Herren, legten gegen Morgen die Masken ab und ließen ihre Bli-

cke durch den Schankraum schweifen. Die jungen Frauen am Nachbartisch hingegen hatten alle Hemmungen abgelegt. Sie sangen aus vollem Hals und klatschten den Rhythmus dazu, jeder Liedtext und jede Melodie war ihnen vertraut.

»Hey, Manaos, lass die Geige klingen!«, riefen sie den Musikern zu.

»Hey, Vaios, lass deine Zither hören!«

Eine der Frauen sprang beim Lied »Ach, meine süße Smyrniotin« auf und wiegte sich zum *Usul*, dem orientalischen Takt der Musik. Wie ihr Körper vibrierte! Welchen Charme sie versprühte! Alle Gäste wandten sich um, die Musiker erhoben sich und beschleunigten ihr Spiel. Karamanos' Freunde unterhielten sich über das »Liebchen«, der eine gab mit süffisantem Lächeln seinen Kommentar ins Ohr des Nächsten weiter.

»Was für ein Rasseweib!«, sagte der eine.

»Wenn du die hast, brauchst du weiter nichts im Leben.«

»Aber sie soll sehr zickig sein! Bei keinem will sie bleiben.«

»Die Witwe des Tabakhändlers. Hast du schon von ihr gehört?«, hörte Karamanos die Stimme seines Sitznachbarn sagen.

Karamanos wandte sich abrupt um. Natürlich, das war sie, die Witwe des Tabakhändlers! Er erinnerte sich, wie sie gestolpert und in seine Arme gesunken war. Ihre wogenden Brüste kamen ihm in den Sinn. Es war gar nicht lange her. Um diesen verführerischen, vielversprechenden Leib besser sehen zu können, drehte er sich fast ganz zu ihr um, so dass sich ihre Blicke einen Augenblick lang kreuzten. Sie lächelte ihm zu.

Sein Herz raste wie das eines Schuljungen. »Anscheinend hat sie mich wiedererkannt«, erschauerte er. Das Liebeselixier *Esthir* entfaltete seine Wirkung.

Auf einen Wink des Schankwirts kamen die Musiker auf Karamanos zu und spielten die Melodie immer weiter, während sich einer aus der Herrenrunde erhob, um mit dem »Liebchen« zu tanzen, und ein anderer den Schankwirt heranpfiff: »Eine Runde für alle.« Die ganze Schenke hatte sich, über alle Klassen hinweg, verbrüdert. Katina wiegte sich immer noch in den Hüften, und als sie

sich über Karamanos beugte, fühlte er, wie etwas in sein Hemd geschoben wurde. Er blickte sich um, ob auch keiner die Szene beobachtet hatte.
Vorsichtig, um seine Frau nicht zu wecken, zog er es später in seinem Zimmer hervor und las es beim Schein einer Kerze: Es war ein Billetdoux.
»Morgen Abend um neun hinter der venezianischen Ruine.«
Die Worte waren violett unterstrichen, an den Rand waren ein paar Schweißperlen geträufelt worden und hatten die Bleistiftlinie verwischt, und das Papier duftete nach einem unbekannten Kraut.

Es war neun Uhr abends, von der venezianischen Ruine aus schien Smyrna wie von zitternden Flämmchen umspielt. Von dort oben glich das Meer einer im Mondlicht glitzernden Schale. Der Mond war fast rund, bald war Vollmond.
Er war zuerst da und wartete, durch das Verdeck der Kutsche vor Blicken geschützt. Katina bestieg, sich umblickend, die Karosse, als fürchtete sie, gesehen zu werden. Sie atmete schwer, als sei sie gerade herbeigeeilt. Dabei war sie überhaupt nicht gelaufen, sondern hatte hinter einem Felsen abgewartet, bis die Kutsche vorgefahren war. Dann hatte sie noch ein paar Minuten verstreichen lassen, um sich zu vergewissern, dass er auch wirklich allein gekommen war. Aus alter Gewohnheit bekreuzigte sie sich, wie immer, wenn etwas Neues und Unbekanntes auf sie zukam. »Also, los!«, sagte sie sich und verließ ihr Versteck.
Obwohl die Kutsche sehr geräumig war, nahm sie dicht an seiner Seite Platz, drängte sich förmlich an ihn, setzte eine verschwörerische Miene auf und sagte mit gepresster Stimme: »Ich schulde dir einen Gefallen, Karamanos, weil du mich vor einiger Zeit so galant aufgefangen hast. Dir bleibt nicht viel Zeit zum Handeln.« In knappen Worten schilderte sie die Gefahr, die seiner Viehherde drohe.
»Woher weißt du das alles?«, fragte Karamanos, der mit ganz anderen Erwartungen zu dem Treffen gekommen war.

»In Smyrna haben die Wände Ohren. So erfährt man Dinge, von denen man sonst nie gehört hätte.«
Sie vereinbarten ein neuerliches Treffen, sobald Katina Weiteres über den Hinterhalt der Viehdiebe in Erfahrung gebracht hätte. Dann brachte er sie nach Hause, doch Katina ließ ihn drei Gassen entfernt anhalten.
»Ich möchte nicht, dass man uns zusammen sieht«, erläuterte sie. »Stell dir vor, ich allein mit einem gutaussehenden Mann und noch dazu mitten in der Nacht ... In Smyrna haben die Leute ihre Augen und Ohren überall. Die stellen sich wer weiß was vor. Gute Nacht!«
Sie sprang aus dem Wagen und lief in das einmündende Sträßchen. Auf ihrem Sitzplatz blieb ein Taschentuch zurück. Konstantinos steckte es in seine Rocktasche. Er nahm sich vor, es ihr beim nächsten Treffen zurückzugeben.
Katina lief nach Hause, wo Eftalia hinter dem Fenster schon Ausschau nach ihr hielt.
»Wie war's?«
»Ich habe Angst, Mutter, dass Pfiffikus im letzten Moment einen Rückzieher macht und die ganze Sache platzt.«
»Egal, was er tut, wir führen unseren Plan aus.«
»Aber die Erklärung, warum ich Karamanos einen Gefallen tun will, klingt nicht sehr überzeugend. Weil er mich so galant ›gerettet‹ hat, als mir im ›Café Fotis‹ schwindelig wurde! Etwas übertrieben, oder? Er ist kein Dummkopf, Mutter!«
»Umso besser für ihn. Hast du das Taschentuch auf dem Sitz zurückgelassen?«
»Ja, es leuchtete sooo hell in der Dunkelheit, dass es wirklich nicht zu übersehen war«, sagte Katina mit einer ausladenden Geste, um das auffällige Leuchten des Taschentuchs mitten in der Nacht zu illustrieren.
»Aber Mutter, was hätte ich ihm sagen sollen, wenn er darauf beharrt hätte, zu erfahren, woher ich von dem geplanten Überfall weiß? Hätte ich sagen sollen: Frag meine Mutter, die weiß das besser?«

»Hat er denn nachgefragt?«
»Nein.«
»Na siehst du.«
»Aber wenn …«
Plötzlich riss Eftalia der Geduldsfaden, sie runzelte die Stirn, stemmte die Arme in die Hüften und rief ärgerlich: »Was reitest du auf den Details herum? Du machst mich ganz verrückt mit deinem Wenn und Aber! Wenn er anbeißt, ist es gut. Und wenn nicht, dann nicht. Wenn die Sache schiefläuft, dann läuft sie eben schief. Da werden wir jetzt nicht in Trübsinn verfallen! Und jetzt lass mich in Ruhe, es ist mitten in der Nacht! Komm, leg dich schlafen, dumme Göre!«
Als Katina die Treppe hinaufstieg, rief ihr Eftalia hinterher: »Und bete, dass er das Taschentuch eingesteckt hat, davon hängt alles ab.«
Dann ging Eftalia ins Esszimmer und begann, die Fensterläden zu verriegeln, währenddessen murmelte sie vor sich hin: »… Das wäre ja noch schöner, wenn der Kutscher das Taschentuch fände … Dann würde der sich mit seiner Frau zerstreiten … Und wir hätten die fünfhundert Rinder am Hals!« Sie stöhnte und sprach dreimal den Bannspruch »*Silinmiş!*«, damit sich ihre Worte nicht doch noch bewahrheiteten.

Am nächsten Morgen suchte Rosa aufgeregt in Karamanos' Zimmer nach dem Taschentuch mit den Initialen »E.S.«, Ekaterini Serbetoglou.
»Wo zum Teufel hat er es nur hingetan!«
Sie suchte zunächst unter den Betten, auf den Betten, auf dem Toilettentisch, in den Nachttischchen, schließlich in seinen Kleidern. Und hier war es dann! In seiner Rocktasche. Sie legte sich im Flur auf die Lauer, bis Violetta aus ihrem Zimmer trat. Sogleich drückte sie es ihr mit den Worten »Ihr Taschentuch, gnädige Frau!« so energisch in die Hand, dass Violetta gar nicht anders konnte, als zuzugreifen.
Sie öffnete die Hand und musterte das Taschentuch: »Das gehört mir nicht, Rosa!«

»Ach so? Es muss Ihnen aber gehören! Ich habe es in den Kleidern des gnädigen Herrn gefunden, die er gestern anhatte!«
Bevor Violetta einen zweiten Blick darauf werfen konnte, hatte Rosa es ihr schon wieder entrissen und rief: »Na dann, gnädige Frau, lege ich es wohl besser dorthin zurück, wo ich es gefunden habe!« Mit diesen Worten eilte sie zurück in Konstantinos' Zimmer.
»In den Kleidern des gnädigen Herrn? Die er gestern anhatte?«
Konsterniert starrte Violetta der Kammerzofe hinterher, die schnell wie ein Wirbelwind hinter der Zimmertür ihres Gatten verschwand. »Die er gestern anhatte!«
Langsam schritt Violetta die Treppe hinunter, während sie sich nachdenklich an den Hals fasste.
»Aber gestern hat er doch gesagt, er hätte einen Termin beim Bischof!«
Sie dachte an das Taschentuch, ein quadratisches Stück hauchzarter, elfenbeinfarbener Seide, herrlich gearbeitet und sündhaft teuer, gesäumt mit erlesener Valencienner Spitze. »Nicht einmal ich besitze so edle Taschentücher«, dachte sie. Welcher Frau konnte es gehören? Ihr Blick hatte die Initialen erhascht, ein »E« und noch ein anderer Buchstabe. Da spielte sie in ihren Gedanken alle Möglichkeiten durch, welche Frauen ihres Standes mit »E« sie kannte. Und ein quälender Verdacht begann sich in ihrem Herzen einzunisten.
So war der Zweifel gesät, der in Kürze immer nagender und bohrender werden, der wie ein mächtiger Baum immer neue Früchte treiben sollte. Und Katina wartete mitsamt ihrer Verwandtschaft nur darauf, diese Früchte zu ernten.
Nur zu gern hätte Violetta noch einen Blick auf dieses Taschentuch geworfen. Doch das gehörte sich nicht. Sie durfte sich vor einer Dienstbotin nicht so gehen lassen. Das wäre ungebührlich. Sie musste sich standesgemäß verhalten. Sie verspürte einen leichten Juckreiz an ihrer rechten Hand, in der sie das Taschentuch gehalten hatte, und kratzte sich. »Ein Termin mit dem Bischof, mitten in der Nacht!« Liebend gern hätte sie Ehrwürden

gefragt. Doch es wäre unziemlich, ihrem Gatten nachzuspionieren. Diese Furcht vor dem »Ungehörigen« sollte Violetta schließlich zum Verhängnis werden.

»Neun Uhr abends, am selben Ort«, stand auf der nächsten Notiz. »Komm allein, Ekaterini.«
Das Billetdoux war um elf Uhr morgens von einem kleinen Mädchen überbracht worden. Ganz eingeschüchtert durch das mächtige Herrenhaus, hatte es an der Pforte nach Herrn Karamanos dem Jüngeren verlangt. Diesmal war das Wort »allein« violett unterstrichen.
Es war die Nacht von Samstag auf Sonntag. Katina bestieg die Kutsche. Sie trug ein Körbchen in der Hand, und über den Kopf hatte sie eine Kapuze gezogen. Während sich Karamanos innerlich darauf eingestellt hatte, seinen Viehbestand zu retten, erwartete ihn diesmal etwas anderes, nämlich das, worauf er eigentlich vor zwei Tagen vorbereitet gewesen war.
Nach »Ekaterinis« Hinweisen beim letzten Treffen war Karamanos nicht untätig geblieben. Den ganzen nächsten Tag hatte er damit verbracht, Botschaften zu versenden, die türkischen Gendarmen, die Wachmannschaften der Stadttore und den Stadtrat zu benachrichtigen. Alle hatte er – durch langjährige, großzügige Zuwendungen – auf seine Seite gebracht.
Ja, Pfiffikus und der andere Verdächtige seien bekannte Viehdiebe, bestätigte man ihm. Doch die Behörden könnten sie nicht allein aufgrund von Vermutungen festnehmen. Wenn die junge Frau Karamanos noch offenbaren würde, wo der Angriff stattfinden sollte, könnte man ihm dort eine Falle stellen.
»Wo befindet sich die Herde gerade?«, fragte Katina, als sie den Wagen bestieg.
»Wir haben noch keine weitere Nachricht«, erwiderte er. »Sie müssen jetzt Zentralanatolien erreicht haben.«
»Lass uns zum Meer hinunterfahren«, sagte sie zu ihm. »Dort erwartet uns jemand, der dir Einzelheiten sagen kann.«
Sie rollten über abschüssige Straßen, ließen die Stadt hinter sich

und bogen schließlich in einen der schmalen Wege ein, die hinunter zum Strand führten. Nach Darağaç wandten sie sich nach rechts, und ganz am Ende der Bucht standen zwei einsame, verlassene Fischerkaten. In der rechten flackerte ein schwacher Lichtschein im Fenster, die andere war dunkel und schien unbewohnt. Davor lagen zwei Fischerkähne mit dem Kiel nach oben. Es war eine milde Nacht, und es war kurz vor Vollmond. »Gott der Herr ist auf meiner Seite!«, sagte sich Katina.

»Heute ist es kühler als gestern«, sagte sie zu Karamanos. »Dort hinüber! Zur rechten Hütte!«

Eftalia hatte die Kate für die Besucher hergerichtet. Sie wusste von Pinela, dass Argyris, der Fischer, erkrankt war und in dieser Nacht nicht ausfahren würde, so begab sie sich am frühen Morgen zu der Hütte, ausgerüstet mit Duftwässern, Seife, Putzlappen und Wischmopp, um den durchdringenden Fischgeruch zu bannen.

»Bei dem Geruch vergeht dem armen Mann ja die Lust«, dachte sie. »Beim *sıkış* darf es nicht nach Fisch stinken! Das wäre ja ein erbärmliches Liebesnest.«

Doch zum Glück erwies sich Argyris als ordnungsliebender Mensch, und seine Kate war sauber, obwohl dort Netze und das übrige Fischereizubehör lagerten.

»Nur die Netze riechen etwas streng«, meinte Eftalia und machte sich daran, diese in einer Ecke draußen vor der Tür aufzuschichten. Dann ruhte sie sich kurz aus, um mit frischem Mut in die Hütte zurückzukehren und sie auf Hochglanz zu bringen. Sie heizte ein, legte einen Wollteppich aus, sammelte Holz für den Kamin, das sie mit Fett und Petroleum einrieb, damit es schneller Feuer fing. Dann warf sie einen letzten Blick rundum, um sich zu vergewissern, dass sie nichts vergessen hatte, und vor allem, ob alles möglichst unauffällig und nicht wie frisch aufgeräumt aussah. Dann trat sie den Heimweg an.

Karamanos stieg vom Wagen und half Katina vom Kutschbock herunter. Ringsum herrschte vollkommene Stille, nur die Wellen plätscherten leise.

»Wie sanft das Meeresrauschen klingt«, sagte Katina mit gedämpfter Stimme.

Sie betraten die Hütte.

»Jetzt müssen wir nur noch auf ihn warten«, sagte Katina.

Natürlich würde niemand kommen.

»Brrr! Es ist kalt hier drin.«

In Wirklichkeit war es überhaupt nicht kalt, sondern sogar angenehm warm, da Eftalia den ganzen Tag das Kohlebecken angehabt hatte.

»Sieh mal, ob du Reisig findest, damit wir Feuer machen können.«

Schnell waren Zündhölzer gefunden, die griffbereit auf dem Boden lagen. Gemeinsam packten sie die Sache an. Er warf ein Streichholz auf das bereits aufgeschichtete Holz. Zaff! Sofort gerieten die Scheite in Brand. Rasch züngelten die Flammen hoch und erleuchteten den Raum. Katina setzte sich auf die dicke Wolldecke, die vor dem Kamin lag, doch sie schien ihr unangenehm kratzig und hart.

»Ausgerechnet diese Wolldecke musste meine närrische Mutter hier ausbreiten!«, dachte sie, als sie die geflickten Stellen auf dem Stoff fühlte, den sie aus Kappadokien mitgebracht hatten. »Davon bekomme ich ja Kreuzschmerzen!«

Die Stunde der Entscheidung war gekommen. Nun mussten seine Gedanken von der Viehherde zurück zu ihr gelenkt werden. Sie musste sein Begehren und seine Lust wecken, die beide zur Glückseligkeit führen sollten. In einer Ecke lag zusammengerollt eine Matratze aus weichem Seidenstoff, die nach Frühlingskräutern duftete.

Aus dem Körbchen kamen Gläser und süßer Wein zum Vorschein, der natürlich mit der erforderlichen Dosis *Tosa* versetzt war. Der magische Moment nahte. Das Feuer prasselte und die Scheite sirrten.

»Wie schön das Knistern der Holzscheite klingt, wie Musik … Ich möchte nicht viel«, sagte Katina neckisch, »nur ein Schlückchen, mir steigt Wein so schnell zu Kopf.«

Sie füllten die Gläser, die sich alsbald geleert hatten, ein zweites Mal.
»Wie zauberhaft dieses Häuschen ist, wie geschaffen für …«
Hier unterbrach sie sich, als sei sie über sich selbst erschrocken. Das Feuer hatte eine kuschelige Wärme im Raum verbreitet, und das mit Zaubersprüchen behexte Liebesmittel durchströmte ihre Leiber. Nach dem dritten Glas änderte sich Katinas Verhalten. Sie wirkte wie trunken, doch nicht vom Wein, sondern vom Leben selbst, von der Liebe, von der Magie des Augenblicks. Das Zaubermittel *Esthir* hatte seine volle Wirkung bei Karamanos entfaltet. Die Lippen der beiden fanden in dem Augenblick zueinander, als Katina gerade dabei war, den Inhalt ihres dritten Glases heimlich fortzuschütten.
»Mein Liebchen!«
Wer ließe sich solch eine Gelegenheit entgehen! Vor dem lodernden, prasselnden Kaminfeuer nahm er ihren festen, blühenden Leib. Dann übermannte ihn der Schlaf, und als er am Morgen erwachte, war Katina fort. Er trat vor die Tür und rief nach ihr. Die Kutsche stand angespannt draußen, genau wie am Vorabend, doch Katina war verschwunden. Er blickte zum Strand, der ins Morgenrot getaucht war. Die klare, kühle Schönheit der Natur berührte ihn. Dann kehrte er in die Hütte zurück, erschöpft von der süßesten Nacht seines Lebens, die er mit diesem traumhaften Wesen verbracht hatte.

Ein drittes Billetdoux erreichte ihn um zwölf Uhr mittags desselben Tages.
»Heute um Mitternacht liegen sie im Hinterhalt, an der Biegung des Melitas-Flusses im Hügelland des Propheten.« Und darunter stand: »Ich schäme mich für gestern. Deine Gegenwart hat mich trunken gemacht. Und der Wein. Wir dürfen uns nicht wiedersehen.«
»Mein Liebchen«, dachte er und erinnerte sich mit süßer Befriedigung daran, wie er Katina in die Arme genommen und sie sich ihm mit rückhaltloser Leidenschaft hingegeben hatte. Was für eine Frau!

Zögerlich öffnete sich die Tür zu seinem Büro einen Spaltbreit, und das bleiche, erloschene Gesicht seiner Frau lugte herein. Angewidert scheuchte er sie fort und verbarg das Billetdoux eilig in seiner Rocktasche.

»Mein Liebchen! Doch, ich will dich wiedersehen, und zwar heute noch!« So lautete die Antwort, die er ihr zukommen ließ, nachdem er ihre Adresse ausfindig gemacht hatte.

Noch in der Liebesnacht war Karamanos' Sperma zu einer Zaubertinktur gebraut worden. Sie wählten einen Anhänger aus dem Schmuckkästchen der verstorbenen Armenierin aus, dessen Stein sie in das Elixier tauchten. Ende gut, alles gut. Sie würde ihm eine behexte Liebesgabe schenken, die an seinem Hals nicht zu übersehen sein würde.

Drei Wegstunden von Smyrna entfernt wurden am Sonntag um Mitternacht die Diebe in flagranti erwischt, noch bevor sie den Angriff auf die Herde beginnen konnten. Sie hatten geplant, etwa achthundert Tiere vom Ende der Herde wegzutreiben, und Vorkehrungen getroffen, sie über eine zwar schmale, aber vertraute Furt zum gegenüberliegenden Flussufer zu bringen. Das Vieh sollte dann in der Dunkelheit der Nacht verschwinden und das Morgengrauen in der offenen Ebene abwarten, verteilt auf weitere Spießgesellen, die mit ihren Schäfermänteln bereitstehen und mit je sechzig bis siebzig Stück in die Berge ziehen sollten. Zwei der Viehdiebe hatten sich unter die Gendarmen des Begleittrupps gemischt und bildeten die Nachhut. Den ganzen Plan hatte sich Pfiffikus ausgedacht.

»Ein schlauer Bursche!«, meinte Eftalia.

»Ja, aber ein Dieb, Mutter!«

»Heute ist er vielleicht ein Dieb, aber er ist blitzgescheit. Morgen schon könnte er Politiker sein.«

»Ja! Dann behalten wir ihn in der Hinterhand, für den Fall, dass wir Smyrna eines Tages regieren!«, lachte Katina.

Mit dieser Geschichte begann die Liebesbeziehung zwischen Katina und Karamanos. Am Montagmorgen fuhr Karamanos mit einer Kutsche vor und verlangte, Katina zu sprechen. Die ganze

Nachbarschaft stand an den Fenstern und schielte durch die Spalten der Klappläden.

»Ist er denn verrückt geworden, Mutter? Er steht vor der Tür.«

»Er soll bloß nicht ins Haus kommen«, sagte Eftalia und blickte sich erschrocken um.

Überall lagen Zauberbündel, Puppen und Fetische, Kerzen und aufgeschlagene Hexenbücher herum.

»Mit wie viel *Esthir* hast du ihn denn eingerieben?«

»Na von Kopf bis Fuß.«

»Ojemine!«, raufte sich Eftalia die Haare. »Deshalb ist er nicht zu bändigen! Lauf runter und sag ihm, dass du mitkommst. Schnell!«

Die Brüder Karamanos waren schöne und stattliche Männer. Ihre Kleider waren aus den feinsten Stoffen geschneidert, und sie trugen die edelsten Saphirringe und die gleichen Krawatten wie die europäischen Adeligen.

Syrios, der ältere Bruder, hatte ein herbes und kantiges Gesicht und war eine herrische und Respekt gebietende Erscheinung. Konstantinos Karamanos hatte glattes, dunkles und nach hinten gekämmtes Haar. Er war ein gestandener Mann, anziehend und begehrenswert. Im Vergleich zu ihm war Spyros Serbetoglou ein hübscher, aber harmloser Bursche gewesen. Katina fühlte sich ebenfalls zu ihm hingezogen, und sie wollte ihn wiedersehen, nicht weil sie musste, sondern aus eigenem Antrieb.

Als sie zur Karosse hinunterging, hielt sie den Anhänger der Armenierin mit dem eingefassten Edelstein in der Hand. Dann legte sie ihm die Kette um den Hals.

»Das sollst du immer tragen, als Andenken an mich.«

Ein *sıkış* folgte dem anderen, und die Leidenschaft wurde umso größer, je besser sie sich kennenlernten in den Stunden der Liebe. Er überhäufte sie mit Geschenken. Für Perlen und Saphire hatte er bereits dreimal so viel ausgegeben, wie ihn der Verlust der achthundert Rinder gekostet hätte. Doch sie zeigte sich unzufrieden: »Solche Geschenke will ich nicht. Ich wünsche mir etwas ganz anderes von dir. Wenn du mir diesen Gefallen tust, bleibe ich bei dir«, erklärte sie wiederholt.

»Was wünschst du dir, mein Liebchen?«
»Wenn die Zeit reif ist, werde ich's dir sagen.«
Einige Wochen später, als sie eines Abends bei einem türkischen Han außerhalb Smyrnas Rast machten, war schließlich der richtige Zeitpunkt gekommen. Die alte, wie eine Burg befestigte Herberge war einst viel besucht, nun jedoch verlassen. Früher hatten sich Zugtiere mit den Karossen durch die Pforte gedrängt, um sich in den Stallungen auszuruhen und am Brunnen, der in der Mitte des Hofes lag, ihren Durst zu löschen. In den Räumen des oberen Stockwerks lagen immer noch dicke Wolldecken vor den Kaminen und große, weiche Filzkissen auf den roten Diwanen.
»Wenn Memeta hinsichtlich seiner Neigungen recht hat«, überlegte Katina ängstlich, »dann haben wir gewonnen. Wenn nicht, ist alles verloren.«
Sie führte ihn durch den Hof in die Stallungen, und lustvoll wälzten sie sich im Stroh. Kurz vor dem Höhepunkt zog sie zwei Lederriemen vom Haken, die von den früher dort beherbergten Hengsten zurückgeblieben waren, und drückte sie ihm mit wilden Küssen in die Hand. Zum ersten Mal redete sie ihn unterwürfig und gleichzeitig kokett an. Mit ihrer dunklen, heiseren Stimme sagte sie auf Türkisch: »Schlag mich, mein Gebieter! Fessle mich! Schlag mich! Das ist es, was ich mir wünsche.«
Berauscht vom Opium und von dem mit *Tosa* angereicherten Rotwein und getrieben von seinen geheimsten erotischen Begierden brachte ihn das Zusammensein an den Rand des Wahnsinns. Sein Geist war verwirrt und zu keinem vernünftigen Gedanken mehr fähig, die Lust hatte das Kommando übernommen.
Er fesselte ihr mit den Lederriemen die Hände, fiel wie von Sinnen über sie her und nahm sie mit hemmungsloser Gier.
Nach dem Liebesakt brauchte er eine Weile, um wieder zu sich zu kommen. Mit Tränen in den Augen bedeckte er ihren Körper mit Küssen. Er lag ihr zu Füßen, besiegt durch die Erfüllung seiner geheimsten Leidenschaften, durch die unverhoffte Lust, die er bei seiner Geliebten gefunden hatte.
Auch Katina brach in Tränen aus, als sie ihn umarmte. Doch aus

ganz anderen Gründen, als er vermutete. Sie weinte vor Freude und jubilierte stumm: »Gewonnen! Alles auf eine Karte gesetzt und gewonnen!« Es waren Tränen des Triumphs. Eine große innere Ruhe überkam sie. Karamanos war erschöpft neben ihr eingeschlafen.

»Ach, Katina!«, murmelte sie voller Selbstmitleid. »Ist das wirklich der einzige Weg, auf dem du die Männer für dich gewinnen kannst? Wer bleibt denn bei dir, wenn er dich unter normalen Bedingungen trifft? Hässlich, wie du bist? All die höheren Töchter, die mit Talenten und Tugenden, Schönheit und einem edlen Stammbaum gesegnet sind, gegen die kommst du nicht an. Pah!«, sprach sie sich selbst Mut zu. »So schnell gebe ich nicht auf. Wie hat Großmutter Eleni immer gesagt? ›Schau nicht auf meine müden Beine, sondern auf meinen eisernen Willen.‹ Jawohl, Katina! Du überflügelst sie alle!«

Und so begann eine neue, erregende und berauschende Phase ihrer Liebesbeziehung, in der für Sätze wie »Ich liebe dich« oder »Liebst du mich?«, »Nein, du liebst mich nicht« oder »Doch, ich liebe dich« und ähnlichen Unsinn, den Verliebte zueinander sagen, kein Platz war. Niemals fielen solche banalen Worte zwischen ihnen.

»Meine Herzdame« nannte Karamanos sie bei ihren heimlichen Treffen, die immer öfter stattfanden, erst zweimal die Woche, dann dreimal, bald jeden Abend. Allmählich traten seine Bedenken in den Hintergrund, was man in Smyrna über ihn redete und ob seine Frau davon erfuhr. Er ließ alle Konventionen hinter sich. Gemeinsam gaben sie sich in den Tavernen und Kaffeehäusern den orientalischen Klängen hin. Katina tanzte nur für Karamanos, und er verging vor Lust bei dem Gedanken an diesen Körper. Diese Frau war zu seiner Passion geworden. Immer wenn er nach all den süßen Worten, den Zärtlichkeiten und wilden Stürmen der Liebe eingeschlafen war, lag sie an seiner Seite wach und murmelte magische Worte und Zaubersprüche.

In Smyrna wurde viel über die Affäre gemunkelt, und Gerüchte, die längst keine mehr waren, machten die Runde, bis sich eines

Morgens die Neuigkeit verbreitete, dass Violetta Karamanou abgereist und in ihr Elternhaus nach Konstantinopel zurückgekehrt war. Das war ein heikler Moment. Solange Violettas Schatten zwischen ihnen stand, waren ihre Küsse heimlich und betörend. Doch wenn sie weiter in ungebundener Weise ihre Liebe genossen, konnte es passieren, dass Karamanos zu sich kam. »Was habe ich nur getan …!« oder »Worauf habe ich mich da nur eingelassen …!«, könnte er sich fragen. So verkündete sie, sie wolle ihn nicht wiedersehen. »Wenn ich dich verliere, sterbe ich«, erklärte er darauf. Die Angst, sie zu verlieren, war übermächtig, dass er ihr einen Antrag machte, damit sie ihm für immer gehörte.
Violettas Vater beauftragte seinen Advokaten, die Scheidung für seine tief in ihrer Ehre getroffene Tochter in die Wege zu leiten. Darüber hinaus hüllte er sich in Schweigen, was den Leuten weiteren Stoff zum Tratschen bot. Die Formalitäten wurden rasch erledigt. Die Scheidungspapiere wurden von den örtlichen Behörden abgezeichnet, da es sich um osmanische Untertanen christlichen Glaubens handelte. Noch rascher gingen die Formalitäten für die neue Hochzeit über die Bühne. Am 9. April heirateten Katina und Konstantinos Karamanos in der hell erleuchteten Agia-Ekaterini-Kirche von Smyrna.
Während der Trauung wurden dem Paar die Brautkränze auf den Kopf gesetzt, so wie es die heiligen Schriften der Christen eigentlich nur bei einer ersten Eheschließung vorsahen, und nicht bloß auf die Schultern, wie es sich für eine zweite Trauung ziemte. Dies war nur möglich aufgrund des Einflusses der Familie Karamanos. Der Metropolit, der den Segen spendete, erhielt eine Menge Goldpfund für die Armen seines Kirchensprengels und für die Bischofskirche, deren rechter Flügel renovierungsbedürftig war. Die Hochzeit fand ohne geladene Gäste statt. Nur Eftalia kam mit Hut und Schleier, zusammen mit Pari, Frau Vlastous Tochter, die Katinas engste Vertraute geworden war. Bevor Katina zur Kirche ging, hatte sie Attarte besucht und um ihren Segen gebeten. Daraufhin hatte die Türkin einen roten Faden um das Taufkreuz geschlungen, das Katina um den Hals trug.

»Gesegnet sei die Stunde dieser Hochzeit, gesegnet die Menschen, denen du aus deinen Händen Brot geben wirst. Denn du weißt, was das Elend der Türken bedeutet. Mein Augenstern! Es ist Allahs Wille. Und Allahs Willen müssen wir uns alle beugen.«
Nachdem das Sakrament gespendet worden war, stellte Katina am Kirchentor ihrem Mann zum ersten Mal Eftalia vor: »Konstantinos, das ist meine Mutter.«
Gerührt drückte Eftalia ihrem Schwiegersohn die Hand.
»Was für ein Bild von einem Mann!«, dachte sie. »Kaum zu glauben, wen wir uns da an Land gezogen haben!«
Foula, vor vollendete Tatsachen gestellt, traute ihren Ohren nicht. »Wer? Karamanos? Wie ist das möglich? Einfach so, aus heiterem Himmel? Ohne Verlobung, ohne Empfang, ohne Musik? So ein Bräutigam und dieses hässliche Ding! Wie hat sie das bloß geschafft, dass sie – kaum ist er geschieden – schon zur Stelle ist? Als in ganz Smyrna darüber geredet wurde, Karaman Efendi hätte sich mit einer Witwe eingelassen, meinte man also unsere Katina!«

SIGNORA KATINA KARAMANOU

Karamanos der Jüngere und seine neue Ehefrau

Katina öffnete die Fenster. Was für einen herrlichen Anblick das Meer bot! Das Haus der Familie Karamanos lag am Kai, und – wie alle herrschaftlichen Villen – direkt an der Hafenmole. Die wohlhabenden Smyrnioten wetteiferten miteinander, wer den prächtigsten Palast besaß.

Der Serail bot Platz für Bälle und Abendgesellschaften, ein eigenes Frühstückszimmer und einen Speisesaal für den Abend, es gab Innenhöfe mit Wasserspielen und Gartenanlagen, Stallungen und eine Remise. Vom Hauseingang gelangte man in einen Hof, dessen Aufgänge beiderseits mit stilvollen Markisen überdacht waren. Jeder Aufgang war mit zwei riesigen Kerzenleuchtern mit schweren, vergoldeten Sockeln geschmückt, und bei Abendgesellschaften, Tanztees oder Empfängen flankierten zwei Lakaien die hell erleuchteten Kandelaber. Von der Eingangshalle führte eine Treppe in den ersten Stock, teilte sich in der Mitte und verlief beidseitig zu den Privatgemächern hoch. Ging man geradeaus, gelangte man zu den Salons. Der Grüne Salon zur Linken war mit Kanapees und Ohrensesseln eingerichtet, deren Bordüren mit Goldfransen gesäumt waren. Zur Rechten lag der Rote Salon, und in der Mitte öffnete sich ein Bogengang, der im Atrium endete. Weitere Türen führten zum Tanzsaal, dem Musikzimmer, der Bibliothek und den Privatgemächern der drei Brüder Konstantinos, Syrios und Dimosthenis.

»Und wo ist dein Privatgemach?«, stichelte Lefkothea, als Katina sie durch das Palais führte.

»Keine Sorge, das alles ist meins«, entgegnete Katina.

Die Türen, die zu immer weiteren Zimmern führten, nahmen gar kein Ende. Die Wände hingen voller Porträts und anderer Gemälde, teilweise hübsch anzusehen, teilweise von abstoßender Hässlichkeit. Die Familie Karamanos dachte wohl, die abschreckenden Bilder seien von größerem Wert. Da war zum Beispiel das Bild eines verwundeten, auf der Erde liegenden nackten Mannes, mit blutender Brust und einem Leichentuch auf den Schenkeln, der schreckensstarr einen aufrecht stehenden Mann mit Fustanella und einem Schwert in der Hand anflehte, ihm nicht den Bauch aufzuschlitzen. Ein anderes Bild zeigte zehn tiefschwarz gekleidete Männer mit Spitzbart, Stehkragen und Halskrause, die mit gefalteten Händen einen Tisch umringten.

»O Gott«, sagte Katina zu Lefkothea. »Ich, meine Liebe, kriege bei dem Anblick eine Gänsehaut. Bei uns im Viertel würde sich keiner so ein Bild aufhängen, nicht einmal geschenkt. Für so etwas würde ich keinen einzigen Piaster ausgeben.«

Dann gab es da noch dieses Gemälde mit dem Gekreuzigten, zum Skelett abgemagert, mit dunklem Teint und einem Spitzbart.

»Hätte Christus wirklich so ausgesehen, hätten doch die Leute vor ihm die Flucht ergriffen. Und außerdem hieß er Jesus und nicht Greco. Pff, Greco, also hör mal! Klingt ja wie Gecko!«, lachte Katina.

»Das Bild gegenüber mit den Schäfchen geht ja noch«, übte sich Eftalia in Kunstkritik. Auch die maritimen Motive fanden ihren Beifall.

»Haben die Künstler sich denn geschworen, nur ja kein Schiff bei ruhigem Seegang zu malen? Alle sind mit Schlagseite und halb gekentert dargestellt. Da wird einem ja beim Hinschauen schon schwindelig.«

»Lefkothea, komm, ich zeige dir das türkische Dampfbad.«

Katina führte ihre Freundin in das obere Stockwerk bis zur Mitte des Korridors, auf dem die Badekammern lagen, und zeigte ihr die Spiegel, die tulpenförmigen Leuchten, die Badewanne mit den zierlichen Füßen, die Marmorkacheln, die bis zur Decke reichten, und die Schränkchen, in denen Eau de Cologne, Parfüm und Seife aufbewahrt wurden. Aus den Hähnen lief das Wasser, und

als Katina die Toilettenspülung betätigte, zuckte Lefkothea zusammen: »Aaa! Habe ich mich erschrocken!«
»Ich geh dann mal«, meinte Lefkothea abschließend. »Dieses Haus schlägt mir aufs Gemüt.«
»Bleib doch noch hier, Lefkothea, dann bin ich heute Abend nicht so allein.«
»Allein mit vierzig Dienstboten? Machst du Witze? Aber ich kann nicht. Meine Mutter und ich rollen heute Nudelteig aus, und zum Schneiden der Pasta hat sich auch die Nachbarin angesagt.«
Sie traten in die Bibliothek.
»Syrios verbringt Tag und Nacht hier«, sagte Katina. »Ständig werden neue Bücher angeliefert! Was, denkst du, hat Violetta mitgenommen, als sie sich aus dem Staub gemacht hat? Keine Handtücher und auch kein Geschirr, sondern ... Bücher! Die hat sie als ihr ›persönliches Eigentum‹ abtransportieren lassen. Ach was, einen Riesengefallen hat sie uns damit getan! *Çek arabanı!*«
Sämtliche Frauen Smyrnas hätten viel darum gegeben, zu erfahren, wieso Karamanos' erste Ehe in die Brüche gegangen war. Doch Katina erzählte es nur ihrer Freundin Pari.
»Es war unter ihrer Würde, dass ihr Gatte eine ›außereheliche Beziehung‹ hatte. Hörst du, Pari, wie sie zu *sıkış* sagt? Außereheliche Beziehung. Da hat sie ihre Sachen gepackt, und fort war sie. Ach, zum Henker mit ihr! Sie glaubte, er würde hinter ihr herlaufen und sie auf Knien anflehen, zurückzukommen. Der und ihr hinterherlaufen? Da kann sie lange warten.«
Um ihn zurückzugewinnen, dachte Katina, hätte sie das Zauberbündel in ihrem Bett entdecken und durch Beschwörungsformeln unwirksam machen müssen, sie hätte das Drudenkraut, das Paare entzweit, im Hof ausgraben und seinen Bann brechen müssen, und sie hätte den Gegenzauber des Gifttranks, der aus ihrem geschändeten Brautkranz gebraut war, finden müssen. Das wäre ihr nicht in tausend Jahren gelungen! Sie hätte Ewigkeiten suchen müssen, ohne auch nur einen einzigen Zauber zu entdecken.
»*Hadi, çalış biraz!*«, rief sie einer jungen Türkin zu, die das Messinggeschirr polierte, um sie zur Arbeit anzutreiben.

Die Kleine hatte kurz innegehalten, um die neue Herrin zu begutachten, nachdem Katina und Pari in die Küche getreten waren. Mit Feuereifer stürzte sie sich dann wieder auf die Backform in ihrer Hand. Was für eine Küche, so riesig wie Theseus' Palast! Zwischen den Kochherden, den Geschirrschränken und Regalen voller Töpfe und Pfannen konnte man sich verirren. In Reih und Glied hingen die Schöpflöffel von den Holzbalken. Der Koch war mit seinen Gehilfen rund um die Uhr beschäftigt. Die einen bereiteten die Speisefolge für die Herrschaft vor, die anderen das Essen für das Personal. In der Garküche, die für die Angestellten zuständig war, wurden neununddreißig Personen verköstigt.
Die Mutter der Karamanos-Brüder war in Smyrna hoch angesehen gewesen und hatte als überaus gütige Herrin gegolten. Jeder, der in ihren Dienst trat, konnte sich glücklich schätzen. Jede Bedienstete wurde im Falle einer Heirat mit einer Wohnung und einer Aussteuer versehen. Ihren Arbeitern überließ sie für den Ruhestand entweder eine Abfindung, ein kleines Grundstück oder eine Wohnung und den Kutschern ein Fahrzeug. Die guten Wünsche aller begleiteten die »große Herrin«, wie man sie nannte.
»Merk dir, Pari, alle schmeicheln sich so lange bei dir ein, bis sie ihr Ziel erreicht haben. Aber trotz aller Segenswünsche ist sie jung gestorben. Die Geburt des dritten Kindes hat sie das Leben gekostet. Ihren Sohn Dimosthenis hat sie nicht einmal mehr gesehen. Und dabei hat sie so viel Geld in Waisenhäuser und Schulen gesteckt! Was glaubst du, wer das Geld für die Ikonenwand in der Agios-Mamas-Kirche gespendet hat? Ich jedenfalls werde keinen roten Heller herausrücken. Wieso gehen alle eigentlich davon aus, dass man sein Geld für die Armen geben muss, wenn man reich ist? Wenn eine was von mir will, sage ich: Hast du mich vielleicht gefragt, Madame, als du deine Kinder gekriegt hast? Nein. Wieso erwartest du dann von mir, dass ich sie durchfüttere? Also, sieh zu, dass du weiterkommst!«
»Wer zwei Hemden hat, der gebe dem, der keines hat«, meinte Pari, der dieser Bibelspruch gerade in den Sinn kam. »Das sind die Worte Christi.«

»Das war zu einer Zeit, als alle nur Hemden hatten. Ich aber besitze achtzig Kleider, und wenn ich vierzig davon verschenke, tja, bleiben mir noch vierzig. Es kommt darauf an, ob man überhaupt Gelegenheit hat, sie zu tragen.«
Sie öffneten Katinas Schränke und ließen die Roben Revue passieren. Katina holte ein zypressengrünes Taftkleid aus dem Schrank, das für große Bälle gedacht war. Es hatte einen Unterrock, Plisseefalten an der Taille, farblich abgestimmte Schleifen und Guipurespitzen an den langen Ärmeln. »Was wäre, wenn ich dieses Kleid der verrückten Katerina aus dem Türkenviertel gäbe?« Sie schüttelte sich vor Lachen. »Was würde sie damit machen? Es zum Hühnerfüttern anziehen?« Erneut kicherte sie los, bis ihr vor Lachen die Tränen kamen. »Ah, hier das Hütchen mit den Straußenfedern! Genau das Richtige, um darin beim Krämer Artischocken einzukaufen!«
All diese Kleider waren im Zuge einer ersten, überschwänglichen Verschwendungssucht erworben worden. Sie hatte alles gekauft, was ihr auf den ersten Blick zusagte: »Dieses Hütchen ist hübsch, das nehme ich. Dieses Kleid gefällt mir auch, packen Sie es gleich mit ein.« Sie hatte wahllos Handtäschchen und Handschuhe eingekauft, die nirgendwo dazupassten.
Zunächst war sie den Inhabern der Modesalons mit einer gewissen Scheu und voller Misstrauen begegnet. Sie befürchtete, man würde ihr Drittklassiges andrehen. Schmeichelte man ihr, etwas stehe ihr gut, nahm sie prompt ein anderes Stück. Mehrere Kutschen hatte sie mit Schachteln und Paketen gefüllt. Anfangs waren diese Einkäufe für sie wesentlich anstrengender als Wäschewaschen oder Geschirrspülen, denn es war alles noch neu und ungewohnt.
Ihre erste Begegnung mit dem Damenschneider verlief für beide Seiten irritierend, in erster Linie jedoch für den Maître, einen Levantiner mit europäischen Wurzeln und geziertem Gehabe, der alle feinen Damen der smyrniotischen Gesellschaft ausgestattet hatte. Aber so etwas wie Katina hatte er noch nicht erlebt.
»Er soll dir ein Journal nähen«, hatte ihr Lefkothea geraten, die

diesen Ausdruck bei einer vornehmen Kundin aufgeschnappt hatte, für die sie Spitzen klöppelte.
»Du nähst mir ein Journal«, ordnete Katina im Befehlston an. »Oder noch besser, gleich zwei«, fügte sie hinzu, als sei alles andere für die Familie Karamanos zu armselig.
»Sie wünschen also die Modelle aus zwei Modejournalen?«, fragte der Maître, sobald er mit dem Maßnehmen fertig war. »Und welche?«
»Das kannst du dir aussuchen.«
Da sie ihm einen Blankoscheck ausgestellt hatte, legte der Schneider los und nähte, was das Zeug hielt, das heißt alle Modelle aus dem »Ici Paris« und aus dem »Modes Parisiennes«. Das eine Journal war voller Abendroben, das andere voller Reisekleider: achtzig Stück insgesamt.
Der Rote Salon neben ihrem Zimmer, der bislang keinem bestimmten Zweck gedient hatte, wurde mit eigens angefertigten Kleiderschränken gefüllt, nur um Katinas Garderobe zu beherbergen.
»Wenn das nicht reicht, dann nehme ich den Nebenraum für meine Hüte auch noch dazu.«
Zu jedem Kleid gehörten die passenden Accessoires. »Möchten Sie jeweils ein komplettes Ensemble?«, hatte der Maître gefragt. Dann waren alle Kleider mit den dazugehörigen Handschuhen, Unterröcken und Mänteln geliefert worden. Für die Herstellung von Katinas Filzhüten hatten sämtliche Modistinnen Smyrnas im Schweiße ihres Angesichts schuften müssen.

Der Einzug in das Herrenhaus war für Katina nicht einfach gewesen. Noch im Brautkleid und ohne Eftalias wertvolle Unterstützung war sie ihrem Ehemann in ihr neues Heim gefolgt. Lakaien, Fuhrleute und Kammerzofen waren voller Neugier der Karosse entgegengeeilt, um die neue Herrin zu sehen. Da Konstantinos seinem Bruder seine Angetraute vorstellen wollte, bat er sie, zunächst im Vorraum zu warten. Dann trat er in Syrios' Büro.
Katina blickte sich um. Was für ein Domizil! Nicht einmal das

schickste Hotel von Smyrna verfügte über ähnlich eindrucksvolle Emporen. Sie wartete eine ganze Weile. Wo war Konstantinos bloß hingegangen? Sie trat auf die Tür zu, hinter der er verschwunden war. Sie war nur angelehnt. Konstantinos sprach mit seinem Bruder, der an seinem Schreibtisch saß und Unterlagen studierte, ohne aufzublicken. Anscheinend hatten sie eine Meinungsverschiedenheit, denn der frischgebackene Ehemann verschärfte seinen Tonfall.

»Ich habe nein gesagt, punktum«, erwiderte Syrios ruhig.

»Nicht einmal kennenlernen willst du sie? Wenigstens begrüßen könntest du sie, Syrios. Das ist doch nicht so schwer. Tu's mir zuliebe.«

»Du bist zu bedauern«, fuhr Syrios fort. »Schaff dieses Frauenzimmer fort. Ich will nichts von ihr wissen.«

Konstantinos machte noch einen Versuch, der ebenso fruchtlos blieb. Katina presste den Rücken an die Wand. Das hatte sie nicht erwartet. Tränen schossen ihr in die Augen. Sie musste ihren ganzen Stolz aufbieten, um nicht in herzzerreißendes Schluchzen auszubrechen. Ihr erster Impuls war, einfach fortzulaufen. Mit einer solch heftigen Ablehnung hatte sie nicht gerechnet. Wie sollten sie hier zusammenleben? War die ganze Mühe, waren all die Opfer umsonst gewesen? Sie erinnerte sich an die Schicksalsschläge, die sie in ihrem Leben schon hatte einstecken müssen.

»Nein, ich denke nicht dran, die Flucht zu ergreifen. Für wen hält dieser Bruder mich überhaupt? Für irgendeine dahergelaufene Kokotte? Ich bin die rechtmäßig angetraute Ehefrau seines Bruders. Ich gehöre ebenso zur Familie wie er.«

Sie nahm den Brautschleier ab, löste ihr Haar, schüttelte ihre Lockenpracht und stürmte in das Arbeitszimmer. Vor dem Sekretär blieb sie stehen und lächelte gewinnend.

»Wenn der Prophet nicht zum Berg kommt … Dann komme ich eben zur Begrüßung! Ekaterini ist mein Name, aber du kannst Katina zu mir sagen.«

Und sie streckte ihm die behandschuhte Hand direkt vor die Nase. Verdutzt hob Syrios den Blick, doch nur kurz verschlug es ihm die Sprache. Dann zog er die Brauen zusammen und polterte los: »Hat Ihnen, meine Dame, niemand beigebracht, dass man ankl…«

Katina ließ ihn nicht ausreden, sondern wandte sich an ihren Gatten.

»Konstantinos, ich brauche deine Hilfe. Diese hochhackigen Schuhe sind auf die Dauer unerträglich. Außerdem will ich unbedingt meine Schuhsohle überprüfen. Du kennst doch den Brauch: Die Braut schreibt die Namen ihrer Freundinnen auf die Schuhsohle, und die Freundin, deren Name nicht mehr zu lesen ist, wird als Nächste heiraten. Komm, schnell!«

Mit einem perlenden Lachen zog sie ihn aus dem Zimmer und unterband auf diese Weise Syrios' Einwände.

Bereits am nächsten Tag fuhren sie für eine Woche in ein Hotel an die Küste. Wie schön es dort war! Und was für ein Komfort!

Konstantinos' Verpflichtungen hielten ihn oft von zu Hause fern, ständig war er auf Reisen. Ganz allein musste sie mit den Anforderungen ihrer neuen Stellung zurechtkommen. So war das Wetter schlagartig warm geworden, doch Katina hatte nicht daran gedacht, eine gründliche Durchlüftung der Räume anzuordnen. »Gnädige Frau, wünschen Sie, dass wir die Fenster öffnen?«, wurde sie gefragt. »Ja gut, tut das«, antwortete sie dann. Ihr war nicht bewusst, dass sie das Reinemachen anordnen musste. »Gnädige Frau, wünschen Sie, dass wir die Salons sauber machen?«, mussten erst die Dienstboten fragen. »Ja gut, tut eure Arbeit«, erwiderte sie dann. Am liebsten zog sie eines ihrer mit Rüschen besetzten Plisseekleider an und streifte durch die Flure. Wie sie das Rascheln des edlen Stoffs liebte. Das war Musik in ihren Ohren!

Dann begann der anstrengendste Teil ihrer Eingewöhnungszeit. Mit den Männern fertig zu werden fiel ihr leicht, doch bei den Frauen war das anders. Von ihnen drohte die größte Gefahr. Argwöhnisch beobachteten sie dich, was für Kleider du trägst, wie du redest, wie du dich bewegst, wie du isst, woher du eigentlich stammst und was für ein Mensch du bist.

Im Bekannten- und Verwandtenkreis der Karamanos-Sippe gab es eine Reihe von herausgeputzten und perfekt frisierten Frauen aus bestem Hause, die in den vornehmen Häusern an den Männergesprächen teilnahmen, in denen es um die Türken, den Tabakhandel und die französische Republik ging. Es war unmöglich, Konstantinos für längere Zeit aus den besseren Kreisen Smyrnas fernzuhalten. Die einfachste Lösung war die, zu der sie am Anfang griff: Sie schloss sich zu Hause ein. Einmal hatte sie angeblich Magenschmerzen, ein andermal Migräne, beim nächsten Mal verführte sie ihn …

Doch das konnte auf Dauer nicht so weitergehen. Irgendwann kommt zweitklassige Qualität ans Tageslicht. Im Verlauf einer Soiree war ihr klar geworden, dass ihr die Chuzpe, hinter der sie sich sonst verschanzte, hier nicht weiterhalf. Die eingeschworene Clique dieser Frauen arbeitete mit vereinten Kräften gegen sie. Katina merkte, wie sie einander einvernehmliche Blicke zuwarfen. Man machte sich über sie lustig. Karamanos gegenüber beklagte sie sich jedoch mit keiner Silbe.

»Was für ein schöner Abend! Wie freundlich die Frau Konsulin war! Was für herrliche Teppiche sie besitzt! Und dieses süße Soufflé! Wie köstlich diese Schokolade schmeckte!«

Karamanos freute sich, dass Katina ständig etwas Neues entdeckte und dass einfache Dinge sie so sehr begeistern konnten.

Katina hatte einen Vorteil: Sie war lernbegierig. Sie hatte eine feine Spürnase, und ihrem Adlerblick entging nichts. »Wie haben die das gemacht? Beim nächsten Mal werde ich das genauso machen. So ist es eben, entweder man passt sich an oder man geht unter. Mein Entschluss steht fest: Ich möchte lernen.«

Das Einmaleins des guten Tons

Katina zog das neue, spitzenbesetzte Taftkleid an, setzte einen Federhut auf und ließ sich zum Palais der Diplomatengattin Madame Antoinette Lafont fahren, die gerade neu nach Smyrna gezogen war.

Madame Lafont war noch jung. Ihr Haus in der Tsilivi-Straße war von Kletterpflanzen umrankt, die kleine, duftende, rosafarbene Blüten trieben. In der Empfangshalle standen zwei große Anrichten mit Kerzenständern, davor lagen Orientteppiche in herrlich leuchtenden Farben.

»Es muss eine Fremde sein, die nicht aus Smyrna stammt. Eine, die den Mund hält.« Somit war eine Griechin für ihre Zwecke ausgeschlossen. Von ihren Bekannten wusste niemand über das Leben der höheren Schichten Bescheid, höchstens die Familie Serbetoglou, doch mit der wollte Katina nichts mehr zu tun haben, nachdem man sie nach Spyros' Tod vor die Tür gesetzt hatte. »Die ist schuld, diese Hexe!«, hatte Frau Nina bei der Beerdigung geschrien. »Die hat meinen Sohn auf dem Gewissen. Mein Ein und Alles, ach, mein lieber Schatz, ach, mein Herzblatt.«

»Jede Frau hat ein Geheimnis«, dachte Katina und hatte schon bald in Erfahrung gebracht, wo Madame Lafonts wunder Punkt lag. Ihr war nämlich ein Gespräch eingefallen, das sie vor Jahren, als sie die Ferien in Foulas Landhaus verbracht hatte, in Kokaryalı zufällig mit angehört hatte. Damals hatte sie der Sache keine Bedeutung beigemessen. Das französische Ehepaar, das von Frau Nina beherbergt wurde, war bei herrlichem Mondschein in einer lauen Augustnacht am Strand spazieren gegangen und hatte auf einem Felsvorsprung Platz genommen. Beinahe wäre Katina, die im seichten Wasser ihren Zauber vorbereitete, von ihnen ertappt worden. Hinter ihr erhob sich ein steiler Felsabhang, vor ihr lag das offene Meer. Der einzige Weg zurück verlief über den Felsvorsprung, doch dort saß das Ehepaar.

Die beiden unterhielten sich auf Französisch. Anfangs sprachen sie, wie Katina schlussfolgerte, über die Reise, die Familie Serbetoglou und über Geschäfte. Es fielen die Wörter *Izmir, villa, tabac, train* und *Madame Nina* auf, begleitet von einem unterdrückten Kichern. »Na bitte, auch bei den Franzosen wird getratscht«, dachte sie. Egal, ob Franzose oder Grieche, Türke oder Spanier, Christ oder Muslim, Getuschel und Gemunkel gab's über-

all. Immer wieder fiel der Name »Marc«. Da begann Madame Antoinette zu schluchzen: *»Mon fils, mon fils, mon pauvre petit.«* Hier spitzte Katina die Ohren.
»Was bedeutet *mofis?*«, fragte sie Foula am nächsten Tag.
»Wahrscheinlich ist *office* gemeint, also Büro«, erläuterte ihre Tante.
Da schloss sich Katina in die Kammer ein, die sie mit Despina teilte, um die Tarotkarten zu legen. Zunächst deckte sie die Karte mit einer blonden Frau auf, die Herzdame: Madame Antoinette. Dann versuchte sie, aus den Karten den geheimen Kummer der Diplomatengattin herauszulesen. Dabei erblickte sie ein Kind, eine Krankheit, einen Mord und großes Leid. Den Rest erfuhr sie dann von Sofoula, Serbetoglous Schwester.
Madame Antoinettes Leben war von einem tragischen Verhängnis überschattet. Ihr einziges Kind, ein lange ersehnter und mit großen Schmerzen auf die Welt gebrachter Sohn, hatte sich als geisteskrank erwiesen. Obwohl die Diagnose auf »gefährliche Schizophrenie« lautete, hielt man die Krankheit geheim. Dem Jungen war auch nichts anzumerken gewesen, bis er eines Tages in Alexandria seine fünfjährige Cousine vom Balkon schubste. Zum Glück verfingen sich ihre Röcke in einem Rosenstrauch. Die Kleine war von oben bis unten zerkratzt, überstand den Sturz jedoch ansonsten unverletzt.
Pierre Lafont war damals Vizebotschafter bei der französischen diplomatischen Vertretung in Ägypten, und die Familie lebte in Alexandria.
»Ein unglücklicher Zwischenfall«, dachten sich die Eltern. »Das wird sich nicht wiederholen.«
Doch die Symptome verschlimmerten sich. Am Weihnachtsabend war plötzlich das schärfste Küchenmesser verschwunden, und am nächsten Morgen fand man die zerstückelte Leiche des jungen ägyptischen Küchenmädchens.
»Der Weihnachtsabend hat sein Gemüt verwirrt«, sagte der Arzt. »Er hatte die Wahnvorstellung, er müsse verhindern, dass eine andere Jungfrau das heilige Jesuskind unter ihrem Herzen trägt.«

So fingierten sie einen Überfall und verwüsteten das Haus, zerschlugen Vasen und zerstörten Gemälde. Madame Antoinette zerkratzte sich Gesicht und Dekolleté. Dann riefen sie die Polizei. Die Zeugenaussagen der vornehmen Herrschaften klangen überzeugend, und der Fall wurde nicht weiter hinterfragt. Zum Glück hatten sie am Weihnachtsabend Gäste geladen, die der ganzen Familie – und somit auch Marc – ein Alibi gaben. An diesem Abend war er der reinste Engel gewesen, hatte am Klavier gesessen und die traditionellen Weihnachtslieder gesungen. Wie war es nur möglich, dass sich hinter diesen unschuldigen Augen solche Abgründe auftaten!

In der Folge hatte sich das Leben der Familie schlagartig verändert. Der Sohn wurde in einer Anstalt untergebracht, was man als Aufenthalt in einem Internat tarnte. Lafont beantragte seine Versetzung, und unter Aufbietung sämtlicher Beziehungen konnte eine Stelle in Stambul aufgetrieben werden. Und so erfuhr am 3. Februar ganz Alexandria, dass Familie Lafont nach Konstantinopel umzog.

Dort wusste keiner von ihrem Sohn. Pierre und Antoinette Lafont waren nun ganz allein mit ihrem Unglück. Als Handelsattaché an der französischen Botschaft in Stambul kam Pierre auch mit den Tabakhändlern in Kontakt. So entstand die Verbindung zur Familie Serbetoglou, die ihn in ihre Sommerresidenz in Kokaryalı einlud.

Seither waren drei Jahre vergangen, und vor einigen Monaten hatte Madame Antoinette Lafont ihren ganzen Haushalt nach Smyrna verschifft und sich in einem prächtigen Haus an der Ecke Tsivili- und Sarneau-Straße mit Blick auf einen großen Platz niedergelassen. Das hatte Katina von Lefkothea erfahren, der kein Ereignis der mondänen Welt entging, das irgendwie mit den Griechen Smyrnas zu tun hatte.

»Was bedeutet *mofis*, Lefkothea?«

»*Mein Sohn* heißt das. Wo hast du das denn aufgeschnappt?«

Katina beschloss, sich an die Diplomatengattin zu wenden. »Von ihr kann ich etwas lernen. Und wir haben etwas gemeinsam: Wir haben beide etwas zu verbergen – ich meine fehlende Bildung und sie ihren kranken Sohn.«
Aus diesem Grund war sie zu Madame Lafont gegangen, die sich sehr über den Besuch dieser aufgedonnerten jungen Frau aus der Unterschicht wunderte.
»Sie wollen mich sprechen? Wer sind Sie?« Sie musterte sie eingehend, ohne ihr einen Sitzplatz anzubieten. Vom Fenster ihres Schlafzimmers aus hatte sie die Ankunft von Katinas Kutsche mit dem Wappen der »Karamanoglou« am Wagenschlag verfolgt, die mit zwei Kutschern und einem Lakai vorgefahren war.
»Katina Karamanou, Madame.«
Sie hatte schon von ihr gehört. Das also war Katina. Es war schändlich, wie Karamanos seine Frau verlassen hatte. Ihretwegen also … Ihre Neugier war geweckt. Diese Gelegenheit wollte sie sich nicht entgehen lassen.
»*Asseyez vous, je vous en prie.*«
Katina erkannte an der Handbewegung, die zum Armsessel hindeutete, was gemeint war, und nahm zögernd Platz. War ihr Besuch vielleicht ein Fehler? Dann wäre es am besten, schnell wieder zu gehen. Doch dann fiel ihr Frau Perissis angeekelter Blick ein, als sie bei Tisch die Makkaroni laut schlürfend in den Mund gezogen hatte. Das brachte Katina dazu, sitzen zu bleiben.
Die Diplomatengattin wartete höflich ab. Instinktiv wusste sie, dass sie die Besucherin nicht in Verlegenheit bringen durfte. Unruhig rutschte Katina auf ihrem Stuhl hin und her, dann blickte sie ihr direkt in die Augen.
»Haben Sie gewusst, dass man bei den Abendgesellschaften auf eine männliche Begleitung warten muss, bevor man zu Tisch gehen darf?«
»*C'est juste*«, stimmte Madame Antoinette zu.
»Ich wusste es nicht, und vorgestern bin ich ganz allein in den Speisesaal im Haus der Konsulin gegangen und habe mich gemütlich hingesetzt, weil ich Hunger hatte. Als ich mit der Ser-

viette um den Hals aufs Essen wartete, haben sie mit dem Finger auf mich gezeigt und hinter vorgehaltener Hand über mich gelacht. Eine hat sogar gesagt: ›Die versteht nichts von der feinen Klinge, obwohl sie einen Barbier zum Onkel hat …‹ Obwohl sie es leise gesagt hat, habe ich es wohl gehört.«

»*Mon Dieu!*«

»Haben Sie gewusst, dass ich im Herrenhaus den Speiseplan für die ganze Woche auf einmal ordern muss?«

»*Naturellement.*«

»Da ich das nicht wusste, gab's nichts zu essen. Da habe ich Konstantinos erzählt, dass Fastenzeit vor Pfingsten sei. Wir sind ins ›Café Fotis‹ essen gegangen und haben so eine Art Jubiläum gefeiert …«

Sie wechselten einen Blick.

»Französisch lerne ich schon, das hat Lefkothea übernommen. Von Ihnen möchte ich alles andere lernen.«

»*De moi?*«

»Wenn Sie mir helfen, dann werde ich mich erkenntlich zeigen«, sagte Katina. »Meine Mutter wird Ihren *mofis* gesund machen.«

Madame Antoinette zuckte zusammen.

»Ich werde niemandem ein Wort von unserer Abmachung sagen«, fuhr Katina fort. »Und Sie genauso wenig … *Anlaştik mı?*«, holte sie auf Türkisch ihr Einverständnis ein.

Zur Besiegelung ihres Paktes streckte sie ihr die Rechte entgegen.

»Mit großer Freude …«, gezwungenermaßen ergriff Antoinette die Hand, die ihr unter die Nase gehalten wurde, »… offeriere ich jemandem meine Hilfe, der so wissbegierig ist wie Sie.«

Interessiert blickte sie Katina an. Wie hatte sie nur all die Details über ihr Privatleben herausbekommen? Auf Dauer blieb eben nichts verborgen. Dann straffte sie sich und sagte: »Das Ganze trifft mich etwas unvorbereitet. So etwas ist mir noch nie passiert.«

Dann wurde der Tee gebracht, auf ein niedriges Tischchen gestellt und von Antoinette serviert.

»Aber erzählen Sie erst einmal von sich.«
In diesem Moment kehrte Monsieur Lafont aus der Botschaft heim. Als sich Katina zur Begrüßung erhob, verdrehte Madame Antoinette ob des Fauxpas die Augen.

Antoinette hatte sich in Pierre Lafont verliebt, obwohl er nur ein kleiner Botschaftsangestellter war. Nach langem Hin und Her hatte ihre Familie der Heirat zwar zugestimmt, war jedoch nicht begeistert von ihrer Wahl. Antoinettes Mutter war Französin aus gutem, aber verarmtem Hause, und der Vater stammte aus der seit Generationen in Ägypten ansässigen griechischen Familie Alexiadis.
»Du bist schuld«, sagte Alexiadis zu seiner Frau und meinte Antoinettes Wahl, »weil ständig Franzosen bei uns herumlungern.«
Der Vater hatte eine Schwäche für Antoinette, die neben drei Söhnen seine einzige Tochter war.
»Es ist alles deine Schuld … Kein Wunder, Gleich und Gleich gesellt sich gern …«
Wie viel passender, so dachte der Vater, wäre ein Sohn aus den vermögenden Familien Kourtidis oder Kontaratos gewesen. Die Kourtidis etwa waren im selben Geschäft tätig, sie produzierten Wolle und Baumwolle im Sudan, die sie zu Schiffstauwerk verarbeiten ließen. Anstatt Konkurrenten zu sein und bei den Briten die Preise hochzutreiben, hätten sie sich zusammenschließen und damit unschlagbar werden können.
Doch so klug Alexiadis auch im Geschäftsleben war, so ungeschickt verhielt er sich in Familienangelegenheiten. Daher war man dazu übergegangen, ihn nur über die allerwichtigsten Dinge zu informieren. Beispielsweise, wenn jemand todkrank war, wenn seine Söhne schwere Unfälle hatten, wenn seine Frau ihrer Familie in Rouen wieder mal aus ihrer Spardose ein Darlehen gewährte, und über die Ausschweifungen des ältesten Sohnes Zacharias, genannt Zak, dessen Schulden er ständig begleichen musste. Alles andere hielt man von ihm fern.

»Weißt du, Patroklos, Zak hat schon wieder in unsere Geldschatulle gegriffen und alles beim Kartenspiel verloren.«
»Zacharias, willst du wohl sagen.«
Über die Verballhornung des Namens regte er sich mehr auf als über das verspielte Geld.
Für Antoinette jedenfalls hegte er eine besondere Schwäche, und die kluge Madame Alexiadi machte sich diese Vorliebe zunutze.
»Mir kommt kein Grieche als Schwiegersohn ins Haus«, so lautete ihr ehrgeiziges Vorhaben. »Wenn wir sie selbst entscheiden lassen, Patroklos, werden wir sie nicht verlieren.«
»Wie meinst du das?«
»Nun, wenn sie Kourtidis heiratet, wird sie zu seiner Familie nach Kairo ziehen. Mit Lafont jedoch bleibt sie hier bei uns.«
Das war durchaus in seinem Sinn, und er äußerte keine Bedenken mehr, sondern fand sich mit einem weiteren Franzosen in der Familie ab, ja legte sich sogar für dessen Beförderung ins Zeug, um das gesellschaftliche Ansehen seines künftigen Schwiegersohns zu steigern. Innerhalb von drei Monaten stieg der bescheidene, kleine Rechtsanwalt Pierre Lafont zunächst zum Dritten, dann zum Zweiten Botschaftsrat auf, danach zum Attaché und zum Vizekonsul und schließlich zum Bräutigam.
Das junge Paar zog im Haus der Schwiegereltern ein. Pierre lernte Griechisch, und bald spielte er mit seinem Schwiegervater nach dem Essen unter nettem Geplauder Schach. Der Schwiegersohn erwies sich in geschäftlichen Fragen als dermaßen begabt, dass ihn Alexiadis mehr und mehr zu schätzen begann, ihn allmählich ins Vertrauen zog und schließlich sogar seinen Rat suchte. Im Vergleich zu Zacharias, dem Schmarotzer, erwies sich »Petros«, der hellenisierte Pierre, als Glückstreffer.

Für Katina zeigte sich Adel schon darin, beim Essen möglichst zuvorkommend den Satz »Schlagen Sie zu, *je vous en prie*« sagen zu können.
»*Non, non, non!* Sie müssen sagen … ›Bitte, fangen Sie an.‹ Und dann ergreifen Sie als Erste den Suppenlöffel.«
»Ha, für dich ist das alles ein Kinderspiel«, dachte Katina verärgert. »Du bist doch schon mit dem Wort ›*Pardon*‹ auf den Lippen auf die Welt gekommen.«
Als sich Madame Antoinette eines Tages stundenlang der Behandlung von Topfpflanzen zuwandte, erschien Katina der ganze Versuch sinnlos.
»Du hast Probleme …!«, dachte sie, packte den Knochen wieder mit der Hand und schlürfte mit großem Appetit das Mark. »Wenn ich warte, bis du mir beibringst, wie ich den Braten fein säuberlich zerlege, bin ich vor Hunger schon gestorben. Seid ihr feinen Damen deshalb so dünn, dass euch gleich jede Kleinigkeit umpustet?« Sie wischte sich die Soße mit der Stoffserviette vom Mund und schluckte rasch hinunter.
»*A vous, madame.* Für Sie, gnädige Frau.«
»*A vous, madame.*«
»*Coupez la viande.* Schneiden Sie das Fleisch.«
»*Coupez la viande.*«
»Nach dem Essen wird den Damen Likör serviert, und zwar vom Personal. Wir rühren dieses Tablett niemals an. Der Tee jedoch wird auf dem niedrigen Tischchen abgestellt, und Sie müssen jeder Besucherin einschenken. Dann schauen sie dem Gast in die Augen und fragen kurz und bündig: ›Zucker? Zitrone?‹«
Im Verlauf des Unterrichts kamen sie einander näher. Madame Antoinette merkte, dass sie es mit einer aufgeweckten Schülerin zu tun hatte. Es machte ihr Spaß, die Elevin ganz nach ihrem Willen zu formen. Innerhalb eines Monats sprach Katina passabel Französisch, und Madame Antoinette wunderte sich über ihre phantastische Aussprache.

In der darauffolgenden Woche wiederholte Katina ihren Vorschlag, sie und ihre Mutter könnten Marcs Dämon austreiben. »So ein Unsinn!«, dachte die Botschafterin. »Mit so vielen Ärzten und Heilanstalten, Diagnosen und angeblichen Wundermitteln haben wir es schon versucht …« Ihr Kind war zwar krank und sein Geist verwirrt, doch kein Mutterherz hört auf zu hoffen. »Vielleicht sollte man diesen Frauen doch vertrauen …«, sagte sie sich.

Katina erbat sich von ihr die Hemdchen und die Tauftücher des Säuglings. »Er war so ein süßer kleiner Engel.« Madame Lafonts Augen füllten sich mit Tränen, als sie den Karton mit der Säuglingskleidung öffnete, die immer noch nach Talkpuder duftete. »Hier, das können Sie alles mitnehmen«, sagte sie zu Katina.

Madame Lafont erinnerte sich, dass Großvater Alexiadis zu Tränen gerührt gewesen war, als Marc zur Welt kam, und glaubte, allerlei Ähnlichkeiten zu erkennen. »Er hat ganz meine Ohren. Und seht nur, die Stirn: ein echter Alexiadis. Wir werden ihn nach meinem verstorbenen Bruder Markos nennen.« Da kein Einspruch erfolgte, wurde der Kleine auf den Namen »Marc« getauft.

Marc war mit seinen blonden Locken und den Pausbäckchen ein richtiges kleines Goldkind gewesen, das von seinem Großvater nach Strich und Faden verwöhnt wurde. Im Seidenhemdchen spielte er mit seinen Schaukelpferdchen, von denen der Großvater gleich drei Stück gekauft hatte. Auch in die Ernährung des Kindes mischte er sich ein. »Wenn es nach euch ginge«, schimpfte er mit seiner Tochter und seiner Frau, »dann würde das Kind ja verhungern.« Heimlich ersetzte er die *carottes rappées* und *concombres* durch zwei Teller deftige Hackfleischbällchen mit Ofenkartoffeln. Da er das Gefühl hatte, bei seinen eigenen Kindern versagt zu haben, sah er in Marc eine letzte Chance auf eine Nachkommenschaft ganz nach seiner Vorstellung.

Auch wollte er den beiden Frauen zuvorkommen und den Enkel in die griechischen Sitten einweihen. Er wollte dem Kind seine

eigenen Werte und Leidenschaften vermitteln, um ihn zu einem richtigen kleinen Griechen zu machen. So kannte Marc bereits im Alter von vier Jahren alle Schlachten auswendig, die von den Griechen im Freiheitskampf geschlagen worden waren. Er wusste genau Bescheid darüber, wie viele Kämpfer beim Aufstand gegen die türkischen Machthaber gefallen waren. Zeus, Herakles, Lord Byron und der Freiheitsheld Karaiskakis waren für ihn vertraute Gestalten. Jeden Abend erzählte ihm der Großvater von kriegerischen Heldentaten.
Natürlich ließ man dem Jungen auch die den gehobenen Kreisen Alexandrias entsprechende Erziehung angedeihen: Französisch und Griechisch, Geografie, Geschichte und Arithmetik, Klavier- und Geigenunterricht, Fechten, Reiten und Tennis. Erzieherinnen, Gouvernanten und Sportlehrer gaben einander die Klinke in die Hand.

Nach einem langwierigen, fast dreijährigen Papierkrieg gelang es der Familie, Marc aus der geschlossenen Anstalt in die Familie zurückzuholen. Die behandelnden Ärzte waren zwar unschlüssig, ob der Patient tatsächlich nach Hause zurückkehren sollte, doch schließlich stimmten sie mit der Begründung zu, dass das Leben im Familienkreis möglicherweise das Beste für den Patienten sei.
Ausschlaggebend für die Erlaubnis war die Versicherung eines befreundeten Arztes, er würde den Kranken Tag und Nacht betreuen.
Als Doktor Kleber jedoch Marcs Krankenakte las, begann er sein Angebot zu bereuen, und feine Schweißperlen traten ihm auf die Stirn. »Das ist ein Ungeheuer in Menschengestalt«, dachte er.
Dinge, die man im alltäglichen Umgang erlebte und kurz darauf wieder vergaß, verwandelten sich durch ihre schriftliche Aufzeichnung in eine Liste von Monstrositäten:
14. April 1885: Im Alter von acht Jahren einem Kanarienvogel die Augen ausgestochen.
2. September 1887: Streit mit seiner Mutter. Dabei schleuderte er ihr eine Gabel ins Gesicht und verletzte sie am Auge.
26. Januar 1888: Attacke auf die Köchin mit siedend heißem Öl,

da sie ihm das gewünschte Essen nicht zubereitet hatte. Die Frau musste ins Hospital gebracht werden …

All dies war zunächst auf die seelischen Wirren der Jugendzeit und auf seinen schwierigen Charakter geschoben worden. Doch die Wutausbrüche nahmen kein Ende, und es folgten weitere Zwischenfälle, die immer schlimmer wurden. In den folgenden Jahren wagten sie es nicht, irgendein Haustier zu halten, da er Tiere misshandelte. So schnitt er einem neugeborenen Vögelchen die Halsschlagader auf und attackierte seinen Großvater, als er dem Tier zu Hilfe kommen wollte. »Sie hätten früher reagieren müssen«, dachte der Arzt. »Doch Angehörige wollen diese Art von Krankheiten nicht wahrhaben.«

Um fünf Uhr nachmittags war die Kutsche angekommen und Marc seinem Großvater, seiner Großmutter und seiner Mutter in die Arme gesunken.

»Er ist seiner Mutter wie aus dem Gesicht geschnitten«, schluchzte der Großvater. »Mein lieber Junge, du hast mir so gefehlt!« Die ersten Wochen verliefen ruhig, da seine Medikation vor der Entlassung erhöht worden war.

»Auf mich macht er einen guten Eindruck«, erklärte Madame Alexiadi, und auch auf die anderen wirkte er innerlich gefestigt, nur in seinen rastlosen Augen deutete sich eine diffuse Aggressivität an.

Am Dienstag, den 3. Juni, kam es zwischen sechs und sieben Uhr zum Eklat. Ein friedlicher Morgen war in Alexandria angebrochen, und eine sanfte Meeresbrise brachte auch den prächtigen, stolzen Palmen an der Strandpromenade etwas Kühlung. Als die Sonne höher stieg, wurde die Hitze langsam unerträglich. Vielleicht, weil sie am Vorabend einen Disput mit ihrem Mann gehabt hatte, war Frau Alexiadi ungewöhnlich früh aufgewacht. Wie war er bloß auf die Idee gekommen, Gäste einzuladen? Die Ärzte hatten doch davon abgeraten. Das Ehepaar hatte sich gestritten, doch die Einladung konnte nicht mehr zurückgenommen werden. So saß sie nun auf ihrem Bett und genoss ein wenig den Meerblick, bevor sie nach dem Frühstück läuten würde.

Unterdessen war Marc in das Zimmer seiner Großmutter eingedrungen und hatte sie mit einem Messer angegriffen. Zum Glück war die alte Frau wach gewesen und hatte ihn sofort bemerkt. Verzweifelt versuchte sie, seinem Würgegriff zu entkommen. Mit Bärenkräften, wie sie der Wahn verleiht, hatte er sie am Hals gepackt. Als die Unglückliche um Hilfe rufen wollte, drückte der Kranke noch fester zu. Wie von Sinnen schlug er auf sie ein. Der verletzten Großmutter entfuhren ein paar erstickte Schreie, die man im Haus schließlich hörte. Sofort waren alle auf den Beinen und stürmten zu ihrer Kammer. Nur mit Mühe konnten drei Männer die tödliche Umklammerung lösen. Marc war nicht mehr er selbst: schweißüberströmt, mit Schaum vor dem Mund und verengten Pupillen, zitternd wie ein gehetztes Wild. In seinem Blick spiegelte sich der Wahn, aus seinem Mund drang ein gepresstes Röcheln. Der Arzt sank neben der alten Frau auf die Knie, um sie wieder zu sich zu bringen. Sie schwebte zwischen Leben und Tod. Ihr Hals war mit blauen Flecken übersät, schwer atmend rang sie nach Luft. Ohne den Arzt im Haus hätte sie den Angriff nicht überlebt.

Zwar hatten sie alle Messer aus den Küchenräumen für Herrschaft und Personal sowie aus den Ställen entfernt. Auch alle spitzen Gegenstände waren hinter Schloss und Riegel verwahrt und Rasiermesser in die Toilettenschränke eingesperrt worden. Keiner hatte jedoch an das kleine – im Grunde nur aus einer winzigen Klinge bestehende – Messerchen gedacht, das von Marcs Vater als Pfeifenreiniger verwendet wurde. Zum Glück war die Klinge so kurz, dass die der alten Frau beigebrachten Wunden die inneren Organe nicht verletzt hatten.

Gleich nach den ersten Anfällen hatte der alte Alexiadis die Schuld auf das Erbe seines Schwiegersohnes geschoben: »Verfluchte Franzmänner, Missgeburten, verdorbene Saat.« Ihm war dabei vollkommen entfallen, dass sein »plötzlich verstorbener« Bruder Markos ein ähnliches Verhalten gezeigt hatte, die Wut jedoch gegen sich selbst richtete und sich schließlich mit einer Jagdflinte eine Kugel in den Kopf schoss. Ebenso vergessen hatte er, dass sich seine Mutter oft tagelang in einer Ecke zusammenkauerte und vor sich hin weinte.

»Hier, das können Sie alles mitnehmen.«
Unter Tränen hatte Madame Antoinette die Säuglingskleidung eingepackt, und Katina steckte sie in eine kleine Tasche.
»Machen Sie sich keine Sorgen«, sagte sie. »Überlassen Sie alles Weitere mir.«
Marcs behandelnder Arzt, der in der Tat sehr fähig war, hatte in Smyrna seine eigene Klinik eröffnet, und Marc sollte auf jeden Fall in seiner Obhut bleiben. So hatten seine Eltern die Versetzung nach Smyrna beantragt, um in der Nähe ihres Sohnes zu sein. Dabei kam ihnen sehr gelegen, dass im französischen Konsulat ein neu geschaffener Posten für den Ausbau des Eisenbahnnetzes ausgeschrieben worden war.

Syrios Karamanos

Mit Pari war Katina nun fast täglich zusammen. Gemeinsam begutachteten sie die teuren Hochzeitsgeschenke und die Glückwunschkarten.
»Viele Kinder, Glück und Frieden sei'n dem jungen Paar beschieden«, lasen sie.
»Hm! Derselbe Wunsch gleich zweimal, Pari!«
»Jede Ehe hat erst mit der Geburt von Kindern ihren wahren Zweck erfüllt«, dachte Katina. »Nun ja, im ersten Jahr sagen alle: ›Ihr habt noch Zeit, genießt eure Jugend.‹ Im zweiten Jahr beginnt man, sich Sorgen zu machen und scheele Blicke zu werfen. ›Was ist denn mit der los? Warum wird sie nicht schwanger?‹ Und die spitzen Zungen fragen liebenswürdig: ›Na, wie steht's mit dem Kindersegen?‹«
Sie nahmen den Tee im hinteren Teil des Hauses. Die Fenster blickten auf Syrios' Arbeitszimmer auf der gegenüberliegenden Seite des Atriums.

»Von all den Gewohnheiten der Türken gefällt mir dieser herbe Schwarztee am besten. Den könnte ich literweise trinken. Der schmeckt ganz anders als dieses Gebräu namens *English Tea*, das Antoinette immer serviert.«
Madame Antoinette hatte an diesem Morgen Katinas Kleiderschränke durchgesehen und den Inhalt dem jeweiligen Anlass gemäß sortiert.
»Ihre Garderobe ist noch nicht vollständig, Sie benötigen noch ein paar Dinge. Aber ich muss sagen, die Kleider sind sehr schön genäht, Katina!«
Einige waren richtige Kunstwerke, um die selbst Antoinette sie beneidete. Andere wiederum waren untragbare, schrille Kreationen. Doch zu Katina bemerkte sie bloß: »Das hier sollten Sie vorläufig nicht tragen, vielleicht ergibt sich zu einem späteren Zeitpunkt die passende Gelegenheit.«
So wurde – diesmal unter Antoinettes Aufsicht – der Maître erneut einberufen und erhielt den Auftrag, Tennis- und Reitkleidung zu nähen.
»Ich hatte keine Ahnung, Pari, dass man eine besondere Kleidung braucht, um aufs Pferd zu steigen.«
Des Weiteren nähte er ein Kleid für den Kirchgang, ein Kleid für die Teestunde und einige Modelle für Abendgesellschaften. Alle waren sie schlicht, gediegen und dem Anlass angemessen. Hinzu kam noch ein Ensemble für Trauerfälle und Begräbnisse, wobei Katina dreimal den Bannzauber »gegen das böse Omen« sprach, bevor sie es in den Schrank hängte.

Vor Syrios' Arbeitszimmer gab es einen mit Teppichen ausgelegten Empfangsraum mit einer Pendeluhr und einer Statue, die an der aus robustem, afrikanischem Holz gefertigten Flügeltür stand. Syrios war nicht verheiratet, sondern Junggeselle aus Überzeugung. Er war der erstgeborene Sohn und der führende Kopf des Familienunternehmens Karamanos. Konstantinos und Dimosthenis beugten sich Syrios' Entscheidungen, selbst wenn sie anderer Meinung waren. Die Firmen waren zwar auf alle drei Brüder aufgeteilt worden, die Führung hatte jedoch nur einer. Syrios schrieb Dimosthenis allerdings nicht vor, welchen Tabak er einkaufen sollte, sondern sagte bloß: »Wir kaufen Tabak.« Er befasste sich auch nicht damit, welche Schiffe angekauft werden sollten, er beschloss lediglich, wie viele. Er ließ sich ungern auf Diskussionen ein, seine Anweisungen waren lakonisch, begleitet von einem Stirnrunzeln. Daran merkte man, dass es besser war, zu tun, was er sagte.

Die Privatangelegenheiten seines Bruders kümmerten ihn nicht, solange das junge Paar für sich blieb. Doch das Problem war, das sie alle im selben Haus lebten. Wenn sich sein jüngerer Bruder unbedingt scheiden lassen musste, konnte er doch das Herrenhaus verlassen und sich mit seiner neuen Frau eine neue Bleibe suchen. Syrios passte es ganz und gar nicht, dass die Familie Karamanos mit Frauengeschichten ins Gerede kam. Er einigte sich mit seinem Bruder darauf, dass Katina im Palazzo wohnen bleiben durfte, bis im europäischen »Quartier« ein für die Ansprüche und den Ruf der Familie Karamanos geeignetes Domizil errichtet wäre.

»Was für ein Griesgram, Mutter, was für ein Miesling. Den müsste man behexen.«

Den ganzen Tag lang beschäftigten sie sich mit Syrios' Übellaunigkeit. »Hochwohlgeboren«, erzählte Katina spöttisch, »ist vorgestern förmlich explodiert, weil ein Dienstbote seine Pfeife in den Aschenbecher statt auf den hölzernen Pfeifenständer gelegt hatte. Du musst wissen, *anne*, dass sich niemand außer dem Uhrmacher, der die Pendeluhr einstellt, nach zehn Uhr vor seinem Büro aufhalten darf. Syrios wurde schon als Sturkopf geboren.«

Mit Feuereifer stürzte sich Eftalia in die Aufgabe, den »Schwierigen« in einen sanftmütigen und weichherzigen Menschen zu verwandeln. Sie bereitete eine Kräutermischung aus Alraunwurzel und Eisenkraut zu, die in seine Speisen gestreut werden sollte. »Wenn er Bauchkrämpfe bekommt und nachts nicht schlafen kann, geben wir ihm Bärlapp. Dann wird er dir dankbar sein, wenn es ihm daraufhin besser geht.«

Sah man sich Syrios etwas genauer an, so fiel auf, dass er eine viel männlichere und imposantere Erscheinung als sein Bruder war. In der Stadt war er nahezu unbekannt, da er nur zu ganz bestimmten Anlässen in die Öffentlichkeit ging. Dienstags, donnerstags und samstags fuhr er vom Palazzo direkt in den Club und von dort gleich wieder nach Hause. Selten ging er zu Abendgesellschaften oder in die Kirche, fast nie ließ er sich auf Festen blicken. Diese Zurückhaltung fachte die Phantasie der kleinen Leute an. Was sollten sie sich anhand der Beschreibungen durch das Dienstpersonal auch anderes vorstellen als ein grausames und böses Ungeheuer? Als Dienstherr war Syrios hart, aber gerecht. Ansonsten war er gutaussehend und viril, mit breiter Brust und breiten Schultern, kurz und gut: ein schöner Mann.

Syrios wirkte, als sei er nie jung gewesen, als sei er schon erwachsen zur Welt gekommen. Freunde hatten einmal versucht, ihn mit einer reichen Bürgerstocher zu verkuppeln. Als er auf der Soiree erschien, zu der man ihn gelotst hatte, und er den wahren Grund der Einladung bemerkte, zog er die Brauen zusammen und empfahl sich rasch. Mit dem Gastgeber wechselte er danach kein Wort mehr, nicht einmal Geschäfte machte er mehr mit ihm. Danach wirkte er noch verschlossener, und keiner wagte je wieder, ihm die Freuden der Ehe anzupreisen.

Konstantinos war im Bekannten- und Freundeskreis beliebter; er war offenherzig, gesellig und freigebig, wenn es um wohltätige Zwecke ging, und traf sich regelmäßig mit Freunden zu Liederabenden. Kurzum, er war ein völlig anderer Charakter als sein Bruder.

In den folgenden Wochen ergaben sich plötzlich dringende Geschäfte für die Brüder Karamanos. Dimosthenis brach unvermittelt nach Athen auf, Konstantinos verreiste nach Chios, und sogar Syrios beaufsichtigte eines Morgens im Hof die Verladung seines Reisegepäcks nach Konstantinopel. Katina beobachtete von ihrem Zimmer aus, wie er die Kutsche bestieg, ohne dass er sie über seine Abreise informiert hätte.

Da hob er den Kopf und blickte zu ihrem Fenster hoch, als wolle

er feststellen, ob sie überhaupt noch da sei. Dann nahm er im Reisewagen Platz und gab das Zeichen zur Abfahrt.
Ein paar Minuten später klopfte es an ihrer Zimmertür, und eine Nachricht wurde überbracht, der gnädige Herr habe ihr etwas in seinem Büro hinterlegt. Im Morgenrock lief sie die Treppe hinunter. Auf Syrios' Schreibtisch lagen gleich neben seiner Pfeife ein Briefumschlag mit schriftlichen Anweisungen und zwei Schlüsselbunde. Die Aufträge waren – ganz nach der Wesensart des Verfassers – sorgfältig durchnummeriert, nannten Zahlungsort und Summen und bestimmten Tag und Uhrzeit der auszuführenden Instruktionen.
Als sie in ihr Zimmer zurückkehrte, hüpfte sie wie ein kleines Kind herum. »Endlich frei!«, jubelte sie, sobald ihr klar wurde, dass sie nun schalten und walten konnte, wie sie wollte. Ihretwegen konnten die Brüder Karamanos bleiben, wo der Pfeffer wächst.
Sie ließ ihre Mutter mit der Kutsche abholen und brachte sie im Grünen Salon mit den Goldbordüren unter. Dessen Fenster blickten auf die Jasminbüsche, das Parkett war frisch gewachst, und das Bett hatte eine doppelte Seidenmatratze und war mit vergoldeten Putten geschmückt.
Nachmittags um drei Uhr erschien der in Syrios' Schreiben angekündigte Handelsherr. Katina hatte sich hinter dem Schreibtisch ihres Schwagers verschanzt. Der Negoziant machte drei Verbeugungen und einen Kratzfuß, dann machte er zwei Schritte nach vorn und verbeugte sich noch dreimal. Danach ersuchte er um Bezahlung der Schiffsladung, dreitausendachthundertundachtundzwanzig Silbergroschen.
»Erst will ich die Ware sehen«, sagte Katina, die vor dem kleinen Kaufmann als Signora Karamanou auftrumpfen wollte.
»Aber Madame«, entgegnete der Grieche, »die Ware ist verladen und bereit zur Verschiffung.«
»Erst die Ware«, beharrte Katina kurz angebunden, der irgendetwas an der Miene des Handelsherrn zu missfallen begann.
Sie bat ihn, zu warten, und eilte zum Zimmer ihrer Mutter.

»*Anne*, nimm die Tarotkarten mit. Eine solch falsche Unterwürfigkeit hat mir noch nie gefallen. Die sagen sich bloß: Die Hand, die einen füttert, beißt man nicht.«
Bereit, zum Hafen hinauszufahren, kamen Mutter und Tochter mit ihren Handtaschen die Treppe herunter. Verdattert folgte ihnen der Grieche. Katina spürte eine Gänsehaut, als sie die Stelle passierten, wo Spyros zu Tode gekommen war. In Gedanken bat sie die Seele ihres verstorbenen Mannes um Hilfe, das Richtige zu tun.
Der Frachter ankerte vor dem Schiffsanleger und hatte aufgrund seiner Ladung einigen Tiefgang.
»Liegt das Schiff nicht allzu tief im Wasser, Mutter?«
Katina kannte sich aus, da sie und Spyros die Beladung zahlreicher Schiffe überwacht hatten. Sie und Eftalia rafften die Kleider und schritten die Reling entlang zum Kielraum, in dem Baumwolle eingelagert war. Das Wetter war gut, und die Reise sollte bloß drei Tage dauern.
Sie fasste nach der Baumwolle und schnupperte daran, obwohl sie keine Ahnung davon hatte. Das Boot ächzte im Wind. Es schien alt, aber robust. Alles war in bester Ordnung, selbst die Rettungsboote waren alle vorschriftsgemäß an ihrem Platz.
»Wohin geht die Ladung?«
»Nach Kavala, *Hanımefendi*.«
»Nehmt besser Pantelias Schoner.«
Der Grieche verlor die Fassung, raffte sich jedoch zu einem Widerspruch auf.
»Was kümmert's dich, wer die Ladung verschifft?«, meinte Katina. »Du bekommst doch das Geld auch, wenn du das Schiff belädst, das ich aussuche.«
»Mhm«, bekräftigte Eftalia, denn immer wenn Treff und Karo hintereinander gezogen werden, bedeutet das eine Reise, die unglücklich endet. Eine Reise ohne Wiederkehr.
Zwei Tage später zerschellte das Boot des Griechen bei bestem Wetter mit einer Ladung Olivenöl an einem Riff. Das ungute Gefühl, das Katina beschlichen hatte, lag also nicht an der Person

des Händlers. Es war die Vorahnung, dass er seinem Schicksal nicht entrinnen konnte.

Wochen vergingen, doch das neue Haus für Katina und Konstantinos war immer noch nicht in Angriff genommen worden. Das Einmaleins des guten Tons wurde indessen weiterhin geübt. Katina lernte, wie man ging, wie man stand, wie man aß, wie man Gäste empfing und ihnen servierte und wie man sich bedankte. Im Fortgeschrittenenkurs wurde sie in die schönen Künste und Literatur eingeführt, auch die neuesten Strömungen der Mode wurden ihr nahegebracht. Doch ihre Position im Saray der Familie Karamanos war nach wie vor nicht wirklich gefestigt. Abhilfe schaffte ein genialer Einfall, der in einem Gespräch mit Antoinette geboren wurde.

»Wie wäre es, das ganze Personal durch neues zu ersetzen? Die alten Bediensteten sind an Violetta und ihre Eigenheiten gewöhnt.«

Daran zeigte sich mal wieder, dass vier Augen mehr sahen als zwei, denn von sich aus wäre Katina niemals auf diesen Gedanken gekommen.

Als die Karamanos-Familie in der nächsten Woche ins Esszimmer trat, befanden sich auf dem Büffet heiße Brioches, frisch gepresster Orangensaft, Erdbeermarmelade und weich gekochte Eier. Der neue Koch, ein Franzose, stand in Weiß gekleidet neben dem Büffet und beaufsichtigte das Prozedere. Auch der Kaffee duftete viel köstlicher als vorher. Um das Dienstpersonal heranzuschaffen, hatte das französische Konsulat drei Tage lang fieberhaft gearbeitet.

Die Zofen kamen aus Avignon, die Hilfsköche aus Amiens, und die Dienstmägde waren blitzsaubere, Pumphosen tragende Türkinnen. Für alle war nur Katina die Herrin, und jeder Wink von ihr wurde unverzüglich ausgeführt. Doch was sollte sie bloß befehlen? Wieder musste Madame Antoinette einspringen.

»*Mon Dieu*«, stöhnte Madame.

»Modiö«, echote Katina.

Im Gefängnis von Smyrna

In der schicksalhaften Nacht, als der geplante Viehdiebstahl stattfinden sollte, waren Paulchen Jepsimiros und Manolakis Pfiffikus nur um ein Haar Karamanos' Gendarmen entkommen und in die Einöde geflohen. Obwohl sie zunächst andere Sorgen und weder einen Unterschlupf noch Essensvorräte hatten, zerbrach sich Pfiffikus den Kopf, um das Rätsel zu entschlüsseln, das ihm keine Ruhe ließ: »Wer hat uns verraten?«

Er war fest entschlossen, sich für diese Gemeinheit zu rächen, wenn es sein musste, auch mit blutiger Gewalt. Zuerst ging er alle seine Kompagnons und Komplizen durch, von denen einige auf bloßen Verdacht hin mit dem Leben bezahlen mussten. Doch nach und nach begann ihm die Wahrheit zu dämmern. Als dann Serbetoglous Witwe und Karamanos heirateten, ging Pfiffikus endgültig ein Licht auf: »Sie hat uns reingelegt.«

Er erinnerte sich an die zahlreichen Gratisbehandlungen für seine Verlobte Evangelia in Signora Eftalias Schönheitssalon. Täglich war sie dort ein und aus gegangen, bis sie eines Tages die Neuigkeit von der riesigen Viehherde erzählte. Und für Pfiffikus war klar gewesen, dass es um einen Batzen Geld gehen musste, wenn die Familie Karamanos ihre Hände im Spiel hatte.

Schlussendlich wurden sie – wieder durch einen fatalen Fehler seiner Verlobten – erwischt. Als Evangelia nämlich eines Nachts Brot, Käse, Pökelfleisch und Raki zu ihrem Versteck gebracht hatte, war man ihr gefolgt und hatte alle Beteiligten unverzüglich in das Gefängnis von Smyrna gesteckt.

Paulchen drehte sich auf die andere Seite, um eine bequemere Position auf der Holzpritsche zu finden, die man ihm als Schlafbank zur Verfügung gestellt hatte. Wo waren doch die schönen Jahre geblieben, dachte er sehnsüchtig, als er im Gefängnis von Saloniki mit den Wärtern um die Wette gewürfelt und sie bis aufs Hemd ausgezogen hatte.

Da öffnete sich die Zellentür, und Pfiffikus wurde mit Fußtritten hereinbefördert. Man hatte ihn windelweich geprügelt, sein rech-

tes Auge war blau angelaufen, ein Zahn wackelte, und die Nase sah auch ziemlich lädiert aus.
»Da kommt ja unser Sonnenschein«, meinte Paulchen, als er ihn erblickte.
Pfiffikus klopfte sich den Staub von seiner Kleidung und strich sie glatt. Auf dem Boden stand eine halbvolle Zinktasse mit Wasser, und Pfiffikus bückte sich, um seine Augenbraue vom Blut zu säubern.
Paulchen hatte die ganze Nacht kein Auge zugetan, da er sich, so ganz ohne Gesellschaft, unwohl fühlte. Es kam selten vor, dass er allein in einer Zelle saß, und so kam ihm die Einsamkeit der Gefangenschaft erst richtig zu Bewusstsein. Daher fing er durch die Gitterstäbe der Zellentür einen Schwatz mit den Wachen an, die an einem kleinen Tischchen saßen. Gefängniswärter hören über die Jahre hinweg haarsträubende Geschichten und kennen mehr Tricks als sämtliche Strauchdiebe zusammen, bei denen sie sozusagen in die Lehre gegangen sind. Von den Wärtern konnte man interessante Dinge erfahren, die einem später bei der Arbeit nützlich sein konnten. So wie damals in Saloniki, als Jepsimiros von einem Wachposten erfahren hatte, dass der Totschläger aus der Nachbarzelle eine Menge Geld versteckt hatte, das Versteck jedoch niemandem verriet. Damals arbeitete ein gewisser Sacharopoulos als Gefängniswärter, der fast daran verzweifeln wollte, wie leicht die Schurken zu Gewinn kamen und was für ein Narr er doch war – er, der zwar im selben Gefängnis war wie sie, doch sein Leben lang bettelarm bleiben musste.
»Sei kein Idiot«, hatte Paulchen zu ihm gesagt. »Ist das ein Leben? Ich kann wenigstens wieder raus, aber du bleibt hier drin bis zu deinem Tod. Du bist schlimmer dran als ein Zuchthäusler.«
Die Gefängnismauern, die er erst spätabends verließ und im Morgengrauen bereits wieder vor Augen hatte, begannen dem Wärter schwer auf der Seele zu lasten.
»Lass uns doch herausfinden, wo er die Beute versteckt hat, dann machen wir halbe-halbe«, sagte Paulchen. »Du musst gar nichts

weiter tun. Verleg mich einfach zu ihm in die Zelle und überlass mir den Rest.«
Er beschwatzte den Wärter, der nichts zu verlieren hatte, so lange, bis er ihn überzeugt hatte. Es war nicht leicht, an den Mörder heranzukommen, da er sich nie am Hofgang beteiligte. Deshalb zündeten sie ein in Petroleum getauchtes Wergknäuel an, fingierten einen Zellenbrand, und Paulchen konnte schnurstracks in die Nachbarzelle verlegt werden, zu dem Messerstecher, den der sechsfache Mord, den er auf dem Gewissen hatte, keineswegs belastete. »Die haben's verdient«, war sein Standpunkt. »Wenn ich die Wahl hätte, würde ich wieder mein Messer ziehen.«
Paulchen machte sich zu seinem Busenfreund und ließ ihn keine Minute aus den Augen. Anfänglich sprach der Totschläger kein Wort mit ihm. Stattdessen plauderte Paulchen über Gott und die Welt und erzählte rührselige Geschichten von seinen Kindern. Er belaberte ihn dermaßen, dass sich der Zuchthäusler irgendwann nicht mehr anders zu helfen wusste, als ihm eine Maulschelle zu verpassen, nur damit er den Mund hielt. Doch Paulchen gab so schnell nicht auf und versuchte, mit neuen Themen sein Interesse zu wecken. Er redete von Frauen, von Luxusgütern, von den kleinen Dingen des Alltags, doch ohne jeden Erfolg. Dann ging er zur nächsthöheren Kategorie über und redete von Christus, von Familie und Kindern, von der Heimat, von seiner Mutter. Nichts zu machen. Der hier war durch nichts zu erweichen. Was war das bloß für ein Mensch! Paulchen war drauf und dran, den Mut zu verlieren, setzte seine Versuche jedoch beharrlich fort. »Jeder Mensch hat einen Schwachpunkt«, dachte er, »und ich werde seinen finden.« Und mit dieser Einschätzung behielt er recht.
Eines Tages war nämlich der Pope zur Beichte vorbeigekommen. Den Zuchthäusler musste man mit Gewalt zum Popen zerren, doch sein Mund blieb eisern verschlossen. Pope und Mörder saßen sich gegenüber und maßen einander mit stummen Blicken.
»Mein Sohn«, sagte der Pope, »vertraue deine Sünden dem Herrn an, um deine arme Seele zu retten.«
Doch der Totschläger blieb stumm. Paulchen wartete vor der Tür

seinerseits darauf, an die Reihe zu kommen, da man damals die Gefangenen aus jeder Zelle gemeinsam zum Popen brachte. Er spitzte die Ohren, da ihm ein außerordentlich feines Gehör in die Wiege gelegt worden war. Mit diesem wertvollen Werkzeug knackte er jeden Tresor im Handumdrehen.

Um die Stille zu überbrücken, begann der Pope, von der Rettung der Seele zu faseln, die gesündigt habe und keine Ruhe finde. Da machte der Mörder den Mund auf und sagte: »Halt's Maul.« Der Pope redete unbeirrt weiter. »Halt's Maul«, wiederholte der Messerstecher, »du schwarzer Hund!«, und packte ihn am Kragen. »Ruhe finde ich erst, wenn auch Kyritsangas dran glauben muss.«

Das also war der Schlüssel zu seinem Herzen. Er hatte den Ehrgeiz, sein Werk zu vollenden. Kyritsangas war ein Hehler und Antikenräuber aus Volos, der mit seinen Kumpanen üble Missetaten begangen hatte. Doch er war ungeschoren davongekommen, während die Übrigen von unserem Mörder ins Jenseits befördert worden waren. Und nun saß der hinter Gittern.

Da beauftragte Paulchen den Wärter Sacharopoulos, auf dem Behördenweg Erkundigungen über Kyritsangas' nunmehrige Aktivitäten einzuholen. »Ein geachteter und angesehener Bürger«, ergaben die Nachforschungen, »ein vermögender Familienvater«. Als die beiden dann wieder einmal gemeinsam in ihrer Zelle saßen und Paulchen Geschichten über Hinz und Kunz zum Besten gab, ließ er beiläufig den Namen »Kyritsangas« fallen. Da hob der Totschläger zum ersten Mal den Blick und sah ihm ins Gesicht. Paulchen, der diesmal wegen Seifendiebstahls einsaß, hatte seine zweimonatige Strafe inzwischen fast verbüßt und musste notgedrungen zurück in die Freiheit. Doch nach nur kaum einer Woche saß er erneut in derselben Zelle, diesmal wegen falscher Deklaration einer Ladung Kaninchenfelle, die er als Eichkätzchenpelze verkauft hatte, und er saugte sich eine Geschichte über Kyritsangas' neueste Übeltaten aus den Fingern.

»Als ich draußen war, hab ich gehört, dass er plötzlich steinreich

geworden sein soll«, sagte Paulchen, »und ihm ganz Volos die Ehre erweist.«
Jetzt war der Totschläger so weit. Ein erstes Anzeichen war, dass er mit lautem Knacken seine Finger lockerte, als wolle er sie für den Hals des Mannes aus Volos trainieren. Und von diesem Tag an begannen sie, den Ausbruch zu planen, mit dem Ergebnis, dass sich die ganze Jepsimiros-Sippe schließlich aus Saloniki absetzen musste.
Die beiden griffen zu Papier und Bleistift, erstellten Skizzen und Zeitpläne. Was Spitzbuben doch für fähige Köpfe sind! Paulchen wusste, dass der Totschläger nicht verraten würde, wo das Geld war. Daher musste er durch einen Ausbruch die Freiheit erlangen.
Nach seiner Entlassung, denn sein Aufenthalt hatte diesmal nur zwanzig Tage gedauert, fand sich Paulchen freiwillig wieder vor dem Gefängnis ein und klopfte an die Tür. Es war schon ein wenig seltsam, wie er so dastand mit seiner Schiebermütze, seinem dicken Schnauzer, seinem gestreiften Anzug und fest eingepackt in einen dicken Schal. Er war verschnupft, und es wehte ein eisiger Nordwind.
»Wo hast du dir denn diese Erkältung eingefangen, Jepsimiros?«, lachten die Wachposten am Gefängnistor.
Unter ständigem Niesen riss Paulchen einen Witz nach dem anderen und hielt sich jedes Mal den Schal vors Gesicht. Dann verlangte er nach Sacharopoulos und bat darum, kurz in die Zelle des Totschlägers gehen zu dürfen, da er seinen Hausschlüssel dort vergessen habe und seine Frau ihn nicht reinlasse.
»Du und Schlüssel?«, lachten Sacharopoulos und seine Kollegen. »Schämst du dich denn gar nicht? Wozu brauchst du einen Schlüssel?«
Unter weiteren Scherzworten winkte man ihn durch. »Den Weg findest du ja allein.«
Unbehelligt ging Paulchen zu seiner Zelle und öffnete die Tür mit den Schlüsseln, die im Korridor an der Wand hingen. Es war halb zwölf, und die Wärter waren gerade beim Mittagstisch. Paulchen

hatte ihre Angewohnheiten genau studiert: Bei Wein und gegrillten Innereien saßen sie mittags zusammen und erzählten sich Anekdoten über die Häftlinge. Nach und nach hatten sie sich so sehr an Diebstahl und Betrug, an Mord und Totschlag gewöhnt, dass sie so schnell nichts aus der Fassung bringen konnte.

Kurze Zeit später trat er, eingehüllt in seinen Schal und mit tief in die Stirn gezogener Schiebermütze, die er wegen des Windes festhielt, wieder auf die Straße und machte zu den Wärtern eine Geste hinüber, mit der er andeutete, er habe die Zellentür wieder zugeschlossen.

Drei Stunden später schlug der Wärter von Gang sieben Alarm. Er hatte Paulchen nackt, geknebelt und ans Bett des Totschlägers gefesselt vorgefunden.

Zwei Tage später traf Paulchen den Zuchthäusler am vereinbarten Ort, einer einsamen Brache in Volos. Der Mörder hatte sich darauf vorbereitet, das begonnene Werk zu Ende zu führen. Zu diesem Zweck hatte er Messer, Riemen und Rasierklingen mitgebracht. »Wo ist denn der Schatz? Vielleicht – Gott behüte! – stößt dir etwas zu, dann sollte ich wenigstens Bescheid wissen, wenn ich dich schon aus dem Kittchen geholt habe«, quasselte Paulchen in einem fort nur von dem Geld.

Für den Zuchthäusler war der Schatz nie von Bedeutung gewesen. »In Kyritsangas' Haus«, sagte er leichthin. In Paulchen regte sich der Verdacht, dass der ganze Schatz vielleicht nur eine Chimäre war, nachdem er aus unterschiedlichen Quellen die Geschichte erfahren hatte, die sich damals mit Kyritsangas zugetragen hatte: Der Totschläger hatte eine Schwester, die – obwohl schon über dreißig – recht hübsch war. Schließlich kam das späte Mädchen doch noch unter die Haube. Der Bräutigam hatte zunächst einen guten Eindruck gemacht, erwies sich jedoch bald als brutaler und widerlicher Kerl. Die Familie hatte nur oberflächlich Erkundigungen über ihn eingezogen, da sie die Schwester möglichst schnell an den Mann bringen wollte. Im ersten Ehejahr war noch alles in Ordnung gewesen. Doch dann schlug er sie grün und blau und sagte zu ihrer Familie: »Ihr könnt sie wiederhaben.« Panik machte sich in der Sippe breit, und der Bruder, der bald zum Mörder werden sollte, wurde von seiner Mutter losgeschickt, um die Sache aufzuklären.

Er fand seine Schwester in einem erbarmungswürdigen Zustand vor. Sie zitterte am ganzen Leib und wurde von lautlosem Schluchzen geschüttelt. Jeden Abend hätten sich, so erzählte sie, irgendwelche Typen im Haus versammelt, sich in eine Kammer eingeschlossen und stundenlang palavert. Ihr Mann habe ab und zu den Kopf aus der Tür gestreckt und geschrien: »Wein!« oder »Essen!« Und wenn ihm das Essen nicht passte, habe er es ihr ins Gesicht geschleudert. So etwas sei am Anfang des Abends passiert, als er sich noch »anständig« benahm. Später hätten sie sich betrunken und – manchmal zu sechst, manchmal zu acht – von der Frau verlangt, ihnen zu Willen zu sein. Anführer der Truppe sei Kyritsangas gewesen, der zwar seltener kam als die anderen, aber immer Koffer voller Geld dabeihatte. Auf einmal seien dann alle verschwunden und Tage später mit vor Schmutz starrenden Kleidern wieder aufgetaucht.

Nachdem die Schwester zu Ende erzählt hatte, versteckte sich der Zuchthäusler im Schrank, um auf die Männer zu warten. Gleich nach ihrem Eintreffen begannen sie mit dem Kartenspiel. Nach etlichen Runden Schnaps stand ihnen der Sinn noch nach einem anderen Vergnügen. Als die Schwester des Totschlägers mit dem Tablett eintrat, packte sie einer aus der Bande und riss sie an den Haaren zu Boden. Mit dem Segen des Ehemanns wollte die Bande auf ihre Kosten kommen. Der Mann schleifte sie zum Diwan, und die Übrigen knöpften sich bereits voller Vorfreude die Hosen auf. Doch noch bevor sie zur Tat schreiten konnten, ereilte sie der Zorn des Zuchthäuslers. Nachdem er die Türen versperrt hatte, damit ihm keiner entkam, erledigte er sie alle, einen nach dem anderen, ohne auch nur eine einzige Frage zu stellen. Für ihn war alles klar.

Nicht lange nach seiner Flucht wurde er gefasst, vor Gericht gestellt und verurteilt. »Warum hast du das getan?«, fragten die Richter, ohne eine Antwort zu erhalten. »Was ist passiert?« Wie-

der schwieg er. »Mach den Mund auf, sonst kommst du an den Galgen.« Wieder nichts. Seinem Rechtsanwalt, der auf unzurechnungsfähig plädieren wollte, versetzte er im Gerichtssaal ein paar Ohrfeigen. Daraufhin befanden die Richter, er sei verrückt, und verurteilten ihn zu lebenslangem Kerker.
Als Paulchen diese Geschichte erfuhr, verstärkte sich sein Verdacht, dass es möglicherweise gar keinen Schatz gab. Inzwischen hatte sich der Totschläger in Volos einen legendären Ruf erworben. Und wie immer, wenn sich Ereignisse herumsprechen, behaupteten die einen, er habe die Übeltäter zu Recht massakriert, und die anderen, er sei eigentlich der Anführer der Bande gewesen, die den ganzen Landstrich terrorisierte, und habe die anderen Mitglieder beim Aufteilen der Beute erstochen. Jedenfalls war man sich darüber einig, dass sich Kyritsangas den Schatz – wenn es ihn überhaupt gab – angeeignet haben musste, da der Totschläger nur im Besitz einer einzigen Hose war, und selbst die war von Paulchen geliehen.
Das alles kümmerte Paulchen wenig, bloß mit Mord und Totschlag wollte er nichts zu tun haben. Daher bereitete er in Gedanken bereits seinen Rückzug vor. In der einsamen Schäferhütte, in der sie Unterschlupf gefunden hatten, hob der Totschläger den Blick und verkündete: »Heute Abend.«
»Was ist heute Abend?«
»Heute Abend kriegst du das, was du möchtest.«
»Na so was«, wunderte sich Paulchen. »Gibt's den Schatz also doch?«
»Hm.«
Der Mörder schälte gerade mit demselben Messer, mit dem er die Hälse der Kerle durchtrennt hatte, eine Birne, schnitt sie in Stückchen und steckte sie in den Mund. Von dem wilden Birnbaum hatte er sich auch ein Zweiglein geholt und zugespitzt und kratzte sich damit die Zähne sauber.
»Für dich selbst willst du gar nichts?«
»Nein.«
Gegen Mitternacht wagten sie sich aus der Schäferhütte und

schlugen die Straße nach Volos ein, eine wirklich schöne Stadt mit großen Plätzen, mit Blick aufs Meer und mit Bewohnern, die sich wie überall auf der Welt mit Gejammer und Gezänk das Leben gegenseitig schwer machten. Kyritsangas' zweistöckiges Haus im Provinzstil lag am Hauptplatz. Der Zuchthäusler bedeutete ihm, stehen zu bleiben. »Hier lauern wir ihm auf.«

»Und das Geld?«, fragte Paulchen.

Der Totschläger antwortete nicht. Kurz darauf erschien Kyritsangas, der nach Hause eilte, da ein kalter Wind vom Meer herüberwehte. Dabei torkelte er hin und her, wie ein Boot auf hoher See. Anscheinend konnte er sich nicht entscheiden, auf welche Seite er kippen sollte. Vor der Haustür zog er den Schlüsselbund an einer Kette hervor und schloss auf. Alles lag in tiefem Schlaf, und im Haus herrschte vollkommene Stille. Der Zuchthäusler hob in der Dunkelheit seine riesige Pranke, packte ihn und hielt ihn fest wie in einem Schraubstock. Kyritsangas rang nach Luft und brachte keinen Ton hervor. Der Zuchthäusler hielt ihm die Messerspitze an die Kehle.

»Ich würde mir nicht die Mühe machen, mit dir zu reden«, sagte er, »wenn ich nicht jemandem Geld schuldig wäre. Und die Schuld wirst du für mich begleichen. Rück alles raus, was du im Haus hast.«

Kyritsangas, dem vor Angst die Augen aus den Höhlen traten, nickte. Den ganzen Tag über hatte ihn die rechte Hand gejuckt, so dass er gedacht hatte: »Heute werde ich Geld ausgeben.« Doch stattdessen hatte er den ganzen Tag nur Geld einkassiert.

Die beiden schleiften ihn ins Haus. Aus der kleinen Kasse im Büro und aus der Schreibtischlade fischten sie Geld heraus. Paulchen stopfte sich die Hosentaschen voll, bis er zwei kleine Ranzen fand, die er ebenfalls füllte. Ein Schrank enthielt Papiere, und ein paar Schubladen brachten noch etliche Goldpfund zutage.

In einer weiteren Lade entdeckte Paulchen ein mit Bindfaden verschnürtes Kästchen, das er an sich nahm. Dabei konnte Kyritsangas ein leises Stöhnen nicht unterdrücken. Paulchen sah die Angst in seinem Blick und steckte das Kästchen zufrieden in die

Brusttasche. Sein unfehlbarer Instinkt sagte ihm, dass es sich um etwas Wertvolles handeln musste. Zudem war das Kästchen auch noch recht schwer. Als er die beiden vollgepackten Ranzen auf den Rücken nahm, als käme er vom Großeinkauf, sagte der Zuchthäusler: »Es reicht.« Dann stieß er das Messer bis ans Heft in Kyritsangas' Bauch. »Das ist für Tassia«, sagte er und versetzte ihm den Todesstoß. In diesem Moment ging knarrend die Tür zum oberen Stockwerk auf, und eine Frauengestalt erschien auf der Treppe.

»Wer ist da? Bist du's, Panagiotis?«, fragte sie.

Der Zuchthäusler sprang behände aus der Haustür. Paulchen war, beladen, wie er war, nicht ganz so schnell, und die Frau, die ein paar Treppenstufen heruntergekommen war, konnte ihn genau sehen.

Den Einbruch hatten sie zwar gut vorbereitet, doch an die Flucht hatten sie nicht gedacht. Also blieb Paulchen mit der ganzen Beute wie angewurzelt mitten auf dem Hauptplatz stehen und musste sich erst mal orientieren, in welche Richtung es nach Saloniki ging. Der Totschläger war verschwunden. Zu dem alten Versteck in dem einsamen Pferch wollte Paulchen nicht mehr zurück. Und so schlug er einfach die Landstraße ein und machte sich auf den Weg zurück in seine Heimatstadt, während aus Kyritsangas' Haus gellende Schreie, Hilferufe und Stimmengewirr drangen.

Jepsimiros lief und lief, erst im Morgengrauen hielt er an, um sich ein Versteck unter einem Mastixstrauch zu suchen. Da fiel ihm das Kästchen ein, und voller Neugier sah er nach, was sich darin verbarg: Es waren kleine, flache Steine, gesprenkelt mit Erde und Kalk, die Kinderzeichnungen trugen. »Herr im Himmel!«, rief Paulchen und bekreuzigte sich. »So etwas Albernes hab ich ja noch nie gesehen. Ach, zum Teufel noch mal! Und so etwas schleppe ich stundenlang mit mir herum.« Die eine, ganz verwaschene Abbildung zeigte eine kleine, schwarze Figur, die ein langes, schwarzes Holz in der Hand hielt, und daneben ein rotes Tier, das einem Stier ähnelte. Paulchen schleuderte den Stein fort, der hinter ein Gebüsch kullerte. Der andere Stein war größer und zeigte, wieder von Kinderhand gezeichnet, ein Rind mit langen Hörnern und einem Spitzbart. Es war ein wirklich seltsames Tier, das aus den Seiten blutete, da man es mit einer Lanze aufgespießt hatte. »So ein dummes Kind«, dachte Paulchen, der gerade erst Zeuge einer ähnlichen Szene geworden war, »Blut läuft doch nach unten und nicht nach oben!« Neben dem Rind standen drei kleine, schwarze Strichmännchen mit erigierten Penissen. Paulchen ekelte sich nun auch vor dem zeichnenden Kind, da ihm Widernatürliches fremd und er im Grunde ein Frömmler war. Auch diesem Stein versetzte er einen Tritt, so dass er dem anderen unter die Weidensträucher folgte. Dann wischte er die Hände an seinem Gilet sauber, wie um sich vom Anblick der dargestellten Schweinereien zu befreien. Drei weitere ähnlich bemalte Steine ereilte dasselbe Schicksal. Dann griff er noch einmal nach dem Kästchen, aber es war leer. Er drehte und wendete es nach allen Seiten, obenauf stand bloß: »Ausgrabungen Sesklo«.

Nach dieser Enttäuschung hatte er nun Anlass zur Freude, als er rasch die Geldsumme überschlug. Diese Art von Rechnen war sein Lieblingssport.

Mit letzter Kraft erreichte Paulchen Saloniki, doch die Neuigkeiten hatten ihn bereits eingeholt. »Mord in Volos! Mord in Volos!« Überall in der Stadt wurde darüber gesprochen. Daher packte die ganze Jepsimiros-Sippe eiligst ihre Sachen und machte sich aus dem Staub. Paulchen, der mit Mord und Totschlag nichts am Hut hatte, hätte sich am liebsten auf einen anderen Kontinent abgesetzt. So war die ganze Sippschaft nach Bodrum gezogen.

Pfiffikus hatte die Verarztung seiner Augenbraue abgeschlossen und widmete sich nun seinem Fuß, der heftig schmerzte. Wüst verfluchte er Eftalia und ihre Tochter, die ihm so übel mitgespielt hatten. Paulchen warf ihm einen aufmerksamen Seitenblick zu.

Die restliche Nacht knöpften sich die osmanischen Gendarmen Jepsimiros vor: »Sagst du uns endlich, wer hinter der Sache steckt, he?«

»Keine Ahnung.«

»Keine Ahnung? Da, nimm das!« Und es hagelte eine Maulschelle nach der anderen.
Die erste Hälfte der Nacht hatte Manolakis Pfiffikus Paulchen Jepsimiros als Bandenführer denunziert, die andere Hälfte der Nacht schwärzte Paulchen Jepsimiros Manolakis Pfiffikus als führenden Kopf des Viehdiebstahls an. Doch als sie sich dann in der Zelle trafen, taten beide ganz unschuldig.
»Du bist ein wahrer Freund, Jepsimiros! Wie ein Bruder! He, du hast noch Ehrgefühl im Leib!«
Paulchen blickte argwöhnisch zu ihm hinüber.
»Wie geht's eigentlich deiner Schwester?«, fragte Pfiffikus.
»Wie?«
»Deiner Schwester Vaitsa!«
»Gut«, sagte Paulchen. »Glaube ich jedenfalls, so oft sehen wir uns nicht. Sie hat immer so viel zu tun. Warum fragst du?«
»Ach, nur so. Hat sie nicht einen großen Hass auf Eftalia?«
»Eftalia?«, wunderte sich Paulchen. »Wie kommst du denn auf die?«
»Hat uns Vaitsa nicht irgendwann ihre ganzen Übeltaten aufgezählt? Sie war es doch, die deine Schwester auf hinterhältige Weise übern Tisch gezogen hat? Und auch deine Zwillingstöchter, oder?«
Paulchens väterliche Gefühle regten sich, und er versank in Traurigkeit. Dann wurde das »Abendessen« serviert: eine Schale Milch mit Brot, Salz und Oliven. Pfiffikus knabberte mit seinen beiden verbliebenen Vorderzähnen darauf herum.
»Die ganze Mühe, die wir umsonst in den Rinderdiebstahl gesteckt haben, wird uns Eftalia teuer bezahlen.«
Paulchen horchte auf.
»Das tue ich nur für dich! Damit du siehst, was für ein guter Kumpel ich bin! Die Hexe, die deine Zwillingstöchter auf dem Gewissen hat, mache ich fertig!«
Paulchen wusste nicht, wie ihm geschah. Zwar ahnte er, dass in Pfiffikus' Kopf ein vielversprechender, gleichwohl teuflischer Plan gereift war, doch er fragte sich, was der andere vorhatte.

»Willst du ihr das Haus leerräumen?«, fragte Paulchen.

»Nein.«

»Willst du ihr Geld abknöpfen?«

»Nein, ich werde sie erpressen.«

»Was du nicht sagst, du Witzbold! Wie soll dich Eftalia denn bezahlen? Soll sie dich in ihrem Schönheitssalon enthaaren? Nötig hättest du es ja!«

Mein Reich wird nicht geteilt!

Die Dienstboten hatten sich an das Staubwischen in der Bibliothek gemacht. Ganze Büchertürme waren aus den Regalen geräumt worden, um auch im hintersten Winkel sauber zu machen; von den Buchrücken stiegen wahre Staubwolken auf.

Auf einem Stapel lag ganz oben ein nach Lavendel duftendes Buch, aus dem ein zusammengefalteter Zettel ragte: »Für Violetta, mit den besten Wünschen, Rebecca Matalon, Akropolis«.

Katina griff nach dem Band und blätterte darin herum. Sie freute sich, endlich ein Buch in griechischer Sprache zu finden. Gerade wollte sie es auf den Stapel zurücklegen, als ihr Blick auf Worte fiel, die zärtlich und traurig zugleich waren und von Liebe sprachen. Sie las einen Absatz, dann den nächsten. Schließlich setzte sie sich hin und begann, das Buch von Anfang an zu lesen. Es war ein Roman von Emile Zola.

Der Tag verging, während sie immer weiter las. Als sie, Brot kauend, am Mittagstisch saß, lag das Buch aufgeschlagen an ihrer Seite. Nun gab es weder Syrios noch Konstantinos, sondern nur noch die Geschichte, die dieser Herr Zola erzählte. Und wie wunderbar er sie erzählte! Katina glaubte, in Paris zu sein, obwohl sie es noch nie gesehen hatte. Sie litt mit der Heldin, manchmal wurde sie zornig, dann wieder amüsierte sie sich. Sie musste zugeben, auch Bücher konnten etwas Herrliches sein.

Als sie einmal laut auflachte, ließ Syrios den Löffel sinken und blickte sie seltsam berührt an. Normalerweise bemerkte er ihre

Anwesenheit nur, wenn sie laut ihre Suppe schlürfte. Als sie bei den letzten Zeilen des Romans angekommen war, hätte sie am liebsten sofort wieder von vorn begonnen. Sie ging in die Bibliothek zurück, wo die Bücher wieder in den Regalen standen, und zog einen Band nach dem anderen heraus, um nach weiteren Geschichten zu suchen.

Mit ihren Funden ging sie in ihr Zimmer. Soeben war das Personal mit Syrios' Zimmer fertig geworden. Sie steckte den Kopf durch die Tür, um zu prüfen, ob alles in Ordnung war. Ganz unten im Schrank standen Syrios' Schuhe aufgereiht, weiter oben lagen die Hemden mit den gestärkten Krägen, daneben die Gilets. Ein Kalbslederschuh stand etwas schief. Katina griff danach, um ihn geradezurücken. Schon wollte sie den Schrank schließen, als der Schuh wieder zur Seite kippte. Erneut richtete sie ihn auf, und wieder fiel er um. Sie nahm sich der Sache an, da Syrios sein Schuhwerk wie ein Bataillon Soldaten in Reih und Glied sehen wollte. Sie klopfte mit der Sohle auf den Boden, um das Fußbett gerade zu richten, und beim letzten kräftigen Hieb löste sich der Absatz und flog bis zum Fensterrahmen. Als sie den Schuh umdrehte, um den Absatz wieder anzupassen, sah sie, dass ein kleines, rundes Stück Sohle fehlte.

»Ein Loch! Ein Liebesloch in Syrios' Schuh! *Olur şey değil!*«

Eine Frau hatte es auf Syrios abgesehen, schlussfolgerte sie sofort. Der *pabuç*-Schuhzauber war ein mächtiges Hexenmittel und unfehlbar in seiner Wirkung. Woher hätte Katina wissen sollen, dass dieses Stückchen von ihrer Mutter ausgeschnitten worden war, in der Meinung, es handle sich um Konstantinos' Schuh!

»Wer ist sie?« Es überlief sie kalt. »Na warte, dich kriege ich!«

Während sie im Zimmer auf und ab lief, malte sie sich die Folgen immer lebhafter aus.

»Syrios wird sie heiraten und dieses Stück Fliegendreck hierherbringen. Und dann wird die Neue hier das Regiment übernehmen wollen: Sie wird an meine schönen Sachen gehen, sie wird in meine Küche eindringen, sie wird sich in jede meiner Entscheidungen einmischen. Anfangs wird sie sich noch zurückhalten und Süßholz raspeln. Aber wenn sie erst Oberwasser hat, dann

wird sie schnell alles an sich reißen, und ich ende in der Mansardenkammer!«
Sie hatte sich in den Kopf gesetzt, die Gegenspielerin ein für alle Mal zu erledigen. Tagelang beobachtete sie Syrios. Sobald er das Büro verließ, drang sie darin ein, öffnete Schubladen, schraubte Tintenfässer auf, durchblätterte seine Bücher. Doch sie fand nur Dokumente, Rechnungen, Geschäftsbriefe und Verträge, keine Liebesbriefe und keinerlei Spur eines losen Lebenswandels. Auch in seinem Zimmer ließ sie keinen Stein auf dem anderen auf der Suche nach weiteren Hexenzaubern. »Dein Zimmer«, so hatte sie ihm erklärt, »ist dran zum Großreinemachen.« Und sie leerte es bis auf das letzte Möbelstück, schlitzte die Matratze auf und durchwühlte die Füllung der Federkissen. Sogar die Zimmerdecke klopfte sie ab, ohne Erfolg.
Am Abend nahm sie die Tarotkarten zur Hand, die ihr etwas über Syrios sagen sollten. Die Karte über ihm zeigte eine Frau, dunkelhaarig, eigenwillig und lebhaft. »Er kennt sie«, dachte Katina, die zusammen mit dem Herz-Ass auch die Karte mit dem Ring aufgedeckt hatte. Auf der linken Seite erschienen die »Wolken« und die »Eule«. »Eine Eheschließung mit Hindernissen, das dauert noch«, dachte sie erleichtert. Der Gipfel war, dass beim Thema Geld der »Fuchs« erschien. Die Braut warf ihren Schatten voraus. »Sie wird sein ganzes Vermögen durchbringen!« Und hinter der Besagten erschien prompt der »Besen«. »Die hat schon eine Ehe hinter sich.« Und das Schlimmste war, dass über ihrem Kopf die schwarze Vier lag, also war es eine große und starke Frau. »Da haben wir's!«, rief sie aus. »Die Frau ist eine Hexe! Eine Zauberin, eine Erleuchtete!«
Ganz früh am nächsten Morgen eilte sie zu ihrer Mutter, die jedoch noch Öl ins Feuer goss.
»Jetzt sei nicht missgünstig«, meinte Eftalia, die mit einer Erkältung das Bett hütete und gerade den Tee trank, den ihr Foula gebracht hatte. »Was kümmert's dich, wen er heiratet. Irgendwann wird er sich auch eine Frau suchen, oder? Dann soll ruhig noch eine Andere das süße Leben genießen dürfen.«

Doch in dieser Frage verstand Katina keinen Spaß. Wieso ging das nicht in Eftalias Kopf?
»Nie und nimmer.« Sie schäumte vor Wut. »Eine Andere soll sich ins gemachte Bett legen? Und ich soll alles mit ihr teilen? Das ist doch nicht zu fassen! Ich finde schon raus, wer es ist, und kratze ihr die Augen aus. Dabei ist sie keine einfache Sterbliche, gegen die ich mich durchsetzen könnte, sondern eine Erleuchtete! Das schlägt dem Fass den Boden aus!«
Gegen Abend machte sich Syrios für den »Griechischen Club« fertig, den er im Winter täglich aufsuchte. Er legte einen Kragen um und griff nach seinem Überzieher, da es draußen in Strömen regnete.
»Syrios, gehst du auf Tour?«
Er warf ihr einen befremdeten Blick zu, dann wandte er ihr den Rücken zu.
»Syrios, wo gehst du hin?«
»In den Club.«
»Kann ich mitkommen?«
»Nein, Madame!«, meinte Syrios. »Sobald Ihr Gatte zurückkehrt, wird er Sie dorthin begleiten.«
»Kommst du zum Essen?«
Noch einmal wandte er sich zu ihr um, aber mit so großer Überwindung, als verursache es ihm Nackenschmerzen.
»Nein«, meinte er kurz angebunden.
»Nein?«
»Nein.«
»Und wo isst du dann?«
Er stutzte erneut.
»Im Club.«
»Syrios, was tut man in dem Club?«, fragte Katina mit Unschuldsmiene.
Syrios lächelte gepresst und biss sich auf die Lippen. Was für ein Unglück hatte die Karamanos-Familie durch dieses Weib ereilt! Doch er beherrschte sich.
»Man plaudert und unterhält sich, man isst und amüsiert sich, man verbringt ein paar nette Stunden, man spielt Whist.«

Er hielt inne und machte einen Schritt zur Tür, drehte sich dann jedoch noch einmal zu ihr um. »Wenn Sie Whist erlernen möchten, Madame, müssen Sie wissen, dass es ein sehr anspruchsvolles Spiel ist.«

Ihre Antwort wartete er nicht mehr ab, sondern öffnete die Tür und verließ das Haus.

»Ach ja? Im Club wirst du speisen? Dann wart mal ab, dass du dich nicht verschluckst, denn das Essen werde ich dir höchstpersönlich servieren.«

Sie ging hinauf in ihr Zimmer und kleidete sich um. Dann zog sie rasch einen Kapuzenmantel, die Pelerine und Galoschen für die Schuhe über.

Mitten im Wolkenbruch suchte Syrios' Kutsche Schutz unter den Arkaden vor dem Eingang zum »Griechischen Club«. Der Kutscher rauchte eine Zigarette und rieb die Pferde trocken, die unruhig hin und her tänzelten.

Katina schlüpfte unter dem Bauch der Tiere durch und betrat durch den Dienstboteneingang die Küche, in der Grillroste, Räucher- und Bratwürste von den Querbalken baumelten. Der Koch und seine Gehilfen waren gerade dabei, Lauchzwiebeln fein zu hacken, Nüsse zu zerkleinern und Blätterteig aufzufalten.

»Hier ist ein Empfehlungsschreiben von Signor Syrios Karamanos, damit Sie mich als Dienerin einstellen«, sagte sie zum Küchenchef und zog ein doppelt gefaltetes Stück Papier aus der Manteltasche.

Oben links prangte das herrschaftliche Familiensiegel, und darunter stand: »Auf meine Anweisung soll Thanassoula in der Küche des Griechischen Clubs Arbeit erhallten.« Das Wort »erhalten« war zwar falsch geschrieben, doch der Koch konnte ohnehin nicht lesen. So warf er erst einen Blick auf das Siegel, dann auf »Thanassoula«.

»Woher kommst du?«, fragte er.

»Vom Dorf.«

»Dann spül das Geschirr.«

Katina trat zu den Töpfen und Pfannen und legte den Mantel ab.

Darunter trug sie eine französische Dienstmädchentracht mit gestärkten, gebügelten Schleifen, darüber eine Schürze mit schmaler Taille und luftigen Valencienner Spitzen, und unter der Kapuze hatte sie ein Spitzenhäubchen aufgesetzt. Nur der Rocksaum war ein Stück zu kurz, da die Kammerzofe Rosa gerade die Größe eines Trolls hatte.

»Das kannst du selber spülen«, sagte sie. »Ich serviere lieber im Saal die Süßigkeiten.«

Der Küchenchef musterte ihren Rocksaum, der kaum die Knöchel bedeckte.

»Bin kürzlich noch gewachsen«, sagte Katina und packte das Tablett mit den gezuckerten Makronen, da sie wusste, dass Syrios dieses Gebäck nicht ausstehen konnte, weil er von den Krümeln immer einen Hustenanfall bekam. Also würde er sie nicht heranwinken. Bevor der Koch noch etwas sagen konnte, war sie schon im Saal verschwunden. Die Herren waren bereits eingetroffen, vier davon unterhielten sich im Stehen, und Syrios saß in einem Ohrensessel neben einem niedrigen Tischchen. Katinas Herz flatterte. »Was für ein gewagtes Spiel! Was ist, wenn er mich erkennt?« Ihm gegenüber saß eine blonde Dame mit geflochtenem Haar und kleinen Löckchen an den Schläfen. Geziert trank sie ihren Tee und erzählte Geschichten aus dem Orient, den sie offenbar bereist hatte. Syrios hörte ihr zu, doch er spitzte auch die Ohren in Richtung der vier Herren nebenan, die sich gerade über die Bucheckernernte unterhielten.

In diesem Winter war ein Schädling aufgetaucht, der die Schale der Bucheckern mit einer hellen, pelzigen Schicht überzogen und einen Großteil der Ernte zerstört hatte. Die Smyrnioten hatten Fachleute mit dem Besprühen der erkrankten Bäume und der Feststellung der Einbußen beauftragt. Ähnliches Ungeziefer war auch an den Mohnpflanzen aufgetreten. Viele Mohnlieferanten mussten hohe Verluste hinnehmen, da sie den Bestellungen nicht nachkommen konnten. Die Frau neben Syrios redete währenddessen unbeeindruckt weiter, doch plötzlich sprang Syrios auf und mischte sich mit einem Kommentar zum Mohnanbau in die Diskussion.

Sie jedoch gab so schnell nicht auf, und während sie fortfuhr, von den heißen afrikanischen Nächten zu erzählen, bedeutete sie Katina mit der Hand, ihr Tee nachzuschenken.
»Aha, die Möchtegern-Lady wünscht umsorgt zu werden!«
Katina warf ihr ein unterwürfiges Lächeln zu, das besagte, dass sie den Tee sogleich servieren werde. Doch um ihr in der Küche einen viel besseren Tee zuzubereiten, suchte sie in ihren Taschen nach der Alraunwurzel, die zu Übelkeit und Erbrechen führt.
»Wer ist die Frau, die auf dem kleinen Diwan bei den Herren sitzt?«, fragte sie in der Küche das Serviermädchen des Spielsalons, während sie kochendes Wasser in die Tasse mit der Alraunwurzel goss.
»Die Schwester von Signora Varnik«, erwiderte die junge Frau. »Und die sitzt dort drüben am Whist-Tisch.«
»Bring ihr diese Tasse.«
»Warum bringst du sie ihr nicht selbst?«
»Der Koch hat gesagt, ich soll dich im Spielsalon ablösen.«
Signora Varnik wirkte, im Gegensatz zu ihrer Schwester, auf jeden Fall wie eine Hexe mit ihrer klapperdürren Gestalt, ihren krallenartigen Fingernägeln und ihrem stechenden Blick, mit ihren nachgezogenen Augenbrauen und ihren Juwelen, die sie an Ohren, Armen und Fingern trug.
Die Serviermamsell brachte Signorina Varnik ihren Tee, der ihr einen bitteren Nachgeschmack auf der Zunge hinterließ. Katina ging indes auf Signora Varnik zu, die an einem Glas Johannisbeerwein nippte und gerade einen König auf die schwarze Dame legte. Ihr Sitznachbar machte den Stich mit dem Ass und spielte die Karo-Drei aus.
Whist war in Smyrna sehr beliebt. Die Spieler waren so vertieft, dass sie nicht einmal bemerkt hätten, wenn plötzlich die Flammen vom nahen Kaminfeuer an ihnen hochgezüngelt wären. Syrios erhob sich unvermittelt von seinem Sitzplatz, trat zum Kartentisch heran und blickte dem Herrn neben Signora Varnik über die Schulter. Schnell griff sich Katina den Blasebalg und beugte sich über den Kamin, um das Feuer zu schüren. Syrios hielt sich

nicht lange am Kartentisch auf, sondern trat an den Kamin und blieb genau neben ihr stehen. Aus dem Augenwinkel erkannte sie seine Schuhe, die beinah ihren Rocksaum berührten. Doch für Syrios waren Dienstboten so neutral und leblos wie Möbelstücke. Ohne sie eines Blickes zu würdigen, verließ er schließlich den Platz am Kamin.

Als Katina in die Küche zurückkehrte, verabreichte der Koch einem Gehilfen gerade eine kräftige Ohrfeige.

»Au weia, der ist heute aber prächtiger Laune«, meinte die Serviermamsell aus dem Spielsalon, die mit dem Porzellangeschirr und den schmutzigen Desserttellerchen eintrat.

»Du da, komm her«, rief der Küchenchef Katina zu, sobald er sie erblickte. »Du tust wohl, was du willst, weil du denkst, du bist auch eine Dame! Wer hat dir erlaubt, den Saal zu betreten?«

Schon holte er zu einer Ohrfeige aus, doch Katina war schneller und verpasste ihm einen kräftigen Tritt. Dann trug sie das Tablett zurück in den Saal, als sei überhaupt nichts vorgefallen, und gab auch Signora Varnik eine Dosis ihres Elixiers zu trinken. Die bedankte sich höflich, legte unüberlegt den Herz-Buben und verlor den Stich, den sie hätte gewinnen können, wenn sie den Schnitt gemacht hätte. Ärgerlich klimperte sie mit den Armreifen.

Als ihre Schwester an den Kartentisch trat, warf ihr Signora Varnik ein Lächeln zu.

»*Viens, ma chérie*, spiel für mich weiter. Herr Karamanos!«, rief die Nebelkrähe dann. »Wollen Sie vielleicht meinen Platz übernehmen?«

Syrios nahm am Kartentisch Platz. Die Alte steuerte auf die Spiegel im Separee zu, um ihren Lippenstift aufzufrischen und sich die Nase zu pudern. Katina folgte ihr. In der Mädchenkammer hatte sie eine Kleiderbürste gefunden und bot nun an, die Schulterpartie des Kleides, auf der so interessante Dinge wie Haare oder Schuppen hängen geblieben waren, zu säubern. Danach verabschiedete sie sich mit einem Knicks.

»Geschafft«, dachte sie und steckte die Bürste in ihre Schürzentasche. »Zeit, zu gehen.«

Sie streifte das Spitzenhäubchen, den schweren Kapuzenmantel und die Galoschen über. Der Koch starrte ihr hinterher, als sie aus der Tür ging.
»Komm bloß bald wieder«, rief er ihr nach und drohte ihr mit dem Kochlöffel. »Wäre allzu schade um deine Arbeitskraft.«
Draußen im Vorhof war ihr Kutscher fast eingeschlummert. Katina gab Anweisung, nach Hause zu fahren. Der heftige Regen war abgeklungen, doch es nieselte noch.
Spontan entschloss sie sich, nicht nach Hause, sondern zu Antoinette zu fahren.

Am nächsten Morgen läutete Katina an der Tür eines Hauses in der Maden-Straße in der Nähe des Allioti-Boulevards. Ein Herr um die fünfzig mit einem Schmerbäuchlein kam zur Tür geschnauft.
»Sind Sie der Whist-Lehrer?«, fragte sie. »Madame Lafont schickt mich.«
»Ja, sie hat mir Bescheid gesagt«, erwiderte der Herr. »Was kann ich für Sie tun?«
Sie legte den Mantel ab, zog einen Stuhl zum Kartentischchen heran und nahm Platz.
»Bringen Sie mir Whist bei«, sagte sie, »und zwar schnell.«
Er blickte ihr in die Augen und zögerte mit der Antwort.
»Ich habe fünf Jahre gebraucht, um Whist zu lernen«, meinte der Maître.
»Ich habe nur bis zum Nachmittag Zeit«, sagte Katina. »Daher beeilen Sie sich besser.«
Um ihn zu überzeugen, legte sie drei Goldpfund auf den Tisch und schob sie langsam zu ihm hinüber. Ohne Widerrede holte der Maître die Spielkarten.
»Mit den Tarotkarten komme ich ganz gut zurecht«, dachte Katina. »Mal sehen, wie es hier läuft.«
»Also«, begann der Maître. »Die höhere Karte sticht die niedrigere.«
Dann brachte er ihr Stiche, Schnitte, Punkte und Honneurs sowie das Reizen und Scoren bei.

»Man muss den richtigen Riecher haben, wie die Karten der Gegenspieler verteilt sind«, erläuterte der Maître.
»Machen Sie sich darüber keine Sorgen«, erwiderte Katina. »Ich will nur die Regeln wissen.«
Der Maître maß sie mit neugierigen Blicken. Die Abenddämmerung brach langsam herein. Da es schon um fünf Uhr dunkelte, zündeten sie einen Leuchter an. Bei der letzten Partie rieb er sich verwundert die Augen.
»Woher wussten Sie, dass West den Karo-König hat? Wieso war es für Sie so leicht, genau die richtige Karte zu legen?«
»Na ja, West hatte ihn ja.«
»Und wenn nicht? Dann hätten Sie das Spiel verloren.«
»Tja, hab ich aber nicht.«
»Das stimmt«, meinte der Maître.
Katina erhob sich zum Gehen.
»Maître«, sagte sie beim Ausgang, während sie ihren Mantel anzog. »Ganz amüsant dieses Spiel, langsam finde ich Gefallen daran.«

Um Viertel nach sechs läutete Signora Katina Karamanou an der Tür des »Griechischen Clubs«, und ein Lakai öffnete ihr. Sie war mit ihrer persönlichen Kutsche vorgefahren, trug ein granatfarbenes Kleid und ein mit Brillanten besetztes Medaillon um den Hals, ihr volles, lockiges Haar hatte sie mit zwei Flechten aus Kunsthaar hochgesteckt. Sie duftete nach französischem Parfüm und schwerem Samt. Hocherhobenen Hauptes trat sie über die Schwelle, schob den Empfangschef beiseite, der ihr entgegengeeilt war, und begab sich in den Clubsaal, als hätte sie ihr Lebtag nichts anderes getan. Die Herren erhoben sich zu ihrer Begrüßung. Die Gespräche verstummten, und Syrios musste notgedrungen die Vorstellungsrunde übernehmen. Heute war der Tabakhandel das Tagesthema.
Markaroff, der rechts von Syrios saß, versuchte einem Herrn dreihundert Partien *paçal*-Tabak zu verkaufen. Der Arme wand sich wie ein Aal und wusste nicht, wie er sich dem Gespräch entziehen sollte.

»Dieses Jahr ist der *paçal* von guter Qualität«, erklärte ihm Katina. »Im Mai hat es geregnet, und die Feigenernte war gut. Feigen ziehen die Insekten an, die sich dann vom Tabak fernhalten. Wir denken auch daran, dieses Jahr *paçal* zu kaufen. Nicht wahr, Syrios?«

Ihr Schwager stand knapp vor einem Herzinfarkt, doch Katina blickte durch ihn hindurch und fuhr fort: »Wie viel nehmen Sie für vier Packen zu je fünfundzwanzig Oka?«, fragte sie Markaroff, der zuvorkommend erwiderte: »Sieben dreißig.«

»Zu teuer«, meinte Katina.

Nun rang Markaroff nach Luft. Katina schüttelte ihre Armreifen, deren feines Klimpern sie faszinierte.

»Fünf türkische Tabakbauern«, fuhr sie fort, »erzeugen zusammen vier Packen zu je fünfundzwanzig Oka beste *paçal*-Qualität. So eine Partie kostet vier, höchstens vier dreißig. Gerade mal halb so viel also. Es lohnt sich, bei den türkischen Tabakbauern einzukaufen«, erläuterte sie dem Kaufinteressenten. »Und zwar aus noch einem weiteren Grund: Ihre Tabaksamen sind nicht sortenrein, unter dem *paçal* haben sie auch hochwertigere Blätter. Sie sind nicht schlau genug, die auszusortieren und getrennt zu verkaufen, obwohl sie die Tabakmischungen wesentlich aufwerten. Bei der ›American Tobacco Company‹ ziehen sie ebenfalls die vorgefertigte Mischung einer Eigenmischung vor.«

Weitere Herren waren zu dem Gesprächskreis dazugestoßen. Ein Tabakhändler schüttelte ihr herzlich die Hand.

»Signora Karamanou, sind Sie nicht die verwitwete Signora Serbetoglou?«, meinte er. »Natürlich! Erinnern Sie sich an mich? Sie haben mir meinen Tabak damals vor die Füße geworfen«, erzählte er lachend. »Damit hatten Sie ganz recht! Der Jahrgang damals war wirklich lausig!«

Alle stimmten in sein Lachen ein, denn der Händler war ein bekannter Possenreißer.

»Was für ein Verlust für die Branche, dass Sie das Tabakgeschäft aufgegeben haben«, fügte er hinzu.

»Der größte Verlust war der Tod meines Mannes«, entgegnete

Katina, »trotzdem habe ich die Lust am Tabakhandel nicht verloren.«
Dann ging sie weiter in den Spielsalon. Heute spielte die Nebelkrähe mit zwei Herren, und am Nebentisch saß ihre Schwester, etwas blass um die Nase, mit drei weiteren Partnern.
»Oh!«, rief Katina. »Whist! Da kann ich unmöglich widerstehen!«
Ein Herr überließ ihr seinen Platz am Kartentisch. Sie machte es sich bequem und bedeutete der Serviermamsell, ihr Tee zu bringen. Sie wollte gegen die Nebelkrähe antreten.
Die ersten drei Spiele waren einfach. Dann gab die Nebelkrähe eine unbedachte Reizung ab, die sie teuer zu stehen kam. Sie verlor vier Stiche. Jetzt war Katina an der Reihe mit einem schwierigen Abspiel. Um ihren Kontrakt zu erfüllen, musste sie einen der vier fehlenden Könige finden, zwei der vier Damen und in der Treff-Farbe einen Schnitt machen.
Syrios blickte ihr über die Schulter. Jedes Mal, wenn im Spielsalon ein Groß-Schlemm angesagt wurde, richtete sich die Aufmerksamkeit auf den Alleinspieler. Katina schaute sich den Dummy an, dann warf sie einen Blick auf die Kartenfächer ihrer Gegner.
Schließlich setzte sie nach Ausspiel der Karo-Zwei, ohne zu zögern, das Ass ein, und statt Atout zu ziehen, entsorgte sie auf die soliden Piks die restlichen Karos. Sie machte einen einfachen Schnitt auf die Treff-Dame, und als sie die gefangen hatte, zog sie die Cœurs. Sie erfüllte Sieben Cœurs in vier Minuten. Die Totenstille wich jetzt einem Gemurmel von Kommentaren.
»... Nicht einmal eine Hexe hätte diesen Kontrakt erfüllt«, meinte der Possenreißer, der das Spiel mit angehaltenem Atem bis zum Ende verfolgt hatte. »Nicht einmal eine Hexe!«, wiederholte er lachend. »Spielen Sie eine Partie mit mir, Signora Karamanou, zu meiner Genugtuung?«
Doch Katina war mit Signora und Signorina Varnik fertig.
»Sie ist keine Hexe«, dachte sie. »Das war's, was ich wissen wollte.«
Nach diesem Besuch setzte Signora Karamanou keinen Fuß mehr

in den Club. Alle Haare, die sie für ihre magischen Zwecke benötigte, hatte sie gesammelt, doch das eigentliche Geheimnis hatte sie noch nicht gelüftet. Welche Frau hatte Syrios behext? Jedenfalls beschloss sie, weiterhin ein Auge auf ihn zu haben.

Die Erpressung

Panik erfasste Eftalia, als sie Manolakis Pfiffikus' Brief in Händen hielt, in dem er ihr androhte, »Klartext« mit ihrem Schwiegersohn zu reden. Und wer war der Überbringer des Briefes? Jepsimiros!

Der Erpresser forderte dreitausend Goldpfund. Was stellte der sich vor! Doch diesmal musste sie allein damit zu Rande kommen, weder Foula konnte sie sich anvertrauen, noch wollte sie Katina beunruhigen.

Auch Memeta würde Geld verlangen, sollte sie erfahren, welche Rolle sie bei Eftalias Intrige gespielt hatte.

»Na, Signora Eftalia, wen bittest du jetzt um Hilfe?«, redete sie vor sich hin, während sie zwischen Anrichte und Konsole hin- und herwanderte. Gerne hätte sie sich bei jemandem ausgeweint. »Wem könnte ich mich anvertrauen?« Sie blickte in den Spiegel und straffte sich. »Nur deiner treuesten Freundin, nämlich Eftalia. Du hast dich selber hineingeritten«, sagte sie zu ihrem Spiegelbild.

Sie nahm Papier und Griffel zur Hand.

»Also, fassen wir zusammen: Die feindliche Gegenseite bilden Paulchen und Pfiffikus.«

Um Pfiffikus' Verlobte Evangelia machte sich Eftalia keine Gedanken. Dieser Schlafmütze hatte Pfiffikus ein so gewinnbringendes Geheimnis bestimmt nicht anvertraut. Denn sie würde es nach ein paar Gläschen Wein sofort ausplaudern, und die Geldforderungen würden sich vervielfachen. Eine war's, die Eftalia fürchtete: Vaitsa. Was für eine günstige Gelegenheit für sie, um Rache zu üben! Was für eine seltene Chance!

»Ob Jepsimiros Vaitsa davon erzählt hat?«
Sie überlegte weiter: Pfiffikus saß noch im Gefängnis, während Paulchen aus Mangel an Beweisen rechtmäßig freigelassen worden war. Kein einziger Halsabschneider in ganz Smyrna würde Signora Eftalia eine so hohe Summe leihen. Und selbst, wenn: Sobald Pfiffikus auf den Geschmack käme, würde er immer weitere Forderungen stellen.
Pfiffikus war hinterlistig, und so jemanden konnte man nur mit Heimtücke bekämpfen. Aber wie? Pfiffikus' größter Nachteil in Eftalias Augen war seine Klugheit.
»Was für ein schlimmer Schlag! Ich könnte im Erdboden versinken vor Scham!«
Kurz entschlossen machte sie sich auf den Weg zu Attarte. Bekümmert und beschämt erzählte sie die ganze Geschichte. Doch Attarte schien weder beeindruckt noch schadenfroh angesichts all der Missgeschicke, die Eftalia widerfahren waren. Stattdessen stand sie auf, trat ans geschlossene Fenster und blickte in die Ferne, als gebe es dort draußen irgendeine herrliche Vision zu sehen. Eftalia schien es, als dringe hinter ihrem Schleier ein jugendlich perlendes Lachen hervor.
»Was sind das für Laute? Habe ich vielleicht Ohrensausen?«
Um sicherzugehen, steckte sie sich einen Finger ins Ohr. Da wandte sich Attarte um: Unter ihrem Kaftan schimmerte ein jugendlicher Körper.
»Ich werde dir helfen«, sagte Attarte.
Eftalia bekam es mit der Angst zu tun.
»Ich werde deinen Feind aufsuchen«, fuhr Attarte fort, »und zwar, weil ich dein Bestes will.«
Attarte ging auf Eftalia zu und umarmte sie – so, wie ein kleines Mädchen seine Lieblingspuppe umarmen würde. Dann lachte sie halb auf, als erinnerte sie sich an alte Kinderspiele, die ihr früher einmal Spaß gemacht hatten. Was hatte sie nur vor?

Nie wieder Ephesos!

Ephesos war in der letzten Zeit ein immer beliebteres Reiseziel geworden. Berühmte Gäste aus dem Ausland reisten an, um die antiken Stätten zu besuchen. Sie wussten weit mehr darüber als die Einheimischen, obwohl die nur ein paar Schritte davon entfernt lebten.

Konstantinos verkündete Katina, dass in der kommenden Woche ein wichtiger Geschäftsfreund aus dem Ausland eintreffen werde. Die Geschäftsabschlüsse mit ihm mussten unbedingt gut über die Bühne gehen, um die Taschen der Familie Karamanos zu füllen.

»Er ist Engländer«, erläuterte Konstantinos. Der Gast werde in Smyrna bleiben und im Herrenhaus der Karamanos absteigen.

Dann begannen die Vorbereitungen für den hohen Besuch. Die Zimmer wurden blitzblank geputzt, die Bäder mit frischen Handtüchern und duftenden Seifen und die Betten mit bestickten Laken versehen. »Am besten bringen wir sie im Grünen Salon unter«, schlug Rosa vor. Denn wenn man sich von der oberen, kleinen Terrasse herunterbeugte und Augen und Ohren offen hielt, entging einem nichts. Und Rosa hatte vor, diese Rumpfbeugen zu trainieren, um in Form zu bleiben. Mittlerweile hatte sie ihre Preise angehoben und nahm pro Auskunft ein Goldpfund.

Karamanos' Konkurrent Theofylaktos – der sich mal als Freund, mal als Feind erwies – lauerte darauf, Konstantinos den Engländer wegzuschnappen. Auch er hatte ihn eingeladen, nur war Karamanos schneller gewesen. Der Gast sollte nämlich entscheiden, welcher der beiden Anbieter das Rennen um die Nutzung der Eisenbahn im Osmanischen Reich machte, und dem Eisenbahnbetreiber winkten große Gewinne. Also beschloss die Familie Karamanos, ihn fürstlich zu bewirten.

Und so reiste er an. Er war ein großer, hagerer, aber gut gebauter blonder Mann, mit gesetzten Bewegungen und priesterlichem Gehabe. Man merkte sofort, dass er ein Fremder war. Seinem Blick mangelte es an schlauer Gewandtheit und seiner Wesensart an rascher Auffassungsgabe. Das allein wäre noch kein Problem gewesen. Mit einem Mann kam man immer irgendwie zurecht, aber er kam mit seiner Frau, Lady Tram… Trum… oder so ähnlich. Und sie warf Katinas und Eftalias Pläne über den Haufen.

Bereits vor einem Monat hatten die beiden beschlossen, aufs Land zu fahren. Sie hatten schon ihre Garderobe ausgewählt, die Koffer hervorgeholt und Einkäufe gemacht. Sie wollten im Hotel »Miramare« absteigen, das an dem Strand lag, wo sich die Aristokratie von ganz Smyrna ein Stelldichein gab. Selbst diejenigen, die Häuser am Meer mit eigenem Pier und eigener Badestelle besaßen, kamen für ein paar Tage ins »Miramare«, um sich nach allen Regeln der Kunst verwöhnen zu lassen. Natürlich galt: Sehen und gesehen werden. Der ganze »Griechische Club« machte dort Ferien, aber auch Leute aus der Bürgerschicht, die sich einmal hochherrschaftlich die Zeit vertreiben wollten, zählten zu den Gästen. Was für ein Luxus dort herrschte! Es gab Zimmer mit Blick auf den Golf von Smyrna, und am Horizont schimmerte die Silhouette der Stadt. Einige Suiten hatten getrennte Bäder mit goldenen Türgriffen, und es gab Kronleuchter und samtbezogene bordeauxrote Kanapees. Die besonderen Gäste bekamen die Zimmer mit Meerblick, um die ein großes Gerangel herrschte, da alle anderen als zweitklassig galten. Manche der Privilegierten gingen ganz natürlich damit um, andere wiederum bildeten sich etwas darauf ein. Eftalia und Katina hatten die Nummer dreizehn reserviert, natürlich mit Blick auf den Golf.

»Ich hab's doch gewusst, dass die Dreizehn eine Unglückszahl ist«, sollte Eftalia nach allem, was noch passierte, später nörgeln.

Abends versammelten sich alle zum Diner im Speisesaal, nachmittags um halb fünf Uhr wurde für die Urlauber ein gemütliches Zusammensein organisiert, die sogenannten *Thé Dansant* mit Tee, Gebäck und Tanzmusik. Auf keinen Fall konnte man nachmittags und abends dasselbe Kleid tragen. Sechs Koffer, voll mit Wäsche und Kleidern in sommerlichen Farben, hatte jede von ihnen gepackt. Eftalia hatte sogar einen Badeanzug nähen lassen, in Schwarz natürlich. Stolz trug sie ihren Körper zur Schau, den sie sorgsam mit Massagen und Cremes pflegte.

Das ganze Viertel wusste Bescheid, dass das »La Beauté« einige Tage geschlossen sein würde, da Signora Eftalia mit ihrer Tochter, verehelichte Karamanou, für zwei Wochen ins Hotel »Miramare« in die Sommerfrische fahren würde.
Doch das letzte Telegramm bezüglich der Ankunft des Engländers besagte, er werde in Begleitung seiner Gattin, Lady Soundso, eintreffen, die das antike Ephesos zu besuchen gedenke. Auf Anweisung von Konstantinos sollte Katina sie dorthin begleiten. Allein wollte Eftalia nicht ins Hotel fahren, doch in Smyrna zu bleiben war auch undenkbar.
»Wenn ich das gewusst hätte, dann hätte ich dafür gesorgt, dass sie sich vor der Abreise den Fuß bricht und bei der verdammten Königinmutter in England bleiben muss.«
So kam in der ersten Woche Foula in den Genuss des Zimmers Nummer dreizehn, der das Ganze als nobles Geschenk ihrer Cousine und Nichte präsentiert wurde. Katina und Eftalia würden mit der Lady, die sie insgeheim zum Teufel wünschten, zu den antiken Stätten nach Ephesos reisen und sie dabei auch noch nett unterhalten müssen.
»Tante Foula, wir verdanken dir doch so viel. Und als kleines Dankeschön wollen wir, Mama und ich, dir diese kleine Aufmerksamkeit anbieten. Eine Woche Ferien im Hotel ›Miramare‹, alles inklusive. Selbstverständlich in einem Zimmer mit Meerblick.«
Nun wurde Foulas Viertel darüber in Kenntnis gesetzt, dass Signora Foula Karpidou, Tante von Signora Karamanou, eine Woche verreisen werde, da sie im Hotel »Miramare« direkt am Strand und selbstredend in einem Zimmer mit Meerblick ihre Ferien zu verbringen gedenke.
Katina, Eftalia und die Lady brachen also auf nach Ephesos. Eftalia bestand darauf, sämtliche Koffer, die sie für das »Miramare« vorbereitet hatte, mitzunehmen. Eine Nachbarin hatte ihr weisgemacht, je nach Anzahl der Gepäckstücke steige das Ansehen des Reisenden und je mehr Koffer er habe, desto vornehmer wirke er. Daher nahm sie gleich ein paar Gepäckstücke mehr mit,

die gar nichts enthielten. Eins davon war ein riesiger Schrankkoffer, der sich schlussendlich als überaus nützlich erweisen sollte, denn sonst hätten sie gar nicht gewusst, wo sie die Leiche unterbringen sollten.
In Ephesos gab es eine einzige »herrschaftliche« Unterkunft, die Pension von Herrn Karpousas. Dort hatte Konstantinos Zimmer für sie reserviert. Als männliche Begleitung hatte er ihnen Fikias mitgegeben, einen vertrauenswürdigen, aber etwas zurückgebliebenen Jungen, der auf den Gehöften des Herrenhauses aufgewachsen war, dank der »Knabenlese« der verstorbenen Signora Karamanou, die allen Unglücklichen auf ihrem Anwesen eine Zuflucht bot, einen Teller Essen und ein Plätzchen zum Schlafen. Auch Fikias, den man als Einjährigen am Strand gefunden hatte, wo er versucht hatte, Seetang zu essen, stammte aus unglücklichen Verhältnissen. Die Köchin betrachtete er als seine Mutter, die früh verstorbene Signora Karamanou als seine Herrin, die Schulfibel und die Stelle als Kirchendiener waren seine Bildungsquellen und die Aufführungen des Schattentheaters auf den Brachen der Stadt sein größtes Vergnügen. Später übernahm er verschiedene Tätigkeiten im Herrenhaus: Treppenputzen, das Scheuern der Böden, das Tränken des Viehs und Hilfsarbeiten in der Küche. Und da sich keiner so richtig verantwortlich für ihn fühlte und er ganz auf sich allein gestellt war, hatte er häufig kleinere und größere Unfälle. Bei Stürzen hatte er sich wiederholt schlimme Kopfverletzungen zugezogen, bis er eines Tages eben langsamer arbeitete und dachte als alle anderen.
Und nun war Fikias Adjutant der englischen Lady, während sie in Smyrna weilte! Wie aber sollten die drei sich mit ihr verständigen? Am erfolgversprechendsten erwies sich: mit Händen und Füßen. Aus einem Büchlein mit dem Titel »Practice in English« lernten sie einige Begriffe. *I* = ich, *you* = du. *Good morning, good night. How do you do? Pleased to meet you.* In Erwartung der Lady übte Katina mit Eftalia, die die Lehrbücher jedoch bald langweilig fand.
»Das Frauenzimmer hat uns die Ferien verdorben!«, empörte sie sich. »Wie heißt ›Du kannst mich gernhaben‹ auf Englisch?«

Eftalia fand anfangs an allem etwas auszusetzen, doch als sie auf einem Spaziergang zu den antiken Stätten zufällig ein Kraut fand, das sie schon lange gesucht hatte, besserte sich ihre Laune schlagartig. Nun hatte sie eine Beschäftigung gefunden und stürzte sich mit Feuereifer in die Kräutersuche.

Herrn Karpousas Herberge sah genauso aus wie erwartet: die Zimmer voller Wanzen und Flöhe und die Matratzen muffig. »Ein ›Miramare‹ für türkische Staubläuse und englische Ladys«, lamentierte Eftalia.

In ihrem Herbergszimmer kleideten sie sich zum Abendessen um. Kurz bevor sie zum Speisesaal aufbrechen wollten, hörten sie das Pfeifen zum ersten Mal.

»Mutter, nimm die Federn vom Kopf, wir gehen auf keinen Ball.«

Eftalia hatte ihre Koffer geöffnet, Täschchen und Hütchen herausgeholt und anprobiert.

»Aber sie stehen mir.«

»Sie stehen dir nicht.«

Dann bog sie eine Feder von ihrem gelben Strohhütchen hinunter bis zum Ohr und wandte den Kopf nach allen Seiten, um sich damit im Spiegel zu betrachten.

»Hast du vorhin die mit der Gänsefeder am Ohr gesehen?«

Da war das Pfeifen wieder. Irgendjemand stand vor dem Haus und pfiff. In so einem Fall spitzte jeder automatisch die Ohren. Mühsam zwängte sich Eftalia in ein gelbes Seidenkleid mit großem Dekolleté und Spitzenbesatz, das Katina gehörte. Obwohl sie kaum Luft bekam, kam Ausziehen nicht infrage, so sehr gefiel es ihr. Da, schon wieder das Pfeifen. Kurz entschlossen traten sie ans Fenster. Unten im Hof stand ein Mann, der sofort verschwand, als er ihre Gesichter über der Fensterbank erblickte. Aus der anderen Ecke des Hofs tauchte auf der Suche nach dem Kunstpfeifer Fikias, der Spürhund, auf.

»He, Fikias, bist du das, der so pfeift?«

»Nein. Der Mann da drüben«, sagte Fikias und deutete vage ins Gebüsch, das die Pension umgab.

»Was für ein Mann?«

»Ein Fremder«, erwiderte Fikias.
»Lauf ihm nach.«
»Wem?«
»Dem unbekannten Kunstpfeifer.«
»Zu spät«, meinte Fikias.
Am anderen Fenster erschien die Lady, ein wenig blass um die Nase. Auch bei Tisch saß sie kreidebleich vor ihrem Teller.
»Das soll ein Abendessen sein?« Eftalia konnte das Nörgeln nicht lassen. »Bei mir könntest du lernen, wie man Pilaw kocht, du armseliger Herbergsvater!« Nichtsdestotrotz wandte sie sich mit einem Lächeln an die Engländerin: »*Good? Good?*«
Im Speisezimmer saßen auch einige deutsche Reisende, die sich in ihrer schwerfällig-harten Sprache unterhielten. Einer davon war Archäologe, von den Übrigen nur »Herr Professor« genannt. Als Ältester in der Runde wirkte er selbst wie eine antike Sehenswürdigkeit. Er war schon vor einiger Zeit und mit seiner zentnerschweren Bibliothek hier abgestiegen. Einige Bücher hatte er gar nicht in sein Zimmer hochgeschleppt, sondern im kleinen Salon gelassen, wo er nach dem Essen zu studieren pflegte.
Der Herbergswirt verkündete die Besichtigungsmöglichkeiten.
»Morgen früh um sieben machen wir einen Ausflug«, sagte Katina mit lauter Stimme zur Engländerin.
»Was? Schon wieder?«, protestierte Eftalia. »Es reicht doch, dass wir den Ausflug hierher gemacht haben, oder?«
»Wir unternehmen einen Eselsritt nach Ephesos, *anne*, das wird die Lady bestimmt sehr genießen.«
Der Herbergswirt hatte es übernommen, für den nächsten Tag in aller Herrgottsfrühe die Esel samt Treibern zu organisieren.
In Ephesos nahm die Lady auf einem Felsen Platz und versetzte sich träumerisch in antike Zeiten zurück. Dann zog sie ihren Griffel hervor, um ein Gedicht zu schreiben.
»Hier, Mutter«, sagte Katina, die aus der Herberge eine kleine Broschüre mitgenommen hatte, »stand der Tempel.«
»Was für ein Tempel?«
»Na, der antike.«

»Ah!«, rief Eftalia. »Was für eine riesige Stadt! Und dabei ganz aus Marmor. Die müssen ganz schön gefroren haben. Womit die wohl im Winter geheizt haben? Ja, und was war mit Fenstern? Hatten sie überhaupt Fenster? Mit Glasscheiben? Wie konnten sie die verschließen?«

Doch als sie zufällig auf ein Fruchtbarkeitskraut trat, war's schnell wieder vorbei mit ihrem archäologischen Wissensdurst. Sie stopfte sich die Taschen mit Wurzeln voll, die sie mit bloßen Händen ausgrub.

Als am nächsten Tag wieder antike Stätten auf dem Programm standen, wartete Eftalia als Allererste bestens gelaunt bei den Eseln, ausgerüstet mit einer kleinen Hacke, einem Körbchen, einer Schürze und kleinen Vorratsdöschen. Sobald sie mit den Kräutern fertig war, wandte sie sich der Welt der Insekten zu.

Katina hatte am Rand der Ausgrabung Platz genommen und studierte die kleine Broschüre. Die Lady war auf ein paar umgestürzte Säulen geklettert und blickte wieder träumerisch vor sich hin. Der Professor und die anderen Deutschen vermaßen die Steine. Während weitere ausländische Besucher die antiken Ruinen durchstreiften, suchte Eftalia zwischen den Trümmern nach Würmern. Unter dem antiken Marmorstaub lebte der uralte *Lumbricus*, ein kleiner bräunlicher Wurm, mit einem Kopf an jedem Ende, doch ohne Beinchen oder Augen. Wenn man ihn fand, setzte man ihn in einen feuchten Tontopf, und den Schleim, den er beim Kriechen hinterließ, träufelte man auf den »Puppenzauber«. Es gab nichts Besseres gegen das böse Getratsche der Nachbarinnen als den Schleim des *Lumbricus*.

Sie begann, die kleinen, auf dem Boden verstreut herumliegenden Marmorstücke umzudrehen. »Nach dem gestrigen Regen finde ich bestimmt welche.« Doch sie entdeckte alle möglichen anderen Würmer, nur nicht den *Lumbricus*.

Sie scheuchte eine Dame hoch, die sich auf einem Stein niedergelassen hatte, der Eftalia als Wohnort des *Lumbricus* denkbar erschien, da zu seinen Füßen Moos, die Nahrung des Wurms, wucherte. »Ah, da ist ja einer!« Sie wickelte ihn vorsichtig in ein Blatt

Papier, legte ein wenig Moos dazu und steckte ihn in die Tasche. Dann machte sie sich auf die Suche nach seinen Artgenossen.
Aufgeregt kam Fikias zu Katina gelaufen und deutete atemlos auf die Lady, die – von dichterischem Taumel erfasst – mit weit ausgebreiteten Armen gen Himmel blickte und rezitierte.
»Jetzt hat sie eine Eingebung«, erklärte ihm Katina.
»Wieso gerade jetzt?«, fragte Fikias.
»Mit der Eingebung ist das so eine Sache«, meinte Katina. »Sie kommt immer unvorhergesehen.«
Nachdenklich verzog sich Fikias in eine Ecke, und am späten Nachmittag kehrten alle vier ausgehungert in die Herberge zurück.
»Oh! Oh!«, schrie die Engländerin in unterdrückter Panik, während ihr vor Grauen die Haare zu Berge standen. Eftalias *Lumbricus* war auf das Tischtuch gekrabbelt und hatte seine Schleimspur gleich neben den Brötchen hinterlassen.
»Es ist nur ein Wurm!«
»Oh! Oh!«
»So beruhige sie doch, Katina, verflucht noch mal! *Nothing*, Madame. Nur gute Wurm, *Lumbrico*!«
Am Ecktisch nahm ein fremder Mann Platz. Es war der Kunstpfeifer, bei dessen Anblick die Lady erschrocken zusammenzuckte.
»Wer ist das? Kennen Sie ihn?«, fragte Eftalia die Engländerin lautstark auf Griechisch.
»Nicht so laut, Mutter! Meinst du, sie versteht dich besser, wenn du sie anschreist?«
Der Mann hatte den Stuhl so gedreht, dass er die Lady im Blick hatte. Bei jedem Löffel, den er zum Mund führte, hob er die Augen und ein teuflisches Lächeln umspielte seine Lippen. Abends war schon wieder das Gepfeife zu hören. Am nächsten Tag machte die Lady einen ruhelosen Eindruck. Auf dem Ausgrabungsgelände wanderte ihr Blick unruhig in alle Richtungen. Wir machten uns Sorgen und fragten: »Was ist los?«
Sie rührte ihren Griffel nicht an und schrieb kein einziges Wort.
»Soll ich Ihnen ein Gedicht aus unserem Dorf aufsagen? Vielleicht verhilft Ihnen das zu einer Inspiration?«

Doch so richtig besorgniserregend wurde es erst in der Nacht. Gegen drei Uhr morgens stand sie plötzlich vor unserer Tür, packte uns am Ärmel und wollte uns zu ihrem Zimmer ziehen. Schweißperlen standen ihr auf der Stirn. Da sie bis zum Äußersten erregt schien, folgten wir ihr. Auf dem Fußboden ihres Zimmers lag, vornübergestürzt und reglos, der Kunstpfeifer.
»*I killed him.*«
»Was sagt sie da?«
»*I killed him*«, wiederholte die Engländerin und hob den Kandelaber, um uns die Mordszene zu illustrieren.
»Sie sagt, sie hat ihn umgebracht.«
»*You? You?*«, rief Eftalia. »Den hier?«
»*Yes.*«
Die Engländerin stand da, wie zur Salzsäule erstarrt, und blickte uns wortlos an.
»So ein Malheur! Aber, Madame, das stellt man doch ganz anders an!«
Sie packte die Lady am Arm und schüttelte sie.
»Beim nächsten Mal sagen Sie uns Bescheid, dann hätten wir den ganz unauffällig um die Ecke bringen können. Jetzt haben wir den Salat! Was machen wir mit der Leiche?«
Die drei Frauen saßen nebeneinander auf dem Bett, der Tote zu ihren Füßen. Die Lady schaute ganz verloren vor sich hin. Eftalia packte die Gelegenheit beim Schopf, holte ein Taschentuch hervor und tauchte es – als Vorrat für ihre Hexenküche – in das Blut des Ermordeten. Wir konnten ihn zerstückeln, verbrennen oder als Ganzes begraben. Alles Mögliche war denkbar, man durfte nur den Mord nicht ruchbar werden lassen. Wir waren ja quasi Ausländer. Zuerst mussten wir ihn loswerden, und dann erst konnten wir uns Gedanken über Hergang und Gründe der Tat machen.
Rasch kleidete sich Katina an, weckte Fikias und führte ihn zwei Straßen weiter.
»Fikias, komm, du musst eine Grube graben.«
»Was für eine Grube, Signora Katina?«
»Eine längliche.«

»Kann ich die nicht morgen graben?«
»Nein, jetzt sofort.«
»So ganz ohne Schaufel?«
In der Zwischenzeit durchsuchte Eftalia die Sakkotaschen, ja selbst die Hosenstulpen des Toten. In seinem Portemonnaie fand sie französische und türkische Geldscheine, zwei englischsprachige Dokumente und eine Fotografie. Die Aufnahme zeigte einen Balkon vor einem riesigen Strand voller Sonnenschirme und Kioske, so weit das Auge reichte.
»Wo habe ich diesen Strand schon einmal gesehen? Wo bloß?«, fragte sie sich.
Auf dem Balkon stand der Kunstpfeifer in jungen Jahren und an seiner Seite die Lady – blutjung, mit einem mit Spitzen besetzten Hütchen und einem weißen Sonnenschirm, den sie zusammengeklappt mit beiden Händen festhielt.
Die Lady stürzte sich auf die Fotografie, doch Eftalia versetzte ihr einen Klaps, so dass sie sich unverrichteter Dinge wieder hinsetzen musste und laut losheulte.
»Ssst!«
Als sie nicht aufhörte, versetzte ihr Eftalia eine Ohrfeige.
»Ruhe jetzt! Sonst wecken wir den Wirt noch auf!«
Augenscheinlich war die Lady in einer ausweglosen Lage gewesen.
Um drei Uhr morgens schritten sie zur Bestattung.
»Was war er denn? Muslim, Jude, Katholik oder Orthodoxer?«
»Katholik«, sagte die Lady.
Sie legten dunkle Frauenkleider über seinen auffälligen, hellen Anzug, und dann machten sie sich durch den Korridor auf den Weg zur Treppe. Gott bewahre, kein menschliches Auge durfte sie erblicken! Katina hielt ihn an den Füßen fest, Eftalia am Kopf und die Lady in der Mitte.
Das alte Treppenhaus der Herberge knarrte verräterisch. Plötzlich blitzte ein Lichtschein im Esszimmer auf, der aus der Küche kam. Reglos und mit angehaltenem Atem verharrten sie eine Minute. Doch es war nur Fikias, der nach einer Schaufel suchte.

»Ach, zum Teufel mit ihm! Mir ist fast das Herz stehen geblieben!«
»Wünschen Sie etwas, Signora Eftalia?«
»Nein, geh schlafen, Fikias.«
Der Lady gelang es gerade noch, sich hinter dem Vorhang der Bügelkammer zu verbergen.
»Ist etwas mit der Signora?«, fragte Fikias und deutete auf die Leiche in Frauenkleidern.
»Nein, wir bringen sie nur kurz hinaus, zum Luftschnappen.«
»Möchte sie ein Gedicht schreiben?«
»Ja, gerade ist ihr eins eingefallen.«
»Ich frage nur, weil Herr Konstantinos gesagt hat, ich soll gut auf sie aufpassen.«
Er wandte sich zum Gehen, hielt jedoch kurz inne.
»Signora Eftalia?«
»Was gibt's?«
»Ich kenne auch ein Pojem.«
Es war Viertel vor vier, als sie den Toten endlich mit letzter Kraft zur Grube geschleift hatten, die jedoch – nur mit Eftalias kleiner Hacke ausgehoben – etwas klein geraten war. Nicht einmal ein Bein hätte darin Platz gehabt, vom restlichen Körper ganz zu schweigen. Als der ganze Zug wieder zurück zur Herberge marschierte, war es bereits vier Uhr morgens. »Am besten werfen wir ihn ins Meer. Soll er doch auf einen glücklichen Finder warten.«
Dann schleppten sie Eftalias großen Schrankkoffer nach unten und steckten den Toten hinein. Um fünf Uhr früh weckten sie Fikias wieder und befahlen ihm, sich neben den Koffer zu setzen und auf die darin gelagerten Gedichte aufzupassen, damit sie keiner forttragen könne. Fikias wurde schließlich, mit dem Oberkörper auf dem Koffer liegend, vom Schlaf übermannt.
Gegen halb sieben erschien der deutsche Professor an der Pförtnerloge, angetan mit Reisekleidung und Hut, den Mantel überm Arm. Er wollte samt Gepäck zurück nach Deutschland reisen. Das sollte nun auf den Karren der Herberge geladen und zum

Bahnhof transportiert werden. An jedem Gepäckstück war ein kleiner Anhänger mit der Aufschrift »Allemagne« samt Namen und Anschrift des Professors befestigt. Das war die Gelegenheit. Sobald der Gepäckträger abgelenkt war, entfernten sie das Schild von einem anderen Koffer und hängten es an den mit der Leiche. In Windeseile wurden die beiden Gepäckstücke vertauscht, und der gute Fikias half beim Verladen auf den Karren.

»Wohin werden die Gedichte geschickt, gnädige Frau?«

»Die haben wir den Deutschen verkauft, Fikias.«

Schließlich brach der Karren zum Bahnhof auf.

Als gegen sieben die Esel eintrafen, waren die drei Frauen – mit schwarzen Ringen unter den Augen – zum Abmarsch zu den antiken Stätten bereit. Zum selben Zeitpunkt fuhr auch der deutsche Professor ab.

»Und jetzt heraus mit der Sprache.«

Sie forderten die Lady, die auf einem kleinen Felsen Platz genommen hatte, dazu auf, endlich mit der ganzen Wahrheit herauszurücken.

Nach ihrer Rückkehr nach Smyrna fühlte sich Katina unter den Bürgern der Stadt so wohl und geborgen wie nie zuvor.

»Und dann, gnädiger Herr, haben sie die Gedichte an die Deutschen verkauft.« Katina hörte gerade noch die letzten Worte des Berichts, den der getreue Fikias seinem Brotherrn ablieferte.

In der darauffolgenden Woche reiste auch die Lady, die Katina und Eftalia nicht mehr von der Seite wich, mit ins »Miramare«, doch ihre Nerven blieben zunächst zum Zerreißen gespannt. Die drei Damen fühlten sich vollkommen zerschlagen, da konnte kaum Ferienstimmung aufkommen. Zudem hatten sich in drei Tagen auch Konstantinos und der Engländer im Hotel angesagt.

Foula bestand darauf, jeden ihrer frischen Eindrücke und Erfahrungen detailreich zu erzählen: wer alles hier war, was er aß, mit wem er flirtete. Foula hatte Tagebuch geführt und außerordentlich interessante Bekanntschaften gemacht.

Weder die Dienstagsausgabe noch die Freitagsausgabe der Zeitungen hatte von einem Mord berichtet, und es war auch nirgendwo die Rede von einem deutschen Professor, den man ins Gefängnis gesteckt hatte.

In der angenehmen Atmosphäre des »Miramare« rückten all die schlimmen Erinnerungen in den Hintergrund, und gute Laune und Lebensfreude kehrten zurück, in erster Linie bei der Lady, die wieder in bester Verfassung zu sein schien.

Die Damen hatten sich angefreundet und plauderten über Gott und die Welt. In welcher Sprache das geschah, spielte dabei keine Rolle. Keiner konnte ihre Gespräche nachvollziehen, doch die Hauptsache war, sie verstanden sich. Sie lachten und scherzten, während sie in der Sonne lagen, zum Baden gingen oder auf den Chaiselongues saßen. Großmutter Eleni hatte einmal gesagt, eine gemeinsame Vergangenheit verbinde mehr als jede Zauberei. Wie recht sie damit hatte.

Die Lady war gesellschaftlich wesentlich höher gestellt als Katina und Eftalia. Die Leute gingen auf sie zu, zogen sie ins Gespräch, und man betrieb eifrig Konversation. Sie ihrerseits lud ihre Bekannten zum Strandspaziergang und zum Tee auf ihr Zimmer ein, um den herrlichen Ausblick zu genießen. Wer hätte sich da vorstellen können, dass sie eine Jugendsünde, nämlich die Heirat mit dem Kunstpfeifer, zu verbergen hatte? Obwohl ihn die französischen Behörden für tot erklärt hatten, nachdem er als Besatzungsmitglied bei einem Schiffsunglück verschollen war, war er plötzlich in alter Frische wieder aufgetaucht, um seinen Anteil am gesellschaftlichen Aufstieg seiner Frau einzufordern. Wie sie diese Karriere in der Zwischenzeit bewerkstelligt hatte, wusste nur sie allein: ohne Diplom, ohne Stammbaum und ohne Empfehlungsschreiben, allein mit ihrer entrückten Ausstrahlung und indem sie sich mit der Aura einer inspirierten, empfindsamen Künstlernatur umgab, mit dem Nimbus einer Dichterin, der schönen Seele, der versonnenen Schwärmerin.

Bei der Rückkehr ins Herrenhaus der Karamanos stieß Eftalia einen triumphierenden Schrei aus.

»Das ist er, der Strand! Wusste ich doch, dass ich ihn schon ein-

mal gesehen habe! Mein Gedächtnis hat mich noch nie im Stich gelassen.«
Derselbe Strand, genau wie auf der Fotografie abgebildet, war im Herrenhaus auf einem Gemälde zu sehen, darunter erläuterte ein Messingschildchen: »*Nizza 1868*«.

In der Zwischenzeit trug sich im Gefängnis von Smyrna Seltsames zu. Manolakis Pfiffikus sah, wie seine Zellentür lautlos aufging und sich eine Frauengestalt im Türrahmen abzeichnete. Verwundert zog er eine Augenbraue hoch und setzte sich auf.
»Was ist jetzt los? Das ist ja ein Prachtweib!«
Unter einem rosenfarbenen Kleid zeichnete sich ein verführerischer Frauenkörper ab. Rotblonde Löckchen, hochgesteckt mit einem vergoldeten, mit Schnitzarbeiten verzierten Kamm aus Elfenbein, umrahmten ihr Gesicht. Die Luft duftete nach Veilchen. Taufrische Pfirsichhaut umspannte die schön geschwungenen Schultern und Arme. Zwei zierliche, makellos schöne Füßchen schienen kaum den Boden zu berühren und wirkten, als seien sie vom größten Künstler der Schöpfung erschaffen. Hinter ihr stand kein Wächter, der hätte einschreiten können. Pfiffikus rieb sich die Augen. Unter einem gleißenden Licht, das aus dem Nirgendwo kam, schimmerte ein paradiesisch schöner Bauchnabel durch den hauchdünnen Stoff, wobei sich die Hüften aufreizend hin und her wiegten.
»Was ist das hier? Ein Engel, der mich holen kommt? Stehe ich an der Himmelstür?«
Er spürte einen kühlen Lufthauch. Die Frau blickte ihm geradewegs in die Augen. Pfiffikus fühlte sein Herz pochen wie noch nie in seinem Leben, als wolle es seine Brust sprengen. Er streckte die Hand nach ihr aus, doch vergeblich. »Aaah!«, rief Pfiffikus nur, während er versuchte, Worte zu formen. Speichel triefte aus seinem Mund. Er versuchte aufzustehen, doch wieder ohne Erfolg. Anschließend stürzte er zu Boden, in einen tiefen, todesähnlichen Schlaf, während er ihr immer noch in die Augen blickte. Im Traum tanzte er mit dieser Frau einen wilden, wahnsinnigen Tanz.

Um fünf nach zwölf ging Panoussis Leontaridis, Wärter im Gefängnis von Smyrna, gelangweilt den Gang Nummer sieben entlang, um zu den Magazinen zu gelangen. Aus Pfiffikus' Zelle drang Stöhnen und ein diffuser Singsang. Er schob den Riegel zurück und blickte durch die Öffnung. Pfiffikus sprang wie ein Besessener umher, und sein Hemd hing ihm in Fetzen vom Leib. Mit heraushängender Zunge und einem irren Lachen streckte er seine Arme aus, auf der verzweifelten Jagd nach etwas, das ihm immer wieder zu »entgleiten« schien. Er taumelte gegen die Wände, die er offenbar gar nicht wahrnahm. Der Wärter schrie ihm zu: »He, du! Bist du von allen guten Geistern verlassen?«

Eine Reise mit Syrios

Eines Tages kam ein zu Tode erschöpfter Türke an, aus dem Maul seines verschwitzten Pferdes trat grünlicher Schaum. Er benahm sich, als wäre er bei sich zu Hause, trampelte über die Teppiche und zerknitterte die Überwürfe. Außer Katina war nur Syrios im Haus. Der Türke trug den weißen Turban der kappadokischen Tracht. Wie viele Jahre hatte sie das weiße, zum Turban geschlungene Tuch nicht mehr gesehen! Wie lange hatte sie überhaupt Kappadokien nicht mehr gesehen! Sie sagte sich: »Sei's drum, du darfst sogar die Vasen umwerfen. Einzig und allein, weil du aus der Heimat kommst.«
Er schloss sich mit Syrios im Arbeitszimmer ein, und sie unterhielten sich in dem gebrochenen Griechisch des Ankömmlings. Katina lief in den hinteren Teil der Bibliothek und lauschte dem Gespräch der Männer. Von Hungersnot, vom Sultan war die Rede, von Aufständen, Radau und Protesten, dann sprachen sie über die Steuern. Katina zog ein paar Bücher aus dem Regal, um besser zu hören, und presste ihr Ohr an die Wand.
»Wir müssen ihnen zu essen geben, *Efendi* …«
Mehr konnte sie nicht verstehen.
Am selben Tag noch machte sie sich, auf türkische Weise mit

Pumphosen und Schleier gekleidet, durch die gewundenen Gässchen auf den Weg zu Attarte. Seit ihrer Ankunft in Smyrna hatten sich die Zeiten geändert; die Türkenviertel waren abgeschottet, doch in türkischer Kleidung konnte man sich ungehindert darin bewegen. Dunkelhaarig, wie sie war, und mit ihren guten Sprachkenntnissen fiel sie hier nicht auf. In Kalafos' Weinschenke stach ihr ein weißer Turban ins Auge. Lief hier noch ein weiterer Kappadokier durch die Gegend? Sie zog den Schleier hoch bis über die Ohren, um ihr Gesicht ganz zu verhüllen, und ging die Treppe zur Schenke hinunter. Der Kappadokier unterhielt sich mit seinem Gegenüber, offensichtlich sein Vorgesetzter.

»Es braut sich was zusammen … Die Giaur sind wortbrüchig geworden … Karamanos' Macht ist bald dahin …«

Sie spitzte die Ohren.

»*Şarap!*«, sagte sie zum Wirt, als sie auf die Theke zuging, um Wein zu bestellen.

»*Kaça?*«, fragte er nach der Menge.

»Was macht denn, mein Lieber, dieser hübsche Offizier in unserem Viertel?«, fragte sie mit einem vielsagenden Augenaufschlag auf Türkisch.

Dem Schankwirt waren beide Gäste unbekannt.

»Der scheint ja ein hohes Tier zu sein, vielleicht sogar ein General.«

Das gefiel ihr nicht. Vor kurzem erst hatte sie erfahren, dass die großen Besitzungen der Karamanos-Familie in Kappadokien lagen. Zudem waren ihnen riesige Landgüter unterstellt, die Dimosthenis, der jüngste Bruder, beaufsichtigte, der deshalb nur selten nach Smyrna kam. Mittlerweile war der Eisenbahnbau vorangekommen, in den die Briten, der Sultan und die Brüder Karamanos viel Kapital investiert hatten.

Der Offizier zog ein Stück Papier hervor und überreichte es dem anderen, der sich vorsichtig umblickte und es dann einsteckte.

»Wenn ich nur wüsste, was da drinsteht … Obwohl, was kümmert mich das Ganze? Die ganze Karamanos-Sippe kann mir gestohlen bleiben! Was hätte Violetta an meiner Stelle getan? Nichts.

Sie hätte erwartet, dass die anderen handeln. Aber dennoch, ich wüsste gerne, was in diesem Papier steht …«
Attarte wohnte zwei Häuser weiter. Sie nahm den Wein und ging zu ihr hinüber, doch kurze Zeit später trat sie wieder heraus, mit einem dicken Bauch, der aus Kissen bestand und eine Schwangerschaft vortäuschen sollte, und legte sich auf die Lauer. Der Bey verließ Kalafos' Weinschenke als Erster. Was er wohl vorhatte? Die Kinder des Viertels bewarfen sich spielerisch mit Steinen.
»Ich bin die böse Krähe, die euch fressen will«, erklärte Katina den Kindern ein altes Spiel, das man früher in den Armenvierteln gespielt hatte. »Ihr müsst mich erwischen, bevor ich euch fressen kann«, sagte sie und zeigte Zähne und Krallen.
Die Kinder begannen, begeistert von dem aufregenden Spiel, Steine, Holzstücke und Morast nach ihr zu werfen, alles, was ihnen in die Finger kam. Und je länger sie so tat, als hätte sie Angst, und, die Kissen festhaltend, hin und her lief, desto eifriger und lärmender jagten sie ihr hinterher.
Als der Kappadokier aus der Schenke trat, stürzte sie sich auf ihn, und klammerte sich, eingehüllt in ihre Schleier, an seinen Arm.
»Rettet mich, *Efendi*. Verzeiht mir, ich bin hochschwanger!«
Als ob man das nicht gesehen hätte!
»Selbstverständlich, Madame.«
Er warf einen Blick auf die Kinder und sagte: »Schämt ihr euch nicht? Die arme Frau mit Steinen zu bewerfen!«
Anscheinend kannte er das Spiel nicht, denn wer die böse Krähe rettet, wird selbst zur Krähe. Die musste man nun fangen und rupfen. Die Kinder stürzten sich wie wild auf ihn, warfen den Überraschten zu Boden, stimmten ein Triumphgeheul an und rissen an seinen Knöpfen, am Turban, am Hemd und an den Hosen. Rasch verschwand Katina in Attartes Haus und faltete eilig den Brief auseinander.
Das Schreiben war unverständlich, voller unbekannter Siegel, Stempel und amtlichem Kauderwelsch. Wer sollte es bloß verstehen? Attarte berührte das Papier und zuckte zurück, als hätte sie sich verbrannt.

»Blut«, sagte sie. »Das Blut Unschuldiger. Das Messer sitzt an der Kehle. Die Zeit ist knapp.«
Wie sehr diese Frau einen erschrecken konnte!
Am Abend speisten Katina und Syrios allein. Mittlerweile wusste sie, dass man Suppe nicht schlürfen durfte. Was waren das doch für schöne Zeiten gewesen, als Spyros – »Gott hab ihn selig!« – mit ihnen am Tisch saß und Mutter und Tochter ihn betütelten. »Soll ich dir, mein lieber Spyros, Teigtaschen bringen? Soll ich dir, mein lieber Spyros, Hackfleischbällchen servieren?«
Nun war Katina die Hausherrin und hatte Violettas Platz eingenommen. Syrios kümmerte das wenig, er hatte ohnehin nur die Baumwollernte im Kopf. Doch er musste zugeben, dass diese Frau hier eigenwillig und durchaus aufgeweckt war. Jedenfalls hatte er begonnen, sich an sie zu gewöhnen. Jedes Haus brauchte eine weibliche Hand. Was machte es für einen Unterschied, ob es die Hand der Mutter, der Ehefrau oder der Schwägerin war. Und dies war eine Hand, die wusste, was sie wollte. Unter Violetta war der Haushalt in ruhigen und geordneten Bahnen gelaufen, nun gab es ungewöhnliche französisch-türkische Experimente.
Nach dem Essen zog er sich in sein Arbeitszimmer zurück. Katina folgte ihm und öffnete langsam die Tür. Syrios hob erstaunt den Blick. Das hätte Violetta niemals getan. Nie hatte sie sich in seine Arbeit eingemischt und sein Reich betreten. Katina streckte ihm das Stück Papier hin, das ganz zerknittert war, nachdem es durch so viele Brusttaschen gewandert war. Syrios hielt das Schreiben ans Licht, und während er es las, erbleichte er.
»Wo hast du das her?«
Die Siegel auf dem Rundschreiben des Wesirs waren echt und die darin erhobenen Forderungen amtlich. Alle kappadokischen Lehensgüter sollten in den Besitz derjenigen Türken übergehen, die sie bestellten, und das unter der Aufsicht des Beys der jeweiligen Provinz. Eine Katastrophe! Wer konnte den Sultan von seinem Plan abbringen? Wer wagte es, das schlafende Ungeheuer zu wecken, das gleich nach dem Erwachen großen Hunger verspüren würde?

Das bedrückende Gefühl, hilflos in der Falle zu sitzen, ergriff von Syrios Besitz. Ihm lief die Zeit davon, er musste rasch handeln. Auf diesen Lehensgütern lagen die Weiden, an denen sich das Vieh satt fraß, dort lagen die Getreide-, Mais- und Kleefelder, welche die Besitztümer der Karamanos-Familie mit Futter und Nahrung versorgten. Zu diesen kappadokischen Lehensgütern, die von zwei kleinen Flüssen durchschnitten wurden, gehörten zwölf Dörfer. Sofort telegrafierte er an Dimosthenis, was geschehen war, in einer Geheimsprache, die mit Begriffen operierte, die aus einem Buch von Jules Verne entnommen waren.
Dann rief er seinen Buchhalter zu sich, der ihm auch als Dolmetscher diente. Ob er Türke war oder ein Grieche, der Türkisch sprach, konnte keiner so genau sagen. Unter Bücklingen und Kratzfüßen kam er diensteifrig herbeigeeilt.
»Wie sehr manche von diesen Leuten eure Familie hassen müssen«, dachte Katina, während sie die Szene in der Bibliothek belauschte.
Zunächst sollte er den Brief Wort für Wort ins Griechische übersetzen. Syrios sprach kein Türkisch, doch aus den paar Worten, die ihm in den verschiedensten Schriftstücken immer wieder begegnet waren, konnte er sich den Sinn zusammenreimen. So hatte er auch den Inhalt des Schreibens erfasst. Er holte eine Anzahl von Goldpfunden aus dem Tresor und legte sich einige Bündel mit Geldscheinen zurecht, denn er hatte beschlossen, am nächsten Tag den Zehn-Uhr-Zug vom Katsambas-Bahnhof nach Stambul zu nehmen. Anschließend gab er Anweisung, seine Koffer zu packen.
»Für wie lange, *Efendi*?«
Katina konnte es kaum fassen: Er wollte mindestens vierzehn Tage fortbleiben! Das alles konnte sie erlauschen, nachdem sie im Nebenzimmer die Bücher aus dem Regal gezogen hatte. Schon vor einiger Zeit hatte sie begonnen, die hölzerne Rückwand des Bücherregals vorsichtig so weit abzuschleifen, bis sie so dünn war, dass sie durch einen kleinen Spalt, verdeckt durch eine Grünpflanze, die genau gegenüber von Syrios' Schreibtisch stand, ins Arbeitszimmer hinüberblicken konnte.

Vierzehn Tage ohne den Griesgram, wenn das kein Grund zum Feiern war! Ihr Herz pochte aufgeregt, und mit kindlicher Freude dachte sie an Spiele und Streiche: »Ich hole meine Mutter und Pari her, und dann spielen wir hier die Ladys. Diesmal lasse ich sogar Musik auffahren, und wir feiern die ganze Nacht!«

Immer noch waren drei Besucher in Syrios' Büro: der Buchhalter und Dolmetscher, der Advokat und eine weitere Person. Sie presste das Ohr gegen den Spalt. Es war der Bischof. Die Gespräche verliefen auf Griechisch, und die Herren überlegten, wie sie Zugang zum Sultan finden konnten. Sie meinte, eine Spur von Angst in Syrios' Blick zu erhaschen.

Sie hatte begriffen, worum es ging. Der Sultan hatte vor, die Griechen aus Kappadokien zu verjagen. Den Grund hatte sie jedoch nicht verstanden. Und sie spürte, dass auch ihr Schwager die Frage nach dem »Warum« nicht beantworten konnte.

Als Syrios sein Arbeitszimmer verließ, um den Bischof hinauszubegleiten, zischte der Advokat dem Dolmetscher plötzlich in türkischer Sprache zu: »Du sorgst dafür, dass er den Sultan nicht trifft. Dafür haftest du mir persönlich. Herr Herrmann wird am Mittwochmorgen dort eintreffen. Die Telegramme nach Stambul dürfen ihr Ziel auf keinen Fall erreichen.«

»Werden sie auch nicht, die sind in Sicherheit«, sagte der Buchhalter und klopfte auf seine Aktenmappe.

»Mir ist unbegreiflich«, ergriff der Advokat wieder das Wort, »wie er dahintergekommen ist. Wie ist der Brief bloß in seine Hände gelangt? Kannst du mir das sagen? Wir waren schon so kurz vorm Ziel. Still jetzt, er kommt zurück.«

Von den erwähnten Personen kannte Katina nur Herrn Herrmann persönlich, den Buchhalter hatte sie dann und wann kurz im Haus getroffen, den Advokaten sah sie heute zum ersten Mal. Hier war etwas faul, die Sache stank zum Himmel. Sie erinnerte sich an Herrn Herrmann: Das Gesicht rund, puterrot und rotblond behaart, eine Farbe, die einem Hundefell nicht unähnlich sah, ein typischer Nordeuropäer, dessen Frack an Brust und Hemdkragen mit Kreuzen und Orden übersät war. Es war schon eine Weile her, dass sie ihn kennengelernt hatte. Doch wo? Ach ja, in der deutschen Botschaft war es gewesen.

»Welche auf den Lehensgütern liegenden Dörfer hatte Konstantinos damals Herrn Herrmann genannt, der immer wieder wegen der Namen nachgebohrt hatte?«, überlegte Katina. »Waren es Tarsi, Konyanan und Sinida? Ich glaube, er erwähnte auch Sinida, unser Dorf. Unser Dorf gehört also zu Karamanos' Lehensgütern. Ich hatte es nie mit der Karamanos-Sippe in Verbindung gebracht. Heilige Jungfrau! Meine Großmutter Eleni, sie lebt ja noch dort! Warum hatte der deutsche Fatzke so ausdrücklich nach dem Dorf meiner Großmutter gefragt? Ihr darf auf keinen Fall etwas passieren! Sonst bringe ich euch alle um und dich zuerst, du roter Puter!«

Die Erinnerung an Eleni hatte sie zutiefst aufgewühlt. Sie holte tief Luft und fasste sich an den Hals. »Beruhige dich, Katina, und denk jetzt ganz genau nach.«

Sie streichelte ihr Taufkreuz, und ihre Finger tasteten nach Attartes rotem Fädchen. »*Ana*, ach Mutter.« Es war ihr, als gäbe ihr dieses kleine Stückchen Zwirn Kraft, und ihre Gedanken begannen Gestalt anzunehmen.

»Zum einen haben wir hier den nichtsnutzigen Dolmetscher und den heuchlerischen Advokaten, die hinter Syrios' Rücken heimliche Absprachen treffen. Auch wenn ihr Türkisch sprecht, ich kriege alles mit, ihr Duckmäuser! Zum anderen wollen sie erreichen, dass Herr Herrmann noch vor Syrios beim Sultan ist.«

Plötzlich jagten ihr so unheimlich erhabene Begriffe wie »Sultan« oder »Padischah« Angst ein.

»... Und der Sultan rechnet anscheinend nicht mit Syrios, da er die Telegramme nicht erhalten hat. So will ihm Herr Herrmann zuvorkommen. Aber das werden wir zu verhindern wissen!«

Sie spürte, wie ein Triumphgefühl in ihr hochstieg.

»Was hat dieser Betrüger davon, wenn er meine Großmutter aus ihrem Dorf verjagt? Wieso tut er das?«

Sie dachte nach, konnte sich aber keinen Grund zusammenreimen. Eins wusste sie jedoch mit Sicherheit: Syrios musste vor

dem Deutschen beim Sultan sein. Ihre Stimmung schwankte von Augenblick zu Augenblick: Einmal fühlte sie sich einer Ohnmacht nahe, dann fasste sie wieder neuen Mut.
»Schließlich war ich es, die Syrios auf diese Geschichte aufmerksam gemacht hat. Ich habe ihm den Brief gebracht. Vielleicht war es Gottes Wille, dass ich meiner Großmutter helfe. Doch wie soll ich mit meinen zwanzig Jahren einem Sultan gegenübertreten?« Wieder erschreckte sie der Ehrfurcht gebietende Titel. »Aber halt, ein Sultan ist doch auch nur ein Mensch.« Und sie versuchte, sich selbst Mut zu machen: »Er hat Hunger und Durst und geht zur Toilette – wie wir alle. Nein, Eleni ist hundertmal mehr wert als dieser komische Sultan.«
Sie stürmte aus der Bibliothek.
»Rosa! Rosa!«
Die Kammerzofe war als Einzige vom alten Personal der Karamanos-Familie übrig geblieben, und da sie sich große Zuwendungen erhoffte, erwies sie sich ihrer Herrin als besonders treu ergeben. Ein paar großzügige Zeichen ihrer Gewogenheit waren ihr bereits zuteilgeworden, doch im Grunde traute Katina niemandem. Die einzig wahre Freundin einer Frau ist die eigene Mutter. Und Katina hatte das Glück, gleich zwei Mütter zu haben, eine griechische und eine türkische. In diesem besonderen Fall jedoch musste sie Rosa vertrauen. Sie wusste: Mit ein paar Goldpfund konnte sie alles von ihr haben, denn Rosa war schlau und mit allen Wassern gewaschen.
»Hier entlang«, sagte die Zofe zum Dolmetscher, als er mit der Tasche unterm Arm aus Syrios' Arbeitszimmer trat. »Der gnädige Herr möchte Sie nicht ohne ein fürstliches Geschenk gehen lassen, deshalb habe ich einen Korb für Sie vorbereitet.«
Sobald der Gierschlund das Wort »Geschenk« hörte, machte er sich keine Gedanken mehr darüber, wie und wann denn Syrios dem Dienstmädchen den Auftrag hätte erteilen sollen. Er folgte ihr freudig ins Separee, wo ein Tablett mit einem Glas Rotwein und Fischrogengelee auf ihn wartete. Die Zofe wusste um die Schwäche des Dolmetschers für diese Spezialität. Daneben stand

ein mit Leckereien vollgepackter Korb. Er trank das Glas in einem Zug leer, und bevor er noch »Hmm, wie köstlich« sagen konnte, schlug seine Stirn schon auf die Tischplatte.
Rasch griffen sie nach seiner Aktenmappe, und Katina lief zu den Stallungen, während Rosa den Dolmetscher mit einem schlagbereiten Schürhaken bewachte, für den Fall, dass er zu früh wieder aufwachen sollte.
Es war zwanzig vor zwölf und Fütterungszeit für die Pferde, und in einer Viertelstunde würde das Telegrafenamt schließen. Außerdem trug sie ein Kleid, und keins der Pferde war gesattelt. Sie öffnete die Box einer Stute, die bereits ein Halfter umhatte, und führte sie in den Hof. Ohne das Pferd aufzuzäumen und Scheuklappen anzulegen, sprang sie ungeachtet ihres Kleides rittlings im Herrensitz auf. Die Stute hatte keine Lust, die mittägliche Fütterung zu verpassen, und bäumte sich auf, um sie abzuwerfen. Da die Reiterin sie ohne Zaumzeug nicht zügeln konnte, wäre ihr das auch fast gelungen. Doch Katina blieb oben.
»Ruhig, du Schindmähre!«, rief Katina, die Aktenmappe in der einen Hand. »Jetzt fehlt nur noch, dass die Telegramme gar nicht drin sind, und ich mich ganz umsonst abrackere. Besser, ich hätte vorher nachgesehen.« Doch zum Glück lagen sie in der Mappe.
Schon als kleines Mädchen war sie im Dorf geritten. Das Reiten war ihre große Leidenschaft, und es gab kein Pferd, das sie nicht bezwungen hätte. In den zwei Jahren mit Spyros, als sie mit Tabakhandel, Schönheitscremes und Fehlgeburten vollauf beschäftigt war, war keine Zeit für solchen Luxus gewesen. Doch kaum war sie mit Karamanos verheiratet gewesen, war sie mit seinem Hengst bei Sonnenuntergang über die offenen Felder vor der Stadt galoppiert. Konstantinos war ihr Hang zu Pferden aufgefallen, und er hatte ihr eine ruhige, kleine Stute geschenkt.
»Lass den Hengst, *yavrum*«, sagte er, »er ist schwierig und bockig, er wird dich abwerfen.«
»Gerade deshalb gefällt er mir«, erwiderte sie. Und er, den sie gerade wegen seiner Verwegenheit schätzte, fraß ihr bald aus der Hand.

»Die Tore auf!«, rief sie den Stallburschen auf Türkisch zu, während sie lospreschte.
Rosa wartete geduldig, bis ihre Herrin zurückkehrte. Sie hatte sich neben den schnarchenden Mann an den Tisch gesetzt und aß in aller Seelenruhe das Fischrogengelee auf.
Als er nach einer Weile wieder aufwachte, fragte er überrascht, während er sich die Stirn rieb: »Was ist los? Was ist passiert?«
»*Efendi*, Sie haben sich den Kopf am Türrahmen gestoßen«, erklärte sie und deutete auf den besonders niedrigen Querbalken. »Hier, Ihr Geschenkkorb. Wollen Sie nun Ihr Glas Wein trinken?«
Fieberhaft durchsuchte der Dolmetscher seine Aktenmappe, die er immer noch unter dem Arm geklemmt trug, da ihm die Angst um die Schriftstücke in die Glieder gefahren war. Doch alles war an seinem Platz. Katina hatte die Schriftstücke genau so, wie entnommen, wieder zurückgelegt.
»Ja, gerne.«
Dann sprach er dem Wein zu, den Rosa frisch eingeschenkt hatte.
Karamanos wollte zwar erst am Monatsende zurückkehren, doch die Telegramme waren rechtzeitig abgeschickt worden. Katina hatte alle Papiere, die sich in der Mappe befanden, telegrafisch versandt, und zwar nicht an den Sultan, sondern an den griechisch-orthodoxen Patriarchen von Konstantinopel.
»Arrangieren Sie Privataudienz mit dem Sultan in heikler Angelegenheit für die christliche Bevölkerung. Ankomme Konstantinopel Mittwochmorgen.«

Die Dampflok stieß einen schrillen Pfiff aus und schickte sich an, langsam loszufahren. Syrios hatte sich an den rechten Fensterplatz gesetzt, um nach draußen sehen zu können. Er betrachtete das Gewimmel auf dem Bahnsteig, ohne es wirklich wahrzunehmen. Seine Gedanken waren ganz woanders. Neben ihm hatte der Buchhalter die Schatulle mit den Stiften und den Unterlagen ausgepackt, die Nickelbrille auf die Nase gesetzt und korrigierte nun seine Berechnungen. Wenn sie schon nach Konstantinopel fuhren, so konnten sie noch ein paar weitere dringende Aufgaben erledigen. Es gab eine Fracht mit Olivenöl, die auf den Weg gebracht werden musste, und eine von türkischen Fregatten bestellte Ladung Teer, die verladen werden musste. Darüber hinaus mussten sie sich um eine Bank in ihrem Besitz kümmern und andere Kleinigkeiten mehr.

Schräg gegenüber von Syrios saß der Advokat, der von ihm selbst dazu aufgefordert worden war, der Abordnung zu folgen. Der Katsambas-Bahnhof war groß und bot drei langen Zügen Platz, die nach Eskişehir, Ankara und Panormos abfuhren. Das Bahnhofsgebäude stand mitten auf einem großen, gepflasterten Platz und war dank seines gewölbten Daches mit den zahlreichen Fenstern schon von Weitem zu erkennen.

Hier wurden die Personenzüge abgefertigt, während im Frachtbahnhof die Ladungen mit den Schätzen des Orients eintrafen: Gewürze, verschiedenste Zuckersorten und Baumwolle, Fleisch und Lebendvieh, Öl, Tabak und Leder. Von Smyrna aus wurden sie über die Märkte verteilt, um dort teuer weiterverkauft zu werden. Die Aussicht auf Reichtum hatte Franzosen, Italiener und Griechen angezogen, die sich große Gewinne versprachen. Nachdem sie begonnen hatten, mit goldenen Löffeln feinstes Biskuit zu speisen, sammelten sich in ihrem Windschatten alle möglichen Leute, die auch ein Stück vom Kuchen abhaben wollten.

Die Räder des Zuges setzten sich langsam in Bewegung. Syrios blickte noch einmal auf das Gedränge auf dem Bahnsteig. Im letzten Augenblick eilte eine Dame im eleganten Reisekleid mit hochgerafftem Rocksaum über den Perron und rüttelte am Türgriff. Mit der anderen, ebenfalls behandschuhten Hand hielt sie ihren weichen, mit Volants besetzten Filzhut fest, dessen Schleier bis zum Hals herabfiel und ihr Gesicht verhüllte. Ein türkischer Bahnbeamter lief hinter ihr her und schubste einen kleinen Koffer in den Waggon. Mehrere Hände streckten sich der Dame entgegen, um ihr beim Einsteigen zu helfen. Dann verlor Syrios sie aus den Augen. Der Zug ließ die Stadt hinter sich und dampfte in die nördlich gelegene Hügellandschaft.

Die verschleierte Dame öffnete die Abteiltür und deutete auf den

freien Sitzplatz neben dem Buchhalter. Er, Syrios und der Advokat erhoben sich beim Eintritt der Dame. Sie machte es sich bequem, behielt aber den Hut und die Handschuhe an. Die ganze Zeit blickte sie starr auf den leeren Sitzplatz gegenüber.
»Was zum Teufel mache ich bloß hier?«, fragte sich die Dame. »Was ist mir da wieder eingefallen? Will ich jetzt stundenlang auf den gegenüberliegenden Platz stieren? Die Gefahr ist groß, dass sie mich erkennen. Aber es macht einen Heidenspaß, obwohl mich diese Hutnadeln schrecklich piksen. Ich könnte plötzlich den Schleier lüften und rufen: ›Hier bin ich!‹ Besser wäre es allerdings schon, sich in ein anderes Abteil zu setzen! Aber ich will zu gerne hören, was die beiden Heuchler so reden.«
Sie hatten das steilste Streckenstück hinter sich und näherten sich Menemeni. Syrios zog ein Buch hervor und begann zu lesen.
»Sogar hier hat er seine Bibliothek dabei, unfassbar!«
Als hätte er ihre Gedanken erraten, klappte er das Buch zu, strich sich mit der Hand über die Augen und versank mit geschlossenen Lidern in eine tiefe Nachdenklichkeit. Er atmete geräuschvoll aus, als könne er keine Ruhe finden, als wünsche er sich einen Vertrauten, mit dem er über alles sprechen könnte.
Mit einem Mal verstand sie Syrios' Einsamkeit. Seine Brüder waren jünger als er, und die Eltern lebten nicht mehr. Auf seinen Schultern lastete die ganze Sorge um das Vermögen der Familie! Ganz auf sich allein gestellt musste er alles bedenken und alles entscheiden. Liefen die Dinge gut, war alles in Ordnung. Doch was geschah, wenn die Dinge – wie jetzt – aus dem Ruder liefen?
»Mal sehen, ob ich alles dabeihabe.« Sie tastete in ihre linke Brusttasche. »Hier ist Attartes Brief. *Bien*. Hm, dieses ›*bien*‹ habe ich von Antoinette aufgeschnappt. Dieser Schleier macht mich noch verrückt, darin spürt man ja seinen eigenen Atem.«
Sie stand auf, um in den Speisewagen zu gehen. Syrios, der Dolmetscher und der Advokat erhoben sich ebenfalls von ihren Plätzen.
»Was? Wollen sie mir alle nach? Bloß nicht.«
Sie setzte sich wieder, und die Herren taten es ihr gleich. Ein paar

Sekunden später erhob sich die Dame erneut. Syrios, der Buchhalter und der Advokat standen ebenfalls auf.
»Was soll das denn!«, wunderte sich Katina.
Sie tat so, als wolle sie wieder Platz nehmen, blieb jedoch in der Schwebe, um zu sehen, was die Herren tun würden. Als die wieder saßen, sprang sie schnell hoch, stürzte zur Tür und lief auf den Gang hinaus. Erleichtert stellte sie fest, dass die Herren ihr gar nicht folgen wollten. Im Speisewagen standen die Tische und dazwischen die kleinen Kanapees in Reih und Glied; es herrschte gähnende Leere.
»*Desolé, madame, la salle est fermée*«, erklärte ihr ein Kellner.
»*Merci*«, entgegnete Katina und machte es sich an einem Tischchen bequem. »Aha, ein Franzose«, dachte sie. »Bestimmt ein Antoine, passend zu Antoinette.«
»*Nous servons le déjeuner à midi.*«
»*Merci.*«
»*Vous preferez peutêtre attendre?*«
»*Merci.*«
Der Kellner wandte sich zum Gehen, doch Katina hielt ihn an den Rockschößen zurück.
»*Merci*«, wiederholte sie, »*English Tea.*«
Der Kellner hob die Augenbrauen, gab sich jedoch geschlagen.
»*… Bien, madame.*«
Sie lüftete den Schleier und fächelte sich Frischluft zu. Ihr Teeglas stand auf einem silbernen Untersetzer mit einem geschwungenen Henkelchen. Durch die offenen Fenster sah man die Weiden an den Flussufern und die Bauern, die mühsam ihre Scholle pflügten, in rasender Geschwindigkeit vorüberziehen. Vielleicht wohnten sie weit weg und mussten zwei oder auch drei Stunden Fußmarsch auf sich nehmen, um zu ihren Feldern zu gelangen.
Sie gähnte. »Bin ich müde …« Bis weit in die Nacht hatte sie mit Attarte zusammengesessen.
Genau eine Minute vor zwölf kamen zwei unbekannte Herren, nahmen am gegenüberliegenden Tisch Platz und begannen eine Unterhaltung auf Griechisch. Zwei weitere Herren mit Schnurr-

bärten setzten sich an den Tisch vor ihr, angeregt auf Englisch plaudernd. In Kürze füllte sich der Speisewagen mit Fahrgästen, die meisten grüßten einander und waren augenscheinlich miteinander bekannt.

Das Mittagessen wurde pünktlich serviert: zarte Kalbsfilets mit Kartoffeln, Salat und Wein. Rechtzeitig traf auch das ihr bekannte Trio ein, allen voran Syrios. Blitzschnell zog sie den Schleier vors Gesicht. Die Gesellschaft nahm zwei Tische weiter Platz, so dass Katina nicht hören konnte, was gesprochen wurde. Doch sie unterhielten sich ohnehin nicht, sondern aßen schweigend.

Sie passierten Manisa, Akhisar, Kirkağaç und Soma und fuhren hoch nach Balıkesir, wobei der Zug an jedem Bahnhof Station machte. Die Türken drängelten sich auf den billigen Plätzen auf den Holzbänken der letzten Waggons. Katina und die Herren saßen im »Europäischen Railway-Zug« mit größeren Annehmlichkeiten für all diejenigen, deren Herkunft es ihnen verbot, mit den kleinen Leuten in einem Abteil zu sitzen. Hier gab es Speisewagen, Schlafwagen und Privatabteile. Zudem waren die Waggons miteinander verbunden, und man konnte vom ersten bis zum letzten durchlaufen.

Als Katina in das Abteil zurückkehrte, war es leer. Jeder der Herren hatte sich in ein Privatabteil zurückgezogen. Sie fragte nach, wo Herr Syrios Karamanos sitze. Als sie klopfte, öffnete Syrios persönlich die Tür.

»Um Himmels willen! Du hier! Wer hütet jetzt das Haus?«

»Niemand.«

Das stimmte nicht ganz, denn Eftalia hatte das Regiment im Herrenhaus übernommen. In diesem Augenblick schritt sie durch die Gemächer, um mit arroganter Miene das zahlreiche Personal zu überwachen und ihre Befehle zu erteilen. Ihrerseits hatte sie Foula herbeigeholt, um Gesellschaft und auch eine Verbündete zu haben. Sie probierten Katinas Kleider an, ließen sich das Souper servieren, die eine auf Syrios' und die andere auf Konstantinos' Platz, und die Dienerklingel stand gar nicht mehr still.

Katina schob ihren Schwager ins Abteil zurück und trat ein.

»Syrios«, sagte sie und runzelte die Stirn genauso wie er, »hör mir jetzt gut zu, damit ich nicht alles zweimal erzählen muss. *Bien*?« Sie zog die Tür hinter sich zu.

Der Zug erreichte Panormos, die Endstation der Bahnreise am südlichen Rand des Marmarameers, wo sie einen kleinen Dampfer nach Konstantinopel bestiegen. Das Marmarameer war zu dieser Jahreszeit ruhig und friedlich, und bald schon tauchte in der Ferne die Silhouette Stambuls auf.

Mit einem tiefen Seufzer dachte Syrios an seine Vorväter. Als die ersten Einwohner Kappadokiens nach dem Fall Konstantinopels vom Sultan verjagt worden waren, ließen sie sich hier, in der Nähe der Festung von Yedikule nieder. Sie stammten genauso wie Karamanos' Verwandtschaft aus einem bestimmten Teil Kappadokiens, nämlich aus Karamanien. Einige von ihnen waren reich, der Großteil arm. Mit der Zeit zogen die Reicheren fort von Samatya und ließen sich in Kontoskali und bei Fenerkapısı, auf der anderen Seite der Stadt auf den sieben Hügeln am Goldenen Horn nieder. Nach und nach brachten sie es, im Rahmen ihrer Möglichkeiten, zu Wohlstand und Einfluss unter der osmanischen Herrschaft. Die Machthaber hatten ja nun gewechselt, und es regierten nicht mehr die Griechen, sondern die Türken. Als Giaur musst du bei deinem gesellschaftlichen Aufstieg stets Rücksicht auf die Machthaber nehmen. Wenn du ihnen auch etwas abgibst, werden sie, solange du ihnen nicht gefährlich wirst, deinen Aufstieg nicht behindern.

Als sich der kleine Dampfer der Stadt näherte, stiegen den Reisenden die verschiedensten Gerüche in die Nase. Es waren die Düfte einer lebendigen Stadt, in der es nach brackigem Wasser und fauligem Seetang, nach blühenden Platanen und Wochenmärkten, nach zahmen und wilden Tieren, nach Moscheen und nach Weihrauch roch. Und all diese Aromen schwebten in der Meeresbrise über dem morgendlichen Nebel auf dem Bosporus. Der kleine Dampfer fuhr die Stadt entlang zum Goldenen Horn, und Syrios erhaschte Katinas Blick, die alles gierig in sich aufsog. Er zeigte ihr das Hafentor, den Sultanspalast und gegenüber Galata,

fast so groß wie eine eigene Stadt, und das Marinearsenal. Der Dampfer erreichte Perama, wo sie ausstiegen und ihren Fuß auf den Boden von Stambul setzten.
Sogleich begab sich Syrios zum Patriarchat, kehrte jedoch mit schlechten Neuigkeiten wieder. Dem griechisch-orthodoxen Patriarchen war es nicht gelungen, eine Audienz beim Sultan zu erwirken.

Währenddessen erkundete Katina die Straßen der Stadt. Sie musterte die Geschäfte und Marktstraßen, sie beobachtete die Menschen bei ihren Arbeiten, sie folgte dem Duft der Speisen. Die Sehenswürdigkeiten, die ihr Syrios vom Dampfer aus gezeigt hatte, interessierten sie wenig. Hungrig geworden kaufte sie gebratenen Fisch von einem Kutter.
»Wo bin ich hier?«, fragte sie den Besitzer des Kutters. »Wo ist der große Markt?«
Er zeigte ihr den Weg zum Großen Basar, in dem es vor Menschen wimmelte, Geschrei und Lärm die Luft erfüllten. Es herrschte ein riesiges Geschiebe und Gedränge. Gleich neben wertlosem Schund lagen die schönsten Waren. Die Händler boten Teppiche, Antiquitäten und verzinntes Kochgeschirr an. Auf anderen Tresen standen Kupferkessel neben duftendem Kaffee, Henna, Pflanzenfarben, Hanf, Gewürzen und Gelee aus Traubenmost.
»Wo ist das Lädchen der Kräuterfrau?«, fragte sie die Händler, die ihr bereitwillig den Weg zeigten. Als sie an den Kürschnern vorüberging, hielt man sie an, legte ihr Mäntel mit Pelzbesatz um die Schultern und führte sie zum Spiegel, um ihr zu zeigen, wie gut ihr alles stand. Katina versuchte sich zu befreien und rief abwehrend: »*Yok, yok.*«
Zwischen den bunten Teppichen, die nach Wolle und Pflanzenfarben rochen, spürte ihre Nase einen ihr wohlbekannten Duft nach Kräutern von außergewöhnlicher Qualität heraus. Es war ein winziges Souterrain, dessen Tür so niedrig war, dass man es nur mit eingezogenem Kopf betreten konnte. Die Körbe waren voll mit wertvollen und seltenen Kräuter- und Duftpflanzen aus

den Bergen. Bei diesem Anblick ging ihr das Herz auf. In der Ecke kauerte eine Alte mit Kopftuch und blickte aus der Düsternis des Raums hoch zu den Füßen der Passanten. Katina liebkoste den Anis, den sie kaufen wollte. Doch dann entdeckte sie plötzlich in einem kleineren Körbchen zu Füßen der Alten ein besonders seltenes Kraut.

»Mondraute!«, jubelte Katina. »Eftalia wird außer sich sein vor Freude!«

Zwei Hände griffen gleichzeitig nach dem Kraut. Die eine gehörte Katina, die andere trug Armreifen am Handgelenk, Ringe mit mehrfarbigen Edelsteinen an den Fingern und eine Tätowierung auf der jugendlichen Haut.

Katina wandte sich um und erblickte eine Türkin mit roséfarbenem Schleier, der mit einer goldenen Tresse durch ein Guldenstück an ihrem Ohr fixiert war. Die junge Frau strahlte Reichtum aus, doch sie war verhüllt mit dem langen Gewand einer Greisin.

Die Alte fasste die Hände der beiden jungen Frauen, wandte die Handflächen nach oben und las beim Lichtschein, der durch einen Spalt hereinfiel, die Lebenslinien. Sie hob ihren ausgemergelten Arm und fasste an Katinas Hals, wo sie die Kette fand und den kleinen, roten Faden liebkoste, der um den Anhänger gewickelt war. Dann legte sie die Hände der beiden jungen Frauen ineinander und drückte sie fest.

»Die Große Mutter hat mir heute Morgen euer Kommen angekündigt. Ich habe euch schon erwartet.«

Sie stand auf und holte ein kleines Päckchen hinter dem Vorhang hervor.

Die beiden jungen Frauen traten in den Großen Basar hinaus. Die Osmanin hüllte sich in ihren schwarzen Umhang, und Hand in Hand gingen sie wortlos bis zum Ausgang des überdachten Marktes.

»Wie heißt du?«, fragte die Osmanin.

»*İzmirli Katina*«, antwortete sie, Katina aus Smyrna.

»Wie heißt deine Mutter?«

»Attarte.«
»Die große Attarte, die Erleuchtete? Die Berufene?«
»*Evet*«, bejahte Katina.
»Meine Mutter hat mich in aller Frühe losgeschickt, um Mondraute zu holen und dich zu ihr zu bringen«, sagte die Türkin. Sie wandte ihr den Kopf zu. Möglicherweise lächelte sie ihr hinter dem Schleier zu, da kleine Fältchen ihre Augen umspielten.
»Ich bin Valire, die drittgeborene Tochter der Haseki Sultan, der Favoritin des Sultans, und älteste Enkelin der Valide, der Sultansmutter. Zieh das hier über.« Sie hatte zwei Kaftane übereinander getragen und überreichte ihr nun den einen, nachdem sie ihn abgestreift hatte. »Wir gehen zu meiner Mutter.«
Von İçkapı liefen sie mit gesenktem Kopf durch die Gärten nach Ahırkapı und verschwanden eilig in den Palastgebäuden.
Als Katina am Abend in das Haus der Karamanos-Familie zurückkehrte, lief Syrios in seinem Zimmer unruhig auf und ab.
»Wie kommst du dazu, stundenlang in Konstantinopel umherzustreifen? Hast du vielleicht irgendeine andere Frau gesehen, die alleine durch die Stadt spaziert? Oder überhaupt eine, die alleine auf Reisen geht? Weißt du, wie gefährlich Konstantinopel ist?«
»Mir ist nichts Gefährliches begegnet, Syrios«, erwiderte sie, während sie den Mantel auszog. »Mach dich fertig, wir gehen gleich.«
»Wohin denn?«
»Zum Sultan.«
»Wohin?«
»Zum Sultan.«
»Ja natürlich, zum Sultan!«
»Sicher! Sind wir nicht deshalb nach Stambul gekommen?«
»Und der Sultan wird uns mitten in der Nacht in seinem Saray empfangen.«
»Jawohl, mitten in der Nacht.«
»Jetzt geh aber bitte in dein Zimmer hoch, ich habe noch zu tun.«
Syrios kehrte ihr den Rücken zu und ging in sein Arbeitszimmer, gereizt, aber immerhin beruhigt darüber, dass sie unbehelligt nach Hause gekommen war.

»Wo hat sie sich nur sechs Stunden lang herumgetrieben! Jetzt muss ich mich neben all den geschäftlichen Sorgen auch noch um diese abenteuerlustige Person kümmern!«
Als Katina wieder die Treppe herunterkam, hielt sie Syrios' Weste, Hut und Paletot in der Hand. Sie war ausgehfertig und hatte ein Kleid in dunklem Weichselrot mit den passenden Handschuhen angelegt und ihren Mantel übergestreift. Syrios verdrehte die Augen und fuhr sich stöhnend mit den Fingern durchs Haar, da sie sich seinen Anweisungen widersetzte. Er wollte gerade weitere Einwände vorbringen, als ihm ein Klopfen an der Tür zuvorkam.
»Der Wagen ist vorgefahren, gnädiger Herr.«
Tatsächlich stand der Wagen der Haseki Sultan vor der Tür, eine mit Rappen bespannte und rundum geschlossene schwarze Karosse, in der man reisen konnte, ohne gesehen zu werden.
»Nimm die Unterlagen mit, die du Sultan Abdülhamid vorlegen willst.«
Syrios, den so leicht nichts aus der Fassung brachte, brauchte eine Weile, um sich von der Überraschung zu erholen.
»Hat der Sultan einen Dolmetscher?«
»Ich werde dolmetschen.«
»Du? Du bist doch eine Frau.«
»Wenn dich das stört, klebe ich mir einen Schnurrbart an.«
Syrios orientierte sich noch immer an den althergebrachten Sitten, die jedoch nicht mehr uneingeschränkt gültig waren. Die kriegerischen Zeiten waren vorbei, als der Padişah und der Diwan, der Orientalische Staatsrat, das Reich regierten.
Mittlerweile führten der Harem und die Valide das Regiment. Die Karosse schlug den Weg zum Yıldız-Palast ein, wo Padişah Abdülhamid Han residierte, Sultan aller Sultane, Herrscher aller Herrscher, der da krönt die Prinzen der Welt, Schatten Allahs auf der Erde, Allherrscher über das Weiße und das Schwarze Meer, über Anatolien, Kurdistan und Aserbaidschan, Herr über Mekka und Medina.
Er empfing sie mit europäischer Schlichtheit, ohne Empfangssaal,

Thron und Protokoll, in einem einfachen Zimmer, flankiert von seiner Frau und seiner drittgeborenen Tochter, im Kreis einer bürgerlichen Familie.

»Meine Frau«, sagte der Sultan auf Französisch, »hat mir erzählt, dass Madame Karaman unter ihrem Schutz stehe. Und der Schützling meiner Frau ist auch mein Protegé.«

Er geleitete Syrios in den Nebenraum, wo ein armenischer Dolmetscher geduldig auf sie gewartet hatte. Dann schloss sich die Tür hinter ihnen. Nun lag die Sache in Syrios' Hand. Es war an der Zeit, dass auch er einmal etwas tat.

Spätnachts kehrten sie nach Hause zurück. Syrios sagte auf der Rückfahrt kein Wort, sondern meinte, als sie ankamen, nur kurz: »Wenn du möchtest, reisen wir morgen nach Smyrna ab.«

»Das geht leider nicht«, erwiderte Katina. »Freitagabend muss ich hier noch etwas erledigen.«

Am nächsten Tag erschienen am frühen Morgen unter Bücklingen und Höflichkeitsfloskeln die beiden Heuchler, der Dolmetscher und der Advokat, um sich der Sache anzunehmen, wie sie sagten. Umständlich erläuterten sie, sie wollten mithilfe des Patriarchen versuchen, mit dem Orientalischen Staatsrat Kontakt aufzunehmen, obschon das eine äußerst heikle Angelegenheit sei, da der Padişah keinen empfange, denn er sei unzugänglich und blutrünstig, ungebildet und rachsüchtig, ein Antichrist und Satan. Nachdem sie ihn mit diesen Attributen geschmückt hatten, warteten sie auf Syrios' Reaktion.

An dieser Stelle war Katina stolz auf Syrios. Sie selbst hätte den Hosengürtel gelockert und die beiden gezüchtigt, bis sie um Gnade gebettelt hätten. Syrios hingegen trug wieder seine undurchsichtige Maske zur Schau.

»Meine Herren, meine Schwägerin ist nach Konstantinopel gereist, um die Kirche der Karamanier zu besuchen. Und heute muss sie ihr Gelübde erfüllen.«

Er bot Katina den Arm, setzte seinen Zylinder auf und half ihr in die Kutsche. Dann wandte er sich noch einmal an die beiden, die ihm mit offenem Mund hinterherstarrten: »Wir werden den Patriarchen am Nachmittag treffen. Sie müssen sich nicht weiter bemühen. Ich wünsche Ihnen einen guten Tag.«

Wenn sich das schwere Gewitter verzogen hat und der Himmel wieder aufklart, erscheint dem Besucher, der nun mit leichtem Herzen, ohne Sorgen und Nöte flaniert, ein fremder Ort wieder gastlich und voller unbekannter Schönheiten und Erkenntnisse. Dann möchte man alles, was er zu bieten hat, erkunden und genießen. So fuhren sie kreuz und quer durch die Stadt. Syrios schien jede auch noch so unbedeutende Ecke zu kennen und erläuterte ihr die Geschichte Konstantinopels. Am besten gefielen ihr dabei die Erzählungen über die früheren Bewohner der Stadt. Er berichtete von Byzanz und seinen Kaisern und von den Glaubenskämpfen der Orthodoxie. Katina war von Zwietracht und Hader der Glaubensbrüder zutiefst beeindruckt. Sie wanderten durch die Gärten, die Gassen des Kleinen Basars, gelangten zur Hagia Sophia und spazierten den Bosporus entlang. Er zeigte ihr die Stadtmauern, das Eiserne Tor, die sieben Türme der Festung Yedikule. Er erzählte von den tatarischen Prinzen, die man früher hier gefangen hielt, von den *içoğlanları*, den Pagen des Sultanspalastes, und den Frauen, die sich in edle Stoffe wie Seide, Brokat und Damast hüllten und sich mit Edelsteinen aus Genua und Bernstein aus Danzig schmückten und herrliche Perlen im Haar trugen. Er erzählte von der Hohen Pforte mit ihren vierzig Wächtern, durch die Paschas, Generäle und Prinzen schritten, von den Sklavenmärkten in Eskihan, wo schöne Dienerinnen und Mameluken feilgeboten wurden.

Sie bestiegen die Burgen und genossen den Anblick des Meeres bis hinüber nach Bithynien, die Brutstätte vieler Angriffe gegen Konstantinopel. Als Katina am Abend ins Bett sank, war ihr Kopf voll von all diesen Bildern, Geschichten und Eindrücken.

»Was wünschst du dir zur Belohnung?«, fragte Syrios, nachdem durch einen neuen Erlass des Sultans alles geregelt war.

Eine andere an Katinas Stelle hätte vielleicht aus falscher Scham »Nichts« geantwortet, als sei ihre Leistung nicht mit Geld oder Ehren aufzuwiegen. Nicht so Katina. Bei der Stadtrundfahrt waren ihr die Strandvillen aufgefallen, besonders eine davon mit kunstvollen Fenstergläsern und mit Blick auf die beiden Meere. »Was für ein Glück, hier zu wohnen«, dachte sie. Gegenüber sah man nach Galata, nach rechts nach Üsküdar und zur asiatischen Seite und in der Ferne den Bosporus, der nach Norden entschwand. Hübsch geschwungene Arkaden trugen die überdachten Vorhallen, und im Atrium war durch das Hoftor ein kleiner, mit Blumen geschmückter Garten zu sehen.

Katina deutete auf die Strandvilla. »Diese hier«, sagte sie.

Am frühen Freitagabend blieb Syrios allein zurück. Sobald die Dunkelheit hereinbrach, erschien die Karosse des Yıldız-Palastes und holte Katina ab. Syrios beobachtete sie vom oberen Stockwerk aus. Kurz bevor sie einstieg, wandte sie sich noch einmal zu ihm um.

»Alles hat seinen Preis, Syrios! Jetzt bezahle ich meine Schuld. Wünsch mir Glück, dass die Rechnung nicht allzu hoch wird«, dachte sie. Von ihrem Platz aus gab sie dem Kutscher durch ein Klopfen das Zeichen zum Aufbruch. Die Karosse fuhr an, und Katina traten Tränen in die Augen: »Für Großmutter Eleni würde ich sogar mein Kind opfern, wenn ich eins hätte!«

Der Tod des Barbiers

In der Nacht von Dienstag auf Mittwoch starb Foulas Ehemann. Schon vor Tagen hatte sich Eftalia bei ihrer Cousine einquartiert, um ihr in der schweren Stunde beizustehen. Am Dienstagmorgen, dem 22. April, planten die Frauen in Foulas Viertel, Couscous zu kochen. Schwungvoll wurden die Fensterläden aufgestoßen und die ersten Guten-Morgen-Rufe waren im Urman-Viertel rund um den Kirchensprengel zum heiligen Dimitrios zu hören.

»Morgenstund' hat Gold im Mund«, sagte Eftalia, als sie den Türriegel hochschob, um auf die Straße zu treten.

Auch wenn sie gar nichts einkaufen musste, machte sie ihre gewohnte, kleine Runde, um sich die Beine zu vertreten – vorbei am

Kaymak-Verkäufer, dem Obsthändler, dem Besitzer des kleinen Ladens unter den Arkaden, dem Milchmann und bis hin zur Apotheke, wo sie die Medizin für den Barbier holte. Wenn schon keine Einkäufe, dann brachte sie als Ausbeute zumindest jedes Mal ein paar Rezepte mit nach Hause, die sie dann in Schönschrift in ihr Heft eintrug: »Auberginen à la Ioulia« oder »Kürbis à la Lefkothea«.

Stündlich rechnete man mit dem Ableben des Barbiers, der von einem kräftigen Kerl zu einem schwindsüchtigen Männchen abgemagert war. Mehrere Tage und Nächte rang er schon mit dem Todesengel, denn seine Seele wollte den Körper nicht verlassen.

Während ihres morgendlichen Rundgangs durch die Gässchen mokierte sich Eftalia über den Apotheker mit seinem pomadigen Haar und seinen verwaschenen blauen Äuglein. »Er hat etwas Weibisches an sich«, fand sie. Immer wenn sie Heilmittel gegen Juckreiz, Hämorrhoiden, Durchfall oder blutigen Stuhl kaufen wollte, schämte sie sich und sah zu, dass keine Nachbarin in der Apotheke war, wenn sie eintrat. Der Apotheker selbst war wenig entgegenkommend. Er blickte seinen Kunden ausdruckslos in die Augen und verzog keine Miene, während er der Beschreibung der Beschwerden lauschte. Daraufhin machte er nur »Mhm« und empfahl einem, egal was man auch hatte, immer ein und dieselbe Kur, nämlich Schwefelbäder.

Beim Barbier hatte alles mit einem trockenen Husten angefangen, der nach einigen Tagen jedoch so heftig wurde, dass er ihn bei der Arbeit zu stören begann, da er den Kunden zwangsläufig in den Nacken hustete. Als Schmerzen in der Brust hinzukamen, brachte ihm Foula geweihtes Wasser aus der Kirche zur heiligen Jungfrau der Milchspendenden.

Nachdem er etliche Flaschen geweihten Wassers getrunken hatte, begann er, Blut zu spucken, und wurde bettlägerig. Im Krankenzimmer machte sich ein ekelerregender Gestank breit, und eine Besserung seines Gesundheitszustandes war nicht in Sicht.

Foulas größte Sorge war der Barbiersalon. Wer sollte jetzt das Haareschneiden übernehmen? Sie dachte an die täglichen Einnahmen, die sie zum Leben brauchten, da sie vor lauter Verschwendungssucht nichts auf die hohe Kante gelegt hatte. So half sie ihrem Epaminondas ganz früh am Morgen in die Kleider, wusch ihm das Gesicht und kämmte ihm die Haare.

»Gut siehst du heute Morgen aus, mein Lieber! Komm, wir schauen im Barbiersalon nach dem Rechten. Der rutscht ja schon langsam in die roten Zahlen.«

Sie schleppte ihn zwei Gassen weit, wo er schließlich kraftlos zusammenbrach. Zu dritt mussten sie ihn wieder nach Hause tragen. Nach dem Ohnmachtsanfall tauchte Vassilia auf, um dem Barbier ihre persönliche Diagnose zu stellen. »Influenza«, verkündete sie, während der Barbier fast an einem Hustenanfall erstickte. »Ein schwerer Fall von Influenza. Man sollte ihn zur Ader lassen.«

Je höher seine Fieberkurve abends kletterte, desto sorgenvoller wurden Foulas Gedanken.

»Was soll ich bloß machen? Wie es aussieht, wird er nicht mehr gesund.«

Eftalia redete sich den Mund fusselig, um sie zu überzeugen, ihn ins Hospital zu bringen. Doch für Foula war das Hospital der allerletzte Ausweg, wenn alle Hoffnung schon verloren war.

»Zu Hause«, sagte sie, »genießt er die beste Pflege.«

Schließlich einigten sie sich darauf, einen Arzt kommen zu lassen. Foula fühlte sich dann doch erleichtert, als der Doktor über die Schwelle trat. Am Morgen hatte sie beim Krämer vor den Nachbarinnen aus dem Viertel geprahlt, wie aufopfernd sie sich um ihren Mann kümmere. »Ein Doktor, der in Wien studiert hat, macht bei uns Hausbesuche, da lassen wir uns nicht lumpen!« Als der Arzt dem Patienten einen Kuraufenthalt in den Bergen verordnete, damit seine Lungen gesund wurden, echauffierte sich Foula: »Sechs Monate! Und wovon sollen wir leben, Herr Doktor? Sechs Monate, vielleicht sogar ein Jahr ohne Einkommen?« Sie fasste sich an den Kopf: »Was quasselt dieser Mensch da!«

Epaminondas' Bruder, Timoleon Karpidis, hatte jetzt sämtliche Arbeiten im Barbiersalon übernommen. Regelmäßig besuchte er seinen Bruder und bestand darauf, dem ärztlichen Rat zu folgen. Doch in Foulas Kopf hatte sich der Gedanke festgesetzt, er wolle seinen Bruder loswerden, um den Barbiersalon selbst zu übernehmen.

»Es besteht kein Grund, in die Berge zu fahren«, lehnte sie den Vorschlag ab. »In Smyrna haben wir auch sehr gute Luft.«

Je länger sie mit ihrem Schwager diskutierte, desto besessener wurde sie von ihrer fixen Idee. Kein gutes Haar ließ sie an ihm und seiner Frau, schimpfte ihn einmal Esel, dann wieder Drückeberger.

»Dabei habe *ich* sie doch angestellt, Eftalia! Ich habe diesen ungehobelten Leuten überhaupt erst Manieren beigebracht! Hätte ich sie doch in ihrem schlammigen Kuhdorf versauern lassen! Zum Teufel mit ihnen! Aber natüüürlich! Ich musste ja auf Epaminondas hören! ›Nehmen wir jemand Vertrauenswürdigen aus der Verwandtschaft ins Geschäft rein. Wir sind doch eine Familie!‹, äffte sie den Barbier nach. Na bitte, da zeigt er sich jetzt, der Familiensinn! Sie amüsieren sich hinter meinem Rücken und warten nur darauf, dass Epaminondas abkratzt, um sich alles unter den Nagel zu reißen, was ich, liebe Eftalia, mit Blut, Schweiß und Tränen aufgebaut habe!« Sie hielt kurz inne. »Und mich wollen sie ohne einen Kanten Brot auf die Straße setzen!«, jammerte sie. »Was soll aus mir werden?« Wieder schluchzte sie. »Eine schwache Frau wie ich! Und die da, die stürzen sich auf mich wie die Aasgeier.« Erneut unterbrach sie sich schniefend. »Der Mann ist noch nicht einmal unter der Erde, und schon haben sie ein Auge auf den Nachlass geworfen. Vorgestern ist die Pissnelke in den Laden gekommen«, empörte sich Foula, »und hat dem Drückeberger gesagt, er solle die Spiegel doch gerade rücken, weil sie von der Straße aus ganz schief aussähen. Dann meinte sie, sie würde die Handtücher mit T und K besticken, und auf dem Ladenschild solle anstelle von ›Gebrüder Karpidis‹ einfach ›Timoleon Karpidis‹ stehen. Du weißt schon, in diesen schicken Lettern, die gerade in Mode sind. Auf dem Schild meines Barbiersalons!« Sie hielt wieder kurz inne. »Aber kaum hatten sie mich erblickt, blieb

ihnen das Wort im Hals stecken … Der reiße ich alle Haare einzeln aus!«
Aus dem Krankenzimmer war ein Röcheln zu hören, und beide wandten besorgt den Kopf zur Tür. Dann setzte Foula ihren durch heftige Schluchzer unterbrochenen Monolog fort. Eftalia bereitete ihr einen Mokka zu und setzte sich neben sie.
»Was soll ich jetzt machen?« Wieder flossen Tränen. »Ich bin doch nur ein schwaches Weib! Wovon soll ich leben? Meine Beine tragen mich nicht mehr! Ich werde putzen gehen müssen, Eftalia, putzen!«
Lautstark lamentierte sie weiter, nachdem sie sich kräftig in ihr Taschentuch geschnäuzt hatte. Doch all die Gedanken, die ihr durch den Kopf wirbelten, musste sie vor dem Zubettgehen ordnen, um ruhig schlafen zu können. So dachte sie bei sich: »Ich lege den Barbiersalon in Schutt und Asche, damit der Andere nichts mehr davon hat! … Die hier«, fügte sie im Hinblick auf Eftalia hinzu, »hat ihre Schäfchen im Trockenen, sowohl mit ihrem Schönheitssalon als auch mit ihrer gut verheirateten Tochter. Ein Haus hat sie auch, in dem ich – wieso nicht? – Unterschlupf finden könnte. Und wenn ich bei Despina wohne? Wenn's sein muss, auch gegen ihren Willen? Das wäre auch eine Lösung, da kann sie nicht Nein sagen. Zu meinem Bruder gehe ich jedenfalls nicht. Und das Haus vermiete ich, damit ich etwas zum Leben habe. Für ein schönes Begräbnis bleibt da leider nichts übrig. Meine Güte, was das alles kostet!«
Erst als Foula auf die Idee kam, einen anderen Meisterbarbier an Epaminondas' Stelle zu verpflichten, fühlte sie sich erleichtert. Danach konnte sie sich sogar dazu aufraffen, ihren Mann ins Hospital zu bringen, und sie erklärte sich bereit, ihn dort so lange zu belassen, wie er wollte, ja, sie stimmte sogar zu, ihn zur Kur ins Gebirge oder noch weiter wegzuschicken. Somit war ihre melancholische Anwandlung nach nur wenigen Tagen vorbei.
Die Idee kam ihr an einem Freitagmorgen, als sie zum Kai spazierte. Nachdem sie sich zwei Stickmuster, die ihr in einem Schaufenster aufgefallen waren, eingeprägt hatte, schlenderte sie in ein

Café, um einen eisgekühlten Nana-Minze-Tee zu trinken, zog ihr Notizheftchen hervor und begann, reihenweise Kreuzchen aufzumalen, solange sie das Muster noch frisch im Gedächtnis hatte, das sie für einen Gobelin verwenden wollte. Am Nebentisch saßen zwei gut aussehende, grau melierte Herren, die sich über Geschäfte unterhielten. Der eine strich sich über seinen schön geschwungenen, dichten Schnurrbart, und der andere trug stolz eine prächtige Stirnlocke zur Schau.

»Wer wohl diese Schmachtlocke zurechtgestutzt hat?«, fragte sich Foula bewundernd.

Plötzlich zuckte sie zusammen; ein glänzender Gedanke war ihr gekommen. »Ein neuer Barbier muss her, der den alten ersetzt!«, schoss es ihr durch den Kopf, während sich ein zufriedenes Strahlen auf ihrem Gesicht ausbreitete.

»Schämst du dich denn gar nicht? Wie willst du dich nach einem neuen Barbier umsehen, solange dein Mann noch am Leben ist?«, mischte sich Vassilia ein.

Doch Foula war von ihrem Plan nicht mehr abzubringen. Der beste Barbier Smyrnas sollte es sein. Zu diesem Zweck klapperte sie alle einschlägigen Geschäfte ab, auf der Suche nach einem Angestellten, der ledig und fügsam war, dazu noch ein Könner seines Fachs, ein Arbeitstier und gleichzeitig mit Leidenschaft bei der Sache. Vassilia heftete sich an ihre Fersen, denn sie wollte es sich keinesfalls entgehen lassen, wie sich Foula zum Gespött machte.

Das San-Rocco-Klinikum war den Katholiken vorbehalten. Ins Holländische oder ins Österreichische Hospital, die an der Hinterfront aneinandergrenzten und jeweils zur Chatzistamou- beziehungsweise Rodon-Straße blickten, wurde man nur aufgenommen, wenn man Beziehungen hatte. In der französischen Charité, kurz vor dem Seilerviertel, musste man für die Dienste der Krankenschwestern – obschon Nonnen – einiges hinblättern. Schließlich wurde der Barbier ins Griechische Krankenhaus Smyrnas gebracht, wo die Ärzte feststellten, dass seine Krankheit

bereits so weit fortgeschritten war, dass keine Aussicht auf Heilung mehr bestand. Daraufhin wollte Foula zumindest ihr Gewissen beruhigen.
»Herr Doktor, wäre er noch zu retten gewesen, wenn wir früher gekommen wären?«
Mit Müh und Not konnte sie den Ärzten ein Nein entlocken, womit sie sich tröstete. So kehrte der Todgeweihte, ausgestattet mit einer umfangreichen Hausapotheke, zurück in sein Krankenzimmer.

Der ins Auge gefasste neue Barbier war seit kurzem verwitwet und hörte auf den pompösen Namen Aristofanis. Er hatte einen guten Ruf und seine Kundschaft fühlte sich gut betreut und war zufrieden. Durch die Kosten, die die Krankheit seiner Frau verursacht hatte, war er verschuldet und hatte Haus und Geschäft aufgeben müssen, sodass ihm nichts geblieben war außer seiner Handwerkskunst.
Vassilia setzte alle Hebel in Bewegung, um Auskünfte über ihn einzuholen. Foula widmete sich inzwischen der eigenen Schönheitspflege und bürstete mit der einen Hand unablässig ihr Haar, während sie mit der anderen vorsorglich die Mandelmilch anrührte, die bei Begräbnissen gereicht wird.
Aus dem Krankenzimmer drang ein schwaches Röcheln herüber.
»Also«, sagte Vassilia eines Nachmittags, als sie keuchend und abgehetzt ankam. »Weißt du, wie alt er ist, Foula?«
»Na, so an die fünfzig, oder?«
»Aber nein! Der ist so alt wie mein mittlerer Sohn.«
Ächzend wechselte sie auf dem schmalen Stuhl ihre Sitzposition, um in ihrer Tasche nach dem Notizzettel zu suchen.
»Also, schmutzige Geschichten sind von ihm nicht bekannt. Geisteskranke gibt's auch nicht in seiner Verwandtschaft. Seine Nachbarin, Soitsa Frambelia, nennt ihn zwar einen Tollpatsch, aber er ist wenigstens noch ein junger Mann, Foula, gerade mal siebenundzwanzig.«

Foula hörte aufmerksam zu. Vassilia hielt plötzlich inne und musterte sie mit zusammengekniffenen Augen.

»Was hast du mit deinen Augenbrauen gemacht?«

Daraufhin erörterten sie den Einfluss der Brauen auf den Gesichtsausdruck einer Person. Wieder drang das Röcheln vom Krankenlager des Barbiers zu ihnen herüber und rief sie zur Ordnung.

Vassilia las weiter: »Er hat zwei verheiratete Schwestern mit Kindern. Mit der einen ist Soitsa Frambelia befreundet, mit der anderen ist sie zerstritten. Sie sind sich wegen der Nutzung der Waschküche in die Haare geraten. Auch zu Lebzeiten der verstorbenen Ehefrau kam es zu heftigen Fehden. Tja, dann gibt es noch den Vater und zwei alte Frauen, die eine ist die Mutter und die andere die Schwester des Vaters. Die beiden setzen keinen Fuß mehr vor die Tür und sind schon seit Jahren nicht mehr in der Öffentlichkeit gesehen worden. Ja, so wie alte Frauen eben sind: Den ganzen Tag lang warten sie darauf, dass es dunkel wird und sie endlich schlafen gehen können. Und wenn sie im Bett liegen, sehnen sie sich danach, dass es Morgen wird und sie den nächsten Tag noch erleben. Sein Vater sitzt den ganzen Tag im Kaffeehaus und spielt mit dem *tespih*, seiner Gebetskette … Aber, wie gesagt, er ist noch jung, Foula, nicht einmal siebenundzwanzig.«

Foula warf ihr einen schrägen Blick zu und stellte ihre Mokkatasse auf den Kopf, um aus dem Kaffeesatz lesen zu können.

Vassilia erzählte weiter, was sie sonst noch herausbekommen hatte, und fügte noch ein paar Dinge hinzu, die sie sich zusammengereimt hatte. Erneut konnte sie sich den Hinweis nicht verkneifen: »Hm, er siebenundzwanzig, und du achtundvierzig.«

Foula verlor die Geduld: »Schon gut, Vassilia, ich hab's gehört! Von mir aus könnte er auch erst zwanzig sein und mich für noch fünfzehn Jahre älter halten. Und hör mal, kein Wort zu niemand, sonst geht's dir an den Kragen!«

»Das Geheimnis nehme ich mit ins Grab«, schwor Vassilia und bekreuzigte sich.

Gleich darauf fiel Vassilia siedend heiß ein, dass ihre Söhne gleich kommen würden, dass sie den Topf noch auf dem Herd hatte, dass sie nicht sicher war, ob sie die Tür verriegelt hatte … Eilig lief sie nach Hause.

»O weh!«, hörte man am Nachmittag Vassilia Deme in den Gassen des Viertels rufen. »O weh, na so etwas! Stellt euch mal vor: Die Barbiersfrau hat den Verstand verloren!«

Sie versammelte eine Schar Neugieriger um sich und gab die Neuigkeiten, garniert mit eigenen Zutaten, detailreich zum Besten. Wie ein Lauffeuer hatten sich die Nachrichten schon in zwei Stadtvierteln verbreitet, bis sie schließlich Foula erreichten. Sie habe, so hieß es, noch bevor der Barbier unter der Erde war, sogar im Brautkleid einen grünen Jungen geheiratet, mit dem sie schon seit fünfzehn Jahren liiert gewesen sei. Wieder zwei Stadtteile weiter wurde erzählt, Foula und ihr Galan seien dem Barbier eigenhändig an den Kragen gegangen und hätten selbst am Totenbett ohne jeden Skrupel miteinander geschäkert.

Als Foula all das zu Ohren kam, stürmte sie zu Vassilias Haus und packte sie wütend an den Haaren. Der Aufruhr war im ganzen Viertel zu hören, viele erinnern sich noch heute daran. Selbst die Armenierinnen liefen aus ihren Stadtteilen herbei, und nur mit Mühe konnten die Wachmänner die Streithähne trennen.

Vassilias blaue Flecke waren zwei Monate lang zu sehen, und auch Foula schillerte in allen Farben, weil ihre kräftige Kontrahentin eine zielsichere Faust besaß. Da Vassilia bei diesem Anlass auch Foulas frühere Übeltaten eingefallen waren, war der Streit nicht auf das aktuelle Thema beschränkt geblieben, sondern hatte sich auf alle möglichen Sujets ausgeweitet.

Das alles hatte sich vor zwei Wochen zugetragen. Nun griffen Foula und Eftalia zu Papier und Bleistift, um eigenhändig ein Testament aufzusetzen. Da der Barbier – wie alle Menschen – glaubte, er würde ewig leben, hatte er keinen Letzten Willen verfasst. Am nächsten Morgen wollte sie dann, in Tränen aufgelöst und angeblich im Auftrag des Bettlägerigen, beim Notar die Formalitäten in die Wege leiten.

Foula versuchte, anhand von Zeitungslektüre, ihr Hochgriechisch aufzupolieren. Schließlich fragte sie sich, ob sie mit der üppigen Zeichensetzung nicht zu viel des Guten getan hatte.

»Schreib ganz einfach, egal wie«, riet ihr Eftalia, »er ist ja schließlich nur ein Barbier …«

Doch wie konnten sie den Barbier zur Unterschrift bewegen? Würde der Notar das Testament laut vorlesen? Foula zog aus einer Schublade etwas Bienenwachs.

»Das stopf ich ihm in die Ohren. Er verträgt keinen Lärm und verlangt immer wieder danach, um Ruhe zu finden. Damit hört er keinen Ton. Vor kurzem hat er es vergessen und drei Tage lang nicht mehr aus den Ohren genommen.«

Sie durchwühlte den Sekretär und entdeckte eines der gedruckten Pamphlete aus Griechenland, die Karpidis sammelte und wie seinen Augapfel hütete.

»Da! Wir sagen ihm einfach, man bitte um seine Unterschrift für den *Nationalen Geheimbund*. Dann unterschreibt er alles, was wir ihm vorsetzen, denn er hat ein Faible für alles Militärische.«

Unverhofft segnete der Barbier bereits in der Nacht von Dienstag auf Mittwoch das Zeitliche, und die Totenstarre hatte bereits eingesetzt, als die beiden Frauen ihn fanden. Und in Kürze sollte der Notar eintreffen! Zunächst gerieten sie in Panik, doch dann folgten ein Tässchen Mokka und ein Moment der inneren Einkehr in der kleinen Kaffeeküche. Der Dahingeschiedene würde, so wie die Dinge lagen, Foula nichts hinterlassen. Also legte sich Eftalia als Epaminondas Karpidis ins Krankenbett, setzte sich die Nachtmütze des Verstorbenen auf und wickelte sich in seine Bettdecke ein. Der Plan war: Sie würde keinen Laut von sich geben bis auf ein dumpfes Stöhnen, und Foula würde das dem Notar gegenüber als Zustimmung deuten. Dann schlossen sie die Fensterläden, um den unerträglichen Gestank zu konservieren, kürzten die Stuhlbeine des Besucherstuhls mit einer Säge so stark, dass man von dort aus mehr unter als auf das Bett blickte und bloß einen verschmutzten Nachttopf im Visier hatte.

Der Notar stolperte durch das düstere Krankenzimmer, tastete nach der niedrigen Sitzgelegenheit und verriss sich fast das Kreuz beim Platznehmen, während er ausrief: »Na, wie fühlen Sie sich, Herr Karpidis?« Er zog sein Taschentuch hervor und hielt es sich vor die Nase. Seine Papiere legte er auf seine Knie, die ihm bis zur Nase reichten, und er begann mit der Pflichtübung. »Ich verlese jetzt Ihren Letzten Willen«, hob er an und leierte den Inhalt herunter. »Ich, Epaminondas Karpidis, habe mein Testament, das meinem Letzten Willen entspricht, vor Herrn Anastassios Tofanoglou, in Smyrna zugelassener Notar mit Amtssitz in der Bakirtzian-Straße, verfasst. All mein Hab und Gut hinterlasse ich meiner geliebten Ehefrau Filosofia Karpidi, also das mir gehörige Wohnhaus in der Urman-Straße im Kirchensprengel des heiligen Dimitrios und das Landhäuschen in Kokaryalı, einem Vorort von Smyrna. Die Geschäftsleitung meiner in einer Quergasse der Europäischen Straße gelegenen Firma ›Barbiersalon Gebrüder Karpidis‹ übertrage ich ebenfalls meiner geliebten Gattin Filosofia Karpidi. Meinem Bruder Timoleon Karpidis, der mich zutiefst enttäuscht hat, hinterlasse ich nichts. Zudem wünsche ich, dass er sich aus dem Barbiersalon zurückzieht. Meine Tochter habe ich mit ihrer Mitgift, einem zweistöckigen Haus im Fasoulas-Viertel, ausreichend abgefunden. Daher steht ihr kein weiteres Erbe zu.«

An den passenden Stellen stöhnte Eftalia zustimmend. Auf Verlangen hob sie dann mühsam die Hand und setzte ein unleserliches Gekrakel unter die Schriftstücke. Der Notar näherte sich dem Gesicht des Todkranken so weit wie möglich, um ihn zu identifizieren, doch Eftalia simulierte einen so heftigen, rasselnden Hustenanfall, dass er sich rasch wieder auf sein Stühlchen zurückzog.

Als Foula schließlich eine Witwe mit ansehnlicher Mitgift war, begann sie, sich den Kopf über die Grundsteuer zu zerbrechen, und sah sich bis in ihre Träume von Steuereintreibern verfolgt. Bald war auch ein neuer Barbier gefunden, mittleren Alters, durchaus gut aussehend, der keinerlei Verbindung zu Vassilia hatte. Von seinen Vorlieben ist wenig überliefert, nur seine größte Schwäche, die Chemie, bleibt unvergessen, denn er experimentierte gerne

mit zuckenden Blitzen und lautem Getöse. »Sein Denkvermögen hat unter all den chemischen Reaktionen gelitten«, pflegte Foula zu sagen.
Er war ein bescheidener Mann, noch nicht lange aus Mytilini zugereist, und ein unbeschriebenes Blatt. Foula übernahm ihn sofort ins Geschäft, nachdem sie ihn ganz zufällig auf dem Friedhof kennengelernt hatte.
Da Foula eine waschechte Smyrniotin war, fürchtete sie die bösen Zungen, und um den bissigen Kommentaren zu entgehen, beschloss sie, ins »La Beauté« ihrer Cousine Eftalia zu ziehen. Der neue Barbier konnte gerne bis in alle Ewigkeit ihr Verlobter bleiben. Hauptsache, er arbeitete fleißig im Salon.

Paulchen nahm auf Eftalias Kanapee Platz wie ein Lord und streckte in Erwartung des Geldes wohlig die Beine aus. Er warf einen scheelen Blick auf die silberne Teekanne, die auf der Anrichte stand, doch Eftalia trat dazwischen und verstellte ihm die Sicht.
Auf dem Tisch lag eine Mappe. Er öffnete sie und durchsuchte sie zunächst mit den Blicken, doch Geld war keines zu sehen. Dann drehte er sie um, doch auch so fiel kein einziger Piaster heraus.
»Wollen Sie mich foppen, meine Dame? Meinen Sie, ich habe meine Zeit gestohlen?«
»Wer weiß sonst noch davon?«, fragte Eftalia.
»Keiner bislang«, erwiderte der Gauner mit einem diabolischen Grinsen.
Plötzlich segelte doch noch ein zusammengefaltetes Stück Papier aus der Mappe auf den Boden. Als sich Paulchen hinunterbeugte, um es aufzuheben, knarzten seine frisch gewichsten Schuhe. Auf dem Zettel stand mit Großbuchstaben ein einziger Name geschrieben: Kyritsangas. Eftalia, die die Szene mit stoischer Miene verfolgt hatte, verschränkte nun ihre Arme.
»Hast du vielleicht gemeint, Vaitsa sei besonders klug? Hast du geglaubt, dass ausgerechnet Vaitsa den Mund hält? Alles, von A bis Z, hat sie ausgeplaudert, als wir noch Freundinnen waren.«

Sie deutete auf den Zettel. »Finde dich mit deiner Schlappe ab, sonst wanderst du wegen Mordes in den Kerker.«
Daraufhin zog die gesamte Jepsimiros-Sippe zusammen mit Vaitsa und ihren beiden Nichten, auf die man mit dem Finger zeigte, ein weiteres Mal um. Diesmal wanderten sie in den tiefen Süden aus, wo die Kleidung sommerlich, die Landesbewohner dunkelhäutig und die Gefängnisse sonnendurchflutet sind. Sie gingen nach Kairo. Und seitdem ward nie wieder etwas von ihnen gehört.

Marcs Heilung

Die meisten Pomeranzenbäume standen im Griechenviertel und reichten von der Mädchenschule bis hinüber zum Armenierviertel. Am Karfreitagmorgen sammelten die Mädchen Pomeranzenblätter und -blüten für die Frühmesse, um sie beim Psalm »Der Herr ist auferstanden« zu verstreuen. Von der Mandelmilch, die am Ende der österlichen Fastenzeit gereicht wird, hatten sie einen pelzigen Geschmack auf der Zunge und ein flaues Gefühl im Magen, und bis zur mitternächtlichen Ostermesse würden sie weiterhin nichts zu sich nehmen.
In der Karfreitagnacht versammelten sie sich gemeinsam bei Attarte: Es ging um Antoinettes Sohn. Die türkische Mutter saß neben Ismar mit gekreuzten Beinen auf einer gewebten Decke, vor ihr stand ein niedriges Messingtischchen. Eftalia hatte Katina begleitet, beide hatten weder gegessen noch getrunken. Neben Katina nahm eine verschleierte Türkin Platz. Sie waren diesmal also zu fünft. Eftalia blickte Attarte fragend an, um zu erfahren, wer die Unbekannte war. Doch Attarte senkte bloß die Lider, nickte kaum merklich und geheimnisvoll, als wolle sie andeuten: »Ja, sie ist eine von uns.« Attarte nahm Katina beiseite. Sie setzten sich Arm in Arm in eine Ecke, und die Alte sprach leise und beschwörend auf sie ein.
Die Kerzen flackerten, und es dauerte eine Weile, bis sich ihre Augen an die Dunkelheit gewöhnt hatten.

Attarte begann zu rezitieren:
So, wie es Wind und Sonne, Zufall und Fügung gibt, offenbare mir das Vorhergesehene und das tatsächlich Geschehene, alles Geschriebene, das nicht ausgelöscht werden kann, alles Kommende und alles mir Bestimmte. Schenke meinen Augen das Licht, schenke den Worten dein Sinnbild. Schicksal, mein Schicksal, was hältst du bereit für mich? Schicksal, mein Schicksal, offenbare dich mir.
Katina schloss die Augen und sog den Duft des Weihrauchs tief ein. Alle Beteiligten versuchten, die alltäglichen Dinge aus ihren Gedanken zu bannen und sich von den wirr auf sie einstürmenden Bildern zu lösen, die nun verblassen mussten: Ehemänner, Erinnerungen an die Kindheit, Essensvorbereitungen, die intimsten Orte des Hauses. Der Leibhaftige – »Möge er sich fernhalten!« – gibt keine Ruhe, wenn man sein Reich betreten will. Er kann uns Magierinnen eben immer noch nicht richtig einschätzen!
Auf dem Tisch lag plötzlich ein vergilbtes Blatt Papier mit dem Abbild eines jungen Mannes. Er trug venezianische Kleidung und eine Kette um den Hals, sein Blick war gelassen und in sich ruhend.
Attarte fuhr mit dem Sprechgesang fort, erwähnte immer wieder den Namen des Propheten. Sie erzählte, der alte Prophet werde an diesem Abend sterben und ein neuer Prophet geboren. Die neu dazugekommene Türkin begann nun, denselben Rezitativ leise vor sich hin zu summen. Mit rauer, gleichwohl sanfter Stimme hob sie an zu einem mystischen Astralgesang. Dann zog sie ihre mageren Arme aus der Kutte und legte sie auf das Tischchen. Auf ihren Handflächen lagen zwei ölig glänzende Glaskugeln. Als sie sich damit den Kerzen näherte, fingen die Kugeln Feuer, ein furchteinflößender, magischer Augenblick, in dem die Todesahnung und das Gefühl der Verbundenheit verschmolzen. Es war eine Vision aus einer anderen Welt.
Auf den Handflächen der Frau tanzten zwei kleine Flammen, doch sie spürte nichts, und ihre Haut erlitt keine Verbrennungen. Sie sang wieder ganz alleine, ihre Stimme ins Nirgendwo gerichtet.

Licht, das auf diese Welt gestrahlt, Licht, das diese Schöpfung erkannt, das Schmerz und Freude gesehen und das Böse gekostet und verbreitet hat. Seele, die noch keine Erlösung gefunden hat, Seele, die nach Rettung sucht, komm zu mir. Komm, lass dich erlösen von deiner Qual. Komm, ich helfe dir, dich zu befreien. Komm, ich helfe dir, Ruhe zu finden.

Es folgte eine mit leisem Gemurmel erfüllte Pause, dann wiederholte sich der Sprechgesang.

Mit einem Mal erhob sich ein leiser Luftzug. Eftalia spürte einen Schauder auf ihrem Rücken. Die Härchen auf Attartes Armen hatten sich aufgerichtet, doch ihre Augen blieben starr und ohne ein Blinzeln ins Feuer gerichtet. Wo sie wohl mit ihren Gedanken war? Erstaunlicherweise zeigte Katina genau denselben Gesichtsausdruck, die neu hinzugekommene Türkin ebenso. Plötzlich fühlte sich Eftalia einsam. Sie spürte, dass sie am Geschehen nicht teilhatte, ebenso wenig wie Ismar, deren Atem sie zu ihrer Linken hörte. Erneut überlief sie ein Schauder. Da war er wieder, der Lufthauch, dann ein noch stärkerer Luftstrom. Die Kerzenflämmchen flackerten, drohten zu erlöschen, schließlich ein heftiger Windstoß, als versuche jemand, sie auszublasen. Mühsam kehrte Eftalia in die Wirklichkeit zurück und beobachtete aufmerksam, was um sie herum geschah.

Die Tür knarrte leise, sie hatte sich bewegt, ohne dass jemand sie aufgestoßen hätte! Das Tischchen in der Mitte begann von rechts nach links und von links nach rechts zu schaukeln. Als der Gesang zu Ende war, trat eine tiefe Stille ein. Plötzlich fiel ein Zinkteller vom Küchenregal auf die Erde. Eftalia zuckte zusammen. Doch Ismar an ihrer Seite verharrte weiterhin ungerührt in ihrem Schweigen. Ein zweiter Teller fiel herab. Die neu hinzugekommene Türkin begann mit tiefer Stimme zu sprechen. Die Stimme klang merkwürdig und kam langsam und gepresst aus ihrem Mund. »Hier in den Flammen flackert der Geist eines Geschundenen. Nimm den Geist dieses Geschundenen.« Sie sprach zu Katina. Attarte legte Katina Marcs goldenes Taufkreuz um den Hals. Katina antwortete, auch sie mit veränderter Stimme. Einige Augenblicke lang sprachen sie miteinander.

»Ja, will man mich hier zum Wahnsinn treiben?«, fragte sich Eftalia.
Sie konnte dem Dialog nicht folgen, da sie die Sprache nicht verstand. Als die verschleierte Türkin ihre Hände dem Abbild des Venezianers näherte, fing es Feuer. Da hob sie den Schleier, näherte ihr Gesicht den Flammen und atmete tief ein. Das ganze Küchenregal begann zu beben, und die Tür öffnete sich sperrangelweit. Der Luftzug wurde zu einem mächtigen Strom, der das Zimmer erfüllte, so dass die Kerzen erloschen. Der Rauch erhob sich zu einem wütenden Wirbelsturm, der Boden knirschte unter den Erdstößen.
»Ein Erdbeben!«, rief Eftalia. »Herr Jesus! Irgendetwas, irgendjemand ist hier.« Das Blut gefror ihr in den Adern. »Meine Tochter! Worauf haben wir uns hier eingelassen, mein Gott!«
Marcs Stimme drang aus Katinas Mund: »Hilf mir! Hilf mir!« Die Türkin umarmte die zitternde Katina, öffnete ihre Lippen und hauchte ihr den Atem ihrer Lungen ein. Die Seele fand einen Leib zur Behausung, und die Schöpfung beruhigte sich wieder.
Zur selben Stunde fuhr Marc mit rasenden Augenschmerzen aus dem Schlaf hoch. Aus seiner Nase triefte Blut, ebenso wie aus seinen Ohren. Er schrie und brüllte vor Schmerz, hielt sich den Kopf und wälzte sich auf dem Boden. Das ganze Hospital war in Aufruhr.

Am nächsten Tag ging Katina zu Marc. Man hatte ihn, mit einbandagiertem Kopf, auf einen Schaukelstuhl ans Fenster gesetzt, durch das spärliche Sonnenstrahlen hereinfielen. Sein Kopf war auf die Seite gesunken, seine Augen geschlossen wie die eines Toten. Sein Kopf, der vollkommen leer war, musste sich nun von Anfang an alle Dinge neu aneignen.
Als sie sein Gesicht in ihre Hände nahm, schlug der Junge die Augen auf. Dann bohrte sie ihren Blick in seine ausdruckslosen Augen, und so verharrten sie lange Zeit. Sehr lange Zeit. Katina murmelte vor sich hin.
Nun wirst du aufs Neue geboren. Nun besitzt du die Geistesstärke dei-

nes Retters. Nun wirst du neu geboren, sei uns willkommen. Dein Arm wird so stark sein wie der Südwestwind, und dein Blick wird die schönen Dinge sehen.

Wie durch einen goldenen Faden waren ihre Geister verknüpft und sprachen miteinander. Sie öffnete seine Lippen und hauchte den Atem ihrer Lungen in seine Kehle. Ein neues Leben begann. Ein Leben, das schon gelebt, erlitten und zerstört war, erhielt eine unerwartete, neue Chance. Nachdem sie ihm sein Taufkreuz wieder um den Hals gelegt hatte, ging sie.

Sie hatten seinen Wahn der Seele eines Verstorbenen übertragen, damit auch sie ihre Ruhe fand und der irdischen Welt, in der sie gelebt und andere gequält hatte, endlich etwas Gutes tat. So wurde der eine von seinen Sünden erlöst und der andere von seinem Wahn befreit.

Zwei Wochen lang blieb Marc reglos an derselben Stelle am Fenster, zusammengekauert in seinem Schaukelstuhl. Eines Morgens erwachte er und verlangte nach Milch und Orangensaft. Er machte einen friedlichen, heiteren Eindruck und wirkte wie neu geboren.

Als seine Mutter zu Besuch kam, umarmte er sie liebevoll und fragte nach der Großmutter, dem Großvater und nach ihrem Zuhause, so wie jemand nach einer langen Reise sehnsüchtig von den in der Heimat Zurückgebliebenen spricht. Arm in Arm verbrachten sie den ganzen Nachmittag, und Marc schmiedete Pläne. Als er nach einer Staffelei, Pinsel und Farben verlangte, brachte man ihm das Gewünschte. Die Ärzte konnten die Medikamentendosis verringern, obwohl sie nicht begriffen, was geschehen war. Marc erholte sich so rasch, dass ihn die Familie nach Hause holen konnte. Er ging durch das Wohnzimmer, musterte die Möbel und Teppiche, strich über die Sessellehnen. Hier waren sie, die vertrauten Farben und der gewohnte Luxus, den er in den Hospitälern so lange entbehrt hatte. Ein Kätzchen miaute in der Küche, Marc lächelte ihm zu und stellte ihm ein Tellerchen mit Milch hin.

Er sprach, aß und schlief nunmehr wie alle anderen. Seine Mutter und sein Vater weinten vor Freude. Die Herzen der Eltern verstanden, dass sie sich diesmal nicht täuschten. Ihr Kind war wieder gesund. Gleich das erste Bild, das Marc malte, war ein Meisterwerk: das Porträt eines jungen Mannes in venezianischer Tracht.

In den nächsten Monaten widmete sich Marc mit Leidenschaft der Malerei. Er lief über die Felder und skizzierte Landschaften mit Mohnblumen und kleinen Häuschen in der Wildnis, er malte das friedliche Abbild des Meeres im goldenen Mittagslicht.

Er zeichnete auch eine junge Frau mit blondem Haar, die dichten Locken durch eine Doppelreihe herrlicher Perlen hochgesteckt, mit blauen Augen und lilienweißen Händen. Dann malte er dieselbe junge Frau am Tage ihrer Hochzeit, mit sichtlicher Trauer im Blick. Schließlich malte er sie wieder auf dem Totenbett, im Schein einer einzelnen Kerze. Aus ihrer leblosen Hand war ein perlmuttfarbenes Fläschchen geglitten. Zu ihren Füßen weinte voller Reue ein junger Mann in edler, venezianischer Kleidung. Und ganz unten auf den Bildern notierte Marc stets den Namen »Salvo Moriani, 1638«.

Bei seinem letzten Besuch teilte der Arzt den Eltern mit, ihr Kind sei vollkommen gesund. Verwundert durchforschte er all seine Bücher, doch die Gründe und Ursachen der spontanen Heilung blieben ihm verborgen.

Aram

Obwohl das Türkenviertel weit vom Karamanos-Palais entfernt lag, verzichtete Katina freitags auf die Kutsche und machte sich zu Fuß auf den Weg zu Attarte. Eftalia hingegen hätte sich gewünscht, mit der Kutsche vorzufahren, die das Familienwappen trug.

»Reicht es nicht, dass ich mir so viele Jahre die Füße wund gelaufen habe? Warum lässt du mich nicht, wie jede gute Tochter es täte, vom Kutscher in der Karosse abholen? In der schwarzen mit dem roten Verdeck, in der Violetta immer gefahren ist?«

Eine unbekannte Frau aus Attartes Viertel saß diesmal auf dem Diwan links von der Tür. Ihre Kleider ließen die Beine sehen, nur ein kamelbrauner, eng anliegender Stoff bedeckte die Hüften bis hinunter zu den Knien. Ihr dunkelblondes Haar fiel in schönen, wallenden Locken auf ihre Schultern. Sie sah der türkischen Mutter fest in die Augen, als schöpfe sie Kraft aus diesem Blick.
Vor Attarte leuchteten die kleinen Lichter rings um die Wasserschale. Reglos blickte sie in die Flammen und atmete den Duft der Blätter ein, die in einem gusseisernen Behälter vor sich hin glommen.
»Was wird morgen sein?«, fragte Attarte.
»Morgen gehe ich zu Roussa ...«, sagte Eftalia, während sie die seltsame Fremde scheu von der Seite musterte. Sie fand die langen, spitzen Fingernägel, die den Krallen eines Raubvogels ähnelten und mit einem intensiven Rot lackiert waren, ziemlich merkwürdig. »Sie hat mich zu einem Handarbeitsnachmittag eingeladen.«
»Was wird morgen sein?« Diesmal richtete sich Attarte an Katina.
Katina zuckte die Achseln.
»Ich weiß es nicht.«
»Ich weiß es aber«, warf Eftalia dazwischen. »Ich habe euch doch gesagt, dass ich Roussa besuchen werde.«
»Deine Mutter hat vor, morgen zu Roussa zu gehen. Wird sie es auch tatsächlich tun?«
»Vielleicht.«
»Ja, kann sein, dass sie geht, möglicherweise aber auch nicht.«
»Ich hab doch gesagt, dass ich gehe!«, rief Eftalia aus. »Was ist denn in euch gefahren, dass ihr unbedingt wissen müsst, was ich morgen machen werde!«
»Wer kennt schon das, was die Menschen ›morgen‹ nennen?«
»Niemand«, erwiderte Katina.
Die Unbekannte ließ kurz ein perlendes Lachen hören, verstummte aber rasch wieder. Stattdessen warf sie ihnen einen wissenden Blick zu.
»Wie heißt du?«, fragte Eftalia.
»Aram.«

Eftalia gab sich mit dieser Antwort nicht zufrieden, da »*aram*« im altkappadokischen Dialekt einfach nur »Frau« bedeutet.
»Deinen Namen wollte ich wissen.«
Die Unbekannte richtete sich auf und schlug die Beine übereinander, die ein zarter Stoff umhüllte, der so durchsichtig war, dass er jedes kleinste Mal sehen ließ. Wie schamlos!
»Die Zukunft macht den Menschen Angst«, fuhr Attarte fort. »Sie wollen wissen, was morgen sein wird. Einige behaupten, sie könnten es erraten. Unter all jenen, die damit prahlen, habe ich – bei der Großen Mutter! – noch keinen Einzigen erlebt, der es wirklich konnte.«
»Vassilia kann aus dem Kaffeesatz lesen«, meinte Eftalia. »Alles, was sie mir vorausgesagt hat, ist eingetroffen. Dann gibt es da noch eine in Voutsas, die aus getrockneten Bohnen die Zukunft liest. Alle rennen sie zu ihr hin, schon am frühen Morgen stehen die Leute Schlange vor ihrer Tür.«
Schweigen machte sich breit. Attarte seufzte und sagte dann:
»Was ist gestern gewesen?«
»Gestern«, fuhr Eftalia erneut dazwischen, »war in Duru Baba der Teufel los. Zufällig war ich in der Nähe, als ein gewaltiger Streit ausgebrochen ist. So etwas habe ich schon lange nicht mehr erlebt. Man hat Itzig grün und blau geschlagen, weil er beim Abrechnen gemogelt haben soll. Die Leute haben geschrien: ›Du Dieb! Du Dieb!‹«
»Ja, dann war es wohl so. Ich glaube dir, weil du es selbst erlebt und alles mit eigenen Augen gesehen hast. Doch was morgen sein wird, weiß nur Aram. Nur sie kann in die Zukunft sehen, weil sie alles schon einmal erlebt und gesehen hat. Daher kann sie es dir mit Sicherheit sagen. Aram!«, befahl Attarte. »Was wird Eftalia morgen tun?«
Die geheimnisvolle Fremde zog ein Heftchen aus ihrer Tasche und blätterte darin. Dann sagte sie nur: »Sie wird zu Roussa gehen.«
»Hör mal!«, meinte Eftalia. »Ich gehe jetzt rüber zu Vassilia, ich lasse mich doch nicht länger von euch auf den Arm nehmen.«

Sie erhob sich, ging zur Tür und warf sie entschieden hinter sich ins Schloss. Attarte störte sich nicht an Eftalias Verschwinden.
»Aram«, murmelte sie, »kann nicht lange bei uns bleiben, sie muss in ihren Körper zurückkehren. Sonst kommt sie immer von allein, doch diesmal habe ich sie hergebeten. Ihr Wissen ist unendlich. Und wenn sie wirklich einmal etwas nicht weiß, hört sie sich um und kommt mit der Antwort wieder. Denn dort, wo sie lebt, gibt es unzählige Bücher und Schriften, und es gibt Erleuchtete, die körperlos, die reiner Geist sind und den menschlichen Verstand bei Weitem überflügeln!«
Bewundernd blickte Katina auf Aram. Ihre Augen waren mandelförmig und leuchtend grün, ganz so wie bei Anneso. Sie hatte die gleichen schönen Augen, und auch darüber hinaus war sie ihr ähnlich. Nicht, was ihr Aussehen betraf, sondern ihre Ausstrahlung, ihre grazile und stolze Haltung.
»So, wie ich eines Tages zu meiner geistigen Mutter gehe und ihr alles erzähle«, sagte Attarte, »wird Aram eines Tages auf dich zukommen und dich erleuchten.«
»In der Gestalt meiner Tochter?«, fragte Katina unvermittelt.
»Nein, deiner Urgroßnichte.«

Katina schrieb in ihren Aufzeichnungen:
Unsere Feste fanden an den Stränden und in den umliegenden Wäldern der antiken Stätten von Ephesos statt und dauerten drei Tage und drei Nächte, immer an den heißesten Augusttagen, an denen zahllose Sterne und Sternschnuppen am Himmel leuchteten. Diese Feste waren ohne Lieder und Tänze, es gab kein Gelage und kein Possenreißen wie bei den Kirchweihfesten der Menschen. Unser Gesang waren die Wellen des Meeres, deren Gemurmel wir erwiderten. Unsere Lieder bestanden aus dem Pfeifen des Windes und dem Knistern der brennenden Scheite unter den duftenden Bäumen. Es kamen die verschiedensten eingeweihten Frauen, die einen mit weiten Gewändern, Perlenschmuck und kunstvollen Frisuren, die anderen so seltsam gekleidet wie Aram, andere wieder im einfachen Kaftan. Sie nahmen reihum Platz und tranken aus Messingschalen süffigen, feinherben Rotwein.

Sie entzündeten ein Feuer und warfen getrocknete Kräuter in die Flammen, deren duftender Rauch sich nach oben kräuselte. Genießerisch sogen sie den Wohlgeruch ein.
Die Seelen, die sich versammelt hatten, wünschten den Tempel so zu sehen, wie er damals war. Der Tempel der Göttin nahm im Abendlicht Gestalt an, wurde mit Leben erfüllt, so wie damals, als die Welt ihn zum ersten Mal erblickte. Am Fries, an den Säulen und dem Giebeldreieck war er von Malereien in grellen Farben übersät, auch die Reliefs waren bemalt. Das Standbild der Göttin in der Mitte des Tempels trug anstelle von Augen funkelnde Edelsteine, die ein mildes Licht verbreiteten.
Eine der Frauen hatte eine Stimme wie eine Lerche, eine andere sang wie eine Nachtigall.

Einmal kam auch die Haseki, die Favoritin des Sultans. Sie kniete vor Attarte nieder, die auf einem hohen, in Stein gemeißelten Thron saß. »Hilf mir, Mutter«, sagte sie. »*Anne yardımcım olsun.*«
»Haseki«, sagte Attarte. »Deine Macht ist so groß wie dein Herz. So groß wie dein Herz ist aber auch die Macht des Fluchs, der auf dir lastet. Bitte die Mutter darum, dir Mut zu verleihen. Als ich dich zum ersten Mal im Arm hielt, warst du ein kleines Mädchen, deine Eltern erschlagen von einem muslimischen Krummsäbel. Blutbeschmiert hast du damals neben der Leiche deiner Mutter gesessen und herzzerreißend geweint. Meine arme Haseki, ich wusste, es war dir bestimmt, Frau des Sultans zu werden. Doch aller Reichtum konnte dir kein Lächeln entlocken. Alle Pracht und alle Paläste der Welt konnten dein Gesicht nicht froh machen. Du kannst die Valide, die Sultansmutter, nicht bekämpfen, denn ihr Geist ist krank. Was du aufbaust, reißt sie nieder. Woran du dich freust, zerstört sie. Doch es ist Zeit für dich, aufzuatmen. Dieses Martyrium hat nun ein Ende.«
Attarte holte tief Luft. Die Nacht war dunkel und schwer herabgesunken.
»Die Valide ist auch meine schlimmste Feindin«, fuhr sie fort. »Keine hatte ihre Fähigkeiten. Sie war eine der besten Schwes-

tern: klug, schön und zur Anführerin geboren, doch sie hat ihre Gaben vergeudet. Durch ihre Wesensart hat sie sich nach und nach isoliert, sie wurde den anderen verhasst. Doch immer noch war sie stark wie eine Löwin. Nach und nach begann sich die Bosheit auf ihrem Gesicht zu zeigen. Sie fand darin Befriedigung, alle in ihrer Nähe zu quälen. Meine arme Haseki! Hätte ich dich nicht unverwundbar gemacht, hätte sie dich schon vor Jahren niedergerungen und vernichtet. Die Valide weiß, dass sie dir nichts anhaben kann. Jedes Mal, wenn sie es versucht, kehren sich ihre Verwünschungen gegen sie selbst und schlagen Wunden an ihrem eigenen Körper. Doch deine Kinder sind angreifbar, und sie nimmt keine Rücksicht, dass es die Kinder ihres Sohnes sind und somit ihre eigenen, blutsverwandten Enkelkinder.«
Die Haseki brach in Tränen aus. Attarte schloss sie in ihre Arme und sprach leise auf sie ein.
»Nimm ihr die Luft zum Atmen. Ich gebe dir dieses Recht.«
Attarte zog ein Stück Lehm aus ihrem Ärmel und legte es in die Hand der Haseki. Darauf stand der Name der Sultansmutter.
»Die Große Mutter ist bei dir, und ich stehe an deiner Seite.«
Nachdem Attarte den Mordauftrag gegeben hatte, kniete sie sich nieder und berührte mit ihrer Stirn die feuchte Erde. Danach wandte sie sich an alle:
»Die Valide ist klug. Sie wird versuchen, einen Weg zu finden, weiterzuleben. Nur durch eine meiner Töchter wird das geschehen können. Keine von euch darf der Sultansmutter diese göttliche Gabe schenken. Das ist mein Wille, und wer zuwiderhandelt, sei verflucht.«

Katina schrieb weiter:
Da senkte ich den Kopf, Panik überfiel mich. Ich hatte der Valide mein Kind versprochen, um unsere Macht und Herrschaft – die Besitzungen, die Lehensgüter, das bare Vermögen, all die Kleider, Karossen und Palazzi – zu retten. Das war der Preis, den sie von mir gefordert hatte. Leichten Herzens hatte ich es versprochen, da ich damals kinderlos war.

In Gedanken versunken lehnte ich mich an eine Säule. Dabei spürte ich Attartes strengen Blick aus der Ferne. Erschrocken rannte ich in den Wald, verzweifelt schlug ich mir an die Brust, da mir meine Lage ausweglos schien. Da näherte sich Aram und ließ wieder ihr perlendes Lachen hören. Ihr Wissen verlieh ihr Gelassenheit. »Hab keine Angst. Der Sultansmutter wird kein Kind, das du zur Welt gebracht hast, den Lebensatem schenken.« Erneut lachte sie auf und nahm einen Schluck Wein. Dann erhob sie sich und kreiste zweimal trunken um sich selbst. »Törin«, sagte sie noch.

Festlichkeiten im Karaman Saray

Damals, nach Katinas Hochzeit mit Konstantinos, hatte die Familie Karamanos die Pforten ihrer Residenz geöffnet, um der Gesellschaft von Smyrna die neue Hausherrin vorzustellen. Die einflussreichen Persönlichkeiten der Stadt waren zum Empfang geladen. Ausnahmslos alle waren der Aufforderung gefolgt, wenn auch mehr aus Neugier als aus Vorfreude auf die Abendgesellschaft.

Seit Tagen steckten die Tratschweiber aus den reichen Häusern die Köpfe zusammen, wen sie wohl im Karamanos-Palais als neue Ehefrau vorfinden würden. Das Getuschel und die Sticheleien wollten kein Ende nehmen.

»Iss vorsorglich noch etwas zu Hause, meine liebe Amalia, bevor du irgendeinen Bauernfraß vorgesetzt bekommst, der dir auf den Magen schlägt.«

»Und worüber, bitte schön, sollen wir uns mit der neuen ›Dame des Hauses‹ unterhalten?«

So nahmen sich die Schreckschrauben vor, die ganze Zeit über Mode und Kunst zu reden, um sie ihre niedere Herkunft absichtlich spüren zu lassen.

Am Abend des Empfangs wurden die Geladenen in der Vorhalle jedoch nicht von einer kleinen, unscheinbaren Katina begrüßt, sondern von Signora Karamanou, der Ehefrau von Konstantinos

Karamanos. Zu ihrer Rechten stand ihr Gatte, zu ihrer Linken ihr Schwager, beide im Frack und in blendend weißen Hemden. Ihre Manschettenknöpfe bestanden aus je zwei großen Diamanten, rote bei Konstantinos und weiße bei Syrios.
Zwischen den beiden stand Katina in einem schlichten, weißen und unter dem Brustansatz gerafften Kleid. Ihr Dekolleté schmückte ein neues Collier, ein Geschenk ihres Mannes, das vom besten Juwelier Smyrnas aus Brillanten und Saphiren meisterlich gefertigt war. Dazu trug sie passende Ohrringe. Ihr fülliges Haar hatte sie zum Teil hochgesteckt, die übrigen Locken fielen bis auf den Rücken des Kleides im Empire-Stil herab. Sie strahlte Stolz und Würde aus und wirkte auch ein bisschen furchteinflößend.
Wochenlang hatten Katina und Antoinette dieses Fest geplant. Es fiel auf den 14. September, den Tag der Kreuzerhöhung Christi, an dem alljährlich nach altem Brauch die Karamanos-Sippe zum Namenstag von Konstantinos' und Syrios' Vater Stavroforos ganz Smyrna einlud.
»Nie im Leben! Das tue ich mir nicht an!«, hatte Katina Antoinette gegenüber erklärt, als Konstantinos sie darauf hinwies, dass sie dieses Fest organisieren müsse. »Wer soll überhaupt alles kommen? Was sollen sie essen? Wo sollen sie sitzen? Was sollen sie trinken?«
Antoinette amüsierte sich über ihre Verzweiflung: »Das alles ist eine angenehme Verpflichtung und kein Frondienst, *Catherine*.«
Dann machten sie sich an die Arbeit. Eftalia bereitete Amulette vor, die in Öl getaucht waren, dessen Flamme sieben Tage und Nächte ununterbrochen gebrannt hatte, um die Verwünschungen der Lästermauler und den bösen Blick zu bannen, und strich mit einem Talisman über die Türen und Böden der Flure und Zimmer.
Das Souper war exzellent. Es wurde Portwein serviert, Consommé, Ente an roten Johannisbeeren und Pudding mit Grand-Marnier-Sauce. Vor allem die französische Küche trumpfte an diesem Abend auf. Doch die missgünstigen Tratschweiber hatten

sich vorgenommen, die Hausherrin in Verlegenheit zu bringen. Das Gespräch drehte sich um Bücher, die neuesten literarischen Strömungen und, natürlich, um Paris. Katina hörte still zu. Sie redeten über Philosophen, Theaterstücke und, natürlich, die Oper. Beim Thema Musik meinte eine der Damen: »So ein Pech, dass wir mit einem Volk leben müssen, dessen einzige musikalische Bildung darin besteht, dem Geschrei des Muezzins vom Minarett zu lauschen.« Die anderen nickten zustimmend.

»Dieses Land hat Sie reich gemacht«, brach Katina schließlich ihr Schweigen. »Und diese Menschen arbeiten für Sie, verschaffen Ihnen Gewinn und Privilegien. Wie wollen Sie ein Volk beurteilen, dessen Religion Sie nicht kennen. Haben Sie den Koran gelesen?«

»Den Koran? Natürlich nicht! Damit mein Mann auf dumme Gedanken kommt und noch andere Frauen möchte?«, lautete die süffisante Antwort.

»Sie hätten den Koran lesen sollen«, ertönte die Stimme eines Mannes hinter ihnen. »Und ich versichere Ihnen, meine Dame, dass Allah in dieser Frage absolut recht hat. Wenn ein Mann mehrere Frauen hat, wird keine vorlaut, da er dann flugs die nächste begünstigt.«

Es war Syrios. Unglaublich, Syrios hatte sich eingemischt! Nun bot er ihr auch noch den Arm, um sie dem neuen Direktor der Europäischen Bank vorzustellen. Der Schuhzauber hatte wohl unmerklich begonnen, seine Wirkung zu entfalten!

Die Sticheleien gingen weiter:

»Jetzt verteidigt sie sogar schon der Schwager! Der eigene Ehemann reicht ihr wohl nicht!«

Doch auch Katina hatte nichts dem Zufall überlassen. Während Antoinette mit den Vorbereitungen des Festes beschäftigt war, hatte sie sich den intimsten Geheimnissen jeder einzelnen der Damen gewidmet, die sie von Memeta in Erfahrung gebracht hatte.

Als sie in der Vorhalle die Begrüßung der Gäste übte, prüfte sie, ob sie sich an alle Einzelheiten erinnerte.

»Frau Vestarchi ...«, so wurde sie vorgestellt. »Ich weiß, ich weiß«,

dachte Katina, »die Kleptomanin, die alle ihre Freundinnen beklaut hat.«
»Frau Psychari …«, wurde angekündigt und Katina dachte: »Ach, natürlich! Die ein Verhältnis mit dem Mann ihrer Cousine hat.«
»Herr und Frau Alifieris …«, und Katina ergänzte: »Eine Zockerin vor dem Herrn, die bis zum Hals in Schulden steckt.«
Zwei oder drei der eingeladenen Damen erwiesen sich als sympathisch und aufgeschlossen. Mit ihnen unterhielt sie sich gern, denn sie waren offen und umgänglich. Und dabei waren sie die Reichsten von allen! Stella Evmiridi, Antiopi Theofylaktou und Melia Parianou, deren schwerreicher Mann Syrios' bester Freund war. Also hatte der Gute sogar einen Freund! Ein Einziger, wie es schien, hatte ihm trotz seines grimmigen Auftretens die Treue gehalten.
Gleich nach den ersten Worten, die sie miteinander wechselten, war bei Katina der Eindruck entstanden, sie schon lange zu kennen. Alle drei hatten ein einnehmendes Wesen, und Katina beschloss, ihnen bis ins kleinste Detail nachzueifern. Sie spürte, dass es allein diese innere Haltung war, die Vornehmheit verkörperte.

Beliebt und begehrt

Signora Theofylaktou war die Erste, die eine Gegeneinladung aussprach. Nach und nach lernte Katina die regelmäßigen Teilnehmer an den Abendgesellschaften kennen, legte ihre Befangenheit ab und begann, die Treffen zu genießen. Zahlreiche Einladungen folgten und wurden von ihr gleichermaßen erwidert.
Mit der Zeit hatte Katina durch ihre erfrischende Art und ihr unverblümtes, freimütiges Auftreten die Herzen gewonnen. Man nahm sie in die höheren Kreise auf, man lud sie immer wieder ein, und schließlich bestand man ausdrücklich auf ihrem Kommen. Überall war sie nun zu sehen: in der Oper, im Theater, in den Cafés, in den Strandbädern, bei den Soireen und auf der Pferderennbahn.

»Man hat es geschafft, Pari, wenn die anderen fragen ›Wo bleibt sie denn?‹, statt zu seufzen ›Die schon wieder!‹. Dann hat man gewonnen.«

Eines Morgens, als sie gerade ihr Frühstücksei köpfte, fielen ihr Syrios Karamanos' verstohlene Blicke auf.

Ein paar Tage später kam ihr Syrios wieder in den Sinn. Katina war, übersättigt vom Brimborium der gehobenen französischen *Cuisine*, in die Niederungen der Küche und in das simple Reich der Töpfe und Pfannen geflüchtet und bereitete eigenhändig *tükürük köftesi* zu. Einfach köstlich. Mit Zwiebeln und Knoblauch, literweise Öl und Tomatensoße mit Zimt und würzigem Dörrfleisch. Als sie allein am Küchentisch Platz nahm, fühlte sie sich einsam.

»Einen Monat ist Konstantinos schon in Frankreich. Was zum Teufel macht er dort so lange? Und kaum ist er wieder da, reist er gleich nach Stambul weiter. Ich komme mir schon vor wie eine Seemannsbraut.«

Sie lud Syrios zum Essen in die Küche ein, doch dazu musste sie ihm erst einmal zeigen, wo sie überhaupt lag. Mit sichtlichem Genuss verputzte er das ganze Dörrfleisch – dabei war es erst elf Uhr vormittags – und leckte sich alle Finger. Seitdem bereitete Katina ihm höchstpersönlich ihr *alinazik*, ihr *imambayıldı* und ihre gefüllten Weinblätter zu. Zur Abwechslung aßen sie dann und wann *tarte aux escargots*, doch bald kehrten sie wieder zu den orientalischen Mezze zurück.

Zu diesen Häppchen passte gut auch ein Gläschen Wein, und eines Tages kam auch die Nargileh dazu. Was für eine Siesta! Kaum einen Monat später folgte Syrios ihr aufs Wort und war süchtig nach ihren Koch- und Liebeskünsten.

Konstantinos war zu den kappadokischen Lehensgütern unterwegs. Eines Abends, als die Geißblattblüten dufteten, der Efeu, der sich von den Balkonstützen bis zu ihrem Zimmer hochrankte, im Mondlicht schimmerte und eine Sternschnuppe nach der anderen vom Himmel fiel, war kein weiterer Laut zu hören als die Grillen, die nach ihren Weibchen zirpten. Wo war ihr Mann jetzt, da sie Sehnsucht nach ihm hatte? Katina fühlte sich jung wie eine taufrische Rose. Kurz entschlossen kletterte sie über den Balkon hinüber zu Syrios' Zimmer. In einer solchen Nacht musste auch er Sehnsucht nach ihr verspüren.

Er lag mit geschlossenen Augen da, ohne zu schlafen. Sie näherte sich, er schien überrascht, doch sie ließ ihn nicht zu Wort kommen.

Am nächsten Abend geschah das Gleiche, am übernächsten auch. Sie spürte, dass er mittlerweile auf sie wartete. Es war ein süßes, gleichwohl gezügeltes Verlangen, das seinem verschlossenen Charakter entsprach. Eines Nachts, bei Mondschein, sattelte sie zwei Pferde und nahm ihn mit ans Meer. So etwas hatte er nicht einmal als Kind getan. Nie hatte er das Licht des Sonnenaufgangs auf den Kieselsteinen am Strand erlebt, nie hatte er die Rufe des Käuzchens aus den Bäumen vernommen. Er folgte ihr schweigend, da er ihr vertraute.

Noch in der Nacht, als Konstantinos aus Frankreich zurückkam, lag sie in Syrios' Armen. Reiche Gewinne waren auf die Bankkonten des Hauses Karamanos geflossen, und auch die Ernte war dieses Jahr prächtig. Drei Koffer voller Geschenke hatte er seiner Frau mitgebracht.

Seinen Bruder fand Karamanos verändert, ja lebhafter und umgänglicher vor. Merkwürdigerweise schien es ihm erstaunlich wenig auszumachen, dass die Türken den Vertrag über den Ausbau der Hafenanlagen nicht unterschrieben hatten.

Seine Frau war voller Sehnsucht und Verlangen. Kaum war er vom Pferd gestiegen, zog sie ihn schon in ihre Arme, um ihm die schönsten Liebesstunden in ganz Smyrna zu schenken. Wie hatte er sie nur so lange allein lassen können?

Am 14. November fand in Buca das jährliche Pferderennen statt, das insbesondere von den Engländern hoch geschätzt wurde. Schon Wochen vor dem großen Ereignis polierten sie ihre Stiefel und striegelten voller Begeisterung ihre Pferde. Da jedes Mitglied im »Sporting Club« an den Rennen teilnehmen konnte, folgte auch Konstantinos der Einladung.

Der Stadtteil Paradissos, wo die Wettbewerbe stattfinden sollten, lag am nördlichen Ende von Buca, in unmittelbarer Nähe der Fahrradbahn, die gerade angelegt worden war. Die Damen führten am selben Tag ihre eigenen Rennen durch, die kürzer und weniger schnell waren und auf Katina einen geradezu läppischen Eindruck machten. Neugierig verfolgte sie die beiden ersten Rennen der »Ladys«. Hübsch zurechtgemacht, wohlfrisiert, mit Handschuhen und Hüten, deren Schleier bis in den Nacken reichten, konkurrierten sie eher darin, welche das teuerste Parfüm trug, als darin, welche die schnellste Reiterin war. Alle zusammen boten sie ein reizendes Bild. Doch ihre Reittiere wirkten mehr wie friedliche Kühe als wie feurige Rösser, von der Schnelligkeit ganz zu schweigen, die eher der einer lahmen Ente glich. »Kinderkram«, bekräftigte Katina ihre Meinung.

Auch Dimosthenis, der dritte der Karamanos-Brüder, der für ein paar Tage von den Lehensgütern nach Smyrna gekommen war, nahm an den Wettbewerben teil. Wie es schien, hatten ihn in erster Linie die Pferderennen, die er von allen gesellschaftlichen Veranstaltungen am meisten liebte, in die Stadt gelockt. Im ersten Lauf blieb er zwei Kopflängen hinter einem Franzosen zurück, der eine herrliche Stute ritt.

»Nicht doch, Dimosthenis! Fehlen dir etwa die kappadokischen Weiden, auf denen man nach Herzenslust galoppieren kann?«

Die unendlichen Weiten ihrer Heimat kamen ihr in den Sinn.

»Der Franzose hat uns ausgebremst«, empörte sich Katina, die mit der Karamanos-Familie mitfieberte.

Nun kam Syrios an die Reihe. Katina verfolgte das Rennen gespannt bis zum Schluss, doch schließlich gewann ein türkischer Offizier.

»Was für ein Armutszeugnis, Karamanos!«, dachte Katina. »Wie willst du denn gewinnen, wenn du den ganzen Tag hinter deinem Schreibtisch hockst? Wie viel bewegst du dich überhaupt? Nur vom Arbeitszimmer in die Bibliothek und von der Bibliothek ins Arbeitszimmer. Immer brütest du über deinen muffigen Büchern. Das geschieht dir ganz recht.«

Als dann auch Konstantinos gegen einen Italiener verlor, kam sie so richtig in Fahrt.

»Bis auf die Knochen haben wir uns blamiert. Zum Gespött von ganz Smyrna haben wir uns gemacht.«

Doch die Brüder sahen die Dinge anders. Für sie spielte der Sieg keine Rolle. Weder setzten sie ihre Pferde unter Druck, noch knirschten sie vor Ehrgeiz mit den Zähnen. Sie waren, ganz im Gegenteil, sogar froh, dass der türkische Offizier gewonnen hatte. Dadurch würde sein Ansehen in den Augen seiner Landsleute steigen und gleichzeitig auch der Eindruck bestärkt, sie regierten Smyrna mit starker und würdiger Hand. Sollte er ruhig bis zum Ende des Pferderennens das Gefühl des Triumphs auskosten. Am nächsten Tag würde er in den Geschäftsverhandlungen dann viel kompromissbereiter sein.

»Ich werde nicht mit den Gänsen und den Kühen um die Wette reiten, sondern am Herrenrennen teilnehmen«, beschloss Katina, die sich in den Kopf gesetzt hatte, Revanche zu üben.

»Ich reite auf Dillon«, sagte sie sich und eilte zu den Ställen, wo die Reitknechte der Familie warteten. Dillon war Syrios' Hengst, ein nervöses, vierjähriges Vollblut mit schnellem Sprint und kräftigen Flanken. Rasch zog sie ihre Kleider aus und schlüpfte in eine von Konstantinos' Reithosen.

Bahn 21 war der schwierigste Kurs: Man musste bis zum Ende galoppieren, die Mauer berühren, in rasender Geschwindigkeit dahinter wenden und zum Start zurückkehren. Ursprünglich hatten sich vier Teilnehmer angemeldet. Spezielle Regeln mussten nicht beachtet werden. Nur ein Sattel war Pflicht, ansonsten wurden weder das Gewicht gemessen noch Aufgewichte verteilt. Der Favorit dieses Rennens war der britische Konsul, der jedes Jahr auf Bahn 21 siegreich geblieben war.

»Nummer eins, *number one*«, ließ der Rennleiter von der Tribüne verlauten. »Ali İzmir Bey auf Kelar.«

Also würde auch der Pascha von Smyrna teilnehmen.

»Es gibt keine besseren Reiter als die Türken«, dachte Katina. »Über Generationen hinweg sind sie in ihrer ursprünglichen Heimat mit Pferden groß geworden. Woher stammen sie eigentlich? Das lasse ich mir demnächst einmal von Syrios erklären.«

Sie erinnerte sich, wie die kappadokischen Reiter, dicht über den Kopf des Pferdes gebeugt, beim Wettrennen knapp nebeneinander dahinrasten.

»Warum muss ich heute nur ständig an Kappadokien denken? Wahrscheinlich weil mir dort ein Türke, Mustafa, das Reiten beigebracht hat. Ich sehe noch vor mir, wie geduldig er mir alles erklärt hat. ›Komm, *küçük kadın*, kleine Katina, krall dich nicht in der Mähne fest. Drück deine Unterschenkel fest an seine Rippen. Spürst du seine Seele? Dann versteht das Tier dich auch.‹ Und er gab ihm einen Klaps auf die Flanken, so dass es davongaloppierte. Auf keinen Fall wollte ich in die Mähne fassen, sondern presste die Schenkel zusammen, so fest ich konnte, um nicht vom Pferd zu fallen. Nach zehn Metern hatte es mich dann abgeworfen. Und alles ging wieder von vorn los. Mustafa hatte mir einen Topf aufgesetzt und mit einer Schnur festgebunden, um mich vor Verletzungen zu schützen. Damals muss ich drei oder vier gewesen sein. Doch immer wieder flog mir der Topf vom Kopf, und die Zügel glitten mir aus der Hand, es war ein Trauerspiel. Doch mit sieben hatte ich bereits Fohlen auf die Welt gebracht und so viele Hufe ausgekratzt, wie ich Haare auf dem Kopf hatte. In unserem Dorf waren fast alle Pferdezüchter. Auch der Vater besaß Stuten und Zuchthengste, die er an das türkische Militär verkaufte. Damit verdiente er seinen Lebensunterhalt. ›Kommst du über die Mauer hier?‹, fragte Mustafa, als ich acht war. ›Die Mauer hier?‹ – ›Ja.‹ Wir nahmen Anlauf, und ich fiel wie ein Mehlsack vom Pferd.

›Jetzt will ich dich sehen, du Schlaumeier‹, sagte ich zu ihm. Mustafa setzte sich aufs Pferd, und hopp, sprang er über die zwei Ellen hohe Mauer und lachte schallend. Dabei sah man seinen einzigen Zahn, der ohne Gefährten und ganz einsam in seinem Kiefer saß. Doch die Arbeit mit den Pferden war nicht nur schön, sondern auch anstrengend. Sie mussten auf die Weide getrieben, zugeritten und gezähmt werden. Und einige von den Pferden waren reine Bestien. Als ich zehn war, kurz bevor der Vater starb – man hatte mir erzählt, ihn habe eine Stute so heftig ins Gesicht getreten, dass er tot umfiel –, arbeitete ich schwer wie eine Erwachsene und half mit, die Tiere über weite Strecken zu treiben, um ihre Beinmuskulatur zu stärken. Beim Zureiten arbeiteten weitere Türken mit, alle waren sie, genau wie mein Vater, unglaublich gute Reiter. Vielleicht war er ja auch ein Türke? Eftalia hat mir nie etwas darüber erzählt, nie … Wenn jemand etwas von der Reiterei versteht, dann die Türken. Der Pascha ist also ein gefährlicher Gegner.«
Als sie ihn erblickte, wurde ihr Respekt noch größer. Der Pascha war ein junger, lebhafter und verspielter Blondschopf und sein Pferd ein hochnervöses Tier, das im Kreis tänzelte und sich kaum zügeln ließ.
»Nummer zwei, *number two*. Seine Lordschaft, Lord of Canton, auf Tall«, verkündete der Rennleiter mit lauter Stimme.
Der Konsul ritt auf den Sandplatz und grüßte die Jury nach englischem Brauch.
Die folgenden Reiter, Nummer drei und vier, waren der Franzose Guy de Senneville, der drei der vorangehenden Rennen für sich entschieden hatte und nun mit einem frischen Pferd, einem kraftvollen Hengst, antrat, und ein Grieche, der bisher ein Rennen gewonnen hatte. Es war der sympathische Tzortzis Apergis, der eine deutsche Mutter hatte und mit Konstantinos befreundet war.
»Und die Nummer fünf, *number five*«, kündigte nun der Rennleiter an, »Lady Catherine Karamanoglou auf Dillon.«
Ein Aufschrei ging durch die Zuschauerreihen, und Konstantinos

fiel mitten im Gespräch mit einem Österreicher das Glas aus der Hand. Verstört und bange wandte er den Kopf zum Start, um sich mit eigenen Augen zu überzeugen, dass der Rennleiter sich nicht geirrt hatte. Nein, er sagte die Wahrheit: Da kam sie, hoch aufgerichtet und stolz, auf Dillon in die Arena geritten. Im Herrensitz, mit Stiefeln und Sporen.

»Syrios, hast du ihr dein Pferd gegeben? Hast du ihr dieses ungestüme Tier anvertraut?«

»Um Gottes willen, nein! Wie kommst du auf diese Idee?«

Die Brüder konnten nichts anderes tun, als dem Schauspiel tatenlos zuzusehen. Katina hielt neben dem Pascha an und lächelte ihm zu. Verwundert blickte er sie an.

Mit einem neuerlichen Lächeln gab sie seinen Blick zurück und wünschte ihm auf Türkisch viel Glück: »*İyi zaferler!*«

»Sie nehmen am Rennen teil?«, fragte er erstaunt.

»Solange ich nicht in mein Verderben renne …«, antwortete Katina im kappadokischen Dialekt.

Obwohl der Pascha nicht aus Kappadokien stammte, das für ihn am Ende der Welt lag, verstand er die Anspielung. Zweifelsohne hielt er sie nun für eine waschechte Türkin.

»… und ich nicht mit dem Kopf gegen die Wand«, erwiderte er schmunzelnd.

Dann erfolgte der Startschuss, und ohne weitere Zeit zu verlieren, preschten die Reiter los, jeweils sechshundert Ellen hin und auch wieder zurück.

Kopf an Kopf rasten die Tiere dahin, ihre Nüstern berührten sich fast. Der Franzose und der Grieche fielen jedoch schnell zurück, da sie ihre Pferde zu heftig angetrieben hatten. Der Pascha, der locker und souverän im Sattel saß, war pfeilschnell unterwegs und auf halber Strecke in Führung gegangen. Dann erreichten die Reiter das Ende der Bahn. Der Konsul und der Pascha lagen gleichauf. Das Pferd des Paschas scheute vor der Mauer und verlor wertvolle Zeit, während der Konsul sein Pferd gut, ja ausgezeichnet wendete. Doch Katina hatte sie bereits knapp vor der Kehrtwende eingeholt, und während die beiden notgedrungen

um die Mauer herumreiten mussten, hielt sie direkt darauf zu. Als Dillon vor dem Hindernis ängstlich abbremste, verlagerte sie das Gewicht auf Dillons Hinterläufe. Als seine nun entlasteten Vorderbeine in der Luft pendelten, wandte sie Dillons Kopf nach links, berührte die Mauer mit der Rechten und schwenkte zurück auf die Rennbahn, diesmal in der entgegengesetzten Richtung, um die Führung zu übernehmen. Und tatsächlich lag sie vorn.
Diese Hinterhandwendung, die von Araberhengsten beim Polo oder in der Dressur ausgeführt wird, ist sehr schwierig. Den Brüdern Karamanos, die in der Zuschauerloge das Rennen verfolgten, gefror das Blut in den Adern. »O mein Gott!« Es war eines des seltenen Male, dass Syrios in aller Öffentlichkeit einen solchen Ausspruch tat.
Katina setzte zum ersten Mal die Gerte ein, als sie spürte, dass sich von links ein Schatten näherte. Es war der britische Konsul, der wie besessen dahinraste und sein Tier immer wieder antrieb, um in Führung zu gehen. Da erinnerte sich Katina an Mustafas einsamen Zahn, und sie erinnerte sich an ihren Vater, der stets sanft zu seinen Tieren sprach. Das Ziel kam in Sicht, noch achtzig Meter, noch sechzig Meter. Fünfzig Meter vor dem Ziel lagen die Pferde gleichauf.
»Komm, Schätzchen!«, sagte sie zu Dillon. »Du schaffst es. Zur Belohnung gibt's eine Wagenladung Möhren.«
Der Hengst des Konsuls bekam erneut und heftig die Gerte zu spüren. Doch statt im gestreckten Galopp noch schneller zu werden, fiel er diesmal aus dem Rhythmus und verlor ein paar Zentimeter an Boden. Dillon hingegen preschte nach vorn und erreichte klar als Erster die Ziellinie. Jubelnd sprangen die Zuschauer von ihren Sitzen hoch.
Nachdem Katina die Ziellinie überquert hatte und den Lauf ihres Pferdes nach dem anstrengenden Wettkampf drosselte, raste der Konsul – blind vor Wut und unfähig, sich weiter zu beherrschen – hinter ihr her, rammte ihr Pferd, holte weit aus und versetzte Dillon einen mächtigen Hieb mit der Reitpeitsche. Das Pferd knickte mit den Hinterläufen ein, stürzte zu Boden und

begrub Katina unter sich. Plötzlich verspürte der Konsul einen Gertenhieb mitten ins Gesicht, die Striemen begannen sofort heftig zu bluten, und selbst aus seinen Augen drang Blut. Es war der Pascha, der die Reitpeitsche gegen den Konsul erhoben hatte.
»*Köpek, itoğlu it!*«, schrie er wutentbrannt und mit blitzenden Augen.
Der Pascha sprang vom Pferd, hob Katina vom Boden auf und legte sie in Syrios' Arme, der – gefolgt von Konstantinos – herbeigeeilt war. Die Reitknechte kümmerten sich um Dillon, der wieder auf den Beinen war und vor Schmerzen scheute. Katina wurde nach Hause gebracht und der Arzt einbestellt.
Die britische Botschaft beeilte sich, zusammen mit einem Blumenstrauß für Signora Karamanou den hauseigenen Botschaftsarzt, einen Spezialisten für orthopädische Chirurgie, vorbeizuschicken, um das schändliche Verhalten ihres Konsuls zu beschönigen.
Vor Sonnenuntergang trafen drei berittene Knechte ein und nahmen im Hof Aufstellung. Die Tore wurden geöffnet, um den hohen Besuch einzulassen: Es war der Pascha. Panik machte sich breit im Palast der Karamanos. Der Pascha, der sonst nirgendwo hinging, der als gemein und niederträchtig galt, kam ins Haus der Karamanos!
»Lang lebe der Pascha! Der Ehrwürdige möchte sich nach dem Befinden der gnädigen Frau erkundigen«, sagte der Dolmetscher zu Konstantinos.
Man führte ihn in den Salon, und Katina kam humpelnd die Treppe herunter.
»Keine Angst, Unkraut vergeht nicht«, sagte sie auf Türkisch, was der Dolmetscher den Karamanos-Brüdern umgehend übersetzte.
Sie kamen ins Gespräch, und beim Abschied regte der Pascha ein Treffen mit den Brüdern an, um den Vertrag über den Bau der Hafenanlagen zu unterzeichnen. Ausgedehnte Kais sollten den Frachtschiffen der Karamanos-Brüder lange Wartezeiten auf Reede ersparen und ihnen stattdessen ermöglichen, direkt an der Hafenmole anzulegen.

Eine Woche später war Katina um sechs Uhr morgens auf Karamanos' eigenwilligem Pferd in leichtem Trab unterwegs zur Festung. Ein herrlicher Tag brach an. Kein Lüftchen regte sich, und das fruchtbare Land mit den Oliven- und Feigenbäumen, den Weinstöcken und den verwilderten Fluren mit den Zyklamen duftete nach Kräutern. Pferd und Reiterin fühlten sich im Einklang mit der Natur. Die morgendlich kühle Brise wehte den Duft des Honigs aus den Bienenwaben übers Land. Wie herrlich doch die Natur war!

Katina war seit fünf Uhr auf den Beinen. »Warum so viel Zeit mit Schlafen verlieren? Wie lange lebe ich überhaupt noch auf dieser Erde? Zehn Jahre? Sechzig Jahre? Vielleicht ist morgen schon mein letzter Tag. Dabei ist die Welt so verdammt schön. Man möchte sie in vollen Zügen genießen.«

Die Smyrnioten schliefen gerne lange, denn sie liebten ihre Bettruhe. Die Familie Karamanos war da keine Ausnahme. Sie politisierten, während sie beim Essen saßen, machten Profite, aßen und politisierten wieder, dann wünschten sie einander gute Nacht, und ab ging's in die Federn. Die Natur war ihnen fremd, die sahen sie nur in ihren Träumen. Die größten Fanatiker träumten sogar im Schlaf von der Politik. Das sind die Dinge, an denen sich die Griechen erfreuen …

Von der Festung aus war die im Morgenlicht langsam erwachende Stadt zu sehen. Die dünne Staubwolke in der Ferne stammte von den Kamelen, die auf ihrem Weg zwischen Anatolien und Smyrna eine langgezogene Karawane bildeten. Die Eisenbahn hatte ihren Verkehr noch nicht aufgenommen. Die Schienen der Bahnstrecke nach Sardes waren von hier oben gut zu erkennen. Katina lenkte ihr Pferd von der Festung wieder in die Ebene hinunter, während sie über die Hänge galoppierte.

Auf der anderen Seite des Hügels tauchte ein Reiter auf einem schönen, blau aufgezäumten Araberhengst auf, der sich ihr rasch näherte.

Es war der Pascha. Der Ruf des Muezzins zum Morgengebet war aus der Ferne vom Minarett der Isaar-Moschee zu hören. Zusammen unternahmen sie einen ausgedehnten Spazierritt. Der Pascha – in Wirklichkeit trug sein Vater, ein rundlicher, wohlgenährter alter Mann, der den ganzen Tag auf dem Diwan verbrachte, den Titel »Pascha von Smyrna«, doch er, sein Sohn, führte das Kommando, und alle betrachteten ihn als Herrscher der Stadt – fragte voller Neugier, wie lange sie gebraucht habe, Dillon die Kurzkehrtwendung beizubringen. Das Reiten war sein Steckenpferd. War es das, was *er* in seinen Träumen sah?

»Wir hatten sie nie zuvor geübt«, erläuterte Katina, »erst beim Pferderennen hat er einen ersten Vorgeschmack der tatarischen Reitkunst bekommen. Dabei ist er nicht einmal ein Araber, für ein irisches Pferd hat er sich jedoch ganz gut gehalten.«

Von nun an trafen sie sich immer wieder bei ihren morgendlichen Ausritten, und der Pascha forderte sie auf, ihm von der Pferdezucht in Kappadokien zu erzählen.

»Bei uns im Dorf beherrschten viele Pferde die Hinterhandwendung«, berichtete sie. »Der Anführer beim Matrak-Spiel, schnitzte – ähnlich wie beim Polo – Stöcke aus Olivenholz, mit denen ein mit Lumpen umhüllter Ziegenschädel geschlagen wurde. Wie dieser Ball durch die Luft flog, war großartig! Wenn der Ziegenschädel knapp an der Mauer landete und der Spieler dahinter wenden musste, um an ihn heranzukommen, hatte er das Spiel verloren.«

Der Pascha hörte ihr aufmerksam zu. Pferde waren seine Leidenschaft, doch er hatte keine Zeit, sich ihnen ausgiebig zu widmen. Sein ganzes Leben verbrachte er mit Studien in Wien und in Paris und wer weiß wo sonst noch. Manchmal galoppierten sie um die Wette, und einmal versuchte der Pascha, knapp vor einem Felsen auf der Hinterhand zu wenden. Er stürzte vom Pferd, das Tier scheute, preschte erschrocken davon und konnte erst meilenweit entfernt wieder eingefangen werden.

»Die Fohlen werden bei uns auf den Weiden geboren, wo die Raubtiere schon auf die Beute warten. Sie müssen sofort lernen, auf ihren zitternden Beinen zu stehen und an der Seite der Stute mitzulaufen. Als Zweijährige wurden sie dann von den Bereitern meines Vaters zugeritten. Sie legten ihnen Zügel an und warfen ihnen zwei Ledersäcke auf die Kruppe, damit sie sich an das Gewicht und an den Geruch des Leders gewöhnen konnten. Dann sprangen sie auf, und hinaus ging's aufs offene Feld. Beim Fortlaufen bockten sie, was das Zeug hielt, doch wenn sie Stunden später wiederkamen, waren sie lammfromm … Aber wollen wir immer nur vom Reiten reden? Schau nur, die Juden fangen schon an, ihre Häuser zu kalken.« Dabei deutete sie nach unten, wo in der Ferne die Wohnviertel der Stadt lagen.

»Dass er aber auch so für die Viecher schwärmt!«, sagte Katina zu den beiden Brüdern beim Souper. »Dass man sie aus praktischen Erwägungen reitet, verstehe ich. Dass man auf Steinwegen vorsichtig mit ihnen umgeht, damit man nicht zu Fuß zurücklaufen muss, verstehe ich auch. Aber so eine Passion …«

Die Brüder erwiderten nichts. Großen Gefallen fanden sie an Katinas morgendlichen Ausflügen nicht, und noch weniger an ihren häufigen Treffen mit dem Pascha. Doch ohne seine Hilfe hätten Katina und ihre Familie mehr als zwanzig Jahre später niemals nach Griechenland ausreisen können. Sie wären heimatlos und entwurzelt gewesen, genau wie alle anderen Christen, die ihre Goldpfund in leere Propangasflaschen steckten und in den Höfen ihrer Häuser verscharrten, bevor sie aufs erstbeste Schiff stürmten und sich auf die Reise begaben, in der Hoffnung, ihr Vermögen bei ihrer Rückkehr wiederzufinden. Doch es sollte eine Reise ohne Wiederkehr werden. Ohne den Pascha wäre auch von Katinas Familie nichts als Staub und Asche geblieben.

Die Spazierritte und Gespräche mit dem Pascha im Morgengrauen waren für Katina eine seltene Möglichkeit, von der großen weiten Welt zu hören. So lauschte sie ihm voller Neugier.

Ali, geboren und aufgewachsen in der Ebene Thessaliens, war im jugendlichen Alter nach Konstantinopel gekommen. Über Generationen hinweg hatte man seiner Familie etliche Ländereien

übertragen und Bey-Titel verliehen. Fast zweihundert Jahre war sie dort ansässig gewesen. Der größte Kummer seines Vaters war die Vertreibung aus dieser Heimat im Zuge der Kriegswirren auf dem Balkan.
»Den Schmerz, dass er Thessalien nicht wiedersehen wird«, sagte der Pascha, »nimmt er mit ins Grab.«

Gute Neuigkeiten im Hause Karamanos

Oberhalb der Anrichte hing Katinas Porträt. Nicht gerade ein Meisterwerk! Obwohl die Farbtöne des Gemäldes, das eine Frau mit klugen Augen und dichtem schwarzen Haar zeigte, wunderbar waren. Sie verliehen dem smaragdfarbenen Kleid und den Rubinen im Geschmeide ein sanftes Leuchten. Ihr Gesicht war nicht gut getroffen, doch ihre Ausstrahlung konnte man immerhin erahnen.
Das Leben in der Familie Karamanos wurde langsam interessant. Katina war für den einen Bruder Geliebte, für den anderen Ehefrau. Violetta hatte sie den Ehemann ausgespannt und Konstantinos aus Kalkül geheiratet, ihrem Schwager Syrios hatte sie sich aus Mitleid genähert. Auch wenn sie sich selten den Kopf darüber zerbrach, musste sie zugeben, dass Violetta zu Recht wütend war, wenn sie durch ihre Vertreibung ebenfalls beide verloren hatte.
Katina hatte die Auszahlung der Löhne an das Personal übernommen, denn ihr Credo war: Die Leute respektieren nur die Hand, aus der sie Geld empfangen. Eines Tages entließ sie zwei Zimmermädchen, die so reinlich waren, dass sie jedem Staubkorn hinterherjagten. Beim Reinemachen hatten die beiden Putzteufel jedoch zwei Bannzauber unter dem Hovea-Strauch ausgegraben. Ja, hatten sie denn in ihrem Übereifer sogar die Erde im Blumentopf abgestaubt?
Nachdem Katina ihrem Schwager das Schreiben des kappadokischen Offiziers in die Hände gespielt und damit geholfen hatte, die Betrügereien des Buchhalters und des Advokaten aufzu-

decken, betrachtete Syrios Katina als vollwertiges Mitglied des Hauses Karamanos. Von ihm bekam sie mindestens genauso viele, wenn nicht gar mehr Geschenke als von ihrem Mann. Ihre Kleiderschränke füllten sich mit Taftkleidern, Spitzenblusen und Federhüten und ihre Schmuckkassetten mit dem Edelsten, was Smyrna und der Juwelier Van Cleef zu bieten hatten.

Am 7. Dezember begann ihr Bauch anzuschwellen. Nach Dimosthenis' Geburt würde nun nach langer Zeit endlich der nächste Karamanos-Sprössling in diesem Haus zur Welt kommen. Mit zärtlichen Worten überbrachte sie erst dem Einen, dann dem Anderen die Nachricht, dass ein Kind unterwegs sei. Konstantinos war tief gerührt, doch derjenige, der in Tränen ausbrach, war Syrios.

Von wem das Kind letztlich war, kümmerte sie wenig. Die Sache blieb ohnehin in der Familie. Ihre größte Sorge war, daß es nicht wieder zu einer Fehlgeburt kommen würde. Schon zweimal hatte sie ein Kind von Serbetoglou verloren.

Auf Anraten ihrer Mutter hielt Katina beide Väter dazu an, ihren von Tag zu Tag wachsenden Bauch zu liebkosen. Diesmal musste die Schwangerschaft klappen. Um Katina in dieser Zeit beizustehen, verließ Eftalia schweren Herzens ihr Haus, ihr Geschäft und ihre Creme-Tiegelchen und richtete sich im Palazzo häuslich ein.

In diesen Monaten hatte sich Syrios etwas aus Smyrna zurückgezogen und verbrachte viel Zeit auf seinem Landgut in Burnabasi.

Olga

Nach neunmonatigen Beschwörungs- und Fruchtbarkeitsritualen kam ein kerngesunder, pausbäckiger Säugling zur Welt. Das Erste, was die Kleine tat, nachdem die Krankenschwestern sie gewaschen und angezogen hatten, war, herzzerreißend zu gähnen.

»Schau, Mutter, sie gähnt wie ein richtiger kleiner Mensch!«, sagte Katina.
Konstantinos hatte auf einer Geburt im Krankenhaus bestanden, doch Eftalia wollte, dass ihr Enkelkind im elterlichen Ehebett zur Welt kam. In ihren Augen war es ein Segen für das Haus, wenn ein Kind darin geboren wurde.
Als Katinas Schwangerschaft den siebten Monat überschritten hatte, war die Erleichterung groß, denn nun war die größte Gefahr vorbei. Alles war für die Geburt gerüstet. Eftalia übernahm mit sicherem mütterlichen Instinkt die Betreuung der Schwangeren. Nach der Geburt bewahrte sie die Nabelschnur als Glücksbringer für das Kind auf. Immer wieder schlug sie das Kreuzzeichen über dem Neugeborenen, und am Nachmittag des dritten Tages brachte sie ein Tablett an Katinas Bett, auf dem drei Tellerchen mit eingelegten Früchten standen, daneben drei Löffel und drei mit Wasser gefüllte Gläser.
»Heute kommen die drei Moiren und teilen dem Kind sein Schicksal zu«, meinte sie zufrieden, während sie das Tablett abstellte.
Antoinette hatte einen französischen Arzt ausfindig gemacht, der den jüngsten Spross der Karamanos zur Welt bringen sollte. Bevor er sich der werdenden Mutter nähern durfte, wurde er von Syrios auf Herz und Nieren geprüft. Nach der Geburt war es Brauch im Hause Karamanos, ein großes Trinkgelage für das gesamte Personal und alle Untergebenen auf den Lehensgütern auszurichten.
In den ersten Tagen lief mit der Kleinen alles gut, sie schlief und trank in einem fort und gedieh prächtig. Doch dann begann sie, Tag und Nacht zu weinen, so dass man kein Auge mehr zutun konnte. Von dem Geschrei schwirrte allen der Kopf, Katina war der Verzweiflung nahe, und die Verantwortung für das junge Leben belastete sie sehr.
Eine französische Kinderfrau kam, doch auch ihr Einsatz brachte nicht viel. Zwar war das Haus weitläufig, doch selbst wenn man Kind und Säuglingsschwester im entlegensten Zimmer unterbrachte, wurden alle Bewohner durch das laute Geschrei aus dem

Schlaf gerissen. So blieb die französische Kinderfrau allein im gegenüberliegenden Flügel zurück, während die kleine Olga selig in der Mitte des Ehebettes schlummerte, Katina ein wenig nach rechts und ihren Vater ein wenig nach links gedrängt.
Konstantinos gewöhnte sich friedlich schnarchend an dieses Arrangement und war überglücklich, zusammen mit seiner Tochter im Bett zu liegen. Und wenn ihn seine Verpflichtungen nach Chios riefen, verbrachten Katina und Olga die Nacht in Syrios' Bett, wo sich Olga genauso wohl fühlte, zufrieden lachte und wunderbar schlummerte. Auch Katina schlief, von ihren neuen Pflichten erschöpft, den Schlaf der Gerechten. Syrios jedoch zog sich an den äußersten Rand der Matratze zurück und tat die ganze Nacht kein Auge zu, weil er fürchtete, den Säugling zu erdrücken.

»Poupetta« – wie ihr Vater Konstantinos sie nannte – wuchs ganz anders auf als die übrigen Kinder in Smyrna. Sie durfte auf ihrem eigenen Stühlchen mit den Erwachsenen im Wohnzimmer sitzen und den Teppich und die Kleider ihrer Eltern bekleckern. Olga, wie sie schließlich getauft wurde, war ein wunderhübsches Kleinkind, eine echte kleine Karamanos, die mit Fug und Recht den Namen ihrer Großmutter trug.
Nur Katina tat sich noch schwer: Sie verspürte für ihr eigenes Kind keine Mutterliebe.
»Das kommt noch«, beruhigte Eftalia sie, »du wirst sehen. Wenn deinem Kind etwas fehlt, wirst du merken, wie sehr es dir ans Herz gewachsen ist.«
So sagte sich Katina, das es besser für sie sei, sich an die Idee zu gewöhnen, dass sie eine Tochter hatte. Sie beschloss, ihre Freundin und Vertraute zu werden. Also sattelte sie eine ruhige Stute, band sich Olga mit zwei gekreuzten Schärpen vor den Bauch und packte Eier, Brot, Käse und die Nuckelflasche für den gemeinsamen Ausflug ein.
Die Dienstboten waren überrascht, doch nur der alte Stallknecht, der für das Anspannen der Kutschen verantwortlich war, wagte es, zu widersprechen.

»Soll ich, gnädige Frau, nicht lieber die Kutsche fertig machen? Soll ich nicht mitkommen und Sie spazieren fahren? Soll nicht die Mademoiselle mitkommen und auf die Kleine aufpassen?«

»Nein«, entgegnete Katina, »öffne die Tore.«

Doch dann musste der gute Mann aus Sorge um die Kleine Syrios den Ausflug gemeldet haben: »Der Signora ist, glaube ich, nicht ganz wohl, gnädiger Herr! Sie hat sich die Kleine umgebunden und ist mit ihr nach Kordelio geritten.«

Syrios hatte uneingeschränktes Vertrauen zu Katina. Er tadelte den alten Stallknecht, dass er ihn mit den Spazierritten seiner Herrin behelligte. Dennoch ließ er eine Kutsche anspannen, um zum Club zu fahren, wie er sagte.

Katina trabte indessen ruhig zum Strand hinunter.

»Schau, Olga, das Meer. Siehst du, wie unendlich weit es ist? Es wird von Schiffen befahren und von Meerjungfrauen bewohnt. Das ist unsere Welt. Hier gibt es nur uns beide, dich und mich.«

Sie ritten an den Gemüsefeldern vorüber.

»Wenn du zum ersten Mal Wassermelonen isst, Olga, wird dir der Saft aus dem Mund laufen, und du wirst lernen die Kerne auszuspucken. Wie herrlich süß die Melonen schmecken! Jetzt sind sie noch klein, aber bis zum August werden sie riesengroß geworden sein. Genauso wirst du wachsen, mein Schatz.«

Olga gab keinen Mucks von sich, selbst ihr Lätzchen blieb sauber. Katina begann, ihr ein Liedchen vorzusingen. Sie erinnerte sich daran, dass sie es einst von ihrer Großmutter Eleni gehört hatte. Aus dem Augenwinkel musterte sie die Kleine und meinte sich selbst zu erkennen. Sie erblickte einen Gesichtsausdruck, den sie sehr gut von sich selbst kannte. »Sieh mal an«, dachte sie, »Katina wurde wiedergeboren!«

Als sie von diesem braven Spazierritt genug hatte, wollte sie etwas Aufregenderes unternehmen. Nachdem sie überprüft hatte, ob das Kind gut festgegurtet war, gab sie dem Pferd die Sporen und begann, den schnurgeraden Weg nach Kordelio entlangzugaloppieren. Sie fühlte sich wie eine Kriegerin, die hoch zu Ross mit ihrem Kind in den Kampf zog.

»Du wirst sehen, wie schön es in Kordelio ist. Wir reiten direkt zum Strand mit den Olivenbäumen, kleine Tatarentochter.«
Sie zwirbelte Olgas Haarschopf mit den Fingern zu einem Pferdeschwänzchen. Olga hatte ihren Kopf zwischen Katinas Brüste gebettet und jauchzte fröhlich beim Galopp.
»Uauuh! Olgakind, vor uns ist der Feind, und jetzt hole ich den Pfeil hinten aus meinem Köcher. Halt dich fest, gleich springen wir.«
Als Olga beim Sprung durchgeschüttelt wurde, begann sie, leise zu jammern.
»Wir sind doch Tatarinnen, kleine Olga«, schimpfte Katina sie aus. »Und wir haben vor nichts Angst.« Sobald sie die Ebene erreicht hatten, drückte sie ihre Fersen noch stärker in den Bauch der Stute.
Sie erinnerte sich an die Geschichten ihres Vaters: »Die Frauen unserer Generation«, hatte er an den Abenden im Dorf erzählt, »verbrachten ihr ganzes Leben im Sattel. Sie banden sich die Kinder vor die Brust und warfen sich im vollen Galopp in den Kampf. Selbst beim Essen blieben sie im Sattel, unter dem ein Stück Fleisch lag, das auf diese Weise weich geritten und vom salzigen Schweiß des Tieres auch gleich gewürzt wurde. Während des Reitens stillten sie ihre Kinder und hängten sogar Milchschläuche an den Sattel, um Quark herzustellen.«
Katina versank ins Grübeln: »Ach, Vater! Warum musstest du so früh von uns gehen?«
Fast war sie schon in Kordelio, begeistert und erhitzt vom Gedanken an ihre unerschrockenen Vorfahren und an ihre Wurzeln, die sie verdrängt hatte. Mitten in diesem ausgelassenen Spiel kreuzte Syrios ihren Weg, der in seinem Einspänner nach Kordelio geeilt war.

Im Jahr 1902 fand im Hause Vrasiotis eine Abendgesellschaft zu Ehren eines bekannten griechischen Politikers statt. Mit wohlgesetzten Worten stellte der Hausherr den geladenen Gästen den hohen Besuch vor. Es war Theofrastos Tangalos, der Sohn des unvergessenen Georgios Tangalos, Nachkomme einer berühmten Athener Familie, der als Politiker große Bekanntheit erlangt hatte. Er war gekommen, um sich die Unterstützung der Smyrnioten für das griechische Vaterland zu sichern.

Der Politiker war in Begleitung seiner Braut angereist. Mit ihrem Dutt, dem Organzakleid, mit dem Kreuz, das sie um den Hals trug, und mit ihrer zurückhaltenden Art wirkte die künftige Frau Tangalou genauso, wie es sich für eine Dame ihres Standes geziemte. Doch die weiblichen Gäste waren irritiert. Sie hatten eine Frau von Welt vor sich, der trotz ihrer noblen Ausstrahlung der Geruch der Armenviertel anzuhaften schien, wenn auch nur ganz schwach. Die Frau war keineswegs herausgeputzt, sondern schlicht gekleidet und ohne jeden überflüssigen Flitter. Zwei Herren tasteten sich forschend an die Dame aus Athen heran, als würde ihr Gesicht eine ferne Erinnerung in ihnen wachrufen. »Unmöglich, bestimmt irre ich mich«, dachten die beiden im Stillen.

Die »Braut« schwieg den ganzen Abend über. Wie Hera auf dem Olymp thronte sie in ihrem Ohrensessel und lächelte verbindlich, während sie geduldig die Ess- und Trinkrituale über sich ergehen ließ. Nur hie und da warf sie ein »ja«, »freilich« oder »sicherlich« dazwischen.

Da trat Katina am Arm ihres Gatten ein.

»Darf ich Ihnen unseren großen Athener Politiker Theofrastos Tangalos und seine ebenfalls aus Athen stammende Verlobte, Fräulein Kypriadou, vorstellen?«

»Was heißt denn hier ›Verlobte‹«, durchzuckte es Katina. »Das ist doch Bajeta!«

Sie reichten einander in aller Förmlichkeit die Hand. Bajeta ihrerseits ließ sich nichts anmerken. Für den Fall, dass jemand sie wie-

derzuerkennen glaubte, hatte sie sich vorgenommen, ihn schlichtweg für verrückt zu erklären.
Hätte man zwei Fotografien – einmal Bajeta als Edeldirne und einmal als Dame – einander gegenübergestellt, so hätte man kaum ein und dieselbe Person dahinter vermutet. Auf Bajeta traf der Spruch »Kleider machen Leute« ohne Einschränkung zu. Wie war ihr nur dieser Glücksgriff gelungen? Katina verging fast vor Neugier. Sie versuchte, Bajeta unter vier Augen anzusprechen, doch das erwies sich als unmöglich, da diese ihrem Verlobten nicht von der Seite wich.
Das Gespräch drehte sich natürlich um Athen. Die Psaltoff, die ihre Kenntnisse in Heimatkunde immer gern zur Schau stellte und sich regelmäßig über sämtliche von ihr besuchte Städte ausließ, befragte die Braut zu ihrem Wohnort.
»Beim Turm der Winde«, antwortete Bajeta.
»Ach, wie schön! Letztes Jahr sind wir im Sommer mit Freunden am Omonia-Platz gewesen. Was für ein Leben und Treiben! Die Athener gehen dort spazieren und trinken unter den Kiefern ihren Pernod. Wir hatten uns mit Bekannten an ein Tischchen gesetzt, und ganz Athen flanierte an uns vorüber. Das hat mir sehr gefallen. Und auch vor kurzem, als ich im November wieder dort war, bestand ich darauf, mit meinem Mann zum Omonia-Platz zu fahren. Aber was für ein Graus! Durch den ganzen Sturzbach, der die Athinas-Straße heruntergeflossen war, hatte sich der Platz in eine einzige Schlammpfütze verwandelt. Da bin ich lieber gar nicht erst aus dem Wagen gestiegen. Wir sind nur kurz beim Brunnen stehen geblieben und dann unverrichteter Dinge zurückgefahren. So ist Athen – im Sommer eine Augenweide und im Winter schlimm wie die Pest. Aber das werden Sie sicher miterlebt haben. Tja, wie es heißt, soll jetzt die Tram elektrifiziert werden.«
Die Psaltoff holte tief Luft und biss in einen Keks.
»An welcher Schule sind Sie gewesen?«, wollte sie dann wissen.
»An einer in der Nähe der Bischofskirche, die einen sehr guten Ruf hat«, erwiderte Bajeta, in der Hoffnung, dass sich dort tatsächlich eine gut beleumundete Mädchenschule befand.

»Dann waren Sie bestimmt an der Mädchenschule an der Ecke Karrori- und Spyridaki-Straße, nicht wahr?«
»Loukia«, warf Katina in Richtung von Frau Psaltoff ein, »wann gibst du uns endlich Bescheid, was mit dem Religionsunterricht passiert? Hast du mit Papa-Fotis über die neuen Bücher gesprochen?«
Das war ein weiteres Lieblingsthema der Psaltoff, worüber sie stundenlang schwadronieren konnte. Sofort schnappte sie nach dem Köder.
»Also, ich sage dir, das, was heute passiert ist, schlägt dem Fass den Boden aus.«
Und sie begann, sich über das Unterrichtsprogramm des konkurrierenden Kirchensprengels zu echauffieren.
Als die beiden merkten, dass die Braut des Ehrengastes wegen ihrer Privatgespräche vernachlässigt wurde, wandten sie sich ihr mit der gebührenden Aufmerksamkeit wieder zu.
»Sind Sie zum ersten Mal in Smyrna?«
»Ja.«
Eine bot ihr eine Stadtführung am nächsten Tag an, um ihr die Schönheiten Smyrnas zu zeigen.
»Vielen Dank«, sagte Bajeta.
Das war *die* Gelegenheit für Bajeta, Smyrna kennenzulernen, nachdem sie so viele Jahre lang dafür keine Zeit gefunden hatte.
»Ich werde Sie durch die Stadt führen«, rief die Psaltoff dazwischen. »Was wollen Sie sehen? Museen, Kirchen, Burgen, Stiftungen?«

Die Geschichte einer Hure

Bajeta hatte Agamemnon Kypriadis, der in Khartum ein Vermögen gemacht hatte, als einen ihrer Freier kennengelernt. Ein- oder zweimal im Jahr reiste er nach Alexandria oder Smyrna. Die einzige Person, die er in Smyrna neben seinem Bankier besuchte, war Bajeta. Bei seinen Dienstreisen schlug er gern ein wenig über die Stränge. Seine Familie, die in Athen Rang und Namen hatte, war in Smyrna nahezu unbekannt. Nach dem Tod seiner Frau und seiner einzigen Tochter, die in Khartum am Fieber gestorben waren, war Kypriadis allein zurückgeblieben. Mit Athen verband ihn nicht mehr viel; er hatte dort nur noch einige entfernte Verwandte, Cousins dritten Grades seiner Frau und eine Tante väterlicherseits, die schließlich kinderlos verstarb.

So fristete Kypriadis ein einsames Dasein inmitten seiner Plantagen und wartete darauf, dass auch sein letztes Stündlein schlug. Für seine Arbeit interessierte er sich überhaupt nicht mehr. Aber das Glück kann hartnäckig sein. Er fuhr doppelte Ernten ein und verdreifachte seine Gewinne. Aus jedem Samen sprossen mehrere Triebe, und Kypriadis wurde reicher und reicher.

Als er eines Tages nach dreijähriger Abwesenheit wieder nach Smyrna kam und Bajeta wiedersah, war ihm, als hätte er mitten in der Fremde einen nahen Angehörigen getroffen, mit dem er sich über alles unterhalten konnte. Und statt für das übliche Programm in ihr Zimmer zu gehen, lud er sie im »Café Chantant« zum Essen ein. Bajeta wollte ihm die Freude nicht verderben und trennte sich ausnahmsweise von ihrem Schleier, steckte ihr Haar zu einem Knoten hoch und zog ein hochgeschlossenes Kleid mit einer Knopfleiste am Rücken an, in dem sie den Anschein einer sittenstrengen Lehrerin erweckte. Über ein anderes »Ausgehkleid« hätte sie auch gar nicht verfügt.

Im »Café Chantant« blickte sich Bajeta in aller Ruhe um. Sie zählte drei Männer, die ihre Dienste schon einmal in Anspruch genommen hatten. Der eine war Opiumhändler und aß mit seiner Frau zu Abend, ohne Bajeta zu erkennen, genau wie die beiden anderen Kunden.

Dies fand Bajeta nun doch erstaunlich. Nicht, dass sie sich deswegen besondere Gedanken gemacht hätte, aber es gefiel ihr.

Am nächsten Tag zog sie dasselbe Kleid an, steckte das Haar hoch und flanierte durch Smyrna. Dabei kam sie bei diversen, einflussreichen Kunden vorbei. Wieder keinerlei Anzeichen eines Wiedererkennens, und überall behandelte man sie als Dame.

»Kommen Sie näher, Madame, was können wir für Sie tun?«
Bajeta ging sogar zum armenischen Juwelier, den sie für besonders scharfsinnig hielt, doch auch der sagte nichts als »Bitte sehr, nehmen Sie Platz«.
Da hatte Bajeta blitzartig eine Idee. Kypriadis würde in ein paar Tagen abreisen. Daher beschloss sie, ihn aufzusuchen und ihr Herz und ihr Schicksal in seine Hände zu legen. Sie tischte ihm eine so überzeugende und rührselige Geschichte auf, dass Kypriadis über das Los der jungen Frau bestürzt war. Mit Tränen in den Augen flehte sie ihn an, sie aus dieser irdischen Hölle zu erlösen, um ihre Seele zu retten, die trotz allem rein geblieben sei.
So fuhren sie zusammen nach Khartum, nachdem sich Bajeta für die Reise noch ein zweites Kleid gekauft hatte. Vor aller Welt schien es, als reise ein älterer Herr in Begleitung seiner Tochter oder auch seiner Nichte.
Zwei Jahre und drei Monate lebte Bajeta in Afrika in der Rolle einer – sehr sittenstrengen – aus Athen stammenden Nichte der Familie Kypriadis, von der ganz Khartum beeindruckt war. Nach dem Tod des »Onkels«, der in dem erhebenden Bewusstsein gestorben war, dass er eine Seele vor dem Verderben gerettet hatte, verkaufte Bajeta seine Plantagen, Häuser und Salinen.
Dann schloss sie das Zimmer von Irène, Kypriadis' verstorbener Tochter, auf. Zu ihrem großen Glück war die Selige groß, braunhaarig, mit dünnen Brauen und schmalen Schultern gewesen, ganz wie Bajeta selbst. So übernahm sie ihre Papiere, ihren Namen und ihr Vermögen und reiste per Schiff unter dem Namen Irène Kypriadou nach Athen.
Die Athener Salons öffneten ihr sofort ihre Türen, und die angesehenen Athener Familien beeilten sich, der schwachen Waise und schwerreichen Alleinerbin ihren Schutz anzubieten. Bajeta – klug, wie sie war – setzte Himmel und Hölle in Bewegung, um die entfernten Verwandten zu finden, die aus der Familie Kypriadis noch übrig waren, bevor die von sich aus nach ihr suchten. Dann machte sie jedem von ihnen ein großzügiges Geschenk: Bargeld und eine Immobilie. Sie machte einen lausigen Tunichtgut von Cousin drit-

ten Grades ausfindig, Bankangestellter, verheiratet und mit zwei Kindern, und eine Frau um die fünfzig, ebenfalls verheiratet, die einst von reicher Verwandtschaft in Afrika gehört hatte, sich aber nicht einmal mehr an den Namen erinnern konnte. Nach den reichen Geschenken, die ihnen aus heiterem Himmel in den Schoß fielen, lagen sie der »Cousine« ehrfürchtig zu Füßen. Und so hatte Bajeta nun Verwandtschaft und einen guten Namen und sonnte sich im Ruhm ihrer Großzügigkeit.
Dann lernte sie Tangalos kennen, der es jedoch nur auf ihr Geld abgesehen hatte, und verlobte sich mit ihm. Ganz Athen feierte das freudige Ereignis. »Man muss«, so dachte sie, »das Glück am Schopf packen, sonst macht es sich aus dem Staub.«
Anfangs hatte Bajeta sich gesagt: »Was habe ich denn zu verlieren?« Nun aber bekam sie Angst. Sie blondierte ihr Haar, benutzte keinen schwarzen Kajalstift mehr für die Augen, verzichtete auf die auffällig schwarz gefärbten Brauen und puderte sich die Nase. Dadurch erschien ihr Gesicht vollkommen verwandelt.
Als ihr Verlobter vorschlug, nach Smyrna zu reisen, hatte Bajeta zunächst ablehnend reagiert. Doch irgendetwas zog sie magisch an. Und so reiste sie nach Smyrna, um sich ihrer Vergangenheit ein für alle Mal zu stellen.

»Ich habe meinem seligen Papa gelobt, eine Wallfahrt zur Agia-Fotini-Kirche zu machen«, meinte Fräulein Irène zur Psaltoff, aber auch ganz allgemein an die Runde gerichtet.
Das Gespräch kehrte zu kirchlichen Fragen zurück, und man erkundigte sich nach dem Metropoliten von Athen und seinen guten Werken. Aber Fräulein Irène plauderte lieber über Leben und Werk der Missionare im Kongo.
»Hat Ihre Mutter nicht in der Lysikratous-Straße das Agios-Therapon-Krankenhaus gegründet? Wer hat dort jetzt die Leitung inne?«, bohrte die Psaltoff hartnäckig weiter.
Bajeta wollte gerade erläutern, dass sie Athen in noch sehr jungen Jahren verlassen und keine Erinnerung mehr an die Stadt habe. Puh, dieser Drachen wollte einfach nicht den Mund halten! Sie

betete darum, ihr Martyrium möge endlich ein Ende haben. Eine Tasse Kaffee, die sich plötzlich über das Kleid der Psaltoff ergoss, machte dem Gerede schließlich ein Ende. Katina war – »Ach, wie ungeschickt!« – die Tasse aus der Hand geglitten.

Am nächsten Tag unternahm sie im Gefolge der Damen Psaltoff und Papaleontos, der Baumwollhändlersgattin, eine Tour zum französischen Saint-Joseph-Waisenhaus, zum Griechischen Waisenhaus im Englischen Viertel, der San-Rocco-Klinik und der Michail-Isaia-Stiftung. An jeder Kirche betete Bajeta andächtig, wie es sich für eine tadellose Tochter aus gutem Hause und künftige erste Dame der Nation gehörte.

Da Fräulein Irènes sittliches Empfinden kein weiteres weltliches Flanieren am Kai, in den Cafés und Salons gestattete, bat sie, in ihr Hotel zurückkehren zu dürfen. Doch anstatt sich auszuruhen, ließ sie sich von einer Droschke zum Palais der Familie Karamanos fahren, um die Sache mit Katina zu klären.

Als sie sich Auge in Auge gegenüberstanden, herrschte zunächst eisiges Schweigen.

»Vielen Dank«, begann Bajeta als Erste.

Mit einer weit ausholenden Geste deutete Katina auf das herrschaftliche Ambiente.

»Ebenfalls«, sagte sie. »Wie du siehst, kann man sich durchaus am eigenen Schopf aus dem Sumpf ziehen.«

Bajetas klügster Schachzug war gewesen, dass sie ihr komfortabel eingerichtetes Haus im Trasson-Viertel und ihren Kundenstamm an eine andere, ebenfalls verschleierte Edeldirne weitergegeben hatte, die sich mit vielleicht noch größerem Erfolg derselben »Profession« widmete wie sie selbst. In dem Sinne hatte »Bajeta« Smyrna eigentlich nie verlassen.

Neben dem Kloster von Burnabasi lag die Georgskapelle, die niemals ihren Namensheiligen feierte und in der auch kein Priester die Messe las. Burnabasi war Syrios' Zufluchtsort geworden. Dort besaß er einen ehemaligen Wehrturm, den einheimische Baumeister vor langer Zeit aus dem typischen Stein der Gegend errichtet hatten. Durch die großen französischen Fenster drang von allen Seiten die ungebändigte Natur. Immer wenn Syrios plötzlich verschwunden war, durfte man ihn dort vermuten. Das Personal, das sich um das Haus kümmerte, war angewiesen, sich bei seinem Erscheinen zurückzuziehen. Ab einem gewissen Zeitpunkt wurden seine Besuche, ohne irgendeinen plausiblen Grund, immer häufiger.

Eines Abends – Olga war bald ein Jahr alt – packte Katina die Neugier, was er dort wohl so trieb. Syrios war nicht der Mann, der irgendwo eine Geliebte aushielt. Obwohl … weiß man das so genau? Und so spionierte sie ihm nach. Sie wählte einen Wagen mit Verdeck, da es trotz des Frühlingswetters empfindlich kühl war. In der Dunkelheit war der Weg nach Burnabasi nicht leicht zu bewältigen, doch wenn man sich mit heiteren Gedanken beschäftigte, wurde einem nicht bange.

Das Haus in Burnabasi lag an einem Bach mitten unter Platanen, auf deren Zweigen Nachtigallen sangen. Besonders schön war hier der Sonnenaufgang. Es war ein Ort für Dichter und Maler, die sich, abgewandt von der Welt, nur ihrem künstlerischen Schaffen widmeten. Immer wenn der Wind drehte, hörte man den Widerhall des Psalmengesangs der Frühmesse oder der Vesper vom Kloster her. Und der Duft des Weihrauchs vermischte sich auf seinem Weg über die Felder mit den Gerüchen der Wildblumen. Syrios hing sehr an diesem Gehöft.

Katina jagte der Gedanke an eine mögliche Geliebte Angst und Schrecken ein. Sie suchte die Schuld bei sich: Sie war jetzt Mutter, hatte also eine Art Heiligenschein und ruhte sich auf den Lorbeeren der Mutterschaft aus. Ihr Wesen hatte sich verändert, sie war ruhiger geworden. Selbst die Gespräche, die sie führte, waren anders. Mit Konstantinos sprach sie jetzt nur noch über das Kind.

»Hat die Kleine gegessen?«, fragte der Vater schon auf dem Treppenabsatz.

»Ja.«

»Hat die Kleine ihr Bäuerchen gemacht?«

»Ja.«

Katinas Herrschaft war zu Ende, nun stand Olga im Mittelpunkt. Es lebe die neue Königin! Und Katina war schlichtweg eifersüchtig.
An einem großen Stein, der mitten auf dem Weg lag, zerbrach das rechte Wagenrad. »*Tuh sana, kahpe!*«
Zum Glück waren die Lichter des Hauses schon in der Ferne zu sehen. So stieg sie aus, schirrte das Pferd ab und setzte den Weg zu Fuß im Mondlicht fort. Vor den Fenstern an der Südseite zirpten die Grillen, im Inneren des Hauses war Musik zu hören. »Wer spielt hier Klavier?« Es war Syrios, der allein im Haus war. Ein paar Kerzen erhellten die Noten, und ein Kaminfeuer wärmte ihm den Rücken. Sie blieb am Fenster stehen und stützte die Hände auf die Fensterbank, um die friedliche Szene nicht zu stören. Es verging eine Weile, bis sich dieser besondere Wind von Burnabasi erhob, der sich von hinten anschleicht wie ein Dieb und plötzlich an den Fenstern rüttelt. Syrios sah auf und erblickte sie am Fenster. Nun wirkte sie gar nicht mehr mütterlich. Jetzt war sie ganz Frau. Von diesem Tag an war Konstantinos der Prinzgemahl und Syrios der Geliebte, und Heimstatt ihrer Liebe wurde das Haus in Burnabasi.

Lass deine linke Hand nicht wissen, was deine rechte tut

Die kleine Olga war mittlerweile vier Jahre alt.
»Ich würde gerne Frau Thalia sprechen«, sagte ein würdevoller Herr, der pünktlich um sechs Uhr abends vor der Tür des ehemaligen »La Beauté« stand.
Als Olga das Klopfen hörte, beeilte sie sich, als Erste an der Tür zu sein, um zu öffnen. Allen, die das Haus betraten, blickte sie auf die Hände, ob sie nicht ein Mitbringsel bereithielten. Katina stand hinter ihr. Da die kleine Olga ihre Großmutter »Talia« besuchen wollte, waren sie an diesem Nachmittag in ihr Haus im »Quartier« gekommen, das nun nicht mehr nach den Lotionen und dem Jasminwasser des »La Beauté« duftete. Obwohl dieses Ge-

schäft längst eingestellt war, wohnte Eftalia nach wie vor noch dort. Wie viele Jahre war das nun schon her!
Unzählige Male hatten Katina und Konstantinos ihr angeboten, zu ihnen ins Saray zu ziehen. Doch davon wollte Großmutter Eftalia nichts hören.
»Nein, nein«, sagte sie. »Hier habe ich allen Komfort, den ich brauche. Hier bin ich Herrin im eigenen Haus. Ich habe mich an das Haus gewöhnt, und das Haus an mich. Ich esse, wann ich möchte, und ich gehe aus, wann ich möchte, und muss niemandem Rechenschaft ablegen. Lasst mich, hier habe ich mich wunderbar eingerichtet. Es ist besser so, dann falle ich euch nicht auf die Nerven.«
Sie lehnte es auch ab, ein größeres Haus mit Mezzanin, Wintergarten und Salons zu beziehen. Mit Müh und Not ließ sie sich dazu überreden, zwei Dienstmädchen in den Mädchenkammern des ehemaligen »La Beauté« unterzubringen. Den ganzen Tag lang hielt sie die beiden dazu an, zu waschen und zu scheuern. Je älter sie wurde, desto fanatischer legte sie Wert auf Ordnung und Sauberkeit.
»Selbst diese beiden sind mir eine Last«, sagte Eftalia. »Feinde in meinem eigenen Haus, die für ihre Taten auch noch bezahlt werden. Aber besser, die Dienstmädchen scheuern den Boden, als ich müsste es selber tun.«
»Ich würde gern Frau Thalia sprechen«, wiederholte der Herr und blickte Katina an.
»Hier wohnt keine Thalia, mein Herr«, erwiderte Katina, die sich der Tür näherte. »Sie müssen sich irren.«
»Periklis! Ich komme gleich, Periklis, einen Moment noch«, rief Eftalia aus der Küche.
Der Herr unbestimmten Alters, der einen seriösen und wohlanständigen Eindruck machte, lächelte und seufzte erleichtert auf. Dann schob er Katina und Olga beiseite und trat ins Wohnzimmer, wo er es sich bequem machte. Eftalia sauste an ihrer Tochter vorüber ins Wohnzimmer. Der Herr sprang auf, um sie mit einem hocherfreuten Gesichtsausdruck zu begrüßen.

»Guten Abend, liebe Thalia.«

Eftalia hakte sich forsch bei ihm unter, zog ihn zum Ausgang und verabschiedete ihn mit den Worten: »Du gehst jetzt besser, Periklis, ich sage dir Bescheid, wenn's so weit ist.«

Dann schloss sie die Tür hinter ihm und wandte sich der kleinen Olga zu.

»Mein Herzblatt, mein Knuddelchen! Wie geht es meinem Schnurzelchen?«

Die kleine Olga lief in ihre Arme. Beide gingen an Katina vorbei, die mit dem Rücken zur Garderobe am Eingang lehnte, ohne dass jemand sie beachtete.

»Wieso eigentlich ›Thalia‹?«, fragte Katina ihre Mutter.

»Was hast du gesagt?«

»Seit wann heißt du ›Thalia‹?«

Eftalia tat, als hätte sie nichts gehört, trat in die Küche, setzte das kleine Mädchen auf einen Stuhl und zog das Paraffinglas aus dem Regal, um mit Olga ihr Lieblingsspiel zu spielen: Wachspüppchen formen. Sie erwärmten das Paraffin in einem kleinen Tiegel und kneteten es auf dem Küchentisch, dann fügten sie Ärmchen und Äuglein hinzu.

»So, Olga, was machen wir, damit sie ihren Kopf verliert?«

»Den Stoffstreifen«, sagte Olga.

»Ja, wir nehmen den Stoffstreifen und schnüren ihr damit den Hals zu.«

»Thalia heißt du jetzt, Mutter?«, fragte Katina erneut.

»Ja, und? Das ist doch eine hübsche Kurzform von Efthalia.«

»Wer war denn dieser Herr?«, forschte Katina weiter und verengte ihre Augen zu schmalen Schlitzen.

»Welcher Herr?«, meinte Eftalia.

»Na, der eben hier war.«

»Ach, nichts weiter, ein Bekannter.«

»Ein Bekannter?«

»Ja.«

»Welche Art von Bekannter?«

»Wir gehen manchmal zusammen in die Kirche.«

»Und was wollte er hier?«
»Er wollte mich besuchen, weil er mit mir über seine Arbeit sprechen möchte«, erläuterte Eftalia, während sie ein weiteres Püppchen köpfte.
»Aha? Und was arbeitet dieser Herr?«
»Er ist Philosoph.«
»Und bei dir holt er sich Rat in philosophischen Fragen?«
»Jawohl«, sagte Eftalia, die nunmehr den Tonfall änderte und spitz wurde: »Was kümmert dich das überhaupt? Lass mich doch in Ruhe. Soll das ein Verhör sein? Ist doch egal, wer er ist und was er macht.«
Olga war es in der Zwischenzeit nicht gelungen, das Püppchen zu köpfen.
»Könntest du statt der ganzen Fragerei deinem Kind nicht etwas Nützliches beibringen, statt dich hier zur Richterin aufzuwerfen?«
»Was soll das denn, Mutter, in deinem Alter?«
Eftalia warf ihr einen giftigen Blick von der Seite zu und zog die Augenbrauen, scheinbar erstaunt, hoch.
»Wieso? Was hast du mit meinem Alter? Damit ist doch alles in schönster Ordnung. Du bist doch die Allerletzte, die hier Kritik üben dürfte.«
»Natürlich steht mir das zu. Was werden die Leute sagen?«
Eftalia verdrehte die Augen und presste die Lippen fest aufeinander, um nicht ausfallend zu werden. Dann hielt sie mit beiden Händen Olgas Ohren zu, um dann zu fluchen.
»Wann, du blödes Frauenzimmer, haben wir uns denn je darum geschert, was die Leute sagen? Wenn wir darauf Rücksicht genommen hätten, würden wir jetzt immer noch gegenüber von Vassilia wohnen und jeden Tag unsere Putztücher ausschütteln und den Hühnerstall ausmisten, um am Sonntag mal ein Ei zu essen. Wir würden zum Gemischtwarenhändler an der Ecke gehen und für zwei Piaster Öl und für zwei Kurusch Mehl kaufen. Und im allerbesten Fall wärst du Waschfrau geworden, Signora Karamanou, oder eine kleine Schneiderin. Und jetzt überlege

mal: Habe ich nicht gut für dich gesorgt? Habe ich dich nicht gut verheiratet? Habe ich dir nicht einen großartigen zweiten Ehemann beschafft? Jetzt bin ich an der Reihe. Darum hältst du jetzt besser den Mund.«

Sie beugte sich zur kleinen Olga hinunter und nahm sie in ihre Arme hoch, um mit ihr das Zimmer zu verlassen. Im Vorübergehen fuhr sie, etwas milder gestimmt, in einem verschwörerischen Ton fort: »Ich sag dir eins: Aus einer alten Henne kocht man die schmackhafteste Suppe. Das wirst du schon noch merken, wenn's so weit ist.«

War meine Mutter eine Wahrsagerin? An ihre Worte musste ich oft denken, als ich meinen vierten Ehemann heiratete, der fünfzehn Jahre jünger war als ich. Konnte sie in die Zukunft sehen? Mit fünfundvierzig hatte ich das Gefühl, noch so viel Saft und Kraft zu haben, dass sich noch viele an mir wie an einer kräftigen Hühnerbrühe laben konnten.

Nicht lange nach diesem Gespräch wurde im Grünen Salon das Porträt von Konstantinos Karamanos aufgehängt. Nur diese Erinnerung war uns von ihm geblieben, nachdem er mit vierunddreißig Jahren ganz plötzlich an einem Herzanfall gestorben war.

Wer ist Syrios Karamanos?

Eiligen Schrittes lief der katholische Pfarrer durch das Bellavista-Viertel hinunter zum Hafenkai.

»Was soll man diesen armen Frauen nur sagen«, monologisierte er, »die den ganzen Tag lang in der Kirche sitzen und vor dem Madonnenbildnis weinen … Ach, könnte ich doch genauso fühlen wie sie!«

Prächtig herausgeputzt erschien er jeden Sonntag vor den Gläubigen, leierte seinen Sermon und die immer gleichen Moralpredigten herunter. Zu Weihnachten sang er Weihnachtshymnen, zu Ostern Osterpsalmen, und dann ging die ganze Litanei von vorne los.

»Jahraus, jahrein«, dachte er, »singe ich meine Psalmen, doch davon wird weder Maria de Perez' Kind gesund, noch hören die Streitereien im Kirchensprengel auf. Nur meine Stimme leidet darunter ... Seit Jahren psalmodiere ich, aber hört mir überhaupt jemand zu?«
Ganz in Gedanken hob er seinen Blick zum Himmel. Dabei konnte er ein kleines Rülpsen nicht unterdrücken, da ihm die mittäglichen, pikanten Hackfleischröllchen schwer im Magen lagen. Seine Köchin Zabettó tat in der letzten Zeit etwas zu viel Pökelfleisch ins Essen. Sie sah auch nicht mehr gut und wurde vergesslich. So erinnerte sie sich nicht mehr, ob sie schon gesalzen hatte oder nicht, und salzte zur Sicherheit noch einmal. Da sie keine Zähne mehr hatte, aß sie die von ihr gekochten Speisen nicht mehr mit, sondern ernährte sich nur noch von heißen Brühen und Milchrahm.
»So werde ich auch bald enden«, dachte der katholische Pfarrer, »mit Suppen und Milchrahm ... Doch womit soll man die Hungernden trösten?«, setzte er seine philosophischen Gedanken fort. »Damit, dass Manna vom Himmel fallen wird? Tausendachthundert Jahre lang immer dieselbe Leier? Wird der Hungernde denn von den ewigen Ammenmärchen satt?«
Während er mühsam eine kleine Anhöhe erklomm, erlahmten sein Elan und sein Esprit.
»Ach, wie schwer mir doch die müden Beine werden!«
Vor vielen Jahren hatte er sich auf diesen Posten beworben. Der Orient! Sein jugendlicher Kopf war damals voller Mythen und Träume gewesen, doch bald schon hatte der Padre seinen Entschluss bereut. In der Zwischenzeit hatte ihn die Kirche vergessen, und er war zu einem verstaubten Relikt geworden. Und nun harrte er nur noch deswegen aus, weil er mit seinen bald sechzig Jahren auf ein sicheres Einkommen angewiesen war. Plötzlich stolperte er über einen Treppenabsatz, den er übersehen hatte.
»Herrje! Straßen im Orient ...«, empörte er sich und sehnte sich in seine Heimat zurück. Seine Mutter kam ihm in den Sinn. »Ich sehe sie noch vor mir«, dachte er und bekam dabei eine Gänsehaut, »wenn sie mir aus der Waschküche zurief, dass ich aufhö-

ren solle, mit der Katze zu spielen: *Ehi, Rocchino, basta col gatto! Vieni subito qui!*«

Schließlich erreichte er das Haus der alten Zanó und klopfte an die Tür. Eine schwangere Frau mit verweinten Augen öffnete ihm und führte ihn zu der Alten, die in den letzten Zügen lag. Der Pfarrer setzte eine weihevolle Miene auf, legte sich die Stola um den Hals und näherte sich der Sterbenden.

»Meine Tochter«, sagte er sanft, »der Herr sei mit dir.«

Die Alte bedeutete dem Pfarrer, näher zu kommen.

»Padre«, sagte sie, wobei ihr das Italienische nur mühsam über die Lippen kam. »Kein Segen kann mich von meinen Sünden reinwaschen.«

»Beichte, meine Tochter, dann wird dir leichter ums Herz.«

Im Krankenzimmer war die Luft schwül und stickig und die Stimmung gedrückt. Padre Rocco spürte, wie seine Lider zur Stunde des Mittagsschlafs schwer wurden. Die Alte erzählte etwas, doch wer hatte schon Ohren dafür?

»Ihre schweren Sünden werden sich wohl darin erschöpfen, dass sie in ihrer Jugend einmal einer Nachbarin einen Blumentopf an den Kopf geworfen hat. Oder dass sie ihrem Mann ein Techtelmechtel verheimlicht hat. Solche Geschichten habe ich mehr als genug gehört ...«

Er blickte sich um. Auf dem Waschbecken stand auf einem Häkeldeckchen eine Madonnenfigur, deren rechte, aus dem blauen Mantel ragende Hand wohl durch eine Unachtsamkeit beim Reinemachen die Finger eingebüßt hatte. Daneben stand eine Kommode aus Walnussholz, wobei der dritte Messinggriff rechts fehlte und nur noch die Bohrlöcher vorhanden waren. Über allem hing der durchdringende Geruch nach Franzbranntwein.

»... Wir sind wie die Gendarmen«, versank er wieder in seine Gedanken. »wenn es um Zucht und Ordnung geht. Die Gendarmen prügeln und stecken die Leute ins Gefängnis, aber wir drohen ihnen, dass Gott, der alles sieht, sie bestrafen wird und dass sie nicht ins Paradies kommen. Wir sind schlimmer als die Gendarmen, weil wir mit ihrer Seele spielen. Prügel sind nach zwei, drei oder höchstens vier Tagen vergessen, am fünften spürst du nichts mehr davon. Aber eine seelische Belastung bleibt bestehen, setzt sich fest und wird für die armen, kleinen Leute zur Qual.«

Er war schon drauf und dran, zur Vergebung der Sünden anzusetzen, als der Name Karamanou fiel. ... Karamanou? Was redete die kindische Alte von Signora Karamanou?

Das Gesicht dieser Greisin sagte ihm nichts, er hatte sie noch nie bei der Messe gesehen, obwohl er jede einzelne Kirchgängerin kannte. Es gab allerdings auch viele, die nicht zur Kirche gingen, obwohl sie gläubig waren.

»... Ich war's«, fuhr die alte Frau fort. »Ich habe ihr das Kind gegeben, weil ich damals nicht wusste ...«

»*Sì*«, horchte der Pfarrer nun auf.

»Das ist viele Jahre her, und ich habe es keinem Menschen erzählt«, meinte die Alte.

»*Sì*«, ermunterte sie der Pfarrer, der den Anfang der Erzählung verpasst hatte.

»Dann habe ich mich bemüht, alles herauszufinden ... Das hier«, meinte sie und zog unter der Bettdecke ein in speckiges Papier gewickeltes Päckchen hervor, »ist sein Siegel. Padre, ich beschwöre Sie, finden Sie das Kind und geben Sie es ihm, damit es seinen Namen und seine Herkunft erfährt.«

Der Padre nahm das abgegriffene und eingerissene, aber gut verschnürte Päckchen in die Hand, drehte und wendete es.

»Bitten Sie es in meinem Namen um Verzeihung.« Sie hielt inne und schnaufte schwer. Der Padre fragte sich, ob es vielleicht ihr letzter Atemzug war. »Seine Augen sind mandelförmig wie die seines Vaters«, sagte sie, während sie auf das Päckchen deutete. »Und an der Schläfe hat es ein großes Mal, wie alle aus seiner Familie.«

Die Alte zog den Padre am Ärmel zu sich heran.

»Versprechen Sie mir das?«

»*Sì*«, sagte Padre Rocco, dem vor dem Elend des Alters graute. »*Sì, sì*. Ich verspreche es dir.«

»*Madonna mia*«, sagte der Pfarrer, als er das Haus verließ. »Jetzt habe ich gar nicht gefragt, ob es ein Junge oder ein Mädchen war.«

Fünfunddreißig Jahre früher: Smyrna, am 12. Mai 1873

»Unglaublich! Alle unehelichen Bälger kommen im Mai zur Welt«, meinte die Frau, die das Neugeborene säuberte. »All diese Prinzessinnen fahren im Sommer aufs Land und öffnen ihre hochgeschlossenen Blusen, um frische Luft zu atmen.« Sie blickte auf die schweißgebadete Mutter, die – hübsch und noch jung – soeben gestorben war. »Und die jungen Männer verdrehen ihnen den Kopf ... Wer ist sie denn, Fevronia?«, sagte sie zur anderen Krankenschwester, die gerade die Zangen einsammelte und vom Blut reinigte.

»Woher soll ich das wissen? Bei dieser hier, Zanó, sehen mir die Laken nach einem richtigen Blutbad aus.«

Sie warteten auf das Eintreffen des Arztes. Bei Tagesanbruch begann seine Schicht, und man hatte davon abgesehen, ihn aus dem Schlaf zu reißen. Die junge Frau hatte, wie gesagt, die Geburt nicht überlebt. Die Matratzen waren blutüberströmt, die Nachgeburt hatte sich nicht mehr abgelöst. Nun war es ohnehin zu spät. Es war ein großer Säugling, der mehr als drei Oka wog.

»Der Galan muss ein ganz schöner Kraftprotz gewesen sein, meine Güte!«

Zanó hatte nicht das Glück, einen Galan zu haben. Daher beneidete sie alle anderen darum.

»Was machen wir jetzt mit dem Kindchen?«

»Na, was der Arzt auch immer macht: Ab ins Waisenhaus.«

Sie griff nach dem Handtäschchen der jungen Frau und leerte den Inhalt auf den Tisch. Ein paar Goldpfund rollten heraus, Reisepapiere, ein Pass, zwei Fotografien, ein mit einer Schleife zusammengebundenes Briefbündel, ein Wachssiegel und ein Stück zerknittertes Zeitungspapier. Und ein Ring, ein schöner Ring sogar. Zanó blickte sich um und steckte ihn ein.

Im römischen Morgenblatt vom 13. Mai 1873 stand unter den lokalen Meldungen: »Ohne Ergebnis endete die Suche nach der Tochter des Herzogs Di Manzotti. Ihre Spur verliert sich nach dem 6. Oktober des Vorjahres auf dem schwarzen Kontinent.«

Sonst war nichts von Wert in dem Handtäschchen gewesen. Als die Krankenschwester der Leiche ein Hemd überstreifen wollte, hielt sie wie vom Donner gerührt inne.

»Zanó, wie ist das Mädchen zu Tode gekommen?«

»Bei der letzten Presswehe«, entgegnete die andere Krankenschwester, »brach ihr Schrei mittendrin ab.«

»Und was sind das für Wunden?«

»Welche Wunden?«

Zanó kam näher und warf einen Blick unter das Laken.

Sie erinnerte sich, wie die junge Frau vor drei Stunden an der Pforte des Hospitals gestanden hatte: in einem erbarmungswürdigen Zustand und mit starken Wehen. Sie war ihr in die Arme gesunken, und nur mit Mühe hatte sie die Schwangere zu einem Bett schleppen können. Da war Zanó klar geworden, dass die Austreibungsphase gerade begonnen hatte.

»Ich habe der Schwangeren die Kleider zerrissen, weil keine Zeit mehr war, sie auszuziehen. Rasch habe ich das Kind dazu gebracht, sich zu drehen, damit es nicht mit den Füßen voran geboren wird«, erzählte Zanó. »Dann habe ich mit dem kleinen Skalpell einen tiefen Schnitt gemacht, um die Geburt zu erleichtern. Die spezielle Schere konnte ich nicht finden. Das macht der Arzt auch manchmal, das habe ich genau gesehen. Ob ich sie dabei vielleicht verletzt habe? Dann war es eben ein Arbeitsunfall. So werde ich es dem Arzt auch erklären. Hat denn der Arzt vor kurzem dem Alten nicht versehentlich Salpeter statt Laudanum gegeben? Er wollte es verheimlichen, aber ich hab's gemerkt. Dann wären wir quitt: einmal er, einmal ich.«

»Soso, die Schere hast du nicht gefunden! Und die Gaze etwa auch nicht, um die Blutung zu stillen?«, wandte Fevronia ein.

»Ja, wo warst *du* denn eigentlich?« Zanó wurde wütend. Fast schrie sie: »Du hättest hier sein müssen! Wo du doch die Verantwortung trägst! Aber das Einzige, was dich interessiert, ist der Titel ›Oberschwester‹! Du hast zwei Straßen weiter mit dem Dingsda herumgemacht. Glaubst du, ich weiß das nicht? Wie willst du das dem Arzt erklären?«

Fevronia hüllte sich zunächst in Schweigen. »Der Arzt wird sie gleich untersuchen«, meinte sie dann ganz erschrocken. »Dann geht das Verhör los, weil er den Fall den Behörden melden muss.«

»Als kürzlich die Bäckersfrau gestorben ist, hat er sie auch nicht untersucht.«

»Da war er ja selber bei der Geburt dabei gewesen, Zanó!«

Zanó wusste das sehr wohl, doch nun begann sie fieberhaft zu überlegen, wie sie ihren Kopf aus der Schlinge ziehen könnte. Erneut nahm sie die Handtasche der jungen Frau zur Hand und las aufmerksam den Zeitungsartikel. Dann verglich sie die Fotografie und die Tote. Zweifelsohne war sie die Gesuchte.

»Schwarzer Kontinent, das klingt nach einem Grab in fremder Erde«, dachte Zanó. »Was macht das noch für einen Unterschied? Für die Familie ist sie ohnehin verschollen. Anscheinend wollte sie ihr Kind in aller Heimlichkeit austragen und ohne Wissen der Familie zur Welt bringen. Was für eine Dummheit! Nirgendwo auf der Welt bist du sicherer als in deinem Elternhaus. Was auch immer du tust, Mutter bleibt Mutter. Egal, ob Griechin, Katholikin, reich oder arm. Sie wird dir helfen, die Sache zu vertuschen, sie wird dir beistehen und dein Leid mit dir teilen.« Sie grübelte weiter: »Vielleicht hatte sie keine Mutter mehr?«

Sie erinnerte sich, dass auch der Arzt, unter dem sie zuletzt gearbeitet hatte, Dreck am Stecken hatte. »Also, auch Ärzte sind nicht unfehlbar! Wenn man bedenkt, ich mache ja auch mein Leben lang Mangoldpitta, und die ganze Welt ist verrückt danach. Was ist denn schon dabei, wenn mir einmal eine misslingt? Es kann einem ja nicht immer alles glücken.«

Ihre Gedankenspielereien waren Versuche, sich aus der Sache herauszuwinden. In den Augen des Arztes sah die Sache bestimmt anders aus. Die junge Frau hätte gerettet werden können, und Zanó trug die Verantwortung für ihren Tod. Denn damals, als

dem Arzt bei der Niederkunft von Signora Semela aufgefallen war, dass sie eins der Skalpelle verschlampt hatte, hatte er sie ordentlich ausgeschimpft. Zanó war nachlässig und schludrig. Ihr Glück war, dass diesmal nicht die ganze Verwandtschaft vor der Tür gewartet und sie in Erklärungsnöte gebracht hatte.
Dass die junge Frau an inneren Blutungen verstorben war, konnte man nicht verheimlichen, aber man konnte die Leiche verschwinden lassen.
Sie hatten es gerade noch geschafft, den Kreißsaal zu reinigen, als der Arzt bestens gelaunt zum Dienst erschien. Er strahlte vor Glück, dass Signora Karamanou, Gattin des reichen Großgrundbesitzers Stavroforos Karamanos, den Wunsch geäußert hatte, ihr erstgeborenes Kind in seinem Hospital zur Welt zu bringen. Für den Arzt bedeutete das eine Menge Goldpfund, ganz abgesehen von dem neuen Flügel für sein Hospital und den Trinkgeldern, die die Familie springen lassen würde. Er befahl dem Personal, in Windeseile das größte Einzelzimmer vorzubereiten.
Von den übrigen Patienten waren in der vergangenen Nacht nur diejenigen wach gewesen, die vor lauter Schmerzen nicht hatten schlafen können. Drei waren durch die Schreie der jungen Frau geweckt worden und auf den Korridor gestürzt, hatten es jedoch nicht gewagt, die Tür zum Kreißsaal zu öffnen.
Zanó hatte das Neugeborene in die Arme seiner leblosen Mutter gelegt, die wie eine Schlafende wirkte. Erst nach einer Weile würde sie erkalten und das Waisenkind zu schreien beginnen.
»Herr Doktor, das Protokoll«, rief Fevronia, hinter dem Arzt herlaufend.
»Gleich …«, erwiderte der Arzt unbestimmt. Auf der Türschwelle stand die hochschwangere Signora Karamanou mit all ihrem Gepäck, ihrem Ehemann, ihrer Mutter, ihrem Vater und ihren Cousinen. Die ganze Sippschaft war angereist, um den glücklichsten Moment im Leben des Paares mitzuerleben.
»Jetzt strahlt sie noch«, flüsterte Fevronia Zanó zu. »Sie weiß noch nicht, was sie erwartet. Die ersten Wehen sind noch ein Kinderspiel.«

Die Tür zum Zimmer der Toten mit dem Neugeborenen wurde abgeschlossen, und alle stürzten sich auf die vornehme Dame, um heißes Wasser und jede Menge Handtücher herbeizuschaffen. Der Arzt war in heller Aufregung, denn bei diesen hohen Herrschaften durfte ihm kein Fehler unterlaufen. Zudem musste sein bisher makelloser Ruf gefestigt werden, und das Ereignis sollte ihm, so hoffte er, all die Klientel bringen, auf die er so scharf war. Immer wieder hatte er kleine Leute von seiner Schwelle gewiesen, um Elend und Armut von seinem Hospital fernzuhalten. Die Armen konnten seinetwegen gerne in öffentlichen Spitälern Zuflucht suchen. Generell war es in den letzten Jahren in Mode gekommen, sein Kind nicht mehr zu Hause zur Welt zu bringen, sondern im Krankenhaus. In Zimmer vier und sieben lagen zum Beispiel zwei vornehme Damen, die gestern und vorgestern niedergekommen waren, ganz friedlich mit ihren Sprösslingen im Arm.

Signora Karamanou lag nun schon seit Stunden in den Wehen, und das Kind drehte und wendete sich, ohne den Weg in den Geburtskanal zu finden. Der Muttermund war bereits orangengroß geöffnet und die Fruchtblase schon vor einer ganzen Weile geplatzt. Dennoch machte sich der Arzt keine Sorgen und plante bis zur Geburt noch gut zwei Stunden ein. »Das erste Kind lässt meistens auf sich warten«, erklärte er den Verwandten, die im elegant eingerichteten Wartezimmer saßen. »Gehen Sie nach Hause und ruhen Sie sich aus. Ich benachrichtige Sie, wenn es so weit ist.«

Doch keiner machte Anstalten zu gehen, und so kehrte der Arzt an die Seite der werdenden Mutter zurück. Schließlich setzte die kritische Phase ein, und die Frau wand sich unter heftigen Schmerzen und schrie wie am Spieß. Beim letzten Abhorchen war der Herzschlag des Kindes kaum mehr zu hören gewesen, und der Arzt war zutiefst beunruhigt. Er machte einen Dammschnitt, bekam den Kopf des Kindes zu fassen und zog es heraus. Doch die Nabelschnur hatte sich um dessen Hals gewickelt, so dass das

Kind schließlich erstickt war. Es war eine Totgeburt. Dem Arzt schwand der Boden unter den Füßen. Schweißgebadet und von den Schmerzen gezeichnet fragte Signora Karamanou atemlos, was geschehen sei. Von ihrer Mutter hatte sie gehört, dass die Kinder unmittelbar nach der Geburt schreien.

Fevronia und Zanó wussten nur allzu gut, was geschehen war, und verfolgten stumm die Bemühungen des Arztes. Mit dem Mut der Verzweiflung, doch ohne Erfolg massierte er den kleinen Körper, um ihn wiederzubeleben. Plötzlich entfuhr Zanó ein lang gezogenes »Aaah!«, und sie stürmte hinaus. Sie rannte in das Zimmer der Toten, packte das Neugeborene, zog ihm im Laufen das Leibchen aus und brachte es durch die Hintertür in Signora Karamanous Privatzimmer. Rasch strich sie ihm ein wenig Blut ins Gesicht. Als das Kind erwachte, begann es weithin vernehmlich zu weinen. Nicht nur im Wartezimmer wurden diese Laute mit großer Erleichterung aufgenommen. Die junge Mutter, die nicht hatte sehen können, was hinter ihrem Rücken vorgegangen war, brach in Freudentränen aus. Man legte ihr das nackte Kind in die Arme, und sie umarmte es glückselig. Dem ahnungslosen Arzt, der nicht wusste, wie ihm geschah, standen vor Entsetzen die Haare zu Berge. Doch Fevronia, die alles begriffen hatte, drückte ihn wortlos auf einen Stuhl. Fevronia übernahm die Betreuung der jungen Mutter, und Zanó ließ den kleinen Leichnam in einem Eimer verschwinden, über den sie rasch ein Tuch warf. Dann nahm sie den Arzt beiseite und erläuterte ihm die Vorgeschichte. »Es war eine alleinstehende Frau, Herr Doktor«, erklärte sie. »Sie ist verblutet, Fevronia und ich konnten nichts mehr für sie tun. Die ganze Nacht haben wir gebraucht, um die Treppe wieder sauber zu kriegen. Es wäre eine Sünde, wenn die kleine Waise kein anständiges Heim fände. Geben Sie sich einen Ruck, Gott wird es Ihnen vergelten.«

Im Grunde stand der Arzt vor vollendeten Tatsachen, doch schließlich stimmte er aus ganz eigennützigen Erwägungen zu. Konnte er Signora Karamanou sagen, dass es sich um einen Irrtum handelte? Wie sollte er ihr das Kind jetzt noch wegnehmen? Nun hatte er sich mitschuldig gemacht.

So wurde der Junge ein zweites Mal geboren – als Syrios Karamanos, Sohn von Stavroforos Karamanos und seiner Frau Olga, Gutsherren mit weitläufigen Besitzungen in Smyrna und Anatolien, die aus Karamanien in Kappadokien stammten.
Die Jahre gingen ins Land, und schließlich starb der Arzt, ohne jemals ein Sterbenswörtchen über den Kindertausch verraten zu haben. In der Folge waren all seine Wünsche in Erfüllung gegangen. Sein Hospital wurde zum Anlaufpunkt der besten Familien, und es regnete Goldpfund für ihn. Nur zu gerne wäre er Fevronia und Zanó losgeworden, doch die hatten sich breitgemacht und über den Arzt, der nicht zu widersprechen wagte, das Kommando übernommen.
Als vor zehn Jahren dann Fevronia auf dem Sterbebett lag, hatte ihr Zanó in den letzten Stunden beigestanden.
»Dieser Junge, Zanó«, hatte die Sterbende gestöhnt, »dieser Junge.«
Zanó hatte das Handtäschchen und das Medaillon, das die junge Frau um den Hals trug, aufbewahrt. Eingehend hatte sie die Besonderheiten ihrer Gesichtszüge auf dem einen Bild studiert. Da war ein dunkles Mal an der Schläfe, das auch der alte Mann aufwies, der auf der Fotografie auf einem Stuhl saß. Die Frau, die hinter ihm stand, ähnelte der Toten. Das andere Bild zeigte einen jungen Mann mit Mandelaugen.
Der Arzt hatte den Totenschein damals ohne weitere Untersuchungen ausgestellt, und die junge Frau wurde anonym beigesetzt. Zanó hatte dem Arzt das Täschchen nicht gezeigt. »Sicher ist sicher«, hatte sie zu Fevronia gesagt. »Stell dir vor, die Schwangerschaft wäre bekannt geworden und man würde das Kind suchen!«
Nach einigen Jahren sahen Fevronia und Zanó den Jungen von damals wieder, wie er an der Hand seiner Mutter durch Smyrna spazierte. Sie blickten sich vielsagend an. Hundertmal besser im Hause der Karamanos-Familie aufzuwachsen als im Waisenhaus! Zanó hatte Fevronia nichts weiter über den Inhalt des Handtäschchens verraten. Einzig und allein die Fotografie des Geliebten

hatte sie ihr gezeigt und die Goldpfund, die sie sich dann teilten. Sie konnte ohnehin nichts mehr für sie tun …
Jetzt war Zanó die Einzige, die wusste, wer Syrios Karamanos in Wirklichkeit war.

Padre Rocco

Padre Rocco öffnete das Päckchen auf dem Tisch seiner Kammer. Die straff gespannte Schnur hatte sich mit den Jahren durch das vergilbte und an den Kanten eingerissene Papier gescheuert, und der Knoten war so festgezurrt, dass er ihn mit einer kleinen Schere aufschneiden musste. Ein Medaillon kam zum Vorschein, auf dem das Porträt einer jungen Frau abgebildet war, das durch die Feuchtigkeit gelitten hatte. »Eine katalanische Schönheit«, dachte der Padre. Dieselbe Gestalt war auch auf der Fotografie mit einem sitzenden älteren Herrn abgebildet. Dann waren da noch ein Ring und eine Zeitungsseite. Er faltete das Blatt auf, das an den geknickten Stellen porös war: 13. März 1873. »Heute wäre sie …«, murmelte der Padre und rechnete nach, während er wieder nach dem Medaillon griff … »Wenn sie hier zwanzig oder einundzwanzig war, dann … wäre sie heute an die fünfzig. In der Karamanos-Familie gibt es keine Frau in dem Alter, das weiß ich, nur eine viel jüngere.« Der Padre hielt das Medaillon noch einmal ans Licht, um es besser sehen zu können.
Er stand vor einem Rätsel. So legte er alles wieder in das Päckchen zurück und verstaute es in der Schublade seines Kaffeetischchens.
In den darauffolgenden beiden Wochen dachte er überhaupt nicht mehr daran. Am Heiligen Abend gab es immer viel zu tun. Alle christlichen Glaubensrichtungen, die in Smyrna vertreten waren, feierten die Geburt Jesu, und die Christen öffneten dem besonderen Zauber dieser Tage ihre Herzen. In den Häusern wurden die Kamine angezündet, und die Hausfrauen widmeten sich mit Feuereifer der Zubereitung von Süßspeisen. Der Padre besaß

bereits eine ganze Sammlung von Mitbringseln seiner Schäfchen, denen er sich, als Süßschnabel, genüsslich widmete.
»*Basta, padre Rocco, con i dolci!*« Mit diesen Worten klopfte Zabettó, die gerade die traditionellen Kringel buk, dem Süßmaul auf die Finger. Nachdem der Padre einer Versuchung nach der anderen erlegen war, wälzte er sich am Abend in seinem Bett hin und her und stöhnte vor Bauchschmerzen. Kein Auge konnte er zutun, da er über die Stränge geschlagen hatte.
»Erlöse mich, *madonna mia*, von dieser Qual, und ich verspreche, dass ich nie wieder Süßigkeiten esse.«
Dann stand er auf und trat ans Fenster. Im Verhältnis zu seinem Leibesumfang waren seine Beine lächerlich dünn. Er kniete nieder, er beugte den Rumpf, er legte sich wieder hin, richtete sich erneut auf, blieb mit baumelnden Beinen an der Bettkante sitzen. In keiner Position fand er Erleichterung von seinem Magendrücken.
Plötzlich hörte er ein Klopfen an der Eingangstür. Der Padre warf einen Blick auf die Uhr, es war halb vier Uhr morgens. Er wunderte sich, da in seinem Kirchensprengel niemand im Sterben lag und seine Dienste benötigte. Mühsam stieg er die Treppe hinunter – Zabettó, die ohnehin schwerhörig war, schlief tief und fest – und öffnete die Tür. Kein Mensch war zu sehen.
Er trat auf den Treppenabsatz hinaus und blickte sich um. In jener Nacht herrschte Eiseskälte, und die Stadt roch nach rußigem Kohlenstaub, der mit dem Qualm aus den Kaminen hochstieg. Vor der Tür saß bloß eine Katze, die bei seinem Anblick miaute.
»Na, du arme Kreatur?«, sagte der Padre, der trotz seiner Katzenallergie Mitleid mit den Tieren hatte. Doch erstaunlicherweise brachte ihn dieses Exemplar nicht zum Niesen.
Dann spitzte er die Ohren, denn ihm war der Gedanke gekommen, dass der Nachtwächter einen offen stehenden Fensterladen bemerkt und deshalb angeklopft haben könnte. Wieder blickte er ringsum, doch niemand war zu sehen.
Ein plötzlicher Luftzug löschte seine Kerze, der Himmel war sternenlos, und im Haus herrschte vollkommene Dunkelheit. Der

Padre begann, sich zwischen den Möbeln zu seinem Zimmer durchzutasten.
»Hier müsste das Tischchen stehen …« Und schon stolperte er darüber. Jedes Mal, wenn ihm so etwas passierte, dachte er an das Schicksal der Blinden. Was für ein Martyrium es doch sein musste, in ewiger Dunkelheit zu leben. Maria de Perez' Sohn, der von Geburt an blind war, würde nie erfahren, wie schön die Farbe Blau ist. Bei einem Spaziergang am Kai hatte er zufällig mitgehört, wie der Kleine fragte, was das Meer sei: »*Che cosé il mare, mamma?*«
Der Padre spuckte dreimal aus – toi, toi, toi – und nahm Zuflucht zum griechischen Abwehrzauber gegen den bösen Blick. Mit Mühe gelang es ihm, das Treppengeländer zu erreichen, an das er sich wie ein Ertrinkender klammerte. Die Katze strich ihm um die Beine und folgte ihm miauend nach oben.
»Huch!«, sagte Padre Rocco. »Wie ist die denn hereingekommen?«
Einen Augenblick lang zögerte er unentschlossen, was er nun tun sollte. Da war ihm, als hörte er hinter sich eine leise Stimme: »*Padre!*« Abrupt wandte er sich um, beließ die Hand jedoch am Geländer. Mittlerweile hatte er die sechste Treppenstufe erreicht.
»*Padre!*«
»*Chi è? Chi parla?*«, rief er, und ein Schauer lief ihm über den Rücken.
»*Padre*«, fuhr die Stimme auf Italienisch fort. »*Hai dimenticato la tua promessa.*«
»Du hast dein Versprechen nicht gehalten«, tönte es ihm in den Ohren. Schweißgebadet schreckte Padre Rocco aus dem Schlaf hoch. »Was für ein seltsamer Traum!«, dachte er und schlug die Augen auf. »Und so realistisch!« Er blickte durch die Holzjalousien der Fensterläden: Es war noch vor Tagesanbruch. »Also ist noch Zeit …«, dachte der Padre und fiel wieder in einen tiefen Schlummer.
Um Viertel nach zehn betrat Zabettó auf Zehenspitzen die Kam-

mer des Padre. Sie war besorgt, da er, ganz gegen seine Gewohnheit, um sechs Uhr aufzustehen, noch nicht aufgetaucht war. Padre Rocco lag, eingewickelt in seine Bettdecke, auf dem Rücken und schnarchte tief und fest, während auf dem Hügel, den sein Bauch bildete, eine im Schlaf zusammengerollte Katze rhythmisch auf und ab schaukelte.

Drei Tage später waren die Kamele vor der Stadt unruhig und konnten sich vor Durst kaum halten. Jedes Mal, wenn die Kameltreiber in die Stadt aufbrachen, wandten sie ihren Kopf entschlossen in die entgegengesetzte Richtung. Am dritten Tag brodelte das Meer und spuckte tote Tintenfische aus. Die Katzen miauten vor Hunger, da sie keine Mäuse mehr fanden. All das weckte in den Bewohnern der Stadt den Verdacht auf ein kommendes Erdbeben. Als sich dieses Gerücht verbreitete, verschlossen die praktisch veranlagten Hausfrauen die Olivenölkanister, räumten das wertvolle Porzellan aus den Regalen, banden Möbel und Klaviere mit Stricken fest und rollten die Teppiche ein, um sie gegen mögliche Brände zu schützen. Erdbeben waren für Smyrna der größte Schrecken.

Anfangs waren die Erschütterungen noch leicht. Dann erhob sich ein Wind, der das Meer aufwühlte und Regenfälle brachte, die von heftigen Stürmen begleitet wurden. Im Herrenhaus fielen zwei Bilderrahmen krachend zu Boden. Die Blumentöpfe mit den Gummibäumen hüpften langsam von der Stelle, und die schweren, kirschroten Vorhänge wogten wie im Wind. Dann beruhigte sich die Erde wieder. Als die Leute schon ein »Gott sei's gedankt« auf den Lippen hatten, fing das Ganze wieder von vorne an, und erneut richtete man Stoßgebete zur Madonna.

Im Morgengrauen kam es zu gewaltigen Erdstößen, und drei Häuser gingen in Flammen auf. Welche Stümperin hatte auch die Glut im Kohlebecken vergessen? Mit dem Beben erhob sich ein Brausen aus dem Inneren der Erde, das wie ein schmerzvolles Stöhnen klang. Um halb fünf Uhr morgens wurde Smyrna vom schlimmsten Erdstoß erschüttert.

Padre Rocco fiel aus dem Bett und klammerte sich am Eisengestell fest. Neben ihm vollführten die Möbelstücke einen dämonischen Tanz. Vom Waschtisch stürzten Krug und Becken und zerschellten auf dem Boden in tausend Stücke. Der Spiegel schwankte hin und her und konnte sich nicht entscheiden, ob er ihrem Beispiel folgen sollte oder nicht. Die Schranktüren standen sperrangelweit offen, und in dem ganzen Getöse jaulte die Katze vor Angst so erbärmlich, als wäre ihr jemand auf den Schwanz getreten.

»Miezmiezmiez!«, lockte der Padre sie zu sich herüber, um sie vor herunterfallenden Gegenständen zu schützen. Sie sprang auf das Tischchen hoch, und mit einem ängstlichen Aufheulen versetzte sie ihm einen Tritt, so dass es umstürzte. Dumpf schlug die Kante der Schublade gegen den Kopf des Padre. Aus der Schublade fiel diverser, seit Jahren angestauter Kram, darunter auch das glänzende Medaillon der Toten, das aufsprang, als es ihm vor die Füße fiel. Schlagartig fanden die Erdstöße ein Ende. Ruhe kehrte ein. Der Padre hob das Medaillon auf.

»*La promessa!*«, rief er schaudernd, da er sich an sein Versprechen erinnerte, »*la promessa!*«

Padre Rocco stand vor dem Haus der Familie Karamanos und spähte zum Eingang. Er beschloss, es einmal zu umrunden, und lief die Mauer entlang, die kein Ende zu nehmen schien. Der Palazzo blickte aufs Meer, an der Hinterfront erstreckten sich Gärten und ein Gemüsefeld. An den Rändern lagen jeweils kleine Häuschen und Ställe im Schatten hoher Bäume. Gerade waren Kinder in Begleitung einer Gouvernante auf dem Weg durchs Gartentor, zwei kleine Jungen mit Pelerine und ein kleines Mädchen im Wollmäntelchen und mit dunkelblondem Lockenkopf. Im Gefolge der Mademoiselle schob es einen Kinderwagen mit einem Kleinkind vor sich her.

»*Scusate, signorina*«, begann der Padre, als sie auf seiner Höhe war, und näherte sich, im Schutz seiner Soutane, unverfänglich dem Kinderwagen. Die Mademoiselle lächelte, und der Padre schob den

Vorhang am Verdeck zur Seite. Ein bemützter Säugling kam zum Vorschein, ermüdet von der Spazierfahrt, die seine winzigen Lungen mit den würzigen Düften der Natur und der jodhaltigen Meeresluft gefüllt hatte.
»*Che bel bambino! È vostro?*«
Die Französin schüttelte den Kopf, es sei nicht ihr Kind. Der Padre fragte, ob er Signora Karamanou sprechen könne, und die Kinderfrau führte ihn ins Haus.
Katina hatte gerade andere Mütter aus der gehobenen Gesellschaft Smyrnas zu Gast, und auf der Anrichte im Salon warteten süße Leckereien auf die Kinder. Sie führte ihn in Konstantinos' Arbeitszimmer, wo der Padre sie zunächst einmal eingehend musterte. Dann zog er das Medaillon aus der Tasche und zeigte es ihr.
»Die Frau sagt mir nichts«, meinte Katina, doch als der Padre sich – unschlüssig, wie er weiter verfahren sollte – zum Gehen wandte, hielt ihn Signora Karamanou zurück.
»Wieso meinten Sie, ich könnte diese Frau kennen?«
Der Padre wusste nicht, was er darauf entgegnen sollte. Es führte kein Weg daran vorbei, er musste ihr die ganze Geschichte erzählen. So berichtete er ihr, was er von der Beichte der alten Zanó mitbekommen hatte, wobei ihn das schlechte Gewissen quälte, dass er seiner priesterlichen Aufgabe nicht mit aller Ernsthaftigkeit nachgekommen war.
»Karamanou? Sind Sie sicher, dass sie Karamanou gesagt hat?«
»*Per mia disgrazia*, das ist die einzig sichere Sache.«
Der Padre zog auch die übrigen Habseligkeiten aus dem Päckchen und legte eine nach der anderen auf den Tisch. Katina knipste das Licht an. Das Herrenhaus der Familie Karamanos war eines der wenigen Häuser Smyrnas, wo man die neumodischen »elektrischen Kerzen« verwendete. Der Padre reagierte beunruhigt: »*Non è pericoloso?*«, fragte er mit einem ehrfürchtigen Blick auf die Glühbirnen.
Katina nahm die Fotografien zur Hand und betrachtete die Gesichter. Das vom Padre beschriebene charakteristische, angebo-

rene Mal hatte nur Syrios. Alle hatten immer geglaubt, es sei ihm von der schweren Zangengeburt geblieben.

In Padre Roccos Haus

Die Katze tauchte im Vorraum auf – glücklich darüber, dass sie ein Spielzeug gefunden hatte. Der Padre, der im Ohrensessel eingenickt war, beobachtete sie aus den Augenwinkeln.
»Wie friedfertig doch die Tiere sind«, dachte er. »Wenn man ihnen Futter hinstellt, lassen sie es sich einfach nur gutgehen. Keine Sorgen und Ängste quälen sie, sie denken nicht an morgen, nur das Hier und Jetzt und die täglichen Bedürfnisse zählen.«
Die Katze rollte etwas Kleines, das aussah wie ein Steinchen, polternd über die Fußbodendielen. Sie stieß es mit der rechten Pfote hin und her, versetzte ihm mehrere Hiebe hintereinander, krümmte ihren Körper, setzte an zum Sprung und schubste es mit der linken Pfote unter die Möbel, holte es wieder hervor und ließ es bis zur anderen Seite des Raumes kullern. Dabei trudelte das Steinchen irgendwann an den Schuh des Padre.
»*Madonna mia!*«, rief er entsetzt, als er sich den Gegenstand genauer besah. »Das erzbischöfliche Siegel! Miezmiez, komm her.«
Doch die Katze hatte Angst bekommen und sprang mit dem Siegel im Maul aus dem Fenster. So liefen die Katze und, ihr auf den Fersen, der Padre quer durch Smyrna. »Miezekatze, komm her! Miezmiezmiez!«, keuchte der Pfarrer. In den Marktgassen rempelte er überall die Leute an, die sich vorsichtshalber an die Häuserwände pressten und dem Schwarzrock zwischen den Zähnen hinterherfluchten. Einige Passanten boten ihm ihre Hilfe an, doch die Katze entwischte auch ihnen in großen Sprüngen. Dann versteckte sie sich, und immer wenn der Padre sie aus den Augen verlor, tauchte sie zwei Häuser weiter wieder auf, worauf er ihr sofort hinterhereilte.
»So ein Pech aber auch!«, sagte sich der Priester. »Wenn sie mir entwischt, bin ich verloren.«

Und tatsächlich entschlüpfte sie ihm schließlich. Verzweiflung packte den Padre. »Heute, ach nein, lieber morgen«, dachte er, »gebe ich dem Erzbistum Bescheid.« Mit Schrecken dachte er daran, dass nun weder Taufen noch Eheschließungen und schon gar keine Sterbeurkunden beglaubigt werden konnten!
Zwei Tage später kehrte die Katze um vier Uhr nachmittags wieder in Padre Roccos Haus zurück und betrat, als sei nichts vorgefallen, Zabettós Küche. In ihrem Maul zappelte ein neugeborenes Junges.
»*Padre, Padre!*«, schrie Zabettó auf. »*Vieni subito!*«
Der Pfarrer sprang auf und ordnete – als barmherziger Hirte aller Geschöpfe – zunächst einmal an, dem Tier Milch zu geben und ein Lager zu bereiten. Doch sobald die Katze ihr Junges, das genauso schwarz war wie sie selbst, abgesetzt hatte und es bei Zabettó in Sicherheit wusste, sprang sie hinaus und begann langsam wieder Richtung Stadt zu gehen.
»Padre«, rief Zabettó. »Sie holt die übrigen Jungen. Wenn Sie ihr folgen, führt sie Sie zu ihrem Versteck …«
So heftete sich der Pfarrer ein zweites Mal an ihre Fersen. Diesmal lief sie ihm nicht davon.
»Armes Tier«, murmelte der Padre, der sich erinnerte, wie er sie über den Markt gejagt hatte. »Sie wird gespürt haben, dass die Geburt kurz bevorsteht.«
Es reute ihn, dass er das Tier dermaßen in die Enge getrieben hatte. Die Katze passierte, ohne anzuhalten, eine Gasse nach der anderen. Schließlich legte sie sich vor eine niedrige Tür und begann, ihren Hinterlauf zu lecken. Der Padre, der sich bislang nur auf die Katze konzentriert hatte, hob den Kopf und blickte sich um. Diese Gegend war ihm völlig unbekannt.
»Wo bin ich denn hier?« Nach und nach kam ihm zu Bewusstsein, dass er – zu seinem großen Ärger – sehr leichtsinnig gewesen war. Wie hatte er nur auf Zabettó hören können! Er setzte sich neben das Tier auf die Türschwelle, um sich ein wenig auszuruhen, und begann zu überlegen, wie er den Weg zurück finden sollte.

Die Katze maunzte, und die Tür ging langsam auf. Auf der Schwelle stand eine alte, schwarzgekleidete und verschleierte Frau. Ohne ein Wort trat sie beiseite und ließ den Priester ein. Die Katze ging voran in die dunkle und nur spärlich möblierte Kammer. »Die Wohnung einer einfachen türkischen Familie«, dachte der Pfarrer, während er sich umblickte.
In der Mitte des Raums stand ein niedriger Tisch, dahinter zwei aneinandergerückte schlichte Diwane. Das einzige weitere Möbelstück – falls man es so nennen konnte – befand sich in der Ecke, und darauf standen sechs Zinkteller.
Die Alte – es war Attarte – öffnete ihre Hand, und der Pfarrer erblickte das erzbischöfliche Siegel. Als er danach greifen wollte, schloss sich die Hand wieder. Sie bedeutete ihm, sich hinzusetzen.
»Padre«, sagte die Frau. »Eine Mutter leidet immer mit ihren Kindern.«
Padre Rocco dachte an die sechs Teller. »Wie alt sind Ihre Kinder?«, wollte er fragen, doch sein Mund blieb stumm.
»… Ich brauche Ihre Hilfe«, fuhr die Türkin fort, »weil eine meiner Töchter sonst leidet und ihrer Berufung nicht mehr folgen kann. Und zusammen mit ihr würde unser ganzes Geschlecht aussterben … Und auch mein Leben wäre verwirkt.«
»Lasset die Kinder zu mir kommen und wehret ihnen nicht, denn ihrer ist das Reich Gottes …«, dachte der Pfarrer, und mit einem Mal fühlte er sich ganz ruhig. Vor so vielen Jahren war er, angezogen von der Philosophie des Orients, an diesen Ort gekommen. Damals wollte er alles über die Religionen wissen, wollte den Glauben der verschiedenen Völker in sich aufnehmen, wollte verstehen, warum sie sich bekämpften, wollte die Schriften der großen Weisen, der Kirchenväter und den Koran studieren. Ach! Wie viel Wissensdurst doch in der Jugend steckt …
»Was kann ich für Ihr Kind tun?«
»Sie können die Wahrheit aufdecken.«
Am nächsten Morgen kniete der Padre vor der Ikonenwand der erzbischöflichen Kirche. Er hatte gebetet und gefrühstückt und

schickte sich nun an, durch die mit offiziellen Siegeln und Stempeln versehenen Papiere, die er auf dem Sterbebett der Hebamme erhalten hatte, den Behörden Syrios Karamanos' Herkunft zu melden.
In der Folge setzte dieser alle Hebel in Bewegung, um die Wahrheit herauszufinden. Er rollte die Geschichte von Anfang an auf, fand seine Eltern, seine Sippe und seine Würdentitel. Als einziger überlebender männlicher Spross mütterlicherseits erbte er ein gewaltiges Vermögen in Italien mit Besitzungen, Burgen und Wäldern.
Da Syrios gar kein Karamanos war und keine Blutsverwandtschaft bestand, stimmte die Kirche der Hochzeit mit der Frau seines verstorbenen Bruders zu. Aus demselben Grund fiel das Vermögen der Karamanos ganz offiziell an Konstantinos' Witwe Ekaterini, an seine Tochter Olga und an seinen jüngeren Bruder Dimosthenis, den Eftalia gründlich behext hatte, damit er niemals heiratete. Und tatsächlich blieb er sein Lebtag ledig.

12. Oktober 1909

Katina heiratete Syrios Karamanos in der kleinen Klosterkirche von Burnabasi, denn das Kind unter ihrem Herzen wäre sonst unehelich geboren worden. Nach ihrem verstorbenen Vater Elya wurde es auf den griechischen Namen Ilias getauft. Der Abt, der den priesterlichen Pflichten im Kloster selbst nachging, gab der Ehe seinen Segen. Die Zeit der Hochzeit verbrachte Syrios mit seiner Frau auf dem Landgut in Burnabasi und in Ephesos, und nach der Geburt des Sohnes ging es nach Italien. Es waren glückliche Zeiten.
Die feinen Damen von Smyrna rümpften die Nase über Signora Karamanou.
»Die lässt wirklich keinen aus«, schnatterten sie hochnäsig.
Die kleinen Leute hingegen ließen sie hochleben, da eine aus ihren Kreisen den Aufstieg in die obersten gesellschaftlichen Kreise Smyrnas geschafft hatte.

Doch zu guter Letzt gewöhnten sich auch die schärfsten Kritiker nach langem Hin und Her an die Situation und fanden sich mit den Tatsachen ab.

Die Familie war angewachsen, und Syrios hatte die Vaterrolle für alle Kinder übernommen. Vornehmen Besuchern aus der Fremde stand das Haus gastfreundlich offen, und die ganze Familie Karamanos bemühte sich, sie fürstlich zu bewirten und zu beherbergen. Kosten spielten dabei keine Rolle. Wenn Syrios auf Reisen war, führte Katina die Aufsicht über die Handelsgeschäfte, keine leichte Aufgabe.

»Die Zuckerlieferung ist eingetroffen.«

»Wo ist sie? Die möchte ich sehen.«

»Das wird nicht gehen, gnädige Frau, der Zucker wird unbesehen direkt von Konya nach St. Petersburg geliefert.«

Der Zucker existierte sozusagen nur auf dem Papier, Herr im Himmel! Trotzdem konnte er leicht verschwinden, denn es ging um Goldpfund, die ohne jegliche Kontrolle den Besitzer wechselten. Alles bestand nur aus schwarzen Zeichen auf weißem Papier, und die Summen, um die es dabei ging, waren gewaltig.

Katina merkte in ihren Aufzeichnungen an:

Smyrna, im Januar 1911

Zum ersten Mal in meinem Leben ist es einem Mann gelungen, mir Angst einzujagen.

Das geschah auf einem Ball, als der bekannteste Sänger Smyrnas auftrat, ein schöner Mann mit tiefgründigem Blick und samtigem Timbre. Alle Frauen schwärmten für Marcello, wenn er voller Inbrunst seine feurigen und leidenschaftlichen Liebeslieder sang. Als ich mit Antoinette und Syrios am Tisch neben Marc saß, der sich mit einer Französin verheiratet hatte, ließ er mich beim Singen nicht aus den Augen. An jenem Tag hatte ich das Beladen dreier Dampfer nach Konstantinopel beaufsichtigt. Eine gefahrvolle Sache, da die Wetterlage schlecht war. Wenn sie endlich am Ziel wären, würde ich vor Erleichterung drei Kreuze machen. Syrios war dagegen gewesen, doch ich hatte meinen Willen durchgesetzt. Die überzählige Fracht, für die man eigentlich ein weiteres Schiff hätte chartern müssen, hatte ich – zusammen mit einem saftigen Bakschisch – dem Kapitän anvertraut. Ich überschlug die Stunden, die das Schiff brauchen würde, um die Dardanellen zu passieren. Gerade waren sie vor Chios, danach ging's aufs offene Meer. Selbst wenn nur ganz wenig Wasser in die Laderäume schwappte, würde die Baumwolle schwer wie Blei werden. All das ging mir durch den Kopf, als Marcello »Die Smyrniotin« sang.

Da erst fiel mir auf, dass er nur für mich sang. Unfassbar! Wenn man so einen Blick auffängt, versteht man sofort, was er zu bedeuten hat. Da konnte einem doch egal sein, was mit der Baumwolle passierte! Aber wieso gefiel ich ihm? Hatte ihn vielleicht eine andere falsch behext? Oder zog ihn der Duft des Geldes an?

Von jenem Abend an folgte mir Marcello wie ein Schatten. Überall, wo ich war, tauchte er auf. Als ritte mich der Teufel, verabredete ich mich immer wieder in demselben Lokal, in dem er auftrat. Und wir verschlangen uns gegenseitig mit den Blicken, aber nur von Weitem.

Einen Mann, der in mich verliebt war, am Gängelband zu führen, war ein Spiel, das mir völlig neu war. Zum ersten Mal erlebte ich, dass jemand mich begehrte und – freiwillig – hinter mir her war, während ich mich ihm entzog. Ach, die Glücklichen, die so etwas schon vor mir erlebt hatten! Nach und nach erwachte auch mein Begehren, und ich begann, von ihm zu träumen. Wenn Syrios mich küsste, stellte ich mir vor, in Marcellos Armen zu liegen. Doch als sich die erste süße Unruhe des Versteckspiels gelegt hatte und es zur Sache gehen sollte, überfiel mich ein Gefühl des Überdrusses. Ja, das war die Wahrheit: Plötzlich war mir die Lust vergangen. Was wäre denn bei ihm anders als bei Syrios? Und so durchkreuzte ich all seine ambitionierten Versuche, meine geheimsten Reize zu entdecken. Und er verschwand aus meinem Leben genauso rasch und spurlos, wie er aufgetaucht war.

Mit Feuereifer widmete ich mich wieder der Plantagenwirtschaft.

Wenn ich die Augen schloss, sah ich Dimosthenis vor mir, wie er sich bemühte, unsere Viehherden vor der Cholera zu retten. Als ich wiederholt aus Alpträumen hochschreckte, befragte ich an vier aufeinanderfolgenden Freitagen die Tarotkarten. Eindeutig war die Karte »Berg« zu interpretieren, oberhalb kam die »Sonne« zu liegen, ganz weit weg lag die »Eule« und über dem aktuellen Weideplatz des Viehs die Treff-Vier. Sofort telegrafierte ich an Dimosthenis, er möge das Vieh in die Berge treiben. Zum Glück konnten wir dadurch den Bestand retten.
Eines Morgens wurde Syrios fuchsteufelswild, als er erfuhr, dass ich die Rinderwaggons in Richtung Ankara mit der doppelten Summe versichert hatte. Doch als er dann die Versicherungssumme bar auf die Hand ausbezahlt bekam, nachdem nacheinander alle aus heiterem Himmel verendet waren, sagte er nichts mehr. Mich würde bloß interessieren, wie die anderen ohne die Hilfe von Tarotkarten Geschäfte machen können. Was für ein außergewöhnliches Talent sie doch haben müssen! Syrios indessen war überzeugt, dass ich eine begnadete Geschäftsfrau war.

Die Herrin von Smyrna

Drei Tage lang hatte es in Strömen geregnet, es war das reinste Aprilwetter. Danach strahlte die Sonne wieder, und ein schimmernder Regenbogen spannte sich von Pounta bis nach Darağaç. Die Erde verströmte ihr feuchtes Aroma, Flieder und Veilchen öffneten nach dem Regenguss ihre Blüten. Smyrna war zu dieser Jahreszeit übersät von weißen und lilafarbenen Veilchenblüten.
Katina öffnete die Fenster ihres Zimmers und rief voll Entzücken: »*Ay ne güzel.*« Mit geschlossenen Lidern wandte sie das Gesicht zur Sonne und atmete tief ein. »Egal, was für Sorgen du hast«, dachte sie, »fang einfach wieder von vorne an. Füll deine Lungen mit frischer Luft und sage dir: Ich atme, ich lebe, ich werde es schaffen.« Sie hatte Lust auf einen sorglosen Spaziergang, um sich am frischen Grün sattzusehen. Plötzlich fiel ihr die antike Fes-

tung am anderen Ende der Stadt ein. Ja, dorthin wollte sie ihren Ausflug machen.
Sie ließ das neue Pferd satteln, ganz weiß und mit einer Blesse auf der Stirn. Surat war ein Geschenk des Sultans – »Lang lebe Abdülhamid!« – an die Herrin von Smyrna. Er selbst hatte neben dem Pferd noch weitere Gaben überbracht: einen bestickten Ledersattel, ein mit blauen Edelsteinen besetztes Pferdegeschirr, Pferdedecken mit Brustlatz und zwei Privatpfleger, die das edle Tier liebten und seine Eigenarten genau kannten.
Sie eilte zum Kleiderschrank, holte ein Reitkleid heraus und packte ihre kleine Tochter an der Hand: »Komm, Olga, wir machen einen kleinen Streifzug.«
Mit einem vom Scheitel bis zur Sohle prachtvoll herausgeputzten Surat ritten sie hoch zur Burg. Seine Hufe tänzelten über das Pflaster, und alle blickten voller Bewunderung dem herrlichen Pferd und den beiden reich ausstaffierten Reiterinnen hinterher. In die Blicke mischten sich unwillkürlich auch Neid und Missgunst, denn hier stand der Adel gegen das einfache Volk, Reich gegen Arm, Herr gegen Knecht. Surat verwies die Betrachter eindeutig auf ihren Platz. Er zwang sie unwillkürlich, einen Schritt zur Seite zu treten, ausnahmslos alle, egal ob es Türken, Juden, Katholiken, Zigeuner, Griechen oder Armenier waren.
Sie galoppierten hinaus aufs freie Land. Das Tier freute sich über das weiche Gras, das es anstelle des Straßenpflasters unter den Hufen spürte. Dann lenkte sie es wieder in die kleinen Gassen zurück, um durch die Armenier- und Araberviertel zum Türkenviertel zu reiten.
Abrupt zügelte Katina das Pferd und zwang es zu einer langsameren Gangart. Sie betraten die Armenviertel, deren Gässchen voller schlammiger Pfützen waren und deren morastiger Boden übersät war mit Hufabdrücken, Radspuren und den Abfällen der Fuhrleute.
»Wohin gehen wir, Mama? Hier stinkt es.«
Sie ritten am Laden der schielenden Bäckerin vorbei, dann an Ilias' Weinschenke. Die Klänge eines Oud drangen heraus, wäh-

rend vor dem Eingang Kinder Plumpsack spielten. Ein Stück weiter stritten sich zwei über ein Wirbelknöchelchen beim Würfelspiel, wobei das eine Rotz und Wasser heulte.
Olga schauderte. »Wohin gehen wir, Mama?« Surat blieb stehen.
Aus dem Fenster des rechten Hauses mit der kleinen Veranda und den Dahlien im Hof beugte sich eine Frau mit sonnengegerbter Haut und schüttelte das Tuch aus, das man auf dem Brotblech über die aufgehenden Brote breitet. Das musste eine von Vassilias Schwiegertöchtern sein. Tja, Vassilia – »Gott hab sie selig!« – war auch nicht mehr. Vielleicht war es Minas' Frau. Die Herrin wandte ihren Blick der gegenüberliegenden Kate zu. Sie war versperrt, morsch und muffig. Wer dort jetzt wohl wohnte? Vom Sattel aus konnte sie die Stelle erkennen, an der sie die Katze begraben hatten. Ebenso erkannte sie die Stelle, an der die Hebamme – »Gott hab auch sie selig!« – ihre üblen Zauberbündel hinterlegt hatte. Hm! Wie lange das alles zurücklag, als handelte es sich um eine andere Frau, um ein anderes Leben.
Wieder zwei Häuser weiter war Lefkothea auf die Welt gekommen, aufgewachsen und, ohne sich je wegzurühren, immer im selben Haus lebend, langsam alt geworden – ständig das gleiche Essen kochend, stets dieselben Sorgen im Kopf, genauso wie eine Getreidesaat, die alle Jahre am selben Ort aufgeht und deren Halme wegen des kargen Bodens immer dünner werden. Nach einem Leben in Armut und Elend würde sie dort auch sterben. Katina hob den Kopf zum Himmel. »Warum hast du mich und nicht Lefkothea ausgewählt?«, dachte sie und flüsterte die magischen Worte des Kartenlegens: »Schicksal, gutes Schicksal, was hältst du für mich bereit?«
Am 17. Dezember 1887 hatten wir diese Kate zum ersten Mal betreten. Es war die billigste Wohnung im ganzen Armenviertel. Stumm setzten wir uns in eine Ecke des einzigen Zimmers und blickten uns um. Es gab ein Fenster und eine Tür, doch keinen Ofen. Angesichts dieser Trostlosigkeit packte uns das heulende Elend. Genauer gesagt, mir liefen die Tränen stumm übers Gesicht, und Eftalia wurde von lautem Schluchzen geschüttelt. Ich

dachte an das Dorf und an unseren Ofen dort, und die Weiden Kappadokiens kamen mir in den Sinn. Ich erinnerte mich an all das, was wir in der Hoffnung auf ein besseres Leben zurückgelassen hatten. Im Dorf hätten wir uns an einem Holzofen gewärmt, der mitten im Zimmer stand. Er war der Mittelpunkt unserer Welt, um ihn herum spielte sich unser Leben ab. Am Abend spendete er uns Wärme und Helligkeit, bot uns eine Feuerstelle zum Kochen und Braten, in seine Eingeweide schoben wir Brote und Essen und rund um den Ofen hängten wir unsere klammen Strümpfe auf, damit wir sie zum Schlafen wieder anziehen konnten. Für uns Kinder war unser Zuhause gleichbedeutend mit diesem Ofen. Ob nun die Wände aus Steinen, Ziegeln oder Zeltstoff bestanden, oder selbst wenn das Haus gar keine Wände hatte, besaß man ein Zuhause, wenn man einen Ofen sein eigen nannte. Der beste Platz, auf den jeder von uns spekulierte, war auf dem Stuhl gleich daneben. Doch sobald der Vater heimkam, war dieser Platz für ihn reserviert.
In Kappadokien hatten wir keinen Tisch. Was hätten wir auch damit anfangen sollen? Einen Tisch brauchten doch nur Schreiberlinge, um ihre Papiere darauf auszubreiten. Einer nach dem anderen kam von der Arbeit, hob den Deckel des Kochtopfs hoch und schnupperte, was es zu essen gab. Dann schöpfte er seine Portion in den umgedrehten Deckel und löffelte sie gierig auf, anschließend machte er den Topf wieder zu und hakte den Löffel in eine Metallschlaufe an der Außenseite des Topfes ein. Immer wenn der fahrende Händler mit seinem Karren ins Dorf kam, pries er unseren Müttern die Töpfe mit den Metallschlaufen besonders lautstark an. Die neuesten Modelle hatten sogar zwei oder drei davon, für den Fall, dass irgendein Familienmitglied nicht mit dem Löffel der anderen essen wollte. Unser guter Ofen trug die Verantwortung dafür, dass das Essen warm blieb und so wunderbar duftete.
Am 17. Dezember 1887 herrschte in Smyrna eine Hundekälte. Um die Strecke zwischen Foula und unserer Kate zu bewältigen, zog ich jedes Mal mein einziges Paar Schuhe an. Sie waren mir

viel zu eng geworden, so dass meine Zehen schmerzten und ich nur hinkend vorwärtskam. Manchmal machte Eftalia die Schusterzange im Kamin heiß, ließ sie kurz abkühlen und drückte sie genau an der Stelle meines großen Zehs in den Schuh. So wurde das Leder gedehnt, und ich hatte keine Schmerzen mehr, dennoch wurden meine Füße aufgrund der durchlöcherten Sohlen nass und eiskalt.

Bei Einbruch der Dunkelheit breitete meine Mutter unsere warme Schlafdecke aus. Sie war die einzige, die wir mitgebracht hatten, von Großmutter Eleni aus kleinen Schafwollflicken zusammengenäht. Wie warm sie war! Und wie gut man darin schlief! Manchmal hätte ich heute noch Lust, darin zu schlafen, wenn Eftalia sie herausrücken würde, denn gewiß hat sie sie irgendwo aufbewahrt. Und beim Schlafengehen kam, zusammen mit der warmen Decke, auch das Grummeln im Magen zum Vorschein, das mit Wassersuppe nicht zu beruhigen war. Dazu kamen noch die Fußtritte von Anneso, wenn sie sich im Schlaf unruhig hin und her warf. Ach du meine Güte! Was für schlimme Zeiten waren das doch! Toi, toi, toi, schnell vorbeugend ausgespuckt, liebe Katina, damit sie nie wiederkehren. Vielleicht ist es gar nicht die Decke, nach deren heimeliger Umarmung ich mich so sehne, sondern der warme Leib meiner Mutter, an den ich mich kuschelte. Dieser warme Leib verströmte eine wohlige Sicherheit, ihr Atem und selbst das Salz unserer Tränen, die wir gemeinsam weinten, wenn jede von uns vor dem Einschlafen ihren Gedanken nachhing, boten Trost. Meine geliebte Mutter, mein Mütterchen. Was habe ich im Gegenzug für dich getan?

»Gehen wir, Mama.« Die kleinen Strolche hatten sich um uns versammelt und neckten Surat, anfangs noch zögerlich, dann immer frecher. Einer zog ihn am Schwanz.

»Gehen wir, Mama«, wiederholte Olga weinerlich. »Was wollen wir hier?«

»Nichts.«

Katina gab dem Pferd die Sporen, und im Galopp ließen sie das Viertel hinter sich.

ELENITSA

Die Ziehmutter

»Ach, mein Smyrna«, sagte Katina, während sie durch die Gassen flanierte. Immer wieder durchstreifte sie zu Fuß die Stadt, um sich an ihr sattzusehen. Ziellos wanderte sie durch die Gassen, sah sich die Lokale und die Schaufenster der Geschäfte an. Mit einem Mal erklang aus einer Ecke eine unbekannte Geigenmelodie. Sie griff in ihre Tasche, um eine Münze hervorzuholen, doch sie konnte keinen Geigenspieler entdecken, der seinen Hut aufgestellt hätte.
»Seltsam, ich habe die Geige doch ganz deutlich gehört.«
Sie ging ein paar Gassen weiter. Überall war dieselbe Melodie zu hören. »Irgendjemand folgt mir«, dachte sie und drehte sich unvermittelt um, doch niemand war zu sehen.
Dann lief ihr Melia Parianou mit einer Freundin über den Weg, die gemeinsam Stricknadeln und eine Reihe von Wollknäueln in allen möglichen Farben erstanden hatten. Von dem neu entdeckten Zeitvertreib ganz begeistert, hatte Melia beschlossen, eine Strickjacke in Angriff zu nehmen. Herzlich begrüßte sie Katina, stellte ihr die unansehnliche Begleiterin an ihrer Seite vor und begann, ihr jedes einzelne Wollknäuel zu zeigen.
»Melia!«
»Schau doch, wie hübsch dieses Rosa aussieht.«
»Melia! Hörst du die Musik?«
»Welche Musik?«
»Das Geigenspiel.«
»Geige? Nein.«
»Dann entschuldige mich bitte …«
Und sie ließ sie mitten auf der Straße stehen und bog eilig nach rechts ein.

»War das die Karamanou?«, fragte Melias Freundin.
»Ja, hast du sie noch nie gesehen?«
»Man sagt, sie sei eine Hexe.«
»Unsinn! Wer erzählt denn so etwas?«
»Du fragst, wer? Das kann ja wohl nicht wahr sein, dass du als Einzige nichts davon gehört hast! Ganz Smyrna zerreißt sich das Maul. Es heißt, sie hätte ihre ersten beiden Ehemänner um die Ecke gebracht.«
Nun war die Geigenmelodie deutlich zu hören. Sie kam vom anderen Ende der Straße.
Dort saß ein kleines Mädchen. Signora Karamanou zog einen Handschuh aus – sie hatte sich sehr an diese Mode gewöhnt – und nahm ein Seidentaschentuch aus der Tasche, um dem Kind das verweinte Gesichtchen sauber zu wischen.
»Wie heißt du?«, fragte sie.
Das Kind antwortete nicht. Katina nahm es auf den Schoß.
»Warum weinst du?«
Wieder kam keine Antwort.
»Woher kommst du?«, fragte sie erneut. Das Mädchen blickte ihr in die Augen. Es war klein gewachsen und schmutzig, und alles andere als ein Engelchen. Das Mädchen hob seine Hand und deutete auf Katinas Ausschnitt, wo unter den Knöpfen ihres Kleides die Halskette und ihr kleines Taufkreuz hervorschimmerten.
»Ah, das meinst du!«, sagte Katina. »Das ist mein Taufkreuz. Willst du es dir ansehen?«
Sie holte den kleinen Anhänger hervor und hielt ihn ans Licht. Das Kind fasste sich nun selbst an die Brust und zog ein Amulett hervor, das es sofort in den Mund steckte. An der Kette des Talismans baumelte ein roter Faden. Als sich Katina irritiert erhob, klammerte sich die Kleine an ihrem Rock fest. Es waren jetzt, im Zuge der Unruhen, viele auf sich allein gestellte Kinder in der Stadt unterwegs.
»Wo wohnst du?«, fragte sie dann auf Türkisch.
Die Kleine hob die Hand und deutete zum Judenviertel hin.
Die beiden legten einen weiten Weg zurück. In dem Viertel, das

sie dann erreichten, waren die Straßen voller Juden, die Kaftane mit farbigen Gürteln trugen. Bei Katinas Anblick, spuckten sie – toi, toi, toi – vorbeugend aus und murmelten Flüche hinter vorgehaltener Hand.

Das Haus, in dem das Kind wohnte, lag an einer zugigen Ecke und war nach allen Seiten hin Wind und Staub ausgesetzt. Eine Frau, die die Mutter des Kindes hätte sein können, war nicht zu sehen, nur drei alte Männer saßen im Hof. In dem Haus wohnten die Leute dicht gedrängt, und in jedem Raum lebte zusammengepfercht eine ganze Familie.

»Zu wem gehört dieses Kind?«, fragte Katina.

»Zu den Juden«, antworteten die alten Männer.

»Hat es eine Mutter?«

»Die Erde ist seine Mutter. Wir haben es gefunden.«

Katina betrat die fremde Wohnung, nahm einen Krug und füllte Wasser in einen Teller. Dann forderte sie das Kind auf, sich hinzusetzen, und deutete auf das Wasser. Das Mädchen betrachtete mit starrem Blick die Flüssigkeit, dann sah es wieder zu Katina hoch.

»Es ist reine Einbildung«, sagte sich Katina. »Es wird ein ganz normaler roter Faden sein.«

Sie stieß einen langgezogenen Seufzer aus und erhob sich dann zum Gehen.

»Na, wenigstens nach Hause konnte ich dich bringen.«

Sie blickte sich noch einmal um. Wie armselig alles hier war! Gerade als sie aufbrechen wollte, ertönte eine Stimme: »Mutter, ein bisschen Brot.«

Katina wandte sich an die alten Männer im Hof: »Das Kind bittet um Brot, es hat Hunger. Habt ihr etwas zu essen?«

»Das Kind hat nichts verlangt«, entgegneten sie. »Das Kind kann nicht sprechen, es ist stumm.«

Katina blickte verblüfft zu dem Kind hinüber. Lautlos formulierte sie in ihrem Inneren: »Möchtest du ein bisschen Brot?«

»Ja.«

»Möchtest du zu mir nach Hause kommen? Dort können wir

auch etwas Süßes essen.« Wieder formte sie die Sätze in ihren Gedanken.
Das Gesicht der Kleinen leuchtete auf, und sie verzog den Mund zu einem Lächeln, das ihre gelben, ungepflegten Zähne zeigte. Sie eilte voraus zur Tür und zog Katina hinter sich her.
Katina führte es in einer Einkaufsstraße an den Läden vorbei zu einer Konditorei, wo sie an einem Tisch Platz nahmen. Das Mädchen musterte die Süßigkeiten und wandte sich wieder Katina zu.
»Quitte, Eis, Lokum.«
»Einmal Quitte, eine Portion Eis und einmal Lokum«, rief Katina zum Tresen hinüber.
»Welches Eis wünschen Sie?«
Wieder wandte sich Katina mit einer schnellen Bewegung an die Kleine und blickte ihr in die Augen.
»Mastix.«
»Ein Mastixeis«, rief Katina.
»Nein, doch kein Mastix, sondern Zimt«, hörte sie die Kinderstimme sagen.
»Nein, doch kein Mastix, sondern Zimt«, rief sie dem Kellner erneut zu.
Gierig löffelte das Kind alle drei Portionen gleichzeitig. Vor lauter Heißhunger tropfte ihm der Sirup vom Mund auf die staubbedeckten Kleider. Plötzlich hob es den Kopf und heftete den Blick auf den Nebentisch, wo ein Herr mit einer vornehmen Levantinerin saß. Danach wandte es sich, mit Tränen in den Augen, mit kläglichem Blick und zitternden Lippen an Katina.
»Was ist los, mein Liebes?«, fragte Katina, die sich an diese stumme Zwiesprache zu gewöhnen begann.
»Die da! Die hat ›dreckiger Gnom‹ zu mir gesagt.«
Die Frau hatte es nicht laut ausgesprochen, sondern das Kind nur angesehen. Katina wandte sich zu ihr um und sagte erbost: »Das ist kein Gnom, Madame, sondern ein kleines Kind.«
Die Frau erbleichte. »Entschuldigen Sie bitte«, stotterte sie. »Es war keine Absicht.«
Durch diese Reaktion fand Katina bestätigt, dass die Frau tatsäch-

lich diesen Gedanken gehabt hatte. Sie zahlte die Rechnung für die Desserts und verließ mit dem Kind das Lokal. Sobald sie aus der Tür waren, erleichterte es sein prall gefülltes Bäuchlein durch einen kräftigen Rülpser.
»Sagst du mir jetzt, wie du heißt?«, fragte Katina und blickte ihm in die Augen.
»Und wie ist dein Name?«, erwiderte das Kind stattdessen.
Katina dachte ein paar Sekunden nach, dann antwortete sie bestimmt: »Mutter, nenn mich Mutter.«
»Ich bin ohne Namen«, sagte die Kleine.
»Mit wem sprichst du sonst noch?«, fragte Katina.
Nun blieb das Kind die Antwort schuldig und senkte den Kopf. Gemeinsam spazierten sie zur Einkaufszeile und der absonderliche Anblick des Pärchens – die vornehme Dame in ihrer Robe und das Mädchen in seinem zerlumpten Kleid – zog die Blicke der Passanten auf sich.
»Zwei Kinder wirst du gebären, doch drei wirst du großziehen«, hatte Attarte damals gesagt, als sie ihr vor der Hochzeit mit Karamanos die Karten gelegt hatte. »Könnte es sein, dass …?«, fragte sich Katina und blickte auf das Mädchen, das seine Augen auf ein Schaufenster geheftet hatte. Damals hatte sie Attartes Worte nicht verstanden und sie, ohne weiter nachzufragen, einfach hingenommen.
In der Vitrine lag Kinderspielzeug, überwiegend Sachen zum Aufziehen. Dann gab es da noch Puppen mit hübschen gestärkten Krägen um den Hals, Holzwägelchen für die Puppenkinder, Schaukelpferde und Bälle. Das Kind ließ Katinas Hand los, lief zum Schaufenster hin, drückte sich die Nase an der Scheibe platt, so dass sein Atem einen trüben Fleck hinterließ. Der Ladeninhaber trat mit einer Gerte auf die Straße.
»Pfui, weg hier, du Schmutzfink!«
Als sich Katina näherte, schubste er das Kind entschlossen beiseite, damit die Dame unbehelligt eintreten konnte. Das Mädchen rettete sich in die Arme der Dame, und gemeinsam betraten sie das Geschäft und kauften eine Puppe samt Zubehör, dazu einen

prächtigen Puppenwagen mit einer edlen, eigens dafür gehäkelten Spitzenbettdecke. In seiner unschuldigen Freude wirkte das kleine Mädchen nun wie jedes andere Kind auch. Katina öffnete gerade ihre Handtasche, um zu bezahlen, als die Kleine den Puppenwagen zornig von sich stieß und mit zitternder Unterlippe wiederum kurz davor stand, in Tränen auszubrechen.

»Was hat er zu dir gesagt?« Katina blickte die Kleine an.

»Edelhure Karamanou.«

»Mach dir nichts draus, das war auf mich gemünzt.«

Das Kind beruhigte sich und griff wieder nach der Puppe. Auf der Marktstraße kauften sie ein Kleidchen samt Jäckchen und Schnürschuhen.

»Mutter, du lässt mich jetzt nicht allein, oder?«, fragte es. Tatsächlich hatte Katina gerade unwillkürlich gedacht: »Und was passiert jetzt? Was soll ich mit dem Kind anfangen?« Dabei hatte sie das Bild streunender Katzen vor Augen.

»*Yok*«, sagte Katina diesmal ganz laut. »Nein, ich lass dich nicht allein.«

Dann klapperten sie die Läden im Europäischen Viertel ab und kauften Haarbänder, Unterwäsche, Schürzen mit niedlichen Schleifen und ein dazu passendes Hütchen.

»Edelhure Karamanou« wurde nun von »Schickse aus dem Armenviertel«, »Ehebrecherin« und »nuttige Landpomeranze« abgelöst. Die Kaufmannsschicht Smyrnas konnte ihre Eheschließung mit Syrios augenscheinlich immer noch nicht verkraften.

Dann ging sie mit dem Kind zum Gouverneurspalast von Ali Bey. Unterwegs einigten sie sich auf die Namen Jasmin für die Puppe und Eleni für die Puppenmutter. Eine ganze Weile mussten sie warten, da Ali Bey eine längere Besprechung mit den katholischen Bischöfen hatte. Als er sie endlich empfing, musterte er das Kind neugierig. Nachdem ihm Katina die Einzelheiten erläutert hatte, übertrug er ihr offiziell die Vormundschaft für die Waise.

»Mutter, ist das der Vater?«, fragte Elenitsa beim Hinausgehen.

»Nein, dieser gute Mann hat nur entschieden, dass du bei mir bleiben darfst.«

»Mutter! Er ist der Einzige, der dich mag.«
Katina erwiderte nichts. Sie überquerten den Platz vor dem Gouverneurspalast und machten sich auf den Weg zum Karamanos-Palais.
»Man weiß wirklich nie, was auf einen zukommt!«, sagte Katina. »Ich wollte bloß spazieren gehen und bringe ein Kind mit nach Hause.«
Den Rest des Nachmittags verbrachten sie damit, Elenitsas Locken zu entwirren, indem sie Dornen, Erdklumpen und Unrat entfernten. Dann wurde die Kleine mit Aschenlauge sauber geschrubbt. Abends legten sie ein weiteres Gedeck auf den Tisch im Esszimmer, doch die kleine Eleni ging ganz von sich aus in die Küche hinunter und suchte sich ihren Platz in einem Eckchen gleich neben dem Ofenholz.
»Katina, dieses Kind kann doch nicht so plötzlich aus dem Nichts aufgetaucht sein«, erklärte Syrios nach dem Essen. »Ich weiß nicht, ob es hierbleiben kann. Überleg es dir gut.«
Er begriff, dass Katina es in die Familie eingliedern wollte. Olga war zwei Köpfe größer und ein paar Jahre älter als die kleine Eleni, doch sie verstanden sich auf Anhieb. Einträchtig spielten sie mit der neuen Puppe.
»Syrios, ich muss dir etwas über dieses Kind erzählen«, fing Katina an.
Syrios hielt inne.
»Ja, ich höre.«
»Weißt du, Syrios, dieses Kind …«
Syrios wartete geduldig.
»Weißt du, Syrios, dieses Kind …«
»Ja?«
»Also, kurz gesagt, du kannst es vielleicht nicht verstehen, aber ich gebe es nicht wieder her.«
In diesem Augenblick traten Olga und Elenitsa ins Zimmer.
»Mama«, fragte Olga, »hat Elenitsa eine Mutter?«
Katina warf Syrios einen kurzen Blick zu.
»Nein«, meinte Katina, »aber wir werden nach ihr suchen.«

»Hat sie einen Vater?«, beharrte Olga nun weiter.
»Ich glaube nicht«, erwiderte Katina.
Olga beugte sich zu Elenitsa hinunter.
»Sei nicht traurig. Ich hab auch keinen Vater«, sagte sie, wie um die Kleine zu trösten. »Er ist gestorben.«
Elenitsa schüttelte heftig protestierend den Kopf und trat auf Syrios zu, gab unartikulierte Laute von sich, die wie »Ba.. ab… b… b…« klangen, und klopfte ihm mit der Hand auf die Brust.
»Da ist er doch, dein Vater!«, rief Elenitsa mit ihrer inneren, unhörbaren Stimme. »Das ist er! Du hast mich angeschwindelt, er ist gar nicht tot!«

Elenitsas erste Ausfahrt führte zum Arzt, der feststellte, dass sie kerngesund war. Danach nahm Katina die Kleine mit zu Attarte ins Türkenviertel.
Die von der Karamanos-Familie mit der Suche beauftragten Gendarmen hatten das ganze Judenviertel durchkämmt, doch niemand hatte Näheres über das Kind zu sagen gewusst. Eine Frau hatte erzählt, die Kleine sei als Findelkind mit den anderen Sprösslingen aus dem Viertel zusammen aufgewachsen. Ein alter Mann mit zerfurchtem Gesicht brachte einen Namen ins Spiel: İsare, die Gezeichnete. Doch ganz sicher war er sich nicht, bei so vielen Waisen, die in der Stadt lebten. Wer konnte sich um sie alle kümmern?
»*Anne*, was soll ich tun?«, suchte Katina Rat bei ihrer türkischen Mutter.
Attarte blickte auf das kleine Mädchen und streckte ihm die Arme entgegen, in die es freudig lief.
»Das ist eine Prüfung, die dir auferlegt wurde. Du bist jetzt eine Mutter, die sich ihr Kind selbst erwählt hat. Folge deinem Herzen.«
»*Anne*, kann das Kind gesund werden? Kann es sprechen lernen?«
Attarte entgegnete nichts, obgleich sie über die Frage nicht verstimmt zu sein schien.

»*Anne*, zu wem gehört das Kind?«

»Zu dir«, erwiderte Attarte.

Mit der Zeit verwandelte sich Elenitsa in ein hübsches Ding mit duftig braunen Locken, einem gertenschlanken Körper und einem niedlichen Gesichtchen. Allerdings blieb sie weiterhin stumm. Katina versuchte beharrlich, noch jemanden zu finden, mit dem sie bereit war zu kommunizieren. Nur von Katina ließ sie sich Lesen und Schreiben beibringen, nur von ihr ließ sie sich Märchen erzählen, wenn sie abends, nach außen hin schweigend, in ihrem Zimmer saßen. Doch das Kind wollte sich mit niemand anderem unterhalten. Obwohl sie eine enge Beziehung zu Olga entwickelt hatte, war Katina sicher, dass sie mit ihrer Tochter nicht »sprach«.

Signora Karamanou hatte sich verpflichtet, jeden Dienstag die Mädchenschule zu besuchen. Des Öfteren schickte sie jedoch Pari als Vertretung, um sich ungestört dem Olivenölhandel widmen zu können. Pari erwies sich ganz generell als unverzichtbare Hilfe. In angemessener und würdiger Weise sprang sie immer wieder für Katina ein. Von einer Freundin war sie zu Katinas rechter Hand geworden, und von ihrer rechten Hand zu einer unersetzlichen Hilfe im Familienverband.

»Pari übernimmt das, wendet euch an sie«, sagte Katina jedes Mal, wenn Fragen auftauchten, die den Haushalt betrafen, und notgedrungen hielt sich Pari jeden Tag im Herrenhaus auf.

Als sich Katina gerade zum Ausgehen fertig machte, wurde ein Ministrant vorstellig, der Signor Karamanos die Einladung des griechisch-orthodoxen Metropoliten zu einem Treffen im Bischofspalais überbringen wollte.

»Sagen Sie Ehrwürden, dass Signor Karamanos ins Ausland verreist ist«, entgegnete Pari.

Gerade als der Ministrant schon kehrtmachen wollte, rief ihm Katina hinterher: »Sagen Sie Ehrwürden, dass Signor Karamanos kommen wird.«

»Gut«, erwiderte der Novize.

Pari blickte sie erstaunt an.

»Gib mir meinen Hut«, verlangte Katina.

Den Duft des Glaubens, der sich im Hof der Bischofskirche verbreitete, konnte man schon von Weitem riechen. Im Palais herrschte eine auffallende Ruhe, und die abgenutzten Möbel strahlten eine andächtige Würde aus, da ihre Benutzer weltlichen Gütern keine Bedeutung zumaßen. Katina kniete vor dem Metropoliten nieder, der die Gabe besaß, nie die Fassung zu verlieren.
»Sie wollten die Familie Karamanos sprechen, Ehrwürden«, sagte sie.
Die Mädchen waren in der Kutsche zurückgeblieben, denn der nächste Halt sollte die Mädchenschule sein. Olga lutschte Zitronenbonbons, während sie ihre Nase an die Fensterscheibe presste und mit dem Handschuh über das beschlagene Glas wischte. Die kleine Eleni blickte geradeaus, ein- oder zweimal runzelte sie die Stirn, als verspüre sie Kopfschmerzen. Doch anscheinend vergingen sie gleich wieder. Langsam öffnete sie den Wagenschlag und trat auf das Pflaster. Diese Gestalt mit dem Bart, bei der ihre Mutter war … Der schwarze Bart, die hohe Stirn, der offene Blick …
»Mam…ma…ma«, artikulierte sie mühsam.
Langsam ging sie auf den Eingang zu und dann die Treppe hoch. Keine Menschenseele war zu sehen. Sie lief den Korridor entlang und öffnete die hohe Tür an seinem Ende. Der Metropolit von Smyrna und Signora Karamanou wandten sich um.
»Was für ein reizendes Mädchen!«, sagte er und lächelte dem kleinen Engel zu.
Eine eigentümliche Vorahnung ergriff von Katina Besitz. Elenitsa trat zu ihr und berührte ihr Kleid, während sie den geistlichen Würdenträger musterte.
»Wie heißt du?«, fragte er, doch er erhielt nur Schweigen als Antwort.
»Sie kann leider nicht sprechen, Ehrwürden«, sagte Katina.
Doch die kleine Eleni schaute zum Erzbischof auf, blickte ihm fest in die Augen, und Katina spürte, wie sie sagte: »Elenitsa, ich bin Elenitsa. Und wer bist du?«
Über das Gesicht des Erzbischofs huschte ein Lächeln, seine Augen wurden von kleinen Fältchen umspielt.

»Ich bin Hirte«, erwiderte er unhörbar, »und meine Herde leidet unter bösen Menschen, die sie schlagen und quälen.«
»Musst du deshalb sterben?«, fragte die Kleine.
»Ja«, antwortete der Metropolit, den ein Schauder überlief. Katina folgte der Zwiesprache wortlos, während der Erzbischof das Kind nach wie vor musterte.
Nachdem sich Katina mit der Kleinen verabschiedet hatte, verharrte der Metropolit noch einige Minuten reglos. Dann wandte er sich dem Abbild Christi zu. In seinem Herzen fühlte er die Größe Gottes.
»Lange schon habe ich Deine Macht nicht mehr gefühlt, die Größe Deines Wesens, Deine Vollkommenheit, die alle Deine Geschöpfe eines Tages erreichen werden. Denn Gott schuf den Menschen zu Seinem Ebenbilde …«, sagte er zu sich, während er das Kreuzzeichen schlug, das er diesmal in seinem Inneren zutiefst mitempfand.

Die Jasminranken kletterten die Wand im Innenhof neben den Stallungen hoch, und zwischen den vergilbten Blättern sprossen bereits die frischen hervor. Unten am Boden hatte Elenitsa in der spärlichen Erde einige von Olgas kaputten Spielsachen vergraben.
»Eigenartig, dass dieses Kind so versessen darauf ist, Dinge zu vergraben«, dachte die Köchin, die gerade eine Waschschüssel mit Seifenresten auskippte. Es kam ihr seltsam vor, dass ihr die Kleine oft stundenlang stumm in die Augen starrte.
Ein paar Tage später schickte sie sich an, eine Süßspeise zuzubereiten, denn auch auf Süßes war Elenitsa ganz versessen.
»Also«, dachte die Köchin. »den Blätterteig haben wir schon. Sollen wir eine dicke Grießcreme zubereiten, um Galaktoboureko daraus zu machen?«
Elenitsa zupfte sie hinten an der Schürzenschleife und schüttelte den Kopf.
»Was ist denn los, mein Fräulein?«, fragte die Köchin, der das Waisenkind leidtat. Gesegnet sei die Herrin, dass sie es von der

Straße aufgelesen hat. Aber sie sollte es bei der Dienerschaft belassen, so wie es alle anderen Damen tun, und nicht in die Zimmer mit hoch nehmen! In den Augen der Köchin glich dieses Verhalten einer Revolution.

Der Lärm vor der Küchentür stammte von den armen Kindern aus den anliegenden Vierteln, die sich hinter dem schmiedeeisernen Gitter versammelt hatten, um das Herrenhaus zu begaffen.

Während Olga beim Französischunterricht mit der Mademoiselle saß, griff Elenitsa nach dem Stößel und drückte ihn der Köchin in die Hand. Dann lief sie zum Vorratssack, brachte zwei Handvoll Mandeln und kippte sie auf den Tresen.

»Baklava? Möchtest du Baklava?«, fragte die Köchin.

Elenitsa nickte eifrig und hocherfreut.

»Ja, aber wer soll die ganzen Mandeln aufschlagen!«, rief die Köchin. »Dafür brauchen wir bis zum Abend. Wir machen lieber ein andermal Baklava und bleiben heute beim Galaktoboureko.«

Elenitsa stand regungslos da und schien darüber nachzudenken, dann presste sie die Lippen aufeinander und zog die Brauen zusammen. Die Köchin machte sich daran, den Blätterteig auszurollen und per Augenmaß die benötigte Buttermenge abzuschätzen. Dann zerließ sie das Fett in einer kleinen Pfanne, um das Backblech damit einzustreichen. Der Duft frisch angebräunter Butter erfüllte die Küche.

Da trat Fikias durch die niedrige Küchenpforte, ging wortlos zum Tresen, nahm die Mandeln und den Mörser, rieb sich die Hände und begann, die Mandeln zu zerstoßen. Durch die andere Tür kam der Kutscher mit einem Stein in der Hand. Schnurstracks ging er auf den Vorratssack zu, füllte sich die Schürze mit Mandeln und fing ebenfalls an, sie mit großer Geschicklichkeit zu zerkleinern. Elenitsa schickte ein Lächeln an die Adresse der Köchin.

Wortlos zerstießen der alte Kutscher und der Schwachkopf Fikias die Mandeln für das Baklava. Doch selbst als sich ein Berg Schalen und ein Hügel Früchte vor ihnen auftürmte, hörten sie nicht auf.

Obwohl der Vorratssack mit den Mandeln leer war, bewegten sie ihre Arme immer noch sinn- und zwecklos auf und ab.
Die Köchin, die die ganze Zeit verdattert zugeschaut hatte, begann zu kreischen und fasste sich ans Herz. Elenitsa beobachtete das Ganze, ohne mit der Wimper zu zucken. Immer mehr Dienstboten versammelten sich in der Küche, bis man sich nicht mehr anders zu helfen wusste, als Pari und die Herrin zu holen.
Katina erschien im Morgenrock und betrachtete kurz die Szene. Dann wandte sie sich an das Kind: »Sie sollen sofort aufhören.«
Elenitsa wusste aber nicht, wie sie das anstellen sollte. Das Einzige, was sie im Sinn gehabt hatte, war das Baklava. Katina rüttelte die beiden an den Schultern, doch vergeblich. Man schüttete ihnen Wasser ins Gesicht, wieder ohne Erfolg. Katina wandte sich erneut an Elenitsa, packte sie an den Schultern und sah ihr ganz fest in die Augen. »Sag ihnen, es ist genug.«
»Es ist genug«, sagte Elenitsa zu den beiden. Und mit einem Schlag ließen Fikias und der Kutscher die Arme sinken.
Der große Wunsch der kleinen Eleni hatte sich erfüllt. Sobald das Baklava mit Sirup getränkt war, nahm sie das ganze Backblech, obwohl es noch heiß war, mit unter den Jasminstrauch, wo sie sich ein Lager gebaut hatte, und aß den süßen Kuchen auf – woraufhin sie sich die ganze Nacht lang übergeben musste. Katina stand ihr bei, wachte an ihrem Bett und streichelte der Kleinen liebevoll das aufgeblähte Bäuchlein.

Der Abstieg des Hauses Serbetoglou

Nur selten hatte Katina in den vergangenen sechs Jahren ihren Fuß in die Çemeci-Straße gesetzt, wo das Tabakkontor der Familie Serbetoglou lag. Als sie eines Tages in der Nähe war, blieb sie an der Ecke stehen, an genau der Stelle, wo ihr einstiger Galan ihr von Weitem zugewinkt hatte. Die Tabakblätter lagen unverändert – je vier Packen zu insgesamt fünfundzwanzig Oka – zu Ballen und Bündeln aufgeschichtet. Alles stand bereit zur Verladung, doch die

Szenerie wirkte heruntergekommen und gespenstisch, ja nahezu wie ausgestorben.

Der alte Serbetoglou hatte seinen frisch angeheirateten Schwiegersohn zum Nachfolger eingesetzt, allerdings nicht Sofoulas Gatten, sondern den Ehemann der zweitältesten Schwester. Auch sie hatte man mit einem standesgemäßen Spross verheiratet, einem gebildeten jungen Mann, der als Geschäftsmann jedoch völlig unbedarft war und die Familie schließlich in den Ruin führen sollte. Irgendwann drängte sich Katina der Verdacht auf, ihre eigene Mutter könnte dabei ihre Finger im Spiel gehabt haben. Schließlich hatte Eftalia Katinas Schwiegermutter, Nina Serbetoglou, nie gemocht. Des Öfteren hatte Katina Eftalia dabei ertappt, wie sie nach der Lektüre ihrer Bücher magische Pasten aus Graberde anrührte.

In Katinas Aufzeichnungen hieß es: … *Du ziehst dir deine Schuhe an, verriegelst die Tür und gehst gleich nach Monduntergang zur Brücke. Dann steckst du zwei vertrocknete Hölzchen, am Vorabend gesammelt, ohne dass dich dabei ein menschliches Auge erblickt hat, in die magische Paste, sobald das Siebengestirn erscheint. Mit einem vierzigfach verknoteten Seil bindest du das Ganze in der Mitte zusammen. Bei jedem Knoten, der je ein schwarzes Katzenhaar enthält, sprichst du dreimal lautlos die Worte: ›Ich knote dich, um sie zu vernichten.‹ Dann malst du an der Tür deiner Feindin den Totenkreis und sagst dreimal unhörbar: ›Ich bin es, die dich ruft. Mir sollst du folgen. Mir sollst du gehorchen. Sie ist es, die du vernichten sollst.‹ Dann vergräbst du das Zauberbündel in der Nähe des Hauses so sorgsam in der Erde, dass sie es niemals finden und den Fluch lösen kann.*

Und zwangsläufig tritt das Unglück ein. Die bösen Seelen, die Rache suchen, sind dir zu Diensten. Sie folgen dem Totenauge und bleiben am Totenkreis haften. Sie können nicht entrinnen, es bleibt ihnen nur der Weg ins Innere des Hauses. Da sie nach dem Bösen streben, nimmt das Unheil unaufhaltsam seinen Lauf …

Immer wenn Eftalia ihren Kopf durchsetzen wollte, nahm sie Zuflucht zu solcher Tücke und Hinterlist. Eines Abends hatte Katina sie dabei ertappt, wie sie das Tabakkontor mit einer Handvoll

Erde umkreiste, und seitdem schien der Besitz der Serbetoglous vom Unglück verfolgt.
Katina wandte sich von ihrer ehemaligen Wirkungsstätte ab und strebte ihrem eigentlichen Ziel zu. Ein paar Gassen weiter, in Yeni Çarşı, war in den Feigentrocknereien, die in Karamanos' Diensten standen, ein Schädling an den Früchten aufgetaucht. Sie wollte anordnen, die befallenen Feigen auszusortieren, damit man nicht die ganze Ernte wegwerfen musste. Eftalia hatte den Auftrag erhalten, eine große Menge Schädlingsbekämpfungsmittel zum Besprühen der Bäume herzustellen, und zwar Großmutter Elenis Wundermittel, das den Wurm bereits auf dem Baum vernichtete, so dass er die Früchte gar nicht mehr befiel. Obwohl das Ungeziefer bei vielen Smyrnioten den allergrößten Schaden anrichtete, beschlossen Mutter und Tochter, das Rezept für dieses Wundermittel wohlweislich für sich zu behalten.
Da die Tabakernte gerade im Gange war, würde man die Feigen, wenn alles glattging, unmittelbar danach pflücken. Zu Katinas Glück, wie sich später herausstellen sollte, äußerte Elenitsa den Wunsch, frische Landluft zu schnuppern. So fuhren sie alle zusammen hinaus zu den Landgütern. Die kleine Eleni zog Olga von den Olivenbäumen weg und lief mit ihr hinüber zu den Feigenbäumen. Olga folgte ihr willig, da deren graue Stämme glatt und weich waren, man sie aber trotzdem gut hochklettern konnte. Schließlich fand sie ein Plätzchen auf einem der obersten Äste und blickte hinaus in die unendliche Weite. Die kleine Eleni pflückte inzwischen Feigen und schälte – als Leckermäulchen, das sie war – eine nach der anderen, um sie genüsslich zu verspeisen.
Doch was fand sie, als sie die erste Frucht aufschnitt? Einen Wurm! Bei der zweiten Frucht dasselbe. Und bei allen folgenden erging es ihr auch nicht anders. So etwas ist nun keine Seltenheit, da die Feigen gerne von Vögeln angepickt und in der Folge von Schädlingen befallen werden. Aber auf keinen Fall und ausnahmslos bei allen Früchten! Sie liefen zum nächsten Obstbaum, wo sich dasselbe schlimme Bild bot. Auch Katina eilte nun von Baum zu

Baum, um sich zu vergewissern. Dann nahmen sie wieder in der Kutsche Platz und fuhren zu den Feigenbäumen der Nachbarn, nur um herauszufinden, dass der Schädling überall gewütet hatte.
Die Regenfälle waren schuld! Die späten Niederschläge hatten die Feigen faulen lassen. *Vay anam!* Doch die Früchte wurden ja nicht alle zur selben Zeit reif. Die kleineren würden noch einige Zeit brauchen, bis das Ungeziefer darin Quartier bezog. Und diese jungen Früchte mussten gerettet werden.
Mit der Kutsche klapperten sie sämtliche Strände ab, an denen Feigenbäume standen. Alle, ohne Ausnahme, waren befallen. In den folgenden Tagen machte sich Panik unter den smyrniotischen Feigenhändlern breit. Die wild wachsenden Bäume überließ man ansonsten der Obhut Gottes, nur im September zur Erntezeit erinnerte man sich wieder an sie. Dann fuhr man zu den Hainen hinaus und beschimpfte denjenigen Baum, der keine guten Früchte trug: »Verflucht noch mal, elende Krücke!«
Jetzt aber begannen die Feigenbauern mit dem Besprühen der Bäume, mit Fürbitten und Gebeten. Selbsternannte Spezialisten – die angeblich jede Handbreit Erde samt ihren Früchten kannten – wurden zu Hilfe gerufen. Doch auch sie waren mit ihrem Latein bald am Ende. Durch die von ihnen empfohlenen Heilmittel, die die Schale der Früchte angriffen, richteten sie nur noch größeren Schaden an. Dabei wurde gerade bei der hiesigen Feigenart die Schale der Dörrfrüchte mitgegessen. Darüber hinaus wurden mit den fauligen auch die gesunden Früchte angegriffen, die ohne Schädlinge hätten reifen können.
An den Abenden drehten sich die Gespräche im »Griechischen Club« in erster Linie um den Schädling. Geteiltes Leid ist halbes Leid, und so beklagten die Dörrobsthändler zusammen ihr Los, trafen auf offene Ohren für ihre Sorgen und trösteten sich gegenseitig. An den Abenden sanken sie dann erleichtert ins Bett, mit dem tröstlichen Gefühl, dass sie alle im selben Boot saßen. Doch der Schädling ließ sich davon nicht beeinflussen und setzte sein zerstörerisches Werk ungehindert fort. Mittlerweile hatten sich

die Dörrobsthändler damit abgefunden; das Einzige, was ihnen schlaflose Nächte bereitete, war der Gedanke, dass irgendeiner die Sache möglicherweise unbeschadet überstehen könnte.

»Tja, mein lieber Herr Stheni!«, meinte Katina zu einem der Händler, der am Morgen drei Tonnen Feigen hatte wegkippen müssen. »So ein Pech!« Betrübt schüttelte sie den Kopf ob des fatalen Schicksalsschlags. »Was für ein Unglück, lieber Herr Stheni!«

Syrios, der zufällig in der Nähe stand, bekam die Unterhaltung mit und nahm sie erregt beiseite.

»Was für ein Unglück, Katina? Hast du mir nicht erzählt, dass du bei uns die Feigenernte gerade angeordnet hast?«

»Genau.«

»Du lässt faulige Früchte ernten?«

»Ach, Männer!«, dachte Katina. »In euren Köpfen ist der Wurm drin!«

»Was redest du da, Syrios? Meinst du, ich will Feigen voller Ungeziefer essen?«, antwortete sie ihm laut.

»Aber woher hast du dann die guten Früchte?«

»Unsere Feigenbäume sind nicht befallen.«

»Hm …«

»Am Abend erkläre ich dir alles.«

»Nein, jetzt.«

»Ich habe sie mit einem Mittel besprüht, das mir Experten aus Frankreich geschickt haben.«

Daraufhin war Syrios beruhigt. Wie sollte er auch darauf kommen, dass dieser »Expertenkreis« einzig und allein aus Eftalia bestand?

»Was war das für ein Mittel?«

»Ein französisches.«

Syrios schien noch beruhigter. Doch eine andere Sorge trieb ihn jetzt um.

»Aber die anderen haben ein Schädlingsbekämpfungsmittel aus der Schweiz bestellt!«

»Wie man sieht, ist das französische aber besser! Wozu zerbrichst du dir darüber jetzt den Kopf? Unsere Feigenbäume haben den

Schädling gut überstanden. Sie sind rundum gesund. Aber das behalten wir beide für uns, einverstanden?«

Damit ließ sie Syrios stehen und wandte sich mit noch betrübterer Miene wieder den anderen zu.

»Was machen Sie mit der verdorbenen Ernte?«, fragte sie einen.

»Die erkrankten Früchte sind schon abgefallen, jetzt pflücken wir auch noch die übrigen von den schwer beladenen Bäumen.«

»Ich kaufe sie Ihnen ab«, sagte Katina.

Topousoglou und Iliadis starrten sie sprachlos an.

»Wozu denn?«, fragten sie verwundert. »Wo doch auch die Schale befallen ist?«

»Reicht Ihnen nicht, dass ich sie kaufe? Was würden Sie denn damit machen?«

»Notgedrungen würden wir sie irgendwo vergraben«, seufzte Petras auf.

Alle wandten sich hinüber zu Syrios. Doch der hatte die Hände hinter dem Rücken verschränkt und wartete mit ausdruckslosem Gesicht auf ihre Antworten.

»Bevor Sie sie einbuddeln, kaufe ich sie lieber. Lassen Sie sie auf den Bäumen ruhig zu Ende reifen, ich kümmere mich darum!«

Durch diese Aussicht bestärkt, fiel den Feigenhändlern ein Stein vom Herzen.

»Ach was, wir schenken sie Ihnen, Frau Karamanou, wir wollen kein Geld dafür. Uns reicht es, wenn wir sie nicht fortschaffen müssen.«

Darauf hatte Katina nur gewartet. Früh am nächsten Morgen fuhr sie zum Haus ihrer Mutter.

»Mutter, kannst du dich an Großmutters Feigenkonfitüre erinnern?«

»Natürlich.«

»Weißt du noch, wie wir uns alle Finger danach geleckt haben?«

»Ja, sicher.«

»Also, ich werde es hinkriegen, dass sich ganz Frankreich die Finger danach leckt.«

»Nach Großmutters Konfitüre? Aber die Franzosen haben doch

selber genug Marmeladen. Die werden ausgerechnet auf unsere warten!«, meinte Eftalia, die nach dem Ende von »La Beauté« niemals an eine Wiederaufnahme ihres kleinen Privathandels gedacht hatte. Außerdem mochte sie keine Reisen, bis Burnova war das höchste der Gefühle für sie. Daher versuchte Katina, sie mit anderen Mitteln zu überzeugen.

»Gestern habe ich im Club gehört, dass die Familie Serbetoglou Geld braucht. Aber keiner leiht ihnen etwas, weil sie einen Großteil ihrer Kundschaft verloren haben. Ihr Tabak ist zu teuer geworden. Sie sind ruiniert, Mutter.«

Eftalias Gesicht leuchtete auf. Nun erwachte ihr Interesse.

»Hör zu: Wir beide kaufen sie heimlich mit dem Gewinn auf, den wir durch die Feigen erwirtschaften.«

Ohne weitere Widerrede erhob sich Eftalia von ihrem Stuhl und ging zu ihrem Bett. Unter der Matratze bewahrte sie ihre Rezepte auf. Sie legte das Heft auf den Tisch, begann, darin zu blättern, und hielt auf der Seite mit den Überschriften »Feigenmarmelade« und »Eingelegte Feigen« inne.

»Man nehme ein Oka Zucker für ein Oka Feigen … Wie viele Oka Feigen werden wir verkochen?«, fragte sie.

»Zirka fünfhundert.«

Aufs Geratewohl hatte Katina diese Zahl ins Gespräch gebracht. Eftalia schien nachzudenken, ob sich der ganze Aufwand überhaupt lohne.

»Wozu brauchst du denn den Gewinn?«, fragte sie. »Bitte doch deinen Mann um Geld.«

»*Anne!* Ich möchte, dass wir das Tabakkontor von unseren eigenen Ersparnissen kaufen, nicht vom Geld irgendeines Ehemannes.«

Noch am selben Tag legten sie los. Die Arbeit war zwar anstrengender als ursprünglich gedacht, doch sie kamen hervorragend damit zurecht. Die erste Ladung, die sie verarbeiteten, war eine Tonne Feigen. In der größten Obsttrocknerei der Karamanos-Familie in Yeni Çarşı ließen sie eine große Fläche leer räumen und mit langen Tischreihen ausstatten. Sie stellten Arbeiterinnen ein, die die beschädigte Schale der Feigen vorsichtig entfernten, die Früchte zur Kontrolle aufschnitten und sie dann in große Kessel warfen, wo sie bei kleiner Flamme vor sich hin köchelten. Foula erklärte sich bereit, die Kessel, die größere Unkosten als geplant verursacht hatten, zu beaufsichtigen. Weitere Ausgaben entstanden durch die Behandlung der Bäume, die Ernte der Früchte und die Anmietung der Karren, die sie in den Feigenwäldern rund um Smyrna beluden. Unter den Türken verbreitete sich rasch die Nachricht, dass die ehemalige Signora Serbetoglou wieder im Geschäft sei. Viele von ihnen verdingten sich bei ihr, weil sie sicher waren, von ihr nicht über den Tisch gezogen zu werden. Täglich trafen körbeweise neue Feigen ein.

Zur selben Zeit ergab es sich, dass die englische Lady wieder einmal nach Smyrna reiste. Der September war der schönste Monat, um in Ephesos Ferien zu machen. Wie sie Katina und Eftalia vermisst hatte! »*How is Lady Eftalia?*«, fragte sie gerührt.

Lady Eftalia war gerade dabei, Marmelade einzukochen. Da diese Arbeit ermüdend war, rührten zwei kräftige Männer die Marmelade in den Kesseln um, die man – durch ein eigenes Patent – mit Zahnrädern und Mörserstößeln versehen hatte, damit während des Einkochens keine Zuckerklümpchen die Obstmasse beeinträchtigten. Auch mit dem Zucker hatte es Probleme gegeben. Katina hatte eine ganze Ladung von einem ihrer Schiffe, das bereits nach Konstantinopel unterwegs gewesen war, zurückbeordern müssen. Gleich im nächsten Hafen war es abgefangen und wieder nach Smyrna zurückgeschickt worden, damit sie nicht gezwungen waren, zu horrenden Preisen auf dem Markt einzukaufen.

»Komm, lass die Gedichte sein und pack mit an! Wir haben hier alle Hände voll zu tun!«, sagte Eftalia zur Lady. Sie hatte es lachend und im Scherz gesagt, doch es endete damit, dass die Lady als Compagnon in die Marmeladenproduktion einstieg und mit den ersten Ergebnissen nach England reiste und für ihre Verbreitung sorgte.

Bei ihrem Wiedersehen waren sich Eftalia und die Lady um den Hals gefallen, hatten sich geküsst und umschlungen gehalten, als wären sie von Jugend an die dicksten Freundinnen gewesen. Der erste Besuch der Lady galt natürlich der Marmeladenmanufaktur »Eftalia und Co. Yeni Çarşı«. Wegen des Geruchs, den die geschälten Feigen und ihre fauligen Schalen verbreiteten, rümpfte sie die Nase. Doch als sie den ersten Löffel probierte, strahlte sie über das ganze Gesicht.

»Nicht Frankreich, Katina! Nicht Frankreich! *This marmelade* muss nach England! *English tea and this marmelade! Superb!*«

Unverzüglich wurde die Marmelade in große Bottiche geschüttet, da die Lady darauf beharrte, sie erst in England in kleine, nach ihrem Geschmack gestaltete Gläser abzufüllen. Das erlöste Mutter und Tochter von der Sorge um die Verpackung im Einzelhandel. Mit Feuereifer stürzte sich die Lady in die neue Aufgabe; von Ephesos war keine Rede mehr. Tag und Nacht steckte sie mit Eftalia zusammen. Die Hefte, in die sie eigentlich ihre Gedichte schreiben wollte, füllten sich mit Skizzen und Entwürfen.

Die ersten Lieferungen, die nach England gingen, wurden unter der Hand in den vornehmen Salons teuer verkauft. Sobald einem etwas in den Salons aus der Hand gerissen wird, wollen es auch die Kaufleute in ihren Läden anbieten. Schon trafen die ersten umfangreichen Bestellungen ein. Die Lady hatte wirklich ganze Arbeit geleistet. Sie hatte die Marmelade nicht billig verschleudert, sondern geschickt in Umlauf gebracht. Die englischen Ladys, deren Eingeweide von all dem Wildbret, den Fasanen und Puddings verstopft waren, verspürten durch Eftalias Feigen eine erlösende Erleichterung, und das nicht nur einmal, sondern täglich. Und so lobten sie die Marmelade und empfahlen sie sich gegenseitig weiter: *»Very good, my dear, the devine exotic fruit. And what a taste! Have you tried it with duck?«*

Doch dann begannen sie es zu übertreiben, fügten die Feigen zu allen möglichen Gerichten hinzu und bestrichen Schweinefleisch, Entenrücken und Tartes damit. Uns wurde allein bei dem Gedanken schon übel, aber sie waren begeistert. Tja, andere Länder, andere Sitten.

Bei all der Nachfrage wäre uns das Obst bald ausgegangen, wenn der liebe Gott nicht auch für andere Marmeladenfrüchte gesorgt hätte. Doch die Feigen blieben für Jahre unser erfolgreichstes Produkt.

Ein Taugenichts im Hause Serbetoglou

Der neue Schwiegersohn der Serbetoglous war nicht nur ein Schürzenjäger, sondern auch ein Hasardeur, der Haus und Hof aufs Spiel setzte. Er war ein Nichtsnutz aus gutem Hause, dem die noble Erziehung zu Kopf gestiegen war. Stets trat er, nach bestem Eau de Cologne duftend, mit frisch gestärktem Kragen, einer Blume im Knopfloch und perfekt gescheiteltem Haar auf. Da er niemals gearbeitet hatte, wusste man nicht, wie er sich dabei anstellen würde. »Was für ein brillanter junger Mann«, hieß es in Smyrna. Nach seinen Studien im Ausland kehrte er noch eingebildeter zurück, als er ohnehin schon gewesen war. Zweifellos verfügte er über ein beeindruckendes Äußeres, doch hinter dieser Maske war nichts als Hohlheit. Unter seiner Führung konnte sich das Tabakkontor gerade noch fünf Jahre halten. Und das auch nur, weil es solide Rücklagen aus früheren Jahren gab.
Und wie reagierte der alte Serbetoglou? Er schenkte ihm blindes Vertrauen. Ja, in seiner Blauäugigkeit hatte er ihm sogar das Kontor als Mitgift seiner Tochter überschrieben. Wieso hatte er – ein erfolgreicher und erfahrener Geschäftsmann – den Schmarotzer nicht durchschaut? Als er eines Tages dahinterkam, war es zu spät. Selbst das Betriebskapital hatte sich im Zuge hochfliegender Pläne und erfolgloser Investitionen in Luft aufgelöst.
Serbetoglou versuchte, auf dem Markt Kredite zu finden, um – trotz seines Alters – noch einmal ganz von vorn anzufangen. Als er die Landgüter in Kokaryalı und die Immobilien am Kai als Unterpfand anbot, ließ sich ein Armenier zu für den Kreditnehmer erbärmlichen Bedingungen überreden. Doch Frau Nina legte ein entschiedenes Veto ein.
So begannen sie, von ihren Rücklagen zu zehren. Dazu zählten

ein paar Häuser und Grundstücke, die man ohne größeren Gesichtsverlust verkaufen konnte. Nachdem sie unter ihrem Wert versteigert worden waren, unternahmen sie einen Neuanfang und bestellten einige Ladungen guten, aromatischen Tabaks.
In jenen Jahren hatte sich der Tabakhandel so rasant entwickelt, dass die Händler gezwungen waren, die Ernten bereits zu reservieren, wenn die Pflanzen noch klein waren. Sie konnten nicht mehr wie früher bequem auf die Lieferung der Tabakbauern warten, in aller Ruhe auswählen und darüber hinaus noch den Preis drücken. Der alte Serbetoglou investierte nunmehr sein gesamtes verbliebenes Kapital und stand ab sechs Uhr morgens im Kontor. In der Zunft hatten sich seine Probleme herumgesprochen, und die Smyrnioten kannten kein Erbarmen, wenn es darum ging, einen Konkurrenten auszuschalten. Etliche umlagerten den Alten wie die Hyänen, um eines der größten Tabakkontore der Stadt für einen Kanten Brot zu erwerben. Es regnete Offerten, doch die eine war fragwürdiger als die andere.
Schleppend kam der Neustart in Gang. Angesichts ihrer elenden Lage kamen Frau Nina jeden Abend die Tränen, wenn sie ihren Mann sah, der wie ein blutiger Anfänger schuften musste, um das Überleben der Familie zu sichern. Sie war gezwungen gewesen, ihr Hauspersonal zu entlassen, so scheuerte sie zum ersten Mal in ihrem Leben die Treppen. Da sie von Hausarbeit keinerlei Ahnung hatte, dauerte alles dreimal so lang wie bei anderen. So wusste sie nicht, dass man Bügelwäsche anfeuchten muss. Verzweifelt und mit aller Kraft presste sie das Bügeleisen auf die zerknitterten Kleidungsstücke, die trotz aller Bemühungen nicht glatt werden wollten. Trotz allem beschloss sie, den Mut nicht sinken zu lassen.
Der Schwiegersohn hatte beleidigt das Haus verlassen, und die zweitälteste Tochter war allein im Schoß der Familie zurückgeblieben. Nur noch zu dritt bewohnten sie jetzt das riesige Herrenhaus. Ihre ganze Hoffnung richtete sich darauf, die Tabaklieferungen gut zu verkaufen, doch die Geschäfte liefen schlecht, da die Ernte durch unvorhergesehene Regenfälle stark beeinträchtigt

war, wovon auch die beste Qualität noch zu siebzig Prozent betroffen war. Das galt auch für den Tabak, den der alte Serbetoglou für sich reserviert hatte. In dieser Situation betrat Signora Karamanou die Bühne und kaufte allen Händlern riesige Mengen verdorbenen Tabaks ab. Sie sortierte die beste Qualität aus, senkte die Preise bei den Tabakblättern zweiter Wahl und überließ die erstklassige Ware ohne Gewinnspanne der American Tobacco Company. So wurden die Händler die Ausschussware zu akzeptablen Preisen los. »Ist die denn verrückt?«, sagte Serbetoglou jeden Abend kopfschüttelnd zu seiner Frau.

Doch Katina, die ursprünglich etwas ganz anderes im Sinn gehabt hatte, machte sich dadurch bei der Company einen guten Namen, so dass man ihr ab diesem Zeitpunkt blind vertraute und nur noch mit ihr zusammenarbeiten wollte. Der alte Serbetoglou fragte wegen seiner Lieferungen ebenfalls bei der Company an, doch die hatte sich in allen Belangen bereits mit Signora Karamanou auf einen viel günstigeren Preis geeinigt. Über einen Mittelsmann ersuchte er um einen Termin bei Syrios Karamanos. Doch er erhielt die Antwort, dass Signor Karamanos nur für das Bankgeschäft, die Flotte und den Eisenbahnbau zuständig sei, das Handelsgeschäft liege in den Händen seiner Gattin. An sie müsse er sich wenden. Was blieb ihm übrig? Es gab keine andere Lösung, als zu ihr zu gehen, da er unbedingt verkaufen musste. Alle, die er fragte, waren ihren Tabak bereits losgeworden. Sämtliche Tabakblätter, über die Smyrna verfügte, über zehn Millionen Oka, waren mittlerweile in Signora Karamanous Besitz.

»Was will sie denn mit all dem Tabak? Darauf bleibt sie doch sitzen.«

Schließlich begriff er, dass er als Einziger außen vor geblieben war. In Frau Nina kroch ein Verdacht hoch. »Verflucht sei sie!«, schrie sie, »die will uns ruinieren!«

Den ersten Kontakt mit Signora Karamanou stellte im Auftrag ihres Vaters die reizende Sofoula her, für die Katina von Anfang an Sympathie gehegt hatte.

»Euer Kontor«, erläuterte ihr Katina, »ist keinen Groschen mehr wert. Sag deinem Vater, wenn er zu mir kommt, biete ich euch pauschal dreihundert Goldpfund: für das Kontor, die Blätter der *paçal*-Qualität und die zu je 25 Oka gebündelten Vierer-Packen.«

Ob dieses Angebots geriet Frau Nina nur noch mehr außer sich. Vergeblich versuchte der alte Serbetoglou sie zu überzeugen, dass Katina einen guten Preis bot, der den derzeitigen Wert des Tabakkontors sogar überstieg. So beschloss er, in aller Heimlichkeit zu ihr zu gehen. Doch bevor es zu dem Treffen kam, sollte die Familie von weiterem Unbill heimgesucht worden. Die Tochter, die immer noch in den Taugenichts verliebt war, wollte nicht von ihm lassen. Jeden Tag war sie zu ihm hingelaufen und hatte ihn gebeten, wieder zu ihr zurückzukehren. Die Lage wurde durch die böse Nachricht von der Erkrankung des alten Serbetoglou noch schlimmer. Ihn hatten die Kräfte verlassen, und nun verbrachte Frau Nina den ganzen Morgen im Kontor und den Nachmittag im Krankenhaus. Ein Unglück kommt eben selten allein. Schließlich war es der Schwiegersohn, der dem Kontor den endgültigen Todesstoß versetzte, diesmal mit seinen Verlusten beim Glücksspiel. Er vollendete sein Werk, das er auf halbem Wege unterbrochen hatte. Und das tat er sehr gewissenhaft. Mit Mühe hatte ihn seine Frau dazu überreden können, zurückzukehren und der Familie in ihrer Not beizustehen. Er versprach, in Zukunft vorsichtiger zu sein, und beschwatzte Mutter und Tochter so lange, bis sie ihm das Tabakgeschäft erneut anvertrauten.

Er verkehrte damals in »Sikos' Café«, wo er sich dem Kartenspiel hingab. Im Hinterzimmer gab es einen Spielsalon, und die Kartentische dort waren stets besetzt. Zu den Gästen zählten vorwiegend Kaufleute. Dieser Club war irgendwann auf die bekannt rigorose Art in Petros Melidis' Hände übergegangen, der das Ansehen des Lokals nach und nach verbesserte und vornehmeres Publikum anlockte. Nun verfügte es über ein Orchester, das musikalische Abende mit europäischen Gassenhauern bot, eine gute Speisenauswahl und Kellner mit gepflegten Schnurrbärten und langen Schürzen. Zu den Gästen zählten jetzt auch wohlangese-

hene Damen. Immer mehr Frauen wagten sich in das Lokal, etliche von ihnen setzten sich unter lautem Lachen, andere mit verlegenem Kichern zu den Männern an die Kartentische. Um Einlass in den Spielsalon zu finden, dem Melidis den Namen »L'autre femme« – die zweite große Liebe des Mannes also – gegeben hatte, musste man Reichtum, Eleganz, Luxus und Großzügigkeit ausstrahlen. Dort verbrachte der Taugenichts aus dem Hause Serbetoglou seine Tage und Nächte. Manchmal setzte er hohe Summen, dann wieder niedrigere, je nachdem, was er an dem Tag schon verspielt hatte. Zweimal war seine Frau in die Spielhalle eingedrungen, um ihn nach Hause zu holen. Beim ersten Mal war er ihr gefolgt, weil ihm noch ein Rest Vernunft verblieben war und er vor seinen neuen Freunden, die man jedoch wohl kaum so nennen durfte, nicht das Gesicht verlieren wollte. Beim zweiten Mal hatte er einige Verluste einstecken müssen und war entsprechend gereizt, so dass seine Frau vor dem wüsten, ja irren Blick, den er ihr zuwarf, so sehr erschrak, dass sie eilig die Flucht ergriff.
Im Laufe der Zeit klammerte er sich immer mehr an die fixe Idee, die Verluste durch immer neue Einsätze wiedergutmachen zu können. Doch natürlich wuchsen sie stattdessen ins Unermessliche.

Als Ehemann, Vater und Familienoberhaupt machte Petros Melidis, der Lokalbesitzer, eine tadellose Figur. Die Prinzipien, die er bei sich zu Hause und vor seinen vier Kindern hochhielt, waren unumstößlich. Niemals war Fotini der Gedanke gekommen, auch nur einen Blick auf das inzwischen berühmt-berüchtigte Spielcasino ihres Gatten zu werfen. Ja, es interessierte sie überhaupt nicht.
Eines Tages jedoch erblickte Melidis seine Frau vor dem Eingang zum Spielsalon in Begleitung von Katina Karamanou, die Hut und Schleier trug. Ihm fuhr der Schreck in die Glieder, und er fürchtete, irgendetwas könnte zu Hause vorgefallen sein. Aufgeregt eilte er zu ihr.
»Was ist los, Fotini? Ist etwas mit den Kindern?«
Da nahmen ihn die beiden beiseite, und Katina öffnete das Köffer-

chen, das sie in der Hand hielt. Es enthielt, abgesehen von ein paar Dokumenten, mehr als vierhunderttausend Piaster. Bei Melidis hatten weibliche Raffinesse, flüchtig hingeworfene Ausreden und Unwahrheiten keine Chance. Er konnte schon nach wenigen Sätzen den verzwicktesten Sachverhalt verstehen. Außerdem würde er alles für seine Freunde tun, vor allem, wenn er dabei nichts zu verlieren, vielleicht sogar etwas zu gewinnen hatte.
»Du bist total übergeschnappt«, sagte Melidis, als er begriff, worauf die Sache hinauslief. »Ich könnte es ihm für hunderttausend, wenn's hoch kommt, hundertfünfzigtausend Piaster abkaufen.«
»Meine Zeit mit Spyros ist mir mehr wert als das«, meinte Katina. »Bring ihn dazu, den Vertrag zu der von dir genannten Summe zu unterschreiben, und die Familie bekommt dann aber alles, was ich hier im Koffer habe.«
»*Tamam*«, stimmte Melidis auf Türkisch zu.
An diesem Abend betrat Serbetoglous Schwiegersohn um zehn nach acht mit strahlender Miene den Club, in dem siegessicheren Gefühl, heute die Bank zu sprengen. Er hatte so eine Vorahnung, dass er an diesem Abend Geld, viel Geld gewinnen würde. Zwar kam er jeden Abend mit der gleichen Vorahnung hierher, doch diesmal war er so sicher wie nie zuvor.

Katina war entsetzt, als sie durch die Hallen ging, in denen die Unmengen von Tabak lagerten, die sie für teures Geld erworben hatte. »Das geschieht mir ganz recht«, sagte sie sich. Der Tag war erst angebrochen, und durch die Dachluken fielen die ersten Sonnenstrahlen. Die hier herrschende Feuchtigkeit tat den zu Paletten geschichteten Tabakblättern gut. Frierend zog sich Katina ihr Jäckchen über die Schultern. Sie blickte auf die zu Viererpacken verschnürten Blätter, die sich bis zur Decke stapelten. »Das geschieht mir ganz recht«, wiederholte sie bei sich. »Hm, Frau Katina, und was machst du jetzt mit dem ganzen Tabak? Du kannst ihn dir nur in den Hintern schieben, wenn da genug Platz wäre.«
Während sie durch die endlosen Korridore der Lagerhallen ging, die sie für all diese Schiffsladungen an Tabak angemietet hatte,

blieb ihr fast das Herz stehen, als ihr bewusst wurde, wie viel Geld sie dafür ausgegeben hatte.

»Und wenn ich mich an Ali wende?«, dachte sie. »Und ihn bitte, es in diesem Halbjahr mit der Lizenzgebühr für das Tabakmonopol nicht so genau zu nehmen? Dann bin ich allerdings bei allen anderen Händlern unten durch. Wie könnte dieser Tabak bloß Gewinn abwerfen? Ich wäre ja schon zufrieden, wenn er keine Verluste verursacht. Aber wie soll das gehen, wenn ich ihn zum Einkaufspreis weitergebe? Schon allein durch die Lagerkosten und die Versicherungsprämien wird er zum Verlustgeschäft ... Vielleicht könnte ich bei den Versicherungsprämien etwas drehen? Tabak ist nicht lange lagerfähig, er muss innerhalb von drei Monaten verkauft werden, von ...«, sie überschlug die Zeitspanne, »... von vorgestern an gerechnet. Und wenn etwas davon übrig bleibt, dann kann ich einpacken.«

Sie betrat die nächste, noch größere Lagerhalle mit noch engeren Durchgängen, die zwischen den bis zur Decke gestapelten Tabakblättern verliefen. Plötzlich hörte Katina über den Boden schleifende Fußsohlen, also musste jemand im Nebengang sein. Sie blieb stehen und presste ihr Auge an die Säcke, um durch die Ritzen in den nächsten Gang zu spähen, doch sie waren zu dicht gestapelt. Als sie weiterging, bewegten sich auch die Schritte weiter. Als sie stoppte, hielten auch sie inne. Eins war klar: Jemand folgte ihr. Da blieb sie an einer Ecke stehen und hob ihre Tasche, um sie dem Eindringling über den Kopf zu schlagen. Plötzlich stand sie Auge in Auge mit Stavrakias.

»Mein Gott, hast du mir einen Schrecken eingejagt!«

»Hier bist du also, Frau Katina!«, sagte Schielauge mit einem Seufzer der Erleichterung und erzählte, dass er sie in Eftalias Auftrag suche. Dann blickte er sich staunend unter all den Tabakpaletten um.

»Frau Katina, darf ich mir eine drehen?«

»Nur zu.«

Schielauge kletterte auf einen Viererpacken hoch, hob ihn an einer Ecke an und zog zwei Blatt mitsamt den Stängeln heraus.

Oben auf den Säcken sitzend blickte er auf Katina herunter, die mit verschränkten Armen ganz in Gedanken versunken dastand und durch ihn hindurchzublicken schien.
»Frau Katina!«, rief Schielauge. »Darf ich mir noch eine auf Vorrat drehen und sie mir hinters Ohr stecken?«
»Ja, klar.«
»Frau Katina?«
»Was denn noch?«
»Soll ich dir auch eine drehen?«
»Gute Idee!«
Schielauge sprang auf den Boden und setzte sich auf einen niedrigeren Packen. Er fächelte ein kleines Blatt hin und her, damit es trocken wurde, und zerbröselte es anschließend. Dann nahm er ein zweites Blatt, machte es zwischen seinen Handflächen geschmeidig und begann, es von der einen Seite her um die Mittelader des Blattes zusammenzurollen. Zum Schluß glättete er mit dem Finger zwei, drei kleine Unebenheiten und sagte lächelnd zu Katina: »Damit sie mir nicht ausgeht.«
»Hä?«
»Damit sie mir nicht ausgeht.«
Katina setzte sich auf den daneben liegenden Packen und vergrub den Kopf in den Händen.
»Sag mal, Schielauge ... Wenn dir all diese Säcke gehören würden, was würdest du damit machen?«
»Ich?«
»Ja, du.«
»Mit alldem hier?«
»Ja.«
»Ich würde es verkaufen.«
»Schlauer Ratschlag«, meinte Katina.
Sie zündeten ihre Zigaretten an und sogen den Rauch genießerisch ein. Seltsamerweise musste Katina keine Tabakkrümel ausspucken, die sonst immer bei filterlosen Zigaretten auf der Zunge kleben blieben. Sie nahm das Stück aus dem Mund und musterte sein Ende. Neben ihr rauchte Schielauge ganz im Stile eines Groß-

grundbesitzers. Mit in die Höhe gestrecktem Ellenbogen führte er die Zigarette zum Mund, schloss die Augen und riss sie erst beim Lungenzug wieder weit auf.
»Wie hast du denn die Zigarette gedreht, dass sie so kompakt wird wie ein gefülltes Weinblatt?«
Schielauge rauchte mit abgespreiztem kleinem Finger versunken weiter. Katina ließ das Tabakröllchen kurz weiterglühen, ohne daran zu ziehen, um zu sehen, ob es ausgehen würde. Doch es glomm immer noch vor sich hin.
»Frau Katina, weißt du was?«
»Na sag schon.«
»Ich würde das alles doch nicht verkaufen«, sagte Schielauge, der den letzten Rest des Zigarettenstummels auf eine Nadel gesteckt und so an den Mund geführt hatte. »Ich würde alles ganz alleine rauchen.«

Katina blickte Schielauge so lange intensiv an, dass er sich unwohl zu fühlen begann. Er sah an sich hinunter, dann wieder zu Katina hin, prüfte seine Kleider, und als er keine Erklärung fand, kratzte er sich am Kopf.
»Komm, steh auf«, sagte Katina plötzlich, und Schielauge ging erschrocken in Habtachtstellung.
»Nimm ein paar trockene Blätter und einen Sack mit Tabak erster Qualität, wir gehen zum Markt.«
Katina strebte eilig voran, Schielauge stolperte mit dem Sack über der Schulter hinterher. Kaum angekommen, schickte ihn Katina zum Tabakgeschäft Yusufyan. »Hol mir rasch je ein Päckchen Zigaretten von allen gängigen Marken«, trug sie ihm auf.
Schielauge kehrte mit einer ganzen Auswahl kleinerer und größerer Päckchen in allen möglichen Farben wieder. Mit größtem Bedauern berichtete er, eine Marke namens »Gängig« hätte er trotz gründlicher Suche nicht finden können. Lachend zog sie ihn beiseite und ließ ihn fünfzig Zigaretten drehen.
»Von wem hast du diese Methode gelernt, Schielauge?«
»Von İmam Dayı«, erwiderte Schielauge. »Er mag nur diese Art

von Zigaretten, und ich drehe ihm den ganzen Vorrat, den er am Tag so raucht.«

İmam Dayı war in Smyrna bekannt wie ein bunter Hund. Er hatte keinen Brotherrn, sondern verdingte sich auf eigene Faust. Er war ein eindrucksvoller Kerl und ein beinharter Bursche, mit dem nicht zu spaßen war. Schielauge vergötterte ihn, da er eine Bande Herumtreiber daran gehindert hatte, ihn, das arme Waisenkind, zu verprügeln. Seit damals hielt er İmam Dayı für den Größten und war ihm treu ergeben.

Katina nahm neben ihm Platz und guckte sich das Drehen der Zigaretten ab. Ein paar Tage später schickte sie Pari zur Zigarettenschachtelfabrik, um eine Anzahl unbedruckter Exemplare zu bestellen. Daraufhin stoppte sie die Zeit, die Schielauge brauchte, um zehn Zigaretten in Handarbeit herzustellen, nahm ihr Notizheft zur Hand, befeuchtete den Bleistift und berechnete, wie viele Tabakblätter für eine Zehner-Schachtel benötigt wurden. Doch die Rechnung ging nicht auf, da die Verpackung mehr kostete als der minderwertige, zweitklassige Inhalt.

Sie brach ihre Überlegungen ab und ging nach Hause, um mit den Kindern zusammen zu Mittag zu essen. Nachdem sie die Mahlzeit schweigend hinter sich gebracht hatte, wanderte sie ruhelos durch die Stockwerke mit all ihren Vorräumen, Zimmern und Salons. Dann erst bemerkte Katina die kleine Eleni, die ihr besorgt folgte. Wie ein lautloser Schatten hing sie ihr am Rockzipfel. Katina spürte, dass sie immer noch keine Lösung für ihr Problem gefunden hatte. »Dieses Geschäft bricht mir noch das Genick«, dachte sie und biss sich rasch auf die Lippen, um das Unglück nicht herbeizureden.

»Wer wird so viele Zigaretten kaufen? Wenn ich die Kosten von Zigarettenpapier und Verpackung hinzurechne, komme ich auf das Dreifache des Einkaufspreises. Ganz zu schweigen von den Maschinen für die Gummierung des Zigarettenpapiers, den Lagerräumen und der Bezahlung der Arbeitskräfte ...!«

Am Abend öffnete Elenitsa, die Puppe unterm Arm, Katinas Zimmertür und schlüpfte, ohne irgendetwas an Katina gewandt zu denken, unter die Bettdecke. Das Kaminfeuer loderte noch, und der Widerschein der Flammen flackerte über die teuren Möbel mit ihren Messingbeschlägen. Katina konnte nicht schlafen und musterte die Zimmerdecke, während ihr immer wieder dieselben Gedanken durch den Kopf geisterten. Elenitsa kuschelte sich mit Blick auf den Kamin an sie. Dann runzelte sie die Stirn und verengte die Augen zu schmalen Schlitzen, während ihr feine Schweißperlen auf die Stirn traten und ihre Locken benetzten. Schließlich schlief sie in dieser Stellung mit einem schwachen Lächeln auf den Lippen ein.

Am folgenden Nachmittag gingen die Dienstboten des Herrenhauses geschäftig im großen Salon ein und aus und heizten die Kamine an. Es wurde eine Damengesellschaft zum Tee erwartet, um über die neue Armenspeisung, die Renovierung der Fassaden der Säuglingsklinik, das öffentliche Hospital und all die sonstigen Sorgenkinder der wohltätigen Ladys zu beraten. Eine halbe Stunde lang widmeten sie sich ihren Pflichten, doch dann stürzten sie sich auf Klatsch und Tratsch und zerrten die Schmutzwäsche der Abwesenden ans Tageslicht. Daher war der Wohltätigkeitsverein der vornehmen Damen bei Sitzungen nahezu immer vollzählig, und immer wenn die Pflicht rief, erschien jede bereitwillig zum Termin.

Olga und Elenitsa hatten sich mit ihren Haarschleifen geschmückt und im Salon neben dem Samowar, der soeben mit heißem Tee hereingebracht worden war, Aufstellung genommen. Auch Katina hatte sich für die Damen fein gemacht und erwartete sie am großen Konferenztisch. Nachdenklich musterte sie die maschinell gefertigten Zigaretten, die dort lagen, und die von Hand gedrehten. Sie dachte über die Salons nach, in denen Zigaretten in Mode gekommen waren. Dort und in den öffentlichen Vergnügungslokalen zogen die Damen ihre goldenen Etuis und ihre langen Zigarettenspitzen aus den Handtaschen und sogen behaglich den Rauch ein. Und für ihre Zigarettenetuis wählten sie natürlich Ware bester Qualität, maschinell gefertigt, perfekt gerollt, alle von exakt gleicher Länge und makelloser Verarbeitung. »Die sind wohl kaum für unsere Ware zu begeistern«, dachte sie.

Sie rollte die Zigaretten auf dem Tisch hin und her und legte sie in Reih und Glied nebeneinander. »Da kann ich wohl nicht mithalten, davon verstehe ich nichts«, dachte sie entmutigt. Doch dann besann sie sich eines Besseren: »Aber das will überhaupt nichts heißen. Sind die anderen vielleicht mit diesem Wissen schon auf die Welt gekommen? Sie haben es auch erst mit der Zeit erworben.«

Elenitsa trat mit einem Glas Rosenwasser, ihrem Lieblingsgetränk, und ihrer Puppe im Arm näher und setzte sich neben sie. Zunächst bemerkte Katina sie gar nicht, sondern brütete weiter über den ungleichmäßig gedrehten Zigaretten. Elenitsa setzte ihre Puppe auf den Nebenstuhl und zupfte ihr rosafarbenes Kleid zurecht. Es handelte sich um eine Puppe aus England, von der Lady als Geschenk für Olga mitgebracht, mit einem Porzellangesichtchen, mit Hütchen, Satinkleid und spitzenbesetzter Schürze, selbst eine richtige kleine Lady. Elenitsa streckte ihre Hand nach einer der Zigaretten aus. Sie führte sie an ihre Nase, schnupperte daran und verzog, mit Blick auf Katina, das Gesicht, da ihr der Tabakgeruch missfiel. Dann tauchte sie die Zigarette in das Glas mit Rosenwasser, ließ sie abtropfen, schnupperte erneut daran und hielt sie Katina unter die Nase. Der Tabak war mit einem interessanten Aroma durchtränkt worden. Elenitsa erhob sich, ging zum Kamin, hielt die Zigarette über das Feuer und pustete auch noch, damit sie schneller trocknete. Dann nahm sie eine weitere Handvoll, badete sie in Rosenwasser, trocknete sie, steckte sie in die Taschen ihres Kleides und verschwand dann wieder.

Kalliopi traf als Erste ein, passend zu ihrem rabenschwarzen Haar ganz in Schwarz gekleidet, die Zöpfe mit zwei auffälligen, mit Diamanten besetzten Kämmen hochgesteckt. Nach und nach erschienen die Übrigen, ausgerüstet mit Mänteln und Boas, Täschchen und Schmuckstücken. Als der Tee serviert wurde, plauderten sie angeregt, bis die Avrasoglou das Wort ergriff: »Lasst uns über die neu angekommenen Flüchtlingskinder sprechen.«

Während des Gesprächs zogen einige Damen ihre Zigarettenspitzen hervor. Evrydiki Kalligeri, die Ehefrau des größten Tabakfabrikanten von Smyrna, war als Vorreiterin in Geschmacksfragen bekannt. Katina beneidete sie, da ganz Smyrna von ihren Umgangsformen, ihrer Herzensbildung und ihren innovativen Ideen angetan war und viele Frauen ihr begeistert nacheiferten. Während sie der Avrasoglou mit halbem Ohr zuhörte, kramte Evrydiki in ihrer Tasche nach der Rauchware. Da sah Katina, wie die kleine Eleni, immer noch ihre Puppe in der Hand, plötzlich auf sie zutrat. Sie griff nach dem blinkenden, silbernen Etui auf dem Tisch, in das sie die mit Rosenwasser aromatisierten Zigaretten gelegt hatte, und klappte es genau vor Signora Kalligeris Zigarettenspitze auf. Katina ließ die Szene nicht aus den Augen. Als Elenitsa dann auch die Streichhölzer ergriff, um eine dieser Zigaretten anzuzünden, blieb der Kalligeri nichts anderes übrig, als dem Kind den Gefallen zu tun und das schwarze Ding, das es ihr entgegenstreckte, zu rauchen. »Was ist denn das, mein Schätzchen?«, fragte sie, während sie es in ihre Spitze steckte.

Elenitsa führte das Streichholz unbeirrt zur Zigarette hoch, danach blickte sie ihr geradewegs in die Augen. Die Kalligeri rauchte seit Jahren die verschiedensten Sorten, sie hatte etliches probiert und wieder verworfen. Doch dieser Tabak war etwas anderes. Das war erstklassige Ware, mit einem frischen, leichten Aroma. Sie wandte sich an Elenitsa und nickte ihr bestätigend und wohlwollend zu.

»Das muss ganz Smyrna probieren, liebe Katina. Exzellent! Das muss Basma-Saat aus Yenice sein, oder?«, sagte sie später zur Gastgeberin.

Doch es war kein hochwertiger Basma Yenice, der seit 1873 bei Ephesos angepflanzt wurde, sondern nur minderwertige *paçal*-Qualität. Katina wunderte sich, dass die erfahrene Raucherin dies nicht bemerkt hatte. Sie hob das Etui hoch und zog ebenfalls eine Zigarette heraus. Bevor sie es zuklappen konnte, schnappte sich die Kalligeri rasch noch eine weitere. Schweigend, und diesmal ohne Zigarettenspitze, rauchten sie sie zu Ende. Auf Katinas Zunge verbreitete sich ein ihr bislang unbekannter Tabakgeschmack mit einer leichten Duftnote und einer gewissen, interessanten

Rauheit. Der *paçal* hatte durch das Rosenwasser zweifellos alle guten Eigenschaften zurückgewonnen, die ihm die Natur in diesem Jahrgang vorenthalten hatte.
Am folgenden Tag stattete ihr Signor Kalligeris höchstpersönlich einen Besuch ab, um mehr über diesen neuen, aromatischen Tabaksamen zu erfahren, von dem seine Frau ihm erzählt hatte. Er probierte, analysierte und bot schließlich an, den Verkauf ganzer Partien zu vermitteln, doch Katina erklärte, in diesem Fall wolle sie fertige Zehner-Päckchen und keine nach Gewicht gebündelten Packen verkaufen.

Nachdem die größten Tabakmengen an die American Tobacco Company geliefert worden waren, wurden die ersten Paletten in der nunmehr leerer gewordenen Lagerhalle verpackt. Der Tabak wurde von einer gut erhaltenen Maschine, die angemietet worden war, geschnitten und in feinstes Zigarettenpapier gehüllt. Auf der Schachtel mit der Aufschrift »Smyrna-Tobacco, Aromatische Cigaretten« prangte das Bildnis einer smyrniotischen Schönheit. Genau so hatte sich Katina die Lieblingsmarke in den Handtäschchen vieler rauchender Damen vorgestellt.
Zwei Monate später lagen die ersten »Mädchen aus Smyrna« auf den Verkaufstischen der Tabakläden. In den Cafés, bei Teegesellschaften, beim Flanieren und am Kai war es – dank Frau Kalligeri, die die Geschäfte ihres Mannes ankurbeln wollte – für Frauen wie Männer bald unerlässlich, eine Schachtel »Mädchen aus Smyrna« dabeizuhaben. Da der Tabak in der guten Gesellschaft Smyrnas Anklang gefunden hatte, rauchten ihn ausnahmslos alle, ob er ihnen nun schmeckte oder nicht. Viele versuchten erfolglos, die Herkunft der Tabaksaat mit diesem eigenwilligen Aroma herauszufinden. Doch für die unzähligen Päckchen mit dem »Mädchen aus Smyrna«, die sich im Lager stapelten und bald konsumiert werden mussten, war der Kundenkreis in der Stadt zu klein. Ein Zufall brachte auch hier die Lösung.
Eines Tages spielten Katinas Sohn Ilias und Elenitsa zwischen den Zigarettenschachteln. »Schau mal, Mama, die stehen in Habtacht-

stellung wie kleine Soldaten«, sagte Ilias über die sorgfältig gestapelte Ware. Das brachte Katina auf den Gedanken, sich mit Alis Vermittlung an einen gewissen Kemal, einen militärischen Emporkömmling, zu wenden. Er war ein aufgeschlossener Mann und kam Ali entgegen, der wiederum Katina einen Gefallen tun wollte. Sie vereinbarten einen für Katina zufriedenstellenden Preis, der dreißig Prozent über den Herstellungskosten lag, und die Lagerhallen leerten sich.

Nun waren es die türkischen Rekruten, welche die Päckchen mit dem duftenden Tabak bei sich trugen, nur dass auf ihren Schachteln anstelle der schönen Smyrniotin ein fescher, zackiger Reiter abgebildet war. Ihr Anführer ließ die Zigaretten gratis an seine Leute verteilen, die sich mit tiefen Verbeugungen dafür bedankten. In jenem Jahr wurde Katina die Ware also mit Gewinn los – und nicht wie befürchtet mit Verlust. Und mit dem erwirtschafteten Geld kaufte sie sich ein persönliches Geschenk: einen Buick. Es war das erste Automobil, das jemals in Smyrna gesehen wurde.

Doch mit dem erfolgreichen Verkauf des Tabaks war die Angelegenheit längst nicht beendet. Es trafen große Mengen von Neubestellungen ein. Kemal selbst telegrafierte ihr, sie möge bei der nächsten Ernte seine Rekruten wieder berücksichtigen. Die American Tobacco Company schickte per Eilboten die Anfrage, man wünsche neue Verträge mit ihr abzuschließen. Die Smyrnioten schwärmten für die Schachteln mit der dunkelhaarigen Schönheit, und die Nachfrage blieb auf hohem Niveau.

Katina organisierte diese Geschäfte vom alten Tabakkontor der Serbetoglous aus, deren Firmenaufschrift sie unangetastet ließ. Auch die Firmenkasse im Hinterzimmer blieb genau dort, wo sie von jeher gestanden hatte. Und noch in einer weiteren Sache blieb sie konsequent: Dieses Unternehmen hatte nichts mit der Familie Karamanos zu tun, deshalb trennte sie es strikt von allen anderen Geschäften.

Dimosthenis zu Ehren, der zum Fest der Kreuzerhöhung Christi und zum Namenstag seines Vaters angereist war, wurde am 14. September 1920 eine Abendgesellschaft gegeben.
Schon frühmorgens kam die Kutsche mit dem Kaymak-Verkäufer vorbei; und Pari kaufte Milchrahm für die Cremes, die Süßspeisen und das Eis der Soiree.
An jenem Tag lag kühle Luft über Smyrna, die von der Meeresbrise über der ganzen Stadt verteilt wurde. An den Fenstern und Türen der Häuser hingen Tautropfen, die in der Sonne bald trocknen würden, ohne eine Spur zu hinterlassen. In der morgendlichen Kühle trug man noch dünne Jacken, doch bald würde man die Häuser winterfest machen, die Daunendecken von den Mottenkugeln befreien und lüften, die Teppiche nach der langen Sommerpause mit Essig reinigen und auf den Fußböden ausbreiten, so dass sie die Zimmer mit ihrer Wärme und ihren leuchtenden Farben erfüllten. Der Kesselflicker besah sich aufmerksam die Schäden der Holzkohlebecken, die im Vorhof aufgestellt standen; Maurer und Anstreicher besserten die Wände und Steinmauern aus.
Hinten an der Wand hatte sich ein großer, feuchter Fleck ausgebreitet, der selbst mitten im September nicht trocknete, da Smyrnas sanftes Lüftchen nicht bis dorthin vordrang. An einer Stelle der Wand spross aus dem Riss im Kalkverputz Moos, und in der Spalte hatte sich ein Tausendfüßler häuslich eingerichtet.
Katina war mit den Mädchen zum Kai hinunterspaziert. An der Mole zischte die sanfte Brandung an die Felsen und das Straßenpflaster verströmte denselben Glanz und denselben Geruch wie der Tausendfüßler. Elenitsa hielt die Hand ihrer Mutter fest, und alle naselang machte sie noch zwei Schritte mehr und wechselte mit einem kleinen Hüpfer den Rhythmus. An Olgas Hand glitzerte ein goldener Ring, ein Glücksbringer. Alle paar Schritte hielt jemand sie an, um ihr »Viel Glück« und »Alles Gute für die Zukunft« zu wünschen.
Elenitsa hatte am Vorabend schlecht geschlafen. Unruhig hatte sie

sich von der einen Seite auf die andere gewälzt, ihre Locken waren am Morgen ganz zerzaust gewesen. Mitten im Schlaf hatte sie sich plötzlich gewunden, als hätte sie Bauchschmerzen, sich dann jedoch mit zitternden Lippen wieder entspannt. Fieber hatte sie nicht, obwohl Katina ihr immer wieder an die Stirn gefasst hatte. Als sie neben ihr einschlief, war sie in ihre Träume eingedrungen. Elenitsa träumte seltsame Dinge, von einer zerlumpten Menschenmenge etwa, die mit gesenktem Kopf durchs Binnenland marschierte. Überall standen Dörfer und Äcker in Flammen. Jeder trug ein Bündel mit all seinen Habseligkeiten über der Schulter. Schmutzige kleine Kinder weinten in den Armen ihrer erschöpften Mütter. Aus den Tiefen Anatoliens strebten sie alle nach Smyrna. Aus dem Traum stieg der üble Geruch nach Ungeziefer und getrocknetem Blut. Zwischen den Menschenmassen waren nebelhaft braune Soldatenmäntel zu erkennen. Dort, mitten im Flüchtlingsstrom, ging Elenitsa mit ihrem sauberen Kleid und ihren wohlfrisierten Locken im gleißenden Licht. Sie sprach ganz selbstverständlich mit ihrer eigenen Stimme, die süß wie Honig klang. Was für bizarre Visionen! Der Traum wirkte immer noch nach, als Katina am Morgen in den Hof hinunterging.

»Der Wunsch, dass sie spricht«, dachte sie, »ist wohl so groß, dass er mir zum Alptraum wird.«

Der Hals-Nasen-Ohrenarzt, der ihre Stimmbänder untersucht hatte, hatte alles in Ordnung befunden und auf einen Psychiater verwiesen, der jedoch auch nicht weiterwusste. Ohne Familien- und Krankengeschichte, ohne Namen und ohne Vergangenheit konnte er Elenitsa nicht zum Sprechen bringen.

Eftalia war schon morgens gekommen, um ihren Enkelsohn – ihren ganzen Stolz – zu verwöhnen, der in ihren Augen zu kurz kam. Elenitsas Aufnahme in den Haushalt hatte nie ihren Beifall gefunden. An der Hand hielt sie den mittleren von Lefkotheas drei Söhnen, den sie als Spielkameraden für ihren Enkel mitgebracht hatte.

Sacharoula hatte sich nämlich angeschickt, nach Fotini auch ihre Tochter Lefkothea zu verheiraten und in gute Hände zu geben.

»Sie ist ein so häusliches Mädchen«, hatte sie in der Nachbarschaft verbreitet. »Ein Naturtalent! Du solltest mal sehen, was für hübsche Spitzen sie klöppelt!«
Doch Lefkothea hatte sich Hals über Kopf in einen jungen Koch verliebt. »Ein guter Junge«, sagte Sacharoula, da ihr auch nichts Besseres über den Weg gelaufen war. »Er verdient sein Brot auf den Märkten, wo er in den Garküchen arbeitet. Meine Lefkothea wird ihm dabei helfen.«
Wenn man Lefkothea so sah, ahnte man, dass sie dazu geboren war, sich zu ducken und ihr Schicksal hinzunehmen. Ihr größtes Talent bestand darin, schlimme Zeiten gut zu überstehen. Mit dem Wenigen, was sie hatte, war sie zufrieden. Güter und Reichtümer bewunderte sie lieber aus der Ferne bei den anderen. Um darüber zu tratschen, natürlich, aber ohne Bosheit.
Natürlich hatte Eftalia Einwände gegen diese aus ihrer Sicht unvorteilhafte Partie. Als sie damit jedoch bei Sacharoula auf taube Ohren stießen, sagte sie entschieden: »Dann soll sie den heiraten, den sie liebt.«
Und das hatte Lefkothea dann auch getan. Das junge Paar war in Sacharoulas Haus gezogen, und gleich im ersten Jahr wurde ein Junge geboren. Katina schickte ihr jede Woche Körbe mit Leckereien; unter die Teigwaren legte sie heimlich auch ein paar Geldscheine. Der Junge wurde, mit Katina als Patin, auf den Namen Spyros getauft. Es kamen noch zwei weitere Kinder zur Welt, wieder Jungen. Ihrem Taufkind zuliebe, das sich leider als ausgesprochen dumm erwies, verschaffte sie Lefkotheas Ehemann Arbeit. Doch der zweitälteste, blitzgescheite Sohn machte die Enttäuschung wieder wett. Für seinen Besuch hatte ihm Lefkothea das Gesicht mit Seife gewaschen und einen akkuraten Scheitel gezogen. Gleich nach seiner Ankunft im Herrenhaus stürzte er sich auf die Spielsachen, von denen er schon am Vortag geträumt hatte, nachdem ihm Eftalia versprochen hatte, ihn zu Ilias mitzunehmen.
Mit Foula hingegen stand Eftalia in der letzten Zeit auf Kriegsfuß. Den ganzen Tag lang zankten sie sich wie Hund und Katze.

Nachdem Eftalia schnell noch ihre Meinung über den neuen Gemischtwarenhändler losgeworden war, der daran schuld sei, dass sie für guten Käse bis zum Markt laufen müsse, und die Neuigkeiten aus dem Viertel im Detail durchgehechelt hatte, fragte sie, wer zur Abendgesellschaft geladen war.

»Noch mehr Deutsche?«, entfuhr es ihr, nachdem ihr Pari Bericht erstattet hatte. Das gefiel ihr gar nicht. Seit sie ihren Fuß nach Smyrna gesetzt hatte, war Eftalia ihnen ängstlich ausgewichen. »Die sind blutrünstig«, sagte sie, »pass bloß auf!«

Genau genommen hatte Eftalia bis vor Kurzem, als sie einigen von ihnen notgedrungen die Hand reichen musste, noch nie einen Deutschen von Angesicht zu Angesicht gesehen.

Dann wandte sie sich wieder ihrer häuslichen Seuche, nämlich Foula, zu: »Die treibt mich noch zum Wahnsinn.«

Foula hatte mit den Jahren einige Bannsprüche aufgeschnappt, und wenn sich die beiden in die Haare gerieten, verbarrikadierten sie sich jeweils in ihrem Zimmer und belegten sich gegenseitig mit Flüchen.

Zu Dimosthenis' Ehren hatte man an diesem 14. September großzügig aufgetischt, und Syrios hatte ein Orchester mit Geigen, Flöten und Klavier engagiert. Katina beobachtete Klaus von Beheim, der ganz hinten, fast an der Wand, Platz genommen, die Beine übereinandergeschlagen und die Hände um sein Knie geschlungen hatte. Er hielt die Augen geschlossen und wiegte den Kopf im Rhythmus der Geigenmusik sanft hin und her. Er war mit den Gedanken ganz weit fort, gebannt und hypnotisiert von den zauberhaften Klängen.

Klaus von Beheim war als Vizekonsul an die deutsche Botschaft in Smyrna versetzt worden. Das Erste, was er gleich nach seiner Ankunft tat, war, sich in eine Smyrniotin, nämlich Olga, zu verlieben, und Olga liebte Klaus wieder aus dem vollen Herzen ihrer siebzehn Jahre.

Wenn auch Eftalia die Deutschen nicht passten, so kamen sie Katina jedoch sehr gelegen. Sie waren rechtschaffen und fleißig, anständig und diszipliniert. Sie lernten langsam, aber das Erlernte

vergaßen sie nie. Schlampigkeit war ihnen fremd, und Spitzbübereien lagen ihnen fern. Olga, die mit dem herausfordernden Wesen der Smyrniotinnen nichts anfangen konnte, hatte viel von der italienischen Sanftheit ihrer Großmutter geerbt. Sie wuchs zu einer blühenden Schönheit heran, die einerseits dem Bild im Medaillon der Toten, andererseits auch Syrios stark ähnelte. Für beide war es die große Liebe. Der Deutsche – ein noch sehr junger, gut aussehender und redlicher Mann mit glattem, blondem Haar – zeigte eine Leidenschaft, die seinem sonstigen Charakter gar nicht entsprach, ja, er schrieb Olga sogar Liebesgedichte.
Angesichts der bevorstehenden Hochzeit schrillten bei Eftalia die Alarmglocken, so dass Katina Nachforschungen über den Bräutigam anstellte. Doch er erwies sich als untadelig, wohlerzogen und hervorragend ausgebildet. So wurden sie mit all der Pracht, über die das Haus Karamanos verfügte, verheiratet, und ganz Smyrna kostete vom traditionellen Hochzeitskonfekt. Als Olgas Mitgift erhielt das junge Paar die Grundstücke in Italien. Dorthin zogen sie auch, als Klaus einen Posten in Italien antrat. Olga fand ein neues Zuhause in der Familie ihres Mannes, die sie herzlich aufnahm. Da sie sich im Orient nie richtig zu Hause gefühlt hatte, vermisste sie Smyrna nicht. Sie war für kühlere, nördlichere Gegenden geschaffen, und schon nach kurzer Zeit sprach sie fließend Italienisch.
Hinter dem Gummibaum kauerte die kleine Eleni im Nachthemd. Sie war heimlich aus ihrem Bettchen aufgestanden, in den Saal geschlüpft und auf Klaus' Schoß geklettert. So hatten die beiden aneinandergekuschelt der Musik gelauscht. Pari hatte noch nichts von ihrer Anwesenheit mitbekommen, da das ganze Herrenhaus heute kopfstand. Das Licht im Kinderzimmer war gelöscht, und Ilias schlief selig. Als das Musikstück, von allen begeistert beklatscht, verklungen war, wandte man sich wieder dem Lieblingsthema der Smyrnioten, der Politik, zu.
Drei unsympathische alte Jungfern zogen sich in den seidentapezierten Salon zurück, um in aller Ruhe die servierten Speisen und die Kleider der anderen Gäste zu bekritteln. Die Herren begaben

sich in die Bibliothek, zündeten ihre Pfeifen an und spuckten die Tabakkrümel ins Feuer. In Anwesenheit zweier Engländer, eines Italieners und des Deutschen blieb die politische Diskussion zurückhaltend und beschränkte sich auf die Handelsbeziehungen. Dimosthenis sprach am längsten – über die Lage in Kappadokien, die Getreidesaat und die lokalen Machthaber. Unvermeidlich kam die Rede auch auf die Stimmung in Athen knapp vor der Unterzeichnung des Vertrags von Sèvres, auf das Attentat auf Venizelos im Juli 1920 und auf die für den 26. Oktober angesetzten Wahlen, die schließlich am 1. November tatsächlich stattfinden und zur Niederlage von Venizelos' Liberaler Partei führen sollten. Am 12. Juli 1920 war zuvor Smyrna von Ahmed Besim Bey in griechische Hände übergeben worden.

Elenitsa war in Syrios' Arbeitszimmer geschlüpft und auf einen Schemel geklettert, so dass sie durch Katinas Guckloch hinter der Grünpflanze blicken konnte. Sie suchte nach Erich Witter, Beheims Nachfolger an der Botschaft, der ebenfalls eingeladen war, fand ihn und heftete ihre Augen auf ihn. Doch schlagartig ließ sie sich auf alle viere fallen und zog sich rasch hinter Syrios' Schreibtisch zurück, da die Tür aufgegangen war und Pari hereineilte, um den Cognac zu holen. Als sie beim Hinausgehen den kleinen Schemel erblickte, schob sie ihn, ohne lange nachzudenken, wieder an Ort und Stelle. Doch Elenitsa zog ihn gleich wieder hervor und kletterte erneut hoch zu ihrem Guckloch.

Die Griechen wollten neue Bauvorhaben beginnen, die Stadttore erweitern, Schulen und Straßen, Kirchen und öffentliche Hospitäler errichten. Syrios hatte seine Zweifel, ob all das wirklich nötig war. »Hinausgeworfenes Geld«, urteilte er. Doch der Flüchtlingsstrom in Richtung Smyrna hatte sich verstärkt. Was sollte man mit all den Entwurzelten tun? Wie sollten sie Arbeit finden? Wovon sollten sie ihre Familien ernähren? Tausende Waisenkinder warteten auf die öffentliche Speisung und auf ein Stück Brot. Das alte Smyrna gab es nicht mehr; die Stadt hatte langsam und schleichend ihr Gesicht verändert.

Spasoff, der gerade in Athen gewesen war, erzählte von den dra-

matischen Juli-Ereignissen. Sein Neffe hatte zusammen mit Venizelos an der Gare de Lyon in Paris gestanden, als das Attentat verübt wurde.
»Zum Glück war es nur ein Streifschuss an der linken Schulter. Ich möchte kein führender Politiker dieses Landes sein! Was will man auch von den Griechen anderes erwarten. Erst haben sie Aristeides von Athen in die Verbannung geschickt, dann haben sie Kolokotronis ins Gefängnis geworfen und schließlich Kapodistrias ermordet. Und jetzt haben sie es auf Venizelos abgesehen.« Spasoff bemühte sich, seine Pfeife anzuzünden. »Venizelos wird die Wahlen verlieren … Sein Umfeld ist siegesgewiss, aber er selbst ist beunruhigt.«
Der Cognac wurde serviert. Im kleineren Kreis wurden die heiklen Ereignisse diskutiert, die sich am Horizont abzuzeichnen begannen, vor allem der Traum von einem Großgriechenland, genährt von den militärischen Erfolgen unter König Konstantin. Syrios vertrat die Meinung, die griechischen Streitkräfte sollten sich darauf beschränken, Smyrna und Umgebung zu halten und mithilfe der Westmächte zu sichern.
Während aus dem Herrenhaus der Karamanos weiterhin Gesprächsfetzen, Gelächter und das Klirren von Weingläsern drangen, öffnete Elenitsa die Haustür und lief heimlich zu Attartes Haus.

Der Entschluss zur Flucht

Die türkische Mutter hatte ihr Konak nur selten verlassen und sich nur in zwei Fällen aus dem Türkenviertel hinausgewagt. Das erste Mal war es jener unheilvolle 31. Juli gewesen, der Tag, als Spyros ums Leben kam. Attarte war damals auf den Stufen unseres Hauses in Bellavista erschienen, und in der folgenden Nacht war das Unglück passiert.
»*Kötü haber! Felaket!*«, hatten die Hafenarbeiter gerufen, die uns die Nachricht von Spyros' Tod brachten. »Schlechte Nachrichten, schlimme Neuigkeiten.«

Auch an diesem Tag, dem 14. September 1921, erschien Attarte auf der Türschwelle, betrat das Herrenhaus der Familie Karamanos und stieg ungehindert bis zu unseren Zimmern hoch, als wäre sie hier immer schon ein und aus gegangen.
Bei ihrem Eintreten erstarrten wir vor Schreck. Der Besuch der türkischen Mutter in unserem Haus konnte nichts Gutes bedeuten. Sie nahm aus ihrer Schürzentasche etwas Erde und ein christliches Amulett und legte beides auf den Tisch. Wie alt sie geworden war, die arme Mutter. Und als wollte sie sichergehen, dass wir auch wirklich jedes Wort ihrer Botschaft verstanden, nahm sie all ihre Kraft zusammen und sprach auf Griechisch.
»Kreise von Rauch über der weiten Ebene, dort, wo die Sonne aus dem Wasser steigt. Großer Efendi mit blonden Hundesöhnen, Feuer bis hin zum Wasser, Blut an den Wurzeln der Weinstöcke, das Blut neugeborener Kinder. Der Gott der Giaur verliert seine Kinder, der Gott der Muslime verliert seine Kinder. Attarte verliert Eftalia. Eftalia muss fortgehen, in neue Heimat, jetzt sofort.«
Und sie weinte hinter ihrem Schleier.
»Ist Attarte verrückt geworden?«, fragte sich Eftalia, sobald die Türkin gegangen war. »Ich bin jetzt über sechzig, muss sie dann nicht bald hundertzehn sein?«
Lange saßen wir wortlos und sorgenvoll da. Schließlich ergriff Eftalia wieder das Wort.
»Ich will dir sagen, warum die Türken zuschlagen werden. Sie kennen nichts als die Tatkraft ihrer Messer. Damit hatten sie einst Erfolg, und damit werden sie wieder Erfolg haben. Doch was sie nach blutigen Kämpfen erobert hatten, haben wir ihnen wieder abgenommen, planmäßig und mit Zinsen. Erinnerst du dich an Mourjalis, den griechischen Krämer aus dem Dorf? … Nein? Wie sollst du dich auch erinnern! ›Türke, brauchst du Geld, um über den Winter zu kommen? Dann gib mir deine Felder.‹ ›Türke, brauchst du Geld für dein Kaffeehaus? Unterschreib und zahl es mir doppelt und dreifach zurück.‹ Bald hatten sie alles verloren, die Großtaten von Mehmed dem Eroberer waren Vergangenheit. Jetzt sind sie jedem Krämer in irgendeinem schlammigen Kuh-

dorf auf Gedeih und Verderb ausgeliefert. Was sollen sie tun? Wie können sie sich alles zurückholen? Nur in blutigen Kämpfen. Und damit werden sie nicht länger warten. Weißt du, die armen Türken in den Dörfern blicken jetzt noch der griechischen Armee tatenlos hinterher, friedfertig wie die Kühe, die in der Sonne liegen. Auch wenn eine von ihnen dran glauben muss, kauen sie friedlich weiter, als sei nichts geschehen. Doch sobald du ihnen das Futter aus dem Maul nimmst, spießen sie dich wütend auf ihre Hörner. Deshalb werden die Türken zuschlagen. Weil es um ihr Futter geht. Sie werden alles niederwalzen. Welcher Tag ist heute?«

»Mittwoch.«

»An einem Mittwoch ist auch dein Vater gestorben. Dieser Tag bringt Unglück. Wir mussten alles, was wir hatten, im Dorf zurücklassen.«

»Wir hatten doch nichts, Mutter.«

»Wir hatten alles Nötige: eine Heimat, ein Häuschen, Arbeit, Frieden und ein wenig menschliche Wärme. Es ist das Los der Griechen, immer alles zurücklassen zu müssen und anderswo wieder von vorn anzufangen. Doch da sie immer wieder auf Sand bauen, haben sie es nicht anders verdient. Wer soll die Türken jetzt noch aufhalten? Rette sich, wer kann. Denn Attarte irrt sich nie. Was sie sagt, wird eintreten.«

Sie ging zum Tisch, auf dem Attarte das Amulett und die Erde, die Vorbotin schlimmen Unheils, hinterlassen hatte. In der Erde steckte ein kleiner, zusammengeknüllter Zettel. Eftalia griff danach und strich ihn glatt. Darauf standen mit Rohrfeder geschriebene Zeichen in osmanischer Schrift, so voller Fehler, als hätte sie ein Volksschulkind gemalt.

»Das hat sie ganz allein geschrieben«, sagte sie und versuchte, während sie den Zettel drehte und wendete, das Gekritzel zu entziffern. »Wie lange ist es her, dass ich osmanisches Türkisch gelesen habe! Hier steht: ›Das Versprechen an den Toten … Kıslem Reis.‹ He, das ist doch der Name deines Vaters! Das andere kann ich nicht lesen … ›Leben, Kind, Rettung …‹ und ein Kreuz. ›Tod oder Rettung. Gott allein weiß … Gott wird entscheiden …‹«

Als sie den Text des Briefchens, so gut sie konnte, entziffert hatte, hob sie den Blick zu ihrer Tochter.
»Für ihr Seelenheil hat sie genug getan. Sie hat ihre Schuldigkeit mehr als erfüllt. Wenn ihr Volk nun zuschlägt, wird sie es auch tun. Sie wird ihrem Volk helfen. Und Gott steht an der Seite der Schwachen … Komm, wir packen unsere Sachen!«
Das taten wir dann auch, ohne weitere Zeit zu verlieren, während Syrios, auch er mit Blindheit geschlagen, die Erfolge der griechischen Armee feierte. Wie sollte man ihn davon überzeugen, wie die Dinge wirklich lagen? Wir versuchten, es ihm begreiflich zu machen: »Lass uns fortgehen, Syrios, die Lage sieht nicht gut aus.«
»Ach was, gut sieht sie aus, und bald wird sie noch besser sein.«
Da er starrköpfig an seiner Meinung festhielt, mussten wir unsere Vorbereitungen heimlich treffen. Ohne Syrios hätten wir alles – Häuser und Grundstücke – zu Geld gemacht, auch wenn die Liegenschaften schwer zu verkaufen waren. Wer konnte schon so ein Vermögen bezahlen?
»Eftalia Sampatzi, geborene Aperli, aus Thessaloniki, griechisch-orthodoxen Glaubens.«
»Ekaterini Karamanou, geborene Sampatzi, aus Thessaloniki, griechisch-orthodoxen Glaubens, ein Kind, männlich, zehn Jahre alt.«
Es war eine leichte Übung gewesen, bei den griechischen Behörden an diese Papiere zu kommen. Auf Nachfrage des Amtes nach ihrer Herkunft aus Thessaloniki hatte Katina geantwortet: »Aber wir stammen doch von dort, keine Frage.« Und diese Behauptung, im Brustton der Überzeugung vorgetragen, hatte auch den letzten Zweifel ausgeräumt.
Am Mittwochmorgen reiste Katina nach Stambul, wo sie im Orientalischen Staatsrat nach Ali Bey fragte, dem sie ihren Besuch angekündigt hatte. Überall in der Stadt sah man die Uniformen der Jungtürken, denen sich auch Ali angeschlossen hatte. Er hatte also der Kultur abgeschworen und sich in blutige Kämpfe gestürzt. Doch er räumte ihnen alle Schwierigkeiten aus dem Weg

und ebnete ihnen den Weg zur Flucht. Die entsprechenden Urkunden wurden unter seiner Aufsicht ausgestellt.
»Katina Sabancı, Tochter des Kıslem Reis Ali Sabancı Bey und der Eftalya Sabancı Hanım, aus Kayseri in Kappadokien, osmanische Staatsangehörigkeit, muslimischen Glaubens.«
»Eftalya Sabancı, Ehefrau des Kıslem Reis Elya Sabancı Bey aus Kayseri in Kappadokien, osmanische Staatsangehörige, muslimischen Glaubens.«
»Elya Sabancı, zehn Jahre alt, Sohn des Siryo Sabancı Bey und der Katina Sabancı Hanım, aus Kayseri in Kappadokien, osmanischer Staatsangehörigkeit, muslimischen Glaubens.«
Darunter setzte er Siegel, Unterschrift und folgenden Stempel: »An die osmanischen Behörden: Die Inhaber dieser Papiere sind überall bevorzugt zu behandeln.«
Als er ihr die Urkunden übergab, sagte er nur zwei Worte: »Auf bald!«
Wir dachten an Thessaloniki, Athen, Paris, ja, wir wären überallhin gegangen. Frau Vlastou, die Athen gut kannte, beschrieb uns Ägina als eine wunderschöne, idyllische Insel, die dennoch weltoffen sei, mit ruhiger See und unzähligen Pistazienbäumen. »Es ist dort ähnlich wie in Kokaryalı«, sagte sie.
»Ich mag Kokaryalı«, meinte Eftalia.
Syrios hatte keine Einwände, dass wir ein Landgut kauften, wunderte sich jedoch, dass unsere Wahl auf Ägina gefallen war. Mit der Vermittlung einer Bank erwarben wir, ohne es je gesehen zu haben, das von Frau Vlastou beschriebene Landgut mit einem im Jahr 1903 errichteten Herrenhaus. Ihr Bruder kümmerte sich um die Abwicklung des Kaufs vor Ort. Dann schickten wir einen Schoner los, der mit den schönsten und kostbarsten Teppichen, Möbeln und Gemälden beladen war, den der Palazzo der Karamanos zu bieten hatte.
Eftalia war aufgeregt, dass sie nach so vielen Jahren Anneso in Piräus wiedertreffen sollte, wo sie mit ihrem Vater lebte. Der hatte es inzwischen als Handelsschiffer zu Reichtum gebracht. Seiner Tochter war er ein guter Vater, versah sie mit einer reichen Aus-

steuer und fand ihr einen guten Ehemann. Alle zusammen wohnten sie in Kastella und warteten gerade auf den Nachwuchs des jungen Paares. Ihre erste Tochter benannte Anneso dann nach ihrer Großmutter, auch eine Eleni.
Über die neue National Bank, die in Smyrna eine Filiale eröffnet hatte, richteten wir unser Bankkonto für Athen ein, das wir ordentlich füllten. Auch dies mußte in aller Heimlichkeit geschehen. Eftalia und ich waren beim Bischof vorstellig geworden mit einer vorgeschobenen Anfrage, welche philanthropischen Tätigkeiten und wohltätigen Werke wir den armen Kindern in Griechenland zugutekommen lassen könnten. Er wollte uns die griechische Armee als Empfänger unserer Spenden vorschlagen, doch wir beharrten auf den Kindern. Daraufhin stellte er uns ein Schreiben an die National Bank aus, sie möge sich um unsere philanthropischen Zwecken gewidmeten Gelder kümmern.
Auf einem weiteren Schoner wurden Rosa und unsere Koffer mit Kleidern und Hüten, Silberzeug, Porzellan und Glaswaren eingeschifft. Alles, was wir danach noch aus dem Verkauf von Tabak, Öl, Feigen oder Baumwolle als Erlös bekamen, legten wir als Kapital auf der National Bank in Athen an. Für wohltätige Zwecke, versteht sich. Zwei Wochen später verkauften wir das Haus in Burnabasi ohne Syrios' Wissen für teures Geld an einen Griechen. Wer nahm jetzt noch Rücksicht! Damit war auch das erledigt. Insgesamt besaßen wir vierhundertzwanzigtausendundachthundertdreiunddreißig Goldpfund. Mit diesem Geld hätte man vielleicht nicht Athen, aber doch ganz Smyrna kaufen können.

10. Juni 1922

Zusammen mit Foula, Despina und den Kindern reiste Eftalia als Erste ab. Im Exil traf sie sich mit Rosa und telegrafierte, das Geld sei gut angekommen. »Haus in Ordnung. Schick mehr.« Wer weiß, was sie wieder für Pläne hatte …
Obwohl Katina ebenfalls dringend hätte abreisen sollen, verschob

sie die Abfahrt von Tag zu Tag. Die einzige Hoffnung, Syrios zu retten, bestand darin, ihn unter dem Vorwand von Geschäften von asiatischem Boden fernzuhalten. Katina schwindelte ihm vor, er müsse bei den französischen Bankiers Verträge unterzeichnen und deswegen nach Frankreich reisen. Solche Dinge hatte früher Konstantinos erledigt, doch Syrios machte keine Anstalten, sich aus Smyrna fortzurühren.

Sie schlug ihm vor, eine Europareise zu unternehmen, doch Syrios' Gedanken waren bei der griechischen Armee. »Wir stehen vor großen Veränderungen«, sagte er, »jetzt ist nicht der richtige Zeitpunkt für Reisen.«

Dann schlug sie ihm vor, selbst nach Paris zu fahren, und Syrios zeigte sich nicht abgeneigt. Mit Antoinette fuhren sie zum französischen Konsulat, wo er sie als Zeichnungsberechtigte für die Geschäftsunterlagen bei der französischen Bank einsetzte. Hätte sie damals in Paris darauf bestanden, hätte sie alle französischen Konten unter ihre Kontrolle bekommen.

Die Einzige, die ihr wirklich glaubte, war Antoinette, die sich mit Marc auf den Weg nach Frankreich machte. Sie schifften sich auf einem Dampfer aus dem Besitz der Karamanos nach Marseille ein, der mit einer großen Ladung Lederhäuten und nur einer Handvoll Passagieren unterwegs war.

Sobald das Schiff den Golf von Smyrna verlassen hatte, erteilte ich dem Kapitän die Weisung, mich in Athen von Bord zu lassen. Kein einziges Mal blickte ich mich um.

Als die griechischen Behörden meine Papiere verlangten, legte ich die vorbereiteten Urkunden vor.

»Alter? Siebenundzwanzig«, sagte ich. Dank Eftalias Schönheitscremes sah ich auch keinen Tag älter aus, bereitwillig wurden die Papiere abgestempelt. »Schreibt doch, was ihr wollt«, sagte ich mir, »elende Bürokraten.« Hätte ich mich als Kuh deklariert, hätten sie selbst das mit ihren Stempeln abgesegnet.

»Verheiratet?«

»Verwitwet.«

Überwintern wollten wir in Athen und dann den darauffolgenden

Sommer auf der Insel verbringen. Im übernächsten Winter heiratete ich erneut, es war mein erster Ehemann, den ich fern von der Heimat kennenlernte. Vor ihm hielt ich geheim, dass ich schwerreich war. Mit meinem Vermögen hätte ich mir jeden beliebigen Ehemann kaufen können. Doch mir gefiel es, die »arme Witwe« zu spielen. Als geborener Grieche würde er nicht mit mir in die alte Heimat reisen können. Weder hatte er sich je mit unserem Schicksal befasst, noch fragte er nach, was wir an Erinnerungen mit uns trugen. Er hatte einfach eine siebenundzwanzigjährige Frau mit einem zehnjährigen Sohn geheiratet, die knapp der Zerstörung Smyrnas entkommen war. Dieser Ausdruck machte in ganz Athen die Runde: die »Zerstörung Smyrnas«. Smyrna war erst durch die Katastrophe, die es heimgesucht hatte, in das Bewusstsein der Griechen gerückt.

Wie ich ihn getroffen und geheiratet habe, ist nicht weiter von Belang. Jedenfalls gab er ohne irgendeinen Liebeszauber sein Jawort. Hätte er nein gesagt, wäre es auch nicht schlimm gewesen. Dennoch ist es besser, einen Mann im Haus zu haben, und Dimitrakis war ein ganzer Kerl. Nur starb er noch im selben Jahr an der Schwindsucht. Dass mir aber auch kein Mann lange erhalten bleibt!

Im Jahr 1924 kehrte ich als Türkin zurück nach Smyrna. Das Herrenhaus der Karamanos existierte nicht mehr, und auch die Griechenviertel waren verschwunden. Keinen einzigen Bekannten konnte ich finden, überhaupt habe ich dort keinen einzigen Griechen mehr getroffen. Seitdem habe ich Smyrna nie wieder betreten.

Ein Jahr später nahm ich meinen Sohn, der Syrios wie aus dem Gesicht geschnitten ist, mit nach Istanbul, das wir Griechen immer noch Konstantinopel nennen. Dort waren das ganze Vermögen und auch unser Haus auf meinen Geburtsnamen, also den türkischen Namen meines Vaters, eingetragen. Viele Griechen wollten wieder in die Türkei zurückschlüpfen, denn anders als im felsigen, unfruchtbaren Griechenland flossen dort Milch und Honig. Doch die Bewegung der Jungtürken hatte sich radikalisiert. Einige trafen jedoch Geheimvereinbarungen und konnten bleiben.

Ali hatte geduldig auf mich gewartet, und wir gründeten eine neue Familie. Einige Jahre blieb ich mit meinem Sohn in Konstantinopel. Er war klug und mehrte unseren Besitz. Möge es ihm gut ergehen. Er hat das Blut der Karamanos. Er hat eine Türkin geheiratet, möge es auch ihr gut ergehen. Seinen drei Söhnen wünsche ich ebenfalls ein langes Leben. Doch auch in Konstantinopel hielt es mich nicht lange. Auch diese Stadt war anders, als sie mir einst in Syrios' Augen erschienen war.
Ich kann nicht mehr, alles Menschliche ermüdet mich.
Manchmal plaudere ich mit Eleni, Annesoulas Tochter. Sie trägt den Namen meiner Großmutter. Mich lässt die Frage nicht los, warum ich mich nicht umgewendet habe, um Smyrna einen letzten Blick zuzuwerfen. Aber so bin ich eben. Ich breche mit der Vergangenheit, mache mich auf zu neuen Orten, zu einer neuen Heimat.
Die Smyrnioten, die hierher geflohen sind, singen plötzlich Loblieder auf ihr altes Leben. Sie weinen dem schönen Smyrna hinterher. Als sie noch dort lebten, verfluchten sie die Stadt jeden Tag. Mit den Türken verstanden sie sich nicht, die Juden waren ihnen ein Dorn im Auge, mit den Franzosen kamen sie nicht aus, selbst der Nachbar war ihnen zuwider, rein gar nichts passte in ihr Weltbild.
Smyrna, ehrlose Dirne.
Meine türkische Mutter hast du mir genommen, meinen Spyros, meinen Konstantinos, Syrios, alle meine Güter. Unersättlich warst du, Smyrna, ein Fass ohne Boden. Immer wieder hast du gedürstet nach dem Herzblut der Menschen.
Ach, Smyrna in all seiner Pracht kann mir gestohlen bleiben! Jetzt wird alles gut. *Ma'a as-salāma!*

Ende von Katinas Erzählung

MARIA

Athen, im Sommer 1965

Ob ich das Folgende wirklich erlebt oder mir nur eingebildet habe, kann ich nicht sagen. Jedenfalls will ich es in allen Einzelheiten beschreiben.

Tante Katina hatte einen festen Tagesablauf. Meine Mutter, ebenfalls eine Eleni, brachte ihr zur gewohnten Stunde ihren Mokka und ihre *liseuse*. Anfangs wusste meine Mutter nicht, was damit gemeint war. Doch schließlich kam es ihr ganz flott über die Lippen: »Tante, soll ich dir deine *liseuse* bringen? Soll ich dir deine *liseuse* zubinden?«

Es handelte sich um ein kurzes, ärmelloses Bettjäckchen aus Schurwolle, das sich weich und kuschelig um die Schultern schmiegte und am Hals mit einem Bändchen zugebunden wurde. Tante Katinas *liseuse* hatte die Farbe von rosa Konfetti, was ihr unvorteilhaftes Aussehen noch unterstrich. In Frankreich trägt man so etwas notgedrungen, um an den zugigen Fenstern der kühlen Palais, durch die gerade mal ein schmaler Lichtstreifen dringt, sitzen zu können, ohne zu frieren.

Tante Katina trug ihr Jäckchen zum Kaffeetrinken zur Abendstunde. Dann saß sie auf ihrem kleinen Balkon und blickte aufs Meer hinaus. Ich glaube nicht, dass sie dabei an etwas Besonderes dachte. Anders als die älteren Frauen auf den Nachbarbalkonen achtete sie auch nicht darauf, wer vorüberging, und beobachtete weder die kleinen Kinder, die unten am Strand lärmten, noch lugte sie den Pärchen auf der Promenade nach.

Das Haus lag inmitten von Pistazienbäumen, doch kein einziges Mal habe ich sie vor die Tür treten sehen, um die Blüten oder die Früchte zu bewundern. Einmal, als sich die Schalen der Früchte bereits im August auf den Bäumen dunkel verfärbten, brach in der Familie große Panik aus. »Die Pistazien! Die Pistazien sind hin!« Katina schüttelte missbilligend den Kopf, während meine Mutter aufgeregt durch die Zimmer und Flure lief, als würde das helfen, die Früchte zu retten. Zudem besprach Mama ihren Kummer mit sämtlichen – vor allem aber den auf Ägina ansässigen – Freundinnen. Nachdem sie sich stundenlang darüber ausgelassen hatte, fühlte sie sich erleichtert, obwohl die Pistazien genauso schrecklich aussahen wie zuvor.

Jeden Sommer wiederholte sich dasselbe Ritual: Schon am Abend des letzten Schultages wurde unser Boot »Arabella« mit den Utensilien für den Ferienaufenthalt beladen, die wir aus unserem Haushalt in Kastella mitnahmen, und am nächsten Morgen bestiegen wir den Liniendampfer nach Ägina. Den ganzen Tag lang planschten wir im Meer. Mama verbrachte ihre Ferien wie alle anderen Hausfrauen ihrer Kreise: Morgens ging sie auf den Markt einkaufen, dann kochte sie. Bevor wir zum Strand gingen, stellte sie den Herd ab und ließ den Topf zugedeckt darauf stehen. Wenn sie Fisch eingekauft hatte, konnte sie das Bad gar nicht richtig genießen. Schon während sie, die Badekappe auf dem Kopf, im Meer schwamm, quälte sie die Sorge um das Mittagessen: »Oje, ich muss ja noch die Fische braten! ... Wie spät ist es? Ach, dann machen wir uns besser auf den Weg.«

Ob wir nun da waren oder nicht, spielte für Tante Katina kaum eine Rolle. Sobald wir auf der Insel ankamen, schickte sie die Haushaltshilfe, die sie sonst betreute, heim zu ihrer Familie auf die Insel Leros. Meine Mutter strengte sich an, ihr die besten Gerichte zuzubereiten. Die Tante jedoch nahm gerade so viel zu sich, um ihren alten Leib am Leben zu erhalten, den Rest schob sie beiseite. Von ihr konnte man weder ein Wort des Lobes noch des Tadels erwarten. Dabei hätte meine Mutter viel dafür gegeben, einmal ein Lob von ihr zu hören. Drei Monate verbrachten wir jeden Sommer bei ihr.

Tante Katinas Zimmer lag nach Südosten. Wir schliefen im Zimmer nach vorne raus, das den ganzen Tag im gleißenden Sonnenlicht lag. Mittags war es die Hölle, da es auf Ägina immer sehr heiß ist. Mein kleiner Bruder wälzte sich nass geschwitzt im Bett hin und her, und man zwang ihn aus reiner Willkür, Mittagsschlaf zu halten. Je mehr er schwitzte, desto öfter wechselte ihm meine Mutter das – immerhin – ärmellose Hemdchen, damit er sich nicht erkältete. Nichts fürchtete sie so sehr wie Erkältungen.

Ob wir wollten oder nicht, auch wir mussten unseren Mittagsschlaf halten, wenn sich die Tante zur Siesta hinlegte. Und wehe, wenn ein Mucks zu hören war. Unsere Mutter, die neben uns lag und schlaflos zur Decke starrte, wachte über uns wie ein Kerberos. Nur das Zirpen der Grillen und das Rauschen des Meeres waren zu hören. Ach, was waren das für Schulferien! Dem Mittagsschlaf sind wir nicht einmal am Sonnabend entronnen, wenn mein Vater nach Geschäftsschluss fürs Wochenende eintraf. Dann erhob sich meine Mutter auf Zehenspitzen und schlich lautlos wie eine Katze zur Haustür. Die beiden setzten sich dann in die Küche, um flüsternd die Vorkommnisse der vergangenen Woche zu besprechen.

Nachmittags, wenn selbst die Fußbodenfliesen vor Hitze glühten, fand man nirgendwo im Haus mehr Kühlung. Nur ein kräftiger Meltemi aus Nordost brachte Erleichterung. Dann erhob sich dieser wohltuende, frische Wind, der an den offen stehenden Fenstern jedoch so heftig rüttelte, dass Mama sie schließen musste, um zu verhindern, dass das Glas zerbrach oder Staub ins Haus drang. So saßen wir wieder zusammengepfercht im stickigen Zimmer.

Wenn sich meine Mutter nachmittags zum Ausgehen zurechtmachte, kleidete sie sich wie eine Amerikanerin. Sie trug Sonnenbrillen in Schmetterlingsform, ein Georgettetuch um den Hals, das sie im Nacken zusammenknüpfte, und farbenfrohe, gemusterte Petticoatkleider mit eng geschnürter Wespentaille. Diese Mode musste sie sich aus irgendwelchen Kinofilmen abgeguckt haben. Sie war überzeugt, Prinzessin Soraya zu ähneln, und band das jedem, der uns über den Weg lief, auf die Nase.

»Weißt du, was der Patenonkel des Kleinen vorgestern gemeint hat? Du wirst lachen: Ich sähe der Soraya ganz ähnlich …«

Uns, meinen Bruder und mich, hielt sie als unabdingbare und bei amerikanischen Handelsketten passend ausstaffierte Accessoires an der Hand. Sie hatte uns sogar die karierten amerikanischen Badehosen gekauft, die uns bis zu den Knien hinunterhingen und in denen wir watschelten, als hätten wir die Hosen voll. Abgesehen von ihrer Kleidung und ihrem gezierten Auftreten war das einzig Amerikanische in unserem Haus der Kühlschrank, ein »Coldspot«, der einfach nicht umzubringen ist und, mittlerweile uralt, immer noch in der Küche steht.
Unsere Spaziergänge folgten einer streng festgelegten Routine. Täglich gingen wir hinunter in die Stadt zur Agios-Nikolaos-Kirche, wo sich zwischen sieben und halb neun die Inselbewohner zum Baden trafen. Wir spazierten ein paar Mal vis-à-vis von den stets gut besuchten Cafés den Strand auf und ab, während das einfache Volk seinen Orangensaft in den Strandcafés trank, Eis aß und die Flaneure begaffte. Mama traf sich dann mit ihren Freundinnen und plauderte mit ihnen, meist über die Missetaten ihrer Kinder.
Mein Vater brachte jeden Sonnabend seine Schmutzwäsche mit. Meine Mutter stand auf der kleinen Terrasse und widmete sich eifrig der Wäsche, damit sie bis zu seiner Abfahrt am Sonntagnachmittag fertig wurde. Vor ihr türmte sich ein riesiger Berg, denn auch unsere Sachen wollten gereinigt werden, da wir uns fünfmal am Tag schmutzig machten und uns dementsprechend oft umziehen mussten. Während wir selig in unseren Betten schliefen, muss sie täglich im Morgengrauen aufgestanden sein, um ihr ganzes Pensum zu schaffen. Doch wenn sie sich an den Nachmittagen schick angezogen und geschminkt hatte, spazierte sie so entspannt die Strandpromenade entlang, dass alle anderen Frauen sie nur beneiden konnten. Und das genoss sie.

Diesmal war Vater bereits am Donnerstagabend gekommen, und er brachte keine guten Neuigkeiten mit: Mamas Bruder, Onkel Mimis, war wieder einmal krank geworden. In regelmäßigen Abständen verschlimmerte sich sein Zustand so sehr, dass er glaubte, sein letztes Stündlein habe geschlagen. Dann harrte die Familie Tag und Nacht in Kliniken und Krankenhäusern vergeblich auf eine ärztliche Diagnose, bis die gelbliche Farbe schließlich wieder aus seinem Gesicht wich und er ganz der Alte war. Allerdings nur bis zum nächsten Anfall. Zweimal hatte man ihn bereits operiert und ihm die Galle und noch was entfernt, und das ganz unnötigerweise, wie sich danach herausstellte. Doch anscheinend war die Situation diesmal wirklich ernst, denn Mama musste sofort nach Hause zurückkehren.

Am nächsten Tag sollten wir das erste Schiff nach Piräus nehmen. Mein Bruder würde bei Großmutters Schwester, Tante Augusta, in Kastella bleiben. Doch sollte Tante Katina allein zurückbleiben? Auf keinen Fall. Sie selbst schlug vor: »Eleni, lass die Kleine hier, ich kümmere mich um sie.«

Von Unruhe gepackt räumte Mama, so gut sie konnte, das Haus auf, um es einigermaßen ordentlich zu übergeben, und stopfte die Reisekleidung meines Bruders in einen Rucksack. Bevor sie am Freitagmorgen abfuhren, gab sie mir auf der Türschwelle noch die letzten Anweisungen.

»Ich melde mich regelmäßig bei euch per Telefon. Frau Stella bringt euch zu Mittag Pastizio vorbei, und du übernimmst das Tischdecken in der Küche. Ohne mich gehst du nicht zum Strand. Und mach niemandem die Tür auf …«

Dann wandte sie sich zum Gehen, drehte sich jedoch noch einmal um.

»Den Gasherd in der Küche rührst du mir nicht an. Frau Stella hat die Telefonnummer 23297, die Nummer steht auf einem Zettel neben dem Telefon. Ah, und schließ mittags die Fensterläden, bevor du im Zimmer das Insektenspray verwendest. Das Spray steht unter der Treppe.«

Erneut nahm sie einen Anlauf, sich zu verabschieden.

»Und tu, was die Tante sagt. Wehe dir, wenn mir nach meiner Rückkehr irgendetwas zu Ohren kommt.«

An der Tür drehte sie sich noch einmal um und warf mir lächelnd einen letzten Blick zu. Bestimmt spürte sie damals ein gewisses

Unbehagen, mich allein bei der Tante zurückzulassen, doch forsch schob sie sich die Schmetterlingsbrille auf die Nase und nahm zwei Treppenstufen auf einmal, um meinen Vater einzuholen, der bereits mit meinem Bruder auf dem Arm vorausgegangen war. Dann verschwanden sie um die Ecke.

Um das schmiedeeiserne Treppengeländer wanden sich zwei dicht ineinander verschlungene Kletterpflanzen, Jasmin und Geißblatt. Beide Pflanzen gedeihen auf allen griechischen Inseln besonders üppig, doch auch hier gilt das Gesetz des Stärkeren. Das Geißblatt war robuster und hatte den Jasmin mehr und mehr zurückgedrängt. Meinem Vater tat der Jasmin leid, der es so schwer hatte, im Hof zu überleben, und so hatte er das Geißblatt ordentlich zurückgestutzt, um Platz für die andere Ranke zu schaffen.

Die Farbe des Geißblattstrauchs wirkte von Weitem wie ein sattes Dunkelgrün, doch sobald man sich näherte, fielen einem zahlreiche vertrocknete Zweige und Blätter auf, in denen man Dinge so gut verstecken konnte, dass ein Uneingeweihter sie nicht finden würde. Dort verbarg ich alle Sachen, die ich vor dem Zugriff meines Bruders bewahren wollte. Wenn ich sie oben auf den Schrank legte, würde er mein Versteck nämlich entdecken, sobald ich den Schemel holte, um sie herunterzuholen. Und dann würde er laut protestierend meine Mutter auffordern, ihm ebenfalls alles herunterzureichen.

Sobald die Anwesenheit meiner Mutter im Haus verblasst und ihr Duft verflogen war, trat ich auf die Treppe hinaus und leistete dem Jasmin Gesellschaft. Ich nahm auf dem Treppenabsatz Platz, tauchte meine Hand ins Blattwerk und zog ein Döschen hervor, das ich im kleinen Abstellraum unter der Treppe gefunden hatte. Es war aus rostigem Zink, auf dem Deckel waren hübsche Schriftzüge eingeritzt, und an den vier Ecken war je ein hellblauer Stein gegen den bösen Blick eingelassen. In dem Döschen lagen kleine Steine mit Buchstaben, die den Satz »Sag es mir« ergaben, wenn man sie in die richtige Reihenfolge brachte.

Schließlich trat ich ins Haus und öffnete den Kühlschrank. In einem kleinen Emaillebecken lag eine Wassermelone, daneben stan-

den eine Karaffe mit eisgekühltem Wasser, griechischer Pecorino und Kasseri-Käse sowie gefüllte Auberginen vom Vortag.
Ich aß ein Stückchen Wassermelone, spuckte die Kerne in den Mülleimer und spülte mein Tellerchen ab. Dann machte ich mir Gedanken über unseren Hausmüll. Wohin sollten wir die Abfälle tun? Sollten wir den großen Metalleimer hinuntertragen? Ich versuchte, ihn am Henkel hochzuheben, doch er war zu schwer. Als ich den Deckel öffnete, sah ich, dass Mama – als perfekte Hausfrau – den Eimer mit Zeitungspapier ausgelegt hatte, um Schimmelbildung zu vermeiden.
Vom Strand unten drangen langsam wieder die Stimmen der Badenden herauf, das Gekreische der Kinder, die im Sand spielten, und die mahnenden Rufe ihrer Mütter. Heute jedenfalls würde ich nicht ans Meer hinuntergehen. Stundenlang blieb ich auf dem kleinen Balkon sitzen, bis Frau Stella mit zerzausten Haaren angehetzt kam, das Essen brachte und gleich weitereilte, um sich ihrem eigenen Haushalt zu widmen. Ihr tiefschwarzes Haar war nass, und ihr Bademantel war an den am Körper eng anliegenden Stellen, am Hinterteil und an der Brust, ebenfalls feucht. Sie brachte zwei große, mit Suppentellern abgedeckte Essteller, die übereinandergestapelt und mit einem Geschirrtuch zusammengebunden waren: Oktopus in Weinsoße, Pastizio, drei Scheiben Brot und zwei Tomaten. Sie stellte alles auf den Küchentisch und sagte, ich solle sie später auf jeden Fall anrufen.
Am späten Nachmittag hörte ich plötzlich ihre Stimme: »Maria!«
Ah, Tante Katina rief nach mir.
»Zieh doch dieses schreckliche Nachthemd aus und stattdessen dein blaues Kleid an …«
Während sie den Blick starr auf das glitzernde Meer gerichtet hielt, nahm ich in dem von ihr gewünschten Kleid an ihrer Seite Platz.
Mühsam erhob sie sich und trat in ihrem Zimmer zum Waschtisch, dessen Marmor gesprungen und an der einen Ecke unfachmännisch gekittet worden war. Die zahlreichen geschnitzten Schublädchen klemmten, da keiner sie je von all dem Schmutz

gereinigt hatte, der sich über die Jahre daran festgesetzt hatte. Immer wenn ein Messinggriff locker geworden war, hatte man ihn behelfsmäßig mit irgendeiner neuen, andersartigen Schraube festgezogen. Tante Katinas Waschtisch sah aus wie das Ausstellungsstück einer Schraubenhandlung.

Aus dem rechten oberen Schublädchen zog die Tante einen kleinen Briefumschlag und nahm ihn mit in die Küche. Sie füllte zwei Gläser mit Wasser und schüttete das im Umschlag enthaltene Pulver dazu. Dann setzten wir uns einander gegenüber und nahmen das Getränk zu uns.

Aus derselben Schublade holte sie ein Haarband für mich, wobei sie darüber nörgelte, dass meine Mutter mit mir nicht zur Friseurin ging, sondern darauf bestand, mir selbst die Haare zu schneiden. Da Mama sich jedoch für solche Dinge nicht viel Zeit nahm, hatte meine Frisur jegliche Form eingebüßt, und ich ähnelte der Insassin eines Waisenhauses.

Dann ergriff sie ihren Gehstock, und wir machten uns auf den Weg hinunter zur Strandpromenade. Doch statt zur Agios-Nikolaos-Kirche schlugen wir den Pfad ein, der zu den antiken Säulen führt. Nach der Abenddämmerung war der Tempel, der in einem dichten Kiefernhain lag, menschenleer, und auch der Antikenwächter war nicht mehr auf dem Posten. Die Tempelanlage reichte bis zu den kleinen Felsen am Strand, wo ein Steinbänkchen stand, auf dem wir uns schließlich niederließen. Viel lieber hätte ich mich am Hafen mit meinen Freundinnen getroffen. Auch eine kleine Radtour wäre zu dieser Stunde schön gewesen. Die anderen Kinder, so stellte ich mir vor, gingen jetzt ins Kino oder fingen Krebse. Ich fühlte mich zu Unrecht zu Tante Katina strafversetzt, und Tränen stiegen mir in die Augen. Plötzlich wurde mir speiübel, und alles begann sich um mich zu drehen.

Um Punkt sieben Uhr fuhr der Liniendampfer vorüber. Da ich ihn doppelt sah, kniff ich – genauso, wie es Kurzsichtige tun – die Augen zusammen. Indessen schlug die Tante ihr Buch auf und las darin leise murmelnd bis zum Sonnenuntergang. Zwischen die Säulen, die lange Schatten warfen, fiel das gleißende Licht der untergehenden Sonne. Alles in allem waren nur zwei Säulen aufrecht stehen geblieben, zwischen denen sich der Mosaikfußboden des antiken Gebäudes erstreckte. Der Aphaiatempel ein Stück weiter oben gefiel mir allerdings wesentlich besser. Plötzlich war mir, als würde sich eine Gestalt von der Tuffsteinsäule lösen, und mir schien, als trete eine junge Frau auf uns zu.

Sie trug einen bodenlangen Rock und eine Bluse mit Spitzenbesatz, die vorne mit einer Schleife zugebunden und hinten mit zahlreichen kleinen Knöpfchen bis zum Nacken hoch geschlossen war. Ihr Gesicht, das ich ebenfalls doppelt sah, war sanft und gutmütig, doch die Bluse war über der Brust zerrissen und mit hellen Blutflecken übersät. Obwohl ich aufstehen und ihr meinen Platz anbieten wollte, blieb ich wie angewurzelt sitzen. Ängstlich drückte ich mich eng an Katina. Zum ersten Mal legte sie den Arm um mich, und zusammen beugten wir uns nach vorne. Ich konnte sehen, wie ihr vor Entsetzen die Haare zu Berge standen.

»Pari!«, sagte Katina. »Was willst du von mir? Ich wollte doch die Mutter rufen.«

Dann erinnerte sie sich: »Heute ist derselbe Tag wie damals, im Jahr 1922. Der 13. September!«

Der jungen Frau liefen die Tränen über die Wangen.

»Warum, Katina? Warum?«

»Verzeih mir, Pari … Du hast Syrios geliebt. Ich hätte es merken müssen.«

»Du hast nie etwas für ihn empfunden, Katina. Nie hat er Wärme bei dir gespürt, immer war er allein und verlassen. Und als du ihn nicht mehr nötig hattest, hast du ihn fallenlassen, hast ihn zertreten wie einen Wurm. Genauso, wie du es mit uns allen gemacht hast. Du hast Elenitsa zu deinem Vorteil ans Messer geliefert. Du hast Olga fortgehen lassen, weil sie nicht in deine Pläne passte … Ja, ich habe ihn von ganzem Herzen geliebt, so sehr, wie du es niemals konntest. Und ich frage dich: Warum? Warum hast du ihn mir genommen? Warum hast du ihn getötet?«

Die junge Frau schluchzte auf.

»Ich will dich nicht leiden sehen, Pari ... Ich will diese Nacht vergessen ... Ich will dich so in Erinnerung behalten, wie du früher warst. Als ich dich mit ihm zusammen sah, packte mich blinde Wut. Und das Erste, was mir in die Hände fiel, war das Messer. So traf es euch beide.«

»Warum hast du ihn mir weggenommen, Katina? Warum?«

»Du hast mich verraten, Pari.« Die Tante zitterte. Sie drückte mich stärker an sich. »Vergib mir, Pari. Möge Gott deiner Seele Frieden schenken.«

Nachdem die junge Frau von einem Augenblick zum nächsten verschwunden war, brauchte die Tante eine Weile, um wieder zu sich zu kommen. Sie weinte leise vor sich hin, der Kopf war ihr auf die Brust gesunken.

»Ich hab dich gemocht, Pari, ich hab dich trotz allem immer gern gehabt«, murmelte sie unhörbar. »Deine Vorwürfe sind falsch, ich habe Elenitsa nicht verraten und verkauft, hörst du? Elenitsa, mein kleines Mädchen ... Aber ich konnte nicht anders, sonst hätte ich meinen Sohn verloren. Die Hündinnen, die im Orientalischen Staatsrat regierten, hätten mir meinen einzigen Sohn weggenommen! Elenitsa war im Zentrum der Macht und sollte es noch lange bleiben ... Und all die Jahre war ich an ihrer Seite. Nur ihretwegen hatte ich meine Zelte in Griechenland abgebrochen und war wieder nach Konstantinopel gezogen.«

Sie wurde von einem Schluchzen geschüttelt.

»Und du, Pari, du hast mich schändlich hintergangen! Du hast mich verraten, hörst du? Ich habe dir vertraut, und du bist mir in den Rücken gefallen. Du hast dich an meinen Sachen vergriffen, die ich mit Blut, Schweiß und Tränen erworben hatte. Dann kommst du und willst mir das unter unendlichen Mühen Errungene wegnehmen«, dachte Katina. »In meinem eigenen Haus! In meinem eigenen Reich! Obwohl ich mich an diese Nacht nicht mehr erinnern will, muss ich ständig daran denken. Ja, vielleicht hast du Syrios mehr geliebt als ich. Ja, vielleicht war er glücklicher mit dir. Aber Syrios gehörte mir. Mir ganz allein, hörst du? Und dann hatte ich die unselige Idee, wiederzukommen und ihn zu holen. Ich hatte doch ein ganzes Leben mit ihm verbracht. Wieso folgte ich diesem unheilvollen Impuls, mitten in das brennende Smyrna zurückzukehren, um meinen Mann zu retten? Ich wollte ihm alles erzählen. Von all dem, was ich für ihn auf die Beine gestellt hatte. Er wäre stolz auf mich gewesen, und er wäre mit mir gekommen, da bin ich mir sicher. Die Messerstiche, die ich ihm versetzte, tun mir bis heute in der Seele weh ... Und wem hätte ich mein Leid klagen können? Meine Stadt stand in Flammen, und mit dem Messer versetzte ich gewissermaßen auch ihr den Todesstoß. Mein Smyrna brannte, und an meinen Händen klebte Blut. Und dann legte ich selbst Feuer in meinem eigenen Haus ... Als er von meiner Hand starb, starrte er mich mit angstvoll aufgerissenen Augen an. Hatte er mich schon all die Jahre gefürchtet? Mein Gott, warum musste es so weit kommen? Wieso kann ich nirgendwo Fuß fassen? Was für ein Fluch lastet auf mir?«

Das Schluchzen wurde leiser, anscheinend hatte sie sich beruhigt, da sie nunmehr tief durchatmete und sich straffte. Sie klappte das Buch entschlossen zu und erhob sich ohne die Hilfe ihres Gehstocks.

»Was musste ich bei meiner Rückkehr vorfinden? Er glaubte, ich sei weit fort in Frankreich. O Gott, warum bestand ich bloß darauf, mit dem Dampfer mitten in die Katastrophe zurückzufahren? Wozu? Um ihn zu retten! Dabei hätte ich mich in aller Ruhe in Sicherheit bringen können! Wieso kam ich plötzlich von meinem Vorsatz ab, alles allein durchzustehen? Er hat mich zur Mörderin gemacht. Denn was musste ich bei meiner Rückkehr sehen? In meinem eigenen Ehebett, in unserem Schlafzimmer! Nur zwei Monate war ich weg gewesen. Und dabei hatte ich alles darangesetzt, ihm den Weg in der Fremde zu ebnen. Wie undankbar! Kaum war ich aus der Tür, stürzte er sich in die Arme meiner Dienstbotin!«

Erzürnt stampfte sie mit dem Fuß auf den felsigen Untergrund.

»... Sie hat ihn aus ganzem Herzen geliebt, ha! Mumpitz! Hinter meinem Rücken hat sie die Affäre eingefädelt, wer weiß, wie lange das schon ging! Ich war wie mit Blindheit geschlagen! Ich hätte es ahnen und unterbinden müssen. Ein paar Mal hatte ich bemerkt, wie sie ihn ansah, doch nicht weiter darauf geachtet. Ich war zu bequem, um etwas zu unternehmen, und ruhte mich auf meinen Lorbeeren aus. Ich verließ mich auf ihre Loyalität. An meinem Tisch hat sie gegessen, meine Kleider hat sie getragen, meine Parfüms hat sie benutzt, nur um ihre Netze nach meinem Mann auszuwerfen. Ach, zum Teufel mit dir, du Weibsstück. Im Grunde müsstest *du* mich um Verzeihung bitten.« Nun sprach sie laut. »Du hast das bekommen, was du verdienst! Falsche Schlange, die ich an meinem Busen genährt habe! Ich hätte dir noch ein paar Messerstiche mehr versetzen sollen.« Sie rüttelte mich an der Schulter.

»Maria!«

»Hm?«

»Maria, wach auf! Wir gehen zum Tempel.«

»Zur Agios-Nikolaos-Kirche?«

»Nein, hier hoch.«

Wir gingen die Stufen zum Tempel hinauf. Die Tante kniete sich nieder und betete, wer weiß, zu welchem Gott. Dann kehrten wir zu den Felsen zurück. Schon von Weitem sahen wir, dass unser Bänkchen von einer schwarz gekleideten Frau besetzt war, die ihrerseits das Meer betrachtete. Katinas Schritte wurden beim Abstieg immer schneller.

»*Anne!*«, rief Katina in großer Erregung.

Fast rannte sie, keuchend setzte sie sich neben die Frau und nahm ihre Rechte in beide Hände. Sie beugte sich darüber und bedeckte sie mit Küssen. Dann fing sie an zu weinen.

»*Anne*«, sagte sie schluchzend, »meine beste Mutter.«

Tröstend strich ihr Attarte über den Kopf, schweigend verharrten sie lange Zeit in enger Umarmung, bis das Zirpen der Grillen erklang und die ersten Sterne am Himmel erschienen.

»*Anne*«, sagte Katina, »Mutter, beste Mutter … So viele Jahre habe ich nach dir gerufen, doch niemals bist du zu mir gekommen … *Anne*, wie lange wird es mich noch quälen?«

Attarte schwieg, und Katina schluchzte an ihrem Hals.

»Ich weiß, *anne*«, sagte sie unter Tränen, »du hast dir viel von mir erhofft, und ich habe mich von dir abgewendet. Ich habe von dir genommen, was ich brauchte, ohne mich ein einziges Mal bei dir zu bedanken. Sogar eine Waffe habe ich erhoben und bin zur Mörderin geworden. Doch statt mich zu bestrafen, hast du mir ein neues Leben, eine neue Familie, Reichtum und Liebe geschenkt.«

Attarte wandte ihren Blick zum Himmel.

»Ich habe dir Schweres abverlangt, meine Tochter ... Hoch im Norden, weit weg von hier, lebte eine andere meiner Töchter, für die ich eine große Schwäche hatte. Allen Müttern geht es so, dass sie nicht für alle ihre Kinder dasselbe empfinden und eins von ihnen besonders lieben. Dieser Tochter schenkte ich alles, was ihr Herz begehrte, noch bevor sie mich darum bat. Doch sie verlor das Augenmaß, sie berauschte sich an ihrer Macht und wollte noch höher hinaus, sie wurde zum Blutsauger und stürzte andere Menschen ins Unglück. Sie hatte den Herrscher eines mächtigen Reiches geheiratet, und während das ganze Volk trauerte, rieb sie sich die Hände. Sie war eine gute Tochter, doch dann wurde sie maßlos. Sie war eine kluge Tochter, doch dann wurde sie zur Furie. Heute lebt sie vollkommen geächtet und wird einsam und allein sterben, weil sie anderen nur Leid zugefügt hat ...«

Attarte hielt inne.

»Diese junge Frau hat mir sehr weh getan ... Für sie gibt es keine Rettung. Ihr Stern strahlte hell, doch wenn er erlischt, wird kein anderer an seine Stelle treten. Denn ich will diesen Stern nicht mehr sehen. Als du klein warst, hast du deine Arme um mich geschlungen und gebettelt, ich solle dir noch mehr Geschichten erzählen. Deine Mutter hat dir Wasser und Brot, ich habe dir all mein Wissen geboten. Du hast Wasser und Brot den Vorzug gegeben, und ich habe es hingenommen. Du hast dein Hab und Gut prächtig vermehrt. Und ich weiß, dass du auch anderen davon abgegeben hast.«

Sie nahm Katinas welke Hände, die vor Altersschwäche zitterten.

»Dieser Leib ist sehr alt und hält nicht mehr lange durch. Ich ertrage den Schmerz nicht mehr, wenn noch ein Stern erlischt. Vielleicht hatte ich für dich eine noch größere Schwäche. Doch auch für mich kommt der Zeitpunkt, da ich mich ausruhen will. Ich will zurück nach Kappadokien, um meiner eigenen Mutter die Saat zurückzugeben. Nimm all dein Wissen und bewohne einen neuen Körper. Und diesmal sollst du noch heller am Himmel strahlen.«

Zu dritt kehrten wir nach Hause zurück. Die Straßen wirkten öd und verlassen. Nur einige Hunde ergriffen bei Attartes Anblick, von Panik ergriffen, die Flucht.

Attarte nahm als Erste am Küchentisch Platz. Sie stellte ein Öllämpchen und ein Tellerchen mit Wasser vor sich hin. Dann zog sie ein paar Getreidekörner aus ihrer Jackentasche. Währenddessen holte Katina eine Schere und dann meine weißen Schühchen aus dem Schrank.

Die alte Frau zündete das Öllämpchen an und betrachtete die kleine Flamme. Zwei Minuten vergingen, drei, fünf. Sie schienen uns wie eine kleine Ewigkeit. Als sie spürte, dass sie bereit war, rieb und wärmte sie die Körner zwischen ihren Fingern und rieb auch ihre Zähne.

Weizen-, Gersten-, Roggenkorn, hört mich an: Spendet Kraft, schenkt Erleuchtung, gebt dem Geschöpf hier Geistermacht.

Dann schlug sie das in Öl getauchte Tuch auseinander, legte die drei Körner in die Mitte des Tuchs und hielt alles in die Flamme. Danach lockerten sich ihre Hände. *Weizen, Gerste und Roggen.* Sie war wie in Trance. Sie ergriff meine Hände, ölte die Handflächen mit dem warmen Tuch ein und führte sie abwechselnd – einmal die Linke, dann die Rechte – zu ihrer Stirn, während sie dieselben Worte wiederholte: *Weizen-, Gersten-, Roggenkorn, hört mich an …*

Sie bestrich meine Schühchen mit Öl, beugte sich psalmodierend hinunter und zog sie mir an. Mit dem in Öl getauchten Zeigefinger malte sie Kreise auf meine Stirn, um meine Ohren und Augen. Dann hob sie das blaue Kleid an und ölte meinen Bauch ein.

Schließlich nahm sie die Schere, besprach sie murmelnd mit Zaubersprüchen und schnitt eine Locke meines Haares ab, die sie in das mit Wasser gefüllte Tellerchen warf. Augenblicklich löste sich die Locke in nichts auf. Danach gab sie Katina, die mit gesenktem Kopf wartete, ein Zeichen. Zwei in Kaftane gehüllte Frauen traten schweigend durch die Küchentür und nahmen neben Attarte Platz. Diese entzündete drei Weihrauchkörner, und das Zimmer füllte sich mit duftenden Schwaden. Die Frauen begannen mit leiser Stimme einen wunderschönen Gesang, und seltsamerweise konnte ich die Worte verstehen:
Licht, du hast auf diese Erde geschienen, Licht, du hast diese Schöpfung erkannt, du hast Freud und Leid verspürt, hast das Böse gekostet und verbreitet. Seele, du konntest dich damals nicht retten. Nun jedoch willst du dich retten. Komm zu mir. Komm und finde Erlösung von deiner Qual. Komm und finde Hilfe zu deiner Erlösung. Komm und lass dich von mir befreien. Komm und lass dir helfen, Frieden zu finden.
So sangen sie endlose Stunden. Die Frau in Schwarz umarmte die zitternde Katina, öffnete ihr sanft den Mund und blies einen kräftigen Atemzug aus ihren Lungen hinein. Dann kamen sie auf mich zu. Ich erhob mich ganz von allein und öffnete den Mund. Berauscht empfing ich einen Schwall duftender, trunken machender Luft, die all meine Adern durchdrang bis hin zu den Fingerspitzen. Welche Glückseligkeit! Die Welt verblasste ringsum, und ich sank in Attartes Arme, während ich sie in meiner Benommenheit noch sagen hörte: »Schlaf, mein Liebes, schlaf, ganze dreiundzwanzig Jahre lang …«

Vom nächsten Tag an begann Katinas Lebenskraft, der flackernden Flamme einer Kerze gleich, zu erlöschen. Solange die übrige Familie noch in Athen war, saßen wir stundenlang dicht aneinandergeschmiegt, während sie mir Geschichten erzählte. Auf unseren Spaziergängen trug ich, ihrem Wunsch folgend, stets das blaue Kleid. Wir zündeten eine Kerze für die Toten an, nur nicht für die Frau in Schwarz, die – wie sie sagte – ewig lebe. Sie ergriff meine Hand und half mir, Wörter in ihrer geheimen Sprache in den Sand zu schreiben. All die Tage interessierte ich mich weder fürs Radfahren noch fürs Schwimmen, sondern lauschte nur gebannt ihren Erzählungen.

Als Mama zurückkehrte und Katinas schlechten Zustand erkannte, wollte sie sie umgehend ins Krankenhaus bringen. Doch die Tante verwahrte sich dagegen mit den Worten: »Mach dir um mich keine Sorgen.«

Danach nahm sie meine Mutter beiseite, gab ihr Anweisungen und überreichte ihr ein paar Dinge, die sie ihr Lebtag wie ihren Augapfel hüten solle. Meine Mutter glaubte, sie sei verrückt geworden, und verbrachte den ganzen Abend am Telefon mit Frau Stella, der sie alles haarklein erzählte.

»Sie ist nicht mehr ganz richtig im Kopf, liebe Stella, anders kann ich mir das nicht erklären … Ich musste ihr schwören, dass ich ein in Öl getunktes Stoffstückchen auf das Sorgfältigste aufbewahren würde …«

Wenige Tage vor unserer Abreise schleppte sich Katina an mein Bett.

»Wirst du sterben?«, fragte ich sie.

»Nein, noch nicht. Hab keine Angst. Ich bin erlöst. Wir werden immer zusammen sein. Und wenn du mich brauchst, musst du nur eine Kerze anzünden. Dann komme ich, und wir unterhalten uns, worüber du willst.«

»Hast du viele Töchter?«

Sie hob verwundert die Augenbrauen.

»Ich habe nur dich. Wo hast du etwas von vielen Töchtern gehört?«, fragte sie unsicher.

»Diese schwarz gekleidete Frau …«

»Kannst du dich an sie erinnern?«

»Ja, schon.«

»Es gibt keine schwarz gekleidete Frau«, sagte sie zunächst, um sich jedoch gleich darauf eines anderen zu besinnen. »Die Frau in Schwarz ist unser aller Mutter«, erklärte sie mit fester Stimme. »Sie bestimmt unser Schicksal.«

»Ist sie wie Gott?«

Die Tante zog meine Decke hoch zum Schutz gegen die kühle Nachtluft, die durch das geöffnete Fenster hereinzog.
»Welchen Gott meinst du?«
»Christus. Wer ist sonst noch ein guter Gott?«
»Es gibt viele davon. Alle Götter sind gut. Sowohl Christus als auch Buddha oder Allah, alle fordern die Menschen, die an sie glauben, auf, Gutes zu tun.«
»Aber unser Gott ist besser.«
Der Wind wurde stärker. Er wehte nicht nur den Duft der Nachtkerzen ins Zimmer, sondern brachte auch die alten Gardinen zum Rascheln. Eigentlich waren sie für die Balkontüren zu lang und bauschten sich über den Fußbodendielen. Unsere Fenster in Ägina wirkten, als trügen sie ein fremdes Kleid. Von fürstlicher Schönheit, aber fremd.
»Du kannst einem arabischen Kind doch nicht sagen, dass dein Gott besser sei als sein Gott! Dann wird es dir genauso antworten.«
»Wie heißt die Frau in Schwarz?«
»Attarte.«
»Und an welchen Gott glaubt sie?«
Die Tante löschte mein Nachttischlämpchen, damit ich einschlief. Hätte Mama das getan, hätte ich lautstark protestiert. Ich hatte Angst vor der Dunkelheit, doch der Lampenschirm war mit Zeichentrickfiguren gemustert, und wenn man die Lampe anknipste, begann er sich zu drehen und warf die Abbilder von Micky Maus und Donald Duck – so groß wie ich selbst – an die Wand. Dann fühlte ich mich in meinem Zimmer wie auf einem Karussell und schlief froh und glücklich ein. Bei der Tante wehrte ich mich nicht. In völliger Dunkelheit hörte ich sie sagen: »Alle Menschen sind gleich. Wenn man ihnen einen Witz erzählt, lachen sie. Wenn man sie erschreckt, haben sie Angst. Wenn man sie schlägt, haben sie Schmerzen ... Ihre Körper und Seelen sind ähnlich, egal, an welchen Gott sie glauben, egal, an welchem Ort der Erde sie wohnen, egal, welche Hautfarbe sie haben. Mutter Attarte glaubt an die Seele der Menschen.«

Zu Mittag setzten wir uns ins Wohnzimmer mit der Anrichte, auf der die alten Kandelaber mit den Engelsfiguren standen. Sie waren vor der Brandkatastrophe gerettet und von Smyrna nach Ägina verschifft worden. Sie hatten mir immer schon gefallen, stundenlang konnte ich die Engel betrachten, die so graziös mit ihren Ärmchen winkten und deren Gewänder so hübsche Falten warfen. Katina folgte meinem Blick.
»Wenn du groß bist, Maria, gehört das alles dir. Komm, ich zeig dir etwas.«
Sie zog die Schublade mit dem Silberbesteck heraus, wo in jedes einzelne Teil das Monogramm E. K., Ekaterini Karamanou, eingraviert war. Katina streckte die Hand nach einem der Messer aus, dessen Klinge mit den Jahren fleckig geworden war.
»Das alles hat, wie du siehst, einmal mir gehört. Egal, wie viele Jahre auch vergehen, solange diese Dinge existieren, kannst du sicher sein, dass sie einmal mir gehört haben. Sie wurden für teures Geld von den besten Silberschmieden Smyrnas angefertigt. Sie sind ihren Preis wert. Das Geld, womit ich sie bezahlt habe, gehörte nicht mir, sondern meinem Mann. Mit seinem Geld habe ich das Besteck gekauft, aber meinen Namen eingraviert. Auch die Damastservietten trugen mein Monogramm, ebenso wie die Türen des Hauses, die Höfe, ja selbst die Kutschen. Genauso wie diese Dinge gehörte mir auch der Mann, der sie mir geschenkt hatte. Nur dass man ihm kein Monogramm eingravieren kann. Egal, wie reich man ist, man kann ihn nicht mit Geld kaufen. Für diese Dinge bezahlt man mit dem Herzen, mit Kummer und Leid und muss dafür Mühsal und die Bosheit der anderen ertragen. Und man bezahlt nicht nur einmal, sondern fortwährend, bis in den Tod.«
Schweigen machte sich zwischen uns breit.
»Tante, was passiert, wenn jemand stirbt?«
Katina ging zum Plattenspieler, der in einer Ecke des Zimmers stand, und hob den Deckel. Auf dem Plattenteller lag eine 45er-Single. Sie setzte die Nadel auf die Platte, und der Anfang eines Liedes ertönte. Dann zog sie unversehens den Stecker heraus, und die Stimme des Sängers verwandelte sich in ein erbärmliches, lang-

gezogenes Heulen, das immer tiefer und grotesker wurde und irgendwann verstummte. Danach war es totenstill.
Mama kam aus der Küche hereingestürzt, um nachzusehen, was los war. Jedes Mal, wenn so etwas passierte, schimpfte sie uns aus, wir würden die Schallplatten zerkratzen. Als sie sah, dass es Katina war, die an der Steckdose herumfummelte, bekreuzigte sie sich und kehrte an den Herd zurück.
»Das Leben dauert so lange wie ein Lied«, sagte Katina. »Und danach ist die Schallplatte zu Ende. Jedes Lied erzählt von anderen Dingen. Gerade so, wie das Leben eines jeden Menschen anders ist. Die meisten Lieder erzählen von der Liebe, einem notwendigen Bestandteil des Lebens. Wenn das Lied schlecht ist, gefällt es keinem, und niemand wird es je singen wollen. Wenn das Lied schön ist, werden die Leute es viele, viele Jahre in Erinnerung behalten. Aber es gibt auch Sänger, die ihre Lieder selber schreiben.«
»Ist die Frau in Schwarz so eine Sängerin?«
»Ja, sie ist eine der besten … Bei ihr wird das Lied zur Arie, zum Flötenspiel, zu einer Oper, zum Rauschen der Meereswellen, zum Säuseln des Windes, zur Melodie der Sternenharmonie. Zu Klängen, die es geben wird, solange diese Welt existiert … Und jetzt pass auf!«
Katina beugte sich hinunter und schloss den Plattenspieler wieder an die Steckdose an. Die Schallplatte begann sich zu drehen, erreichte die passenden Umdrehungen pro Minute und klang wieder wie gewohnt.
»Ich verstehe. Die Frau in Schwarz entspricht der Steckdose! Ach so! Sie besteht aus dem, was in der Steckdose ist! Strom! Energie! Hmmm! So etwas wie ein Blitz …«
Katina blickte mir in die Augen. Mir fiel keine andere Bezeichnung ein.
»Also, ein Geist! Eine geheime Macht? Was denn nun?«
»Essen ist fertig!«, rief Mama.
»In ein paar Jahren lachst du über all das, was du heute noch nicht verstehst«, sagte Katina. »Was ist das?«

»Ein Plattenspieler.«
»Für dich ist es ganz normal, in einer Wohnung einen Plattenspieler zu sehen, nicht wahr?«
»Ja.«
»Stell dir vor, du tauchst plötzlich mit einem Plattenspieler zu Perikles' Zeiten auf der Akropolis auf. Und der beginnt zu spielen. Wie würden die Leute reagieren?«
»Sie würden in Panik davonlaufen, um sich in Sicherheit zu bringen. Da sie nicht wissen, worum es sich handelt, würden sie sich davor fürchten.«
»Und was würde Perikles denken?«
»Er würde wohl auch davonlaufen.«
»Nein. Perikles würde, vielleicht nach einem kurzen Moment der Angst, näher kommen und sich den Plattenspieler ansehen. Was ist das denn? Wo kommen diese Töne heraus? Er würde ganz mutig die Schallplatte hochheben, um zu sehen, ob sich darunter vielleicht der Sänger und das Orchester verbergen.«
»Könnte er nicht meinen, die Göttin Athene hätte wieder einmal einen ihrer Tricks angewendet?«
»Ich hoffe, er war klüger, als du denkst, und wusste, dass es die Göttin Athene einzig und allein aus dem Grund geben musste, um seinem Volk Zuversicht und Selbstvertrauen zu schenken. Gibt es deiner Meinung nach heute die Göttin Athene?«
Ich lachte auf.
»Natürlich nicht. Die zwölf Götter des Olymps sind Sagengestalten. Für mich gibt es nur Christus.«
»Hättest du das den Athenern damals gesagt, hätten sie dich als ungläubig verdammt. Sie hätten deine Worte als Beleidigung ihres Glaubens aufgefasst und eine harte Bestrafung gefordert. Du hättest respektieren müssen, dass sie an diese Götter glauben.«
»Dann hätte mich bestimmt der kluge Perikles gerettet, weil er begriffen hätte, dass ich die Wahrheit sage.«
»Perikles hätte dich vielleicht heimlich bewundert, aber er hätte als Erster ein Exempel an dir statuiert und dich mit dem Tode

bestraft. Die Göttin Athene brauchte er, um die anderen einzuschüchtern und sie seinem Willen zu unterwerfen. Zeus brauchte er, um sie zu bestrafen. Da kannst du nicht einfach daherkommen und ihm alles durcheinanderbringen … Dann und wann hätte er vielleicht – als sterblicher Mensch, der er war – in einer unvorhergesehenen Situation, bei einem Unglück zum Beispiel, auch etwas Unvernünftiges getan und bei einem höheren Wesen Zuflucht gesucht und gerufen: ›Göttervater Zeus, hilf!‹ Es wäre ihm ganz wie von selbst über die Lippen gekommen, weil er mit diesem Glauben aufgewachsen ist.«

»Ja, genauso, wie Frau Stella immer ›Heiliger Nikolaos, hilf!‹ sagt, wenn wir bei Seegang den Dampfer nehmen.«

»Sagt deine Mama das denn nicht?«

»Der ist so übel, dass sie überhaupt niemanden um Hilfe anrufen kann.«

»Sagst du so etwas?«

»Wenn ich Angst habe, hätte ich schon gern, dass jemand kommt, wenn ich um Hilfe rufe … Aber Tante! Mein Plattenspieler hätte ja zu Perikles' Zeiten gar nicht spielen können, weil es keinen Strom gab.«

»Also, das Essen ist fertig!«, rief Mama. »Giorgis, dein Fisch ist nicht für die Katze bestimmt!«

»Stimmt, Perikles hätte erst die Erfindung der Elektrizität abwarten müssen. Alles braucht seine Zeit … Man denkt zurück und wundert sich: Wie haben die Menschen im fünften Jahrhundert vor Christus ohne dieses, ohne jenes gelebt? Und dennoch, ich versichere dir, es ging ihnen blendend, und sie waren überzeugt, alles zu wissen. Genau dasselbe wird ein Kind im Jahr 2646 über dich sagen: ›Oje, wie hat Maria bloß damals auf diesem Planeten namens Erde leben können!‹«

»Wieso im Jahr 2646 und nicht 2647? Existiert die Erde im Jahr 2647 nicht mehr?«

»Alles hat einen Anfang und ein Ende. Komm, wir gehen essen«, sagte Katina.

Auf dem Teller meines Bruders herrschte ein heilloses Durch-

einander. Meerbarben, Amaranth, Soße und Weintrauben hatte er zu einem ekligen Matsch vermischt.
Mama brachte den Schafskäse aus dem Kühlschrank und die Glaskaraffe mit dem eisgekühlten Wasser. Der Kleine streckte seine Ärmchen danach aus.
»Nein, Giorgis, das ist eiskalt!«, rief sie. Sie redete immer mit erhobener Stimme mit dem Kleinkind, als wäre es taub. »Warte! Ich schenke dir etwas aus der Karaffe ein.«
»Das heißt, in wie viel Jahren wird die Geschichte von Christus zu Ende sein?«
»Christus war ein sehr schönes ›Lied‹, könnte man sagen. Die Menschen singen es seit mehr als 1900 Jahren. Keine Ahnung, wie lange noch!«
»Wer hat dieses Lied geschrieben?«
»Saulus.«
»Sagt mir nichts.«
»Natürlich kennst du ihn, aber unter seinem anderen Namen: Paulus.«
»Ja, stimmt! Von ihm haben wir im Religionsunterricht gehört. Aber ich habe nicht gewusst, dass er so tolle Lieder schreiben konnte! Der ist mir nicht so aufgefallen ... Und wie ist er darauf gekommen?«
»Ich werde dir die Geschichte genauso erzählen, wie ich sie von Mutter Attarte gehört habe, die alles selbst miterlebt hat, als sie Salome, einer ihrer Töchter, ihren Schutz gewährt hat. Salome liebte einen Prinzen, der heftig darum kämpfte, König zu werden.«
»Wer war das?«
»Nur Geduld, das verrate ich dir noch. Damals, vor vielen Jahren, lebte in Judäa ein berühmter und weiser Mann, der hieß Saulus. Judäa war zu jener Zeit von den Römern erobert worden. Doch die Leute hassten die Besatzer, denn Fremdherrschaft ist immer unerträglich ...«
»Unter der Besatzung der Deutschen«, platzte Mama dazwischen, »war ich acht Jahre alt, und ich erinnere mich noch daran, wie

Piräus bombardiert wurde. Und an die Karren, mit denen man die Hungertoten aufsammelte.«

»… Er war aus königlichem Geblüt, doch seine Familie paktierte mit den Römern, um ihren Reichtum nicht zu verlieren und …«

»Alle, die in der Besatzungszeit mit den Deutschen kollaboriert haben«, fuhr Mama fort, »sind am Ende gelyncht worden …«

»… und sie schickten ihn zum Studium zu den besten Lehrern. Er war stolz darauf, ein Pharisäer zu sein.«

»Also ein Heuchler.«

»Wer erzählt euch denn solchen Unsinn? Pharisäer waren Vertreter einer bestimmten traditionellen Schule im Judentum.«

Die Tante legte ein Fischchen auf ihren Teller, um es zu filetieren. Mama schnitt ihr den Amaranth klein und beträufelte ihn mit Zitronensaft. Dann blieb sie hinter ihr stehen und wartete, bis sie den ersten Bissen gegessen hatte, um zu sehen, ob die Fische gut durchgebraten waren. Als Tante Katina kommentarlos weiteraß, setzte sich auch Mama zum Essen hin.

»Zu Saulus' Zeiten«, fuhr Katina fort, »lebte noch ein anderer Jude, der sehr schön predigen konnte. Er hieß Jeschua, also Jesus.«

»Und wie sah dieser Jeschua aus?«

»Keiner kann sagen, ob er schön war oder hässlich, klein oder groß, glattrasiert oder bärtig.«

»Er trug einen Bart«, erklärte Mama im Brustton der Überzeugung.

»Aber wieso interessierte sich Paulus für Jeschua?«

»Paulus hat ihn nie getroffen, er kannte ihn nur vom Hörensagen. Und da hielt er ihn zunächst für einen Verrückten, dem es irgendwie gelungen war, die Leute, die er seine Brüder nannte, für sich zu gewinnen, so dass sie schließlich …«

»… Im Fischladen gab's heute Morgen Lippfische«, redete Mama dazwischen, während sie sich ein paar Gräten von der Lippe zupfte. »Die sind sehr lecker, werden aber auch immer seltener. Eigentlich war ich auf der Suche nach Rotbarben, weil das der einzige Fisch ist, den die Kinder mögen. Beim nächsten Mal nehme ich Lippfische, die braten wir uns dann mit Butter in der Pfanne aus.«

»... ihrem ›Meister‹ als Jünger überallhin folgten. Diese Schar zog quer durch Judäa. Die Truppe, die sich um Jeschua formierte, war nicht die einzige. Damals gab es viele Wanderprediger. Da sich die Römer anfänglich nicht gestört fühlten, kümmerten sie sich erst um ihn, als seine Gefolgschaft immer größer wurde und sich ihm nach den Galiläern auch die Samariter angeschlossen hatten. Sein nächstes Ziel war Judäa, und so zog er in Jerusalem ein. Die Römer befürchteten, dass er sich möglicherweise unter lautem Beifall zum König ausrufen lassen wollte. Er kritisierte die reichen Judäer, doch auch die Römer fühlten sich bedroht. So nahmen sie ihn gefangen und kreuzigten ihn. Die Art der Strafe war damals selbst für kleine Diebstahlsdelikte üblich.«

»Tante! Was erzählst du dem Kind da?«, ertönte die Stimme meiner Mutter von der Spüle her.

»Doch dann geschah etwas Außergewöhnliches. Es kamen Gerüchte auf, Jeschua sei auferstanden, er sei aus seinem Grab zurück unter die Lebenden gekehrt. Das war der Grund, dass Saulus auf ihn aufmerksam wurde und sich eingehend nach ihm erkundigte.«

»Tante, was redest du da!« Mama, die unsere Unterhaltung bisher nicht ernst genommen hatte, trat von der Spüle zu uns herüber, wischte ihre Hände an der Schürze ab und stützte die Arme in die Seiten.

»Was Jeschua zu Lebzeiten gesagt, getan und gelehrt hatte, interessierte Saulus wenig. Und wir wissen nicht ...«

»Was heißt, wir wissen es nicht!«, mischte sich Mama ein. »Aber natürlich! Wir haben die Berichte der Evangelisten, die alles beschreiben, von den Wundern bis hin zum Gebot der Nächstenliebe. Und nenn ihn nicht ständig Jeschua.«

»Saulus horchte erst bei einer Sache auf: bei den Gerüchten über Jeschuas Auferstehung.«

»Also, was für Gerüchte? In der Heiligen Schrift steht, er ist am

dritten Tage auferstanden von den Toten. Deine Mutter hat dir das wohl nicht richtig erzählt!«
Katina hörte ihr gar nicht zu, sondern redete weiter: »An jenem Tag traf Saulus seine Entscheidung. ›Ich habe eine Vision gehabt‹, begann er den Leuten zu erzählen. ›Jesus, der Gekreuzigte, ist mir erschienen, und er hat mir den Auftrag gegeben, euch von seinem Leben zu berichten …‹ Saulus änderte seinen Namen in Paulus, verließ Judäa und begann, die Welt zu bereisen und die Lehre zu verbreiten, dass Christus Gott sei.«
»Aber er ist es doch, Tante, oder? … Ich will keine Soße mehr, Mama.«
Doch meine Mutter schaufelte mir unbeeindruckt Nachschub auf den Teller.
»Ich glaube, wenn der arme Kerl heute aus seinem Grab steigen würde und dahinterkäme, dass man ihn für Gott hält, würde ihn der Schlag treffen.«
»Jetzt reicht's aber! Was redest du so vor dem Kind, Tante? Bist du von allen guten Geistern verlassen? Gleich fährt der Blitz der heiligen Jungfrau auf uns nieder. Lieber Gott, vergib mir!«, sagte sie und bekreuzigte sich.
»Siehe da!«, rief Katina und deutete auf meine Mutter. »Der Blitz der Madonna wird also auf uns niederfahren. Als ob die heilige Jungfrau den Donnerkeil schwingen würde!«
Sie schüttelte sich vor Lachen, doch ich bekam es mit der Angst zu tun. Hatte Mama doch recht? War die Tante wirklich nicht mehr ganz bei Trost?
»Was meinst du, Eleni? Sollte die Muttergottes strafen oder helfen?«
»Ich halte mich an das, was Christus gesagt hat«, begann Mama.
»Du meinst Paulus«, mischte ich mich ein.
»Wer?«, fragte meine Mutter. »Nein, an das, was Christus gesagt hat«, fuhr sie schulmeisterlich fort. »Im Alten und im Neuen Testament steht die reine Wahrheit.«
»Glaubst du daran?«, fragte ich meine Mutter.
»Ganz fest.«

»Glaubst du, dass Jona von einem Fisch verschluckt wurde?«
»Ja, das glaube ich.«
»Und was für ein Fisch war das?«
Nach einer kurzen Nachdenkpause sagte Mama: »Ein Haifisch.«
»Ein Hai verschluckt dich doch nicht, Mama, sondern macht Hackfleisch aus dir.«
»Es war ein Wal«, sagte Mama dann. »Jona wurde von einem Wal verschluckt! Wie Gepetto in ›Pinocchio‹.«
»Ach, halt den Mund, Mama!«
»Was hast du gesagt? Was soll das heißen? Beschimpfst du mich jetzt? Wer bringt dir so etwas bei?«
Misstrauisch äugte sie zu Katina hinüber.
Den Nachmittag verbrachten wir auf dem kleinen Balkon. Mama brachte die beiden Mokkas und die *liseuse*, klappte das Tischchen auf und drapierte ein Häkeldeckchen darauf. Dann stellte sie das Tablett mit zwei Wassergläsern auf den Tisch, setzte sich in den gegenüberstehenden Leinensessel, nahm einen Schluck und atmete hörbar aus.
Drei oder vier Minuten würde sie sich jetzt ausruhen und dann gleich wieder aufspringen und im Haus herumrumoren. Immer fand sie etwas zu tun. Sie fasste in ihre Jackentasche und holte ein Zweidrachmenstück heraus.
»Maria, möchtest du ein Eis? Hier, geh zu Stavros' Milchladen und kauf dir eins.«
»Ich mag nicht.«
»Nein? … Na so was! Du willst kein Eis am Stiel?«
Meine Mutter wurde von Unruhe erfasst, als ich mich wieder Katina zuwandte. Instinktiv spürte sie, dass etwas Geheimnisvolles zwischen uns vorging.
»Tante, wer war Jesus eigentlich?«
»Nicht schon wieder…«, seufzte Mama.
»Ein in der Bevölkerung sehr beliebter Jude, der mit allem, was er hatte und wusste, seine zerrissene Heimat befreien, wiedervereinigen und den Thron für Davids Geschlecht zurückgewinnen wollte. Dafür hat er hart gekämpft.«

»Mama hat mir erzählt, dass er sehr arm war.«
»Arm?«
»Ja, er war arm«, sagte Mama. »So wurde er geboren und so starb er auch.«
»Weißt du was, Maria? Keiner schert sich um die Armen. Geschichte wird nur von den Berühmten und Mächtigen geschrieben, von Prinzen und Königen...«
»Arm bleibt arm, reich bleibt reich«, sagte Mama.
»Da hast du jetzt einmal was Richtiges gesagt, Eleni.«
Und Mama strahlte vor Freude.

An den letzten Nachmittagen blickte Katina nicht länger träumerisch aufs Meer hinaus, ihr Blick schweifte nicht mehr in die Ferne. Obwohl ihr Körper täglich mehr in sich zusammensackte, schien ihre Lebenslust neu zu erwachen. Wenn ich jetzt, nach so vielen Jahren, daran denke, glaube ich, dass sie es eilig hatte. Sie hatte nur noch wenige Tage Zeit, um ihre Saat zu säen und zu pflegen. Eines Tages, so hoffte sie wohl, würde die Saat dann Wurzeln schlagen und von ganz allein hochschießen. Und so geschah es schließlich auch.
»Erzählst du mir auch von der Tochter der Großen Mutter? Von Salome, Tante?«
»Später. Das erzählt Salome dir eines Tages besser selbst. Sie ist sehr schön und sehr klug.«
»Tante, an welchen Gott soll ich glauben?«
»Du hast ganze dreiundzwanzig Jahre Zeit, das selbst herauszufinden.«
Kurz bevor wir abfuhren, rief Mama ein Taxi zur Agios-Nikolaos-Kirche. Die ganze Zeit hatte sie davon geredet und es immer wieder aufgeschoben. Jetzt stand das Taxi tatsächlich bereit. Seltsamerweise wollte auch Tante Katina mitfahren.
Dann kehrten wir nach Kastella zurück, da die Schulferien zu Ende waren. Davon, dass Katina dem Tode nahe war, hatte ich nichts bemerkt.

Kastella, im November 1965

Als meine Eltern beim Begräbnis waren, lag ich mit einer Mandelentzündung und hohem Fieber im Bett. Von klein auf hatte mich diese Krankheit immer wieder heimgesucht. Ich rollte mich zusammen und konnte mich vor Schmerzen kaum rühren. Großmutter Kontylo blieb bei mir. Ich betete inständig, dass Herr Nikolopoulos nicht käme, der meiner Mutter jedes Mal schon an der Tür das Zeichen gab, den kleinen Wassertopf für die Injektionsnadel heiß zu machen. In seiner Arzttasche trug er nämlich eine riesige Injektionsnadel bei sich, die schon sämtliche Kinderpopos der Gegend gepikst hatte. Egal, ob man Angina, die Masern oder einfach einen schlimmen Rücken hatte, die Spritze war einem sicher. Das zweite Marterwerkzeug dieses Kinderarztes war sein Löffelchen. Er zog einen zum Fenster, um besser sehen zu können, und drückte die Zunge mit dem Löffelchen, das er bis in den Rachen hinunterstieß, kräftig nach unten. Da kamen einem sämtliche Nudelsuppen und Zwiebäcke wieder hoch. Wenn mein Bruder krank war, schrie er schon bei Herrn Nikolopoulos' Anblick wie am Spieß und verkroch sich unter dem Bett.

Eine gute Woche lang hatte ich hohes Fieber. Als ich in die Schule zurückkehrte, fühlte ich mich so elend, dass ich mich kaum auf den Beinen halten konnte. Und diese Kraftlosigkeit erfasste auch meinen Verstand. Eins war jedenfalls sicher: Seit Katinas Tod war ich nicht mehr die Alleinherrscherin über meinen Verstand. Alles, was ich um mich sah, beurteilte ich anders als zuvor. Ich war nicht mehr ich selbst. Ich sprach zu meiner Mutter, als sei sie mir gleichgültig, und erlaubte mir freche Bemerkungen. Dann wieder kam ich zu mir und entschuldigte mich.

Frau Stella, deren Rat meine Mutter in ihrer Verzweiflung einholte, urteilte, ich sei unverhofft in die Pubertät gekommen. »Liebe Eleni, von jetzt an«, sagte sie, »wirst du noch Zeichen und Wunder erleben.«

Samstags zwischen acht und zehn gingen wir mit unseren Lehrern in die Kirche zur Messe. Notgedrungen mussten wir zwei

Stunden lang unbeweglich stehen, während wir mit Weihrauch eingenebelt wurden. Gott hat kein Erbarmen mit den Kindern. Wir verstanden weder die Worte noch den Zauber, den Religion ausüben kann. Der einzige Lichtblick am Kirchgang war, dass uns zwei Stunden Unterricht erspart blieben. Als ich kreidebleich wurde und umzukippen drohte, eilte der Lehrer herbei und drückte mich aufs Chorgestühl. Dort saß ich dann etwas abseits, und während ich auf das Ende des Martyriums wartete, schweiften meine Gedanken in die Ferne. Ich dachte an all die seltsamen Gespräche mit Tante Katina! Wie sie erklärt hatte, wie man aus Wassersuppe dicke Hühnerbrühe machte! Ging das überhaupt? Unmöglich … *Was du heute nicht verstehen kannst* … Pah! Es wird leckere klare Suppe gewesen sein, und sie hat geglaubt, es sei Hühnerbrühe geworden! Es gibt keine Wunder. Oder vielleicht doch? *Schlaf, mein Liebes, schlaf, ganze dreiundzwanzig Jahre lang.* Sicher, das habe ich noch im Ohr. Aber ihre Anweisungen haben bei mir nichts gefruchtet. Ha! Ich bin überhaupt nicht müde … Wenn wir zurückkommen, haben wir gleich Geschichte. Und die blöde Lehrerin wird mich abfragen, und ich bin vollkommen unvorbereitet.

»Pst! Toula!«

»Hä?«

»Wo sind wir gerade in Geschichte?«

»Hää?«

»In Geschichte, wo sind wir da?«

»Bei Napoleon, Schlacht von Waterloo.«

Wenn es möglich wäre, würde ich gern mit meinem Geschichtsbuch eine Zeitreise zurück zu Napoleon machen und zu ihm sagen: »Guck mal, wie du enden wirst!« Wenn er ein Dummkopf war, würde mich das auf die Guillotine bringen. Wenn er clever war, würde er mich für eine große Zauberin halten, die ihm die Zukunft weissagt. Und wenn das alles eines Tages tatsächlich möglich wäre? … Attarte kam mir in den Sinn.

»Und wenn es jetzt schon möglich wäre?« Ein kalter Schauer überlief mich. »Pst! Toula!«

»Sei doch still! Frau Marouli kriegt gleich alles mit!«
In den folgenden Jahren funktionierte mein Hirn wie eine aus dem Takt geratene Uhr, die von alleine wieder in Gang zu kommen versucht. Ständig zitierten die Lehrer meine Mutter herbei, um sich bei ihr zu beschweren. Sie behaupteten, ich wäre frech. Andere meinten, sie hätten es aufgegeben, eine so widersprüchliche Persönlichkeit sei ihnen noch nie untergekommen. Nur Schwester Alberta fragte Mama, ob ich seltsame Bücher läse, worüber wir zu Hause redeten und ob sie schon von der gleichzeitigen Existenz zweier Seelen in einem Körper gehört habe. Aber nein, von solchen Dingen hatte Mama noch nie etwas gehört.

BABA ELENITSA

Von Stambul nach Kastella. Zwanzig Jahre später

Vorgestern hatte Baba Elenitsa Fieber, und meine Mutter machte sich angesichts ihres hohen Alters Sorgen um sie. Tagein, tagaus, ob mit Fieber oder ohne, saß die Baba auf ihrem Stuhl an unserem Küchentisch. Wir hielten uns die ganze Zeit in der Küche auf, als gäbe es gar kein Wohnzimmer. An dem Tag betütelte und umkreiste meine Mutter sie in der Absicht, ihr einen Lindenblütentee zu brühen. Sie schrie ihr ins Ohr, obwohl sie gar nicht schwerhörig war: »Willst du Lindenblütentee, Baba Elenitsa? Ja? Lindenblütentee?«

Einzig und allein, um sie loszuwerden, bedeutete die alte Frau ihr kurz: »Ja, mach einen Lindenblütentee.« Mit der anderen Hand fragte sie mich durch das Spiel ihrer Finger: »Wie geht es deiner Tochter?«

Als mich meine Mutter am Morgen anrief – völlig aufgelöst, wie immer, wenn die Baba einen Schnupfen hatte –, fragte sie mich: »Und wenn, Gott behüte … Wen soll ich dann holen, den Popen oder – wie heißt das noch schnell – den von der Synagoge?«

Durch ein Nicken ermunterte mich die Baba, zu ihr hinüberzublicken, und blieb dann fünf Minuten lang reglos sitzen. Dann war der Lindenblütentee fertig, doch zum Glück fiel meiner Mutter noch ein, dass sie um vier ihr Enkelkind abholen musste. Rasch zog sie eine Jacke über und war auch schon aus der Tür.

Baba Elenitsa – manchmal wirkte es schon seltsam, diese alte Frau immer noch mit der Koseform »Elenitsa« zu rufen – zog nun die Brauen zusammen, und in ihrem Blick mischten sich Neugier und Zorn. Mir war mehr als klar, was in ihr vorging. Ich hatte es zu weit getrieben. Mir fielen die unkontrollierten Wutausbrüche

und unüberlegten Verwünschungen ein, die ich in der letzten Zeit leichtfertig gegen alle möglichen Personen gerichtet hatte.
»Bring mir Mutters Schriften.«
Das war ein Befehl. Von allen Büchern und Heften Katinas, insgesamt achtzehn an der Zahl, hatte ich nur mit den dreien, die vom Buchstaben *Rho* sprachen, etwas anfangen können: die Hefte vom Wasser, von Liebe und Krankheiten, von Verwünschungen und Todesarten.
Wie oft wollte ich jemanden »erledigen«, und meine Verwünschung traf den Falschen, wie oft konnte ich meine Wut nicht zügeln, wie oft drangen mir die Flüche aus dem Mund wie Gewehrsalven! Ich ließ mich auf Konflikte ein, die mir dann über den Kopf wuchsen, und während ich nächtelang über eine Lösung nachdachte, lief mir die Zeit davon. Wenn ich einmal ganz oder – wie meistens – nur fast ins Schwarze getroffen hatte, freute ich mich wie eine Schneekönigin. Alles im Leben spielt sich nach bestimmten Regeln ab, doch das Regelwerk der Hefte und ich standen auf Kriegsfuß. So kannte ich die kostbaren Worte zwar auswendig, probierte jedoch damit herum wie ein unreifes Kind. Die paar Mal, als ich sie wirklich ernsthaft brauchte, musste ich die Baba um Hilfe bitten. Der Befehl »Bring mir Mutters Schriften« war also durchaus als Strafe gedacht. Ohne zu murren, brachte ich sie ihr gleich am nächsten Tag.
Baba Elenitsa verließ die Wohnung nicht mehr. Keine Magierin verlässt mehr ihr Haus, wenn sie in die Jahre kommt. Ob sie am Leben sind oder tot, ob sie in leiblicher Gestalt oder als Geister existieren, immer versammeln sich die anderen um sie herum.
Diesmal brachte Mama Hühnerbrühe mit Reis und setzte sich in eine Ecke. Die Hefte lagen auf dem Tisch, in einer abgewetzten Lederhülle, die mit einer ausgefransten Schnur zugebunden war. Als Baba Elenitsa mit dem Ringfinger dreimal auf den Tisch klopfte, servierte Mama ihr die Hühnerbrühe und schrie ihr dabei ins Ohr: »Vorsicht, heiß!« Danach räumte sie die Teller ab und ging in ihre Wohnung. So blieb ich allein zurück, um meiner Strafe in aller Ruhe entgegenzusehen.

In Elenitsas Wohnung, in der Mama früher gelebt hatte, bevor sie in das neu gebaute Stockwerk darüber gezogen war, gab es einen großen Vorrat an Lindenblütentee, ein Bett mit einem Metallrost und einen Tisch mit sechs Stühlen, der mitten in der Küche stand, mit der hässlichsten Plastiktischdecke, die man sich nur vorstellen kann. Brachte man der Baba Einrichtungsgegenstände, verschenkte sie die in der Nachbarschaft, und wenn sie sie auch dort nicht loswurde, landeten sie bei meiner Mutter, die einfach nicht nein sagen konnte. Als meine Schwiegermutter starb und uns ihren Mini-Palazzo Ecke Irodou-tou-Attikou- und Mourousi-Straße hinterließ, erbte ich eine Menge Hausrat, vor allem jedoch ein Sammelsurium an Möbelstücken, die ihrem schlechten, neureichen Geschmack entsprachen. Die sündhaft teuren, aber kitschigen Stücke der Möbelfirma Saridis stammten aus den fünfziger Jahren. Da ich sonst nichts damit anfangen konnte, schien die rettende Idee zu sein, Baba Elenitsas Zweizimmerwohnung mit erbsengrünen Kanapees, vergoldeten Lehnsesseln, Zierspiegeln, großen und kleinen Ohrensesseln, breiten und schmalen Konsolen auszustatten. Die besten Stücke, kostspielige Perserteppiche in auffallenden Farben und Gobelins aus dem 18. Jahrhundert mit Porträt-Abbildungen, die ich schweren Herzens und nur wegen ihres großen Wertes behielt, nahm ich mit zu mir nach Hause. Wirklich gefallen haben die Stücke mir jedoch nie.
So hielt eines Tages ein Lieferwagen vor Baba Elenitsas Haustür und begann, die Möbel auszuladen. Hätte Baba Elenitsa sprechen können, hätte sie wie ein Rohrspatz geschimpft. Aber wir begriffen auch so, dass sie das Zeug nicht wollte. Damit das Mobiliar nicht in irgendeiner Rumpelkammer landete und feucht und muffig wurde, nahm meine Mutter alles in ihre Wohnung. Jeder ihrer Besucher muss sich nun zwischen den diversen Einrichtungsstücken im Zickzackkurs ins Wohnzimmer hindurchzwängen. Der Hausrat von meiner Schwiegermutter plus der von ihrer Mutter, die sie beerbte, ergeben zwei Wohnungseinrichtungen; dazu kommen einige alte Möbel von mir, die ich loswerden wollte, also insgesamt drei. Na, und dann hatte meine Mutter auch noch selbst

eine vollständige Ausstattung, die sie als Mitgift in die Ehe gebracht hatte, demnach vier. Und jetzt musste der vierfache Hausrat zusammengedrängt auf hundertsechzig Quadratmetern Platz finden.

Eines Morgens war ein Brief aus der Türkei eingetroffen, der uns die Ankunft der Baba ankündigte. Zunächst hatte Mama ihren Augen nicht getraut. Elenitsa hielt Einzug wie ein neuer Postenkommandant, obwohl sie sanfter als Katina wirkte und auf Anhieb von den Nachbarn respektiert wurde. Sie traf genau dreiundzwanzig Jahre und dreiunddreißig Tage nach Katinas Tod bei uns ein, und gleich nach ihrer Ankunft wollte sie mich sehen.
All die Jahre hatten wir keinerlei Verbindung gehabt, ja, wir wussten nicht einmal, ob sie überhaupt noch lebte. Das Einzige, was wir wussten, war, dass Elenitsa in der Türkei verschollen war. Warum sie dort zurückgeblieben war, wussten wir nicht. Als Katina mit den voll bepackten Schonern aus Smyrna abfuhr, war das kleine Mädchen aus unbekannten Gründen nach Stambul geschickt worden.
Als Baba Elenitsa zu uns kam, wagte niemand, nach dem Grund zu fragen. Sie gab uns bloß kryptisch zu verstehen: »Jetzt bin ich bereit«, ohne dass wir diese Erklärung nachvollziehen konnten. Die erste und einzige Reise, die sie dann fast sofort nach ihrem Eintreffen unternahm, war eine Pilgerfahrt nach Ägina, zum Wohnsitz ihrer Mutter. Kaum hatte sie das Haus betreten, verlangte sie von Mama, ihr Katinas Brautkranz und ein paar in unseren Augen belanglose Dinge zu bringen, wie etwa eine schwarze, kleine Schere, die im Haus herumlag, aber von der Mama gar nicht sagen konnte, ob sie Katina tatsächlich gehört hatte. Sie stellte das ganze Haus auf den Kopf, um eine quadratische Blechdose zu finden, die unter der Treppe zwischen den Plastikschüsseln verborgen lag und nichts weiter als zwei Puderdöschen und diverse Stoffbänder enthielt. All diesen Kram nahm Baba Elenitsa mit zurück nach Athen und hütete ihn fortan wie ihren Augapfel.
Katina hatte Mama gegenüber die kleine Eleni nur selten erwähnt,

weil sie der Gedanke an die verlorene Tochter zu sehr schmerzte. Nur ein einziges Mal und dann nie wieder hatte sie sich ausführlicher geäußert und von einem »hohen Preis« gesprochen, den sie habe zahlen müssen. Meine Mutter kann Gespräche auch nach vielen Jahren mit Leichtigkeit wortwörtlich wiederholen. Ihr Gedächtnis funktioniert wie ein Tonband, das Aufnahmen immer wieder abspult, ohne etwas hinzuzufügen, abzuändern oder eine eigene Meinung zu äußern.

»Mama, wovon sprach Tante Katina in Bezug auf Elenitsa?«

»Von einem hohen Preis.«

»Und was soll das heißen?«

»Woher soll ich das wissen?«

»Hast du sie nicht gefragt?«

»Nein.«

Ein paar Tage nach ihrem Einzug kamen drei Frauen zu Besuch, weit älter und hässlicher als die Baba selbst. Wie die Frauen von ihrer Ankunft erfahren hatten, blieb uns ein Rätsel. Bei Elenitsa gab es kein Telefon, noch hatte sie meine Mutter gebeten, die drei zu verständigen. Mama drückte sich unter dem Vorwand, sie zu bewirten, im Zimmer herum, doch sie unterhielten sich auf Türkisch. Dieser Besuch blieb der einzige, und all die folgenden Jahre tauchten die drei nie wieder auf.

Durch das Fenster des Hauses in Kastella drangen die Meeresbrise, die jeden Nachmittag einsetzte, und der Duft gebratener Tintenfische, da um sechs Uhr der Betrieb in den Hafentavernen am Tourkolimano beginnt.

Elenitsa saß oft stundenlang regungslos und mit unerschütterlicher Ruhe da. Man musste sich in ihrer Gegenwart in unendlicher Geduld üben, da Zeit für sie keine Rolle spielte.

»Babu, soll ich gehen?« Doch sie bedeutete mir, sitzen zu bleiben.

Sie trat zu ihrem Schrank, aus dem sie weitere sechs, ähnlich aussehende Bände kramte, die sie neben den Stapel mit Katinas achtzehn Heften schob. Dann legte sie ihre Hand mit ernster Miene darauf, als wolle sie betonen, ich dürfe sie erst anrühren, wenn ich ihr die gebührende Aufmerksamkeit schenken würde. Im Alltag verstanden wir sie schon ganz gut, doch diesmal musste sie mir unter großer Anstrengung und unter Einsatz von Pantomime verdeutlichen, dass ich ihr aus Katinas Schriften das Kapitel über die »Zauberbündel des Vergessens« heraussuchen sollte.

An diese Stelle konnte ich mich sehr gut erinnern, da sie klar und deutlich geschrieben war. Links standen die Handlungsanweisungen und rechts die dazugehörigen Zaubersprüche, die man sprechen sollte, während man die Handlungen ausführte, und dazwischen waren Zeichnungen abgebildet.

Vorsichtig schlug die Baba das erste ihrer eigenen sechs Hefte auf und blätterte darin, bis sie das gesuchte transparente Pergamentpapier fand. Darauf standen rechts und links nur Symbole, und in der Mitte, wo in Katinas Büchern die Zeichnungen waren, stand hier der Text. Sie nahm das Blatt heraus und legte es über Katinas Aufzeichnungen. Die Texte ergänzten sich perfekt. Sie drehte das Heft zu mir und klopfte mit dem Finger darauf. Langsam verstand ich. Meine Hefte waren ohne diesen Schlüssel wertlos. Dann zog sie mich zum Fenster und deutete aufs Meer. Wir brauchten länger als eine halbe Stunde, um Schritt für Schritt über die Vassileos-Pavlou-Straße zu den Paraskevas-Klippen zu gelangen. Dort nahmen wir Platz und betrachteten das friedliche Meer im Abendlicht. Wehe, wenn Mama gewusst hätte, dass ich mit ihr so weit gelaufen war! Nun ja, dass ich ihr wenigstens eine warme Jacke angezogen hatte, hätte sie gewiss ein wenig beruhigt.

Die Baba hob ein Hölzchen auf, das neben ihr lag, und schaute einem Käfer zu, der versuchte, in ein Sandloch zu kriechen. Sie zog eine Linie in den Sand, um dem Käfer zu helfen. Dann wandte sie ihre Aufmerksamkeit wieder dem rhythmischen Rauschen der Wellen zu. Als die Luft nach einer Weile feucht wurde, machten wir uns auf den Heimweg. Wir nahmen ein Glas Meerwasser mit, das Hölzchen, ein wenig Sand und ein paar Steinchen. Obwohl die Tür zugefallen war und ich durchs Fenster einsteigen musste, hatte Mama zum Glück nichts von unserem Ausflug bemerkt.

Die Baba setzte sich an den Küchentisch und breitete auf der Plastiktischdecke den Sand und die Steinchen aus und formte ihren eigenen Meeresstrand. Davor würde sie wohl die ganze Nacht sitzen bleiben.
Ich kehrte in meine eigene Wohnung zurück, wo mich ein unaufhörliches Frage- und Antwortspiel erwarten sollte, wie etwa »Hast du die Hausaufgaben gemacht?«, »Was gibt's zu essen?«, »Mach endlich den Fernseher aus und geh schlafen«, »Ich hab dir schon hundertmal gesagt, der Hund soll nicht aufs Bett springen«. Als endlich Ruhe einkehrte und alle friedlich schliefen, schlug ich die Hefte, die mir die Baba wieder zurückgegeben hatte, auf und durchforstete die Seiten.
Ich suchte Antworten auf meine Fragen, aber alles, was ich fand, war irgendwie nichtssagend und wenig überzeugend. Wie war das möglich? Irgendwo musste der Anfang des Ariadnefadens zu finden sein. Wie in der Schule lernte ich alle Sprüche auswendig und plapperte sie nach. Da ich aber um jeden Preis logische Erklärungen finden wollte, verschlang ich ganze Bibliotheken und durchforstete wochenlang alles, von chinesischer Philosophie bis Platon, von Astronomie bis Hinduismus, vom Christentum bis zum Islam, von Geschichtswerken bis hin zu den Regeln der Derwischorden. Endlos viele Stunden vergeudete ich, ohne auf ein brauchbares Ergebnis zu stoßen. Immer wieder fand ich ähnliche Formulierungen und teilweise auch wortwörtliche Entsprechungen, nirgendwo jedoch völlige Übereinstimmung mit Katinas Aufzeichnungen. Die ganze Aktion erwies sich als Misserfolg. Wie soll man einer Sache auch auf den Grund gehen, wenn man gar nicht genau weiß, wonach man eigentlich sucht? Nachdem ich alles überflogen hatte, war ich zwar klüger als zuvor, hatte mich jedoch umsonst geplagt und stellte daraufhin meine Bemühungen ein.

Als meine Familie in die Ferien fuhr, erklärte ich, ich könne meine Arbeit nicht im Stich lassen, packte ein paar Kleidungsstücke in ein Köfferchen und beschloss, mich bei Elenitsa einzuquartieren. Im Vorzimmer stolperte ich über ein schlankes Bettsofa, das zur Aussteuer meiner Mutter gehörte. Erwartete mich die Baba bereits? Mama erzählte mir dann, Elenitsa habe sie am Morgen gebeten, eine Schlafgelegenheit bereitzustellen. Sie erwartete mich also tatsächlich!

Ich versicherte meiner Mutter, ich würde sie täglich anrufen und die Baba rund um die Uhr betreuen. Daraufhin machte sie mit mir eine Führung durch die Wohnung: »Hier ist der Reis. Sie darf nur salzarme Suppen essen. Und pass auf die Zugluft auf. Vergiss nicht, dass der Schlauch der Waschmaschine tropft.« Seit letztem Jahr hatte sie es nicht geschafft, den Schaden reparieren zu lassen … »Wenn sie so macht«, fuhr meine Mutter fort und gestikulierte mit der Hand am Ohr, »möchte sie, dass du gehst, weil sie müde ist.«

In meine Wohnung kehrte ich erst eine Woche vor Schulbeginn wieder zurück, also vierzig Tage später. Und somit genauso lange, wie Christus in der Wüste gefastet und nur von Wasser gelebt hatte. Nun ja, Elenitsa und ich haben durchaus auch ein bisschen Brot gegessen.

Als ich beim Abschied auf der Türschwelle stand, fühlte ich mich so leicht und erholt, als wäre ich erst am Vortag bei der Baba eingetroffen. Gleichzeitig kehrte Mama zurück, vollkommen erschöpft von den Ferien auf Ägina, saft- und kraftlos wie eine leergepresste Zitronenhälfte. Sie konnte es gar nicht erwarten, sich in ihren eigenen vier Wänden von den Strapazen zu erholen. Sie hatte ihre Lieben keinen Augenblick aus den Augen gelassen und war körperlich, seelisch und finanziell am Ende.

Zum Abschied überreichte mir Elenitsa neben ihren sechs eigenen Heften die Blechdose. Es war eine alte Keksdose der Firma Papadopoulos, deren ursprünglicher Inhalt an den Wänden Fettspuren hinterlassen hatte. Zwei verschmutzte Puderquasten, einst rosa und duftig, lagen schlapp und ausgelaugt auf dem Boden. An ihnen waren noch Spuren des Puders zu sehen, der sich – mittlerweile zu Gips erstarrt – über den übrigen Doseninhalt verteilt hatte. Sie hatte mich ermuntert, sie in ihrer Anwesenheit zu öffnen. Nichts von alledem, was ich sah, machte besonderen Eindruck auf mich. Elenitsa hatte ihren eigenen, mit ausgefransten Schnüren zusammengebundenen Kram in die Dose dazugelegt: die Perle eines Glücksbringers, ein Hutband, einen kleinen Ring mit einem Glasstein, ein Stück Kohlestift, einen roten Farbstift und einen roten Wollfaden. Auf ihren Wunsch hin musste ich, während ich an ihrer Seite saß, die Dose die ganze Zeit über in der Hand halten.

Vierzig denkwürdige Tage

Nie versäumte Elenitsa das Schauspiel, wenn der Himmel in den Augustnächten Sterne auf die Terrasse in Kastella regnen lässt. Sie stellte ihren Stuhl unter die Wäscheleinen, die meine Mutter aufgespannt hatte, und richtete den Blick nach oben. Immer wenn die große Hitzewelle ausbrach, brachten die Hausfrauen von Kastella ihre Betten aus den Zimmern auf die Terrassen hoch, um einen leichten, erquicklichen Schlaf zu finden. Doch, gebannt von ihrer Sehnsucht nach der Kühle der Nacht, vergaßen sie, dass die Sonne sie schon im Morgengrauen wecken würde. Veranden, Terrassen und Patios der Viertel waren übersät mit weißen Bettlaken. Mama hatte ihre Augen überall, wenn es um die Reinlichkeit der Nachbarinnen ging. »Domenikos' Tochter hat keine einzige Knitterfalte in ihren Laken. Eine tüchtige Hausfrau!«
Nachts holte ich die Matratze der Baba auf die Terrasse und überzog sie mit einem frischen, kühlen Laken. Wir legten uns Seite an Seite hin und schauten hoch zum Firmament, das an diesem Abend ganz verändert aussah. Fast sofort schlief ich ein und hatte einen seltsamen Traum. Ich träumte, ich sei ein kleines Mädchen und lebte in einem Palast voller Frauen. Ich träumte von einer Frau, die vor ihrem Spiegel saß und sich das Gesicht puderte mit einer Quaste, die aussah wie eine der Puderquasten aus der Keksdose. Es war die Haseki, die Lieblingsfrau des Sultans. Sie hatte ihre Brauen schwarz nachgezogen und ihre Augen mit Kajal

umrandet, was ihr ein hässliches, bösartiges Aussehen verlieh. Ihr Haar war kastanienbraun, doch ich konnte nicht viel davon erkennen, da sie es sofort unter ihrem Tschador versteckte. Ich war noch so klein, dass ich der Frau gerade bis zur Hüfte reichte. Sie drückte mir ein Bändchen in die Hand, damit ich mir das Haar hochbinden konnte. Dann wandte ich mich dem Spiegel zu, in den sie blickte, und sah das Gesicht von Elenitsa. Ich erblickte ihre dichten Locken, und mein Gesicht hatte ihren porzellanfarbenen Teint. Meine Augen waren, genauso wie bei der Frau neben mir, schwarz umrandet. Daneben erschien ein drittes Köpfchen im Spiegel, das Gesicht von Elenitsas Puppe Jasmin. Auch ihre Augen waren mit schwarzem Stift ummalt. Wir waren drei hübsche, reiche und erlesen gekleidete Palastbewohnerinnen. Auf andere wirkten wir vielleicht wie drei befremdliche Wesen mit schwarzen Ringen um die Augen, doch wir selbst fanden uns wunderschön.

Die Wände bestanden aus ockerfarbenen Steinquadern, und zwischen den zahlreichen Säulen standen hölzerne Ziergitter, die das Tageslicht beinah feindselig zurückdrängten. Auf dem gefliesten Fußboden lagen Teppiche, und an den Wänden hingen farbige Behänge. Vom Zimmer aus blickte man auf einen Springbrunnen in der Mitte eines Innenhofes, der sich nach oben zum Himmel hin öffnete. Hinter den vergitterten Fenstern verborgen konnte man stundenlang den Springbrunnen betrachten und beobachten, wie verschiedene Besucher das Atrium durchquerten und die dort befindlichen Gerichtssäle betraten. Hob man den Blick zum gegenüberliegenden Stockwerk, erkannte man Tschador tragende Schatten, die ebenfalls in dasselbe Atrium hinunteräugten und all jene mit ihren Blicken verfolgten, die rasch und mit gesenktem Kopf ein und aus gingen. Wehe, wenn einer von ihnen den Blick zu uns erhoben hätte! Auf der gegenüberliegenden Hofseite drängelten sich die Schatten, um einen Blick auf den Springbrunnen zu erhaschen, während auf unserer Seite allein die Haseki ins Atrium schaute.

Neben dem Zimmer, in dem sie ihr Gesicht puderte, wohnte eine alte Frau, die auf einen Diwan gebettet dalag. Andere Frauen nä-

herten sich ihr nur, um zu sehen, ob sie noch atmete. Sie wirkte ausgemergelt, und die durch das süße Leben einst wohlgenährten Arme waren nun runzelig und schlaff. Es war die Valide, die Sultansmutter, die, als sie eines Tages tatsächlich starb, von vier kräftigen Männern mitsamt ihrer Liege hinausgetragen und begraben wurde. Sie hatte in ihrem Leben viele Ängste durchlebt, und sie hatte viel gelitten. Drei ihrer Söhne – Abdülhamid II., Mehmed V. Reşat und Mehmed VI. Vahdettin – waren nacheinander Sultan geworden. Eigentlich hätte sie sich als Mutter darüber freuen müssen. Aber während die Smyrniotinnen nur an ihr Wohlergehen, ihren Genuss und ihre Wollust dachten, erlitt diese Frau einen Schicksalsschlag nach dem anderen. Da war einmal die Bedrohung durch die Großwesire und dann durch die Kemalisten, deren politische Haltung zu einem Alptraum für sie wurde. Oder auch Kemal selbst, der all ihr Hab und Gut in Flammen aufgehen ließ. *Vay, vay, vay.*
Nicht einmal im Traum fiel mir ein, dass ich angesichts ihres Unglücks Mitleid mit ihr haben sollte. Sie hatte in erster Linie danach getrachtet, ihre Schäfchen ins Trockene zu bringen. Sie war eine Blutsaugerin gewesen, die sich nicht mit ein paar Tropfen begnügte, sondern den anderen bewusst den Lebenssaft raubte.
Zuweilen wirkte die Alte auf ihrem Diwan erschöpft und resigniert. Die Speichellecker des Sultanshofs hatte die Valide immer zum Teufel geschickt: »Was kümmert's mich, was passiert, wenn ich die Augen schließe … Nach meinem Tod wird alles zu Staub und Asche werden.«
Kemal war ein Mann, der die Massen aufrüttelte. Er stachelte sie an, gegen die Minderheiten vorzugehen. Der Sultan hingegen, der sich ganz den Interessen der Westmächte beugte, war ein verweichlichtes Muttersöhnchen. So hatten sich die Türken für Kemal entschieden, der ihnen aus dem Herzen sprach. In den Augen der Valide hatten sich die Türken dadurch von der glorreichen Vergangenheit des Osmanischen Reiches abgewendet, die goldenen Zeiten waren ein für alle Mal vorbei. »Alles hat einen Anfang und ein Ende. Jetzt naht das Ende«, dachte sie.

Wortlos traten drei Frauen auf den Diwan zu, um die Alte zu waschen und auf die Seite zu lagern, damit sie sich nicht wund lag. Sie hustete und jammerte voller Selbstmitleid, während sie sich an ihre Jugendjahre erinnerte, an ihre Mutter, an die elende Armut in ihrem Vaterhaus mit dem harten Lehmboden und der schneidenden Kälte. Als man sie auf die Seite drehte, erblickte sie mich und winkte mich heran. Sie roch nach gepökeltem Fleisch und nach den frischen Kräutern, mit denen man sie eingesalbt hatte. Wie realistisch dieser Traum doch war! Ich konnte spüren, dass ihre Schmerzen nachlassen würden und sie noch eine Weile weiterleben könnte, wenn ich kräftig Luft in ihre zusammengesunkenen Lungen blies. Während ich pustete, wurde mir ganz schwindelig vor Anstrengung. Die Alte riss ihre Augen kurz auf, kam dann zur Ruhe und sank entspannt und schmerzfrei in ihre Kissen zurück.

Die Baba wälzte sich auf der Matratze neben mir hin und her. Vielleicht fiel in der angenehmen, nachmitternächtlichen Kühle gleich ein Sternenregen vom Himmel. Ein paar Sekunden lang kehrte ich in die Wirklichkeit zurück, aufgeschreckt, wie es schien, durch ein Auto, das in der Ferne auf der Küstenstraße vorüberfuhr, doch sofort versank ich wieder in den Meeren Bithyniens.

Jetzt sah ich mich im Traum als erwachsene Elenitsa, in unserem Haus in Konstantinopel, ich sah meine Mutter Katina, ihren damaligen Ehemann Ali und den ebenfalls erwachsenen Ilias. Ganz deutlich sah ich das Haus vor mir. Meine Mutter trug das in ihren Augen allerbequemste Kleidungsstück, nämlich einen türkischen Kaftan. Sie hantierte in der Küche herum, um *tükürük köftesi* zuzubereiten. Es musste zwei Uhr mittags sein, und Ali würde jeden Augenblick nach Hause kommen. Er liebte *tükürük köftesi*, und ihn ekelte, anders als Syrios, vor Pitta mit Pökelfleisch.

Jasmins Puppenkleid war fadenscheinig geworden, und die Locken hatten ihren Glanz verloren. Ihr rechtes Auge fehlte, und sie hatte eine Halbglatze. Sie lag nun auf dem Regal neben dem Fensterbrett, und es war keiner mehr da, der mit ihr spielen wollte. Über ihre Stirn verlief ein notdürftig geklebter Riss. Doch um ihren Hals trug sie den schönsten Smaragd, den je ein menschliches Auge gesehen hat, kristallklar und grün wie der Bosporus. Diesen Smaragd hatte mir vor vielen Jahren die Valide geschenkt. Weder sie noch ich wollten ihn tragen, und so hatte ihn Jasmin geerbt, der dieser Edelstein egal war.

Ich träumte, dass ich durch die Korridore unseres Hauses in Konstantinopel ging. Es war das Heim einer glücklichen Familie, mit urigen Holzbalken, einfachen Teppichen und einer niedrigen Schlafstube, in der sich Katina und Ali heimelig und geborgen fühlten. Dort stand auch ein kleiner roter Diwan neben dem vergitterten Fenster, das aufs Meer hinauswies. Als ich klein war, tat ich so, als hätte mich auf dieser kleinen Liege der Schlaf übermannt, damit Ali mich auf die Arme nahm und zu meinem Bett zwei Treppenabsätze höher trug. Dabei konnte ich ein Kichern über den »Streich«, den ich ihm spielte, kaum unterdrücken. Ich wog ja schließlich schon etwas mehr als ein Kleinkind. Mit einem heimlichen Lächeln hob mich Ali hoch wie eine Feder. Das war unser Spiel. Ich glaube, er wusste sehr wohl, dass ich gar nicht wirklich eingeschlafen war.

In meinem Traum brachten sie mich wieder zu der alten Frau. Wenn sie genug Luft in ihren Lungen hatte, erzählte sie mir schöne Märchen und schenkte mir Halsketten und Farbstifte, die ich später in meiner Keksdose aufbewahrt habe. Anfangs, als die Alte noch nicht bettlägrig war und sich frei durch alle Räume bewegen konnte, spielten wir auch viel miteinander. Durch aufeinanderfolgende schmale Korridore gelangten wir zum Männertrakt und stellten uns ganz nah an die Vertäfelung, durch die man vom Frauentrakt aus hinüberblicken konnte. Sie deutete auf den einen oder anderen, und ich kniff die Augen zusammen und konzentrierte mich, bis aus meinem Mund die Stimmen der Männer drangen und ich all die Gedanken laut aussprach, die sie nur zu denken wagten. Deshalb wohl ging die alte Frau eines Tages hin und tötete einen von ihnen vor aller Augen. Sie betrat den Saal, zog ungerührt das Messer aus der Schärpe des Türhüters, stieß es einem der Männer in den Bauch, machte kehrt und verschwand wieder in ihren Gemächern. Eilig wurde damals die blutüberströmte Leiche weggeschafft. Ein Mantel des Schweigens wurde über die Tat gebreitet, und auch der Tote wurde nicht mehr erwähnt. Das war damals, in den glorreichen Zeiten.

Im Traum kamen ein paar Frauen und hockten sich auf den Fußboden. Sie nahmen mich in die Mitte und trugen mir auf, den Mann der alten Frau, der im Schattenreich jenseits der Flüsse des Vergessens wohnte, zu ihr zu holen. Das tat ich nur äußerst ungern, denn immer wenn ich die Flüsse überquerte, zupften die Seelen an meinem Kleid, weil sie mir meine Puppe Jasmin wegnehmen wollten. Und ich hatte Angst, sie würden mich zu sich hinunter ins reißende Wasser ziehen. Jedes Mal, wenn ich ihm den Wunsch seiner Frau überbrachte, musste er mir folgen. Im Zimmer konnte keine andere ihn sehen, nur die Valide spürte seine Anwesenheit. Dann weinte sie und unterhielt sich stundenlang mit ihm. Wenn ihr Mann ins Zimmer trat, war er manchmal ärgerlich und fegte wie ein heftiger Windstoß durch die Vorhänge, so dass sie zerrissen, ein andermal saß er ruhig in einer Ecke. Bisweilen jedoch hatte er selbst den Wunsch, mit ihr zu sprechen. Dann presste ich Jasmin fest an mich, weil ich von der Anwesenheit des Mannes Kopfschmerzen bekam. Mir wurde übel, wenn seine Stimme aus meinem Hals drang. Wenn das Martyrium vorbei war, fiel ich, auf dem Fußboden liegend, unvermittelt in einen tiefen Schlaf. Die Frauen ließen mich ausruhen, und dann wünschte ich mir immer, Ali würde mich auf seine Arme nehmen und nach Hause zu meiner Mutter Katina bringen.

Als sich die Alte eines Tages damit abgefunden hatte, dass ihre Tage gezählt waren, beschloss sie, das Zentrum der Macht endgültig zu verlassen. Sie erinnerte sich, dass sie einst Christin gewesen war, und beschloss, sich in ein Kloster zurückzuziehen. Sie schrieb an Katina, ich solle ihr ins Kloster folgen, wo mich keiner je finden dürfe. Meine Mutter weinte, doch sie packte meinen Koffer und erklärte mir, es sei zu meinem Besten. Du hast mich gehen lassen, Mutter. Die Valide drohte ihr, sie dürfe mich niemals aufsuchen, wenn ihr das Leben ihrer Familie lieb sei. Du hast mich allein gelassen, Mutter.

… Plötzlich wurde ich mitten im Schlaf von heftigem Schluchzen geschüttelt, ich fühlte mich wie eine Mutter, der ihr Kind aus den Armen gerissen wird. Mein Herz pochte wie verrückt, ich suchte mein Kind in der Menge, konnte es jedoch nicht finden … Ich schrie und rief nach ihm: »Elenitsa! Elenitsa, meine Kleine, mein Herzblatt!« Doch ich konnte es nicht finden.

Schwer atmend und mit pochenden Schläfen fuhr ich aus dem Schlaf hoch. Die Nacht war stiller denn je. Baba Elenitsa hielt ihre Augen auf das Firmament geheftet und rührte sich nicht. Das Kissen, das wir uns teilten, war auf der einen Hälfte von Tränen durchtränkt. Die Baba fasste nach meiner Hand. Nachdem ich die heftigste Angst überwunden hatte, versank ich bald wieder in denselben tiefen Traum.

… Nun war ich wütend. Meine Sachen waren gepackt und die Kajalschminke um meine Augen abgewischt. Ich wollte nicht mit der Alten fortgehen. Ich war böse. Zu meinem Glück wurde die Valide in jener Nacht bettlägrig und war ab nun an ihren Diwan gefesselt. Von Tag zu Tag wurde ihr Fleisch wunder und fauliger. Sie litt unerträgliche Schmerzen, und keine Medizin verschaffte ihr Erleichterung. Ständig verlangte sie nach mir. Doch eines Abends saugte ich ihr, statt Atem zu spenden, alle Luft aus den Lungen. Mit weit aufgerissenen Augen lag sie da, jeder Laut blieb ihr im Halse stecken. Kurz darauf begann sie zu erkalten.

Im Traum lief ich nach dem Tod der Alten auf dem Diwan verzweifelt durch die schmalen Korridore, um für immer aus dem Palast zu entkommen. Eine Odaliske hatte mich durch die vergitterten Fenster gegenüber erspäht und rannte mir hinterher. Erschrocken versteckte ich mich in einer zerfallenen Ruine. Vor Hunderten von Jahren wurden hier Beys, Großwesire und Christen enthauptet. In den Nächten durchstreifen die Seelen die Ruine und beweinen immer noch ihre toten Leiber.

Auch mir liefen die Tränen über die Wangen. Ein paar Bewohnerinnen des Frauentrakts unterstützten die Odaliske bei ihrer Suche. Als ich sah, dass eine von ihnen meine Puppe Jasmin im Arm hielt, schrie ich entsetzt auf. Da erblickte mich die Frau und trat langsam auf mich zu. Sie winkte mir mit der Puppe zu, ich solle sie mir holen kommen. Doch ich wich zurück. Schadenfroh riss sie Jasmin ein Auge aus und weidete sich an meinem Schmerz. Immer noch näherte sie sich Schritt für Schritt. Dann nahm sie einen Stein und zertrümmerte Jasmins Stirn. Mein Kopf schmerzte, mein Herz schlug wie wild, ich schluchzte verzweifelt und presste mir die Hände an die Schläfen. Sie stieß ein unartikuliertes Triumphgeheul aus, und die anderen begannen sich hinter ihr zu sammeln. Ein weiteres Mal versuchten die Frauen aus dem gegenüberliegenden Trakt, mich in ihre Gewalt zu bekommen. Doch die Haseki hatte laut schreiend Hilfe herbeigeholt. Einige der Frauen wurden hart bestraft. Plötzlich ließ die Odaliske Jasmin fallen und fasste sich an den Hals. Sie schrie wie am Spieß, doch nach und nach ging ihr Gebrüll in ein Röcheln über. Verzweifelt griff sie an ihren Hals, als wolle sie sich aus einer eisernen Umklammerung befreien. Dann stürzte sie leblos zu Boden.

Aus der gegenüberliegenden Ecke löste sich Attartes Schatten. Entschlossen drängte sie die anderen beiseite, kam auf mich zu und nahm mich in den Arm. Schließlich brachte sie mich nach Hause.

Drei Tage und drei Nächte blieb Mutter Attarte bei uns in Istanbul. Währenddessen taten sie und meine Mutter kein Auge zu, sondern murmelten ununterbrochen Bannsprüche, damit der böse Dämon der Valide niemals zurückkehren möge.

… Als ich im Traum das Istanbuler Haus wiedersah, beruhigte ich mich und fiel in einen, wie mir schien, Jahre währenden Schlaf. Gegen Morgen träumte ich noch von einem Begräbnis, aber nur ganz kurz. Ich sah ein Grab, auf dem Alis Name stand. Statt eines Holzkreuzes, wie man es bei der eiligen und ärmlichen Leichen-

feier an Syrios' letzter Ruhestätte errichtet hatte, fand sich hier ein stilisierter Turban.
In meinem Traum nahm Katina wortlos am Fuß des muslimischen Grabmals Platz und saß dort viele Tage lang. Dann erhob sie sich und wandte ihr Gesicht zur aufgehenden Sonne. Sie war bereit, mit ihrem alten Leben abzuschließen und ein neues zu beginnen.
Wir kehrten Arm in Arm nach Hause zurück.
Ihr ganzes Hab und Gut überließ sie Ilias: die Schriften, die Urkunden, die Häuser in Pyrgi, die Goldpfund. Er war Syrios wie aus dem Gesicht geschnitten und hatte mittlerweile eine eigene Familie gegründet. Katina umarmte ihren Sohn lange, dann bat sie ihn, nie nach ihr zu suchen. Sie warf den Schleier fort, nahm ein Köfferchen, packte zwei Fläschchen Eau de Cologne ein und bestieg den Zug nach Thessaloniki.
Am Bahnhof trennten sich unsere Wege, nachdem wir vereinbart hatten, uns irgendwann in der Zukunft, wenn ich bereit dazu wäre, an einem Ort am Meer wiederzutreffen. Während ihr Leben zu Ende war, stand meines gerade am Anfang …

In der Morgendämmerung duftete ganz Kastella nach Meer. Der anbrechende Tag machte sich zunächst durch die erwachenden Vögel bemerkbar. Dann folgten die ersten Sonnenstrahlen, die bald schon eine unerträgliche Hitze verbreiten würden, denn ein erfrischender Meltemi war nicht zu erwarten. Es war Sonnabendmorgen. Der Freitag ist der Tag der Seelen. Freitags um Mitternacht erwachen sie zum Leben, bis der kommende Morgen graut.
Über die Treppe, die zur Waschküche führte, stiegen wir langsam Schritt für Schritt zwei Stockwerke hinunter in die kleine Küche. Ich setzte Elenitsa auf ihren Stuhl und schnupperte an meinen Achselhöhlen. Es war, als hätte ich mich ewig lang nicht mehr gewaschen. Ich ging ins Bad und blickte in den Spiegel. Gut sah ich aus.
»Soll ich dir einen Mokka machen?«, hörte ich die Baba aus der Küche fragen.

»Ja bitte.«
Während ich mein Spiegelbild musterte, erstarrte ich plötzlich. Wenn ich mich an diese Szene erinnere, bekomme ich heute noch eine Gänsehaut. Ich hatte Angst, ja, richtige Angst. Eine ganze Weile schaffte ich es nicht, aus dem Bad zu treten.
»Komm, Maria«, sagte Elenitsa, als wäre es die natürlichste Sache der Welt für sie, zu sprechen. »Dein Kaffee ist fertig.«
Ich blinzelte in die Küche. Sie saß dort mit dem Mokkakännchen in der Hand und goss den Inhalt in eine Tasse. Dann hob sie den Blick.
»Komm«, sagte sie mit samtweicher Stimme. »Sonst wird er kalt.«
Nur schwer konnte ich begreifen, dass sich der hübsche, kastanienbraune Lockenkopf der kleinen Elenitsa, den ich gerade noch im Traum gesehen hatte, in das uralte Gesicht der Baba verwandelt hatte. Ich rührte mich nicht.
»Sonst wird er kalt?«, stotterte ich, während ich immer noch in der Tür verharrte.
»Tja, wenn du ihn nicht bald trinkst.«
Ich machte einen Schritt vorwärts.
»Warte, ich habe noch ein paar Ölkringel.«
»Wo hast du die denn gefunden?«, wollte ich fragen, doch ich tat es nicht. Ich hatte Hunger. Wie lange hatte ich eigentlich nichts gegessen? Gierig schlang ich die trockenen Osterkekse hinunter, als wären sie exquisites Biskuitgebäck. Während des Essens wagte ich nicht, den Mund aufzumachen. Schließlich tunkte auch die Baba einen Ölkringel in ihren Kaffee. Immer wieder kreuzten sich unsere Blicke. Als wir das Körbchen leer gegessen hatten, feuchtete ich den Zeigefinger an und pickte die Krümel auf, um selbst die noch aufzuessen. Geduldig wartete die Baba, bis ich fertig war.
»Du kannst sprechen?«
»Das hörst du doch.«
»Ja, ganz deutlich.«
»Tja, dann kann ich halt sprechen.«

Sie wollte aufstehen und die Mokkatassen abräumen.
»Warte, Baba, das übernehme ich.«
Ich hatte meinen alten Elan wiedergefunden, packte die Tassen und spülte sie ruckzuck ab.
»Ich dusche mich schnell oben in Mamas Wohnung«, erklärte ich ihr. »Dann hole ich Brot vom Bäcker und kaufe beim Krämer ein paar Sachen ein, damit wir uns endlich was zu essen machen können. Worauf hast du denn Appetit?«
»Auf Baklava«, erwiderte Elenitsa.
»Nein, ich meine richtiges Essen.«
»Ich würde gern *kayısılı* essen. Du weißt schon. So, wie du es daheim immer gemacht hast.«
»Was?«
»*Kayısılı. Ka-yı-sı-lı.* Und nimm reichlich Pfeffer, roten Pfeffer.«
»Was ist das denn? Ich kenne so was nicht. Meinst du vielleicht Hühnerbrühe?«
»Und Brot.«
»Schon gut, schon gut.«
Ich machte dieselbe Runde durchs Viertel wie meine Mutter, wenn sie einkaufen ging. Dieses tägliche Ritual hatte mir zuletzt irgendwie gefehlt. Der morgendliche Blick auf Kastella ist der pure Genuss. Wo habe ich nur so lange meine Augen gehabt?
Ich ging um die Ecke zum Bäcker und kaufte Bauernbrot. Beim Hinausgehen lief ich Kiki, der Nachbarin meiner Mutter, in die Arme, die gerade mit einem Backblech voller gefüllter Tomaten und Paprika eintreten wollte.
»Wo warst du bloß die ganze Zeit?«, schimpfte sie. »Deine Mutter ruft mich jeden Tag an und ist schon ganz krank vor Sorge. Und immer wieder habe ich bei euch an der Tür geläutet ... Wieso geht ihr nicht ans Telefon? Und die Türglocke hört ihr auch nicht? Die arme Frau wollte schon aufs Schiff steigen und nach Hause kommen. Aber wie sollte sie das mit den Kindern regeln ...« Kiki redete in einem fort, ohne Luft zu holen. »Ist etwas mit der Baba? Und ihr verheimlicht es vor deiner Mutter? Mir kannst du es ja sagen.«

»Der Baba geht's prima.«
»Wo wart ihr denn hin verschwunden?«
»Nirgendwohin.«
»Wie, nirgendwohin! Morgens, abends, ja sogar nachts habe ich bei euch geläutet.«
»Ich habe nichts gehört.«
»Also, wo gibt's denn so was! Gestern hast du nichts gehört, nicht mal vorgestern und vorvorgestern auch nicht? Und heute Morgen schon wieder nicht?«
»Nein.«
»Ich jedenfalls höre die Glocke sogar draußen, wenn ich bei euch läute. Wie kommt es, dass du sie nicht hörst? Eine Woche schon schickt mich deine Mutter täglich zu euch rüber.«
»Eine Woche? Was für ein Tag ist heute?«
»Donnerstag.«
»Donnerstag? Nicht Sonnabend?«
Kiki wechselte das Backblech in die andere Hand.
»Übermorgen ist Sonnabend.«
»War nicht vielleicht gestern Sonnabend?«
»Was?«
»Ach, nichts.«
»Ruf deine Mutter an.« Dann trat sie in die Bäckerei. »Auf der Stelle«, rief sie mir noch harsch hinterher.
Kopfschüttelnd verfolgte der Bäcker hinter dem Tresen das Gespräch. In Kastella hielt man mich, wenn schon nicht für komplett verrückt, so zumindest für etwas überspannt.
Vom Bäcker ging ich die Stufen zum Milchladen hinunter. Da das Sonnenlicht stark blendete, beschirmte ich mit der Hand die Augen. Am Kiosk waren die aktuellen Tageszeitungen mit Wäscheklammern in Augenhöhe aufgehängt. »Ta Nea« war, genauso wie »Ethnos«, auf den 27. Juli datiert. Ich hatte also sechs ganze Tage verpasst. Es war zum Verrücktwerden! Vom Kiosk aus rief ich meine Mutter an, die einen hysterischen Anfall bekam, als sie endlich meine Stimme hörte. Nach dem Gespräch machte ich mich auf den Weg zum Fleischer, um ein Suppenhuhn zu holen. Unter-

wegs brach ich mir ein Stück vom Brotlaib, den ich unter dem Arm trug, und biss hinein.
Etwas Obst wäre auch nicht schlecht! Der Händler hatte frische Kirschen und Aprikosen. Als ich die Aprikosen in der Hand wog, fühlten sie sich staubtrocken an. Ich rümpfte die Nase.
»Haben Sie keine anderen?«
»Doch, dort links.«
»Nein, nicht solche, für *kayısılı* brauche ich säuerliche.«
»Säuerliche? Die da sind die besten. Echte Diamantopoulou.«
»Bei uns …«, ich unterbrach mich, ohne, wie ich ursprünglich vorhatte, fortzufahren: »… nimmt man nur die säuerlichen zum Kochen.« Wir wechselten einen Blick, und er wartete darauf, dass ich den Satz zu Ende führte.
»Geben Sie mir von denen hier. Ein Kilo, bitte.« Er wog die Aprikosen ab, dann wechselten wir wieder einen Blick.
»Fünfhundertfünzig Drachmen.«
Entschlossen betrat ich die Fleischerei und kaufte Lammfleisch. Für *kayısılı* braucht man ein frisch geschlachtetes, einjähriges männliches Lämmchen bester Qualität. Doch die Fleischer in diesem gottverlassenen Land haben ja keine ordentliche Ware. Dann machte ich noch bei Tsamboulas Halt und holte ein Stück in Sirup getränktes Baklava für Elenitsa. Es war ofenfrisch und noch warm. An der Tür traf ich Kiki wieder, die sich noch einmal selbst davon überzeugen wollte, ob mit der Baba alles in Ordnung war.
Ich wusch die Aprikosen im Spülbecken, entkernte sie, ritzte die Schale ein und verteilte die Früchte auf einem Backblech.
Kiki hatte es sich am Küchentisch gemütlich gemacht und musterte die Baba, ob sie nicht vielleicht doch Anzeichen einer Erkältung zeigte. Ich stellte das Backblech auf die kleine Terrasse, um die Aprikosen im Sonnenlicht »anzuschmoren«. Als ich sie gerade vorsichtig einzeln wendete, hörte ich Baba Elenitsa aus der Küche: »Maria?«
»Was gibt's, Baba?«
»Sag dieser dummen Pute, sie soll endlich machen, dass sie fortkommt.«

»Kiki!«
»Jaha?«, rief Kiki lauthals, damit ich sie bis zur kleinen Terrasse hörte.
»Besser, du gehst nach Hause. Ich glaube, deine Tochter will dich sprechen.«
»Aber nein! Die ist doch gar nicht da! Die ist mit ihrem Verlobten nach Santorin in Urlaub gefahren. Vorgestern sind sie abgereist.«
»Sag dieser albernen Kuh, sie soll nicht so schreien. Ich bin ja nicht taub.«
»Schrei nicht so, Kiki. Ich glaube, deine Tochter ist zurück, und ihr geht's nicht so gut.«
Ich trat in die Küche und spülte mir die Hände ab. Kiki erhob sich beunruhigt.
»Ich wollte ohnehin gehen, gleich muss Takis kommen.«
»Jaja, für diesen Takis kann sie sich bedanken, der sie wie eine Dienstmagd behandelt …«
»Sag doch nicht so was, Baba.«
»Aber, sie hat doch gar nichts gesagt!«, mischte sich Kiki erstaunt ein. Kurz entschlossen brachte ich sie zur Tür.
Schließlich aßen wir beide ein *kayısılı*. Und was für eins! Die Baba hatte recht. Zum Teufel mit den faden Suppen! Zum Abschluss teilten wir uns das Baklava, und danach hielten wir Arm in Arm einen kurzen, erquickenden Mittagsschlaf.
Als wir abends auf dem kleinen Balkon saßen, ergriff die Baba meine Hand und führte sie zu ihrer Stirn. »Mutter«, sagte sie zu mir. »Liebste Mutter.« Dabei liefen ihr die Tränen übers Gesicht.

Es war, als wolle Katina ihr Leben noch einmal leben, ihre Kehle mit süßem Scherbet netzen, mit Goldketten schmücken, ihre Nachbarn quälen, ihre Feinde zum Wahnsinn treiben und die Männer reihenweise bezirzen. Daher überkam auch mich ein unersättlicher Lebenshunger. Gleich am ersten Abend schminkte und parfümierte ich mich, setzte mich ins Auto, schlug die Küstenstraße ein und klapperte alle Nachtlokale ab, um Freunde zu treffen, um zu trinken, zu lachen, zu singen und mich auszutoben. Um bei der Wahrheit zu bleiben, muss ich zugeben: Ich habe es nach allen Regeln der Kunst genossen. Erst im Morgengrauen kehrte ich zurück – ein Wunder, dass ich überhaupt nach Hause fand –, erhitzt vom Tanz, trunken von den Düften der Nacht und aufgewühlt vom lustvollen Genuss. Am nächsten Abend begann alles wieder von neuem ... So ging das eine ganze Weile.

Elenitsa wartete meine weitere »Entwicklung« geduldig ab. Immer wieder unterhielt sie sich mit mir, mit Belehrungen hielt sie sich jedoch zurück.

»Baba, ich gehe aus, um mich abzulenken«, sagte ich zu ihr, wenn es mich nicht zu Hause hielt und ich mich eingesperrt fühlte.

So machte ich mich auf den Weg und traf mich mit meinen Freunden. Wie leicht man Gesellschaft findet, wenn man nach Leben giert! Voller Ungeduld erwarteten sie mich und riefen: »Was machen wir heute Abend?«, »Wohin geht's diesmal?« oder »Wollen wir Musik hören?«. Ein ganzer Schwarm Männer scharwenzelte um mich herum, der mir die Wünsche von den Lippen ablas. Wie schön das Leben war!

Ich kaufte lauter neue Täschchen, Modellkleider, seidene Dessous, taillenbetonte Bustiers. Stolz trug ich meinen jugendlichen Körper und mein hübsches Gesicht zur Schau.

Am 15. August war Mariä Himmelfahrt, mein Namenstag. Mit meinen Freunden hatte ich es mir mit zwei Flaschen Champagner gemütlich gemacht, und zweifellos versprach ich mir von diesem Abend ein besonders großes Vergnügen. Es war ein idyllisches Plätzchen in Varkisa. Beschwipst deutete ich auf einen Stern, der am Himmel leuchtete.

»Das dort oben«, hörte ich jemanden neben mir sagen, »ist die Wega aus dem Sternbild der Leier. Die Wega gehört zu den drei besonders hellen Sternen, die das sogenannte Sommerdreieck bilden. Die Sumerer glaubten, es seien drei Schicksalsgöttinnen,

Töchter der großen Liebesgöttin Astarte. Jedes Jahr am heutigen Tag strahlen sie besonders hell am Firmament.«
Ich heftete meinen Blick auf die Sterne. Und da ich sie sah, sah Katina sie natürlich auch. Doch ihre Augen senkten sich. Sie blieb sie, und ich war ich, obwohl wir denselben Körper bewohnten. Nun war der Zeitpunkt gekommen, da ich alles erfahren wollte. Wer waren wir Magierinnen? Wozu gab es uns? Welche anderen »weisen Frauen« existierten in meiner Umgebung? Wie konnte ich sie finden? Wer würde mir Antworten auf meine Fragen geben? Am liebsten wäre ich zur Baba Elenitsa geeilt und hätte sie mit Fragen überschüttet. Würde sie mir Aufklärung geben können? Erneut blickte ich zur Wega hoch. Deren Sternenlicht leuchtete, ohne zu zittern, heller denn je.
Ohne zu zögern, erhob ich mich, ließ alles hinter mir zurück und machte mich kurz entschlossen auf den Heimweg. Ich fuhr die Küstenstraße entlang, passierte Glyfada, doch bis Kastella kam ich nur im Schritttempo voran. Obwohl es immer heißt, Athen sei zu Mariä Himmelfahrt menschenleer, waren die Straßen verstopft. An der Ampel nach Flisvos hob ich wieder den Blick zum Himmel. Die Wega leuchtete immer noch und strahlte auf das Haus in Kastella herab.
Ich parkte das Auto an der abschüssigen Straße, ging die Treppenstufen hoch und kramte nach dem Haustürschlüssel. Doch die Tür war offen, und alle Lichter brannten.
»Baba!«
Stille.
»Baba!«
Ich warf einen Blick in ihr Zimmer: Das Bett war unberührt. Ich löschte die Lichter und ging zur Küche.
Dort saßen Attarte und die Baba. Anscheinend erwarteten sie Besuch, denn auf dem Tisch standen Schälchen mit Honig, mit Lorbeerblättern, die man kaut, um sich in Trance zu versetzen, und mit Kohlestückchen, von denen weißer Rauch aufstieg. Ich blieb stehen, und Attarte blickte mir geradewegs in die Augen. Da öffnete ich den Kühlschrank, nahm eine Flasche Wasser heraus,

holte ein Glas, zog mir einen Stuhl heran und setzte mich neben sie.
»Na endlich!«, sagte ich. »Mutter Attarte!« Leiser Spott klang in meiner Stimme durch. »Schön, dass du dich an uns erinnert hast. Also, ich bin Maria.«
»Schön für dich.«
»Maria!«, tadelte mich die Baba.
»Ja, so heiße ich, na und?«
»Maria!«, ermahnte mich die Baba erneut.
»Was willst du also wissen?«
Ich nahm das Schälchen mit Honig und kostete davon. Es schmeckte nach Pflanzenextrakten und Gewürznelken.
»Alles, Madame, bis ins kleinste Detail. Vor allem aber, wer du bist und warum wir dich ›Mutter‹ nennen sollen.«
»Maria!«, ertönte wieder die warnende Stimme der Baba.
Attarte schnitt ihr mit einer Handbewegung das Wort ab.
»Also, ich höre. Alles, was du mich fragst, will ich beantworten.«
Ich überlegte, mit welcher meiner vielen Fragen ich anfangen sollte.
»Die Baba«, hob ich an, »hat gestern einen Zinkteller mit Wasser vor mich hingestellt und verlangt, ich solle einfach darauf blicken. Ich wollte ihr den Wunsch nicht abschlagen, konnte mir aber nicht vorstellen, was ich da sehen sollte. Na, Wasser eben! Aber nach einer Weile begannen die Wasserkreise ineinanderzufließen, und ich konnte plötzlich etwas erkennen. Ganz deutlich erblickte ich das Gesicht eines unbekannten Mannes. Und dann, als ich am Nachmittag aus dem Haus ging, sah ich diesen Mann in einem sündhaft teuren Auto an mir vorbeifahren. Sprachlos starrte ich ihm nach. Auch er hatte mich bemerkt, hielt an und fragte mich, ob er mich mitnehmen könne. So stieg ich ein. Ja, tatsächlich, ich bin zu einem Unbekannten, der für mich angehalten hatte, ins Auto gestiegen und habe ihn entgeistert angestarrt. Wieso ist mir sein Gesicht im Wasser erschienen? Wieso sehe ich dort einen mir unbekannten Mann? Was hat dieser Mann mit mir

zu tun? Mir scheint, ich bin drauf und dran, durchzudrehen. Ihr müsst mich aufklären.«
Ich hielt kurz inne. »Und dann unterhalte ich mich auch noch mit Elenitsa. Ich ›rede‹ mit einer Stummen. Wer soll mir das bloß glauben!«, fuhr ich fort. »Dennoch unterhalten wir uns ganz normal miteinander. Außerdem ›rede‹ ich mit einer Toten, die mir ihre ganze Lebensgeschichte anvertraut hat. Und wer soll mir das erst glauben! Und doch ist es wahr. Mit ihr habe ich schon länger Kontakt, ja, ich habe mich sogar an unsere Gespräche gewöhnt. In ihrer Geschichte war ständig die Rede von dir, immerfort hat sie von ›Mutter Attarte‹ gesprochen. Und jetzt bist du hier. Wie ist es möglich, dass du am 15. August 1888 in Smyrna warst und heute, an diesem 15. August, in Athen sein kannst? Und, wie es scheint, unverändert? Wer bist du?«
»Alles, was du heute nicht verstehen kannst …«
»… findest du in ein paar Jahren lächerlich einfach.« Diesen Spruch kenne ich schon … Den hat mir Katina auch immer entgegengehalten. Aber ich will es *heute* verstehen.«
Attarte lächelte.
»Hat dir dieser Mann, der dir im Wasser erschienen ist, gefallen, Maria?«
»Wie?«
»Hat dir dieser Mann gefallen?«
»Ob er mir gefallen hat? Hm, weiß nicht genau … Ja, schon. Was spielt das für eine Rolle?«
»Eine große sogar. Weißt du, wer dieser Mann war?«
»Nein, ich habe ihn zum ersten Mal gesehen.«
»Syrios.«
»Wer?!«, rief ich mit weit aufgerissenen Augen.
»Syrios.«
»Syrios Karamanos? Katinas Mann? Ja, sind wir denn allesamt völlig verrückt geworden?«
Ich blickte verstohlen zu Elenitsa hinüber. Auch sie sah mich wortlos an. Ich stand auf, um mein Täschchen zu holen, das ich im Flur liegen gelassen hatte. Ich holte meine Zigaretten heraus

und kramte nach seiner Visitenkarte, die er mir im Verlauf unserer Begegnung überreicht hatte. Schließlich fand ich sie. Der Name, der darauf stand, sagte mir nichts. Ich sah nach, welchen Beruf er hatte. Er musste wohlhabend sein. Schon wieder hatte Katina einen reichen Mann für sich gefunden. Erneut nahm ich auf meinem Stuhl Platz, zündete mir eine Zigarette an und blies den Rauch kraftvoll aus den Nasenlöchern.

»Dieser Mann«, fuhr Attarte fort, »hat seit einiger Zeit nachts lebhafte Träume, in denen dieses Viertel vorkommt. Darin riecht er den Duft des Meeres und spürt die sanfte Brise auf seiner Haut, während er durch die Altstadt flaniert. In dieser verzauberten Stimmung sieht er dein Gesicht vor sich, ganz deutlich. Schon seit Tagen sucht er verzweifelt nach dir.«

»Jetzt hat er mich ja gefunden. Na und?«

»Jetzt bist du am Zug. Wenn du auf ihn zugehst, wirst du reich und sorglos wie eine Königin leben. Und er wird dir zu Füßen liegen.«

»Das hört sich gut an. Sehr bequem.«

Es folgte eine Pause, in der niemand das Wort ergriff. Attarte senkte den Kopf und blickte auf ihre Hand, in der nach und nach drei brennende Getreidekörner erloschen.

»Und natürlich muss ich, wenn ich genug von ihm habe, nichts anderes tun, als einen Zinkteller mit Wasser zu füllen, um dem Nächsten schöne Träume zu schicken, was?«

»Genau.«

»Was sind das für Spielchen?«

Attarte blieb stumm.

»Solche, die stets zum Ziel führen …«, war Elenitsas Stimme zu hören.

»Auf welcher Seite stehst du eigentlich?«, herrschte ich sie an.

Ein tiefes Schweigen machte sich breit. Dann sagte Attarte: »Du unterhältst dich mit Elenitsa, die stumm ist. Hast du es nötig, dass man dir glaubt?«

Ich dachte noch einmal darüber nach.

»Nein.«

»Was hat Elenitsa dir erzählt, seit du mit ihr sprichst?«
»Alles Mögliche.«
Wieder schwiegen wir.
»Du hast recht. Ich bin schon zufrieden damit, dass wir uns unterhalten.«
»Du sprichst auch mit einer Toten, die dir ihre Lebensgeschichte erzählt hat.«
»Ja. Aber warum?«
»Sie bittet dich um Hilfe.«
»Was will sie damit erreichen? Soll ich ihr helfen, sich auf ihr nächstes Opfer zu stürzen?«
»Sie will ihren Fehler wiedergutmachen.«
Widerwillig wies ich das Ansinnen zurück.
»Ich kann nicht erkennen, was sie in ihrem Leben Positives geleistet hat. Da gibt es nichts, was rechtfertigen würde, dieses Leben noch einmal zu leben. Staub und Asche wurde alles, was sie angefasst hat. Alle, die ihren Weg kreuzten, hat sie ins Unglück gestürzt. Andererseits spüre ich nicht, dass sie wirklich gewillt ist, ihren Fehler wiedergutzumachen. Worum geht es dabei überhaupt?«
»Ich habe ihr damals alles geboten: die Sonne, die Erde, die Sterne, die Ewigkeit. Sie hat sich für ihren eigenen Weg entschieden … Die Mondgöttin hat vieles zu bieten, Katina hat sich für den Glanz des Goldes entschieden. Doch, meine Tochter …«
»Ich bin nicht deine Tochter!«
»… der Prunk ist auch ein Aspekt der Mondgöttin. Und er gehört auch zu Attarte. Dafür hat sie sich entschieden, so wie viele meiner Töchter. Und ich verweigere es ihnen nicht, da ich sie glücklich sehen will. Doch dieser Glanz macht sie trunken und bringt ihre Kraft zum Erlöschen. Katina hat das verstanden. Ihr wurde klar, dass das Leuchten des Goldes nur ein Bruchteil des Mondlichts ist. Sie hat ihre Wahl bitter bereut. Sie hat sich selbst dafür bestraft.«
Murmelnd strich sie über die Getreidekörner in ihrer Hand.
»Ich habe beschlossen, ihr eine zweite Chance zu geben …«

»Oje!«, platzte ich heraus. Elenitsa blickte mich mit lebhaftem Interesse an.
»Doch ich weiß nicht, ob sie diesmal die Mondgöttin ehren wird.«
»Bestimmt nicht, das sage ich dir! Und ich werde es dir beweisen.«
Attarte richtete sich auf.
»Wenn ihr mir keinen Unsinn erzählt und der Mann vorhin tatsächlich ein neu geborener Syrios war, dann hat sie ihn allein deswegen wieder zum Leben erweckt, um ihn noch schlimmer zu demütigen, weil er es damals gewagt hat, sich von ihr abzuwenden. Ich irre mich da bestimmt nicht! ... Sie hat dich hereingelegt, Mutter Attarte.«
Attarte lächelte. Sie drehte sich kurz um, als stünde hinter ihrem Rücken eine ganze Schar von Seelen, die im Einverständnis mit ihr ebenfalls lächelten.
»Meinst du?«
Leichtfüßig erhob sie sich, und mit demselben Lächeln rief sie mich mit ihrem Finger heran. Dann legte Attarte den Gesichtsschleier ab. In ihrer Jugend muss sie eine große Schönheit gewesen sein.
In diesem Moment hatte ich Angst und bereute meine frechen Bemerkungen. Gleichzeitig kam es mir lächerlich vor, jetzt einen Rückzieher zu machen. Ich wollte alle Rätsel lösen. Vielleicht würde sie nie wieder auftauchen. Also, jetzt oder nie.
»Sieh mich genau an, Maria, und sag mir, was du siehst.«
Verwundert trat ich näher.
»Ich sehe ein Gesicht, das einmal schön war und jetzt alt ist. Ich sehe zwei graue Augen, eine Nase, einen Mund. Einen schönen Mund. Und graues Haar. Dann sehe ich ein hässliches, dunkles Gewand, das alles andere verdeckt und die Farben des Hades trägt.«
»Jetzt gib mir deine Hand und sag mir, was du jetzt siehst.«
Ich streckte ihr meine Hand entgegen und hielt die ihre fest. Bei der Berührung überlief mich ein Schauer.

»Ich sehe …« Ich stockte und sah sie mir genauer an. Kleine rotblonde Locken reichten vom Nacken hoch zum Kopf, festgehalten von elfenbeinernen Kämmen mit goldfarbenen Gravuren … Makellose Pfirsichhaut spannte sich über die schön geschwungenen Schultern und Arme. Ein prächtiger Frauenkörper, den ein rosafarbenes Gewand umhüllte. Unter einem gleißenden Licht, das aus dem Nirgendwo kam, schimmerte ein paradiesisch schöner Bauchnabel durch den hauchdünnen Stoff, wobei sich die Hüften aufreizend hin und her wiegten. Zwei schmale kleine Füße von vollkommener Schönheit schienen kaum den Boden zu berühren und vom großartigsten Künstler der Schöpfung gemeißelt zu sein. Die graugrünen, mandelförmigen Augen waren von lebhaftem, doch zärtlichem Glanz. Und der Mund mit seinen beiden hübsch geschwungenen Bergspitzen, die aussahen wie Meereswellen, lächelte süß. Veilchenduft lag in der Luft.

»Ich sehe …«, stotterte ich. »Das ist unmöglich! Ich sehe mich selbst!«

Als meine Lehrmeisterin blieb Mutter Attarte vierzehn herrliche Tage und vierzehn herrliche Nächte bei mir und weihte mich in alles ein. Auf jede Frage wusste sie eine Antwort. In der letzten Nacht zog sie drei Getreidekörner aus ihrer Jackentasche. Sie ergriff meine Hand und legte die Körner zusammen mit einem Manuskript hinein. Nachdem sie mich lange im Arm gehalten hatte, trat sie ohne ein weiteres Wort noch einen Schritt auf mich zu und ging, wie ein Geist, durch mich hindurch und verschwand.

Viel Zeit ist seitdem vergangen.

Mit einem Mal erfasste mich ein unaussprechlicher Wissensdurst. Alles interessierte mich, und alles wollte ich bis ins Detail ergründen. Den von mir abgelegten hippokratischen Eid habe ich dabei nicht übertreten, sondern mein Diplom in einer Schublade gut aufbewahrt. Ich gab meine Arbeit auf und las mit unersättlicher Gier Werke der Philosophie, Astrophysik, Theologie, Archäologie, Historie, Kulturgeschichte und Metaphysik. Planetensysteme, Asteroide, Meteoriten mit ihren Kollisionen und Besonderheiten beherrschte ich bald blind. Ich studierte die menschlichen

Religionen, die Weltanschauungen, Ängste und Bedürfnisse der Sterblichen. Katina – das fiel mir nun ein – hatte sich, als ich klein war, sehr darum bemüht, mein Interesse an diesen Dingen zu wecken. Nun begriff ich, warum.

Es fällt mir leicht, die Originaltexte in jeder nur möglichen Sprache zu lesen. Und seltsamerweise werde ich jeden Tag hübscher, statt mich in eine kulturbeflissene Brillenschlange zu verwandeln. Stunde für Stunde wachsen meine Kräfte. Mit ihr zusammen begann noch an jenem Abend meine erste Sternenfahrt. Seither fliege ich Nacht für Nacht über Meere und Ozeane. Das Leben ist schön! Ich reise hoch oben über den Dächern der Häuser, ich durchquere unbekannte Länder an der Seite kriegerischer Heere. Mit den ärmsten Familien teile ich das Brot. Und irgendwann werde ich noch höher hinauf ins All fliegen. Mein erster Halt wird Sirius sein, der hellste Stern am ganzen Himmel, achteinhalb Lichtjahre von uns entfernt. Wenn ich Lust habe, besuche ich ihre Töchter. Diejenigen, die diese eitle Welt verlassen und all ihr wertvolles Wissen mitgenommen haben. Und diejenigen, die vom Sternenzelt noch nicht hinunter auf die Erde gestiegen sind. Sie werden wie Wachspuppen sein, die ich nach meinem Ebenbild forme.

Ich habe die Getreidekörner genommen und halte sie fest. Attarte wird erst wiederkommen, wenn ich sie rufe. Mein Lebenshunger hält ungemindert an. Die Modellkleider und den Firlefanz, mit dem ich mich schmücke, habe ich nicht abgelegt. Nein, ich habe mir sogar noch mehr davon gekauft. Was die »irdischen Güter« betrifft, so kennt Katina alle Tricks und Techniken, die ich benötige. Wir kommen gut miteinander aus. Sie hört auf mich, und ich folge ihren Wünschen. Nun bin ich beim dritten Ehemann. Aber, bei der Großen Mutter, ich glaube nicht, dass das schon alles war.

EPILOG

Das Manuskript: Attartes Vermächtnis an ihre Töchter

Nie dürfen die Blütenkelche der Schwarznessel grundlos sieben Tage und Nächte im Öllämpchen brennen, und kein Geist darf sich aus einer zürnenden Seele erheben.
Beim letzten Vollmond im August, 12893 Jahre nachdem die Stadt der ersten Götter errichtet war, werdet ihr mit all euren Schriften den höchsten Berg der Welt ersteigen und eure Sorgen und Ängste, eure Religion und eure Amulette und auch eure Familien hinter euch lassen. Jede von euch wird eins ihrer eigenen Kinder und das Kind eines Nachbarn mit sich nehmen. Glücklich die Wesen, die euch folgen dürfen. Dort, mitten am Augusthimmel und im gleißenden Schnee, werdet ihr die Feuer besingen, die aus der Finsternis stürzen. Die Erde wird erbeben, und Wasser wird eure Füße netzen. Lobpreiset die göttliche Gabe. Lobpreiset die neuen Äonen. Lobpreiset die neue Schöpfung, an der sich die Augen eurer Seele erfreuen werden, wenn euer Gesang sich zu den Sternen erhebt.